LA

VIE D'UN HOMME

—————✳—————

CARL VOGT

PAR

WILLIAM VOGT

Avec deux portraits par OTTO VAUTIER

PARIS
LIBRAIRIE C. REINWALD
SCHLEICHER Frères, Editeurs
15, Rue des Saints-Pères

STUTTGART
ERWIN NÄGELE

1896

À un Maître aimé

à Maurice Barrès

William Vogt

Paris Juin 1896.

C. REINWALD & Cie

LIBRAIRES-ÉDITEURS

COMMISSIONNAIRES POUR L'ÉTRANGER

15, Rue des Saints-Pères

PARIS

Paris jeudi de Jui

Monsieur et maître aimé.

Dans l'ignorance de
votre demeure actuelle, que
l'un de nos amis communs
me fit connaître hier, je
déposai, il y a quelques
jours à votre adresse au
journal : la Libre Parole, un
in quarto, intitulé La Vie
d'un homme, Carl Vogt
ouvrage dont je suis l'auteur.
Ce livre ~~vous~~ intéressera

sûrement puisqu'il traite non seulement des questions scientifiques mais aussi de celles se rattachant à la politique de ces cinquante dernières années ainsi que de la littérature, etc.

Je regrette vivement de n'avoir pu vous rencontrer jusqu'à aujourd'hui, car j'aurais tenu à vous remercier de vive voix de l'accueil aimable dont vous m'avez honoré aux bureaux de la Courbe.

Agréez, Monsieur et maître, l'expression de mes salutations empressées

William Vogt.

44 R. Jacob.

LA VIE D'UN HOMME

CARL VOGT

LA
VIE D'UN HOMME

---—✳—---

CARL VOGT

PAR

WILLIAM VOGT

Avec deux portraits par OTTO VAUTIER

PARIS
LIBRAIRIE C. REINWALD
SCHLEICHER Frères, Editeurs
15, Rue des Saints-Pères

STUTTGART
ERWIN NÄGELE

1896

AVERTISSEMENT

Ce livre, je n'aurais pas dû le signer. Il n'est point mon œuvre, n'étant, en majeure partie, que compilation, reproduction partielle ou copie fidèle.

Ma répulsion devant l'anonymat, quand il s'agit de pages combatives, a seule, fait taire mes trop légitimes scrupules.

WILLIAM VOGT.

Genève-Plainpalais, 5 Mai 1896.

LA VIE D'UN HOMME

———— ✳ ————

CARL VOGT

————— ✳ —————

Enfant encore, ce drame souvent me fut conté :

Par une après-midi du mois de mars 1819, deux jeunes gens étaient assis dans la cour, sous le tilleul, de la réputée auberge : *Zur Linde,* au bord de la route conduisant, en ce temps là, d'Iéna à Erfurt.

Silencieux, ils jouaient aux dés, tandis qu'à l'intérieur, porte et fenêtres ouvertes, rouliers, le fouet entre les jambes, charrons et paysans vidaient les brocs, discutaient bruyamment.

— Onze ! s'écria, se levant, les yeux éclairés, le plus jeune des étudiants que le costume révélait.

Mais sur le geste avertisseur de son compagnon, il continua à mi-voix, non sans s'être retourné du côté de la salle :

— Onze ! Sand, le sort me désigne. Demain...

Karl Sand prit le cornet, les dés marquèrent douze.

— Tu te trompes, Follenius, ce sera moi !...

Ils reprirent le chemin d'Iéna.

Maintenant, très exalté, avec une voix vibrante, Sand continua :

— Le hasard est clairvoyant; béni soit le hasard !... Toi, tu es le chef incontesté; tu mèneras à la victoire l'Allemagne républicaine. Tu es le désigné : reste donc et laisse-moi aller, le poignard à la main, au-devant de l'échafaud, car, moi, je ne serai jamais que le soldat qui tombe et qu'un autre remplace aussitôt, tandis que toi, tu es le général que nul n'égalera, qu'aucun d'entre nous...

— Ce crime pourrait être évité... Il ne servira...

2

— Ah ! ne reprenons pas ce chapitre ! Cet assassinat, tu le sais, il le faut, sinon, nous sommes perdus. Par la terreur, nous forcerons les lâches à la fuite ; par la terreur, nous préparerons l'avénement...

— Ce crime...

— Ton amitié pour moi t'égare, Follenius ! Tu devrais le perpétrer, les dés ne m'eussent pas été favorables, que tu sauterais de joie... Eh quoi ! oublierais-tu ce que tu nous as si souvent répété ? Oublierais-tu tes chants qui nous incitent au meurtre ? Tes discours et tes actes qui tous, malgré leur idéalisme, semblent réclamer le sang ?

Et sur la grande route déserte, l'étudiant chanta ces vers de la *Grande Chanson :*

> Freiheitsmesser gezückt !
> Hurrah ! den Dolch in die Kehle gedrückt.
> Mit Kronen und Bändern, mit Purpurgewändern
> Zum Rach-Altar ist das Opfer geschmückt.
>
> Nieder mit Thronen, Kronen, Frohnen, Drohnen und Baronen !
> Sturm ! (1)

Le lendemain, Karl Sand disait adieu pour toujours à la petite ville universitaire. Il ne devait plus la revoir. Le 20 mai 1820, après une instruction qui dura près de quinze mois, la tête de l'ami de Karl Follenius tombait en place publique de Mannheim.

L'époque qui suivit la chute de Napoléon Ier et l'évacuation de ses troupes vit naître et s'épanouir dans cette Allemagne aux glorieux souvenirs, opprimée maintenant par la Russie, le triomphe de la réaction la plus odieuse. Les cent et un gouvernements déchiquetant le pays miséreux, régnaient en maîtres sur villes et campagnes. Inaccessible à la pitié, dépravé, grossier, sans élégance ou abruti, inculte, l'oppresseur — tyranneau toujours sauvage ! — entouré de sa soldatesque, satisfaisait ses rancunes et, en condamnant aux fers ou à mort — par pendaison ou par la hache ! — le citoyen assez hardi pour résister à la violence et au bon plaisir, tâchait de faire oublier ses génuflexions de la veille, ses honteuses attitudes devant l'empereur, sa couardise, sa lâcheté, son effroi de naguère. Dans leur pensée, l'impudence — phénomène universel chez le pleutre ! — de l'heure présente, devait couvrir d'un voile la lâcheté du passé.

Mais derrière leurs bataillons de mercenaires, dans leurs palais bien murés, ils restaient couards, tremblants d'effroi devant toute velléité d'insubordination. Aussi la calomnie, la suspicion erraient au-dessus de toutes les têtes, s'égarant sur le plus inoffensif des êtres, sur le meilleur des hommes, car, en ces lugubres années, tous ceux qui passaient seulement pour nourrir des idées libérales, tous les patriotes, professeurs ou étudiants, citoyens ou soldats qui dédaignaient les menaces des louches personnages capables de se venger par une dénonciation, étaient traqués, arrêtés pour subir ensuite, dans toute son horreur, le calvaire des interrogatoires, des fustigations et des alarmes subites, vous rendant les nuits, qui déjà si lentement s'écoulent entre les murs des prisons, plus interminables, plus effrayantes, plus noires.

---

(1) Hors de ton fourreau, couteau de la liberté !
Hourrah ! enfoncez le poignard dans la gorge !
C'est avec la couronne et les oripeaux, avec la pourpre royale
Que, parée, la victime marchera à l'autel de la vengeance.
A bas ! trônes, couronnes, corvées, parasites et barons !
Sonnez ! Sonnez l'alarme !

Combien de malheureux arrachés à leur famille, un soir, n'ont plus revu le jour, n'ont plus revu l'épouse, l'enfant, la mère ! Combien ont crevé sur la paille pourrie, rongés par la vermine, la chaîne aux pieds et aux mains !

Sur ces contrées, belles ou inhospitalières, du Rhin jusqu'au Niemen, de Constance à Memel, à cette époque, une nuée d'espions, pareils aux sauterelles d'Afrique, s'était abattue, et en dignes valets de corrompus cruels, appréhendant à chaque cri de douleur l'explosion de l'émeute, ils mandaient que les suspects n'étaient pas réduits encore et qu'ils allaient se soulever. Exécuteurs des hautes-œuvres, blémissant plus souvent, ils éprouvaient plus de volupté à martyriser leurs victimes que les maîtres eux-mêmes.

La terreur blanche régnait donc sur toute l'étendue du pays et chaque hobereau, ducaillon, prince, roitelet, roi ou empereur, déplaçant par l'iniquité sanglante les plus nobles instincts, faussait les intelligences flexibles au profit de sa suprème volonté...

Le ciel, l'horizon sont noirs d'encre. Aussi n'est-ce point l'écho des sonneries triomphales de la Katzbach, l'avant-coureur des victoires à venir ; aussi n'est-ce point le ronflement des canons de Leipzig, le cliquetis des sabres de Ligny, le formidable hurlement de Waterloo, que tu crois entendre, une fois encore, et qui fait ainsi résonner, fougueux étudiant, les vitres de ta chambre où reposent dans la poussière le sabre et le pistolet des luttes passées ! Non ! ce qu'en ce moment hallucinant, tout frissonnant de rage, tu sens passer dans les airs ainsi qu'un gigantesque roulis, ce sont les appels déchirants, les imprécations des veuves et des épousées, les lamentations des mères, les sanglots des tout-petits, plaintes horribles, pareilles à celles des éventrés que la baïonnette, le sabot du cheval ou la roue du canon n'ont pas achevés ; sinistres plaintes, lamentables hurlements qui montent toujours plus douloureux, toujours plus vengeurs des abords de la fenêtre grillée aux cieux...

Enfin, l'orage éclata.

Depuis longtemps, malgré les arrestations et les condamnations, à la barbe souvent des tireurs de laine gouvernementaux, la jeunesse des Universités, se mettant à espérer des destinées nouvelles, se réunissait en secret ou tenait ses assises au sein des forêts légendaires de la Thüringe, non loin des *burgs* qui commandent la contrée.

Le foyer de la révolution était Giessen, la ville des bords de la Lahn. L'âme de la conjuration était Karl Follenius, et plus tard, son frère Paul.

Une fermentation inconnue jusqu'alors secoua les esprits élevés, dédaigneux des brutalités académiques, si fort en honneur, et plus sévissaient limiers et séides, plus les mots de liberté, d'égalité et de fraternité retentissaient aux oreilles anxieusement dressées des potentats. L'espérance précipitait le sang vers les cœurs, et sourd aux railleries, s'animant dans un souffle de lutte en ce beau mouvement d'affranchissement, qui jetait son auréole, sa généreuse passion sur leurs fronts, les Follenius et les Sand croyaient distinguer, là-bas, dans la brume rosée de l'avenir, leur rêve réalisé : l'Allemagne, la grande Allemagne, la Germanie des temps antiques, libre, unie, forte et à jamais délivrée des roitelets.

Vraiment, ces éphèbes étaient des preux !

Avec leur visage de vierge, leurs cheveux bouclés, leurs yeux bleus, ils n'en revenaient pas moins de la morne plaine où culbuta, en juin 1815, le chariot impérial. Sans hésitation, en chantant les chants de Kœrner — eux, qui jusque-là n'avaient encore entendu siffler que les rossignols des haies de la Franconie et du Palatinat ! — ils avaient affronté la mitraille de Montmirail, les lattes de Pajol, le heurt des légionnaires des guerres de la Révolution, — de l'invincible vieille garde ! — puis, ils s'en étaient revenus, l'esprit gros d'espérance, et maintenant, sur ce sol germanique bien à eux cette fois, les idées de liberté qui jadis, voltigeant, au temps de la puberté, autour des drapeaux de Custine et de Hoche, avaient déjà si fort tourmenté leur cœur d'enfant, ces rêveries grisaient leur lassitude de vengeurs, avides d'affranchissement. Ignorants la saleté humaine, ne soupçonnant même pas l'égoïsme des calculs intéressés, candides, ces nobles natures ne songeaient qu'à l'œuvre commune, au mot qui devait rallier autour de lui tous les Allemands. Folie peut-être que cette conception d'une Allemagne libre et unie, mais à coup sûr une folie généreuse.

Hélas ! Le plan échoua devant l'abêtissement de la nation, devant l'astuce et les armées des ducs.

Cependant, Karl Follenius et Karl Sand, très doux tous deux de caractère, mais tenaces, restaient sous les décombres de la tentative avortée, les idéalistes d'antan ; tous deux, crottés aussi de terre de France, ne voulaient pas croire à l'anéantissement de leurs illusions, à ce dernier effort brisé de tant d'énergies et, persécuté par l'exemple de Charlotte Corday, l'un d'eux se persuada qu'en tuant un homme, il détruirait la horde. Toutefois, lorsque cette pensée commença à germer en lui, Sand, raconte-t-on, en conféra avec son camarade, lequel s'opposa vivement à tout meurtre ; aussi, n'est-ce que lorsqu'il eut compris que la résolution était inébranlable, qu'il réclama pour lui, Follenius, le périlleux honneur d'abattre le monstre. Chacun des deux voulait frapper et, en cas de malheur, laisser au survivant la sainte tâche de venger le frère.

Le sort décida...

Dans la ville de Mannheim vivait un des plus puissants, le plus acerbe mais aussi le plus méprisable ennemi de ces « blonds revenants des guerres de la libération », l'auteur dramatique Auguste-Frédéric-Ferdinand de Kotzebue, le père du célèbre explorateur des régions polaires. Natif allemand, favori de l'empereur Paul et de son successeur ; fêté à la cour de Prusse, il ne cachait pas son abjection, mettant même quelque railleuse forfanterie à dévoiler les hontes de son existence d'espion politique aux gages de la Russie.

Etranges années d'abaissement moral en Allemagne !

Celui-là même qui vendait sa patrie au vu et au su de tous, jouissait des faveurs grand-ducales, commandait en maître, dirigeait les théâtres. Vers ce fabuleux misérable, défendu autant par le mépris qu'il inspirait que par les janissaires l'entourant convergeaient les fils policiers ! Un mot de lui suffisait pour exiler un innocent ; un geste de lui rivait au carcan de fer, jusqu'à la fin, le cou de cet adolescent...

Le 23 mars 1819, justice était faite ; Kotzebue, frappé en pleine poitrine, roulait dans son sang.

En bas, dans la rue, Sand apprit au peuple la nouvelle, puis il s'enfonça lui-même, à trois reprises, le stylet dans la région du cœur. Il en guérit pour monter, plus d'un an après, à l'échafaud...

On confronta les deux amis.

Sand n'avoua pas. Follenius ne dit mot, mais au moment où le juge donnait l'ordre de se retirer, d'un geste brusque il repoussa les gardes et se jeta, en pleurant, dans les bras de son compagnon.

Ce fut le dernier adieu. (1)

---

(1) Karl Follenius, après une longue détention, fut banni. Il se réfugia à Coire, en Suisse, d'où il se rendit à Bâle. Mais le trop fameux Congrès des monarques, réuni à Troppau, exigea son expulsion ; la ville de Bâle répondit crânement à cette injonction en nommant le dangereux insurgé : professeur de droit civil à l'Université. Les trois grands Etats (la « Sainte Alliance ») envoyèrent, en 1824, revenant à la rescousse, trois ultimatums (prussien, autrichien et russe) à la Suisse, exigeant l'extradition. La Fayette appela alors à Paris le proscrit qui s'embarqua pour l'Amérique, où le juriste se transforma en prêtre. Il mourut dans les flammes à bord du vapeur Lexington, sur la route de New-York à Boston le 13 janvier 1840.

L'aîné de la famille, Karl-Ludwig, le poète satyrique mordant, s'était réfugié de bonne heure en Suisse ; Paul, le plus jeune, après quelques années passées dans les cachots de Spandau, mourut en Amérique. Leur sœur épousa, en 1816, le professeur Wilhelm Vogt.

Trente ans plus tard, un soir d'octobre de l'an de grâce 1848, la gauche du Parlement de Francfort se trouvait réunie en assemblée plénière dans la salle du *Deutscher Hof*.

L'allégresse était générale.

Vienne, révoltée à son tour, brisait le trône des Habsburg, chassait l'empereur, les archiducs et proclamait l'unité de l'Allemagne, la fraternité des peuples, la liberté. De Francfort — de la ville lumière alors, où siégeait l'assemblée nationale — les Autrichiens attendaient impatiemment un délégué, muni de pleins pouvoirs et Robert Blum, le chef écouté de la démocratie allemande, venait de déclarer qu'il acceptait avec joie l'invitation des républicains des bords du Danube.

L'acquiescement du tribun répandait une joie communicative, portant l'enthousiasme à son comble, et nul ne semblait préoccupé d'examiner si les assertions des Viennois, enfiévrés par un succès momentané, se trouvaient seulement réalisables et si leurs prouesses auraient un lendemain. Lequel eut osé douter ? On vivait, en cet instant, l'un de ces purs moments des grandes joutes politiques où tous les esprits sont confondus, entraînés dans une même ivresse, lorsque le député Carl Vogt, pressé de toutes parts d'adresser quelques paroles à son camarade de luttes, prononça — lui, le plus jeune d'entre ces jeunes ! — une improvisation émue, prophétique.

Resté sceptique au milieu de l'aveuglement général, ne sacrifiant pas son opinion à la pression de la majorité, il mit en garde ses collègues contre les décevantes illusions et les retours tragiques de la fortune.

On resta d'abord interdit, subjugué par l'imprévu. Puis, on murmura. Que voulait donc Carl Vogt avec son insolite harangue ? Pourquoi ne s'associait-il pas aux transports de tous ? Toutefois Robert Blum, remarquant la stupeur, ne voulut point attendre qu'elle se changeât en hésitation et excitant l'inspiration bouillante de l'opinion, il insista sur l'indéniable optimisme qui se dégageait des rapports venus de Vienne et taxa de chimériques les craintes de son ami.

Carl Vogt bondit alors à la tribune :

— Vienne, s'écria-t-il, c'est la cour martiale, c'est la mort de Blum ! Non ! vous ne le laisserez pas partir, lui qui a femme et enfants, et puisqu'il leur faut quelqu'un là-bas, c'est moi que vous désignerez, moi qui suis libre de ma peau...

Inutile ! Blum refusa, convaincu de l'inanité du danger et se retranchant derrière l'inviolabilité parlementaire, il convainquit l'assemblée que ni le uhlan Windischgrätz ni son lieutenant le croate Jellachich, avec leurs 200.000 hommes, n'oseraient le toucher.

Le soir, tard dans la nuit, les deux chefs du parti démocratique s'en retournèrent seuls, désireux de passer ensemble les dernières heures à causer de l'avenir, paraissant radieux à l'un, lugubre à l'autre.

Au petit jour, Carl Vogt, les yeux brouillés de larmes, quittait le tribun.

Robert Blum partit. Le 9 novembre 1848, il tombait, foudroyé par le peloton d'exécution, à la Brigittenau...

La légende ajoutait — comme il convient — qu'ainsi qu'il était advenu entre Sand et Follenius, un coup de dés aurait, au dernier moment, décidé entre Robert Blum et Carl Vogt.

Bizarres coïncidences, fatalités énigmatiques qui maintes fois apparaîtront sous de variées formes, dans la vie mouvementée que nous allons conter : — Carl Vogt était le neveu de Karl Follenius.

Ainsi tous deux, à la fleur de l'âge, aux presque premières pages de la vie, devaient côtoyer la mort qui leur enlevait, malgré leurs efforts, le frère d'élection, l'ami intime, celui que l'on aime durant toute une vie.

1817-1839

En juin 1816, le docteur Ph.-Wilhelm Vogt, professeur de clinique médicale à l'université de Giessen (grand-duché de Hesse) épousait Louise Follenius, fille d'un juge — renommé dans le pays autant pour son impartialité, sa droiture et sa science, que pour la méfiance qu'il inspirait en haut lieu — et sœur unique de Karl-Ludwig, Karl et Paul Follenius, tous trois juristes, tous trois soldats et poètes, tous trois républicains expulsés, bannis et maudits.

Pauvre Louise! Celui qu'elle aimait et qu'elle épousa à dix-sept ans n'était guère mieux en cour que père et frères! Si le professeur Vogt, en effet, marchait dans cette Hesse plus aimé et plus honoré que le prince lui-même, les portes du *Landtag* ne lui en étaient pas moins fermées, par ordre ministériel. Cependant, plus facilement qu'à ses beaux-frères, le gouvernement lui pardonnait ses ironiques blasphèmes, se hâtant d'oublier les incartades, car les gens venaient de loin pour le consulter, ses élèves le chérissaient et dans certains cas graves le danger l'avait fait appeler au chevet des têtes couronnées. Et puis, sous cet air tranquille, le damné clinicien cachait des velléités tapageuses, une nature rebelle et l'on se souvenait, toujours à temps, que pas autre que lui, lors du typhus de 1814, avait eu l'inimaginable témérité de résister à Blücher. Oui! le tout-puissant feld-maréchal avait dû céder et, à leur aise, le professeur et ses assistants avaient pu, dès lors, après chaque visite dans les lazarets militaires, prendre un bain avant de rentrer en ville, mesure préventive que le vainqueur de la Katzbach traitait d'absurde. Absurde ou non, le fait est que de tous les médecins occupés auprès des armées alliées, pas un n'échappa à l'une ou l'autre contagion, hormis le clinicien et ses élèves. A la suite de cette escarmouche, son autorité grandit et il put interdir l'accès de Giessen à tout soldat malade ou en bonne santé.

Par quel malencontreux hasard cet homme qui sentait déjà le roussi avait-il été désigné pour occuper la chaire la plus importante de la faculté de médecine? L'histoire ne le dit pas. Par contre, comme s'il eut voulu combler la mesure des mécontentements, il épousa la sœur des pires ennemis de l'état de choses existant. Bien loin de le rendre plus malléable, la paternité rendit ce caractère plus altier. Enfreignant, sans gène aucune, les plus sages lois de sûreté générale, il installa, ses enfants avançant en âge, dans son jardin, cachés aux yeux de la police par d'épais taillis et un mur de plusieurs mètres, des engins de gymnastique, si bien que durant des années ce « buen retiro » resta le lieu de rendez-vous des plus suspects garnements de la cité. Un rapport signala le danger à Darmstadt; une descente de police eut lieu, mais les malheureux furent reçus par une telle grêle de pavés, de bûches et de bouteilles vides, qu'ils rebroussèrent chemin. L'affaire, comme on le pense, fit grand bruit, d'autant plus que l'un des policiers qui s'en était revenu avec un œil en moins, jurait avoir constaté, dans le mystérieux enclos, des barres parallèles et fixes, des sabres de bois, voire même des lances, engins et armes de révolutionnaire allure, sévèrement prohibés sur toute l'étendue du territoire de Son Altesse Royale le Grand-Duc.

Une grave maladie du prince héritier étouffa le bruit autour du déplorable évènement et le ministre remit à autre occasion la joie de sévir contre le digne gendre et beau-frère de ces exécrables Follenius.

Carl-Christophe Vogt, l'aîné de neuf enfants — cinq filles et quatre garçons — naquit le 5 juillet 1817, à Giessen, en pays de race celtique et non germanique, si nous nous plaçons au point de vue ethnologique, car ainsi que le rappelle le docteur Letourneau dans sa nécrologie, parue dans la *Revue de l'Ecole d'Anthropologie*, l'Allemagne n'est, en somme, qu'une agglomération d'éléments ethniques fort divers, exactement comme les autres Etats européens. (1)

Il serait tout au moins aventuré de prétendre que le futur professeur brilla sur les bancs du collège; au contraire, si l'on en croit ses *Mémoires* — qui ne dépassent guère les années de jeunesse — et les anecdotes qui se rattachent à cette phase de sa vie, les pédagogues de la bonne ville de Giessen — combien tranquillement assise sur les bords parcimonieusement ombragés de la Lahn ! — eurent peu d'élèves aussi indisciplinés à punir que l'élève Carl Vogt. Comme il passait néanmoins sans encombre d'une classe dans l'autre, son père, expliquant le phénomène, soutenait que cela tenait à un calcul intéressé du maître, trop heureux d'être débarrassé du pendard. Quant à la gymnastique, la raillerie paternelle y trouvait également son jeu, l'enfant, corpulent à tout âge, se montrant à ces exercices très fort en théorie, mais peu en pratique.

L'adolescence de Carl fut donc celle de maint autre : fenêtres brisées, vols de pommes dans les vergers, feuilles de noyer fumées en cachette, quelques claques par-ci par-là, un nombre incalculable de horions et de culottes déchirées, bref, le contingent obligatoire des joies, des calamités et des déboires d'un collégien qui se respecte. A l'époque des vacances, avec son frère Emile, (2) d'un an moins âgé que lui, il partait, portant sur le dos le sac garni de quelques chemises, d'une éponge, d'un peigne, d'un savon et de leurs vêtements du dimanche; en poche, quelques maigres kreutzers, et allez ! va comme je te pousse ! à pied sur les grandes routes blanches ou à travers les champs de betteraves de la Wettéravie, à la recherche des oncles : bouchers, charcutiers ou pasteurs, cousins germains du père, qui, selon l'usage d'alors, accueillaient avec joie les deux garçons dans leur hospitalière demeure. Du côté de la mère, hélas ! peu de ressources, les Follenius habitant plus souvent les prisons d'Etat que leur logis.

Cependant, de méchantes langues insinuaient que Carl et Emile rendaient plus souvent visite aux oncles, bouchers et charcutiers de leur état, qu'aux pasteurs et cela, peut-être, pour la raison que chez les premiers ils rencontraient des cousines plus gentilles, plus fraîches, plus agréables à l'œil. Maman, qui n'entendait pas de cette oreille, mit le holà, — mais

---

(1) L'auteur de la *Physiologie des Passions* écrit :
« L'homme remarquable qui vient de s'éteindre à Genève, C. Vogt, appartenait à la famille de ces grands Celtes allemands, mais seulement de par la langue et la nationalité. Sa ville natale, Giessen, est en effet située en pays de race celtique et rien dans la personnalité morale et physique de C. Vogt n'était en désaccord avec son origine. Par les traits physiques il se rattachait à la forte population celtique du Jura et de l'Alsace; par l'esprit, par le caractère surtout, C. Vogt était aussi celte que possible. Sa gaieté juvénile, ses saillies primesautières, son penchant à saisir d'un coup d'œil le côté plaisant des choses et des gens, même à faire des jeux de mots; rien de tout cela n'est germanique. »
(2) Les trois frères de Carl Vogt ont fourni, tous trois, des carrières enviables.
Emile, excellent pianiste, avait en Suisse et au-delà un renom de juriste éminent. Il mourut à Berne où il enseignait les *Pandectes*.
Gustave, également un universitaire, est professeur de droit civil à Zürich. Il dirigea longtemps l'un des meilleurs journaux de la Suisse, la *Nouvelle Gazette de Zürich*.
Universitaire par accident, le plus jeune des frères, Adolphe, ex-professeur d'hygiène à Berne, est connu pour ses travaux contre la vaccine et ses recherches touchant la salubrité.

l'algarade n'eut d'autre résultat que de faire passer les vacances de Pâques, les plus courtes, chez les ministres de Dieu et celles d'août et de septembre auprès des fillettes aux joues tentantes.

Enfin, le voici, heureusement, étudiant en médecine !

Après quelques mois passés à étudier sans entrain et à se battre à la rapière — combats singuliers dont il sortait presque toujours victorieux, ayant soin, lorsqu'on lui plaçait la cravate protectrice, de grossir le cou en enfonçant la tête dans les épaules, ce qui lui permettait, une fois le duel engagé, de se garer des blessures au menton et à la joue — Carl Vogt entre au laboratoire de Justus von Liebig.

Le laboratoire de Liebig à Giessen !

Quel monde de souvenirs ces quatre mots évoquaient dans l'esprit de Vogt et de tous ceux, qui eurent le bonheur de travailler dans ce sanctuaire de la science chimique ! Que d'histoires charmantes, que d'anecdotes ils faisaient éclore, naguère, dans la mémoire des rares survivants de cette époque à jamais fameuse ! Avec quel respect parlent, à cette heure encore, de cette ruche bourdonnante où s'entrecroisaient tous les idiomes de la terre, les rares vieux de Giessen — *Ubi campos Trojæ !*... — alors enfants, épiant curieusement, en revenant de l'école, au travers des hautes fenêtres, ces bizarres personnages maniant la verrerie si multiforme des tubes et des cornues !

Le laboratoire de Liebig à Giessen !

On sait que grâce à l'influence d'Alexandre de Humboldt, qui ne ménageait ni sa peine ni sa fortune quand il s'agissait de venir en aide à tel homme capable, Liebig s'était vu bombardé, à vingt-deux ans, du titre de professeur à l'université hessoise. De simple marmiton dans les cuisines du Grand-Duc — car le chimiste ne débuta pas dans la vie avec le titre d'aide dans une pharmacie ainsi que ses biographes le prétendent, mais bel et bien en qualité d'humble trouble-sauce (1) — se transformer en professeur, il y a là de quoi perturber plus d'une tête, dira-t-on, et pourtant cette élévation n'eut aucune influence sur le favori de la fortune. Toute sa vie, Liebig resta modeste, ce qui, fait curieux à noter, semble être, plus que chez tout autre scientifique, l'apanage des chimistes.

Aussitôt débarqué, en 1824, le futur auteur de la *Chimie Agricole* — certes un des livres les plus profitables au bien-être public puisqu'il révéla cette branche, alors une énigme, de l'activité humaine et expliqua, pour la première fois, la véritable nature du fumier animal, dotant ainsi l'agriculture à la fois d'une base sûre et d'une nouvelle industrie : celle des engrais minéraux — aussitôt débarqué, disons-nous, Liebig fonda son laboratoire, dont le renom devait bientôt rayonner sur le monde entier.

Il convient, afin de se représenter dans toute son universalité la vogue de ce centre scientifique, en cette ville ennemie du bruit, aux jardins frais et verts, à l'aspect tranquille, de se rappeler l'état de la chimie d'alors et les découvertes du maître ; de se souvenir de ce passionné dont le génie dardait au travers d'un œil de feu, plus habile qu'un autre à communiquer aux disciples cette chaleur de conviction qui l'animait lui-même. Enfin, dans son œuvre, n'était-il pas secondé par Frédéric Woehler, son émule, son collaborateur et son meilleur ami !

---

(1) Dès qu'il eut terminé son école, Liebig, engagé dans les cuisines du Grand-Duc, y entra pour apprendre le métier. Ayant dénoncé, sans penser à mal, une *carotte* du chef-cuisinier à l'officier de bouche qui cherchait vainement un poisson disparu dans les profondeurs d'un garde-manger des sous-sols, Justus, molesté à chaque instant, ne put tenir longtemps ; il s'enfuit à Heppenheim où il trouva une maigre place d'aide dans la pharmacie de la localité.

Un poisson provoqua la mort de Vatel, un poisson a décidé de la carrière de Liebig !

Au début des études de Liebig, la chimie se transformait sous l'influence des élèves de Berzélius : Mitscherlich, Magnus et Woehler. En France, les travaux de Thénard, Dulong et surtout de Gay-Lussac, dont l'enseignement si suggestif ouvrit au jeune allemand des horizons nouveaux, venaient de paraître. Au contraire de leurs collègues d'outre-Rhin, les Français interprétant les phénomènes avec leur habituelle clarté d'esprit ne se fiaient qu'aux *expériences* et n'ajoutaient aucun crédit aux résultantes d'une dissertation philosophique, plus ou moins logique, toujours embroussaillée, munie déplorable en sciences exactes et que le pêcheur de la *Naturphilosophie*, Oncken, si méritant à d'autres titres, contribuait alors, pour sa large part, à implanter définitivement en Allemagne.

« Raisonnons moins et démontrons davantage », exigeaient les Français.

« Épiloguons, épiloguons », marmottait le *Geh. Rath* en se promenant, les mains derrière le dos, le front ridé levé vers le ciel, sur le *Philosophenweg* de la ville où il professait.

En Angleterre, sir Humphry Davy et plus tard Faraday creusaient leur lumineux sillon, exerçant sur les esprits une puissante attraction.

Lorsque parut Liebig, la chimie ne possédait pas de chaire particulière dans la plupart des universités allemandes ; l'enseignement en était confié, ordinairement, à l'un des professeurs de la faculté de médecine, lequel, au milieu de son cours de toxicologie, de pharmacologie ou de médecine pratique, laissait échapper ce qu'il connaissait des réactifs ordinaires et des combinaisons.

Liebig sentit admirablement ce qui manquait à ses concitoyens et l'école française s'affirma de plus en plus son maître, s'il est permis de parler de maître quand il s'agit d'une aussi haute originalité. Il créa donc, à Giessen, un laboratoire dans lequel l'étudiant apprenait non seulement la pratique de la chimie, mais aussi la haine des incursions dans le domaine de l'abstraction.....

Une direction proprement dite n'existait pas. Le professeur s'ingéniait à distribuer aux travailleurs leur tâche, puis il les laissait voler de leurs propres ailes, tout en surveillant de loin. Le matin, on venait lui raconter les péripéties des recherches de la veille et l'on s'en revenait à ses cornues après lui avoir confié et discuté avec lui le but des travaux du jour. Ainsi, chacun se voyait contraint à chercher sa voie lui-même.

Eh bien ! cet enseignement, Carl Vogt ne l'oubliera jamais. Sa vie durant, il nourrira une rancune souvent comique contre les démonstrations purement philosophiques et beaucoup plus que les prêtres il tiendra les philosophes à distance, ne pouvant maîtriser son antipathie surtout lorsqu'il se trouvera en présence de l'un de ces rêveurs philosopho-chrétiens, race à part, qu'il accusait de tout confondre, de se nourrir de phrases creuses, de dissimuler, derrière leur détachement, un esprit d'intrigues et de rechercher leurs succès éphémères devant des auditoires de femmes. De ce temps-là, date aussi son horreur contre le travail de mémoire, rabâchage non raisonné et non compris, et quand il examinera, plus tard, à Genève, les étudiants, bien souvent les éclats de sa voix irritée terroriseront le candidat ânonnant mot à mot, sans oublier une virgule mais sans y comprendre rien, ce qu'il avait expliqué dans ses cours d'anatomie comparée, de géologie, de paléontologie ou de zoologie (1).

---

(1) Son ire tombait souvent sur le moins méchant des philosophes, ainsi que le prouve cette jolie lettre de l'auteur du *Journal Intime*, nature douce, peu ambitieuse, ne demandant qu'à vivre en paix :

« Genève, 6 mai 1870.

« Monsieur le Président,

« Me permettez-vous de vous faire compliment de votre excellent discours d'hier en faveur de l'université fédérale dans la Suisse romande. C'est un vigoureux coup de main donné au plus séduisant des divers projets examinés ces derniers temps.

« Je vous félicite d'autant plus volontiers que je ne puis être à vos yeux suspect de complaisance, s'il est vrai,

Dans cette maisonnette où se concentraient la joie et l'indépendance de la petite ville, l'esprit vif, bouillant, l'intelligence extraordinaire de l'indompté disciple apprirent à se former, à travailler avec méthode. Enfin, auprès de ces tables où tant d'esprits supérieurs se révélèrent, où se livrèrent à un travail de bénédictin, sous l'égide de Liebig et de Woehler : Will, Bunsen, A. Wilh, Hofmann, Regnault, Kopp, Kékulé, Marignac, Bardeleben, Vogt noua de fidèles et exquises amitiés qui durèrent toute la vie. Bardeleben, le chirurgien, et Wilhelm, A. Hofmann, le chimiste, devant l'universelle et féconde activité desquels le monde savant s'incline, restèrent les plus intimes amis de Vogt, sans compter le *petit* Baur, le professeur de théologie de Leipzig.

Il se lia également plus particulièrement avec Victor-Henri Regnault, inconnu alors, mais célèbre dans l'officine à cause d'un *tic,* dont il ne put jamais se départir, et rien n'était plus hilarant que de voir l'ex-commis du magasin des modes : *Au grand Condé,* les yeux fixés sur ses précipités, l'esprit préoccupé, tiraillant durant des heures une longue mèche blonde de ses cheveux qui étaient fort beaux.

Bien des années plus tard, quelques mois après la guerre de 1870-71, qui lui ravit son fils, le peintre de *Salomé,* Regnault vint rendre visite à Vogt, dans sa demeure à Plainpalais. De loin, celui-ci se promenant dans son jardin avait aperçu quelqu'un examinant un tableau et tiraillant une longue mèche de cheveux. C'était Regnault et c'était bien toujours la même mèche du temps jadis, la belle mèche d'antan, mais elle était toute blanche maintenant. (1)

Outre l'émulation au travail personnel, la vie commune, les relations incessantes portaient leurs fruits. La révélation des résultats obtenus poussait chacun à s'intéresser aux recherches d'autrui et le soir venu, on continuait, à la brasserie, souvent en compagnie des bourgeois, les discussions du jour. Puis, une fois le semestre d'hiver commencé, Liebig donnait, deux fois par semaine, en un répétitoire magistral, le résumé des principales questions soulevées dans les centres scientifiques.

Il s'y commit mainte bévue, dans ce laboratoire à jamais fameux, mainte erreur se répandit de là dans l'univers, non point dans l'observation mais dans l'interprétation ; toutefois, nul ne pourra nier son influence bienfaisante, l'émulation qu'il fit naître et les services qu'il rendit à la science. Maintenant que les voies sont frayées, la tâche, quoique plus compliquée, est moins pénible. Eux, ces *jeunes* d'alors, détenteurs de l'immense mouvement intellectuel qui va surgir, ils furent les premiers pionniers dans plus d'un domaine totalement inconnu. Les découvertes admirables que virent les périodes suivantes existèrent en germe dans le cerveau de cette bande laborieuse, de cette génération brillante, qui attendait la réalisation des tentatives intellectuelles avec une inébranlable confiance dans l'avenir. Ce fut là un beau

---

comme on me le dit, que vous confondiez le rapporteur et le rapport du 6 janvier et que vous n'ayiez pas reconnu l'impartialité de l'un et de l'autre.

« Il me paraît difficile qu'un homme d'esprit conserve des préventions mal fondées contre les personnes et ne lise pas un peu entre les lignes.

« Quoi qu'il en soit, à supposer (ce que je ne comprendrais pas) que, comme collègue à l'Académie et à la Société intercantonale, il me fut interdit d'aspirer à votre bienveillance, laissez-moi ignorer, comme membre de l'Institut genevois, cette singularité regrettable et vous présenter, Monsieur le Président, l'assurance de ma haute considération.

« 28, Grand'Rue. »   « H.-FRED. AMIEL. »

(1) Vogt ne connut Marignac « l'ange de la modestie et de la patience », comme il l'appelait, que plus tard à Genève. C'est à propos de ce savant que Berzélius écrivait, en signalant ses analyses destinées à la vérification des poids atomiques du chlore, de l'argent et du potassium : « Ces expériences paraissent avoir été exécutées avec une exactitude toute particulière et ont été répétées avec une patience digne d'éloges... Elles méritent la plus grande confiance... Il est à souhaiter et à espérer que les chimistes qui entreprendront une révision des poids atomiques réunissent à la grande exactitude de M. de Marignac, sa patience et sa conscience scrupuleuse. »

moment de l'histoire de la science et le nom de la cité des bords de la Lahn subsistera glorieu-
sement attaché à l'immortel laboratoire. Tant qu'il restera souvenir des grands moments de
la chimie, le nom de Giessen ne périra pas...

Justus de Liebig resta le sûr conseiller, le paternel soutien du « *Dicker* » (ou « *das
schlimme Karl'chen* » comme le baptisèrent Will et Hofmann) et jusqu'à sa mort il lui porta
une affection particulière.

Les nombreuses et constantes amitiés dont Carl Vogt s'honorera durant sa longue et
combative existence ne suffiraient-elles pas, à elles seules, à prouver l'exquise délicatesse de
son cœur ?

Le neveu des Follenius terminait son premier mémoire consacré à l'analyse comparative
de l'eau de l'amnios à différentes périodes de la vie fœtale (paru en 1837, dans les *Archives* de
Johannes von Müller) et ne songeait qu'à continuer dans la voie chimique, lorsqu'un
événement capital bouleversa ses plans et vint donner à ses pas une autre direction.

Depuis quelque temps, son père, dégoûté de l'étroitesse gouvernementale, fatigué de
batailler contre l'autocratie de minuscules ministres gravitant autour du Grand-Duc, avait
transporté ses pénates à Berne, trop heureuse d'offrir la chaire de clinique médicale à
l'auteur de la *Pharmakodynamik*, traité médical en deux volumes et dont la quatrième
édition allait paraître, chose extraordinaire pour l'époque. Carl restait donc seul à Giessen,
tout entier à ses travaux et à la préparation de son examen final lorsqu'un soir, alors que
tranquillement attablé dans une brasserie en compagnie de Bardeleben et de Ricker, l'éditeur,
il riait d'un bon mot, un étudiant blanchi sous le harnais — *ein bemoostes Haupt* — le
fit appeler au dehors. Une fois dans la rue, le malheureux, juriste de son état, raconta
son odyssée : Il était affilié aux républicains de Marbourg, d'où il venait à pied ; un complot
avait été éventé et il ne savait au monde où aller cacher sa tête, l'ordre ayant été donné à
la police de ne reculer devant rien et de se servir des armes, en cas de fuite ou de mauvais
vouloir. Vogt n'hésita pas ; il accueillit le traqué chez lui, quoiqu'il ne se dissimulât en rien
l'énormité du crime envers son Excellence, le ministre Georgi et S. A. royale le grand-duc.
En cas de découverte, Vogt, traité comme recéleur, ayant caché un insurgé, risquait, ni plus
ni moins, cinq ans de forteresse, ainsi qu'il appert de la proclamation du préfet de police,
affichée, le lendemain, dans toutes les villes de la Hesse.

Une semaine se passa sans alerte : sagement, l'étudiant en droit restait confiné dans sa
chambre, pris d'une louable ardeur pour la lecture du *Corpus juris*, tandis que son hôte, la
conscience à l'aise, continuait à vaquer placidement à ses occupations, quand un après-midi,
alors que le premier danger semblait écarté, Liebig le rejoignit près de sa cornue. Le maître
détestait les démêlés politiques ; aussi est-ce avec un accent de poignant reproche et le regard
consterné qu'il apprit à Vogt qu'on allait l'arrêter ; le renseignement venait de lui être fourni
secrètement par un employé supérieur, son obligé.

Pas un moment à perdre, il fallait fuir au plus vite ! Hofmann vola chez le juriste, et
lorsque la police, après avoir, dans le silence, cerné la maison suspecte, pénétra dans la
chambre, la cage était vide et les deux oiseaux échappés dans deux directions différentes.

Mais où fuir ? De quel côté des frontières, rigoureusement surveillées, gagner l'hospitalière
Suisse ? Infailliblement, il allait être reconnu, pris et incarcéré. Sans papiers, sans bagages,
sans autorisation gouvernementale, il serait saisi au premier tournant. Vogt se rappela alors,
fort à propos, qu'il possédait, au-delà de Darmstadt, du côté de Jugenheim, sur la riante

Bergstrasse, un oncle, forestier du grand-duc, et tenez ! justement, le souverain donnait, en l'honneur d'une visite princière de Prusse, de grandes chasses à courre dans les bois, surveillés par le parent Bose !

Caché dans les saulaies du bord de la Lahn, Vogt, ragaillardi par son idée géniale, attendit, avant de se mettre en marche, que la nuit fut tombée.

Le lendemain, Giessen commentait l'évènement et dans les bonnes familles conservatrices, les réflexions allaient leur train. Décidément ! ces Vogt et ces Follenius ne valaient pas cher :

— Allons ! murmurèrent, branlant leur vénérable chef, une vingtaine de « *Spiesbürger* » en lisant le nom de Carl Vogt, candidat médecin, sur la liste des fauteurs de troubles recherchés par la police, allons ! il débute bien, le louveteau, et le proverbe qui prétend que la pomme ne tombe pas loin de l'arbre est certainement un proverbe qu'il faudrait graver en lettres d'or au-dessus des portes des maisons où nichent les couvées de cette racaille...

Ainsi, les bons bourgeois.

Cependant, à Jugenheim, l'oncle ne put s'empêcher d'esquisser une grimace en écoutant son neveu, mais comme c'était un bon vivant, d'humeur joviale, il finit par éclater de rire, surtout en l'entendant formuler une seconde demande :

— Me cacher me pèse, expliquait le fugitif ; du reste, la prudence me l'interdit. Il serait beaucoup plus avisé de me prêter un uniforme d'aide ou d'apprenti-forestier qui me permettrait, sans danger aucun, de suivre la cour dans ses chasses. Que le diable m'emporte, si les limiers de Georgy flairent ma trace dans la suite du grand-duc !

Cela se passa ainsi et voilà le dangereux conspirateur, que la police cherchait partout ailleurs que dans les domaines privés du prince, rabattant le gibier à portée des fusils de Son Altesse royale Alexandre de Hesse et de son invité. Le voilà donc escaladant les barrières, traversant les clairières, maudissant les ronces, buvant de bons coups, toujours dans la forêt un instant réveillée ; tantôt, il lâche la meute dans les sombres profondeurs des halliers ; tantôt, il attend, en songeant par intermittences à filtres et cornues, le débouché du cerf dans le carrefour, tandis que l'écho répète au loin le furieux aboiement des chiens ou le son du cor qui se perd ou se rapproche.

Les belles journées !

Il finit, toutefois, par s'ennuyer dans cette retraite d'un genre nouveau ; l'automne touchait à sa fin, les feuilles tombaient, les augustes Nemrods s'en étaient retournés à Darmstadt, pourquoi rester là indéfiniment et ne pas tenter de rejoindre Strasbourg et Berne, où père et mère devaient se trouver dans l'inquiétude.

Non sans avoir chaudement remercié l'oncle Bose, il quitte, toujours affublé de son costume étriqué, trop court et trop étroit, Jugenheim et, après nombre d'incidents, il se trouve aux environs de Kehl, gardé par les troupes allemandes et où la formalité du passe-port n'avait pas précisément la réputation d'être un mythe. Après avoir longtemps erré sur les bords du Rhin, sans avoir découvert le moyen de le passer à cause du courant, du froid et des sentinelles, il sent le désespoir l'envahir. Cela finissait par ne plus être drôle du tout ! Et dire que là-bas, de l'autre côté, à quelques mètres s'étendaient les plaines de la terre promise, de la terre de liberté, du beau pays de France, et qu'il ne pouvait l'atteindre ! Penser qu'il ne s'agissait que d'un pont — le pont de Kehl ! — à franchir et il était sauvé !

Ah ! que maudites soient les conspirations avortées dans lesquelles on n'a même pas la satisfaction d'avoir trempé.

Dans les cas désespérés, l'homme prend généralement la résolution la moins pondérée. Carl Vogt se garda bien de faire mentir cet axiome et il sauta, jouant son va-tout, dans la diligence qui passait en cet instant et qui desservait les localités entre Mannheim et Strasbourg.

Le chapeau enfoncé jusqu'aux yeux, le collet du manteau remonté jusqu'aux oreilles, il rumine de sombres pensées, pendant que la patache roule et s'approche. Il ne prête aucune attention à ses compagnons de route : deux paysans, trois bonnes femmes avec des paniers et, vis-à-vis, un bourgeois et un jeune homme, médecin à Strasbourg.

— Hé ! comment cela va-t-il ? dit tout à coup le bourgeois en s'asseyant près de lui.

Vogt reste pétrifié, cloué par la stupeur.

— A votre contenance, murmure l'autre en souriant, ainsi qu'à votre costume, qui ne paraît pas être taillé sur mesure, je parie que vous donneriez volontiers un ducat pour être de l'autre côté, hein l'ami ? Vous êtes du complot de Marbourg ?

La méfiance disparut vite ; le « *Schlimmes Karlchen* » respira bientôt, confiant, soulagé. La mine ouverte, l'accent alsacien de l'interlocuteur lui firent aisément comprendre qu'il ne se trouvait pas aux côtés d'un espion, et, sans autre, il avoua tout, l'asile, la fuite, son anxiété, sa peur d'être saisi. L'horreur de sa situation apitoya le vieillard, qui n'était autre que le maire de Strasbourg, Kratz....

— Je ne promets pas de vous tirer de là, lui dit le magistrat, mais nous essayerons. Commencez par vous placer dans le fond de la diligence, dans l'ombre, à côté de cette grosse dame et derrière son panier. A Kehl, ne soufflez mot, dissimulez-vous autant que possible et si l'officier du corps de garde est celui que nous connaissons, l'amoureux de Lisbeth, foi de vieux strasbourgeois, vous passerez !

Une heure, une heure d'angoisses s'écoule. Le lourd véhicule roule avec bruit sur les pavés ; il s'arrête.

Aussitôt le maire Kratz se lève, se carre devant la portière et regarde au dehors. L'officier et la patrouille s'approchent.

— Comment ! vous n'êtes pas à Strasbourg, mon lieutenant ?

— Mais non, monsieur le Maire. Pourquoi cette question ?

— Vous n'êtes donc pas au courant.....

— De quoi, monsieur le Maire ?

— Mais votre Lisbeth s'est cassé le pied, ce matin, en allant chercher de l'eau à la fontaine de la rue des Bouchers.....

— Hein ! Quoi ? Cassé le pied !.... Lisbeth !....

— Heureusement que le docteur passait ; il l'a aussitôt relevée et a placé un appareil. Mais aussitôt après il a dû partir pour la campagne et il a grande hâte de revoir la malade, n'est-ce pas, Docteur ?....

— Oui, reprit le médecin en se levant à son tour, et je ne suis pas sans inquiétude...

— Et cette patache qui n'avance pas !... Ce que la pauvre enfant doit souffrir !..

— Le pied cassé !... Lisbeth !... répétait l'officier désolé.

— Elle doit être sur des charbons ardents en attendant le docteur...

— Mais comment l'accident...

— Nous n'avons pas le temps de vous expliquer cela.... La diligence a déjà un retard considérable.... Montez avec nous....

— Je ne puis pas... Je suis de garde... Je viendrai demain... à la première heure... Vite les passe-ports, s'il vous plaît...

Le maire se carra davantage :

— Vous allez encore nous faire perdre un temps précieux. Du reste, *wer sin' jo olles Strosburger !* assura-t-il en se tournant vers l'intérieur.

— *Jo,* répondirent en chœur les trois femmes, les paysans et le docteur.

— J'ai une peur atroce d'avoir trop serré l'appareil, continua ce dernier.

— Ce qu'elle doit souffrir !... Pauvre Lisbeth ! la plus jolie fille de Strasbourg !... Allons !

hâtons-nous... Donnez l'ordre au cocher de brûler le pavé, mon lieutenant. Il s'agit de minutes. Un retard d'une seconde peut être fatal....

— Vous êtes bien tous de Strasbourg ? La consigne est sévère....

— *Jo*, répéta le chœur.

— Dans ce cas, filez ! Et au grand galop, cocher !

La voiture s'ébranla, Carl Vogt était sauvé.

Le médecin qui avait contribué à le tirer de ce mauvais pas et avec lequel il fera plus ample connaissance par la suite, s'appelait Küss.

Quand aujourd'hui ce nom sonne aux oreilles de quelque alsacien de vieille roche, il sent son cœur battre plus fort, un frisson courir sur son être et ses yeux s'emplir de larmes.

Le professeur Küss n'a-t-il pas été le dernier maire français de Strasbourg ?

Il tomba comme une masse, frappé d'apoplexie, à Bordeaux, en 1871, aux côtés de Gambetta au moment où ce dernier recevait la dépêche de Jules Favre annonçant la cession de l'Alsace et de la Lorraine à l'Allemagne victorieuse.

C'est à la mémoire de cet homme de bien, de ce généreux, de ce savant, que seront dédiées les *Lettres Politiques* de Carl Vogt, cette fière et éloquente protestation au nom du droit, de la justice et de la liberté, contre la conquête brutale, contre la guerre impie.

Vogt séjourne quelques mois à Strasbourg. En compagnie de Küss, il fréquente d'abord assidûment l'hôpital, pour tomber ensuite dans les cénacles des réfugiés qui ourdissaient complots sur complots, dont l'exécution, sans cesse ajournée, ne se réalisera que douze ans plus tard. Enfin, il néglige médecine et politique, et allant de découvertes en découvertes dans les bibliothèques et les musées, il se livre entier à ses préférences pour la zoologie et l'étude des formes fossiles. Les choses eussent menacé de traîner ainsi longtemps, si le père, informé que le « Dicker » se détournait un tantinet de la voie tracée, s'occupant beaucoup plus à dessiner des animaux qu'à palper des ventres, ne l'avait rappelé à Berne, auprès de lui...

Carl Vogt montrait une prédilection pour la chirurgie quoiqu'il ne pût, de sa vie, surmonter une certaine appréhension nerveuse, un malaise devant le sang ; au milieu de ses rudesses révolutionnaires, il restait d'une sensibilité extrême que le superficiel ne soupçonna jamais chez cet homme taillé dans le roc : il lui répugnait, par exemple, de travailler sur des animaux vivants, et s'il rompit plus tard des lances en faveur de la vivisection, dont il se montra l'un des plus acharnés partisans, ce ne fut pas pour sauvegarder ses intérêts scientifiques mais uniquement pour défendre, contre d'imbéciles attaques, les droits de la physiologie expérimentale en péril.

Or, à cette époque si rapprochée au point de vue du temps écoulé et pourtant si éloignée de nous, quand on la mesure à la distance des progrès réalisés, le chirurgien opérait dans des mares de sang, au milieu des cris horribles du patient, dans le désarroi des assistants et des infirmiers. On ignorait encore les deux grandes découvertes : l'anesthésie et l'antisepsie. Les plus minimes opérations : l'incision d'un abcès, l'ablation d'une phalange, l'extraction d'une loupe à la tête, inspiraient à l'opérateur un effroi qui paralysait toute action, engourdissant, arrêtant sa main. Hé quoi ! si des complications surgissaient après l'opération, il serait là, impuissant, obligé d'assister à la terrible agonie du gangrené, dans l'impossibilité de lui procurer un adoucissement efficace.

Le cauchemar de l'érysipèle traumatique et de l'infection purulente hantait les hôpitaux.

Ces résultats négatifs, dont on ne comprenait pas la cause, et qui paraissaient alors devoir durer ce que l'humanité durerait, dégoûtèrent Carl Vogt de la chirurgie ; aussi bien, se sentait-il transporté d'aise quand son père, cumulant à Berne les deux cliniques, envoyait les cas graves en chirurgie à Chelius, à Heidelberg.

L'aversion devant le sang d'autrui, il ne put jamais la réprimer complètement :

Vers 1890, le chirurgien Lannelongue, se trouvant de passage à Genève, devait trépaner à la clinique des professeurs Reverdin, un microcéphale atavique, par conséquent, d'après la théorie de Vogt, un être dont le cerveau avait été frappé par un arrêt de développement avant d'être constitué définitivement, c'est-à-dire pendant la vie utérine du fœtus, d'où résulterait que le microcéphale proprement dit ne serait qu'une forme intermédiaire entre l'homme et le singe. Partisan de la réfutation de Rud. Virchow, qui ne voit dans la microcéphalie qu'un phénomène pathologique, le célèbre praticien de Paris affirmait que tout cerveau de microcéphale pouvait se perfectionner dès que l'ossature crânienne ne le gênait plus. Carl Vogt examina l'enfant.

Eh bien ! ce stoïque qui endurait sur lui-même, sans pousser un cri, après avoir refusé la narcose, de profondes incisions dans la région ventrale et qui supportait gaiement les ponctions à la veille de sa mort, alors qu'il était affaibli par l'âge et rendu nerveux par le mal, cet intrépide ne put assister à une simple trépanation !

A côté d'un courage inné, de cette énergie et de ce sang-froid qui ne l'abandonneront pas dans les moments les plus critiques, apparaissait une nervosité d'artiste qu'il s'efforçait en vain parfois, de refouler au plus profond de lui-même...

Il passa donc à côté de la chirurgie et embrassa, avec ardeur, une autre branche, des sciences médicales.

Le créateur de l'actuelle théorie physiologique des nerfs et des organes des sens, le renommé professeur G. Valentin, enseignait la physiologie à Berne. Très lié avec le père, il reçut le fils à bras ouverts. Reconnaissant chez le débutant des capacités rares, une gaieté communicative répondant à merveille à sa nature expansive et joviale, il résolut de l'accaparer et Carl n'aurait assurément pas demandé mieux que d'abandonner médecine, chirurgie, pharmacologie, et la préparation de son examen par dessus le marché, si l'inflexibilité paternelle n'avait résisté à ces divagations :

— Tu rencontreras, mon fils, lui disait-il en tirant des bouffées de sa longue pipe en porcelaine, des malades dans les cinq parties du monde et tu pourras chevaucher partout sur la selle médicale, sans craindre de mourir de faim. Termine, par conséquent, tes études. Ton doctorat en poche, tu seras libre d'étudier ce qu'il te plaira : physiologie ou géologie, zoologie ou paléontologie, peu m'importe, je pousserai même la condescendance jusqu'à autoriser la politique ! (1)

Cette très sage exigence d'un père qui n'était pourtant rien moins que sévère, incita « Schlimmes Karlchen » à subir l'épreuve professionnelle en avril 1839. Il en sortit vainqueur avec la meilleure note : *Maxima cum laude*, à l'âge de 21 ans.

Le titre de docteur ne le rendit pas plus fier ; il plaça patente et diplôme dans le fond d'une malle au grenier, et se jura *in petto*, de ne jamais se servir ni de l'une ni de l'autre. Ce qui le rendait infiniment plus fier, c'était le mot *fin* inscrit au bas de deux mémoires originaux qu'il estimait ne pas devoir être sans valeur et qui lui valurent, en effet, les félicitations de Karl Ernst de Baer et d'Alexandre de Humboldt. Dans ces recherches sur le système nerveux central des reptiles, le parcours de leurs nerfs cérébraux et de leur système grand sympathique (*Zur neurologie von Python tigris*, Archives de Jean de Müller, 1839) (*Beitrage zur Neurologie der Reptilien*, Mémoires de la Société helvétique des sciences naturelles, 1840), les deux immortels savants avaient surtout été frappés par la consciencieuse élaboration du sujet, imparfaitement connu, et la clarté d'un style élégant. (2)

Quand on pense que ces pages furent écrites dans les transes et l'appréhension d'être découvert, car si le père avait appris que son aîné, au lieu de s'inculquer les doses *maxima* et *minima*, s'ingéniait à suivre, le scalpel en main, les nerfs d'un serpent, il ne se fut certes pas montré satisfait. Bah ! la tentation avait été trop forte, aussi ! Pensez donc ! Al. de

---

(1) Comme Liebig, Valentin s'attacha à son élève et ne le perdit pas de vue. Voici un fragment de l'une de ses lettres. (Trad.)
                                        « Berne, 28 novembre 1861. »
      « Mon cher Charles,
      « Votre aimable envoi qui m'est parvenu ce matin m'a doublement réjoui non seulement à cause du contenu, mais aussi parce qu'il me prouve que mon favori de jadis conserve également pour moi son attachement. Qu'il en soit ainsi jusqu'à ce que nous entreprenions la grande pérégrination vers le paradis théologique !
      « A cette occasion, permettez-moi de vous faire une proposition que je vous aurais communiquée verbalement ici, si l'arrivée de ma femme ne nous avait interrompus dans notre conversation. Je me mets à votre entière disposition dans le cas où vous auriez besoin pour votre description de voyage d'examiner au point de vue zoologique les espèces animales rapportées par... (nom illisible). Ils sont à votre service...
                                        « Votre tout dévoué,
                                            « G. VALENTIN. »

      (2) Le lecteur comprendra aisément qu'il nous a été impossible, dans le cours de cette biographie, d'énumérer en détail les publications innombrables de Carl Vogt, voire même simplement de les signaler par leur seul titre. Eparpillés dans une foule de revues et journaux scientifiques, politiques, littéraires, allemands et français, la nomenclature seule des sujets traités exigerait l'adjonction de nombreuses pages à ce livre déjà volumineux.
      Nous avons dû également, par crainte d'un développement exagéré et pour ne pas obséder le lecteur par une énumération de noms, d'écrits, de livres, taire le plus souvent les sources auxquelles nous avons puisé, ainsi que les noms des auteurs auxquels nous empruntions telle anecdote, tel jugement, telle phrase même qui nous semblait devoir préciser notre pensée mieux que nous n'eussions pu le faire.

Humboldt, venant d'Amérique avait laissé dans l'institut de Valentin une collection de reptiles ; le « *Dicker* » n'avait pu résister et dans le plus profond secret, avec la seule complicité morale du bon maître, il s'était mis au travail...

Mais il était écrit qu'il ne resterait pas à Berne !

Une circonstance décisive le poussa à abandonner les études physiologiques, à oublier son brevet de médecin, récompense d'un rude coup de collier donné pendant deux mois : Une autre perspective que celle de monter des étages ou de se confiner dans une branche spéciale ; un avenir répondant pleinement à ses aspirations non encore fixées, à ce besoin de savoir qui le harcelait ; une perspective radieuse comblant ses plus intimes désirs, tout à coup, s'était ouverte devant lui quelques mois avant son examen professionnel.

1839-1844

Dans ce temps-là, un savant — illustre déjà — venait souvent de Neuchâtel à Berne conférer avec le professeur Wilhelm Vogt, *de omnibus rebus et quibusdam aliis*. Une fois ses courses en ville terminées, Louis Agassiz contait à son médecin en même temps que son conseiller — dans la *Laube* quand c'était en été ; les pieds sur les chenets quand au dehors la neige tombait — ses peines, ses misères et ses tracas. Les ennuis commençaient déjà à assiéger cette existence tourmentée de primesautier aux entreprises hardies et déjà le « brasseur d'affaires scientifiques », génial mais dangereux qu'était le citoyen de Motier en Vuilly sentait que la tâche entreprise et habilement trompetée dans les quatre coins du monde était un trop pesant fardeau pour les épaules d'un seul.

Non ! abandonné à lui-même, il n'arriverait même pas à mettre de l'ordre dans le chaos de matériaux que, dans son activité fébrile de collectionneur et son impérieux désir de posséder, il avait amoncelés dans les salles de sa maison de Neuchâtel.

Gravement, le docteur écoutait, en fumant sa pipe en porcelaine, l'interrompant parfois dans ses jérémiades en lui reprochant de vouloir tout embrasser d'un coup pour laisser ensuite les choses inachevées, lorsqu'un soir de juin 1838, comme Agassiz se désolait plus que de coutume, suppliant son ami de lui céder son fils, le professeur l'arrêta :

— Ecoutez-moi, Agassiz, lui dit-il ; si vous n'étiez venu, je vous aurais écrit, car j'ai votre affaire. J'ai là, chez moi, vivant à notre table, dormant sous mon toit, un pauvre diable sans sou ni maille, qui se gagne, par-ci par-là, quelques maigres deniers en donnant des leçons d'allemand ou de français ; il est expert dans les deux langues. Quoique l'ami de mon aîné, c'est un garçon sérieux, régulier, obéissant, grognon parfois, froid et très consciencieux ; prenez-le avec vous, je m'en porte garant, car je n'aurais pas voulu vous le recommander avant d'avoir approfondi son caractère. Vous serez satisfait de votre acquisition et lui sera au septième ciel d'avoir son pain assuré et de travailler auprès d'un homme qui a été en correspondance avec Cuvier et qui est le commensal du général de Pfuël, sujet de Sa Gracieuse Majesté le Roi de Prusse et Gouverneur de la *Principauté modèle*. (1)

— Mais je le prends immédiatement avec moi, cela va sans dire, mon cher Professeur, s'écria Agassiz. Peut-il partir demain ?

— Pourquoi pas ! Vous le lui demanderez vous-même. Il doit être dans sa chambre et je vais le faire appeler.... Quant à Carl, puisque vous y tenez absolument, quoique je vous aie averti qu'il n'était pas précisément facile à gouverner, s'il lui plaît d'aller vous rejoindre, il sera son maitre dès qu'il aura son diplôme en poche, mais pas avant.... Ah ! j'oubliais... Le camarade de mon fils se nomme Edouard Desor...

---

(1) Ce n'est qu'en 1848 que Frédéric-Guillaume IV fut contraint de dégager ses « fidèles sujets de Neuchâtel » de leur serment hommagial.

Ainsi parla le professeur Wilhelm Vogt.

En effet, le pauvre Desor se morfondait à Berne, désolé d'être à la charge de ses bienfaiteurs. Il promenait dans les rues de la capitale, outre sa morne tristesse, une description de la méthode qui venait d'être découverte de la fabrication des bougies de stéarine, dont il espérait pouvoir tirer profit. Ses tentatives échouèrent : il connaissait bien la fabrication des bougies, mais non celle des mèches qui se recourbent en brûlant !

Le surlendemain, Desor, se mettant immédiatement au travail dans la maison de Neuchâtel, ordonnait, rangeait, cataloguait, époussetait à tours de bras, tandis qu'Agassiz applaudissait des deux mains et se félicitait de sa trouvaille.

Quelques mois plus tard, le docteur Carl Vogt, ivre de joie, rejoignait, à son tour, le duo sur les bords mélancoliques du lac.

La pensée d'Agassiz, nous l'avons dit, roulait les plus vastes projets.

D'abord, il fallait en terminer, une fois pour toutes, avec ces poissons fossiles dont la détermination lui avait été confiée par Cuvier, en 1831, labeur énorme qu'il n'attaqua sérieusement que deux ans plus tard sans l'achever toutefois et duquel il ne serait jamais venu à bout sans l'assistance de ses deux collaborateurs. En second lieu s'imposaient : l'étude des poissons d'eau douce de l'Europe centrale au point de vue zoologique, anatomique et embryologique ; celle des échinodermes vivants et de leurs débris qui abondent dans les couches de la terre et enfin la consécration définitive de la nouvelle théorie des glaciers — esquissée pour la première fois, en 1802, à Edimbourg, par Playfair — avec les preuves irréfutables de leur ancienne extension, bien loin de leurs retraites actuelles. Ces problèmes si multiples, exigeant une assiduité, des dons d'observation et une sagacité hors pair, tourmentaient à l'excès l'imagination de Louis Agassiz.

A l'arrivée de Desor et de Vogt, un désarroi inimaginable, une confusion digne du chaos légendaire distinguaient l'intérieur de l'énorme bâtisse, assise au bord de l'eau et élue entre une dizaine pour abriter les collections ; en effet, autant Louis Agassiz développait d'ardeur, d'ingéniosité à rassembler en un seul et même point documents et matériaux venant de tous pays, autant, étant de nature désordre et brouillonne, il se surprenait emprunté, désemparé, quand il s'agissait de collationner et de tirer profit de ces richesses. Acculé devant la perspective de s'adonner à un travail de patience qui ne répondait nullement à ses facultés, il laissait plutôt tout en plan, s'il se trouvait seul, ou déchargeait, quand il était entouré de collaborateurs, le fardeau sur leurs épaules et cela avec le parfait sans-gêne d'un enfant gâté, quitte après, l'œuvre parachevée, de s'en approprier l'honneur exclusif, *quia nominor leo.*

Mais, à plus tard la psychologie d'Agassiz !

Cette retraite scientifique sur les bords du lac de Neuchâtel était, avec sa lithographie occupant une vingtaine d'ouvriers, son mouleur et ses dessinateurs, un véritable phalanstère avec les biens mis en commun. Dans une petite chambre donnant sur les magasins emplis de fossiles, travaillaient Desor avec *Monsieur Charles,* son souffre-douleur. Le soir, après dîner, seul, le consciencieux Desor tentait de régulariser les comptes du maître et de faire balancer les recettes avec les dépenses, besogne herculéenne, car Agassiz qui a dissipé des sommes énormes, consacré des capitaux aux buts les plus nobles, n'a jamais eu l'ombre d'une conception quant au commercial *Doit et Avoir*. Généreux, l'esprit absolument fermé à tout ce qui concernait la valeur de l'argent, il ne comprenait pas non plus ce que signifiait ce mot : Economie.

Plus souvent encore que Carl Vogt, Agassiz aurait eu l'occasion, durant sa carrière, de profiter des circonstances, de réaliser d'importants bénéfices, d'économiser, et, comme tant d'autres moins méritants, d'amasser une fortune en se servant de sa science pour battre monnaie; pas plus que le professeur de Genève, le célèbre naturaliste de Neuchâtel et de New-Cambridge n'y songea un instant.... Donnant l'exemple à son ancien élève, Agassiz mourra pauvre, laissant, coïncidence bizarre, à sa veuve, tout comme Carl Vogt : une maison hypothéquée, quelques tableaux et une bibliothèque de prix !....

A côté de la chambre de Desor et de *Monsieur Charles*, se trouvait un vaste cabinet de travail, avec de grandes fenêtres, dans lequel se tenait Carl Vogt, occupé à ses recherches anatomiques ou embryogéniques de poisson et enfin, au troisième étage, vaticinait Agassiz, le second étant habité par sa mère, une femme supérieure, qui sans avoir l'air d'y toucher, menait son grand enfant de fils à la baguette. Elle avait aussi conquis un tel ascendant sur Édouard Desor que celui-ci, tout en maugréant, il est vrai, n'en allait pas moins à l'église en son lieu et place quand un contre-temps l'empêchait de s'y rendre un dimanche. Veuve de pasteur vaudois, elle s'acquittait avec conscience des devoirs spirituels les plus ingrats, et alla même jusqu'à tenter un effort religieux du côté du jeune médecin de Berne. Elle s'aperçut que c'était peine perdue, et, en personne d'esprit, elle se garda de recommencer...

Agassiz offrait à ses deux collaborateurs la pension complète et, quand il en possédait, de l'argent pour leurs dépenses courantes, ne s'élevant qu'à un chiffre vraiment modeste.

Vers la fin de l'automne, tomba du ciel, de Soleure ou d'ailleurs, Amanz Gressly, le doux Gressly, le bon Gressly, l'ivrogne Gressly, l'homme de la nature le plus extraordinaire, le meilleur et le plus naïf, avec son corps lourd, trapu, poilu comme celui d'un bison, ses petits yeux brillants cachés derrière des lunettes, ses cheveux hérissés, son front haut et ses vêtements toujours en lambeaux. Géologue génial, nul ne pouvait se vanter de connaître la chaîne du Jura mieux que lui. Il fut donc admis et reçu à bras ouverts dans le phalanstère.

Dans une notice nécrologique, le peintre Bachelin donne de lui la jolie description suivante :

Gressly était un être à part, étrange, sans côtés sombres cependant, une nature fantasque et fantastique comme on en rencontre dans les contes d'Hoffmann, un type enfin digne de l'étude d'un Balzac. Il ne sut jamais trop bien ce que c'était que la société, il ignora toujours les conventions créées par les êtres qui habitent l'épiderme de ces terrains diluviens, de ces couches de rocs, de marnes ou de granits qu'il connaissait si bien. Il ne crut pas que l'homme dût croître et se développer autrement que la plante, et qu'il dût se vêtir autrement que pour se couvrir. Le geai paré de plumes du paon lui eût paru, comme au bon Lafontaine, une joyeuse absurdité. Puis, pourquoi se mettre en peine pour le vivre et le vêtement? Les oiseaux du ciel ne filent ni ne moissonnent. Gressly pensait comme l'Evangile.

A l'inverse de ce seigneur sur le corps duquel la bure devenait velours et les haillons dentelles, les habits les plus convenables étaient bientôt haillons sur le dos de Gressly ; il ignorait son chapeau, son pantalon et sa redingote, les malmenait au point de les rendre méconnaissables, et ne s'en souciait pas plus que l'animal ne prend garde à la robe de poils ou de plumes que la nature lui a donnée...

Gressly entrait partout, dans le cabaret du village comme dans la demeure du paysan, et partout il était le bienvenu ; c'était un paysan, un ouvrier, comme les commensaux de la table commune, puis on le connaissait, on l'aimait, son nom avait grandi et on fêtait cette supériorité si simple qui s'ignorait elle-même. Un verre amenait un autre verre ; Gressly avait marché longtemps, le soleil brûlait au dehors, ou bien peut-être il pleuvait, et il faisait si bon là flâner en fumant et buvant frais, tout en causant de n'importe quoi ; on restait attablé tout en cherchant, tout en rêvant, comme Hoffmann, comme Lantara, comme Poë. Bon Gressly ! Et qui nous dira maintenant les images, les mondes, les stratifications et les merveilles paléontologiques entrevues dans ces heures d'innocente extase !...

L'ami intime de Gressly, Fr. Lang, recteur de l'école de Soleure, un des géologues les plus distingués de la Suisse, rappelle, dans sa nécrologie, les vers placés sur la pierre tombale d'Amanz Gressly et qu'il avait écrits lui-même :

> Gresslius interiit lapidum consumptus amore
> Undique collectis non fuit hausta fames ;
> Ponimus hoc saxum ; me hercle ! totus opertus
> Gresslius hoc saxo nunc satiatus erit.

Au premier printemps, Gressly, n'y tenant plus, s'échappait, et Desor ne le revoyait plus de six mois.

Il restait seul avec *Monsieur Charles !*

Ce dernier eut aussi son heure de célébrité vers 1876, en sauvant, sans s'en douter, un imprimeur et un ouvrier typographe de la peine de deux ans de forteresse. Voici les faits :

Avec la présomption de son âge — il comptait seize hivers en 1839 ! — pensant que la gloire du maître devait rejaillir sur sa personne, *Monsieur Charles* étalait, le soir venu, sur la promenade, devant ses camarades ahuris, une érudition de bric et de broc, tout à fait plaisante, et le prenait de très haut avec l'entourage. Desor eut vent de la chose et résolut de punir le fanfaron en le ridiculisant. Le lendemain, comme il lui dictait un chapitre sur les poissons fossiles, il lui lança, en vrai pince-sans-rire, la phrase monumentale suivante, afin de surprendre le génie en herbe en flagrant délit... d'irréflexion :

« Cet échantillon remarquable se distingue des autres par cette particularité : il a la tête là où les autres ont la queue. »

Monsieur Charles écrivit sans sourciller, puis comme Desor tardait à continuer, il répéta, la plume levée, attendant la suite :

« ... là où les autres ont la queue. »

Desor, riant sous cape, dicte quelques phrases, lorsque survient Agassiz qui emmène son collaborateur à Cudrefin. Deux jours après, Desor, ne pensant plus à sa mauvaise plaisanterie, reprend sa dictée là où il l'avait laissée.

Les pages, avec l'absurde phrase, allèrent à l'imprimerie ; les épreuves passèrent sous les yeux des typographes, d'Edouard Desor, de Carl Vogt ; Louis Agassiz y apposa le bon à tirer : la phrase ne choqua personne ! Un hasard (les cinquante premiers exemplaires du tirage la contiennent) fit découvrir la mystification.

Eh bien ! cette anecdote, Carl Vogt la conta dans la *Frankfurter Zeitung,* à l'occasion d'un procès intenté — M. de Bismarck régnant — à un imprimeur et à son ouvrier, accusés d'avoir imprimé une « *Majestätsbeleidigung* » dans une brochure socialiste. L'auteur étant en fuite, le *Reichsgericht* poursuivait les innocents. Le professeur de Genève, révolté contre cette injustice criante, protesta et conta la bévue de Neuchâtel, prouvant au-delà l'irresponsabilité des tiers. Les journaux aux tendances libérales des deux mondes reproduisirent l'article et pour une fois, imprimeur et typo en furent quittes avec quelques cents marcs d'amende, la morale exigeant que l'on ne sortît pas des serres de la justice impériale, sans y laisser au moins des plumes.

Si Desor, Gressly, Nicolet, le lithographe, Dinkel et Weber, les dessinateurs d'histoire naturelle, Burkhardt, le peintre, et Vogt, travaillaient avec une ardeur soutenue, il faut avouer qu'Agassiz ne se fatiguait qu'en discours et en exhortations, car durant les quatre ans que dura la vie commune, il n'écrivit pas la valeur de sept feuilles d'imprimerie des ouvrages parus sous sa signature durant cette époque. Desor tenait même, en majeure partie, sa correspondance particulière, toujours plus étendue, le maître comptant des protecteurs et des admirateurs non seulement en Prusse, mais en Angleterre et en Russie. C'est à Edouard Desor que revient l'honneur de la description des *Poissons fossiles*; c'est lui qui rédigea entièrement les divers livres sur les glaciers, les *Monographies des Echinodermes vivants et fossiles*, les *Etudes critiques sur les Mollusques*, etc., tandis que Carl Vogt entreprenait la partie anatomique des *Poissons fossiles*, leur squelette, leurs écailles et leurs dents; en outre, c'est ce dernier qui s'occupa, toujours seul, de la rédaction des *Poissons de l'ancien grès rouge* et écrivit l'édition allemande des *Etudes sur les glaciers* (Soleure 1841) ce qui fut reconnu, mais non sans peines et sans scènes par Agassiz dans la préface du livre, datée de l'hospice du Grimsel. L'anatomie et le développement des *Poissons d'eau douce* sont également sortis de la plume de Carl Vogt.

Au commencement de ce siècle, l'anglais Playfair exposa l'idée que les grands blocs de roche qui se trouvent dans beaucoup de pays, notamment en Norwège, en Suisse, en France, en Italie, etc., aussi bien sur les montagnes que dans les plaines et qui sont certainement étrangers à ces localités pourraient bien avoir été transportés par les glaces. Comme ils ne sont pas de la même espèce que les roches des régions où on les trouve, et comme dans beaucoup d'endroits il existe de hautes montagnes ayant la même constitution que ces fragments, on leur donna le nom de *blocs erratiques*.

Cette théorie — la vraie — fut abandonnée et malgré de nombreux faits contradictoires, soulevant des objections sérieuses, les idées sur la nature, l'oscillation, l'extension et la structure des glaciers étaient, pour ainsi dire, définitivement fixées en 1836, dans le monde savant, et sauf quelques divergences de moindre importance, on niait l'extension des glaciers pour admettre la théorie des courants d'eau. Avec H.-B. de Saussure, on supposa d'abord que la plaine suisse, par exemple, dans les temps reculés, formait un lac qui se serait écoulé par la rupture du Jura au Fort de l'Ecluse et que le courant déterminé par cette catastrophe aurait entraîné les blocs erratiques. Léopold de Buch étant survenu dans le débat, combattit l'hypothèse de cet unique courant d'eau, puisque dans ce cas les blocs, au lieu de se déposer le long du Jura, à des niveaux très différents, se seraient au contraire accumulés dans la direction de Genève et le monde scientifique préconisa à la suite du grand géologue de Berlin — se fondant sur la diversité pétrographique des blocs erratiques dans les diverses régions — l'existence d'autant de courants que de régions distinctes : courant du Valais, celui du cours de l'Aar, de la Reuss, de la Limmath, etc.

Cette conception, d'autres encore touchant les phénomènes glaciaires et dans le détail desquels il nous est impossible d'entrer passaient donc pour des articles de foi, lorsque l'ingénieur valaisan Venetz et le directeur des salines de Bex, Jean de Charpentier, reprenant sans le savoir la théorie de Playfair, établirent les bases d'une interprétation inattendue, opposée aux idées reçues.

Venetz raconte, en 1833 seulement, que passant, au mois d'août 1815, une nuit chez le chasseur de chamois Perraudin, son guide sur les glaciers, la conversation était tombée sur les blocs venus de loin qui se trouvent en Suisse. D'après les vues géologiques reçues alors comme fondées, Venetz exposa devant le chasseur que ces blocs avaient été apportés par d'énormes torrents. Perraudin l'écouta jusqu'à la fin et donna ensuite son opinion : « Toute

·cette vallée, dit-il, a été remplie jadis par un glacier qui s'étendait, en haut, au-dessus de la Dranse et, en bas, jusqu'à Martigny. Ceci est prouvé par les blocs qu'on trouve dans les ·environs et qui sont trop lourds pour que l'eau puisse les entraîner »......

« La plus forte preuve à l'appui de la théorie glaciaire, écrit de son côté Desor, est et :sera toujours la roche striée ! »

On sait qu'Agassiz et ses compagnons avaient, dès 1840, observé les fins sillons rectilignes, ou les groupes de stries facilement reconnaissables que la glace, aidée par la pierre pulvé-risée, laisse derrière elle. Lorsque l'attention s'arrêta sur ces surfaces striées des rochers on ·vit clairement qu'on devait s'en tenir à l'hypothèse du transport par la glace :

« On sait donc aujourd'hui, écrit le docteur Kjérulf dans son intéressant travail sur l'époque glaciaire, que dans beaucoup de pays la surface des rochers est non seulement polie en certains endroits par le frottement, mais qu'on y voit aussi des stries et des sillons ayant des directions déterminées; on sait encore que les glaciers en mouvement produisent les deux espèces d'indices. Et enfin il est reconnu que ces mêmes glaciers ne transportent pas seulement de véritables murailles de pierres et de graviers, les *moraines* — auxquelles on donne des noms différents d'après leur situation — mais encore d'énormes débris de rochers qui se sont détachés et qui sont tombés sur la glace. On peut donc aujourd'hui admettre avec certitude que ces murailles sont de vieilles moraines transportées loin du domaine actuel de la glace et que certains blocs sont des débris de rochers arrivés avec les glaciers à leur station actuelle. Tout cela s'enchaîne maintenant si naturellement que nous avons presque de la peine à nous figurer que celui qui vit un des faits ne vit pas aussitôt tous les autres. Et pourtant c'est ce qui arriva. Les naturalistes ne remarquèrent que peu à peu les indices les plus sûrs. »

Si l'existence de grandes nappes de glaces recouvrant le bassin suisse, la transformation de la neige en glace, la formation, l'ancienne extension et le mouvement des glaciers ainsi que l'origine de la neige rouge nous paraissent aujourd'hui toutes questions fort simples, et que nous partagions l'ébahissement de l'explorateur James Forbes s'étonnant, en 1845, de l'aveu-glement des naturalistes qui méconnurent l'importance capitale de la « roche striée », ces vérités n'en furent pas moins combattues avec une opiniâtreté qui dégénéra souvent, dans le sein des assemblées savantes, en paroles et actes violents. La réfutation de la théorie de Saussure — il croyait que les glaciers avançaient uniquement en vertu de leur pesanteur — et la démonstration que la congélation de l'eau dans les fissures, en faisant gonfler le glacier, le poussait en avant, faillit provoquer des duels entre les classiques et les *jeunes*...

En 1836, Louis Agassiz, adepte de la théorie des courants, s'était rendu à Bex pour con-vertir Venetz et Charpentier. Il se flattait qu'en allant attaquer les hérétiques sur leur propre terrain, il les confondrait d'autant mieux. En effet, à la suite d'excursions avec Charpentier dans les glaciers du col des Diablerets, dans ceux de la vallée de Chamonix, sur les moraines de la vallée du Rhône et celles des vallées latérales, une transformation complète s'opéra dans les idées... d'Agassiz.

Avec le zèle des néophites, le nouveau converti, soutenu par Schimper, développe ses arguments le 24 juillet 1837, à l'occasion de la réunion à Neuchâtel de la *Société helvétique des sciences naturelles*; Elie de Beaumont, Léopold de Buch nient, grondent, et l'orateur termine en disant :

Cette manière de voir, je le crains, ne sera pas partagée par un grand nombre de nos géologues, qui ont sur ce sujet des opinions arrêtées ; mais il en sera de cette question comme de toutes celles qui viennent heurter des idées reçues depuis longtemps. Quelque opposition qu'on puisse lui faire, toujours est-il que les nombreux faits nouveaux relatifs au transport des blocs que je viens de signaler, et que l'on peut étudier si facilement dans la vallée du Rhône et aux environs de Neuchâtel, ont amené la question sur un autre terrain que celui sur lequel elle a été débattue jusqu'à présent.

Et comme de Buch sursautait, le subtil vaudois ajouta :

Quand M. de Buch affirma pour la première fois, en face de l'école formidable de Werner, que le granit est d'origine plutonique, et que les montagnes se sont élevées, que dirent les Neptunistes ? — Il fut d'abord seul à soutenir sa thèse, et ce n'est qu'en la défendant avec la conviction du génie qu'il l'a fait prévaloir. Heureusement que, dans les questions scientifiques, les majorités numériques n'ont jamais décidé de prime abord aucune question.

Mais lancer un pétard ne suffisait pas : il s'agissait, après avoir clamé les hardies affirmations, de compléter les preuves de Venetz et de Charpentier ; il fallait fournir la démonstration irréfutable des faits avancés, aussi bien pour décider les hésitants comme Escher de la Linth, Lyell, Hugi, Studer, etc., que pour retenir les adeptes, comme Charles Martins — un des premiers parmi ceux qui découvrirent les traces des glaciers dans le Nord et dans le Midi — Dollfuss-Ausset, le manufacturier de Mulhouse, Guyot, etc., et confondre, en dernier lieu, les détracteurs comme Elie de Beaumont, Léopold de Buch, Murchison, entraînant après eux les membres des académies de Paris, de Berlin, de Londres.

Où sont aujourd'hui les incrédules de 1838 et des années qui suivirent ? Aux preuves géologiques sont venues se joindre successivement les preuves tirées de la zoologie, de la botanique, de l'anthropologie, tant il est vrai que les sciences sœurs se prêtent un mutuel concours et actuellement, ainsi que l'avait prophétisé Charles Martins dès 1842, l'époque glaciaire est une des vérités les mieux établies de la géologie positive. Mais il a fallu vingt ans d'ardentes discussions pour qu'elle remplaçàt définitivement l'hypothèse diluvienne qui aveugla même les yeux si clairvoyants d'un Bénédict de Saussure, lequel, observe ironiquement le savant cité, vécut pendant trente ans sur des moraines sans les reconnaître.

La vérité triompha, mais les jeunes débutants dans la carrière scientifique qui la défendirent contre les célébrités obstinées sentirent souvent depuis, que leur nom était marqué d'un trait rouge dans les régions officielles, arbitres souverains des destinées académiques.

Louis Agassiz, spiritualiste, partisan de l'esclavage est vite pardonné, mais on gardera une dent contre Charles Martins, Gabriel de Mortillet et Carl Vogt, matérialistes et républicains.

Agassiz prit donc Desor avec lui, dans ses excursions sur les glaciers de l'Oberland bernois, du Valais et de la Savoie, durant l'été de 1838. Ces courses ne suffisaient pas. Il imagina alors de s'installer, malgré les difficultés, pour quelque temps, sur le glacier inférieur de l'Aar, dont la surface est encombrée de rochers produisant l'effet d'un amas de ruines.

La caravane se mit en route l'année suivante : Agassiz, Desor, Vogt, le peintre Burkhardt, deux étudiants : Henri de Coulon et F. de Pourtalès, Célestin Nicolet et deux guides éprouvés : Jacob Leutold et Jean Wàhren ; des porteurs transportèrent l'attirail scientifique de l'hospice du Grimsel au glacier. Il s'agissait de pénétrer sur place dans la vie intime de ce dernier ; de déterminer sa température, les alternatives de fonte et de dégel, son avancement, et d'observer les crevasses, les moraines, les formes de la neige, le passage de la neige poudreuse au névé et à la glace compacte.

Le même enthousiasme, assurent les professeurs R. Blanchard de l'Académie des Sciences, et L. Favre, animaient tous les membres de cette singulière expédition...

Ils parviennent au glacier ; le temps est superbe.

Un énorme bloc de gneiss de la moraine longitudinale, tombé vers la fin du siècle dernier des hauteurs du Schreckhorn et qui se démembrera progressivement à mesure qu'il suivra la pente naturelle des glaces, formait une excavation : c'est ce terrier qui servira d'habitation.

De grandes dalles de pierre remplacèrent le plancher ; une couche d'herbes aromatiques, une toile cirée étendue au-dessus, quelques couvertures, composèrent les lits. A la vérité, l'ouverture donnant accès dans cette tanière était bien étroite, mais enfin, explique le professeur Blanchard, Carl Vogt pouvait y entrer, et où passe Carl Vogt, avec sa solide carrure, tout le monde passe. La cuisine, installée au dehors, est confiée aux guides sous la direction du « Mutz » (1); quant aux vivres, ils sont envoyés de l'hospice du Grimsel, situé à trois lieues de distance.

Pendant la première nuit, une nuit de surexcitation extrême durant laquelle se vida mainte bouteille de vin de Neuchâtel et du Valais, il fut décidé que cette demeure d'Esqui-maux, installée à 8.000 pieds au-dessus du niveau de la mer, au milieu des âpres solitudes du Schreckorn et du Finsteraarhorn porterait le nom pompeux et désormais fameux de l'*Hôtel des Neuchâtelois*, hé ! un hôtel de premier ordre qui a pu se vanter, durant quelques années, d'abriter plus de têtes géniales que n'importe quel *Hôtel des Princes* venu.

On accourut, en effet, de partout, durant quatre étés, pour saluer ces exilés. Les simples curieux, sans importance, venus dans le but de pouvoir raconter qu'ils étaient venus étaient vite liquidés ; les savants comme Tyndall, Escher de la Linth, Blanchard, Charles Martins, Keller, etc., étaient fêtés, nourris, abreuvés, logés. Sur le bloc de gneiss, chaque visiteur gravait son nom. Il y a quelques années — en 1885, si nous ne nous trompons — des clubistes suisses retrouvèrent quelques débris de l'*Hôtel des Neuchâtelois*. Des noms illisibles étaient à demi effacés.

Seul, celui de Carl Vogt restait gravé entièrement et pouvait se lire facilement.

La réunion de ces jeunes gens, écrit le professeur Blanchard, dans cette nature grandiose et triste n'offre-t-elle pas à l'imagination un curieux spectacle ? Les bruits des plaisirs de ce monde et des affaires publiques ne montent pas jusqu'à la cabane du glacier de l'Aar : des aspirations et des joies inconnues de la plupart des mortels agitent les cœurs.....

Ces hommes qui, sans effort, sans regret, renoncent pour de longs jours au bien-être, rêvent de pénétrer les plus intimes secrets de la nature ; ils discutent gravement de questions formidables et rient de mille incidents. Agassiz ne perd jamais sa bonne humeur, Desor s'abandonne volontiers à la plaisanterie, Carl Vogt, toujours pétillant d'esprit et capable de mettre en gaieté une assemblée de Trappistes, ne laisse à personne le droit de s'ennuyer.....

Parmi ces investigateurs que conduit la même pensée, le concert ne saurait être troublé ; sur la mer de glace, sans autres témoins que les blocs de granit et les pics vêtus de neiges éternelles, il n'y a pas de rivalités ; dans la mesure de ses aptitudes chacun s'emploie avec ardeur pour l'œuvre commune.

Agassiz est le chef incontesté, le maître reconnu. Apporter une pierre au monument qu'il édifie est l'unique souci de collaborateurs pleins de zèle.

En effet, Agassiz à des milliers de pieds au-dessus de ses cousins de Cudrefin et des piétistes de Neuchâtel, ne songe ni aux tracas financiers ni aux félicités célestes ; Desor quitte son habituel air maussade et daigne même amplifier sur les gauloiseries du « Mutz », dont le rire menace de compromettre l'avenir de la nouvelle théorie en arrêtant la marche lente du glacier.

---

(1) Surnom qu'Agassiz et Desor donnèrent à Vogt parce qu'il était le dernier venu de la ville de Berne, dont les ours (mutz en patois) sont connus du monde entier.

Carl Vogt, à côté de la part prise aux études d'Agassiz et de Desor, publie, durant ces quatre ans, des travaux remarquables qui révèlent son nom aux naturalistes : *Notices sur les animalcules de la neige rouge*, parmi lesquels il découvre plusieurs espèces nouvelles d'infusoires et un joli rotifère ; puis c'est son *Embryogénie et anatomie des Salmones*, et enfin ses *Recherches sur le crapaud accoucheur* (Alytes obstetricans), ce batracien d'une espèce peu commune, dont il fit connaître le curieux développement. Ces travaux, parus il y a un demi-siècle, ont, d'après un critique compétent, gardé, malgré le temps, une valeur plus grande que celle d'une simple importance historique. Quoi qu'il en soit, ces belles pages scientifiques du début laissaient entrevoir ce que l'avenir tenait en réserve à un auteur doué d'une telle originalité, d'un tel esprit d'observation, apportant une rare minutie tant dans le détail des descriptions que dans celui des figures qu'il dessinait lui-même.

Dès cette époque, Carl Vogt a le respect jaloux de sa signature, et nul écrit ne sortira de sa plume qui ne porte la marque de sa personnalité.

Une série de sujets de moindre ampleur appartenant à diverses branches de la science sont traités, en outre, par Vogt, durant la période neuchâteloise : *Ueber die Function des nervus lingualis und glossopharyngeus*, travail entrepris dans le laboratoire de Valentin et dont la rédaction fut achevée loin de Berne ; *Bau des Ancylus fluviatilis ; Zur anatomie der Parasiten ; Entwickelung der Filarien ; Sur la rubéfaction des eaux de la neige et des glaces ; Sur la composition de la tête des Vertébrés*, etc.; ces écrits sont insérés dans : *Archiv für anatomie*, de Johannes de Müller, attiré vers le jeune auteur à cause de l'intelligente compréhension des choses qui se dégageait de ses observations ; dans le *Bulletin de l'Académie des sciences de Bruxelles* dont les colonnes lui sont ouvertes par son ami Van Beneden et dans les *Actes de la Société helvétique*. (1)

En 1842 paraît le premier livre de Carl Vogt, destiné au grand public : *Im Gebirg und auf den Gletschern*, récit des jours vécus et des incidents survenus dans les montagnes et sur les glaciers. Ces pages, d'un style coloré, naturel et imagé, introuvables aujourd'hui, ont servi ainsi que les *Excursions et Séjour dans les Glaciers*, d'Edouard Desor (1846), de modèle à nombre de publicistes dans leurs descriptions des Alpes.

Aujourd'hui, ainsi que tous ces livres de Carl Vogt qui datent de loin, *Im Gebirg und auf den Gletschern* reste curieux à feuilleter à plus d'un titre, car ses boutades inattendues, en dépit du temps, ont conservé je ne sais quoi de leur saveur première, et ses descriptions de la montagne sont encore de beaux morceaux littéraires.

---

(1) Le grand Johannes von Müller était profondément spiritualiste ; cependant, plus le savant avançait dans l'étude des faits, plus le croyant orthodoxe se trouvait devant des antithèses insolubles, qui ne concordaient pas avec les dogmes de la religion. Ces doutes devaient lui coûter la vie.

Il avait trouvé, raconte son biographe Rud. Virchow, dans l'intérieur du corps d'une synapte, espèce vermiculaire, parente des oursins, un boyau contourné en spirale, en connexion avec les organes générateurs, avec l'ovaire. Or, dans ce boyau se développaient de jeunes colimaçons, depuis les premiers germes informes, jusqu'à des larves presque complètes.

Une synapte, un échinoderme, un animal rayonné, engendrant des mollusques, des gastéropodes, des colimaçons ! Horreur et damnation ! Pour Müller, c'était le renversement complet des lois imposées à la nature par le Créateur, l'anéantissement même de la pensée créatrice des espèces. Il songeait sans cesse à ce fait en le tournant et le retournant et il succomba, à la fin, dans ce conflit ! Il se suicida.

Quelques années plus tard, l'énigme fut résolue.

On trouva que le boyau engendrant les jeunes colimaçons n'était autre chose qu'un colimaçon parasite qui avait perdu dans la synapte ses caractères appréciables, phénomène qui se répète assez souvent dans d'autres classes et ordres du règne animal.

Le colimaçon parasite engendrait des colimaçons !

D'humeur taciturne, suivant avec ponctualité la messe, Johannes de Müller se montrait à l'ordinaire avare d'éloges, dur vis-à-vis des débutants ; or, il est assez curieux de noter que ce fanatique du dogme de l'autorité en science, témoigna toujours de l'intérêt à Carl Vogt et que parmi ses élèves, il traita avec une douceur exquise, une affection toute particulière : Virchow, Du Bois-Reymond, Haeckel et Edouard Claparède de Genève, tous quatre des libres-penseurs et dont les deux derniers surtout sont des révoltés au premier chef, car si l'illustre professeur d'Iéna a lutté plus violemment qu'aucun autre contre les pontifes de la science et de la religion, Claparède se campera devant Ehrenberg, le « tyran des infusoires », et devant Quatrefages, dans des attitudes pour le moins provocantes, dénuées de ce respect quelque peu servile, si fort à la mode en certains centres.

Cependant la nouvelle théorie glaciaire soulevait de terribles coléres. Dans une séance solennelle, en 1846, à laquelle assistera Murchison (converti depuis), la question sera même officiellement enterrée sous les ricanements des membres de l'Académie des sciences à Paris, et Charles Martins, le propagateur français de l'extension des glaciers, considéré comme un irresponsable, plutôt digne de pitié.

Se déclarer du côté de la vérité dans le domaine de la science lors d'une brillante controverse, est non seulement une preuve de sagacité mais souvent aussi un véritable acte de courage qui devrait placer très haut dans le souvenir des hommes les enthousiastes au-dessus des calculs mesquins, résistant à la pression des mandarins obstructionnistes, et ce fut une belle preuve d'indépendance que donnèrent là Charles Martins et plus tard G. de Mortillet, Collomb et quelques autres géologues français que de se rire du *quos ego...* officiel.

En Allemagne, les réactionnaires étaient menés par Léopold de Buch qui dans les moments d'exaspération jurait de pulvériser les sots arguments débités par des blancs-becs.

Si d'un côté Louis Agassiz, se souvenant de l'échauffourée de Neuchâtel, ne désirait pas recommencer la discussion avec le peu endurant adversaire dont il connaissait l'influence sur Alexandre de Humboldt, son bienfaiteur, il ne pouvait, d'autre part, déserter en laissant le champ libre au géologue berlinois. Que faire, sinon d'envoyer, en son lieu et place, son disciple Carl Vogt dans lequel il se plaisait à reconnaître un rude jouteur, un ironique qui ne se troublerait pas devant la levée de boucliers...

En 1840, à Erlangen, à l'occasion de la réunion des naturalistes allemands, « *Schlimmes Karlchen* », pendant son exposé, feignit de ne pas remarquer l'attitude provocante de Buch, lequel, assis droit en face du conférencier, le menton appuyé sur les deux mains tenant un gros bâton noueux, ne cessa de récriminer en sourdine. Toutefois, pour cette fois, on s'était encore séparé à l'amiable. Buch, estomaqué par l'imprévu des preuves, n'avait pas répondu, mais il allait en être autrement l'année suivante, à Mayence.

De toute l'autorité de son grand nom, de Buch annonce, *urbi et orbi*, du haut de sa chaire de Berlin, qu'il anéantira un à un les arguments nouveaux.

Plus que jamais, Agassiz prétexte des empêchements, si bien qu'armé de pied en cap, Carl Vogt quitte Neuchâtel et se rend à Mayence...

La séance est ouverte.

Les plus savants personnages d'Allemagne et d'ailleurs sont là, écoutant gravement. Ils regardent, non sans méfiance, ce jeune homme, beau de visage, d'allures délibérées et au geste énergique, développant avec feu les hérésies géologiques de l'école de Neuchâtel, tandis que Léopold de Buch, tout à fait incorrect, interrompt sans cesse, tousse, crache, donne du poing sur la table et s'oublie même jusqu'à lâcher des jurons.

Impassible, Carl Vogt continue son exposé.

Mais le tour de l'illustre géologue, chargé de gloire et d'années est arrivé. Comme la veille, la salle est bondée. Il a eu toute la nuit pour ruminer sa réponse qui ne se distinguera ni par l'urbanité, ni par la valeur de l'argumentation. Furieux de sentir le terrain lui glisser sous les pieds et de constater que les plus fermes soutiens de la vérité académique hésitent, se laissent gagner aux élucubrations du jouvenceau hessois, il essaye de les convaincre par l'ironie et puisqu'il n'arrive à rien par la démonstration scientifique, il se gaussera des « blancs-becs » qui s'imaginent en remontrer aux sages en effarouchant le bourgeois.

Cette violence railleuse ne déconcerta pas Vogt qui répondit aussitôt du tac au tac ; négligeant lardons et mauvaises plaisanteries, il reprit un à un les points contestés par Buch en prouvant le peu de solidité de son argumentation ; il releva ensuite, pour la seconde fois, les erreurs de Scheuchzer, Simler, Saussure, Hugi, etc., que citait constamment son antagoniste, se servant de ces grands noms comme de catapultes ; puis, tout cela élucidé, il termina en protestant, avec un bonheur d'expressions et une hauteur de vues qui firent éclater l'assemblée en applaudissements, contre le néfaste principe d'autorité en science barrant le chemin au libre examen.

La cause était gagnée.

Le vétéran de la géologie — né en 1769, en cette année féconde entre toutes puisqu'elle vit naître Buch, Cuvier, Alexandre de Humboldt, Napoléon Iᵉʳ et William Smith, le père de la géologie anglaise — Buch, disons-nous, pouvait être mal embouché, emporté, mais il n'était pas vindicatif. Aussi, le soir de cette mémorable séance, rencontrant le docteur Vogt entouré de ses amis de Giessen, Hofmann, Will, etc., il le salua amicalement, puis se tournant vers son entourage, il grommela : « *Aus dem Kerl wird noch Etwas werden!* »

C'est également sur le glacier de l'Aar que le futur professeur de Genève se mit à la peinture, un délassement à ses travaux qui lui procurera les plus grandes joies. Bien que l'on reconnaisse dans les tableaux de Carl Vogt certaines inhabiletés d'amateur, une non-compréhension des modernes aspirations vers la lumière, il est quelques-unes de ces toiles, consciencieuses comme un dessin microscopique, qui sont curieuses tant elles sont loin d'être banales. Comme il ne pouvait rester sans occupations, il passait les heures de loisir à peindre, durant les séjours qu'il faisait, pendant les vacances, au bord de la mer ou sur la montagne, en Suisse, en Algérie, au pôle Nord. A Genève, la matinée du dimanche était entièrement occupée à ce passe-temps. Malgré les offres, il ne vendit jamais une étude. Il se contentait de donner ses essais à ses amis.

Les choses allaient se gâtant à Neuchâtel.

A des qualités exceptionnelles d'intelligence scientifique et à des élans grandioses d'initiative personnelle, Louis Agassiz, nous le savons, ne joignait pas la ténacité au travail, ni l'esprit de suite indispensables à l'achèvement d'un travail commencé. Toujours bouillonnant, toujours distillant de nouveaux projets dans lesquels il s'engageait tête baissée, sans souci des difficultés matérielles, Agassiz se relâchait subitement, dégoûté de son emballement de la veille.

Louis Agassiz, un charmeur, un enthousiaste au cœur plein de premier mouvement, était également prompt, dans le domaine moral, aux défaillances de l'homme faible de caractère.

A distance des sermons et des exhortations onctueuses de ses tantes, oncles, cousins, neveux de Motier en Vuilly ou de Cudrefin — gent très religieuse, très pratiquante, très honnête et très ennuyeuse — le célèbre naturaliste se montrait, tour à tour, compagnon exquis, aimant à rire, à la causerie élégamment spirituelle, ou bien savant universel, aux conceptions originales. On passait alors des heures à l'écouter dans le ravissement. Mais dès qu'approchait l'armée des proches, ne comprenant goutte à la fièvre de leur parent et ne portant qu'un très mince intérêt à ses recherches, Agassiz laissait pencher la tête, perdait de son impétuosité, renvoyait la bonne et, devenu morose, mélancolique, se rappelant qu'il était fils de pasteur vaudois, il songeait amèrement aux déceptions terrestres et aux félicités célestes.

A ces moments-là, Agassiz devenait carrément insupportable.

La crise religieuse passée, l'entraînant et prestigieux évocateur reparaissait, ayant tout oublié, voyant tout en rose, et rien ne prêtait plus au rire que de le voir bondir d'indignation, lorsqu'entraîné par son imagination il décrivait devant ses deux collaborateurs, les tableaux enchanteurs de leur activité future et que Desor l'interrompait, sans crier gare, par une observation d'un terre-à-terre écœurant !

Dans ces périodes d'exhubération, qui concordaient généralement avec celles de la marée haute monétaire, Agassiz entrevoyait le paradis scientifique. L'inspiration lui venait; sa parole vibrante, le don porté à un haut degré chez lui d'embellir les choses et de les parer, son ardeur communicative, ce dédain ou plutôt cette ignorance de l'impossibilité, entraînaient ses auditeurs vers les plus hautes régions, sur les plus clairs sommets.

— Mes amis, s'écriait-il, se levant, arpentant la chambre, quand nous aurons terminé nos travaux, quand nous aurons définitivement établi les bases d'une ère nouvelle dans les sciences, la vieille Europe ne pourra plus rien nous livrer. Nous voyagerons. Nous irons en Egypte, arracher au Nil ses secrets, au désert ses mystères. Nous appareillerons pour les Indes, où sur les bords du Gange, les rajahs nous accueilleront comme des rois. Il nous faudra aussi parcourir l'Amérique du Sud, la terre classique des révolutions terrestres et humaines, nous perdre dans les forêts vierges, parcourir à dos d'éléphants les merveilleuses régions, où le soleil...

Oh! que n'eut-il donné, en ce moment, pour n'être pas interrompu.

Mais non! Agassiz s'arrête net, tressaillant, avant même que d'entendre la voix nasillarde de Desor :

— Parfait! parfait! Tout cela est très joli, mais voici pour la troisième fois que ce papetier de Wetzikon nous réclame sa note de fr. 163.85 centimes ; il faudrait pourtant y songer avant que de chevaucher sur le dos des éléphants...

Vogt éclatait de rire. Agassiz, hors de lui, bondissait, fulminait, apostrophait, se lançait contre l'interrupteur dans des invocations terribles, mais lui, obstiné, continuait tranquillement à marmotter :

— Papetier... Wetzikon... 163 francs 85 centimes... quand il ne se mettait pas à énumérer d'autres dettes plus criardes, plus agaçantes....

Agassiz entrainait « Mutz » dehors et jusque tard dans la nuit le rêve, ébauché au dedans, se continuait sur les bords de ce lac de Neuchâtel, si solitaire, si triste.

Ce fut la déplorable exigence — imputable à maint professeur — de vouloir tout publier sous son nom qui amena les premiers dissentiments entre Louis Agassiz et Carl Vogt.

Oui! Agassiz avait quasi terminé la partie, pour ainsi dire préparatoire des *Poissons fossiles!* Oui! Agassiz avait dressé les plans relatifs à l'étude des glaciers et les deux disciples ne terminaient là que l'œuvre commencée par le chef, mais qu'il s'arrogeât — tant s'enflait son besoin d'accaparement ! — ce qu'ils concevaient, ruminaient et exécutaient à l'écart, loin de son influence, cela ne pouvait pénétrer en leur crâne, notamment en celui du « Mutz ». Des discussions aigres ou violentes se produisirent, avant que Carl Vogt put mettre son nom à sa célèbre *Embryologie des Salmones*, à laquelle Louis Agassiz n'avait pas ajouté un traître mot, ni pu vraisemblablement donner un conseil, puisqu'il s'agissait d'un travail reposant presqu'uniquement sur l'observation d'un développement embryonnaire et de ses détails microscopiques.

Cependant Vogt qui obtint, à force de ténacité, gain de cause, condescendit, de son côté, à écrire dans sa préface cette atténuante explication :

« Dans le but de rendre son *Histoire naturelle des Poissons d'eau douce de l'Europe centrale* aussi complète que possible, M. Agassiz s'était décidé à y comprendre l'anatomie et l'embryologie. Il voulut bien m'inviter à l'aider dans cette tâche, et nous commençâmes en commun nos observations sur les espèces de la famille des Salmones, vers la fin de l'année 1839. Cependant des travaux plus pressants empêchèrent plus tard M. Agassiz d'y consacrer tous ses soins et comme ce genre d'études exigeait des observations non interrompues et trop fréquentes pour que l'un ou l'autre-ait pu se dispenser d'y vouer tout son temps, je fus chargé d'achever seul ce travail. En me confiant une tâche aussi honorable, mon célèbre ami n'est, cependant, point resté étranger à mes recherches, etc. »

Cet hommage mensonger, Carl Vogt voulut bien le rendre afin d'éviter des froissements désagréables, mais il se promit de couper court à cette exploitation, car il avait déjà eu, à propos de sa monographie de la truite commune, ainsi que nous l'allons voir, à pâtir de la monomanie d'accaparement.

Il s'était rendu à Saint-Imier, chez son ami le docteur Baswitz, le traducteur allemand des *Leçons sur les phénomènes de la vie*, de Magendie, afin d'y pouvoir étudier plus facilement qu'à Neuchâtel, le poisson sus-nommé, en abondance dans la rivière. Plusieurs mois après, Vogt rentrait au bercail avec son travail, commencé et entièrement terminé dans la solitude de Saint-Imier. Rien n'y fit ! Agassiz l'obligea d'intercaler quelques phrases, attribuant, contre toute vérité, les chapitres sur les os et les nerfs au seigneur de céans !

Chat échaudé... Aussi Vogt, ayant découvert dans les marais du lac de Neuchâtel des œufs de l'*Alytes obstetricans*, il les recueillit sans souffler mot à âme qui vive, et toujours dans le plus profond silence, il les étudia. La stupeur, l'ahurissement de Louis Agassiz quand « *Schlimmes Karlchen* » lui remit le premier exemplaire du livre, écrit, corrigé, imprimé et relié, furent énormes. Le maître tenait le volume dans les mains, les yeux tout ronds de surprise, et bégayait, par intervalles, en s'arrêtant entre chaque mot : *Untersuchungen... über... die... Entwickelung... der... Geburtshelferkröte... von... docteur... Carl... Vogt... Solothurn...* 1842... Le malheureux n'en revenait décidément pas !

En guise de compensation, l'auteur dédiait son œuvre : A son maître et ami Louis Agassiz !

Ce travers d'Agassiz devait le séparer complètement de Vogt. Bien des années plus tard, à Boston, dans une conférence publique, Louis Agassiz, parlant de son séjour à Neuchâtel, se laissa aller, plein d'animosité et de rancœur contre Desor qui venait de le quitter dans les plus mauvais termes, à représenter ses deux collaborateurs comme de petits jeunes gens intelligents qu'il avait daigné admettre auprès de lui et dont il avait, dans ses préfaces, cité le nom plutôt par charité que par équité. Son désir de les patronner et de les recommander à l'attention des savants était même si réel qu'il aurait autorisé l'un d'eux à signer seul quelques monographies !

Mal en prit à Agassiz. Il se trouvait dans l'assemblée un médecin très au courant des choses scientifiques et qui connaissait le professeur de Genève. Il protesta et Louis Agassiz, le lendemain, dans la deuxième conférence, dût faire un *mea culpa* en règle, en avouant la vérité.

Vogt eut vent de cette usurpation, laquelle, ajoutée à d'autres griefs, l'éloigna presque définitivement du versatile et injuste savant. La querelle avec Desor fit le reste. Aussi refusa-t-il carrément, en 1870, lors du retour d'Agassiz en Europe, de se prêter à la comédie de la réconciliation entre le professeur de New-Cambridge et Desor. Il en voulait maintenant à Agassiz, sa droiture ne pouvant s'expliquer ses défauts, les petitesses de ce caractère complexe; il l'évitait, gardant intact le souvenir des belles heures passées avec lui, et toujours prêt à reconnaître loyalement l'influence bienfaisante que cet esprit avait eu sur sa carrière scientifique. Il ne le revit jamais.

Qu'importe ! On n'a pas vécu quatre ans dans l'intimité d'un homme aussi supérieur qu'Agassiz sans l'aimer et oublier les divergences sur telle question négligeable ou passer outre sur tel défaut, et Carl Vogt l'eut certainement suivi en Amérique et eut cédé à ses larmes, à ses embrassements, s'il n'avait prévu les catastrophes immanentes en assistant à une transformation très caractéristique dans la manière d'être de son ami.

Dans les derniers temps du séjour à Neuchâtel, les embarras d'argent augmentant, les idées d'Agassiz s'étaient de plus en plus tournées du côté religieux. Il découvrait, en son âme immortelle, d'extraordinaires aspirations spiritualistes.

Or, ses explications, dans les moments tragiques, concernant la création d'un monde d'essence divine ; ses envolées à propos de la sagesse et de la circonspection de dame Nature ne persuadaient aucunement Vogt, et il est peu d'exemples, dans l'histoire des sciences, d'un maître et d'un disciple restés aussi dissemblables, aussi séparés d'opinions. Là, le Vaudois protestant qui croit en Dieu et qui, plus tard, en Amérique, s'alliera aux puritains vendeurs d'esclaves ; ici, le sceptique, futur iconoclaste, délivré du préjugé religieux par l'éducation paternelle et qui commence déjà, en contemplant de près les phénomènes naturels, à formuler ses doutes matérialistes, car il ne pouvait admettre, avouait-il à Agassiz, que chaque espèce représentât un acte particulier de la Providence créatrice et cette volonté supérieure opérant en vertu d'un plan méconnu, le poussait plutôt au rire qu'à la méditation.

L'éminent directeur du Gymnase cantonal de Neuchâtel, M. L. Favre, explique en ces quelques lignes les causes du départ pour l'Amérique :

Les expéditions aux glaciers ainsi que les magnifiques publications d'Agassiz avaient été coûteuses. Son enthousiasme l'avait emporté sur la froide raison qui calcule et n'entreprend rien sans avoir les ressources nécessaires ; il s'était peu inquiété de l'équilibre des recettes et des dépenses, et en définitive avait contracté des dettes considérables. Le concours de sa famille, de quelques amis, les subsides que M. de Humboldt obtenait du roi de Prusse, ne pouvaient suffire à les éteindre. Tourmenté de se voir dans l'impossibilité de satisfaire assez promptement ses créanciers, il prêta l'oreille lorsqu'on lui proposa un voyage en Amérique.

A l'instigation du grand géologue anglais sir Charles Lyell, M. John Lowell, qui subventionnait de sa bourse des cours donnés à Boston, le priait de venir dans cette ville faire des conférences publiques. Pour l'encourager dans cette résolution, M. de Humboldt obtint pour lui du roi de Prusse, Frédéric Guillaume IV, une mission scientifique dans le Nouveau-Monde.

Carl Vogt refusa, nous l'avons dit, de suivre Agassiz et partit pour Paris.

Que ne fit-il de même Edouard Desor ! Tous les évènements pénibles qui survinrent par la suite ne seraient pas arrivés car l'entente entre les deux ne dura guère sur la rive occidentale de l'Océan. Agassiz, déiste enragé, se rangeant du côté des méthodistes du Nord, protesta contre l'abolition de l'esclavage : il compta au nombre des « endormeurs de conscience ». Après tout, n'était-ce pas la destinée providentielle de la race noire d'être asservie à la blanche ? N'était-ce pas écrit dans la Bible que les fils de Cham devront être les esclaves des fils de Sem et de Japhet ? etc., etc.

Edouard Desor, suffisamment édifié sur le compte de son compagnon de voyage, se révolta et suivit la bannière de Théodore Parker.

Agassiz se laissa aller, en vérité, à d'indignes manœuvres, contre lesquelles Desor protesta dans une réponse publiée à la fin de son *Introduction à l'Etude des Echinides fossiles*. En voici quelques passages :

Les pages qui précèdent étaient rédigées, lorsque j'ai eu connaissance d'un ouvrage de M. Agassiz, intitulé « *Contributions to the Natural History of the U. S. of America* ». L'auteur en passant en revue les ouvrages qui traitent des Echinodermes y mentionne aussi le *Synopsis*. Je ne devais pas, à raison de mes relations avec l'auteur, compter sur un jugement bienveillant, et comme je ne connais que trop les imperfections de mon ouvrage, je m'attendais à les voir dévoiler sans merci. Il n'en est rien cependant. Mon ouvrage n'a pas eu les honneurs de la critique. M. Agassiz se borne à le caractériser comme une « réimpression partielle du *Catalogue raisonné* avec additions et figures » (partly reprinted from my Catalogue with additions and figures).

Je ne pense pas qu'il soit bien difficile de réfuter une pareille allégation. Un simple coup d'œil jeté sur les deux ouvrages suffira pour en faire justice. Le *Catalogue raisonné* est une brochure de 166 pages ; le *Synopsis* est un volume de 490 + 60, par conséquent de 550 pages ; le premier qui traite à la fois des Echinides vivants et fossiles, comprend en tout 1.010 espèces et deux planches, tandis que le second, etc...

Cependant il ne peut ni ne doit être indifférent à un auteur qui se respecte de recevoir un reproche de plagiat, ne fût-ce que sur un seul point. Je dois donc désirer me justifier, soit en sollicitant une comparaison des textes, soit en appelant l'attention sur ma vie et mes ouvrages, pour qu'on s'assure s'il y a dans mes antécédents quoi que ce soit qui puisse autoriser ou justifier une accusation de cette nature.

En attendant que quelqu'un veuille instruire ce procès, voici quelle est ma réponse catégorique...

Bientôt après surgirent entre nous des différends, dont les causes et les détails sont trop peu édifiants pour être reproduits ici. Oubliant tout un passé, M. Agassiz a cru, dans son irritation féminine, qu'il était en son pouvoir de me faire descendre de la position qu'un travail soutenu m'avait acquise, et il n'a pas craint pour cela d'avoir recours aux plus tristes moyens. On en jugera par le trait suivant. Selon lui, ce serait sans son autorisation et en profitant de son absence, que j'aurais subrepticement ajouté mon nom au sien sur le titre (du *Catalogue raisonné*), tandis que je n'aurais été chargé que de la correction des épreuves. J'aurais en outre éliminé plusieurs noms génériques en les remplaçant par d'autres noms . . . .

Voilà donc une accusation directe de prévarication scientifique. Joignant la lâcheté à la fraude, j'aurais abusé de la confiance de M. Agassiz et aurais profité de son absence pour m'approprier ce qui ne m'appartenait pas.

En présence d'une accusation aussi odieuse venant d'un homme aussi haut placé que M. Agassiz, est-il possible de se taire ? Je le demande à tout homme de cœur ; je le demande surtout à ceux de mes amis qui m'ont conseillé et me conseillent encore de passer outre dans l'intérêt de la science, ou de pardonner par esprit de charité. Mon sentiment intime, d'accord avec ma conscience, me dit au contraire que je me dois à moi-même, que je dois à ma famille et à mes amis de repousser la calomnie. Je répondrai donc sans passion, mais aussi sans ménagement.

Commençons par constater un premier point. C'est en 1857, par conséquent après que dix années se sont écoulées depuis notre séparation, qu'il vient tout à coup à l'esprit de M. Agassiz de réclamer contre un prétendu abus de confiance que j'aurais commis à son préjudice en 1847. D'un autre côté, c'est après dix ans d'une intimité dont nul plus que M. Agassiz n'a vanté les avantages, que je me serais tout à coup rendu coupable d'une noire trahison ! Examinons un peu dans quelles circonstances nous nous trouvions alors. . . . .

Louis Agassiz et Edouard Desor se brouillèrent à mort et les accusations viles lancées par le premier contre le second n'honoreront jamais la mémoire d'un homme. Agassiz alla si loin qu'un jury fut réuni, en 1848, à Boston, lequel, sur la demande des deux intéressés, s'adressa à Carl Vogt, alors député au Parlement de Francfort, le priant de témoigner sur l'honneur au sujet des faits graves imputés à Desor et qui remontaient à l'époque de leur collaboration.

Sur l'honneur, Carl Vogt déclara que les imputations du maître à l'égard de son disciple étaient mensongères.

Dès lors, Carl Vogt refusa de revoir Agassiz.

Edouard Desor se réconcilia avec son calomniateur, en 1870, à Berne...

Ainsi se termina l'idylle neuchâteloise !

La querelle se ralluma, un instant, en 1876, à l'occasion de la mort de Louis Agassiz.

Haeckel, l'illustre transformiste d'Iéna, dont les théories avaient été attaquées avec âpreté par l'auteur du *Nomenclator*, adulé, encensé par tous les réactionnaires, Haeckel, disonsnous, agacé par le concert universel de louanges et de regrets, se dégagea des conventionnelles obligations et publia un article courageux, spirituel et vrai, qui souleva des tempêtes dans le camp des piétistes et de leurs prédicants.

Haeckel, également victime d'une mystification d'Agassiz, débute ainsi :

« Toute loi de formation qui ne s'appuie pas sur le principe fondamental de la théorie de la descendance suppose forcément l'intervention théologique d'un Créateur anthropomorphe. C'est ce qu'a explicitement reconnu le plus sérieux et le plus intelligent de nos adversaires, Louis Agassiz, mort il y a quelques mois. En regardant les organismes comme des *incarnations de la pensée créatrice de Dieu* il voulait que dans l'étude de l'embryogénie, l'homme, image de Dieu, devinât et repensât la pensée du Créateur. A quelles conséquences absurdes Agassiz fut conduit par cette vue dualistique, c'est ce que j'ai déjà montré suffisamment dans mon *Histoire naturelle de la Création*. Entreprendre à nouveau la réfutation complète de ses erreurs serait chose superflue, puisque pas un biologiste compétent, pas un naturaliste, ayant quelque jugement et tant soit peu versé dans les recherches embryogéniques n'ose soutenir aujourd'hui les idées théosophiques d'Agassiz . . . . .
. . . .

Les adversaires de la théorie de la descendance ne cessent de mettre Agassiz en avant comme la première autorité dans le domaine de l'embryogénie, et ils répètent à chaque instant que cet homme *aux connaissances si profondes* a depuis longtemps réduit à néant les *grosses erreurs* de Darwin. Bien plus, dans ces dernières années, la théologie orthodoxe et la philosophie chrétienne en ont fait un *pieux naturaliste* et ont orné son front de la *gloire* des saints : examinons donc soigneusement au spectroscope la vraie nature de ce brillant météore.

Il faut remarquer, avant tout, que Louis Agassiz, même dans les recherches d'embryogénie spéciale, n'a pas eu des connaissances si profondes ni rendu des services si éminents qu'on le proclame généralement aujourd'hui. Cependant un grand nombre de bons ouvrages sur le développement de divers animaux ont été publiés par lui. Mais ces travaux d'embryogénie spéciale, comme bien d'autres mémoires publiés sous son nom, sont en tout ou en partie l'œuvre d'autres naturalistes : C'est ainsi que l'*Embryogénie des salmones*, la meilleure partie de l'*Histoire naturelle des Poissons d'eau douce* (1842), par Agassiz, n'est pas de ce dernier, mais de Carl Vogt. C'est ainsi encore que les vastes *Monographies d'échinodermes vivants ou fossiles* et notamment les beaux travaux sur les échinides que Louis Agassiz a publiés sous son nom, n'ont pas pour la plupart été faits par lui, mais bien par Ed. Desor, G. Valentin et d'autres zoologistes. On en peut dire autant de la partie, de beaucoup la plus importante, des magnifiques *Contributions to the natural history of the United States*. Seul le premier volume de cette œuvre magistrale, l'essai de philosophie naturelle intitulé : *Essay on classification*, est tout entier de sa main ; c'est là que L. Agassiz nous présente la nature comme le jouet amusant d'un créateur anthropomorphe.

Plusieurs de ces *silencieux collaborateurs* qu'Agassiz savait si bien employer ne se sont pas fait faute de réclamer à diverses reprises le fruit de leurs pénibles travaux, notamment James Clarck et Ed. Desor. De tout cela il résulte d'une façon indubitable, ce fait qui du reste n'est un secret, depuis longtemps, pour aucun de ses collègues d'Europe et qui est bien connu également dans l'Amérique du Nord : — Louis Agassiz a dû principalement sa situation exceptionnelle et tout à fait prédominante parmi les naturalistes américains, non pas à la valeur scientifique de ses propres travaux, mais au talent merveilleux qu'il avait de s'approprier les travaux des autres, à la rare habileté mercantile qu'il savait déployer pour faire concourir les gros capitaux à la réalisation de ses idées, enfin au prodigieux esprit d'organisation qui lui permettait de créer les collections, les musées et les instituts les plus grandioses. *Louis Agassiz fut le chevalier d'industrie le plus ingénieux et le plus actif qui ait jamais travaillé dans le domaine de l'histoire naturelle* . . . .

De pareilles idées et de semblables phrases, les écrits populaires d'Agassiz (surtout ceux de ses dernières années) en fourniraient une ample moisson. Parmi les naturalistes dignes de ce nom, pas un ne croirait devoir en entreprendre une réfutation sérieuse ; mais en dehors du cercle des naturalistes, ces idées sont acceptées avec un grand respect et même, lorsqu'elles sont incompréhensibles, avec une profonde vénération. Nous n'aurions pas insisté ici sur le manque de signification de ces doctrines insoutenables si l'Eglise orthodoxe, ayant trouvé dans Agassiz un adepte tel qu'elle n'est pas habituée à en rencontrer, ne s'était empressée de s'appuyer sur les théories de cet homme éminent pour donner ainsi de nouveaux ornements à l'architecture de sa phraséologie théiste. Nous n'avons pas à apprécier l'effet produit par cette ruse de charlatans. Nous renverrons seulement aux nombreux articles nécrologiques dans lesquels Agassiz est représenté, non seulement comme le plus grand naturaliste de son époque, mais surtout comme celui qui a su mettre les plus grands résultats de la science moderne en parfait accord avec le texte de la Bible, et prouver que le récit de Moïse est la véritable *histoire naturelle de la création.*

Loin de moi la pensée de porter envie à mon très honoré collègue Moïse (dont j'ai toujours reconnu avec empressement les éminents services) à cause des hommages exagérés que lui rend Agassiz ; mais je crois pouvoir me permettre en toute modestie de supposer que ce dernier n'a jamais pris au sérieux ce qu'il disait ou écrivait à ce sujet. Je vois partout le pied de cheval de Méphisto sous la soutane noire que le malin Agassiz endossait d'une façon si théâtrale et portait avec un si parfait décorum. Pour quiconque a approfondi les écrits d'Agassiz (surtout ceux de philosophie naturelle théiste), pour quiconque a rapproché les pieuses idées qui y sont étalées de la vie pratique de ce grand chevalier d'industrie, de ses préférences pour l'institution philanthropique de l'esclavage, etc., il est impossible de ne pas arriver à cette conviction que le fond de sa pensée était bien différent de ce qu'il en laissait voir dans ses ouvrages aux lecteurs profanes. Il faut reconnaître toutefois que Louis Agassiz a montré un grand esprit de suite en persévérant jusqu'à la fin dans la voie dans laquelle il avait fait ses premiers pas ; même après le coup mortel que ses dogmes théosophiques avaient reçu lors de la réforme de Darwin, il n'en persista pas moins à les défendre et à les présenter comme les seuls principes scientifiques ayant quelque vitalité. C'est qu'aussi il avait, par cette façon d'agir, atteint pleinement le but qu'il se proposait. Tous les cercles bien pensants des principales villes des Etats-Unis s'intéressèrent à l'histoire naturelle, et les plus riches commerçants mirent à sa disposition des sommes d'argent telles que jamais un zoologiste n'aurait osé en espérer. Avec ces ressources pécuniaires colossales, Agassiz put entreprendre ces beaux voyages pendant lesquels ses compagnons récoltaient les précieuses collections dont les journaux scientifiques nous ont tant de fois parlé. Il faisait, disait-on, les plus remarquables découvertes d'embryogénie, découvertes qui réfutaient d'une façon définitive la fausse théorie de la descendance et démontraient que seul le dogme de la création établi par Agassiz était l'expression de la vérité. Malheureusement nous n'avons jamais rien appris de plus précis sur ces découvertes annoncées avec tant de fracas. »

Ce virulent et spirituel article irrita profondément les dévots. Mais comme il était difficile d'y répondre au point de vue scientifique, on se répandit en malédictions et on protesta avec indignation contre le terme : *chevalier d'industrie.*

Un philosophe protestant genevois — que diable allait-il faire en cette galère ! — M. Ernest Naville, se précipita sur sa plume et écrivit à M. Alglave, directeur de la *Revue scientifique,* une lettre maladroite et révélatrice, d'où il ressort que les protagonistes les plus fougueux du « naturaliste-croyant » n'osaient déjà plus parler d'Agassiz avec la même vénération qu'auparavant :

En insérant dans l'avant-dernier numéro de la *Revue scientifique* (p. 511) un article du professeur Haeckel, vous avez pris de justes réserves au sujet « de la vivacité des polémiques scientifiques au delà du Rhin ». Me permettrez-vous de placer quelques mots sous les yeux de vos lecteurs pour justifier sur un point spécial toute l'opportunité de ces réserves ?

Une polémique scientifique, lorsqu'elle demeure absolument sérieuse, se compose uniquement de faits et de raisonnements. Si l'on dit que des savants dont on combat l'opinion prennent pour des faits de *grossières erreurs* et font des raisonnements *absurdes,* la polémique devient vive, mais reste une polémique scientifique.

On peut aller plus loin et chercher à détruire l'autorité de certains hommes, en affirmant qu'ils sont ignorants ou sots, ou encore que la violence de leur langage dénote un degré de passion qui n'inspire pas de confiance dans leur jugement. C'est une polémique personnelle, qui n'est pas strictement scientifique, mais dont il est difficile de ne pas se servir en certaines circonstances. Il est prudent toutefois de ne pas en user dans une mesure qui rappellerait le vers de Molière :

Nul n'aura de l'esprit, hors nous et nos amis.

Dans l'article qui m'a fait prendre la plume, on trouve l'emploi, à l'égard d'Agassiz, de procédés d'une nature différente de ceux que je viens d'indiquer. Lorsque M. Haeckel affirme que, « parmi les naturalistes dignes de ce nom, pas un ne croirait devoir entreprendre une réfutation sérieuse » des théories philosophiques d'Agassiz, il use du procédé de la polémique personnelle dans une mesure qui évoque peut-être le souvenir de Molière ; cependant il ne s'agit encore que de nier la valeur scientifique d'un savant. Mais voici qu'il émet le *soupçon* qu'Agassiz « n'a jamais pris au sérieux ce qu'il disait » au sujet de ses doctrines théistes. Y a-t-il, dans les œuvres d'Agassiz, les traces d'une doctrine ésotérique ? Peut-on le surprendre, comme on peut le faire pour certains auteurs, émettant parfois, à son insu, une pensée de derrière la tête en contradiction avec sa pensée apparente ?

. . . .

Pour couronner le tout, Agassiz, associé étranger de l'Institut de France, reçoit, sous la plume du professeur d'Iéna, la *désignation* de « grand chevalier d'industrie ».

Ce soupçon, cette conviction, cette affirmation, cette désignation, sortent des cadres d'une polémique scientifique, même la plus ardente. Et il s'agit d'un mort qui n'est plus là pour se défendre !

Remarquez bien que je ne défends ici ni les théories d'Agassiz ni même, d'une manière générale, sa personnalité : je ne suis pas assez compétent pour cela. M. Haeckel dit qu'Agassiz a usé des travaux de ses collaborateurs d'une manière qui constitue un abus, et il cite des faits à l'appui de son dire. En est-il ainsi ? je l'ignore : pour juger, il faut entendre les deux parties. Je n'affirme pas qu'Agassiz ait été un homme irréprochable ; mais je conteste énergiquement à qui que ce soit le droit de dire qu'il a déguisé sa pensée dans un but intéressé, et le droit de le traiter de chevalier d'industrie. Je proteste, au nom de la dignité des discussions scientifiques et des lois élémentaires de l'ordre moral, contre une diffamation dépourvue de toute preuve que la diffamation ne soit pas une calomnie, contre une injure dépourvue de toute preuve que l'injure ne soit pas une insulte imméritée. . . . . .

Haeckel, plus injurié, plus calomnié, plus vilipendé encore que Thomas Huxley et Carl Vogt par les philosophes chrétiens et les théologiens, aurait eu vraiment beau jeu de s'entretenir quelques instants avec M. Ernest Naville sur les « lois élémentaires de l'ordre moral » ; il se refusa cette joie.

Il ne daigna pas répondre à cet inconnu.

1844-1847

—/2/2/2/—

Par delà le Luxembourg,

Rue Copeau, n° 4, hôtel du Jardin du Roi, près le quartier Mouffetard,

Une maison vraiment bizarre, en face de la Pitié, à deux pas du Jardin des Plantes, non loin du repaire des chiffonniers : c'est l'hôtel où débarquent les naturalistes étrangers.

Dans cette ruche où se parlent tous les idiomes de l'Europe et notamment le russe depuis que Michel Bakounine y loge, ont défilé durant des années, laissant leur nom aux chambres, les plus grandes célébrités dans les sciences naturelles. Ainsi, lorsqu'après avoir quitté Neuchâtel et touché barre à Berne, le docteur Carl Vogt vient s'y installer avec son microscope, ses quarante francs et un mince bagage, le père du communisme se prélasse dans les salons Ehrenberg qu'il empeste de l'odeur de ses cigarettes mêlée au musc et au patchouli d'une foule de héroïnes et héros polonais, en partance pour délivrer la patrie, alors que Vogt, lui, avec ses modestes ressources, se contente de la chambre Karl Ernst von Baer, au quatrième étage ; il est même obligé de la partager avec un belge du nom de Quételet, le futur auteur de l'*Essai sur le développement de l'homme*, avec lequel la connaissance est vite faite. A cet âge, les formalités sont supprimées.

Singulier monde cette hôtellerie !

Chaque membre de ce petit état vit en paix avec son voisin ; l'on se parle parce que l'on se reconnaît et que l'on s'est trouvé l'un près de l'autre sur les bancs de l'école, au cours d'Arago, de Milne-Edwards, de Brongniart ou de Leverrier. Tiens ! le Suédois qui détient la chambre de Liebig ! Hé ! le Suisse qui travaille dans celle de de Candolle ! Jeunes savants, grands noms plus tard de la science, les voilà liés dès la seconde rencontre, appelés qu'ils sont à se rendre, entre voisins et collègues, de mutuels services.

Une nuit que Vogt dort à poings fermés, Ogareff se précipite vers son alcôve :

— Monsieur... monsieur... vous êtes bien le docteur... Chose... Machin... le nouvel arrivé... celui qui... que... le médecin allemand que l'on a vu avec Arago et Lisfranc...

— Hum ! répond Vogt en bâillant, mais pas autrement surpris de l'apparition, dans cette demeure qui n'avait de sérieux que le nom des chambres.

— Vous êtes médecin... chirurgien... continue le russe.

— Hum ! hum ! hum !...

— Je vous en supplie, implore Ogareff, hâtez-vous, descendez avec moi au premier... Bakounine se meurt... le choléra...

Vogt qui ne connaissait le grand agitateur ni d'Eve ni d'Adam, saute de son lit, et, habillé à la hâte, suit Ogareff.

Dans le salon Ehrenberg, il se trouve devant un corps de géant, velu, se tordant et d'où sortaient de petits cris plaintifs d'enfant. Il ausculte, palpe, questionne et enfin :

— C'est une simple indigestion... Vous me la baillez belle avec votre choléra!... Demain, il n'y paraîtra plus...

Il ordonne de le frictionner et s'en retourne se coucher.

Le lendemain on se revoyait, et le soir même on dînait ensemble.

Estime et affection mutuelles unirent dès lors ces deux hommes de caractère si différents que de futiles divergences politiques séparèrent, plus tard, en 1869. Toutefois, jusqu'à son lit de mort, dressé chez le docteur Adolphe Vogt, à Berne, le célèbre nihiliste, au souvenir du passé ne parlera jamais du frère aîné qu'avec une émotion contenue, une admiration sans mélange, comme heureux de reconnaître son dévouement à l'égard de ses amis, sa franchise et son intrépidité à défendre ce qu'il croyait juste.

Quel superbe type de bon slave que ce Michel Bakounine, fantasque et capricieux, l'épouvantail de la bourgeoisie !

Ce n'est nullement un ogre altéré de sang, ô Joseph Prudhomme, mais un homme d'une solide constitution, d'une force de poumons peu commune, un naïf, oui un naïf! incapable d'une lâcheté, tout frémissant d'indignation à la vue des ignominies sociales, adorant, à titre égal, les révolutions et les femmes, aimant peu les hommes d'épée et méprisant les hommes d'argent. Pour l'heure, Hegel et sa philosophie l'obsèdent ; aussi, Vogt et ses railleries à propos des nuits passées en discussions sur l'identité du Savoir et de l'Être l'offusquent parfois, mais il ne tarde pas à se reprocher un mouvement de mauvaise humeur et il écrit à Golovirne :

« ...Une énigme, mon ami Carl Vogt, un chercheur, un travailleur, à la vie réglée comme une pendule et pourtant toujours prêt à toutes les folies. Dès qu'il paraît, il en impose. Interrogez-le, vous le surprendrez rarement en défaut, et l'autre soir, chez le Sontag, il nous a chanté la partition de *Don Juan* presqu'en entier... »

Les deux amis quittèrent l'hôtel du Jardin du Roi et se mirent en ménage. Cela dura quinze jours ! Au bout du treizième, plus un sou dans la caisse commune et pour comble de malheur, le crédit chez le restaurateur venait d'être coupé, Bakounine ayant taquiné de trop près l'épouse légitime de l'honorable tenancier. Que devenir ? La bourse est vide et — suprême malechance ! — la provision de cigarettes est également épuisée.

La privation ne sourit guère à ces estomacs d'élite. Inconnus dans les autres restaurants, ils ne peuvent songer à capter la confiance des gens, surtout avec un appétit pareil au leur. Un désespoir morne s'abat sur Bakounine qui se couche, pleurant sur sa vie déréglée, sur ses dissipations; Hegel, lui-même, reste sans effet, lorsque le facteur entre avec un pli à l'adresse du docteur Vogt. Hurrah ! ce sont trois beaux billets de cent francs envoyés par un journal allemand auquel le naturaliste rend compte du mouvement scientifique de la capitale.

Le soir, Vogt ne se doutant de rien et qui a emprunté un louis à son ami Emmanuel Arago revient. Il croit tomber à la renverse en voyant une table mise, des bouteilles de Champagne, un nuage de fumée et Bakounine, guéri, pérorer au milieu de cinq ou six polonaises auxquelles, galamment, il avait offert des gants.

On mangea bien, on but beaucoup, mais, le lendemain, il ne restait plus un maravédis.

Vogt s'emménagea ailleurs.

François Arago, chef de l'opposition, descendait de l'Observatoire et du ciel pour se mêler aux agitations politiques. Il accueille avec une bienveillance extrême ce jeune allemand, dont les tendances libérales, les convictions antireligieuses, le savoir étendu le captent; il lui présente son fils aîné Emmanuel, déjà célèbre à Paris à cause de sa défense dans les procès de Barbès et de Martin Bernard. Entre Emmanuel Arago, aujourd'hui ex-ambassadeur de France en Suisse, sénateur, et Carl Vogt, les rapports restèrent toujours empreints d'une charmante cordialité ; il faudra les entendre, lors des rencontres, à Berne, se rappelant les histoires du temps passé ! Intéressés au plus haut point, les assistants se taisaient, écoutaient, et la voix tonnante de l'un n'était plus couverte que par le large rire de l'autre.

A la vérité, les maîtres de la science française étaient étonnés de rencontrer un élève de cet âge aussi admirablement préparé, ayant déjà parcouru presque toutes les connaissances humaines. François Arago, ce vaste et lumineux esprit, aussi supérieur par le talent de comprendre et de juger les autres que par l'étendue de son savoir choya donc Vogt chez lequel il retrouvait quelques-unes de ses qualités qui le rendaient si redoutable à ses adversaires, si dévoué envers ses amis : même franchise, même simplicité bienveillante, même vivacité, même ardeur au travail et une égale prédilection pour le sarcasme, la raillerie.

Si jamais vous tombez sur une lettre d'Arago dans laquelle il soit question de Gessler, sachez que ce nom désigne le docteur de Berne, car l'enfant d'Estaguel, près *Perpignain*, ne put de sa vie renier son origine méridionale, son oreille du Midi, rébarbative aux assonances étrangères.

Impossible à Arago de prononcer ce nom de Vogt !

Ces quatre lettres lui causaient une douleur physique, lui écorchaient la bouche. Aussi, quelle ne fut pas sa joie, lorsqu'un soir, après en avoir causé avec son hôte, et s'étant mis en tête de pénétrer les arcanes de la langue de Schiller, il tomba dans *Guillaume Tell* sur un personnage : Landvogt Gessler ! Enchanté de ce résultat, il jeta loin le livre et n'appela plus Vogt que Gessler...

Quand Carl Vogt ne courait pas la pretentaine avec Bakounine et quelques conspirateurs russes, il passait ses soirées avec ses camarades Doyère, Quatrefages, Jules Heine, Charles Martins, Joseph Bertrand, Henri Sainte-Claire-Deville, Tardieu, Würtz, Jean-Baptiste Dumas, Vulpian, Broca, et d'autres chez les maîtres qui recevaient alors tout venant de la science avec cette exquise politesse française et ce vieil esprit français que l'on ne retrouve plus aussi répandu et aussi délicat depuis l'avènement de la République et l'implantation toujours croissante de l'étranger.

Deux fois par semaine les naturalistes se réunissaient chez Henri Milne-Edwards, qui mit à la disposition des « trois Suisses » (Agassiz et Desor étaient venus rejoindre leur compagnon à Paris) le Jardin des Plantes et les riches collections du Museum, et où Vogt put, à son aise, compléter ses connaissances. D'autrefois, la bande se retrouvait chez Adrien de Jussieu, lequel, quoique botaniste, riait volontiers, ou chez Valenciennes, l'un des représentants les plus élevés de cette belle génération.

Attaché de goût et d'amitié avec toutes les premières intelligences de la nouvelle phalange scientifique parisienne qui comptait tant de talents destinés à la célébrité, Vogt, aimé de tous, vivait dans l'intimité de tous.

Trois belles années de joie et de travail !

Aux jours où il ne se rendait pas à la Sorbonne, il fallait aller à l'Ecole des Mines où Elie de Beaumont, resté opposé à la théorie des glaciers, donnait aux ingénieurs des mines un cours spécial de géologie, destiné essentiellement à leur activité. Et ce n'était pas gai, vous pouvez en croire les contemporains, que d'assister par une belle après-midi de printemps, durant deux heures d'horloge, à une conférence du collaborateur de d'Orbigny ! En effet, si Arago, Blainville et d'autres subjuguaient l'auditoire par leur fougue et un débit abondant et varié, si Milne-Edwards charmait le sien par la simplicité discrète et l'originalité de son exposé, Elie de Beaumont, par contre, exaspérait ses auditeurs par un terrible défaut d'élocution : sa voix ne sortait que par intervalles du gosier, un murmure nasillard, fatigant, durant cinq, dix minutes, puis subitement, tout à coup, sans que rien n'eut fait prévoir l'explosion, un mot criard, lancé a toute volée et à l'ouïe duquel ceux que le sommeil gagnait, épouvantés, tressautaient. Le comble de la patience était d'assister trois jours de suite au cours de de Beaumont. Personne ne résistait. Notons en passant que cette absence d'éloquence chez le grand géologue semble mettre en défaut les théories de l'hérédité, l'auteur du *Système des montagnes* étant, du côté paternel, petit-fils du défenseur des Calas et, du côté maternel, petit-fils du président Dupaty, le « Démosthène » de Bordeaux.

Une activité dévorante, une besogne énorme allègrement entreprise et menée à bien, joies et plaisirs, tel est le bilan de ces trois années, pendant lesquelles Carl Vogt trouve encore le moyen de créer la *Société des médecins allemands*, qui n'a fait que prospérer depuis.

Par suite d'obligeantes ouvertures, il avait accepté les offres de deux journaux allemands auxquels il envoyait des comptes rendus très remarqués à Paris aussi bien qu'en Allemagne, sur les divergences dans le monde scientifique d'alors. Après quelques essais, la rédaction de l'une des feuilles le charge également de la correspondance parisienne mondaine, théâtres, etc., ce qui n'est pas sans lui rapporter de beaux émoluments qui lui permettront, tout en persistant dans son principe de ne jamais recourir à la bourse paternelle, d'entreprendre, par la suite, un voyage en Italie.

Le 2 mars 1846, sont présentées à l'Académie des Sciences de Paris, les *Recherches sur l'Embryogénie des Mollusques gastéropodes*, de M. C. Vogt.

Dans ce travail, on trouve déjà les qualités maîtresses du zoologue de Genève : une observation rigoureuse poussée jusqu'aux détails les plus infimes, une déduction d'une logique inexorable, une reconnaissance généreuse des mérites d'autrui, un classement sagement ordonné des faits observés, ainsi qu'une exactitude méticuleuse dans le dessin des formes et des détails (Carl Vogt recommençait plusieurs fois, sans jamais se lasser, jusqu'à ce qu'il en fut entièrement satisfait, le même dessin microscopique). La science embryogénique a fait des progrès immenses, et le mémoire du jeune savant, publié dans les *Annales des Sciences naturelles*, ne compte plus guère, les méthodes s'étant améliorées et les instruments affinés, depuis lors ; mais, cette constatation faite, il n'en faut pas moins rendre hommage au mérite de Vogt. De même, un chirurgien de nos jours, un Czerny ou un Kocher, n'ont pas la main plus habile, l'œil plus délicat qu'un Malgaigne ou un Velpeau, mais ils sont aujourd'hui plus avancés que leurs devanciers. Il en est ainsi dans toutes les sciences.

Carl Vogt commença et termina son *Embryogénie des Gastéropodes,* au bord de la mer, à Saint-Malo, où il s'était réfugié durant les estivales chaleurs, avec ses amis Ross et Herwegh, le poète révolutionnaire. Il publie ensuite, coup sur coup, une *Classification des poissons ganoïdes* et dans les *Denkschriften der Schweizer. Ges. für Naturwissenschaften,* une étude sur les *Crustacés de la Suisse.*

Que l'on consulte un catalogue d'ouvrages zoologiques et l'on restera étonné de la fécondité de Carl Vogt dans cette seule branche de la science, qui restera, évidemment, pour lui la préférée. Il n'est pas un type, pas un ordre qu'il n'ait scruté et dont il n'ait défini l'originalité par quelque trait marquant.

Vers la même époque, en mai 1846, paraît chez Vieweg, à Brunschwick : *Lehrbuch der Geologie und Petrefactenkunde.*

L'auteur avait écrit ces deux fort volumes, ornés de plus de six cents figures, sous l'inspiration des leçons d'Elie de Beaumont ; du moins se l'imagine-t-il et l'écrit-il dans la préface de la première édition, malgré l'assurance du maître qui, tout en le remerciant de cette marque de reconnaissance exagérée, lui déclare que son livre est trop personnel pour qu'il se croie obligé d'attacher au sien le nom d'un autre. Du reste, de Beaumont donne un cours spécial, ad usum Delphini, destiné aux ingénieurs des mines et Vogt a écrit un traité de géologie et paléontologie générales ; enfin, son opinion diffère de celle du professeur sur tant de questions primordiales : glaciers, volcans, etc., que Vogt convaincu, signera seul les éditions suivantes dans lesquelles il conservera intégralement la première préface, tout en la faisant suivre d'éclaircissements.

Cette œuvre resta longtemps le meilleur traité de géologie et malgré leur prix élevé, les deux volumes atteignirent le chiffre respectable, quand il s'agit d'ouvrages purement scientifiques, de cinq éditions.

Déjà, à cette époque, Carl Vogt émet des doutes sacrilèges, par exemple, sur le noyau fluide à l'intérieur de la terre, hypothèse alors universellement acceptée, parce qu'elle était défendue par Beaumont, Buch et Humboldt, et qui compte encore de nos jours d'opiniâtres adhérents, le prophète météorologiste Rud. Falb, par exemple.

On le sait, ces auteurs attribuaient tous les tremblements de terre aux forces volcaniques, en d'autres termes, à l'action de gaz comprimés qui cherchaient à se faire jour à travers l'écorce terrestre. La terre, suivant cette théorie, était composée d'une écorce solide et d'un noyau fluide incandescent réagissant continuellement contre l'écorce et qui cherchait à se frayer des passages pour s'épancher au dehors. On n'avait que des idées fort vagues sur la force en action dans les éruptions volcaniques ; on soupçonnait bien la vapeur de jouer un certain rôle, mais avant Lyell on était loin d'admettre que l'expansion de la vapeur d'eau seule engendrait les explosions volcaniques. Le noyau incandescent réagissait contre l'écorce et les cheminées volcaniques étaient des soupapes de sûreté, dont l'ouverture apaisait les convulsions du noyau en livrant une sortie aux gaz enfermés. On ne tenait compte ni du temps ni de l'espace ; on reliait hardiment une éruption volcanique donnée à un tremblement de terre qui avait sévi un ou deux ans auparavant aux antipodes.

Plus tard, Vogt dira :

Non, messieurs, avouons-le, en présence de ces faits la théorie du feu central n'est plus soutenable. Si elle s'est conservée si longtemps, c'est pour d'autres raisons. Toutes les religions ont besoin d'un endroit quelconque où l'on torture, cuit, rôtit les pécheurs, et toutes ont cherché cet endroit dans les entrailles de la terre. Laissons donc là cette croyance au feu central, ce vieil avatar de l'ancien mythe du Tartare, et cherchons la source de la chaleur, qui se manifeste dans l'intérieur du sol, dans ces procédés et réactions chimiques qui se passent partout et dont les résultats nous sont démontrés par les transformations et métamorphoses incessantes, que subissent continuellement les roches qui composent les parties solides de notre globe. Plaçons hardiment la source de la chaleur intérieure dans les couches mêmes, au lieu de la faire venir depuis l'intérieur, dont la constitution nous est parfaitement inconnue ; si ce sont les couches supérieures qui présentent l'augmentation la plus considérable, accordons-leur aussi le travail le plus intense, et disons que la chaleur développée dans les couches par leur travail intrinsèque de métamorphose doit s'accumuler nécessairement vers l'intérieur, tandis qu'à l'extérieur, à la superficie, elle doit tout aussi nécessairement s'abaisser par le rayonnement vers l'espace. Je ne puis guère entrer dans des détails, mais lorsqu'on poursuit ces faits et leur combinaison, on arrive à la conclusion que la source de la chaleur interne doit être dans cette zone assez peu profonde de l'écorce terrestre, jusqu'à laquelle pénètrent les eaux filtrantes, et que c'est grâce à ces eaux, dont la présence motive les réactions chimiques, que la chaleur est engendrée.

Ne laissant pas échapper l'occasion, il compara ce noyau central incandescent cherchant, selon Buch, partout une ouverture pour s'épancher, à un dieu lare ivre, à la recherche d'un trou pour laisser échapper les fumées de l'alcool et se cognant à toutes les parois de sa prison.

Cela n'était peut-être pas très scientifique, mais les plus graves riaient.

7

Il réclame, également à l'encontre de Buch, d'en revenir à la méthode de Gay-Lussac et d'Humphry Davy, à l'examen minutieux du laboratoire, à l'expérimentation, laquelle appliquée aux plus imposants phénomènes de la nature, semblait ridicule à plus d'un.

Cette première édition, qui a plus d'un demi-siècle de date, est encore là, dans les bibliothèques, pour attester que dès le début, Carl Vogt fait route à part et que si ses idées sur plus d'un point ne sont pas complètement arrêtées, voire même fausses, et si certaines pages trahissent l'influence des erreurs d'alors, il y avait déjà dans l'ensemble un puissant caractère d'originalité et comme l'embryon d'une pensée nouvelle confusément entrevue.

Les vacances, Vogt les passait à parcourir la Forêt Noire, les Vosges, la Normandie et la Bretagne. L'hiver de 1846-1847 le voit en Italie. A Rome, il rencontre le célèbre peintre viennois Rahl qui fait de lui un beau portrait, d'un ton mystérieux à la Rembrandt.

Michel-Ange, les fresques de Raphaël et les Vénitiens empoignent par-dessus tout notre voyageur.

Carl Vogt n'était pas un de ces esprits moutonniers qui s'échauffent par contact et étalent pour tout succès un enthousiasme banal; son aversion pour les louanges exagérées le poussait même parfois au dénigrement et à l'injustice. En peinture, en littérature et en musique, son œil et son oreille restèrent fermés au mouvement moderne, à toute la grande révolution dont Manet, Flaubert et Richard Wagner sont les géniaux initiateurs. *Bouvard et Pécuchet*, ce chef-d'œuvre d'ironie, l'ennuyait profondément; il ne découvrait rien en Puvis de Chavannes et abhorrait Degas, professant pour la lumière et la véracité de l'école contemporaine, l'horreur des foules bourgeoises captées par le jus noirâtre et le pourléchage de l'Ecole, dirigée par les Bouguereau et les Cabanel et rien n'était plus déconcertant que d'entendre ce progressiste, ce scientifique avancé défendre, non sans une certaine logique spirituelle, ses préférences caduques. Cependant, la complexité de ses idées esthétiques, son éducation, son tempérament, l'élevaient au-dessus des lourdauds et des superficiels. Beethoven et Mozart le charmaient. Il pestait contre Verdi, en même temps qu'il se déclarait incapable de comprendre les grandioses et vibrantes créations de Wagner et, à Bayreuth, rendu furieux par l'extase du public qu'il croit mensongère, il quittera la salle en prétendant que cette musique abrutit et que même ceux qui la comprennent sortent de ces auditions avec l'œil atone des veaux qu'on mène à l'abattoir. (1)

---

(1) En mai 1894, un an avant la mort de Carl Vogt, le journal l'*Eclair* ayant eu la bizarre idée de le consulter sur l'effet que l'échec de Zola à l'Académie française avait produit à Genève, Vogt répondit par une lettre qui n'est pas sans intérêt et qui doit avoir été placée par le *Journal de Genève*, organe des calvinistes genevois, dans le lot de ce qu'il appelait « certains écrits regrettables de sa vieillesse où il parlait en termes peu courtois et fort injustes du peuple qui l'avait reçu parmi les siens ! » Inutile de répondre à cette petite perfidie calviniste que Vogt n'a point mal parlé du *peuple*, mais qu'il a eu simplement, usant des droits de la critique, l'audace extrême de se moquer de la littérature chère à une classe prétentieuse, hostile à tout progrès, cafarde, égoïste, vindicative, mielleuse, d'esprit mesquin et de dehors religieux, catégorie à part mais dominante, que le *peuple* genevois lui-même connaît fort bien puisqu'il la désigne sous le nom de : *mômier*.

Si Vogt ne prit à partie le *mômier*, la *littérature mômière* et ce qui s'en suit que dans les dernières années de sa vie, c'est que le *mômier* ne commença à briller de tout son éclat qu'après la chute définitive du régime radical, vers 1892.

Ceci dit, revenons à l'*Eclair*, qui s'explique en quelques mots d'introduction :

« On sera peut-être étonné que nous ayons demandé son opinion au célèbre professeur Carl Vogt, naturaliste, plus occupé à étudier les petites bêtes que les fleurs de la littérature, comme il nous l'écrit lui-même d'ailleurs.

« Mais, personne n'ignore que Carl Vogt est un savant, c'est vrai, mais un savant doublé d'un homme de lettres des plus connus et très au courant de la littérature française. En étudiant les petites bêtes, il a certainement appris à connaître les grandes, et les unes et... les autres ont été dépeintes par lui en un volume intitulé : *Du vieux et du neuf sur la vie des animaux et des hommes*. Nous pensions que sa réponse serait fort curieuse, nous ne nous sommes pas trompés :

« Si j'avais l'honneur d'appartenir à l'Académie française, je me serais démené comme un diable dans un bénitier pour l'élection de M. Zola, reconnaissant en lui un auteur d'une rare puissance, d'une observation pénétrante et d'un

Si le nom de Carl Vogt jouissait déjà d'une certaine réputation auprès des zoologues par suite de ses publications sur les salmonides, les gastéropodes et de ses études sur les phases de développement de plusieurs espèces ; si les géologues le connaissaient à cause de sa participation dans les recherches d'Agassiz et de son traité de géologie ; si un cercle plus étendu avait goûté *Im Gebirg und auf den Gletschern*, ce nom de Carl Vogt n'en restait pas moins ignoré du grand public. Cette faveur, nullement briguée, d'être *célèbre*, ses adversaires vont la lui assurer en combattant avec acharnement les déductions de ses *Lettres physiologiques*.

Les *Physiologische Briefe*, pages de science et de verve, furent traduites en toutes les langues et attirèrent sur leur auteur, par l'audace des thèses soutenues, les anathèmes indignés des réactionnaires.

Carl Vogt pensait qu'une science, quelque haute que soit sa portée, même philosophique, ne devait pas rester l'apanage exclusif des savants qui l'ont constituée, mais qu'elle doit, au contraire, comme le soleil, briller pour tout le monde. N'allez pas croire toutefois qu'il ne s'adressait qu'aux gens du monde, ce serait une erreur, car plus d'un physiologiste de l'époque tira profit du livre.

Ces Lettres ébranlèrent aussi des théories dont la base fragile se retrouvait dans une hypothèse philosophique ou un dogme théologique, produits de l'imagination qui ne résistent ni à l'observation quant aux faits, ni à l'expérimentation quant aux phénomènes. De plus, si

---

travail infatigable, lequel a marché et marche encore à la tête de la littérature française contemporaine et a rayonné, plus qu'aucun autre, hors France, sur tous les pays civilisés du monde entier. — Ceci en vous avouant que je lis Zola fort peu. Je m'en tiens, en littérature, à Gœthe qui disait : « La vie est sérieuse, l'art est serein ». Or, je ne trouve, dans Zola, ni cette sérénité que demande Gœthe, ni l' « humour » et la plaisanterie, que je demande, moi, par-dessus le marché.

« Vous me demandez, en second lieu, si vraiment l'effet produit, dans le pays de Genève, par l'élection de M. Zola aurait été celui de la tristesse, comme le veut certain membre de l'Académie, ancien diplomate, appuyé sur sa correspondance. Je n'ai cure des amis étrangers dont ce diplomate évoque le témoignage. Les « Geheimrathe » allemands, réels ou non réels, Excellences ou non, les conseillers d'Etat, russes, autrichiens ou autres, avec lesquels le diplomate devait nécessairement se trouver en relations, me paraissent de fort médiocres juges en littérature. L'auteur préféré de Bismarck est Paul Féval.

« Mais lorsqu'il s'agit du pays de Genève, il faut distinguer. Si vous entendez par le mot « pays » l'immense majorité des habitants (c'est ainsi que nous entendons le mot), je vous dirai que cette majorité travailleuse, intelligente, qui dans ses heures de récréation aime la musique et le théâtre, que cette majorité, dis-je, pour employer une locution populaire très en vogue dans notre pays, « se fiche pas mal de l'Académie française et des campagnes électorales de M. Zola ». Cette majorité, « le pays », a bien d'autres intérêts à soigner : le militarisme envahissant et dévorant tout, la future Exposition, le raccordement des chemins de fer, les rapports commerciaux avec la France et en particulier avec la zone franche, etc.

« Reste une fort petite minorité de lettrés, de gens qui s'intéressent à la littérature ou qui voudraient en avoir l'air, parce que c'est bien porté. Ils ne constituent pas le pays, mais seulement des coteries.

« Il faut distinguer encore deux groupes principaux, fort inégaux en nombre.

« Vous ignorez peut-être, monsieur, que suivant l'opinion exprimée, il y a quelques années, par un jeune critique genevois, « la littérature de la Suisse romande est une perle, égarée sur le fumier de la littérature française ». Or les huîtres calvinistes qui produisent ces perles avec les blessures saignantes de leurs cœurs remplis de charité chrétienne, comment ne pourraient-elles pas jubiler in petto de l'échec de M. Zola, qui n'écrit pas dans le style pédantesque et didactique des régents, membres du Consistoire, style tempéré par la Bible et châtré par le respect de la foi ? Ces philosophes, célèbres à Genève et dans les Cévennes, qui connaissent « le Père » à vous détailler jusqu'au dernier poil de sa barbe, ces lettrés doucereux et filandreux qui savent trouver partout les âmes des choses et les choses des âmes, ces vulgarisateurs profonds, qui écrivent des tartines de omnibus et quibusdam aliis et avec douze manuels élémentaires en font un treizième « alimentaire » assaisonné d'applications morales et de pensées édifiantes, ces retapeurs de lieux communs, brassés déjà dans le vieux testament — ah ! vous ne les connaissez pas ces porte-drapeaux de notre littérature et vous ne savez pas qu'à leurs yeux et qu'à ceux de leur suite, ils sont à mille pics au-dessus des asticots qui grouillent dans le fumier littéraire de la moderne Babylone ! La compagnie qui suit ces chefs porte-plumes ? Des banquiers, juifs pendant la semaine, ultra-chrétiens le dimanche, des propriétaires pieux, qui vendent leur chalet en bois nouvellement construit, parce que le bois travaille le dimanche, des pasteurs, missionnaires, théologiens en foule qui se faufilent partout et surtout des vieilles filles, semblables à la tante Sarah de Tœpffer, qui trouvent que monsieur un tel « écrit délicieusement » en poétisant la science et en élevant leurs cœurs desséchés et avides de saintes émotions vers un monde meilleur ! Ah ! ne demandez pas à ces gens-là leur opinion sur Zola. Ils le liront peut-être en cachette, mais ils n'admettront pas que ses livres soient placés dans les bibliothèques de leurs « sociétés de lecture ».

la physiologie, après des pas de géants, n'est plus ce qu'elle était jadis, le docteur Carl Vogt en a sa part de responsabilité, ne serait-ce que parce qu'il décida, par le charme de son écriture, plus d'un à approfondir cette science. Par ces deux volumes, il s'acquit des titres indiscutables à la gratitude des ennemis du recul et de l'ignorance. Il attaquait, non seulement des principes surannés admis alors comme vérités sacrées, mais encore, pour la première fois, dans un ouvrage populaire, il étudiait l'histoire de la génération :

« J'ai cru devoir, dit-il dans la préface, traiter le développement embryogénique du corps humain, tout en sachant fort bien que, généralement, cette étude est très négligée dans les manuels de physiologie et même entièrement mise de côté dans les livres qu'on destine au grand public. Je n'ai jamais pu comprendre pourquoi on agit ainsi, il m'a toujours semblé que l'homme présentait de l'intérêt, non seulement dans son état accompli, mais aussi dans le développement progressif de son corps ; je suis même convaincu qu'on ne peut comprendre clairement la structure ou la fonction d'un organisme que lorsqu'on sait de quelle manière il est arrivé à devenir ce qu'il est en définitive. »

Certes les *Lettres physiologiques* ne sont pas une œuvre primordiale, une de ces œuvres qui établissent sur des bases nouvelles toute une série de vérités inconnues, mais ce livre résumait, comprenait et synthétisait si à propos le bon sens et la science, qu'il exerça une influence supérieure aux travaux des spécialistes plus transcendants peut-être, mais moins intelligibles.

On répéta bientôt, un peu partout, la fameuse définition de la pensée, que les détracteurs feignirent de prendre à la lettre, procédé commode et souvent employé :

« Toutes les propriétés que nous désignons sous le nom d'activité de l'âme, ne sont que les fonctions de la substance cérébrale, et pour nous exprimer d'une façon plus grossière, la pensée est à peu près au cerveau ce que la bile est au foie et l'urine au rein. Il est absurde d'admettre une âme indépendante qui se serve du cervelet comme d'un instrument avec lequel elle travaillerait comme il lui plaît. »

Vogt croyait donc que notre personnalité, dépendante des cellules, disparaissait entièrement ces dernières détruites et il avait le front, en 1846, de prétendre que l'hypothèse de l'âme immortelle n'était qu'une conception résultant de la crainte et de l'égoïsme humains !

En résumé, la conclusion d'un chapitre souvent cité de ce livre, qui fit verser tant de gouttelettes d'encre, est la disparition absolue et complète de notre être après la mort, dogme plus vieux que le christianisme et qui fait crouler tout l'échafaudage des récompenses et des peines futures. Il nous faut nous résigner à mourir tout entiers, à ne jamais voir la vérité pleine.

Ces idées n'avaient pas encore été formulées aussi crûment par un homme de science, surtout à cette époque, à la veille de la Révolution. Aussi ne sera-ce pas sans une apparence de logique, pourvu que l'on veuille bien se placer à son point de vue, que le 8 mai 1895, un pur chrétien, M. H. Canoz, contemplant atterré l'influence de l'œuvre de l'auteur des *Lettres physiologiques* sur la génération actuelle, écrira dans la *France catholique :*

« Le monde devrait être préoccupé de la mort de Carl Vogt, autant que de celle d'un assassin. Carl Vogt et ses pareils ont été, en effet, des meurtriers de marque » etc., etc.

N'est-ce pas aussi le tréfonds de la pensée de l'évêque d'Orléans, lorsqu'en juin 1875, à propos d'une critique d'Alglave parue dans la *Revue scientifique*, critique signalant la traduction française des *Lettres physiologiques*, Mgr Dupanloup s'écriera du haut de la tribune de la Chambre des Députés que « ces honteuses et funestes doctrines servaient de fondement à une politique que la Commune a fait revivre à Paris !... »

Les *Physiologische Briefe* eurent un retentissement énorme dans les universités allemandes. On batailla des années durant autour de ce livre qui a perdu de son importance scientifique, mais qui n'en reste pas moins intéressant à relire, nous n'en voudrions comme preuve que l'opinion de Zacharine, le grand médecin russe, n'omettant pas, dès qu'il voyage, de jeter les *Lettres physiologiques* dans sa valise, sous prétexte que c'est là un des livres scientifiques les plus amusants du siècle.

Il comptait revenir à Paris par Gênes, Nice et Marseille, lorsque son attention fut éveillée à l'aspect de la baie de Villefranche. Des pêcheurs retiraient leurs filets dans lesquels grouillaient des petites bêtes qu'ils rejetaient avec dépit dans la mer. Il n'en fallut pas plus pour le décider à se fixer à Nice, au pied de la tour de Cimiez, sur l'emplacement actuel de l'*Hôtel Suisse*. Une cabane s'élevait là, avec de larges ouvertures sur la mer ; il y place son microscope, ses instruments et le voilà, au comble du bonheur, possesseur d'un laboratoire, à deux pas de cette baie de Villefranche, l'une des plus riches du littoral, se laissant aller à sa frénésie de travail, même pas distrait par le tapage que provoque son livre, en Allemagne. A cette époque, il collabore avec les Kölliker, les Stannius, etc., à ce chef-d'œuvre d'Ernst von Siebold, qui a nom *Lehrbuch der Vergleichenden Anatomie*.

Epicurien par les goûts, insoucieux d'avenir, il se confirma dans son désir de vivre indépendant, d'abandonner Paris et de renoncer aux articles afin de se livrer tout entier au travail et à son admiration pour cette nature dont les beautés l'attireront toujours.

Une après-midi qu'il dessinait, penché comme de coutume sur son microscope, entre dans la chambre un abbé italien en compagnie duquel il prenait ses repas au restaurant.

Le prêtre, gai compère à l'ordinaire, se moquant du tiers comme du quart, semblait sous le coup d'une émotion extraordinaire. Le visage cramoisi, les yeux sortant de l'orbite, le ventre ballottant, il referme soigneusement la porte, près de laquelle il laisse, postés, des hommes sûrs, armés jusqu'aux dents.

Vogt regardait, sans comprendre rien.

— Dottore ! Dottore ! appelle l'ecclésiastique, et l'attirant dans un coin, il lui explique à voix basse la dramatique histoire.

La population habitant la principauté de Monaco, pressurée d'impôts par un seigneur fabriquant de la fausse monnaie qu'il rebutait après l'avoir mise lui-même en circulation, appelait à cris éperdus des sauveurs. On allait se révolter et, d'après le belliqueux abbé, le sang ne manquerait pas de couler à flots durant cette terrible journée ! Déjà, de Nice, des libéraux, ne pouvant réprimer leur impatience, avaient parlé de partir, dans l'après-midi, au secours des frères opprimés ; déjà, il était résolu que le gros de la troupe allait suivre, dans le silence du premier matin, lorsqu'on s'était aperçu à temps que l'expédition manquait totalement de chirurgien.

L'abbé suppliait donc le *dottore* de planter là microscope, siphonophores et bocaux, et de le suivre, sans tarder, muni de sa trousse et de bandages. Le naturaliste s'y prêta de bonne grâce, très intrigué, au fond, de savoir comment tout cela finirait, car Nice parlait, depuis trois semaines de ce secret, de cette marche inattendue sur Monaco et de l'enlèvement du tyran, Florestan Ier.

Le lendemain matin, l'armée s'ébranlait.

Ce fut épique et il faudrait la plume d'un Théophile Gautier pour décrire cette bande armée s'avançant, silencieuse, grave, sombre, prête à subir la torture et à mourir pour la liberté ; puis, la première demi-heure passée, le soleil du Midi aidant, ces ténébreux conspirateurs changer rapidement leur allure première et marcher désordonnés, le tumulte remplaçant le silence, en criant à tue-tête, sans discipline ni ordre aucuns.

Les uns allaient à pied, les autres à cheval, en char ou à mulet ; ceux-ci étaient armés d'un sabre ou d'un stylet, ceux-là d'un mousqueton ou d'une lance ; les plus décidés environnaient même une pièce de canon, débris historique du temps de Masséna, qu'aidait à pousser une douzaine de gamins. Celui-ci faisait flotter au vent, tout à fait tombé, sur cette chaude route de la Turbie, un drapeau dépenaillé, tandis que celui-là soufflait, à en devenir apoplectique, dans une trompette ; bref, tout cela se grisant de paroles, de tapage et de poussière, sans hésitation, marchait au trépas le plus joyeusement et le plus bruyamment du monde, tandis que Carl Vogt, avec sa boîte en sautoir, trottinait émerveillé aux côtés de son curé...

A une lieue du territoire monégasque, alors que la chaleur, la faim et la soif commençaient à incommoder la troupe maintenant au complet — car les impatients avaient attendu à Beaulieu — on tomba sur des vivres, des tonnelets de vin et... des émissaires du prince de Monaco !

D'abord, grande consultation s'il ne valait pas mieux, sans autre forme de procès, pendre haut et court l'ambassade ; puis on se ravisa, on but et finalement l'on discuta avec les suppôts de la tyrannie.

Cela fut long, mais l'entente finit par s'établir quand même et l'on se sépara enchantés les uns des autres, les ambassadeurs criant: « Vive le Peuple ! Vive Nice ! » et les révoltés répondant par de chaleureux : « Vive Florestan ! Vive Monaco ! »

Un blessé s'était présenté : un jeune italien, de visage très fin, de conversation aisée et d'allures élégantes ; son fusil à pierre lui avait sauté dans la main. Le lendemain, le révolutionnaire venait au laboratoire de Cimiez, afin de changer son pansement. Médecin et malade se plurent et des relations d'amitié que le départ de Vogt pour Paris interrompit, s'établirent durant quelques semaines.

Bizarre coïncidence !

Ce blessé que Vogt soigne sur la route de la Turbie, cet Italien aux manières aristocratiques et à la conversation attrayante se nomme : le comte Felice Orsini, l'auteur de l'attentat du 14 janvier 1857, que le jury condamna à mort et que Napoléon se résigna, non sans appréhension, à faire exécuter.

Cependant Liebig, en maître consciencieux, suivait avec intérêt les étapes de son ancien élève et en patriote éclairé, désireux de retenir au sol natal les forces vives du pays, les difficultés politiques aplanies, il en écrivit au père à Berne, lui représentant que Carl devait se ranger et penser à l'avenir. En même temps il mandait au « Dicker », en lui dépeignant les douceurs du foyer et de la situation assurée sous de roses couleurs, que Giessen allait créer une chaire de zoologie et qu'il lancerait sa candidature s'il l'y autorisait.

Vogt, nous le savons, ne voulait pas suivre Agassiz en Amérique ; continuer son métier de journaliste ne lui souriait pas non plus ; le manque de ressources pécuniaires l'obligerait sous peu à quitter Nice ; le mieux était donc d'accepter l'offre.

Liebig se mit aussitôt en campagne. Il ne rencontra d'abord aucune difficulté auprès des princes, mais le conseil des ministres, en tête le terrible Jaup, le rabroua. On cria à la profanation et au scandale ; l'Université de Giessen était déjà en assez mauvais renom pour que l'on n'y plaçât pas aussi l'auteur des Lettres physiologiques ! Le ministre de l'Instruction publique, Linde, ex-libéral, ex-ami des Follenius, réactionnaire enragé depuis qu'il se trouvait au gouvernement (destinée commune à beaucoup de ministres) n'osa prendre position et laissa Jaup lire des feuilletons de Carl Vogt, et des extraits des *Lettres physiologiques*, tout en épiloguant sur le passé politique du candidat. Mais déjà, la jeunesse universitaire se remuait, réclamant sa chaire et son professeur sur le compte duquel de terrifiantes histoires circulaient. Ses livres n'étaient pas lisibles ; sa vie était immorale ; il avait vécu à Paris et revenait d'Italie où il avait fréquenté dans le monde des peintres et de leurs modèles ! *Proh pudor !* Il portait une barbe noire très fournie et refusait, en cas de nomination, de se faire raser. Horreur ! Giessen allait compter un professeur barbu. (1)

Carl Vogt, ayant eu vent de cette hostilité se piqua au jeu ; Arago et Agassiz appuyèrent sa candidature et la nomination allait être signée, lorsque Jaup rappela les altercations entre le jeune docteur et Léopold de Buch, soit à Erlangen, soit à Mayence. Oui ! le candidat avait osé rire aux dépens du créateur de la géologie allemande, M. Léopold de Buch, Geheimer Rath, première classe, décoré de tous les ordres nationaux et étrangers, familier de Sa Majesté le roi de Prusse Frédéric-Guillaume IV, etc., etc. Et on allait appeler à la chaire de zoologie l'insulteur du puissant seigneur ! Mieux valait déclarer la guerre ! (2)

Le grand-duc refusa de recevoir Liebig. Jaup triomphait, lorsqu'un matin, une semaine s'étant passée, il apprit que le souverain venait de signer la nomination du docteur Carl Vogt !

La surprise fut générale.

Nous l'avons déjà dit, Léopold de Buch pouvait passer pour un paysan du Danube mal embouché, rude et cassant, mais tout le monde était prêt à reconnaître sa loyauté, sa franchise et sa haine des perfidies.

Qui le renseigna sur ce qui se passait dans la petite ville aux bords de la Lahn et dans l'ennuyeux Darmstadt ? Nous l'ignorons, mais il n'en est pas moins vrai que quelques jours après que Jaup eut décoché sa flèche du Parthe, le Grand-Duc recevait un pli de Berlin, dans lequel le géologue exhalait son irritation contre le ministre en termes peu gazés. Oui, il avait discuté avec le docteur Vogt et il y avait même trouvé grand plaisir ! Au surplus, ses démêlés ne regardaient personne. Quant au candidat, il suppliait humblement son Altesse Royale de bien vouloir croire qu'un docteur Carl Vogt avait plus d'intelligence dans son petit doigt qu'un ministre dans sa grosse tête.

Avec la lettre de Buch, l'avis également très favorable à Vogt d'Alexandre de Humboldt.

Le 13 décembre 1846, la poste restante de Nice délivrait au destinataire une lettre portant l'adresse suivante : A M. Charles Vogt, *professeur de zoologie*. Elle était de Liebig.

(1) Jusqu'en 1848, l'usage sinon le règlement exigeait le rasoir : interdiction à tout universitaire de porter la barbe. Carl Vogt fut le premier, en Allemagne, qui enfreignit la sotte défense. Le croirait-on ? La barbe faillit provoquer une échauffourée entre la fraction libérale et les créatures et partisans du gouvernement.

(2) Agassiz ayant perdu tout espoir d'emmener Vogt en Amérique, se multiplia en sa faveur. Il écrivit depuis Paris aux ministres, aux princes, aux savants, le leur recommandant chaudement. Voici sa lettre au prince héritier ; elle est écrite en français :
« Votre Altesse Royale,
« Lorsque survient une vacance dans une Université qui jouit d'une grande réputation, il n'est pas surprenant que le bruit s'en répande rapidement et que ceux qui s'intéressent réellement au grand mouvement du travail intellectuel soit mon excuse auprès de Votre Altesse Royale, si je viens aujourd'hui intercéder auprès d'Elle en faveur de l'un de mes élèves, ressortissant de ses Etats et qui, après avoir publié plusieurs ouvrages fort remarquables, justifie encore auprès de tous ceux qui le connaissent les plus hautes espérances pour l'avenir. Il y a déjà deux ans que M. Vogt devait recevoir une vocation pour Giessen ; des obstacles qui me sont restés inconnus ont entravé sa nomination à cette époque. L'intérêt tout spécial que M. Liebig porte au docteur Vogt qui a fait ses premières études sous sa direction peut servir de garantie à Votre Altesse de la capacité de mon protégé. Dès lors, M. Vogt a consacré toute son activité à l'étude de la zoologie anatomique et la connaissance particulière que j'ai de mes travaux inédits aussi bien que de ceux qu'il a livrés à la publicité me permet d'affirmer qu'il sera du nombre de ceux qui feront faire les progrès les plus sensibles à la zoologie en la retirant peu à peu de la direction stérile que tendent à lui imprimer ceux qui abaissent cette belle science au rang d'un simple enregistrement d'espèces dans des cadres artificiels.
« Ces considérations, etc.
« L. AGASSIZ. »

(Trad.)   Giessen, 4 décembre 1846.
                Mon très cher ami,

Je me hâte de vous apprendre que le décret du Grand-Duc, daté du 1er décembre, vous nommant professeur extraordinaire de zoologie, avec un traitement de huit cents gulden, se trouve entre mes mains. Ceci met fin à toute incertitude. Rassemblez ce qui vous tombe sous la main, car vous ne trouverez rien à Giessen. Dois-je vous expédier le décret ? Je vous prie d'envoyer quelques mots de remerciement au Conseiller d'Etat intime, Chancelier docteur Von Linde pour la confiance qu'il a placée en vous en soutenant auprès du Grand-Duc votre candidature comme professeur de zoologie, et que vous, etc., etc.

En second lieu, il est urgent de demander un congé. Le plus simple est de prier Linde, puisque la moitié du semestre est entamée et que vous avez encore divers travaux à terminer, d'obtenir de l'autorité compétente une prolongation de trois mois. Quelques mots disant que vous expédierez aussi des animaux marins si l'Université veut bien se charger du transport seraient également en place.

                                                De tout cœur,
                                        Votre tout dévoué,
                                                JUST. LIEBIG.

Carl Vogt arriva en avril 1847 dans sa ville natale, où il retrouva bon nombre d'anciens amis, entr'autres A.-W. Hofmann, Bardeleben, H. Will, Ricker, le libraire, etc.

Toutefois, la campagne entreprise autour de son nom n'était pas restée stérile et s'il était étonné en assistant aux élans d'admiration d'étudiants inconnus, il ne tarda pas à se rendre compte de l'esprit d'hostilité qui régnait à son égard parmi les gouvernementaux.

Au fond, rien de grave : l'éternel clabaudage du bourgeois conservateur et repu, ayant ses petites rentes à l'abri. Que venait faire à Giessen cet intrus, ce démagogue, ce mécréant et que n'allait-il à Berne, en Suisse, où se trouvaient déjà son père et ses oncles, républicains, fauteurs de désordre, traîtres, esprits dangereux et malfaisants ? Quelle famille, bon Dieu ! quelle famille ! Evidemment, ce jeune docteur n'allait pas tarder à donner quelque échantillon de sa mauvaise conduite ; pour commencer, il s'était installé en dehors de la place et de la grande rue, dans un faubourg et son appartement de quatre pièces, à l'abri des regards, donnait sur la campagne. Aussitôt, dans le sein des *bonnes familles*, les racontars d'aller leur train. Avant d'entamer le chapitre épineux que certaines allusions discrètes faisaient pressentir, la mère, avec un geste rêche, priait les jeunes filles de sortir et, une fois à l'aise, on écoutait l'éminent *Commercienrath* ou le député du Centre raconter le scandale de la semaine. Un collègue qui était allé chez lui sous prétexte de le féliciter, jurait qu'il avait marché sur un tapis d'Orient.

Un tapis à Giessen, chez un professeur de trente ans, et M. de X... qui demandait une preuve de la dépravation du docteur Vogt ! Mais en voilà bien d'une autre. A table, il buvait du vin de France, méprisait la bière, et lisait Diderot aux heures de repos ! Ses plus chauds défenseurs n'osaient nier la chose.

Cependant l'indignation des bonnes gens ne devait atteindre le *summum* que plus tard. Un soir de mai, les camionneurs déposent à la douteuse demeure, loin de la place et de la grande rue, une caisse venant d'Italie, de Rome. Ils la déclouent et en sortent un tableau avec cadre : le portrait d'une romaine, les bras nus : un cadeau de Rahl. Voilà qui dépasse le tapis d'Orient et les vins de France, n'est-ce pas ? Et pourtant ! nous ne sommes pas au bout. Ce dépravé, ce jouisseur, au lieu de disparaître à dix pieds sous terre, écrasé par la honte, a l'abominable cynisme de pendre la toile en pleine lumière, dans son cabinet de travail, où il est appelé à recevoir des étudiants, d'honnêtes pères de famille, peut-être des dames puisqu'on le dit habile médecin.

Conspué par de furieux détracteurs, le nouveau professeur était élevé aux nues par d'hyperboliques louangeurs. Il électrisa surtout les étudiants. L'élévation de son enseignement, l'ascendant de son esprit aimable et railleur, la simplicité de son abord s'imposérent aussitôt.

A côté de son cours qui ne dura même pas ce que durent les roses et dont la leçon inaugurale, publiée par Ricker, porte le titre de : *Ueber den heutigen Stand der beschrei- benden Naturwissenschaften*, 1er mai 1847, il traduit, sur la demande de l'auteur, les *Voyages géologiques dans les Alpes*, d'Ed. Desor. Ce dernier volume est à peine dans les vitrines que la *Literarische Anstalt* de Francfort-sur-Main met en vente : *Ocean und Mittelmeer* du docteur Carl Vogt, deux volumes relatant ses voyages et ses recherches zoologiques à Nice et sur les côtes bretonnes et normandes.

Lisez cet ouvrage — si vous parvenez à le trouver, car il est épuisé depuis plus de quarante ans — et cela quand même la science rétrospective vous agréerait peu, vous ne serez pas déçu, car à côté des réflexions philosophiques ou plaisantes qui vous frapperont vous trouverez presqu'à chaque page un petit tableau plein de grâce et de charme.

Le professeur Carl Vogt mettait la dernière main à l'installation d'un laboratoire de zoologie lorsqu'un bruit étrange, une rumeur, indécise d'abord, se répandit dans le pays.

Maintenant, dans les forêts de la Thüringe, près de ces *burgs* démantelés, encore sinistres d'aspect, des bûchers, lugubres dans les nuits noires, flamboyaient. Sur le sol trépidant de la patrie allemande une armée de citoyens s'ébranlait à l'assaut du monde officiel et de ses parasites. On soufflait sur les cendres éteintes, on réveillait les vieux échos, muets depuis l'exil des Follenius, et ces poussières que l'on agitait jetaient autour d'elles des enseignements solennels. A la lueur des torches, des martyrs, oubliés du bourreau, sortaient des prisons d'Etat, montrant de longues barbes blanches incultes, des visages de spectres et les yeux vitreux des mourants. Sur leur passage un grand tumulte s'élevait, on les hébergeait en jurant de les venger et quand affolés, courtisans et gentilshommes, proférant des menaces s'enfuyaient, le peuple jetait des pierres.

A l'horizon, dans la pleine lumière, du côté de France, s'était élevé dans l'éclatante splendeur d'un second 89, le génie de l'indépendance, le génie de la liberté.

1848

La Révolution commence.

Une ère étrange, époque fugitive d'enthousiasme, d'illusion et de rêves généreux, un moment éphémère, mêlé de bonheurs et de tristesses, de succès et de revers, d'aventures et d'accidents va naître en Allemagne : une poignée d'hommes désintéressés, pareils à ces vaillantes et nobles figures de la Gironde va émerger, durant un instant, au-dessus des foules, occupant l'attention du monde pour disparaître ensuite, impassibles au milieu des dangers les plus imminents, en demandant à l'exil le repos et l'oubli. S'ils sont écrasés par l'apathie bourgeoise, par l'irréflexion de quelques-uns et la lâche conduite d'autres, leur voix puissante et forte, leurs paroles vibrantes n'en auront pas moins été entendues, puisqu'il sera impossible à la réaction, pourtant ivre de son triomphe imprévu, de revenir sur nombre de leurs décisions. Le nom de ces modestes se trouvera naturellement dans tous les cœurs. Il ne faudra rien moins que les victoires de 1866 et 1870, les boucheries de Sadowa et de Sedan, l'apogée du militarisme et du piétisme prussiens, pour effacer, jusqu'à l'indécis souvenir, leur œuvre dans la mémoire de la jeunesse allemande, surtout préoccupée, semble-t-il aujourd'hui, à entonner des psaumes et à ramasser du crottin de jument dans la caserne.

Or, cette histoire de 1848 reste à conter.

L'histoire, très simple, de ce peuple doux et obéissant, se levant tout à coup et brisant ses entraves ; l'histoire de ce Parlement, obéissant d'abord à l'ascendant irrésistible du courant populaire, pour chuter ensuite de défaillances en défaillances et terminer sa courte carrière en une désagrégation honteuse ; l'histoire, souvent tragique, souvent burlesque, de ces groupes parlementaires, de cette extrême Droite qui reprend vite son assurance, un instant perdue, et qui bataille avec une morgue et une arrogance que son remarquable chef le prince Félix Lichnowski sait rendre spirituelle. Révélatrice aussi l'histoire de ce Centre gauche, éternellement gauche... dans ses mouvements et dans ses palinodies, groupe nombreux, pétri de bonnes intentions, toujours vacillant, composé d'esprits pédants et nébuleux, hargneux souvent, compromettant la situation, tant ils sont imbus de leur gravité solennelle d'arbitres, tant ils craignent tout ce qui pourrait élargir les prérogatives du peuple. Ils s'enveloppent dans toutes sortes de circonlocutions, n'avouant jamais leurs espérances, mêmes les plus lointaines, apportant dans la bataille générale des partis leurs restrictions de doctrinaires irritants. Ils veulent bien de la liberté, oui ! ils la réclament pompeusement, mais ils ont si peur, autant pour leurs concitoyens que pour eux-mêmes des désordres, des malheurs et des catastrophes qu'elle pourrait susciter, qu'ils préfèrent l'étouffer, tout en versant des larmes sur sa disparition. Regardés comme libéraux par beaucoup et par eux-mêmes parce qu'ils se réclament d'un passé vaguement teinté d'opposition et parce que, dans les questions secondaires qu'ils éternisent ils se rangent parfois du côté de la gauche, ils n'en votent pas moins avec la droite autrichienne et prussienne avec une désinvolture de bouffon et des minauderies de vieille coquette. Réfléchissez ! Ce sont eux, ces vaniteux obséquieux, qui feront avorter ce glorieux mouvement, passager comme un beau jour d'hiver et salué à son aurore par tout un peuple en délire ; ce sont eux, ces pondérés satisfaits, qui par la versatilité de leur politique et les défections que leur impose leur servilisme jetteront la Révolution pantelante dans la voie de la désolation et du deuil et la contraindront à s'abimer dans le gouffre.

Elle demande aussi à être écrite, l'épopée de cette gauche radicale composée d'une centaine de membres, objets des ovations populaires et qui ne fléchiront pas le genou, restant les derniers sur la brèche. Ils se retireront sur la terre étrangère, s'aguerrissant à la rude éducation du malheur, et vivront dès lors simplement, mais non sans grandeur, loin de l'Allemagne, jusqu'à ce que la griserie de 1870 en entraîne la plupart à abjurer leur passé et à adorer le nouveau dieu qui les comble d'honneurs, cependant que d'aucuns, isolés, se détournant pour ne pas voir, resteront fidèles à leur vision d'antan et mourront dans leur croyance première.

Oui ! Cette histoire de tous les partis de 1848 — feuillet blanc sur lequel nul n'a osé jusqu'à présent graver le mot : vérité — cette histoire est encore à écrire et à conter à l'Allemagne moderne, où pleuvent pourtant, à propos de chaque vétille, les indigestes in-folios ; pages compromettantes assurément, dans lesquelles s'étaleraient, prêtant à d'ironiques comparaisons, actes et principes de maint transfuge ; pages révélatrices, à l'aide desquelles s'expliqueraient les mobiles de plus d'une vengeance basse et le mystère qui couvrit tant d'avidités honteuses.

Paris, en jetant bas Louis-Philippe (1) et son exécré ministre Guizot, a mis le feu aux poudres : une commotion soudaine, ébranlant rois et ducs sur leurs trônes a secoué, en même temps que celui de l'Autriche, le sol de la Confédération germanique et de la Prusse. De tous côtés on apprend que le peuple, las de courber l'échine, s'insurge, exige, saisit le fusil. L'agitation est extrême.

Le 27 février 1848, la ville de Mannheim réclame la liberté de la presse, l'institution du jury, l'armement de la population, une représentation nationale. Le 1er mars, la censure est abolie dans le Grand-Duché de Bade. A partir de ce moment, le pays entier se couvre de pétitions et au bout de quelques heures de panique, d'émeutes partielles, les gouvernements, si arrogants naguère, mettent — sauf l'Autriche et la Prusse — chapeau bas devant cette nouvelle Majesté : le Peuple.

On crie : *Libération de l'Italie ! Reconstitution de la patrie polonaise. Vive la Hongrie !*

Les chefs de l'opposition et des centres dans les Chambres de la Confédération germanique et dont beaucoup sortent des prisons d'Etat, à cette occasion, se réunissent à Heidelberg, le 5 mars. La situation examinée, ils convoquent pour le 31 mars, en la ville de Francfort-sur-Main, les députés des assemblées législatives actuelles et passées, ainsi que les quelques citoyens que les électeurs des diverses régions désigneront parmi les plus éminents.

Trop tard ! L'exemple de Mannheim gagne toutes les villes, tous les pays.

Le 20 mars, le roi Louis de Bavière abdique.

La liberté de la presse et la création d'une garde nationale sont imposées à l'empereur d'Autriche. Déjà, M. de Metternich a fermé ses malles.

_____

(1) Louis Filo-Vite, disait Gavroche.

Le 18 mars, le sang coule à flots dans les rues de Berlin. L'armée succombe, Frédéric-Guillaume IV cède ; il dirige sa garde royale, dont le peuple et la bourgeoisie demandent la dissolution, vers le Schleswig-Holstein, sous prétexte d'une guerre nationale, dans le but d'empêcher l'incorporation des duchés allemands dans le royaume de Danemark ; cela n'empêche, du reste, nullement l'honnête souverain d'avertir les cours de Copenhague et de Saint-Pétersbourg que cette guerre n'est entreprise que pour contenir les républicains des duchés. Cela fait, il reconnaît officiellement la nécessité d'une régénération de l'Allemagne, sur les bases de l'unité et de la liberté ; il se déclare prêt à incorporer l'armée prussienne dans l'armée fédérative ; il renonce formellement, et dans des termes qui ne permettent plus le moindre doute, à sa souveraineté isolée, hors de la Confédération ; les soldats prussiens porteront les couleurs germaniques ; *la Prusse*, s'écrit-il en un moment de lyrisme, *se dissout dans l'Allemagne !*

Sur la frontière de l'extrême nord les évènements se précipitent aussi. Le mouvement national et patriotique du Schleswig-Holstein est dirigé par des princes du sang et par de timides professeurs et non par des républicains, ainsi que l'insinue le roi de Prusse. Une députation des duchés soumet, à Copenhague, au roi Christian VIII, un projet de constitution. Il est rejeté. Le Schleswig-Holstein se soulève, renverse son prince et nomme un gouvernement provisoire. Le duc d'Augustenbourg, qui est l'âme de la révolte contre le Danemark, reçoit, du roi Frédéric-Guillaume IV, l'assurance formelle que la Prusse soutiendra de toutes ses forces les justes revendications des deux principautés...

Tout tremble. Nous sommes à l'aube d'un de ces bouleversements, qui dans l'ordre moral comme dans l'ordre physique, changent la face du monde. De ces cataclysmes inévitables vont naître des progrès d'une impérieuse nécessité et qui, malgré le désir de la réaction, ne pourront plus désormais être effacés du recueil des lois...

C'est au milieu de ces troubles, de cette agitation sans nom, que s'ouvre à Francfort-sur-Main, le 31 mars 1848, sous la présidence du professeur Mittermaier, le célèbre criminaliste d'Heidelberg, l'assemblée constituante connue dans l'histoire sous le nom de : *Vorparlament*.

Francfort, la ville aimable par excellence, avec son cachet de parisianisme, est en fête. Maisons enguirlandées, feux d'artifice, musique, coups de canons, joutes sur l'eau, rien ne manque à l'éclat de cette belle journée de printemps. Demain se réunira, pour la première fois, le *Vorparlament*. Et tandis qu'à toutes les fenêtres flotte au vent d'une brise légère le drapeau noir, rouge et or, une foule énorme, parée de ses habits du dimanche et accourue de tous les coins de l'Allemagne, se promène dans les rues, désertées, dirait-on, par l'élément ouvrier. Républicains à longue barbe, hobereaux prussiens au parler criard, conseillers intimes réactionnaires à la mine anxieuse coudoient les bourgeois, qui se demandent parfois entre eux s'ils sont éveillés et causent des députés, en recherchant leurs noms, leur vie passée et leurs opinions connues ou présumées. Non sans une pointe d'anxiété, le voisin interroge le voisin :

— Qui donc est ce fantôme au souffle court, monté sur une tribune improvisée en pleine place publique, haranguant cette compagnie de tireurs qui, le fusil rayé sur l'épaule, débouche de Sachsenhaüsen ?

— Assurément, un *rouge* cherchant à les ameuter !

Hé non ! paisibles citadins, ce n'est pas un *rouge*. Ne craignez rien : c'est Jordan, le professeur de droit de Marburg, qui supplie, les larmes aux yeux, les citoyens carabiniers de ne rien casser et de veiller à l'ordre, car c'est un homme de bien, un homme de sens rassis, un libertaire, membre futur du Centre que ce Silvestre Jordan. Hier, les tribunaux hessois, le déclarant innocent du crime de haute trahison, l'ont délivré, après huit ans de prison préventive et lui, Silvestre Jordan, sort de l'horrible cachot où il endura mille souffrances morales et corporelles, l'esprit singulièrement assagi, je vous le jure. Il n'a, du reste, garde de se plaindre. Les juges réactionnaires se sont montrés durs envers lui, cela est indiscutable, mais s'en suit-il que le régime féodal ne soit un régime délicieux? Et puis, que voulez-vous? Il a beau être enrégimenté dans les rangs de la gauche, il sent bien que sa place n'est pas là : à un moindre degré, pourtant, que celui de son homonyme, le poète Jordan, son cœur l'appelle à droite et à droite il ira dès que l'occasion se présentera. Pour peu qu'on l'y invite, il pardonnera ; il sacrifiera sur l'autel de la légitimité ses rancunes. Evidemment, concède-t-il, le régime du *bon vouloir* n'est pas l'idéal — et il en sait quelque chose, ce revenant décharné que deux ans de repos, après l'affreuse torture, n'ont pu ragaillardir ! — Mais pensez aux conséquences d'un vote radical ! Rappelez-vous Quatre-vingt-treize ! Souvenez-vous des massacres de Septembre !

Et, il n'est pas seul à raisonner ainsi !

Ah ! les braves, bons, doctes et vieux libertaires. Oh ! pour l'amour de l'humanité, s'ils étaient seulement un tantinet moins braves, moins bons, moins doctes et moins vieux !

Giessen se trouvait représentée au *Vorparlament* par le professeur docteur Carl Vogt, qu'elle avait choisi, dans un élan presqu'unanime de sa population, comme le plus capable de défendre les intérêts de la liberté naissante. Au premier signal, avant même que les gouvernementaux se fussent enfuis, l'auteur des *Lettres physiologiques* était sacré, avec tous les honneurs dus à son rang, colonel, commandant en chef de la garde civique. Ne croyez pas à un badinage, au moins ; rien n'était plus sérieux et certes, les royalistes de Darmstadt n'eussent pas conquis le *Rathhaus* de Giessen sans coup férir, si l'envie leur en avait pris. Heureusement pour tous, ils restèrent chez eux ! Dans ce corps d'armée, une seule compagnie laissait peut-être à désirer, une compagnie envers laquelle le colonel Vogt montrait un certain favoritisme, c'était celle où se trouvaient incorporés son maître Liebig, qui ne parvint même pas au grade de caporal, et ses amis des bancs de l'Université : Bardeleben, Gustav Baur, le théologien Moritz Carrière, le futur professeur de Münich, Ernst Dieffenbach, qui plus tard explorera la Nouvelle-Zélande, Knapp et Kopp, les chimistes, Neuner, le juriste, Winther, l'oculiste, etc. Non pas qu'il usât de passe-droits en leur faveur, mais il fermait plus volontiers les yeux sur leurs peccadilles que sur celles des autres ; Bardeleben, ancien chirurgien dans un corps d'armée prussien, et qui fut appelé à succéder à Vogt dans le commandement, après le départ de celui-ci pour Francfort, se montra, dit-on, plus impartial et plus sévère. Franchement parlé, il est peut-être très heureux, pour sa réputation, que le génie militaire du zoologue n'ait pas eu à se révéler dans ces inattendues fonctions, qu'il est toujours pénible de refuser à l'admiration des foules, car le colonel-commandant Vogt avouait volontiers plus tard, quand la conversation tombait sur sa carrière militaire et qu'on le poussait dans ses derniers retranchements, que les ruades de son cheval lui avaient donné beaucoup plus à penser que la défense de la cité...

La veille de l'ouverture du *Vorparlament*, 246 députés se sont inscrits et, dans les réunions préparatoires, on s'est disputé entre républicains et constitutionnels sur la permanence du *Vorparlament* jusqu'aux élections, ainsi que sur la forme du gouvernement. Les débats sont vifs, tumultueux. Presque tous les orateurs se déclarent républicains, mais beaucoup confessent que le nord-est de l'Allemagne se soulèverait en cas de proclamation de la République. Il s'agit, suivant ces députés si bien renseignés, d'éviter à tout prix la guerre civile, l'effusion du sang. Ils parlent avec conviction, tandis que d'autres, avec la même conviction, protestent et prétendent que la République seule sauvera l'Allemagne et la garantira des sanglantes collisions...

La première séance s'ouvre dans la *Paulskirche*, vaste église en amphithéâtre pouvant contenir deux mille auditeurs. Dans les couloirs, dont l'accès sera bientôt interdit par un vote de la Droite et du Centre, et sur les galeries se tient le public.

Les esprits, à la suite des évènements de Berlin et de Vienne, sont vivement surexcités.

La crainte pousse le *Vorparlament* à rejeter le programme républicain de Struve. Puis, on passe au mode de constitution de la future assemblée nationale *(Parlament)*. On décide d'englober, dans la Confédération germanique, la Prusse occidentale et le Schleswig, en les autorisant à se faire représenter dans le Parlement (un député par 70.000 âmes). Pour ces élections, ni cens, ni religion. De Soiron parvient également à faire accepter une proposition d'après laquelle la Constitution de la Confédération germanique n'émanerait que de l'Assemblée qui allait être nommée par le peuple allemand.

Le 4 avril 1848, le *Vorparlament* était dissous.

Les exaltés, tels que Hecker, Struve, etc., furieux de ce qu'une proposition de la gauche déclarant le *Vorparlament* en permanence avait été repoussée, ne voulurent plus rien entendre ; ils s'imaginèrent que le pays entier était acquis à la République. Ils se séparent de leur amis, vont soulever le Grand-Duché de Bade du côté de la Forêt-Noire et acceptent, malgré le laisser-aller, le désordre, l'indiscipline qui se manifestent au sein de leurs troupes, auxquelles se sont ralliées les colonnes de Jean-Ph. Becker et d'Aman Gœgg, le combat à Kandern, le 20 avril 1848. Ils sont écrasés par l'armée disciplinée du général Fr. de Gagern, laquelle brûlait de venger son chef, tombé la veille de la bataille, mortellement frappé par une balle inconnue alors qu'il se trouvait en pourparlers avec le chef des troupes républicaines Hecker.

Le poète Herwegh, l'ami de Carl Vogt, celui-là même qui avait, trois ans auparavant, parcouru paisiblement, avec le naturaliste, les côtes de Bretagne et de Normandie, s'en était venu également livrer le bon combat. Plein d'ardeur et d'illusions, le valeureux avait réuni les ouvriers allemands à Paris et il accourait. Il fut complètement défait aux environs de Dossenbach par l'armée régulière (27 avril).

Là-bas, dans le Nord, la ville de Posen est en flammes ; les insurgés polonais, après une lutte héroïque, terrible, finissent par succomber sous le nombre des baïonnettes ennemies.

Les Danois, repoussés jusqu'au Jütland par le général prussien Wrangel (23 avril 1848), se cantonnent, en attendant l'occasion propice que va bientôt leur fournir le cabinet de Berlin. (1)

C'est sous ces noirs auspices, au milieu de la perturbation générale et d'une confusion extrême que les élections se font. A Giessen, Carl Vogt, qui avait pris une grande part aux débats du *Vorparlament* posait sa candidature, combattue par le gouvernement avec la dernière énergie. En effet, tout l'effort de la réaction va se porter contre ce dangereux parmi les dangereux ; la pression, l'embauchage vont se concentrer contre cet unique adversaire qui, coûte que coûte, doit échouer.

Cette élection de Carl Vogt dans son pays est inénarrable, et a défrayé pendant longtemps les conversations. D'abord, sans l'assistance de Rahl, le peintre autrichien, accouru de Rome aux premiers coups de fusil, le candidat des libéraux eut échoué sans même avoir la satisfaction d'une campagne électorale, inconnue jusqu'alors dans les annales de la de la politique. La capitale était acquise, bien entendu, mais il s'agissait de ne pas succomber

---

(1) Le vieux Wrangel était connu pour son ignorance de la grammaire allemande. Se promenant, un jour, aux environs de Heidelberg, où chantent, en grand nombre, les rossignols, il s'arrêta et dit à son compagnon : « *Der Nachtigall, die da unten sitzt, das singt am schönsten !* »

dans le *Hinterland*, dont le vote enlevait la position. Or, ce pays était habité par une population bornée, aveuglément soumise au prince et absolument inconsciente du bonheur que lui voulait le candidat des libéraux.

Baur et Bardeleben qui viennent de là rapportent au chef de mauvaises nouvelles. L' « officiel » règne chez ces brutes et il n'y a pas d'espoir de vaincre. Carl Vogt commençait donc à désespérer, lorsque survint Rahl, qui, mis au courant, ranime tout le monde et promet la victoire. Qu'on le laisse agir et vous verrez la grimace de Jaup! On croit d'abord à une mauvaise plaisanterie, mais l'artiste reste sérieux et se porte, de nouveau, garant du succès.

Dès le lendemain, Rahl sort de Giessen et donne rendez-vous à Vogt, dans un des villages cossus, où le député doit exposer son programme. Quel ne fut pas l'étonnement de ce dernier quand, aux approches de la localité, il se voit arrêté par une députation derrière laquelle se tenait le peintre rayonnant de joie. Au lieu des pommes cuites et des sifflets, un empressement cordial, une réception charmante!

La tactique de Rahl était simple.

Si avec sa tête de sanglier et ses cheveux crépus, il n'inspirait que tout juste confiance, au premier moment, son grand front et ses yeux pétillants de malice vous faisaient vite revenir sur l'impression première. De plus, il était doté de l'accent viennois le plus pur et cela seul suffisait à le rendre sympathique. Aussi, les paysans qu'il convoquait et auxquels il parlait pensaient à par eux : « Ce docteur Vogt doit pourtant être un rude gaillard, pour qu'on se déplace de si loin, car sûr il vient de loin, ce sanglier-là ! »

Mais l'activité de Rahl ne se bornait pas aux discours qui ne l'eussent peut-être pas conduit à grand'chose. Il faisait mieux, comme vous l'allez voir. L'après-midi, il se présentait chez les principaux électeurs de l'endroit, leur trouvait la tête intelligente, s'extasiait devant la beauté de leur femmes et s'évanouissait presque à la vue des marmots. Après cela, il prenait son carnet et en quelques coups de crayon il portraicturait tout ce monde là en ayant soin, avant de remettre gracieusement le dessin, d'ajouter au bas : « *Souvenir de l'élection du docteur Vogt* ».

Le succès prodigieux de cette manœuvre électorale plongea dans une consternation profonde Darmstadt et surtout l'irréconciliable ennemi Jaup. Comment! Le *Hinterland*, lui-même, votait pour ce galeux, ce pelé ! Comment ! Ce pays abruti, avachi, ignorant, dernier refuge des vertus légitimistes, ce castel inexpugnable des droits de la couronne acclamait Carl Vogt, le matérialiste, le républicain, le jouisseur, l'homme à la Romaine! Mais alors, en qui placer sa foi dorénavant? Plus de doute, il avait envoûté cette population, car, à en croire les émissaires, les paysans — et notamment les femmes — ne s'entretenaient que de lui et de son compagnon ; les enfants eux-mêmes, juste ciel ! l'avaient acclamé sur son passage à différentes reprises.

Hélas! trois fois hélas ! Jaup dut se rendre à la triste réalité et remettre à plus tard sa vengeance.

C'est le 18 mai 1848 que se réunit, pour la première fois, dans la *Paulskirche* l'Assemblée nationale allemande, composée des députés de l'Allemagne du Nord et du Sud, du Schleswig-Holstein et de l'Autriche. Les noms les plus connus de l'Allemagne contemporaine se trouvent, en ce moment, à Francfort-sur-Main, sinon à titre de députés du moins en qualité d'orateurs ou de conseillers dans les réunions. Ce sont : Ernst Moritz Arndt, le vieux barde des guerres contre Napoléon I⁰ʳ, le sénile Jahn, le père de la gymnastique, Uhland,

Rossmässler, Gervinus, Simson, Arnold Ruge et Temme, que la Révolution a sortis de prison, Vischer, Louis Bamberger, Zachariäe, Dahlmann, Döllinger, Bassermann, Gagern, Moritz Hartmann, le prince Lichnowski, Johann Jacoby, le général de Radowitz, Freiligrath, Mittermaier, Jacob Grimm, Bassermann, Carl Vogt, Lœwe, etc. Artistes, poètes, savants et soldats se sont jetés dans le mouvement et si Lamartine, en France, est l'âme du gouvernement provisoire, c'est Uhland qui, menacé par le peloton, se retire avec les derniers, en mai 1849.

Cependant, dès les premières séances du *Vorparlament*, la gauche s'est séparée de l'extrême gauche, groupe peu nombreux d'hommes, pour la plupart d'une honnêteté grande, mais d'imagination ardente, surexcitée, qui dans leur impatience inconsciente de bouleverser, du jour au lendemain et non progressivement, d'invétérées habitudes, aliéneront à l'idée républicaine bien des partisans, en rendant ces derniers craintifs, d'indécis qu'ils étaient et, plus tard, hostiles à toute mesure libérale.

Placés entre l'exagération de leurs amis agissant à l'étourdie, et la modération ressemblant à de l'inertie du centre, craignant également d'être entraînés ou ralentis, Robert Blum, Rossmässler, Arnold Ruge, Simon de Breslau, Simon de Trèves, Kollaczeck, Roëssler d'Oels, Carl Vogt, Zimmermann, nourrissaient l'espoir qu'une sage modération, une certaine pondération achemineraient plus facilement la bourgeoisie et ses nombreux députés vers les mesures libérales. Ils auguraient mal des tentatives à main armée, des discours incendiaires, des appels à la violence, non pas qu'ils fussent des timorés ou des orateurs à réticences, mais ils s'imaginaient que de ne vouloir tenir aucun compte du tempérament de la nation nuisait à la cause commune.

Carl Vogt, extrême gauche pourtant dans nombre de questions, écarte, hautain, certains agitateurs. Si Bakounine, Garibaldi, Herwegh, Hecker, Herzen, Mazzini, lui sont chers, et si dans telle ou telle question, il pencherait plutôt de leur côté, en allant même plus loin qu'eux, il ne peut se défendre d'un sentiment de défiance vis-à-vis de plusieurs de leurs coréligionnaires politiques. Ces incorruptibles, seuls détenteurs des principes républicains, ne lui disent rien qui vaille. Il devine en eux de ces tyranneaux haineux et jaloux que toute supériorité blesse, personnages répugnants, cachés dans les caves quand, au dehors, mugit la tempête, aigrefins méprisables qui répandent les accusations en parcourant la nuit, en chaussons de lisière, les rues. Vogt qui n'a jamais su cacher ses aversions, arrachera le masque à plusieurs de ces drôles, dont beaucoup ont vécu à la solde de la police. A Francfort, il se contente de ridiculiser quelques Homays dithyrambards en leur prodiguant les sarcasmes les plus amers.

Carl Vogt a toujours haï les Robespierre, toujours combattu les Raoul Rigault et toujours méprisé les méprisables qui se complaisent dans les anonymes calomnies et dans les déchaînements qu'ils provoquent en tentant de salir les plus nobles caractères. Il aura l'honneur d'être accusé — plus que tout autre — par ces cuistres repoussants. En séance plénière des gauches il flétrira le comité occulte de Mayence, dans lequel se trouve son compatriote Liebknecht ; il appellera cette compagnie malfaisante : *La bande soufrée (Die Schwefelbande)*. Aussi, ne lui pardonneront-ils pas ses plaisanteries et ses impétuosités, qui réduisent au silence, et dès que sonnera l'heure, M. Liebknecht ou tel autre farouche correspondant politique de journaux stipendiés par la police prussienne, autrichienne ou bavaroise, se hâteront-ils, sous le couvert de l'anonymat, à entretenir la légende de la trahison du régent de l'empire Carl Vogt, absurdité soufflée à Karl Marx, qui prit, à distance et assez niaisement, la responsabilité de ce commérage odieux.

Mais à plus tard les démêlés de Carl Vogt avec Karl Marx, Blind et Liebknecht ; revenons à Francfort-sur-Main.

9

Avec Robert Blum, qui de simple artisan, sans connaissances étendues, s'est élevé au premier rang, Carl Vogt dirige la gauche radicale du Parlement. Sa parole persuasive, quand elle n'est pas railleuse, fait éclater les applaudissements ou l'hilarité ; son savoir, son dédain, en politique, des choses de détail, sa perspicacité, dont il donnera plus d'un exemple, son courage civique, qui le fera rester l'un des derniers sur la brèche, son désintéressement et sa générosité, l'élégance de son style, l'autorité qui circule dans ses discours incisifs, toutes ces qualités attirent l'attention de tous sur ce *leader* de trente ans. Ajoutez à cela un visage beau, empreint de fierté et de résolution, un geste rapide, une de ces organisations que l'on devinait taillée pour l'action et vous comprendrez que lorsque le député de Giessen montait à la tribune, ses collègues regagnaient vivement leurs sièges, toute conversation particulière s'interrompant. Feuilletez le compte rendu sténographique officiel des séances, peu susceptible d'être favorable à Carl Vogt, et vous ne trouverez pas un de ses discours qui ne soit émaillé de parenthèses flatteuses : *Mouvement général d'attention, tumulte sur les bancs de la droite, hilarité prolongée, bruit au centre, applaudissements répétés de la gauche.*

Eminemment doué de l'esprit polémiste, Carl Vogt collabore à la *Deutsche Reichstag-zeitung* ; ses articles mordants sont reproduits par les feuilles libérales et commentés, avec dépit, par les journaux réactionnaires. La vie de ce journal fut brillante, mais elle fut courte. Les évènements, la dispersion et la mort violente de ses rédacteurs ne le laissèrent pas survivre au départ du Parlement pour Stuttgart.

L'Assemblée nomme, dans sa première séance, au fauteuil de la présidence, Henri de Gagern, esprit loyal mais tâtillon, évidemment pénétré de son devoir, mais ne pouvant se départir de l'idée que la droite est d'essence supérieure à la gauche, ce qui donne lieu, parfois, à une fâcheuse interprétation du règlement, aussitôt relevée par Raveaux, H. Simon, ou Vogt, spécialistes dans ce genre d'exercice.

Dans l'une des premières séances, à l'occasion de la création d'un Pouvoir central qui siègera à Francfort, dictant ses arrêts à l'Allemagne entière, le député de Giessen prononce un discours prophétique qui soulève une réprobation bruyante sur les bancs de la droite et du centre. Il adjure l'Assemblée de décréter la création d'une armée nationale, suffisamment menaçante pour donner leur pleine sanction aux décisions des mandataires du peuple et contrecarrer les projets menaçant la liberté. Les conflits vont s'élever ; ils ne tarderont pas à s'envenimer à tel point qu'une guerre acharnée s'en suivra, infailliblement ; dans cette lutte disproportionnée, la liberté, si elle n'est pas soutenue par une armée nationale, sera vaincue.

Réfléchi dans ses emportements, fougueux même dans son calme, l'orateur dévoile l'avenir ; il dénonce la future tactique de la droite louvoyant, éternisant les discussions, démoralisant les mieux intentionnés en essayant de rendre l'Assemblée impopulaire et s'opposant, de parti-pris, à toute réforme pour aboutir enfin à l'appel des troupes impériales et royales, sous prétexte de sauvegarder la dignité du Parlement et de maintenir le peuple révolté.

Les dogmatiques, les professeurs de philosophie, explicateurs de Kant et de Hegel, les juristes, les solennels patriotes, aussi effrayés que la droite à cette perspective de la nation armée perdent la tête ; le spectre rouge des tueurs immondes et gorgés de sang se dresse devant eux ; ils invoquent les promesses des princes, roulent des yeux terribles, gémissent sur l'inconcevable témérité de Vogt et la proposition est repoussée au milieu des acclamations du parti autrichien et prussien. Mais Vogt remonte à la tribune et dans le morne silence qui s'établit aussitôt, s'adressant à ses collègues de la gauche, il leur dit :

« La Chambre a repoussé ma demande d'une armée nationale, capable de nous faire respecter par les ennemis de la liberté. Messieurs ! ce rejet pour lequel d'aucuns d'entre vous se sont prononcés avec une obéissance de cadavres, ouvre toutes grandes les portes à la réaction. Eh bien ! mes amis de la gauche, devant cette décision, il ne nous reste qu'un parti à prendre : celui de boucler nos valises et de nous en aller ! »

Une fois encore, ses meilleurs amis taxèrent de pessimistes ses prévisions ; mais, plus tard, dans quelques mois, quand septembre s'écoulera dans les vendanges rouges, quand les bataillons autrichiens et prussiens tituberont dans les flaques de sang, aux abords de la Paulskirche, il en est plus d'un de ces timorés, de ces solennels patriotes qui l'accosteront et découragés lui confieront : « Ah ! si nous vous avions écouté ! »

Il est presque seul à prédire, dans deux harangues enflammées, la fin lamentable de cette Révolution, dont l'aurore avait été saluée par le peuple allemand, presque unanime, avec une joie réelle, une allégresse générale. En considérant objectivement les faits, en voyant l'incertitude dans les paroles, le servilisme dans les actes de quelques-uns de ces prétendus piliers de la liberté qui gâtent le mot et la chose, il est hanté par le sentiment que tout ceci ne résistera pas, que cette envolée vers une transformation idéale, avec des partisans tels que les Venedey, Jordan et autres, ne sera que de courte durée. Il a indiqué l'unique moyen, assurant le triomphe ; les imbéciles et les timorés, réunis aux conservateurs de tout acabit, l'ont repoussé, tant pis pour la cause qui a de tels représentants ! Il ne part pourtant pas. Il reste pour pouvoir contempler, en sceptique vengé, la lente agonie de cette liberté éphémère et jouir des étonnements de quelques-uns. *Pour ce que rire est le propre de l'homme*, ainsi conclut-il, et dès lors vous le rencontrerez toujours prêt à harceler de traits piquants les pédants et à jeter dans les fastidieuses discussions un mot méchant qui déconcerte (1). Cependant, il ne fait pas litière de ses principes, il n'oublie pas son mot : *Zur Einheit durch Freiheit* et toutes les fois que l'occasion s'en présente il sera là, portant haut toujours l'orgueil de ses convictions.

Les discours prononcés aux heures solennelles par ce tribun, dont la voix est forte et le regard bouleversant, impressionnent collègues et public, et c'est de cinq, dix lieux à la ronde, qu'accourent les gens pour applaudir, car il est, incontestablement, l'un des premiers orateurs de l'Assemblée, gardant dans cette salle la situation exceptionnelle d'un passant qui voulait bien gêner les autres, mais qui n'entendait pas qu'on le gênât. Simson dira de lui en riant : « Carl Vogt préfère sa plus mauvaise plaisanterie à son meilleur ami » voulant expliquer par là que personne n'est à l'abri de sa raillerie, car aucun ne le dépasse en dévouement et tout le monde sait que ce désabusé, tendre, aimant et consciencieux, malgré ses dehors gouailleurs, est toujours prêt, avec sa belle carrure de lutteur, à assumer les responsabilités et à se compromettre pour d'autres.

---

(1) Pour tromper l'ennui des longues séances, il s'amusait à caricaturer les orateurs, en ajoutant au bas du papier un résumé fantaisiste de leurs paroles. Ces dessins avaient beaucoup de succès. La charge de Georg Freiherr von Vincke resta légendaire. Au bas, Vogt avait écrit :
« Cette proposition a pour elle la justice, la bonté et l'opportunité. La justice, parce qu'elle est juste, la bonté, parce qu'elle est bonne, et l'opportunité, parce qu'elle est opportune. »
Celle du mélancolique Jacob Venedey, qu'il avait surnommé « la larme de l'empire », rendit celui-ci fou furieux. On voyait Venedey en posture de Marius sur les ruines de Carthage et au-dessous : « *Die Reichsthräne weint Blech !* »
Une pantoufle était suspendue, comme une épée de Damoclès, au-dessus de la tête de Beseler, qui disait :
« Messieurs, je voterai contre l'abolition de la noblesse, ma femme étant une baronne ! »
Son ami Rosmässler fit sa charge ; il y ajouta un mot que Vogt venait de placer dans l'un de ses discours : « La monarchie *peut*, la République *veut*. Quand donc *pouvoir* daignera-t-il *vouloir* et *vouloir* saura-t-il *pouvoir*. »

Fanny Lewald, la George Sand allemande, de passage à Francfort, écrit ce qui suit en date du 16 octobre :

« Nous sommes restés dans la *Paulskirche* de huit heures et demie jusqu'à quatre heures pour assister aux débats concernant l'accusation lancée contre Zitz Schoffel et Simon de Trèves.

Voigt *(sic)* de Giessen parla le premier avec une grande vivacité et une chaleur entraînante. Tu connais les évènements par les journaux et les comptes rendus sténographiques ; il est donc inutile de te les rappeler et il me suffira de te présenter les personnalités.

Voigt, malgré sa forte stature ramassée, possède une agilité énorme ; l'on s'aperçoit aussitôt qu'il a l'habitude de se déplacer souvent et rien qu'à le voir traversant d'un pas léger la salle des délibérations on devine chez lui, malgré son obésité, le vigoureux montagnard. Son visage rond n'a que de belles formes ; le front est large et solide ; les lignes entre les yeux, la pose du nez, la forme de la bouche et du menton sont les signes certains d'une énergie caractéristique. La même impression vous donne sa voix. Il parle avec chaleur, emportement, mais il reste toujours maître de lui ; quand le sujet l'empoigne, il fait preuve d'une impétuosité extraordinaire, d'une éloquence irrésistible. Il s'est servi, à un moment donné, dans sa défense des accusés, d'une image qui me frappa, tant elle venait à propos : « Vous connaissez les lois du jet d'eau, s'écria-t-il. Aussi bas que tombent les eaux d'un côté, aussi haut remontent-elles de l'autre. Vous étonnerez-vous qu'à la fin on use du poignard et de la corde pour conquérir cette liberté que dès le commencement vous refusez à coups de biscaïens et de mitraille ? L'obus jeté depuis le trône remonte en face du trône, sous forme de poignard et de corde à étrangler ! »

A ces mots, de véritables flammes jaillissaient de ses beaux yeux brillants d'un brun vif. Il descendit aussitôt après de la tribune, mais avec une attitude d'une énergie telle, que le terrible et fameux : « J'ai dit ! » me revint en mémoire... »

Les questions à élucider s'élèvent en tas énorme sur le pupitre présidentiel. Henri de Gagern ne sait presque plus où donner de la tête, car certaines séances ont un caractère de turbulence difficile à décrire et il est parfois littéralement impossible de se faire entendre. Un témoin, M. Alexandre Büchner, de la Faculté des Lettres de Caën, a consacré une de ses leçons à l'Assemblée Constituante et à son président de Gagern. Nous en reproduisons le passage suivant, qui n'a rien de trop exagéré :

. . . .
Les jours ordinaires on se contentait de cris, d'interruptions, de gestes violents, qui occasionnaient par-ci par-là un rappel à l'ordre. Mais il fallait voir le Parlement aux grandes occasions, quand les questions de principes étaient mises en jeu ! Alors tout le monde parlait ou plutôt criait à la fois ; on quittait les places, on se disputait l'accès de la tribune, on se montrait le poing, on s'insultait, on se provoquait en duel, en se souciant d'un rappel à l'ordre autant qu'on le fait d'une orange à Naples.

Entre plusieurs incidents de ce genre, je ne mentionne qu'un seul, parce qu'il est des plus significatifs.

En avril 1848, Frédéric Hecker, le chef des radicaux badois, avait essayé, les armes à la main, de proclamer la République allemande, une et indivisible ; il avait été battu et s'était réfugié en Suisse. Elu membre du Parlement, il n'y put siéger sans une amnistie que la majorité ne voulut accorder à aucun prix. Pendant une discussion sur ce sujet, qui eut lieu le 7 août 1848, Brentano, député badois, le chef futur de l'insurrection de 1849, déclara que « Hecker, ayant eu recours à la violence, n'était pas plus coupable que le prince de Prusse (l'empereur Guillaume Ier) en faisant fusiller et mitrailler les Berlinois le 18 mars dernier ». Un certain nombre de députés prussiens protestèrent et demandèrent le rappel à l'ordre. Un des plus fougueux d'entre eux, M. de Vincke, approcha de Brentano, et peut-être en serait-on venu aux mains sans l'intervention du député Rœssler, surnommé « le serin de l'Empire », parce qu'il portait constamment des vêtements de nankin. Quand la majorité eut voté le rappel à l'ordre, le tumulte devint tel que le président dut lever la séance. Le lendemain, le rappel fut prononcé, mais le désordre prit encore une fois des proportions incroyables, et il fallut interrompre la séance pendant une heure...

Le 29 juin 1848, après le refus de Gagern, qui voulut rentrer dans les traditions monarchiques, l'Assemblée nationale nommait, par 436 voix contre 112, l'archiduc Jean d'Autriche : régent de l'Empire. Et le centre et la droite expliquaient leur vote en prétextant que l'on devait une fiche de consolation à l'Autriche, qui perdait l'hégémonie en l'Allemagne au profit de la Prusse !

Cet archiduc était l'oncle de l'empereur Ferdinand, alors régnant. Quoique frère de l'archiduc Charles, il ne montra jamais de talent stratégique. C'est lui qui avait été battu par Moreau, à Hohenlinden, en 1800. Insignifiant et dangereux c'était lui qui, par jalousie, avait retenu ses troupes à Wagram et obstinément refusé d'aller au canon, ce qui força le vainqueur d'Aspern à la retraite. Jean ne fut pas puni, mais l'illustre généralissime des armées autrichiennes, passant muet devant lui, lui jeta un regard de mépris si écrasant que le traître et son état-major ne l'oublièrent jamais.

Tel était le héros auquel M. de Gagern et la majorité confiaient les destinées de l'Allemagne. Outrée de cette proposition scandaleuse, la gauche protesta et le député de Giessen écrira en relatant les faits d'armes de ce « rejeton mal venu d'une race gangrenée » le jugement suivant :

« ... Il n'attire même pas par son extérieur. Allez le voir exposé à la vitrine d'un libraire et si vous osez ensuite prétendre qu'un lien quelconque peut exister entre cette tête là et la grandeur de l'Allemagne, c'est que vous calomniez votre pays... »

Le premier acte du régent de l'Empire est naturellement de nommer un ministère réactionnaire à la tête duquel il place von Schmerling, le conservateur le plus étroit d'idées de l'Assemblée...

Cependant la gauche du Parlement se distingue par son labeur et son assiduité.

Elle demande et obtient une discussion plus rapide dans les débats que le règlement obstruait de formalités ; elle réclame l'abolition des titres de noblesse et des décorations ; elle exige la liberté individuelle garantie par la loi, l'interdiction des visites domiciliaires, l'abolition de la peine de mort, des punitions corporelles et du pilori, celle des cautions imposées à la presse ; elle propose l'enseignement obligatoire et gratuit, les études supérieures accessibles aux pauvres, une situation meilleure pour les régents, un ministère indépendant de l'Instruction publique, la séparation de l'Etat et de l'Eglise, le droit de réunion, la réduction des listes civiles des rois, princes et ducs, l'amnistie des condamnés politiques (Hecker, Herwegh, etc.), une plus juste répartition de l'impôt, etc., etc.

A ces débats, le député de Giessen prend une part prépondérante.

Lors de la discussion sur la séparation des pouvoirs, il déclarera au milieu des rires et des vociférations que l'Eglise et l'Etat s'aimant comme le requin aime le hareng ou le renard la poule, il ne saurait y avoir aucun danger à les séparer. La séparation s'impose. Que l'Eglise laisse faire les hommes sur terre et qu'elle se retire là où elle a son chez soi, c'est-à-dire au ciel, sur le compte duquel nous serons renseignés après notre mort, mais dont nous ne voulons peut-être rien savoir tant que nous vivons. Pour Vogt, toute église, n'importe laquelle, est une pierre d'achoppement, une borne placée en travers de la route du progrès, un empêchement au large développement de l'esprit humain. Jusqu'à la morale de l'Eglise qui est fausse, puisqu'elle trouve sa base dans la crainte du châtiment et ne ressort pas de la conscience affranchie de la dignité humaine. L'arme de l'Eglise est d'abêtir les populations et contre la bêtise, on ne le sait que trop, les dieux eux-mêmes lutteraient en vain. Il réclame, pour combattre l'influence du clergé, la liberté absolue. L'on doit avoir le droit de se dire athée tout aussi bien que catholique ou protestant. Pour le présent, l'espoir n'est pas grand, l'avenir seul imposera la liberté.

Et il termine son discours par ces mots :

« A vous, Messieurs de la droite, nous vous abandonnons l'honneur d'être le parti du passé ; à vous, Messieurs du centre, le privilège d'être le parti du présent, celui dans lequel on s'en va pêcher les ministres ; quant à nous, nous comptons sur l'avenir, sur l'affranchissement complet de la jeunesse et sur l'indépendance absolue de l'école. » (1)

---

(1) La question de la séparation de l'Eglise et de l'Etat étant encore à l'ordre du jour des peuples, nous reproduisons à titre de document certains passages du discours que prononça Carl Vogt à ce sujet, le 22 août 1848 :

« Meine Herren, ich spreche für das nämliche Princip wie der vorhergehende Redner (Zittel), wenn auch freilich von einem ganz anderen Standpunkte aus. Sie sind seither an mir gewohnt gewesen, gewissermassen einen Sprecher, ich will nicht sagen einen beauftragten Sprecher, aber einen Sprecher für eine Partei zu erblicken. Ich muss Ihnen gestehen, ja, ich bin Parteimann im vollsten Sinne des Worts, allein hier, kann ich sagen, stehe ich wirklich erhaben über allen Parteien, bei dieser Frage stehe ich aufseinem total neutralen Standpunkte, so vollkommen neutralen, dass ich fast sagen möchte, es wäre gar kein Standpunkt. (Heiterkeit).

« ... Meine Herren, es handelt sich in dieser Vorfrage, in der allgemeinen Discussion, hauptsächlich um die Unabhängigkeit der Kirche vom Staate, um die Trennung derselben vom Staate. Man hat uns in dieser Beziehung freilich gesagt, es sei bedauerlich dass ein tausendjähriger Zustand aufhören solle, und was sich so lange geliebt, könne sich nicht so leicht trennen. Meine Herren, in der That, der Staat und die Kirche haben sich sehr geliebt, aber etwa wie der Haifisch den Häring oder wie der Fuchs das Huhn ! Solch Lieb, dächte ich, könnten wir ohne Gefahr für die Liebe im Allgemeinen gänzlich von einander trennen. M. H., ich bin für die Trennung der Kirche vom Staate ; allein nur unter der Bedingung, dass überhaupt das, was Kirche genannt wird, überhaupt spurlos verschwinde von der Erde, und sich dahin zurückziehe, wo es seine Heimat hat, in den Himmel, von dem wir erfahren werden nach unserem Tode, von dem wir aber vielleicht nichts wissen wollen, so lange wir auf Erden sind. (Bravo von der Linken, Zischen von der Rechten.) M. H. für mich ist jede Kirche, habe sie einen Namen, welchen sie wolle, sei sie aus diesem oder jenem Princip hervorgegangen, ein Hemmschuh der Civilisation. Jede Kirche, desshalb schon, weil sie Glaubenssätze, weil sie überhaupt einen Glauben will, steht der freien Entwicklung des Menschengeistes entgegen. Eine jede Kirche, ohne Ausnahme, ist ein solcher Hemmschuh einer freien Entwicklung des Menschengeistes, und weil ich eine freie Entwicklung des Menschengeistes, will, nach allen Richtungen hin und unbeschränkt, desshalb will ich keine Beschränkung dieser Freiheit, und desshalb will ich keine Kirche. M. H. man hat uns hier gesagt, die Kirche sei eine Anstalt der Sittlichkeit, u. man müsse sie desshalb behalten ; wenn die Kirche das wäre, so müsste man sie freilich behalten. Allein ich bestreite die Wahrheit dieses Grundsatzes. Wir wollen die Sittlichkeit gründen auf die Entwicklung des freien Menschengeistes, auf das Bewusstsein der freien Menschenwürde, was künftig in ledem leben soll ; allein nicht auf eine Zwangsanstalt, die hintennach für die Umgehung und Uebertretung der Sittlichkeit mit Strafen, mit dem Fegefeuer oder Gott weiss mit welcher Züchtigung droht. Eine solche Sittlichkeit ist keine wahre Sittlichkeit. Das ist eine falsche, eine faule Sittlichkeit, die aus der Furcht, nicht im freien Bewusstsein dessen, was recht und gut ist. (Lärm auf der Rechten, bravo auf der Linken)... Die wahre Sittlichkeit geht aus der wahren Freiheit hervor, aber nicht aus dem Zwange, und eine jede Kirche ist schon desshalb, weil sie Glaubenssätze aufstellt und aufstellen muss, eine *Zwangsanstalt* ; sie kann niemals wahre Freiheit geben...

« Betrachten sie die Zeitgeschichte, sehen sie hin auf die Partei, welche in Frankreich die *liberté de l'enseignement*, das heisst die Knechtung des Unterrichts durch die Kirche wollte. Sehen sie hin auf die Parteien, die jetzt überall das Volk aufwühlen, für die sogenannte Freiheit vom Staate ; — sehen sie hin, was lene gethan, welche dem Sonderbunde in der Schweiz die Hand reichten ; bedenken sie, dass nirgendwo sich bessere Bundesgenossen der Jesuiten in Luzern fanden, als die Pietisten in Basel und Neuenburg ! Ueberblicken Sie nur flüchtig diese Thatsachen und dann werden sie wissen, was man als Unabhängigkeit der Kirche vom Staate bezeichnet. (Bravo.) Wir wollen die Trennung der Kirche vom Staate auch ; allein wir wollen sie, weil wir eine unbeschränkte Freiheit in allen Dingen wollen ; weil wir die Entwicklung des demokratischen Princips wollen von Unten bis Oben hin ; wir wollen sie, weil wir vor keiner Consequenz erschrecken

« M. H. das ist das einzige Mittel um eben diese Freiheit der Kirche, diese Trennung der Kirche vom Staate ungefährlich zu machen. Sie wollen die volle unbedingte Freiheit, geben sie volle unbedingte Entwicklung der Demokratie in allen Richtungen, in allen Consequenzen ; dann brauchen Sie die Trennung der Kirche vom Staate, dann brauchen Sie die, welche aufwühlen im Namen Gottes und der Religion nicht zu fürchten. Aber, wenn sie der Freiheit Schranken setzen, in einer oder der anderen Richtung, dann müssen sie...

Denn, M. H., diese Freiheit müssen sie auch anerkennen, sie müssen das Individuum nicht nur in seiner Religion, in seinem Glauben frei machen, sondern sie müssen es auch in seinem Unglauben frei machen ! Sie müssen die Kirche des Unglaubens so gut wie die des Glaubens anerkennen u. frei machen, wenn sie gerecht sein wollen. Wenn sie das thun, dann werden sie das Gegengift des ultra religiösen Elementes finden. Wahrlich ! Sie müssen den Unglauben hier freilassen ; sie müssen ihn decretiren dass er frei sei ! (Bewegung.) Das ist schon Beschränkung wenn sie Jemandem aufgeben, dass er irgend einen Glauben haben müsse ; er muss atheist sein dürfen — nur darin beruht vollkommene Freiheit. (Bravo und Bewegung.) . . . . . . Meine Herren, wir wissen wohl, dass in dem Kampfe der bevorsteht, wir uns nichtauf die Gegenwart stützen können ; allein was wir wollen, und was wir haben werden, das ist die Zukunft (Anhaltende Bewegung). Ich überlasse Ihnen (zur Rechten gewendet) gern das Verdienst, die Partei der Vergangenheit zu sein, Ihnen, meine Herren (zu dem Centrum) die Partei der Gegenwart zu sein, der man die Minister macht (Heiterkeit) ; wir (auf die Linke deutend) wollen die Partei der Zukunft sein und wir rechnen auf diese Zukunft (Allgemeine Heiterkeit und Beifall auf der Linken). Desshalb M. H. weil wir auf diese Zukunft rechnen, desshalb werden wir aber auch für ein Princip kämpfen, wobei wir von unseren jetzigen Bundesgenossen wahrscheinlich verlassen werden : nämlich für die vollständige Trennung der Schule von der Kirche, für die vollständige, unbedingte Freiheit des Unterrichtes : für die vollständige Freiheit der heranwachsenden Generation. . . . . . Dann, wenn wir mittelst der Durchführung dieses Grundsatzes die wachsende Generation für uns haben, und wenn unsere Jugend in dem Lichte der Wissenschaft steht, ja dann mögen sie anrufen die Herren in Gottes Namen (Heiterkeit), ihr Einfluss wird dann vernichtet sein ; wir werden als Sieger aus dem Kampfe hervorgehen, und dann wird strahlen überall das Zeichen, welches wir pflanzen wollen : nämlich das Panier der unbedingten Freiheit ! (Lebhafter Beifall von der Linken und von der Gallerie). »

Le Parlement ne se remettait que difficilement de ces sorties.

Le drame va commencer.

La confusion lamentable qui règne au sein de l'Assemblée va produire ses fruits. L'attitude perplexe, les déclarations indécises, vagues du centre toujours mal à l'aise dans ses mouvements, toujours étriqué dans ses conceptions, irritent. Le peuple murmure, crie à la trahison ; il ne croit plus aux paroles touchantes et n'y voit qu'une perfidie de langage ; il n'attend plus qu'une occasion pour manifester son indignation contre cette politique tortueuse, sans dignité ni habileté, tant à l'extérieur qu'à l'intérieur. Cette occasion, Frédéric-Guillaume IV la lui fournira.

Le 26 août 1848, la Prusse, sans en référer à l'Assemblée nationale, conclut avec le Danemark un armistice de sept semaines, connu dans l'histoire sous le nom d'armistice de Malmö. On n'en revenait pas, car le 1er août, le jour même de la reprise des hostilités, le Pouvoir central, par l'organe du ministre de la guerre Peucker, avait fait au Parlement les plus solennelles promesses et avait affirmé, sur l'honneur, que les droits des « frères opprimés » du Schleswig-Holstein allaient être sauvegardés par les armes. Recherchant même, à ce moment, une facile popularité, se flant aussi à la parole du roi de Prusse, le ministre avait rassuré pleinement les mandataires du peuple sur les intentions de Frédéric-Guillaume IV, auquel la gauche n'accordait pas l'ombre de confiance, et avait pris, sous une tempête d'applaudissements, le formel engagement que la guerre contre le Danemark allait être continuée sans répit ni faiblesse. Et voilà que pas quatre semaines après ces belliqueuses assurances sentant la poudre et toutes rouges de sang ennemi, une convention honteuse, un armistice aux conditions différentes de celles jadis autorisées par le conseil des ministres de la nation allemande, se signait à l'insu de l'autorité souveraine en Allemagne, à l'insu du Pouvoir central siégeant à Francfort-sur-Main !

Le roi de Prusse venait non pas seulement de s'humilier, lui et ses troupes, devant une poignée de Danois, mais il jetait le pays entier en pâture à la risée de l'Europe. Frédéric-Guillaume, comme pris de terreur subite, accordait tout sans broncher : la nomination, à la tête du gouvernement provisoire des deux duchés, du comte de Moltke, le Danois le plus abhorré par les Allemands, d'après Uhland, qui ne l'appelait que le Metternich du Schleswig-Holstein, cette nomination, Frédéric-Guillaume la signe sans hésitation aucune. Le retrait des troupes allemandes au-delà de l'Elbe ? Comment donc ! Avec le plus grand plaisir et aussitôt il rappelle ses soldats. Bref, il ne résiste sur aucun point.

Ce traité unique dans l'histoire, qui représentait le vainqueur acceptant humblement les conditions du vaincu, frappa l'Allemagne entière de stupeur. Mais le découragement fit bientôt place à la colère. Il s'agissait de savoir où se trouvait le centre de gravité de la nation, était-ce là où la loi le plaçait ou bien là où certains tentaient de le placer ? Etait-ce à la Prusse de se confondre avec l'Allemagne ou bien à l'Allemagne de disparaître devant la Prusse ? Les prérogatives du Pouvoir central, les prérogatives de l'Assemblée nationale ont été foulées au pied ; l'armistice de Malmö sans la ratification de la Chambre ne saurait être valable, cela saute aux yeux des députés les moins ardents ; aussi, le 5 septembre, sur la proposition du célèbre historien Dahlmann, le chef jusque-là du parti qui préconisait la solution d'une Confédération germanique avec l'hégémonie impériale prussienne, le 5 septembre, disons-nous, après de passionnés débats, l'Assemblée déclare, par 238 voix contre 221, ne pas ratifier l'armistice. Plus d'une centaine de députés se trouvaient absents.

Quel triomphe pour la gauche ! Le ministère Schmerling-Peucker-Heckscher donne sa démission. La joie est universelle dans le pays et de partout affluent les messages de félicitations, les marques d'une satisfaction générale. Enfin, se disait-on, voilà le premier grand pas de fait ; le centre, dorénavant, ne peut plus marcher qu'avec la gauche, la réaction est anéantie et la suprématie de l'Assemblée nationale sur toute l'étendue de l'empire allemand est établie à jamais.

L'allégresse ne devait pas être de longue durée.

La séance du 14 septembre 1848 s'ouvre à neuf heures du matin. Impossible de laisser pénétrer un curieux de plus dans les galeries réservées au public ; au dehors la foule se presse aux abords de la *Paulskirche*, commentant les évènements, arrêtant pour questionner tout député qui sort. Les débats, auxquels prennent part les *leaders* de tous les partis et de tous les groupes, durent trois jours pleins.

La proposition des gauches réunies et d'une partie du centre (majorité qui venait de culbuter le 5 septembre le ministère Schmerling) se résumait en ces deux articles :

L'Assemblée nationale décrète :

1º L'armistice de Malmö du 26 août n'est pas ratifié par l'Assemblée nationale.

2º Le ministère est autorisé à prendre toutes les mesures nécessaires en vue de la continuation de la guerre, en tant que le gouvernement danois ne se montrerait pas disposé à entamer aussitôt des négociations de paix avec le Pouvoir central de la Confédération germanique.

Par 258 non contre 237 oui et 2 abstentions, la proposition fut repoussée. 70 absents.

Et comme Dahlmann, entre le 5 et le 14 septembre, n'était pas parvenu à former un ministère, le ministère Schmerling-Peucker, le ministère démissionnaire, le ministère réactionnaire par excellence est rétabli !

L'indignation contre l'Assemblée, qui se déjugeait ainsi à quinze jours de distance, était extrême ; elle devait, le lendemain, se transformer en exaspération. En effet, le premier acte du ministère rétabli fut d'appeler des troupes autrichiennes et prussiennes de Mayence pour occuper Francfort-sur-Main. Le 16, au matin, elles étaient là, l'arme au bras devant les portes de la *Paulskirche*, regardant silencieux les députés aller et venir et dispersant la foule sur la place.

Dans cette séance du 16 septembre, restée célèbre entre toutes, le ministre Heckscher prononça des menaces si déplacées, que la gauche obligea le président à retirer la parole à cet énergumène. Mais l'écho de ces fanfaronnades est parvenu jusqu'aux oreilles de la foule. Le soir même, affluence énorme dans les rues. Une bande armée de gourdins se transporte du *Donnersberg* (local de l'extrême gauche) au *Deutscher Hof* (local de la gauche) écoute quelques mots d'apaisement de Robert Blum et se retire, non sans avoir cassé quelques carreaux au cercle de la droite, et s'être à jamais aliéné le père Jahn qui, dans sa colère d'homme qui a eu peur, ne demandera rien moins, le surlendemain, que la mise hors la loi de la gauche entière.

Le 17 septembre, l'attitude des troupes ne semble plus devoir être aussi impassible que la veille, et les députés Boczeck et Brunck, en entrant dans la *Paulskirche*, se voient bousculés et maltraités par les Autrichiens. Ils protestent, indignés.

Le tumulte continue depuis la veille avec une extrême violence et au gré du peuple ce n'est pas assez de protester contre le traité de Malmö, il faut tout jeter par-dessus bord en se retirant en masse pour exciter le peuple allemand à la révolte. Les pétitions se succèdent à ce sujet et dans l'attente d'une réponse la multitude s'agite au dehors de la salle du Parlement, en inonde les avenues, en assiège les portes, et deux ou trois fois elle les attaque si violemment qu'on les crut enfoncées.

Les galeries ne peuvent pas contenir, ce matin là, un auditeur de plus. Une centaine de curieux, nullement armés, voulant malgré les portes closes pénétrer auprès des députés, auxquels ils ont affaires, un bataillon prussien, baïonnette au canon, les repousse brutalement, sans sommation. Plusieurs de ces inoffensifs sont blessés, foulés aux pieds ; l'un d'entre eux, un vieillard de Soden, tombe ; une brute sauvage lui transperçant de part en part la poitrine avec son arme, le tient cloué contre le pavé. A la vue de cet horrible attentat, un cri énorme s'élève. On l'entend dans la *Paulskirche*. Le député de Giessen se précipite au dehors ; on transporte le mourant à l'hôpital. Vogt rentre et fait le récit de ce qui s'est passé ; il dépeint la fureur croissante du peuple et avertit ses amis du danger. Une émeute qui avorterait forcément serait la pire faute, car le ministère et l'Assemblée ne manqueraient pas de saisir ce prétexte pour sévir avec la dernière rigueur, en étouffant par le bâillon ou en décimant par le sabre d'inutiles martyrs. Les députés de la gauche rappellent le peuple au calme et décident de tenter une démarche auprès du ministère afin d'arriver à une entente et éviter ainsi une collision.

M. de Schmerling refuse avec hauteur d'entrer dans ces vues. Si la population bouge, il la fera mitrailler. L'archiduc, de son côté, joue à l'étonnement et fait la sourde oreille.

Ce qui devait fatalement arriver, arriva. Dès le soir, les événements prennent une mauvaise et significative tournure. Les manifestants, qui sont déjà des insurgés, exigent la démission du ministère, l'éloignement des troupes, la reprise des hostilités avec le Danemark et comme ils sentent qu'il faudra en venir aux mains, ils élèvent des barricades durant la nuit. Le lendemain, le sang coule. Les colonnes serrées débouchent au trot et refoulent quelques émeutiers en les poussant du pied de leurs chevaux ou de la pointe des sabres. A certains endroits la fusillade est vive et les barricades ne sont pas enlevées sans de durs sacrifices.

Le 18, dans l'après-midi, le prince Lichnowski monte à cheval et beaucoup plus par bravade que par nécessité, il parle d'aller, malgré les avertissements et les conseils, se divertir les yeux en se rendant, en curieux, aux endroits occupés par le peuple en armes ; cela l'amusera, le distraira des séances fastidieuses du Parlement. Il se croise sur la *Zeil* avec le général Auerswald et entraîne avec lui l'ancien chef d'état-major de Bülow, habillé en civil. Au moment où ils approchaient de l'*Eschenheimer Thor*, les Prussiens attaquaient la barricade de l'*Altgasse*. Qu'imagine Lichnowski ? A chaque feu de peloton, il se lève droit sur ses étriers et applaudit, en criant : Bravo ! L'attitude hautaine de cet homme, que les insurgés n'ont pas encore reconnu, irrite les moins méchants ; on lui lance des pierres. Plusieurs citoyens l'adjurent de revenir sur ses pas, de rentrer en ville alors qu'il en est temps encore ; dix fois, il tourne bride ; dix fois il s'arrête net et recommence ses provocations. On dirait je ne sais quel maléfice lui obscurcissant la vue, le retenant à cet endroit, qui va devenir son calvaire. Enfin, Auerswald et lui ont compris ; ils éperonnent leurs chevaux... il est trop tard... deux coups de feu abattent les bêtes, les cavaliers parviennent à se dégager et fuient dans les jardins. Lichnowski, appréhendé dans une cave, est traîné au dehors ; une dernière chance d'être sauvé s'offre à lui ; par une fatalité inouïe, il passe à côté, sans voir. Un instant après, une balle lui brise la colonne vertébrale ; une populace immonde se rue sur le mourant, une mégère lui enfonce un parapluie dans le ventre ; on lui crache au visage, bref, l'infortuné chef de la droite endure mille morts avant de pouvoir être transporté à l'hôpital du Saint-Esprit, où il rend le dernier soupir, aux approches de la nuit.

Dans son malheur, le général Auerswald fut plus favorisé par le sort que celui qui l'avait entraîné à cette promenade. Saisi au collet, poussé dans la rue, contre un mur, une première balle lui fracasse la hanche, suivie aussitôt d'une autre qui lui traverse le cerveau et le tue net...

Comme il fallait s'y attendre, le ministère Schmerling, exagérant l'horreur de cette sanglante journée, l'exploita contre ses adversaires de la gauche. C'est le *Deutscher Hof* qui,

10

par ses discours subversifs, aurait excité la lie de la population ; ce sont les exécrables idées, venues de France, qui auraient contaminé une partie du peuple, trop faible pour résister aux tentations, etc., etc. Ces accusations convainquent le centre.

Cependant, plus que tout autre parti, la gauche déplorait les évènements. Toutefois, s'il était juste de s'associer à la douleur de l'Assemblée quant à la tragique fin de deux de ses membres, il n'en fallait pas moins se rappeler que, de l'autre côté, des hommes étaient tombés en défendant les barricades et que toutes ces morts eussent pu être évitées, si le ministère n'eut pas favorisé cet égorgement par son apathie et probablement aussi par des moyens policiers. La droite pleurait la mort de son redoutable chef ; c'était profondément attristant, mais à qui la faute ? La tactique de la droite avait été de rendre l'Assemblée nationale impopulaire : elle y avait pleinement réussi ; mais les plus beaux projets ne s'exécutent pas sans pertes ni dommages et l'on n'introduit pas ainsi nuitamment des soldats autrichiens et prussiens dans une ville libre sans courir des risques.

La droite joua donc la comédie et le centre, persuadé de l'honnêteté des intentions du ministre Schmerling, regarda plus que jamais la gauche d'un mauvais œil.

Quant à la fraction libérale, sa première tâche était de dire la vérité, de la dire carrément, sans fard, d'autant plus que les légendes commençaient à se répandre dans le pays entier. Auquel de ses membres la gauche pouvait-elle confier ce mandat périlleux, car il suffisait d'un mot mal placé, d'une phrase prêtant à équivoque pour tout compromettre.

A l'unanimité, moins une voix, les gauches, dans leur réunion plénière du 20 septembre, confièrent au député Carl Vogt, de Giessen, le soin d'écrire cette page d'histoire, et quatre jours après paraissait à la *Literarische Anstalt*, à Francfort, une brochure de 80 pages, texte serré, intitulée : *Der Achtzehnte September in Frankfurt a. M. von Carl Vogt* (1).

Le petit livre, qui a été tiré à des milliers d'exemplaires, se vendait au profit des familles de ceux tombés au feu. C'est à la fois un drame et une leçon, sans jamais cesser d'être une page d'histoire qui impressionne encore aujourd'hui. On sent que Carl Vogt dit vrai et on referme la brochure avec l'impression que ni Schmerling, ni le général Nobili, commandant les forces gouvernementales, n'engageront la lutte avec lui. S'ils le font, ils seront anéantis par la réplique.

Personne n'osa répondre.

Cependant, il ne se passe pas de jour sans évènement.

Struve, réfugié en Suisse, repasse le Rhin avec quelques centaines d'hommes, rallie autour de lui les débris des défaites précédentes et proclame la République à Lörrach, le 21 septembre. Il est battu et obligé de se rendre. Le même sort attend Rau et ses *Freischaaren* dans le Würtemberg.

Le 23 septembre, le comte Lamberg, nommé commandant des troupes hongroises par l'empereur d'Autriche, est assassiné sur le pont reliant Pesth à Ofen.

Le 6 octobre, Vienne se révolte. Le ministre de la guerre Latour est tué par un fanatique et la famille impériale, suivie du *grand prévôt de l'Europe* (il se donnait volontiers ce titre), M. de Metternich, dont l'ignoble système de persécution commence à se retourner contre lui, s'enfuit en désordre à Olmütz...

----

(1) Les sectaires de la gauche ont reproché à Carl Vogt ses entretiens et ses relations avec le prince Lichnowski. Vogt, impatienté, leur répondit, un jour, qu'il trouvait son adversaire plus intéressant que nombre d'entre eux, réponse qui fut généralement blâmée dans le groupe.
Quand l'ultra-royaliste Lichnowski rencontrait le radical Vogt dans les couloirs ou dans la rue, ils s'arrêtaient tous deux, se serraient la main et s'entretenaient avec plaisir ensemble, car le prince était non seulement un causeur agréable mais il avait aussi beaucoup voyagé. Il aimait son collègue et goûtait fort les *Lettres physiologiques*, inconnues à nombre de *démagogues*. Cette amitié cessait à la tribune, et ne les empêchait nullement de se combattre à outrance en politique.

C'est ici que se place l'épisode raconté aux premières pages de ce livre.

Les gauches réunies acceptent l'invitation de leurs frères de Vienne, rédigent une adresse de sympathie et chargent Robert Blum et Julius Frœbel de la porter. Moritz Hartmann, le littérateur, se joint à eux...

Le lendemain du départ de Blum, Vogt rencontra quelques bourgeois de la ville en quête de nouvelles :

— Eh bien ! que dites-vous du départ de Blum, professeur ?

— Je dis, répondit Vogt, qu'avant quinze jours il est pendu !

Les autres le regardèrent s'éloigner, stupéfaits ; puis, ils se répandirent dans les brasseries de la ville en assurant que le député de Giessen était subitement devenu fou.

Carl Vogt ne pouvait comprendre l'aveuglement de son parti. Le 26 octobre — cinq jours avant l'assaut de Vienne ! — désigné par les gauches pour parler en faveur d'une intervention dans les troubles autrichiens, il termine son discours, interrompu par de frénétiques applaudissements, par ces mots :

« Ah ! Messieurs, je vous en conjure, épargnez à l'Autriche la peine de l'Allemagne ! Votez oui, afin que les vers du poète si tristement vrais en ce qui concerne notre pays, ne puissent demain s'appliquer à l'Autriche !

> Es ist in Deutschland keine Stadt,
> Kein Dörflein dessen stille Huth
> Nicht einen alten Kirchhof hat
> Darin ein Freiheits märt'rer ruht !

Le 31 octobre 1848, le feld-maréchal Windischgrätz, à la tête des armées autrichiennes, pénétrait dans Vienne après un combat acharné, qui dura plus de quarante-huit heures, et le 9 novembre, à 7 heures du matin, Robert Blum et plusieurs républicains viennois tombaient fusillés à la Brigittenau.

Par grâce spéciale, on leur épargna la corde.

Quelques instants avant d'être conduit à la lugubre esplanade, ce martyr de la liberté demanda une plume et de l'encre et sur un méchant morceau de papier chandelle, il envoya, écrit d'une main ferme, cet adieu admirable en son laconisme :

(1)

---

(1) *Monsieur C. Vogt, député à Francfort,*

Aux portes de la mort je te recommande, à toi et à tous les amis d'Allemagne, ma pauvre famille. Ils ne possédaient que MOI comme soutien. Portez sur eux l'amitié que vous aviez pour moi et alors je meurs tranquille.
A tous mille fois adieu,
BLUM.

Vienne, le 9 nov. 1848, le matin, à 5 heures 1/2.

La veuve du tribun a toujours reconnu l'inépuisable dévouement de Vogt, qui s'attacha plus tard surtout à Hans, le fils aîné. Celui-ci, arrivé à l'âge de raison, consulta souvent *l'alter ego* de son père, et l'appelait dans ses lettres : *Mein Väterlicher Freund.*

1870-1871 est arrivé. Le docteur Hans Blum s'enthousiasme comme tant d'autres pour M. de Bismarck. Il est nommé professeur ou juge à Leipzig. Il tempête contre les socialistes.

De ce moment, toute correspondance cesse et, dès lors, Vogt ne parle plus que très rarement du fils de son ami.

La réaction triomphe partout : en Allemagne, en Autriche et en Prusse.

Alors, dans l'Assemblée nationale à Francfort-sur-Main, dans cette Assemblée, dont le prestige diminue avec chaque moment qui s'écoule, s'enveniment toujours plus les discussions, s'amoncellent toujours plus menaçants les orages.

La gauche, abandonnée à ses seules forces, est admirable de résistance et de tenacité.

Le 28 décembre, les débats sur les *Droits fondamentaux* sont clos et l'on passe aux articles de la Constitution.

Dans une de ses séances les plus mouvementées, le Parlement donnera, le 13 janvier 1849, par 261 voix contre 224, son acquiescement au programme de Gagern, président du Conseil, suivant lequel l'Autriche est séparée de l'Allemagne, désormais constituée en Etat confédératif, ayant à sa tête la royauté prussienne, déclarée héréditaire.

Simon de Trèves, Raveaux et Carl Vogt parlent au nom de la gauche.

Le 28 mars 1849, 290 députés — 248 abstentions — élèvent, après une discussion d'une violence inouïe, le roi de Prusse à la dignité d'empereur d'Allemagne.

Le 3 avril, Frédéric-Guillaume IV décline l'honneur.

La Prusse ne reconnaît pas la Constitution édictée par l'Assemblée nationale. Dahlmann et ses partisans se retirent. L'Autriche rappelle ses députés.

Quelques colonnes républicaines prennent de nouveau position, au commencement de mai, sur les bords du Rhin et dans le grand duché de Bade.

A Francfort-sur-Main, par suite du départ des royalistes prussiens et des délégués autrichiens, la gauche devient majorité. Effrayés par l'adoption de quelques mesures énergiques, les modérés, sauf de rares exceptions, disparaissent à leur tour, peu désireux d'être compromis dans la débâcle (21 mai 1849).

L'agitation ne cessait pas de croître et les circonstances de s'aggraver. Le tumulte était parfois affreux dans les faubourgs, car les bruits les plus absurdes y prenaient facilement une consistance telle qu'il devenait difficile et même dangereux de les démentir. Ainsi, on répandait, sans preuve aucune, que cinquante mille hommes s'avançaient sur Francfort-sur-Main, que le Parlement allait sauter, que la ville venait d'être grevée d'une contribution énorme, etc.

Un malaise général régnait et l'hésitation gagnait la gauche elle-même, qui sentait bien que les délibérations du Parlement sous la garde des baïonnettes prussiennes n'avaient plus de sanction. « A quoi bon rester ? Nous avons fait notre devoir. Partons comme les autres ! »

Le député de Giessen est à la tribune. Une agitation extraordinaire règne parmi les députés, le tocsin sonne. Dans un discours d'une belle envolée enthousiaste, il réveille les courages assoupis, et toute l'assemblée écoute debout, frémissante, la péroraison, la dernière péroraison qui ait retenti sous les voûtes sonores de la *Paulskirche*.

« Messieurs, au temps de la République, un soir, Hoche, après s'être battu toute la journée, se retirait épuisé devant les forces supérieures des Vendéens. Son armée était perdue, s'il ne gagnait quelques heures ! Il se tourna vers l'un de ses officiers : — Commandant, lui dit-il, vous occuperez ce défilé ! — Oui, mon général ! — Vous allez être attaqué par toutes les troupes ennemies. — Oui, mon général ! — Vous serez massacrés jusqu'au dernier, mais vous aurez sauvé l'armée ! — C'est bien, mon général !

Messieurs ! Le peuple vous crie : Vous êtes à votre poste, vous serez écrasés par le nombre, mais vous sauverez la liberté. Répondez : Nous restons ! »

La troupe, arrogante sous les huées de la population, occupe la ville libre, le Parlement ne peut plus délibérer. Il se retire en protestant à Stuttgart (30 mai 1849).

Le 9 juin, 105 députés se retrouvent, fidèles au poste, dans la salle des séances de la Chambre würtembergeoise. Loewe de Calbe, dont la vie politique sera si mouvementée, préside, avec ce bon sens presque infaillible qui lui est particulier. Déjà, il a présidé les dernières séances de Francfort.

Le premier acte du *Rumpfparlament* fut de procéder à la nomination de la régence de l'Empire allemand.

Sont nommés *Reichsregent*, avec pouvoir discrétionnaire : Raveaux, de Cologne, Carl Vogt, de Giessen, Fr. Schüler, de Zweibrücken, H. Simon, de Breslau, et Becher, député aux Chambres würtembergeoises.

La conduite digne et vaillante de ce groupe, qui restait là, le dernier, refusant de suivre les conseils d'une sage prudence, excitait l'admiration et provoquait d'inattendus témoignages d'une pure sympathie. De tous les côtés parvenaient les protestations de dévoûment, les adresses et les félicitations.

Cependant le général de Miller occupe militairement Stuttgart et n'attend qu'un signe du roi pour massacrer les révolutionnaires. Il s'agit, à tout prix, d'étouffer cette résistance inconcevable.

La 236ᵉ séance du *Parlament* — la dernière — a lieu dans une salle de l'hôtel Marquardt, à Stuttgart. On se compte. Quatre-vingt-quatorze députés répondent à l'appel. Il a fallu, pour arriver, traverser les bataillons, et des sentinelles sont placées dans les escaliers de l'hôtel.

C'est fini. Il faut s'éloigner, gagner la frontière, si l'on ne veut partager le sort de tous ceux qui, surpris par la trahison, ont passé ou vont passer en jugement. Malheur à celui qui est pris par les Prussiens !

Dans quelques jours Trützchler, qui dirigea souvent les réunions orageuses de l'extrême gauche au *Donnersberg*, à Francfort-sur-Main, Trützchler, cet esprit cultivé, très avancé d'idées, ambitieux peut-être, aimant même trop le galon pour un anarchiste théorique, mais homme doué et profondément bon, Trützchler, commissaire civil de Mannheim, va être arrêté par les Prussiens. Contre toute justice, on le fera passer devant un tribunal d'exception qui le condamnera à mort, sans autre forme de procès, dans les premiers jours d'août.

Maurice Hartmann apprend le premier que Gottfried Kinkel, le poète, est condamné à mort, en Prusse. Ce sont Nass, à Münich, Tiedemann, dans les fossés de Rastatt, Strauber, à Mannheim, qui tombent sous les balles, après un jugement sommaire. Bakounine et Heubner sont également condamnés à mort et y échappent par hasard, ainsi que Gottfried Kinkel, qui parvient, après trois ans de détention, à s'évader de Spandau et à se réfugier à Londres, où il retrouve Freiligrath, banni à perpétuité.

La réaction est victorieuse sur toute la ligne, à Paris, à Vienne, à Berlin, à Milan, à Varsovie.

Tranquillement, gravement, sans hâte, Loewe lève la séance à l'hôtel Marquardt. On se serre la main, on s'embrasse le cœur serré par les tristesses de l'heure présente, puis raides, la tête haute, sans un mot, les membres du Parlement descendent le grand escalier, deux par deux, au milieu des sabres et des baïonnettes de l'ennemi. Certes, quand le glas des derniers espoirs a tinté, il est beau de tomber, comme sont tombés ces héroïques mandataires du peuple qui résistèrent contre la force jusqu'au dernier moment et qui, accablés par le sort et par le nombre, sortirent de la ville, la tête fière, le regard dédaigneux...

Un corps d'armée prussien, sous les ordres du prince Guillaume — plus tard empereur d'Allemagne, que la haine populaire avait gratifié alors du surnom de Prince-Mitraille (Kartätchen-Prinz) — s'avance contre les forces républicaines, à la tête desquelles se trouve

Mierolawski. C'est un rude combat que ce combat de Waghäusel (21 juin 1849), où les soldats de la liberté essayèrent en vain de s'ouvrir un sanglant passage à travers les masses de l'armée royaliste.

Les républicains succombent sous le nombre.

La Révolution de 1848 a vécu.

La veille de la décisive bataille, Itztein, Raveaux et Vogt montent dans une berline de voyage. Ils sont les derniers qui quittent Stuttgart, déclarée en état de siège.

La porte de la ville est fermée. Les sentinelles croisent les baïonnettes. L'ordre est donné : personne ne sort plus sans un laisser-passer du général commandant.

Le moment est critique. Tout à coup, Carl Vogt ouvre la portière, saute de la voiture et s'élançant vers l'officier, d'une voix tonnante il lui ordonne :

— Faites place aux régents de l'empire allemand !

La voix du tribun, l'éclat de son œil auquel nul ne résiste, l'indomptable vouloir qui se dégage de cette apparition inattendue plongent le lieutenant dans un étonnement profond. Il balbutie des paroles d'excuse incohérentes, ordonne d'ouvrir la porte, et la voiture roule devant les soldats, qui présentent les armes, devant l'officier qui salue, interdit.

1849-1851

A une époque de turbulence, de chansons et de rébellion succède, en Allemagne, une ère de sinistre mutisme, pendant laquelle une sorte de frénésie saisit les vainqueurs, dont l'extravagance ne connaît plus de bornes. La réaction de 1850 est le digne pendant de celle de 1820. Dans cet accès de folie rancunière, qui dura plusieurs années, les autocrates de Berlin, de Vienne, de Münich, de Leipzig et des autres capitales, abjurent tout sens moral et méconnaissent les plus élémentaires pudeurs de la conscience ; ayant eu peur comme leurs aînés, ils laissent carte blanche à d'indignes juges qui commettent d'épouvantables forfaits et assouvissent leur envie de plaire, dans les représailles infâmes. Surtout les partisans de la gauche radicale, ces hommes sans foi ni scrupules, adversaires nés de tout ce qui est sage, légal, ces perturbateurs deviennent bien plus que les violents, les fanatiques et les énergumènes de Mayence, les bêtes noires des tribunaux. Ne sont-ils pas de beaucoup plus redoutables aussi, ces hommes distingués dont la conduite gardait, aussi bien en exil qu'au temps de leur toute puissance, le prestige de la conviction et de la sincérité ?

Les portes de toutes les prisons d'Allemagne se rouvrent, dans tous les chefs-lieux ; les juges prononcent sur les cas de haute trahison et commettent les plus révoltantes iniquités ; les traîtres se démasquent et dans cette curée à laquelle participent les inertes, les apeurés et les ambitieux, sont frappés tour à tour les défenseurs et les choses de la Révolution allemande. Les défenseurs, la réaction les frappe en réorganisant ces tribunaux occultes et les impitoyables conseils de guerre, plus expéditifs encore ; les choses, elle les frappe, en essayant de supprimer d'un trait de plume les libertés si chèrement conquises et en rétablissant les mandats sur délation, les visites domiciliaires et toutes les iniquités de la persécution policière.

Cependant Carl Vogt, dépossédé de sa chaire de Giessen, dans laquelle lui succède Rud. Leuckart, aujourd'hui l'illustre Nestor de la zoologie allemande, Carl Vogt arrive à Berne, sans trop se soucier du jugement qu'on va rendre contre lui dans sa ville natale, où Jaup le poursuit en l'accusant ni plus ni moins du crime de haute trahison envers la Confédération germanique. C'est en Suisse que se sont réfugiés des milliers de pauvres diables avec femme et enfants, croyant trouver un abri sur cette terre classique de la liberté ; c'est donc en Suisse que Vogt et ses amis doivent se rendre pour se vouer entièrement à la plus ingrate des tâches, celle de relever les déprimés et de veiller au sort de toutes ces familles qu'un destin implacable poursuit sans relâche.

L'ex-régent de l'Empire s'abouche aussitôt avec la jeunesse radicale du canton de Berne et ses chefs, Stämpfli et Niggeler, ainsi qu'avec l'avocat vaudois Eytel, esprit ardent, d'une loyauté chevaleresque. Le professeur Wilhelm Vogt prend une large part également à cette œuvre de bonté, qui rencontre des obstacles qu'il eut été impossible de surmonter si les réfugiés n'avaient puisé en leur dévouement et en celui des radicaux suisses les armes pour défendre les sans-asile, car Druey, alors à la tête du Conseil fédéral — un craintif avec une ambition têtue de nain — harcelé par la peur des complications internationales, Druey, la bouche crispée et les membres tremblants à chaque froncement de sourcils du roi de Prusse, signe, à tort et à travers, les arrêtés d'expulsion. Dès que l'un de ces infortunés charpentiers, menuisiers ou cordonniers allemands éternuait un peu fort, la police de Druey était là pour l'appréhender au corps et le mener à la frontière aux applaudissements des réactionnaires suisses. Or, les citoyens radicaux qui plaçaient les principes au-dessus de toute autre considération et voulaient que l'autorité fédérale respectât le droit d'asile, sans regarder ni à droite ni à gauche, les libéraux, disons-nous, voyaient encore leur tâche rendue plus difficile par la conduite de certains exagérés qu'excitaient des inconnus. Plusieurs mois se passèrent ainsi à batailler contre le gouvernement et à faire entendre raison aux inconscients, tout en casant tant bien que mal les pauvres hères sans pain ni travail ou en les aidant à traverser l'Océan. Témoignages affectueux, lettres de remerciement, débordant de reconnaissance, affluent d'Angleterre et d'Amérique à la demeure de la *Herrengasse*, car ils sont nombreux ceux qui doivent leur bonheur aux Vogt et aux autres. Ludwig Simon, l'auteur d'*Aus dem Exil* écrit ces lignes dans son livre, curieux à plus d'un titre :

« Je n'en connais pas un seul d'entre nous qui dans les moments de découragement, dans les situations critiques ou désespérées soit venu aussi efficacement en aide aux malheureux que Carl Vogt. Par le conseil et l'action, il réconforte tous ceux qui souffrent. Combien de courages abattus il a relevé durant cette sombre période ! Combien il a recueilli, restauré et mis sur pied d'affamés, soit avec ses propres deniers, soit avec ceux de son père, est incroyable et pourtant il n'est pas riche et si vous voulez me permettre une prédiction, je puis vous dire d'avance qu'il ne le sera jamais. »

Carl Vogt, transformé en philanthrope, est à la tête du comité de secours, auquel appartiennent également Loewe, Nauwerk, Carl Mayer, Raveaux, Itzstein, Caspary, Rappart, etc. Les adeptes de Robespierre brillent par leur absence. Réunis à Londres autour de leur chef Karl Marx, vivant du travail de trop crédules ouvriers qu'ils ont affolés par leurs tirades, ces partisans d'une énergie inexorable commencent leur jeu méprisable. On verra plus tard par quelles insinuations perfides ces envieux cherchent à ternir leurs adversaires et à semer la discorde dans les rangs des libéraux. Pour le moment, leurs affiliés et leurs mouchards rendent la Suisse ombrageuse et compromettent l'existence de centaines d'êtres inoffensifs, trop heureux d'avoir échappé à la détention ou aux balles...

L'hébétude qui règne dans les rangs si éclaircis de l'opposition en Allemagne dicte à Vogt une maîtresse page, témoignant, une fois de plus, de son extraordinaire lucidité politique. Cette brochure : *Die Aufgabe der Opposition in unserer Zeit*, vendue au profit des réfugiés allemands, et qui dénonçait chez le fougueux orateur de la gauche un tempérament de sage, exerça sur la direction des idées libérales en Allemagne et la conduite de leurs représentants, une influence très grande, influence vivement reprochée à Vogt par des critiques postérieurs et avec lesquels il s'engagera dans une polémique acerbe qui ne trouvera son heureux dénouement qu'en 1859, dans le fameux procès qu'il intenta à l'*Allgemeine Augsburger Zeitung*, l'organe de la pire réaction autrichienne, auquel collaboraient les incorruptibles sectaires du communisme : Karl Blind, Engels et Liebknecht...

Quel chapitre d'histoire que cette époque des réfugiés à Berne !

On publierait presqu'un volume en collationnant seulement ce qui fut écrit sur cette maison de la *Herrengasse*, dont la salle à manger recevait, à chaque repas, la visite de quelque estomac nouveau et affamé, amené par Carl ou par Emile. Pas de semaines que la *maman* Vogt et ses charmantes filles n'eussent à préparer un dîner de vingt couverts. Le plus souvent on mangeait ce qu'il y avait et personne ne se plaignait, car dans cette communauté, les moments des repas étaient devenus les plus doux de la journée. Les neuf enfants, dispersés durant la journée, se rencontraient là autour du père et de la mère, et tous entretenaient une conversation pleine de gaieté et de charme. Les hôtes, totalement inconnus souvent, venus là parce qu'on leur avait dit de venir là, se sentaient immédiatement à l'aise dans cette intimité sans apparat et oubliaient, pour un moment, le pénible de leur situation. Le dîner terminé, les hommes se retiraient dans le cabinet de consultation du clinicien et, une fois mis au courant de la position du réfugié, avisaient, sans tarder, aux moyens de lui venir en aide.

A cette table familiale — œuvre du professeur Wilhelm Vogt, qui est menuisier à ses moments perdus et qui a exigé de ses quatre fils qu'ils apprissent des métiers manuels — (1) à cette table, dont le milieu portant les plats tourne sur pivot au gré de celui qui désire se servir sans déranger son voisin, vient s'asseoir, un matin de mai, un condamné à mort. Il s'appelle Kudlich. Il est l'auteur de la loi abolissant en Autriche la dîme, le servage et les droits de corvée, crime exécrable, suivant M. de Metternich, et digne d'un châtiment exemplaire. Ce Kudlich a faim, soif, et il tient à rappeler à Carl qu'ils se sont vus à Francfort à l'*Essighaus*, un soir, avant les journées d'octobre. L'ex-régent se souvient vaguement, tant de coréligionaires politiques ont bu avec lui à la prospérité de l'Allemagne unie et libre qu'il est excusable de ne pas avoir très présent à la mémoire le visage de son collègue de la Chambre autrichienne. Du reste, cela importe peu. Qu'il mange d'abord, on causera d'affaires après.

Au café, dans la fumée des pipes, Louise, en se retirant, rappelle à son père que le *Fremdenzimmer* est inoccupé depuis deux jours. Parbleu ! Cela tombe bien. Puisque Kudlich est sans le sou, qu'il emménage ! Pas très grande la chambre qu'ont occupée Desor et tant d'autres après lui, mais cela suffit amplement, et depuis la fenêtre la vue sur les Alpes est si belle que l'on oublie l'exiguité du lieu.

Cela dura quelque temps et cela aurait pu durer encore longtemps ainsi, lorsqu'une transformation s'opéra en Kudlich. Il devenait sombre, se croyait maudit et voulait fuir Berne et se réfugier en Amérique. A ceux qui le questionnaient, il répondait qu'il était un *paria* parmi ces Suisses, qu'il n'avait pas un papier de légitimation et que ses études de droit, son titre d'avocat n'étaient pas une suffisante recommandation pour lui procurer n'importe quel gagne-pain. Ce qu'il n'osait avouer à personne, pas même à lui-même, c'est qu'il s'était épris de l'une des filles de son bienfaiteur.

Allons ! il faut partir, rompre le charme, car le professeur ne consentira jamais à donner Louise à un mendiant. Il s'éloignera sans adieu, sinon, le cœur défaille. De loin, de très loin, de New-York, il écrira une lettre, une longue lettre, et la jeune fille, qui n'a pas dix-sept ans, comprendra à travers les lignes.

Il descend l'escalier, en tapinois, comme un larron ; il est sur le pas de la porte, il s'élance dans la rue, il... se trouve nez à nez avec le médecin.

— Ah ! c'est vous, Kudlich, lui dit celui-ci, montez donc avec moi dans mon cabinet ; j'ai à vous parler.

Une fois dans la chambre, le professeur continue :

— Mon ami, il vous faut prendre un parti énergique. Abandonnez politique et jurisprudence et attelez-vous à la médecine. Vous êtes jeune, intelligent, il n'en faut pas plus. Carl, ce bohême errant, nous quitte. Vous prendrez son lit et partagerez la chambre avec Emile...

---

(1) Carl Vogt était ébéniste.

— Professeur... professeur... balbutiait le réfugié ému jusqu'aux larmes et n'osant regarder cet homme qu'il suffisait d'approcher pour l'aimer et pour avoir l'impression d'une noble vie.

— J'ai confiance en vous, Kudlich; vous n'êtes pas un morose et vous êtes un honnête garçon.

Puis, d'un ton bourru, comme le réfugié devenait rouge :

— Ah! oui! Louise, en pleurant, a confié à sa mère... Allons! Kudlich, mon enfant, travaillez, passez vos examens et dans trois ans, nous recauserons de cela...

Oncques, Berne ne connut de carabin plus acharné au travail que le condamné à mort par contumace Kudlich. Il étudiait du soir au matin et avec cela gai comme un pinson.

Un dimanche de février 1853, un dîner monstre réunit autour de la table à pivot les membres présents de la famille et quelques notabilités de la ville, entr'autres Stämpfli, à ce moment conseiller fédéral.

Au dessert, le professeur Wilhelm Vogt se lève et dit :

— Messieurs, j'ai l'honneur de vous présenter le docteur Hans Kudlich. Je lui donne ma fille Louise. Ce soir, ils se mettent en route pour l'Amérique, confiants en l'avenir. Qu'ils soient heureux! Je les unis devant vous, et vous prie de les considérer comme mariés et de considérer leurs enfants à venir comme légitimes. Mon gendre étant proscrit ne possède aucun papier; il n'a donc pu, malgré nos démarches, se marier à l'état civil de Berne. Je me mets en lieu et place du maire et unis, pour la vie, ces jeunes gens.

Ce fut là le premier mariage libre. (1)

Tempora mutantur. Le condamné de jadis a été durant des années un des médecins les plus réputés de New-York. Une fois sa fortune faite il s'est retiré, abandonnant sa clientèle à son fils aîné Tell et vit tranquillement aujourd'hui dans son hospitalière demeure de Hoboken, entouré de ses huit enfants, auxquels la meilleure des mères a été ravie. Le docteur Kudlich revint en Europe, en 1879. Acclamé partout sur son passage en Autriche par les populations des villes et des campagnes, le proscrit fut reçu en audience particulière dans ce même château impérial, d'où trente ans auparavant, était parti son arrêt de mort.

On raconte un curieux cas de télépathie au sujet de cette sœur de Carl Vogt.

C'était un soir de février 1861, à Hoboken. Le couple devait aller au bal. Louise Kudlich était devant sa psyché, donnant un dernier coup d'œil à sa coiffure, tandis que son mari, dans la chambre à côté, ajustait tant bien que mal une cravate rébarbative. Il allait appeler à son

---

(1) A propos de ce mariage, Alexandre Herzen écrivait à Vogt, alors à Genève :

« Londres, 25, Easton square, New Road, 5 avril 1853.

« Cher Vogt, je dirai comme Kléber : Général, votre père est grand comme le monde. Je l'estimais de tout mon cœur, mais je l'estime maintenant de tout mon cœur et demi. Sacristi! ce mariage est un évènement historique, un antécédent révolutionnaire! Dites-moi, le plus vite possible, si vous me permettez d'en faire un article pour le *leader*, qui passera dans la *Nation*, etc.

« Mais il a rehaussé, moralisé la stupide institution du mariage, cet homme là! Ecrivez-lui de ma part deux ou trois mots de sympathie parfaite.

« Hier, je me suis trouvé dans une société de dames anglaises; on jouait au *steeple-chaises*, jeu à la mode et très intelligent, non agaçant. Entre deux chevaux (en fer blanc) j'ai demandé la parole et j'ai raconté l'histoire du mariage. Les dames étaient enthousiasmées. Si j'avais le portrait du docteur professeur Wilhelm Vogt, qu'il m'a donné à Berne, je pourrais le montrer pour un 6 pences. . . . .

« Votre Negro a été aujourd'hui chez moi; j'ai été aimable comme une fille publique pour faire honneur à votre recommandation.

« Carl Vogt, le genevois, quittez le maudit pays et venez ici, vous ne périrez pas d'ennui ni de pénurie. Kinkel fait maintenant un cours d'esthétique à l'Université. Eh bien! Kinkel est un homme de talent, voilà tout! Et notre ami Golovine qui a vendu pour 80 livres sterling un manuscrit quelque chose dans le genre d'un *Uncle Tom* russe!

« Et vous — sacré nom de Dieu! — Lewis, le lion littéraire, vous estime infiniment. Voulez-vous ! Je parlerai avec lui. On serait très heureux de vous avoir. Allons! un bon mouvement.

« Est-ce que je vous ai écrit que j'avais fait la connaissance de Carlysle (*sic*), l'auteur de l'Histoire de la Révolution française. C'est un homme d'un talent immense mais trop paradoxal, on l'appelle le Proudhon écossais. . . . .

« Adieu,
« Alex. Herzen. »

aide, lorsqu'il entendit un cri terrible ; il se précipite, sa femme tombe évanouie dans ses bras. Lorsqu'elle reprit ses sens, elle raconta que dans la glace elle avait distinctement vu son père sur son lit de mort.

Ce soir là, le professeur Wilhelm Vogt rendait le dernier soupir à Berne, à des centaines de lieues d'Hoboken.

Un livre attribué généralement à Chambers, contenant l'exposé d'une théorie se rapprochant de celle de Lamarck, intitulé : *Vestiges of Creation* et qui atteignit jusqu'à six éditions excitait, à juste titre, la curiosité en Angleterre, depuis longtemps. Malgré une excusable ignorance de son auteur sur certains points spéciaux, erreurs que Vogt releva, du reste, dans ses remarques et observations, cet ouvrage fut jugé digne de la traduction par l'auteur des *Lettres physiologiques*. Il en rassemblait les matériaux pour les figures, écrivait les dernières pages lorsqu'avait éclaté la Révolution. Notes, documents, écritures s'éparpillèrent entre les mains de la police et Carl Vogt dut reprendre la traduction depuis le commencement. Elle parut, en 1851, chez Vieweg. D'après les critiques unanimes, elle serait très habilement écrite, claire et correcte ; son titre, différent de celui du texte, à cause des changements et des remaniements obligatoires est *Geschichte der Schopfung*. Dans sa préface datée de Berne, le traducteur racontait ses mésaventures au lecteur et terminait en disant :

« Maintenant que les réactionnaires sont revenus à leur travail de taupe, détruit momentanément par le coup de vent de 1848, il nous sera permis, à nous aussi, de revenir à nos études favorites. »

Enfin, voilà une partie de l'armée des réfugiés casée tant bien que mal dans cette Suisse, où les autorités cantonales et fédérales commencent à mettre un frein à leurs tracasseries de paysans conservateurs ; le reste a fait voile pour l'Angleterre, le seul pays avec l'Amérique qui puisse vraiment s'honorer du titre de terre de liberté. Nul n'appelle plus au secours et l'hiver — l'hiver rude à Berne, si doux dans le Midi — s'approche. A quoi bon rester plus longtemps, pense Carl Vogt, et le voilà en route pour Paris d'abord et pour le Midi ensuite.

En collaboration avec Vérany, le naturaliste du golfe de Gênes, Carl Vogt publie dans les *Annales des Sciences naturelles* dirigées par Milne-Edwards, Brongniart et Decaisne, un mémoire sur les *Hectocotyles*. Ce travail le met en relations avec le « petit papa Brongniart », l'adversaire d'Arago à l'*Institut*, à l'époque du premier séjour de Vogt à Paris. Or, le radical du Parlement de Francfort n'est pas peu étonné de trouver le fougueux orléaniste de jadis absolument régénéré, énonçant des théories subversives et des principes plus rouges, plus républicains que tous les astronomes français et tous les zoologues allemands du monde.

Vogt en tombait des nues. Hâtons-nous d'ajouter que la gloire du « petit papa Brongniart » n'a jamais résidé dans l'immuabilité de ses opinions politiques.

Quel heureux séjour pour Carl Vogt que ces mois passés à Nice, au bord de la mer ! Le *prolétaire scientifique* comme le nomme, par dérision, je ne sais plus quel *Geheimer Rath* de Berlin, oublie les luttes ardentes dans cette retraite ensoleillée, animée de temps à autre par la présence de quelque curieux ou d'un collègue du Parlement. Il s'installe dans son ancienne chambre, s'abandonnant tout entier à ses recherches et à ses méditations ; homme heureux enfin, le voilà dans ces Alpes-Maritimes, où pour le géologue se trouvent tant de gisements et de pétrifications ; le voilà à une heure de cette incomparable baie de Villefranche, véritable musée zoologique où se pêchent toutes les espèces peuplant la Méditerranée. Quelle félicité pour l'ex-parlementaire, pour l'ex-professeur de se trouver enfin seul, dans cet air pur à distance des accidents et des tourments, entièrement adonné à ses études scientifiques, tout en étant bercé par les harmonies errantes de la mer et en restant ébloui par l'inépuisable magie de ses formes changeantes.

Au mois d'août 1852, il soumettra aux naturalistes suisses, réunis à Sion, le résultat de ses *Recherches sur les Siphonophores de la mer de Nice*, ces êtres si délicats que les filets de pêche les plus minces détériorent et qui n'ont jusque-là été retirés de la mer qu'en lambeaux. Si Vogt a réussi à collectionner des exemplaires plus complets que ses devanciers et à les dessiner tels qu'ils sont, c'est uniquement aux précautions qu'il décrit tout au long et que son esprit inventif lui a suggérées, qu'il le doit. Ne s'occupant principalement que des animaux flottant à la surface de la mer et des formes quelquefois microscopiques qui avaient échappé à l'observation d'autres naturalistes, il lui arrive de décrire plusieurs espèces inconnues, les plus belles du groupe : l'*Agalma rubra*, la *Galeolaria aurantiaca*, etc. L'*apolémie contournée* porte même son nom, croyons-nous. Le premier, il apporte des détails sur le développement embryonnaire de ces hydroméduses aux formes si légères et si flexibles et chez lesquelles pourtant les appareils de défense et d'attaque présentent une complication et une variété vraiment prodigieuses.

La seconde partie de ce remarquable volume, qui assura à Carl Vogt aux côtés de ses collègues s'occupant du même sujet, à cette époque, Huxley, Kölliker, Leuckart, Gegenbaur, Brehm, Milne-Edwards, etc., une place enviée dans la zoologie moderne, est consacrée aux *Tuniciers nageants de la mer de Nice*, connus aujourd'hui sous le nom de Salpes. Entre 1852 et 1856, les zoologues semblent s'être donné le mot : tous, peu ou prou, étudient des siphonophores et le travail de Vogt, révélateur aussi bien au point de vue de la future classification qu'à d'autres, sert de base à nombre de naturalistes ; aussi, durant des années, aucun auteur ne parlera de ces animaux sans citer presqu'à chaque page le nom du professeur de Genève. Tous confirment, révisent ou réfutent ses assertions et c'est pendant un lustre une véritable bataille scientifique autour de cette classe. Louis Figuier, pour citer un auteur français, dans son meilleur ouvrage : *La vie et les mœurs des animaux*, arrivé au chapitre des hydroméduses, écrit ce qui suit :

« Pour donner une idée exacte de ces zoophytes, nous ferons ici l'histoire de la vélelle de la Méditerranée, qui a été étudiée avec un soin infini par M. Charles Vogt, de Genève.

C'est aux mémoires publiés par ce savant, sur les *Animaux inférieurs de la Méditerranée* que nous empruntons les détails qui vont suivre.

Nous aurons également recours aux remarquables études du même naturaliste pour les autres types. »

Ce séjour à Nice, cet isolement, a une influence capitale sur le zoologue ; son talent acquiert de la maturité, sans pour cela renier l'esprit primesautier qui le caractérisait auparavant, car il n'est pas un sujet traité par Vogt, jusque dans sa vieillesse, qui ne soit marqué au chiffre de son originalité. Il cultive également le dessin et il restera dans la phalange si supérieure des naturalistes de son temps parmi l'un de ceux qui excellent dans cet ardu travail qui doit rendre avec autant de précision que d'agrément, par le crayon ou par le pinceau, la structure si variable et les couleurs parfois si vives des espèces décrites. C'est là, au bord de cette plage qu'il aima toujours, dans ce modeste laboratoire qu'il apprend à connaître, par comparaison, la supériorité d'un bon dessin et du parti que chacun peut en tirer. C'est là également que s'affine son don d'observation et que se développe son individualité, à force de concentration en soi...

Mais, il l'avouait lui-même, qui a bu boira, et dame politique est une maîtresse que l'on ne quitte pas quand l'on veut ; tôt ou tard, elle vous enlace et vous reprend. Du reste, il a encore quelques comptes à régler avec ses ennemis, les réactionnaires et les centre gauchers. Sans avertir personne, il lance dans le monde lettré et scientifique, abasourdi par la violence du projectile, les : *Bilder aus dem Thierleben*, deux volumes, suivis de près par les *Untersuchungen über Thierstaaten*, qui portent comme épigraphe :

Jungen und Alten zu Fromm und Nutz
Und den Professoren zum Trutz.

Livres agressifs délicieusement écrits, qui vont raviver avec leur causticité quelque peu féroce, toutes les colères, parce qu'ils rendent visibles aux plus aveugles la vanité et l'absence de sens moral des vainqueurs. Le lutteur sorti de l'arène politique depuis un an y rentre inopinément et le mélange de gravité et d'ironie des *Images de la vie animale* consterne les uns tandis qu'il réconforte les autres. Les eunuques grincent des dents, jouent aux indignés ; les clairvoyants rient sous cape ou applaudissent. Cette note vengeresse, ce persiflage hautain, Carl Vogt l'exagère encore dans ses *Recherches sur les colonies animales*, une philippique échevelée, fourmillant, malgré ses dehors et sa base scientifiques, d'allusions politiques. Cela dépasse la mesure et l'on ne peut rester sous le coup de cette volée de bois vert. En avant ! gens d'église et spiritualistes conservateurs ; ripostez, invectivez, fulminez, prouvez une fois de plus que ces manants de matérialistes restent toujours plus corrects que vous, les apôtres de la charité chrétienne. Ecoutez le professeur Andréas Wagner parlant des *Images* :

« Les *Bilder aus dem Thierleben* sont une souillure éternelle dans la littérature zoologique allemande et nous, naturalistes, nous tomberions certainement dans un discrédit complet auprès de la bonne société, ornée et éduquée, si nous ne nous prononcions pas unanimement et avec toute l'indignation dont nous sommes capables, contre les hérésies et les blasphèmes de ce livre frivole et trivial. . . . .
Détournons la tête de ces pages honteuses et respirons à pleins poumons, à l'abri du souffle empoisonné qui nous vient de l'œuvre de Carl Vogt, l'air vivifiant et pur qui se dégage du livre de Köstlin : *Dieu dans la nature*. . . . . ».

Depuis les *Lettres physiologiques* la légende bête guettait Carl Vogt et ceux qui ne le connaîtront pas, ceux qui n'auront pas vu dans l'intimité cet homme très tendre, dévoué à ses amis, obligeant, se prodiguant avec la générosité d'une nature qui sentait en elle des ressources infinies se le représenteront, après avoir lu le fatras de bêtises qui se débite couramment sur son compte, comme un être destructeur, brutal et entièrement dénué de délicatesse. Quant à ceux qui ne l'auront pas approché de près, mais qui auront lu de ses ouvrages ou de ses articles, ils se demanderont : Qui donc est ce Carl Vogt, dont on dit tant de mal ou tant de bien suivant qui l'on écoute?

Et pourtant, Vogt — personne de ceux qui l'abordèrent ne nous démentira — est tout le contraire d'un misanthrope aigri ou d'un iconoclaste ; il reste, au contraire, malgré ses sévérités de logicien, ses hardiesses de penseur, un champion de l'ordre, un méthodique opportuniste, en science comme en politique, un avancé que les théories anarchistes bouleversent. En matière religieuse, seulement, il va plus loin que les autres. Sur ce chapitre, il restera toujours intraitable, intransigeant, et il n'existera pas de motif assez puissant pour forcer ce bienveillant, en toute autre controverse, à se contraindre et à ménager ses expressions. Dans ses livres, il apportera un peu de cette indignation d'un observateur ardent que la comédie religieuse de toutes sectes et de tout temps a mis hors de lui. Il respectera toujours les sincères ; il méprisera toujours les pharisiens et les hypocrites et il ne se gênera pas de le leur dire en face.

Depuis Berne, en octobre 1851, il envoie à son éditeur de Francfort-sur-Main (Litera-rische Anstalt) le bon à tirer d'un traité de zoologie en deux volumes : *Zoologische Briefe*, l'histoire des animaux vivants et disparus, décrite suivant un modèle différent de celui des auteurs qui l'avaient précédé. Le succès de ces *Lettres zoologiques*, ornées de 800 gravures, contenant des détails anatomiques et embryologiques jusque là mal rendus ou ignorés, alla grandissant. Enfin avait paru un ouvrage lucide, classique, de cette science, dont l'importance majeure est rarement comprise par les personnes qui ne lui ont pas voué une attention toute spéciale. Il fallait avoir lu ce livre, si l'on ne voulait pas passer pour un ignorant; aussi, ne se trouva-t-il bientôt plus, en Allemagne, de professeur en sciences, de candidat à un doctorat scientifique qui ne possédât sa *Zoologie* de Carl Vogt.

Vingt-deux ans après son apparition, lors de sa controverse avec Virchow à propos de son livre sur la *Race Prussienne*, Quatrefages se servira d'un chapitre des *Zoolog. Briefe* pour répondre à son antagoniste, lequel, soit ajouté entre parenthèses, eut gain de cause dans cette polémique tendantielle :

« Ce ne sont pas les recherches de Rudolph Virchow, écrit de Quatrefages en date de février 1873, qui ont *montré* la bracychéphalie des négritos. Le fait était depuis longtemps dans les sciences puisque, dès 1851, Carl Vogt insistait sur ce caractère anatomique pour distinguer les négritos des nègres africains et montrer qu'on ne pouvait regarder les premiers comme descendants des seconds (*Zoologische Briefe*, t. II, p. 559 et suiv.). M. Pruner bey, de son côté, avait publié ses mesures prises sur deux têtes d'Aïtas du Museum, en 1865. »

Virchow répondit galamment qu'il n'avait jamais eu l'idée de dénier le droit de priorité à Vogt.

C'est à cette étonnante universalité chez le professeur de Genève que le savant chimiste Graebe fera allusion dans un discours en 1886. Les étudiants de l'Université fêtaient le cinquantième anniversaire du doctorat de l'auteur des *Lettres zoologiques* dans la grande salle d'une brasserie. La cérémonie était des plus animées. A la table d'honneur, Carl Vogt, entouré de ses collègues et des présidents des différentes sociétés. Après un toast chaleureux de son vieil et fidèle ami le professeur Hippol. Gosse et d'autres discours, le professeur Graebe, allemand de naissance, s'adressa en ces termes aux étudiants :

« Vous ne pouvez comprendre, Messieurs, combien étendue, combien prépondérante a été l'influence du maître dont nous célébrons aujourd'hui le joyeux cinquantenaire, sur les hommes de ma génération en Allemagne.

Je me souviens, et ceux de mon âge des Universités de Königsberg, de Berlin, de Leipzig, de Fribourg, d'Heidelberg, de Vienne ou de Prague se souviennent. La physiologie nous préoccupait-elle ? Nous achetions les *Lettres physiologiques* de Carl Vogt. Avions-nous honte de notre ignorance en zoologie ? Le professeur nous conseillait de lire les *Lettres zoologiques* de Carl Vogt. La géologie, alors lettre morte pour nous tous, venait-elle en discussion, on rentrait chez soi avec le *Lehrbuch der Geologie und Petrefactenkunde* de Carl Vogt, et chez ceux se vouant à une branche spéciale, auxquels, par conséquent, ces sciences abstraites paraissaient difficiles à digérer, ceux-là étaient les premiers subjugués par la compétence, le coloris du style, la clarté et l'esprit endiablé de l'auteur ; et l'on fermait le livre sans s'être aperçu du temps écoulé, comme avec l'impérieux besoin de suivre dorénavant, tout au moins en curieux, les étapes et les progrès de cette science jadis abhorrée et que Carl Vogt nous avait appris à aimer ! »

———————>+<———————

1852-1853

Genève, le 29 mars 1852.

Monsieur Charles Vogt, professeur à Nice.

Mon cher Reichsregent,

Vous allez, j'en suis sûr, me traiter de folâtre, mais n'importe, je veux en avoir le cœur net. Je désirerais infiniment marquer le temps de mon règne (ce bon peuple de Genève a eu la singulière idée de me mettre à la tête de toute l'instruction publique : académie, collèges et écoles primaires) en dotant l'Académie d'un homme aussi distingué que vous l'êtes. Comment s'y prendre, voilà la difficulté, vu que notre professeur de zoologie a l'âme chevillée au corps et ne paraît pas avoir le moins du monde envie de se retirer. J'en causais hier avec Fazy qui désirerait singulièrement aussi recruter le parti démocratique d'un allié comme vous et voici nos conclusions :

Les sciences naturelles se tiennent toutes et l'on a vu plus d'un savant botaniste être très capable de professer la zoologie. Decandolle (*sic*) était dans ce cas ; pourquoi le cas contraire ne se rencontrerait-il pas ? Le bonheur voudra, peut-être, que vous ayez, en passant, tourné fréquemment vos regards vers le règne végétal et que vous puissiez donner un cours bien suffisant pour Genève, ce qui ne sera pas difficile vu l'extrême faiblesse du remplaçant provisoire actuel et cela jusqu'au moment où nous pourrons vous arranger une chaire mieux appropriée à vos études spéciales.

Si ma proposition n'était pas inacceptable, voici quelle serait la position — trois leçons par semaine pendant environ sept mois de l'année, cinq mois environ de congés dont quatre l'été — 2,000 fr. de fixe et 6 à 700 fr. de casuel ; l'année scolaire commence au mois de novembre ; on s'arrangerait pour vous nommer vers la fin de juin afin que votre traitement courût depuis cette époque. Une fois installé à Genève et professant avec succès, nous pourrions améliorer votre position pécuniaire.

Je vous prie de ne pas me dire NON trop facilement, à moins que la chose soit rendue complètement impossible par une spécialité scientifique, tout à fait exclusive : *Audaces fortuna juvat !*

Il n'est bruit que de votre livre sur les animaux, mis à l'index par le gouvernement prussien ! C'est beaucoup d'honneur et je vous en félicite ; il paraît que ce cher Guillaume tient à faire votre fortune.

Adieu, cher monsieur et mon futur fonctionnaire, je ne prendrais jamais mon parti de vous voir partir pour l'Amérique, où vous appelle, paraît-il, Agassiz, et nous lâcher, lorsque le parti a plus que jamais besoin de réunir toutes ses forces pour lutter.

Votre dévoué,
A. TOURTE.

P.-S. — Notez, mon cher monsieur, que nous n'avons, à Genève, aucun professeur de zoologie, que M. Pictet de la Rive est professeur d'anatomie comparée. Aussi, succédant à Decandolle, vous feriez comme lui, alternativement un cours de botanique et un cours d'histoire naturelle. Une année l'un, une année l'autre. Rien au monde ne vous serait plus facile que de vous faire un supplément de 2 à 3.000 francs en donnant des leçons particulières ou des cours spéciaux.

Quand le « prolétaire scientifique » reçut cette proposition flatteuse, il éclata de rire ! Lui, professeur de botanique ! Passe encore colonel d'une garde civique ou régent de l'Empire

12

allemand, en temps de fermentation excessive, mais professeur de botanique, en pleine paix, dans une ville aussi pondérée que l'est Genève, cela dépassait les limites du saugrenu. Il remercia le ministre et déclina l'offre.

Tourte revint plusieurs fois à la charge, il s'adressa à Berne, au père, et intrigua si bien qu'il arriva à ses fins.

Genève, le 21 avril 1852.

Monsieur C. Vogt, professeur,

Mon cher Monsieur,

Je ne me tiens pas si vite pour battu ; à la réception de votre lettre, j'ai convoqué le recteur Plantamour, Pictet de la Rive, professeur d'anatomie comparée, Decandolle et Mayor, notre professeur d'anatomie humaine. Tous ont déclaré avoir la plus haute estime pour votre talent et qu'il fallait à tout prix vous gagner pour Genève.

Voici quelle serait votre position. Mayor s'occuperait spécialement d'anatomie humaine et comparée, Pictet de physiologie et nous vous nommerions à la chaire de géologie et de paléontologie. Le titulaire actuel de la chaire de géologie est un affreux aristocrate « *mômier* » qui sera enchanté d'être débarrassé du souci du huitième cours qui lui reste à donner pour acquérir le titre de professeur agrégé. (1)

Je sais, mon cher Monsieur, que votre spécialité est la physiologie et la zoologie. Mais à l'impossible nul n'est tenu. Pictet s'offre à vous céder l'embryogénie, etc., et tout ce qui pourra vous intéresser et il veut vous écrire à ce sujet en vous donnant les détails. Il m'a dit aussi que vous aviez tout dernièrement encore publié un livre remarquable sur la géologie. Je ne voudrais pourtant pas vous tromper, il faudra faire de temps à autre un cours de géologie proprement dite, roches, grands courants, etc.

Adieu, cher monsieur, j'attends, comme votre père, comme vos amis de Suisse, une réponse favorable.

Votre dévoué,

A. TOURTE, *Conseiller d'Etat.*

P.-S. — Si vous pouviez voir la vie qui est à l'heure qu'il est à Genève, le bataillon des maçons et des ouvriers de toute espèce, les environs bouleversés pour creuser des fondations, les maisons surgissant de toutes parts, le budget se soldant, malgré les dépenses, par des *boni*, tant les ressources et la prospérité vont en augmentant, vous ne refuseriez pas de venir vous réchauffer le cœur à notre foyer démocratique.

Appuyé sur les classes pauvres, l'artisan et le petit bourgeois — frondeur alors — James Fazy métamorphosait le canton de Genève en rasant les fortifications et en ouvrant, à un courant d'air vivifiant, les rues évangéliques de la cité de Jehan Calvin.

Si l'indignation contre le « démagogue », le « menteur », le « voleur », le « corrompu », le « monstre », est violente dans les cercles fermés de l'aristocratie genevoise, elle atteint le ridicule, en devenant furibonde et répugnante, dans les rangs des « *grimpions* » qui surenchérissent et qui tombent de l'injustice dans l'imbécillité. Avec un pieux effroi, *minis-treaux, prédicantereaux*, bourgeois à l'aise, coulissiers et banquiers, emportés par l'amer ressentiment des humiliations politiques pensent, durant des années, s'évanouir d'horreur en rencontrant ce bienfaiteur du pays ; pendant des années, ces gens, enterrés dans le passé, se cramponnant éperdus aux prérogatives qui les élevaient au-dessus de leurs concitoyens, hurlent, se démènent, lancent des pamphlets. De la bouche, aux lèvres serrées, des uns, siffle la calomnie ; des mandibules pendantes des autres, souvent des céladons vicieux,

_____

(1) Alphonse Favre, l'auteur des *Recherches géologiques en Savoie.*

dégouline la bave. Qu'importe l'ordure ! James Fazy riposte aux insinuations et aux accusations par des actes ; il renverse gouvernement et fortifications ; il démolit d'orgueilleuses grandeurs locales, déblaie le terrain politique et fait accepter par la majorité, entraînée dans un beau mouvement de protestation, une Constitution, modèle de clarté et de sagesse politiques. D'un coup de sa baguette magique, ce génial homme d'Etat a bouleversé Genève, réduit à son expression la moins chevaleresque le rejeton des anciennes familles et tempéré, par quelques exécutions sommaires, la morgue du « *grimpion* ». Personne n'ose plus, à cette heure, contester que James Fazy transforma entièrement non seulement l'organisation politique, mais encore l'état économique du canton. Avec lui, un esprit nouveau apparut dans ce monde sévère et tyrannique ; une révolution radicale, frappant de déchéance ce qui avait précédé, embrassant jusqu'à la nature elle-même, marqua le passage au gouvernement de ce supérieur, si durement maltraité.

James Fazy aima la politique ; il en a durement souffert, mais à travers le flot de saletés qu'elle entraîne, il a toujours lutté sans une défaillance. Sa vieillesse pauvre, après tant d'orages, tant de déceptions fièrement supportées, tant d'amertumes courageusement endurées ; les dernières années, toutes vibrantes encore des bravoures et des ardeurs de cette vie consacrée au bien de son pays, forment un des plus tristes spectacles que puisse nous offrir l'ingratitude humaine, ingratitude inéluctable quand un peuple confie ses intérêts à des médiocres rancuniers ou à des faibles au cœur sec. C'est là l'enseignement railleur qui se dégage toujours de ces crises, durant lesquelles toute une population semble frappée d'hallucination : les pitres qui pensent bassement sont encensés, tandis que les généreux d'envergure, respirant dans une autre atmosphère intellectuelle, sont cloués au pilori ou repoussés avec un dégoût non dissimulé.

Ce fut le sort de James Fazy dans Genève rénovée.

Carl Vogt connaissait peu la ville du lac Léman ; il y avait passé, mais sans long arrêt. Quand il fouillait dans sa mémoire, il se souvenait de bonnes heures de causerie en compagnie de Fazy, Pierre Leroux, des docteurs Duchosal, Fontanel et Mayor, de Tourte, etc. ; puis, plus loin encore, au temps d'Agassiz, il se rappelait les réceptions et les festins donnés en l'honneur du maître et des disciples, dans la « haute société » ; il revoyait une société aimable, riche, où régnait d'une manière prédominante le goût du savoir et où les étrangers étaient accueillis avec un empressement marqué. Et avec cela, un paysage superbe. Où trouver mieux ?

Toutefois, le « prolétaire scientifique » ignorait une chose, c'est que la cité de Calvin ressemble à une foule de villes provinciales dotées d'une « *haute société* » ; il ne savait pas que si l'on était câliné, fort bien venu, choyé à Genève quand on se contentait d'y toucher barre, la « *haute société* », à de rares exceptions près, ne vous reconnaissait pas quand l'on venait s'y établir. L'auteur d'*Océan et Méditerranée* resta donc très étonné de l'accueil froid de certains coulissiers ou capitalistes du terroir, chez lesquels il avait jadis été invité et auxquels les prescriptions de la politesse élémentaire l'obligeaient à rendre visite, dès son arrivée. Il intercepta dans deux salons des demi sourires et des coups d'œil du côté des dames ; il surprit, chez les hommes, naguère curieux d'art et de science, des faces blêmes et austères continuant, à voix basse, leur conversation sur les coups de bourse et les conversions de rente ; cela lui suffit amplement. Il s'orienta, se fit expliquer la roturière affectation. L'explication fut simple : aux yeux de la « *haute société* », Carl Vogt n'était plus l'élève de Liebig et de Valentin, le collaborateur d'Agassiz, l'écrivain des *Lettres géologiques*, des

Bilder, etc., le révolutionnaire du Parlement ; de toutes ces gloires, il ne restait plus aux yeux des Genevois bien nés qu'un fonctionnaire de ce misérable James Fazy. Le professeur haussa les épaules et de sa vie ne remit les pieds dans cette société si étroite d'idées.

Or, à cette époque, le double mouvement de répulsion et de glorification soulevé autour du nom de Fazy était monté à son comble. Ne se doutant de rien, Carl Vogt commence tranquillement son cours, mais aux premiers mots partent des quatre coins de la salle des bordées de sifflets. Les huées, les imitations d'animaux — et pas toujours des imitations — les cris, les gorges chaudes l'empêchent de parler. Les rejetons « *de la haute et de la bonne société* », aristocrates et « *grimpions* » « zofingiens » et étudiants français en théologie s'en donnent à cœur joie et les quelques rares radicaux, pouvant s'accorder le luxe des études supérieures sont impuissants à rétablir le calme (1).

Hélas ! ils sont bien mal tombés avec le professeur Vogt, ces bons petits boutonneux, élevés en serre chaude, et bien mal inspirés ont été les papas et les mamans en excitant au scandale leur grêle progéniture, car l'ex-parlementaire de 1848 en a vu d'autres et ce ne seront pas ces quelques quarterons de freluquets, persuadés qu'ils sont d'essence supérieure, qui lui en imposeront. A partir de la troisième leçon, personne ne levait plus la tête.

La lutte avec d'autres adversaires de l'Académie devait durer plus longtemps et prendre un caractère plus acerbe. Avant l'arrivée de Vogt à Genève, une demi-douzaine de philosophes et de théologiens à la tête desquels se trouvaient le pasteur Munier et le philosophe chrétien E. Naville, avaient fondé, en haine contre l'institution de l'Etat, une Ecole des hautes études, destinée, si tout avait marché suivant leur gré, à annihiler celle du gouvernement. Ces Messieurs intriguèrent beaucoup, se donnèrent une peine énorme, rien ne fit ; ils durent fermer la boutique, qui s'effritait sous le poids d'ennui des leçons, et le pasteur Munier, trop heureux, plus tard, de trouver place et situation à la faculté officielle de théologie, fit amende honorable. En attendant, tout ce qui, de près ou de loin, touchait à James Fazy, était bafoué, vilipendé par les adeptes de la « maison qui n'était pas au coin du quai », et l'auteur des *Siphonophores* n'échappa pas aux critiques plus ou moins ouvertes, plus ou moins franches. On comprend que cet accueil dût lui paraître inqualifiable, qu'il en conçut du ressentiment, et il est très probable qu'il eut quitté pour toujours Genève, si Pictet de la Rive, le célèbre paléontologiste, un adversaire pourtant de James Fazy dans le domaine politique, n'eut ouvertement pris fait et cause pour lui. (2)

De Candolle et d'autres, quoique mécontents, eux aussi, par tradition, naissance et première éducation, du gouvernement radical, ne laissèrent pas quand même échapper une occasion d'être agréables à ce matérialiste de sac et de corde et cela au grand scandale de beaucoup de leurs intimes, car à côté d'une aristocratie intellectuelle dont la Suisse s'honore

---

(1) A l'exception des intéressés, on ignore généralement qu'il existe un legs Calvin à Genève.

Ce mystérieux capital, d'une provenance des plus troubles, est géré, avec cette habileté en matière financière que l'on est obligé de reconnaître aux théologiens calvinistes, par quatre ou cinq membres de la « *Vénérable compagnie* ». Ces gardiens du problématique pactole, personne ne les connaît, personne n'a jamais prononcé leur nom. Tout se passe dans le plus profond silence. Quand l'un d'eux vient à trépasser, les survivants se réunissent avec une circonspection franc-maçonnique et à la lueur des lanternes sourdes, ils nomment le remplaçant. Les intérêts du capital sont affectés aux entreprises de propagande protestante. En outre, une certaine somme est consacrée à fournir une rente annuelle à tout étudiant en théologie français, qui fait ses études à Genève. Ce sont ces « boursiers », le plus souvent des méridionaux, tapageurs et joyeux, de Nîmes, d'Arles et d'ailleurs, qui garnissent l'auditoire de théologie de l'Université, lequel, sans eux, risquerait fort de rester fermé.

James Fazy voulut, une fois, poser une main sacrilège sur ce fonds énigmatique et l'employer pour le plus grand bien du pays. Les coffres étaient vides et argent, valeurs, titres, en route, depuis la veille, pour l'Angleterre.

(2) Carl Vogt attacha peut-être une importance exagérée à ces procédés de détracteurs au parler doucereux et qui vous décochent, au moment où l'on s'y attend le moins, quelque coup de griffe perfide. De nature trop franche pour dissimuler, et ne pouvant cacher sa répugnance instinctive, il les poursuivit d'une inimitié qu'ils durent regretter

à juste titre, Genève possède une coterie très influente de bourse et de prêche, très arriérée, très prétentieuse, très dévote, farcie de ridicules, qui en impose par le nombre et la puissance de l'argent.

Carl Vogt restera à Genève et dès lors aucun des incidents politiques ou autres de ce lopin de terre ne le laissera indifférent. Il poussera, par exemple, la conscience politique jusqu'à transgresser les ordres de la Faculté et n'hésitera pas à sortir, par un temps de neige et de pluie, pour aller voter en faveur d'un conseiller municipal à Plainpalais.

Les services que Carl Vogt rendit à sa patrie adoptive seraient longs à énumérer ; le lecteur, en parcourant ce livre, s'apercevra que jamais il ne s'est esquivé par convenance personnelle, et que toujours on le trouva prêt à mettre à la disposition du pays ses connaissances, son temps, son influence et ses relations innombrables...

Durant les premières années, Vogt eut à s'occuper principalement de l'établissement des voies ferrées en Suisse, qui battaient alors leur plein. Ce n'était pas toujours une tâche facile que de faire entendre raison à MM. les ingénieurs, dont quelques-uns patronnaient encore le naïf principe de la continuité de la roche ; quelques-uns n'en voulaient pas démordre et persistaient, lorsqu'il s'agissait d'un souterrain, à n'examiner les rochers qu'à l'entrée ou à la sortie du tunnel ou de la tranchée et ne voulaient pas croire que des collines, en apparence uniformes, pouvaient recéler, dans leur intérieur, des bancs de rochers complètement différents de ceux de la surface. De là, conflits et démêlés souvent pénibles.

(Trad.)   *Chancellerie fédérale, Berne, 29 août.*

               Cher ami,

J'apprends que tu viens à Berne dans les prochains jours. Pourrais-tu passer par la ligne Lausanne-lac de Bret, l'étudier et me donner ton avis *en qualité de géologue*, sur le mémoire ci-inclus ? Si ton avis est opposé, c'est-à-dire favorable à la ligne, j'aviserai. Pour le moment, donne-moi un examen détaillé des localités en me signalant les dangers de l'entreprise, infiltration de l'eau, corrosions des torrents, etc.

A Lausanne, adresse-toi à Eytel qui te fera accompagner.

                                         Ton

                                    S<small>TAMPFLI</small>.

A Lausanne, il ne rencontra pas Eytel, mais Gabriel de Mortillet, alors ingénieur civil, conservateur du musée à Annecy, qui profitait de ses vacances. Il l'emmena avec lui et, tous deux, signèrent le rapport dont les conclusions étaient en tous points favorables au projet.

---

maintes fois et refusa constamment, malgré les avances et les tentatives de plus tard, à renouer avec eux. Il avait été blessé, non dans un sentiment de vanité peu connu de lui, mais dans sa juste fierté et dans sa confiance aux égards qu'il méritait.

                                   « Genève, Cours des Bastions, 15, le 31 octobre 1886.

    « Monsieur,

    « Ayant eu l'occasion d'entrer en correspondance avec M. le docteur Azam, de Bordeaux, je reçois de lui une lettre qui renferme les lignes suivantes :

    « J'ai l'honneur de connaître beaucoup un de vos plus illustres compatriotes, Carl Vogt. Si l'occasion s'en présente, « veuillez me rappeler à son bon souvenir. »

    « Je m'empresse de vous faire ce message en vous offrant l'assurance de ma considération très distinguée.

                                        « E<small>RNEST</small> N<small>AVILLE</small>. »

Vogt dut également s'occuper du tunnel du *Credo* près Bellegarde, entre le fort de l'Ecluse et la vallée de la Valserine et dont la longueur est de 3.940 mètres. (1)

Le tunnel du *Hauenstein*, reliant au réseau suisse les chemins de fer français et allemands convergeant à Bâle venait d'être le théâtre d'une épouvantable catastrophe. Malgré les conseils de Gressly, les ingénieurs n'avaient prêté qu'une attention minime aux eaux qui accompagnent ordinairement les couches de marne et qui étaient d'autant plus abondantes dans ces terrains que le massif à traverser était plus irrégulier. Le souterrain était revêtu et à l'abri des éboulements, cela leur suffisait. On travaillait donc en sécurité, lorsqu'une nappe d'eau, alimentée par des ruisseaux et des filets d'eau, engloutit plus d'une cinquantaine d'ouvriers. Une commission d'experts : Studer, Desor, Quiquerez, Gressly, Lang, Escher de la Linth, Theobald, etc., fut aussitôt convoquée. Elle se réunit et nomma Carl Vogt son président. Le rapport documenté, contenant une foule de sages conseils, que le professeur de Genève envoya, en cette triste occasion, au Conseil fédéral, a été souvent cité comme un document à consulter par les spécialistes. On évita, dès lors, de nouveaux désastres en abandonnant les anciens errements.

Une société anglaise s'est formée en 1858 à l'appel des généraux Klappa et Türr, amis personnels de Vogt. Il s'agit ni plus ni moins de percer le Saint-Gothard. Les événements politiques, l'opposition fédérale, d'autres causes trop longues à relater firent échouer le vaste projet, qui ne trouva son exécuteur que plus tard en la personne d'un ingénieur genevois,

---

(1) Desor consultait souvent son ami, aussi bien dans les questions intimes que dans les questions scientifiques. Dans son travail sur les tunnels du Jura, il puise auprès de lui ses renseignements sur le tunnel du *Credo*. Voici la réponse de Vogt :

« Le tunnel du Credo se trouve dans des conditions orographiques tout à fait exceptionnelles. Il appartient en quelque sorte à une catégorie à part. Au lieu de traverser une voûte géologique, comme les tunnels du Hauenstein et des Loges, il passe sous le fond d'un vallon pour relier entre eux deux grands ravins, celui de la Valserine et celui du Fort-de-l'Ecluse.

« Ceci posé, il est évident qu'au lieu de traverser des couches de plus en plus profondes, on devait au contraire s'attendre à rencontrer dans l'intérieur du tunnel des formations toujours plus récentes. En effet, des deux côtés, on entre en galerie dans un calcaire compacte, le calcaire à caprotines appelé aussi Urgonien ou Néocomien supérieur. Mais ce calcaire ne règne pas longtemps dans le tunnel. Il fait bientôt place à des dépôts d'une autre formation et d'un âge plus récent, au nombre desquels nous comptons la molasse, ce grès tendre qui forme le sous-sol de la plaine Suisse et se retrouve également dans les vallées intérieures du Jura. Cependant la molasse n'est pas le dernier terme de la série; elle est fréquemment recouverte par des dépôts de gravier qui appartiennent à l'époque diluvienne. Ces dépôts sont célèbres par leur puissance aux environs de Bellegarde, au point qu'ils recouvrent à peu près complétement la molasse. Sur tout le trajet du tunnel du Credo, on ne rencontre à la surface d'autre formation que ces dépôts et les affleurements du calcaire à caprotines mentionnés ci-dessus.

« Cette dernière roche, qui est assez fréquente dans les chaînes occidentales du Jura, est connue par sa dureté, qui la rend d'une exploitation assez difficile. Les graviers en revanche sont justement redoutés des ingénieurs, à cause des constructions intérieures qu'ils nécessitent pour empêcher les éboulements. Par conséquent un devis basé sur ces données devra nécessairement être élevé. Malgré cela et pour peu que les graviers se fussent compliqués de bancs d'argile ou d'autres difficultés, il eût pu arriver que l'entrepreneur n'y eût pas trouvé son compte. Heureusement pour lui que l'expérience s'est encore cette fois chargée de donner tort à la routine, en montrant une fois de plus l'insuffisance des fouilles superficielles. Il est à présumer que l'on s'attendait à trouver des graviers sur la plus grande partie du parcours du tunnel. Au lieu de cela, on avait à peine pénétré à 400 mètres du côté de Genève, après avoir traversé le calcaire à caprotines et une sorte de terrain détritique calcaire, que l'on entra dans le massif de la molasse, pour ne plus le quitter.

« Du côté de Lyon, le tunnel s'est ouvert dans le terrain diluvien composé de graviers, de sables, de glaises, mais il ne s'y est également maintenu que sur un espace de 400 mètres, après quoi il a rencontré également la molasse, qui régnera selon toute apparence d'outre en outre.

« La supériorité de cette roche pour les travaux d'art est trop connue pour qu'il soit nécessaire de la rappeler. A l'avantage d'être d'une exploitation facile, la molasse réunit cet autre mérite très rare d'être résistante et de se durcir à l'air plutôt que de s'amollir. La molasse du Credo, quoique moins dure que celle de Berne et de Lucerne, est cependant suffisamment résistante pour pouvoir se passer de revêtements, qui, si nos informations sont exactes, ne seront nécessaires que sur un trajet très limité, près de Bellegarde.

« Au rebours de ce qui a lieu au Hauenstein, les difficultés se trouvent ici limitées aux abords du tunnel, tandis que l'intérieur réunit les conditions les plus favorables, si bien que sur un parcours total de 3.940 mètres, la molasse en occupe 3.100, par conséquent plus des trois quarts. Par contre, les graviers qu'on ne croyait pas pouvoir éviter, parce qu'ils sont partout à la surface, se sont trouvés n'être qu'un phénomène superficiel.

« Au Credo, comme au Hauenstein, le résultat a condamné les prévisions des ingénieurs, avec cette différence qu'ici c'est au plus grand bénéfice de l'entrepreneur et là-bas à son plus grand détriment... »

aussi noble de caractère qu'élevé d'esprit : Louis Favre. Cette entreprise avortée n'en coûta pas moins un temps énorme à Vogt, qui l'avait prise à cœur et qui voyait dans sa réalisation une source de richesses pour la Suisse et l'Italie.

Carl Vogt peut également être considéré comme l'un des fondateurs, avec James Fazy, de l'*Institut national genevois des Sciences, des Lettres, des Beaux-Arts et de l'Agriculture*, dont il restera le président durant plus d'un quart de siècle, jusqu'à ce que la maladie l'oblige à remettre les destinées de la Société à l'un de ses collègues les plus aimés, Henri Fazy, historien distingué. Le premier volume des mémoires de l'*Institut genevois*, qui ne peut plus s'acheter que très difficilement, ayant été épuisé immédiatement, malgré son tirage, par les demandes de l'étranger, contient le mémoire de Carl Vogt sur les *Siphonophores*, formant 164 pages grand in-4°, accompagné de vingt-une planches, gravées et coloriées.

C'est un beau cadeau de bienvenue, car ce travail, ainsi que celui sur les *Tuniciers*, publié l'année d'après dans le même recueil, révéleront aux naturalistes étrangers l'existence de la modeste association. L'*Institut genevois* est allé en progressant, et il suffirait pour prouver combien sa section des sciences est estimée au dehors, de citer les noms de quelques-uns de ses correspondants : Van Beneden, Capellini, Garrigou, Kölliker, Laisant, Lucas, Marion, Marsh, Retsius, Virchow, etc., etc.

Carl Vogt, à peine naturalisé Genevois, mais plus familiarisé que la plupart de ses concitoyens avec la politique fédérale, fut appelé à siéger dans les conseils suisses. Il resta membre du Grand Conseil du canton de Genève de 1856 à 1862, puis de 1870 à 1876, enfin pour la dernière fois de 1878 à 1880 ; il siégea au Conseil des Etats suisses (se réunissant à Berne et qui correspondrait, par ses attributions, au Sénat, tandis que le Conseil national répondrait plutôt à la Chambre des Députés française) de 1856 à 1861, puis de nouveau de 1870 à 1871, ayant donné sa démission quelques semaines avant l'expiration de son mandat, afin de céder son siège à James Fazy. Enfin, il fit partie du Conseil national de 1878 à 1881.

Carl Vogt, plus qu'aucun autre au courant de la politique fédérale par ses relations avec les chefs du parti radical suisse et partant, jouissant d'une grosse influence personnelle, compta parmi les membres les plus écoutés de ces hautes assemblées et les plus actifs dans le sein des commissions.

La vie publique, en Suisse, n'a pas toujours joui du calme parfait de ces dernières années et le souvenir de l'année 1856-1857 est encore vivant dans la mémoire de ceux qui prirent part, de près ou de loin, à ces évènements dramatiques au début.

Le 3 septembre 1856, les royalistes avaient tenté, par surprise, de rétablir à Neuchâtel l'autorité du roi de Prusse, Frédéric-Guillaume IV. Le peuple s'était ameuté, était monté à l'assaut du *Château* et avait réduit au silence, en les faisant prisonniers, les champions du droit divin. Cependant, la folle équipée n'aurait pas eu de suites sérieuses si le Borusse n'avait pas profité de l'évènement pour essayer de rétablir, avec le concours de l'Angleterre, de l'Autriche, de la France et de la Russie, des droits de souveraineté antérieure, suspendus depuis la réunion du territoire neuchâtelois à la Confédération helvétique. Sans autre, la Prusse rompait les relations diplomatiques, mobilisait son armée et menaçait la Suisse d'occuper un ou deux points de son territoire. Une émotion indignée s'empara alors de la Suisse entière et elle répondit à l'insolent ultimatum en courant aux armes et en occupant militairement sa frontière du Rhin. Ce fut vraiment un beau spectacle que celui de cette petite nation, qui ne comptait pas dans la balance de l'Europe, se jetant tête baissée et par une impulsion spontanée dans une guerre contre un ennemi puissant, prête à prouver ce que peuvent sur la force matérielle le sentiment du droit et l'énergie de la volonté.

Les puissances se réunirent et s'interposèrent ; mais avant de prendre part aux délibérations, Frédéric-Guillaume IV réclama la libération immédiate des prisonniers. Le

Conseil fédéral, qui admettait, ainsi que nombre de députés, que le roi de Prusse possédait encore des droits sur la principauté de Neuchâtel et le comté de Valangin et que l'art. 23 du traité de Vienne n'avait pas été infirmé par celui qui rattachait Neuchâtel à la Confédération suisse accordait, suivant le peuple suisse dans sa majorité, une trop illimitée confiance aux assurances des gouvernements et montrait une trop grande déférence vis-à-vis des exigences de l'adversaire. Genève, notamment, embrassa chaudement la cause des républicains neuchâtelois. Sept mille électeurs, réunis en assemblée populaire, acclamèrent la décision suivante du Grand Conseil :

« Le Grand Conseil de Genève, vu le silence gardé par le Conseil fédéral sur les nouvelles propositions d'arrangement du différend neuchâtelois, vu les bruits répandus sur des propositions peu honorables faites à l'Assemblée fédérale, déclare à l'unanimité que, suivant lui, tout arrangement du différend de Prusse qui n'aurait pas pour point de départ des concessions simultanées de la Prusse et de la Suisse, serait contraire à l'honneur du pays et indigne des représentants du peuple suisse. Le Conseil d'Etat est chargé de donner immédiatement connaissance de cette déclaration à l'Assemblée fédérale. »

Le 4 janvier 1857, le ministre de Suisse avait remis la note suivante au comte Walewski :

Monsieur le Comte,
Nous avons l'honneur de vous informer que le gouvernement fédéral, désireux de répondre aux intentions bienveillantes de Sa Majesté l'Empereur, est disposé à demander aux Conseils législatifs qu'en vertu du droit de souveraineté, la procédure instruite contre les Neuchâtelois impliqués dans l'insurrection du 3 septembre dernier, soit mise à néant s'il reçoit sur la portée de votre dépêche du 26 novembre, adressée à M. le ministre de France à Berne, des explications satisfaisantes.
Le Conseil fédéral met le plus haut intérêt à obtenir l'assurance que l'arrangement pour lequel le gouvernement impérial promet tous ses efforts, ne renfermera aucune condition incompatible avec l'entière indépendance du canton de Neuchâtel.
Par des considérations d'ordre public, dont votre Excellence appréciera, nous n'en doutons pas, la valeur, le Conseil fédéral proposera l'amnistie avec la réserve que les prévenus ne pourront séjourner en Suisse avant le règlement définitif de la question de Neuchâtel.
Pour que les Conseils législatifs ne puissent pas même être soupçonnés de délibérer sous l'influence de menaces, il est nécessaire que, jusqu'au moment où une décision sera intervenue, la Prusse s'abstienne de toute nouvelle démonstration militaire.
Il serait plus important encore pour le gouvernement fédéral de recevoir l'assurance qu'après l'élargissement des prévenus, aucune mesure hostile à la Suisse ne sera prise par le gouvernement prussien, etc., etc.

D'après la députation de Genève (Camperio, James Fazy et Carl Vogt) à laquelle s'était adjoint un député du Valais, Pignat, le Conseil fédéral, en agissant avec plus de droiture et de simplicité que de diplomatie, tombait dans un piège. Dans aucune des réponses, ni dans celle du comte Walewski, ni dans celle de lord Cowley, pas plus que dans celle de l'Autriche et de la Russie autre chose que « l'engagement de faire tous ses efforts, dès que les prisonniers auront été rendus à la liberté, pour arriver à un arrangement qui répondrait aux vœux de la Suisse, en assurant l'entière indépendance de Neuchâtel, par la *renonciation du roi de Prusse aux droits que les traités lui attribuent sur cette principauté.* »

Les puissances reconnaissaient donc les droits que le peuple suisse, à l'exception du Conseil fédéral et des Chambres, niait, et c'est sur cette base que le gouvernement acceptait l'arbitrage !

Les débats furent très orageux.

Le conseiller fédéral Dubs, ayant donné à entendre que l'un des députés de Genève était allemand, James Fazy, qui devait répondre à son discours, releva, en ces termes, ce plat sous-entendu :

« Sachez que M. Vogt est citoyen suisse comme vous ; il a le cœur suisse et vous n'avez pas le droit de lui reprocher d'être né en Allemagne. Je penserai toujours qu'il vaut mieux, qu'il est infiniment plus honorable d'avoir siégé à la gauche du Parlement de Francfort que d'avoir été au service du roi de Naples. »

Dubs ne fut pas seul à comprendre l'allusion et ce que cette mâle réponse contenait d'empoisonnement pour le conseiller fédéral auquel elle était adressée.

Carl Vogt s'attacha principalement, par des rapprochements historiques frappants, à démontrer au Conseil des Etats la versatilité de ce roi de Prusse, aux pensées flottantes et mobiles, qui fut tour à tour, suivant les circonstances, le champion de la liberté et du droit divin, du progrès et de l'orthodoxie, de l'autorité absolue et du *self government*, de l'arbitraire et de la légalité, de la décentralisation et de la bureaucratie. Le député voulait des garanties formelles, craignait les embûches, n'ayant aucune confiance en l'appui de l'Autriche et de la Russie et soupçonnant une arrière-pensée dans leurs déclarations.

« Vous croyez, s'écria-t-il, pouvoir obtenir par la mise à néant de la procédure, la renonciation aux prétendus droits de suzeraineté prussiens sur Neuchâtel. Prenez garde ! pour moi, un moineau dans la main vaut plus que dix pigeons sur le toit. »

Le conflit entre la Prusse et la Suisse, ce pays si calme et si paisible, qui ne s'était jamais mêlé des intérêts de ses voisins et n'avait jamais cherché à troubler leur repos, ne se termina pourtant pas en drame émouvant. L'Angleterre, en première ligne, Napoléon III, en second lieu, se chargèrent, heureusement pour le gouvernement de la Confédération helvétique, d'aplanir les difficultés et de réduire à zéro les prétentions du cabinet de Berlin.

Le 26 mai 1857, les puissances intéressées signaient le traité de Paris, qui donnait entière satisfaction à la Suisse et dont il nous suffira de rappeler l'article 1er.

« ART. 1. — S. M. le roi de Prusse consent à renoncer à perpétuité, pour lui, ses héritiers et ses successeurs, aux droits souverains que l'article 23 du traité conclu à Vienne le 9 juin 1815, lui attribue sur la Principauté de *Neuchâtel* et le Comté de *Valangin*. »

Le canton de Genève se montra fier de ses députés, qui venaient, durant deux sessions, de subir sans défaillances, au milieu de la défiance et de l'hostilité, les ennuis et les petites tortures morales qui sont l'apanage des minorités accablées par une écrasante majorité. (1)

_____

(1) La violence des blâmes, l'hostilité de l'Assemblée, la malveillance de Dubs qui, sentant une majorité compacte derrière lui, se croyait tout permis, dégoûtèrent pourtant James Fazy à un moment donné.

« Genève, 3 juin 1857.

« Mon cher Vogt,

« J'ai des excuses à vous faire ; je vous avais promis d'aller mercredi vous rejoindre au Conseil des Etats, mais je ne puis m'y résoudre. En y réfléchissant bien, je désire maintenant rester complètement en dehors de cette affaire qu'on nous soumet dans une session extraordinaire quelques jours avant la session ordinaire... Aujourd'hui, de quoi s'agit-il ? D'une ratification impossible à refuser. Ce rôle d'approbateur obligé de toute une tractation que je considère dans la forme comme une atteinte portée à la dignité de la Confédération, telle qu'elle avait été reconnue par les traités de 1815, soit dans ce qui concernait l'annexion de Neuchâtel à la Suisse comme canton, soit comme indépendance absolue de la Confédération entière de toute puissance me répugne.

« Il aurait été peut-être de mon devoir de dire au Conseil des Etats tout ce que j'ai sur le cœur à ce sujet. Mais, à quoi bon ! Si du moins ce que l'on dit était répété tel quel par les feuilles publiques, on pourrait espérer de contribuer pour sa part à l'enseignement mutuel de la nation, mais vous le savez, tout ce que l'on dit d'un peu indépendant à l'Assemblée fédérale, est impitoyablement tronqué, dénaturé ou passé sous silence par ceux qui prétendent rendre compte de ses séances.

« Ceux qui se sont opposés à ce qu'un Bulletin officiel sténographié en fut publié savaient bien ce qu'ils faisaient et longtemps encore le peuple suisse, dans sa généralité, sera trompé sur ce qui se passe en réalité à l'Assemblée fédérale.

« Agréez, mon cher Vogt, en même temps que mes excuses de vous laisser tout seul sur ce terrain ingrat, etc.

« JAMES FAZY. »

13

Genève, le 19 janvier 1857.

Monsieur Carl Vogt, député au Conseil des Etats, à Berne.

Monsieur le Député,

Le Grand Conseil, dans sa séance du samedi 17 janvier, sur la proposition de l'un de ses membres, a voté des remerciements à MM. les députés genevois, au Conseil des Etats et au Conseil national pour la ligne patriotique et vraiment nationale qu'ils ont suivie dans la discussion et la votation relatives aux affaires de Neuchâtel.

En vous transmettant, Monsieur, cette décision prise à l'unanimité des membres présents, je m'acquitte d'un devoir qu'il m'est doux et consolant de remplir dans les circonstances actuelles.

Veuillez, Monsieur le Député, recevoir l'assurance de ma considération la plus distinguée et de mes sentiments respectueux.

Le Président du Grand Conseil,

J. CHALLET-VENEL.

N'est-ce pas que cette participation de Carl Vogt aux luttes politiques de Genève et de la Suisse est d'un large esprit et que cet exemple d'un penseur et d'un savant convaincu, probe et puissant, payant bravement, durant près d'un demi-siècle, de sa personne dans les petites comme dans les grandes querelles de sa patrie d'adoption, en se rangeant toujours du côté du progrès et de la liberté, vous réconforte et vous élève?

Carl Vogt est obligé, s'il veut faire respecter les droits de son esprit affranchi, de se marier à Erlach, sur les bords du lac de Bienne, l'union religieuse étant imposée à Berne. Conséquent envers ses principes, aucun de ses enfants ne sera baptisé à l'église.

Il s'établit d'abord à Souterre, aux portes de la ville, puis, en 1858, il se rend acquéreur, pour une somme minime, le voisinage d'une fabrique de colle dépréciant la valeur de la campagne, de cette maison de Plainpalais, qu'il ne quitta plus. Carl Vogt mit quinze ans à se libérer de ses obligations envers son propriétaire.

A cette époque de troubles et de vie politique intense, Genève était devenu le rendez-vous d'une société cosmopolite, rebelle et sceptique. Kossuth, le général Klapka, le vainqueur d'Isagegh et de Komorn, le général Türr, aussi savant ingénieur que stratégiste habile, le comte Betlen Gabor, la comtesse Karolyi, Pucky, Telecky attirent les réfugiés hongrois, Golovine, Alexandre Herzen, Mierolawski, sont entourés de russes et de polonais ; Garibaldi y séjourne par échappées ; Edgard Quinet, Barni, etc., attendent là des jours meilleurs. (1)

Un soir, Mazzini frappe à la porte de Souterre et demande à dîner. Il vient de Lausanne, où il vivait sous un faux nom. Son histoire est amusante.

La veille, l'Italie ayant demandé son extradition, le chef de la police vaudoise avait réuni ses plus fins limiers et leur avait donné les renseignements les plus circonstanciés.

— *Attintion !* leur dit-il avec cet accent particulier, non sans saveur, c'est un tout *mâlin* que ce Mazzini, *restant de la colère de Dieu !* Pour mieux attraper la police, il a jusqu'à deux *passe-pôts* sur lui.

Sur ce, il les congédie.

Le lendemain, à Ouchy, près du port, un agent arrête Mazzini, qui se promenait avec un italien établi à Lausanne.

---

(1) Carl Vogt faillit se brouiller avec Garibaldi. Ce dernier, affolé par un amour sénile, montrait à Vogt des pages brûlantes de passion, qu'il voulait publier en l'honneur de sa belle. Le professeur prit le manuscrit et le jeta au feu.

— *Vot' passe-pôt, si vous plaît, Mossieur.*

— Le voici, répond le proscrit.

— *Bin!* Et l'autre?

— Mais!... Je n'en possède pas deux...

— *Bin sûr?* demande le Vaudois incrédule en dévisageant Mazzini. Vous *ressimblez* pourtant *bigremint* au portrait.

Et vous? Vot' passe-pôt?

— Mais je ne l'ai pas sur moi, répond le compagnon de Mazzini. Je suis établi à Lausanne depuis cinq ans et ne me promène pas avec mon passe-port. A la maison, je vous en montrerai plusieurs.

— Vous dites?

— A la maison j'en ai au moins trois en règle.

— Deux, trois *passe-pôts. Alorsse*, c'est bien vous le-dénommé Mazzini, je vous arrête.

La main au collet et le représentant de l'autorité remonte, glorieux de sa capture, à Lausanne, où l'Italien n'a pas de peine à prouver son identité, tandis que Mazzini saute sur le premier bateau en partance pour Genève et où il est rejoint, dans l'après-midi, par son compatriote, qui lui explique la conduite du brave et consciencieux Pandore.

————————➤◄————————

1853-1858

———— ✳ ————

« Cette vie future, cette immortalité, nous
la chercherons et nous la conquerrons
d'une manière différente et plus utile.
L'immortalité, pour nous matérialistes,
c'est de recueillir pieusement l'héritage
moral de nos pères, d'éviter leurs
erreurs, de conserver et de perpétuer
le souvenir de leurs bonnes actions et
de nous en inspirer. »

A l'inverse de celui de Genève, les gouvernements en Allemagne épuraient, à rebours, écoles et universités, pendant que leurs créatures, au moyen des ruses les plus basses, envahissaient également les emplois administratifs et militaires. L'influence de l'Université, de ce corps illustre qui renfermait les hommes les plus distingués, avait paru, elle aussi, redoutable aux vainqueurs de 1849, qui, voyant partout des conspirateurs, croyaient y découvrir des ferments d'insubordination. On surveilla de près les centres académiques, et cette surveillance fournit le prétexte d'éliminer les membres opposés au retour de l'ancien régime ou de casser les jeunes professeurs désignés comme factieux et dont les propos n'étaient pas suffisamment courtisanesques. En conséquence, pendant plusieurs années, on dépouilla de leurs charges des savants et des hommes de lettres, connus pour leurs travaux, sur lesquels la nation comptait et on les remplaça par des intrigants, les seuls hommes que les ministres eussent à leur dévotion. Les universités se peuplèrent d'inconnus et pour arriver aux honneurs il ne fallut plus d'autre titre que celui de réactionnaire, d'autres ouvrages que ceux où l'on insultait aux idées nouvelles, où l'on prônait l'orthodoxie et le piétisme.

Le grand-duc de Bade chasse le docteur Jacob Moleschott, *privat-docent* à Heidelberg, de ses Etats. Le futur auteur de la *Circulation de la Vie*, le futur professeur de Zürich et de Turin, le futur sénateur italien est accusé d'avoir lu dans son cours des passages des *Lettres physiologiques* et d'en avoir tiré des déductions insolites. Un an après, en 1855, l'Université de Tübingue, le rouge au front, excommunie un docteur Louis Büchner à cause de ses développements matérialistes. David-Fried. Strauss, qui a dans ses cartons cette admirable *Vie de Jésus*, Feuerbach, qui bientôt pourra se répéter tout bas le vers du poète où il est dit : « C'est une belle chose d'être montré du doigt dans une foule, et d'entendre demander : Qui est-il ?

At pulchrum est digito monstrari et dicier : Hic est ?

Rossmässler, le naturaliste, et d'autres, sont en butte à toutes les chicanes, à toutes les avanies. On joue de la férule sur quiconque tente de regarder au delà de cet horizon brusquement borné par le despotisme et le spiritualisme. Tartufe est maître de céans ; à lui la palme et souverains et ministres que ne devrait pas tromper tout l'art des imposteurs n'ont que des grâces pour les pions et les sycophantes et de courroucés dédains pour qui pense librement. Une scolastique livide, mélange de casuistique et de phraséologie religieuse et philosophique tend à s'implanter dans la patrie de Lessing, de Jean-Paul et de Henri Heine, et si cet enseignement corrompu ne contribue pas précisément à polir les esprits, il a du moins l'avantage d'attirer sur le famélique adorateur du rigorisme et de l'étroitesse, les faveurs de l'autorité.

— Voilà enfin le moment venu de fixer l'attention du pouvoir et des gens bien pensants sur ma personne, pensa Rudolph Wagner, professeur de physiologie, alors qu'un soir, à Göttingue, il jetait un regard attristé sur son labeur stérile de savant et sur le peu de réussite de ses intrigues d'adulateur.

Pauvre Wagner! Il ne répandait plus qu'un éclat discret sur la moins éclairée des universités, que Henri Heine avait si drôlatiquement persiflée dans la *Harzreise*. On l'oubliait. Alors que nombre de ses collègues, moins méritants, se distinguaient du commun des professeurs par leur titre tant envié de *Geheimer Rath*, lui, Rudolph Wagner n'était parvenu qu'à celui de *Hofrath*, l'échelon en-dessous. En fait, il devait sa chaire à des recherches intéressantes sur le développement de l'œuf; l'un des premiers, il avait manié, avec sagacité, le microscope, et son travail, publié en 1835, — le seul que l'on puisse citer avec éloge — avait démontré que son auteur n'était pas un observateur sans mérite. Mais depuis lors, il s'était brusquement arrêté, accolant son nom et ses titres à des recherches de *jeunes*. En 1842, il publiait sous sa direction, trouvant que le système avait du bon, une *Encyclopédie physiologique*, à laquelle collaborèrent : Berzélius, Valentin, Bischoff, Leuckart, Vierordt, Kölliker, Stannius, etc.; de ce monument qui porte son nom, il écrivit la préface, 37 lignes, et s'en tint là! Les distributeurs de couronnes officielles trouvèrent l'apport maigre, et il resta *Hofrath* comme devant.

Le caractère de ce magister vaniteux s'aigrit. Il commença par partir en guerre contre son collaborateur Kölliker, l'éminent embryogéniste de Würzburg; puis, élargissant le débat, sans motif aucun, il fondit, la lance au poing et au nom de l'âme immortelle et des sacrés textes sur... Carl Vogt, le « démon », l' « ex-allemand », l' « ex-régent de l'Empire », le « prolétaire de la science », l' « immonde matérialiste », et cela en des termes si insultants qu'on aurait juré lire, en parcourant son libelle, un dictionnaire à l'usage des cochers de fiacre. En proférant de pareils anathèmes, Rudolph Wagner ne faisait, au fond, que répéter les procédés de discussion chers à beaucoup de ces détenteurs de la petite fleur bleue qu'ils appellent l' « âme », pour lesquels le surnaturel est l'état normal et l'invective l'arme de combat par excellence. En outre, à quelles extrémités ne se laisserait pas aller un spiritualiste ambitieux, quand, au bout de ses fureurs, pendille le titre de *Geheimer Rath* ?

Qui sème le vent récolte la tempête.

Il faut bien avouer que si l'attaque intempestive du Don Quichotte de la foi chrétienne fut brutale, la réponse ne laissa rien à désirer, et le physiologiste de Göttingue, en se frottant la peau et les os, après avoir cambré son torse, dut confesser qu'il avait été mal inspiré en voulant tâter du « prolétaire scientifique ».

Carl Vogt, en effet, répondit par un acte d'indépendance professorale, par un livre révolutionnaire au plus haut chef, en ce temps où l'insubordination était encore moins permise en science qu'en politique. Il n'ignorait pourtant pas qu'en écrivant *Köhlerglauben und Wissenschaft*, il allait ameuter contre lui la tourbe des officiels et s'aliéner, peut-être, quelques hommes aimés qui ne se souciaient pas d'être dérangés dans leur quiétude par un livre compromettant, ce livre fut-il d'un savant qu'ils estimaient.

Escomptant ce penchant humain, ses adversaires, dans la pieuse intention de le brouiller avec l'un et de lui nuire auprès des autres, se réclamèrent de Liebig, d'Alexandre de Humboldt, de Carl, Ernst de Baer, d'Ehrenberg, qui ne pouvaient se montrer qu'effarouchés devant les duretés et les blasphèmes de l'universitaire Carl Vogt, car il est dans la destinée des personnels indépendants de ne pouvoir contenter pleinement quelqu'un et, si la modération de Vogt n'était pas pour le rendre agréable aux extrêmes, il n'était guère mieux vu des doctrinaires systématiques qu'aveuglent un vain orgueil et une étroitesse de vues chagrine. Ajoutez à cela que, partisan résolu de la recherche libre et sans entraves, il effrayait ceux qui distinguaient entre les vérités bonnes à dire et celles qui ne le sont pas.

Rudolph Wagner étant un balourd, sans mordant, son adversaire se hâte d'en profiter. Il lui adresse cent nasardes, lui lance ensuite à la face une poignée de poivre rouge et après un dernier coup de massue, il laisse le *Hofrath* dépenaillé, ensanglanté, sur le carreau. Ce protagoniste du spiritualisme est mort depuis longtemps, et si son nom est revenu parfois sur le tapis depuis, il le doit à cette fameuse lutte épique qu'il avait si maladroitement allumée et dont il ne devait pas se relever, malgré les secours qui lui vinrent de tous côtés.

Mais *Foi de Charbonnier et Science* n'a pas eu seulement le mérite d'écraser un cloporte il a eu celui, beaucoup plus exceptionnel, d'affranchir les consciences des surannées formules et de la dialectique nuageuse d'une métaphysique incompréhensible et dangereuse ; ce manifeste, on doit le reconnaître, a réveillé d'une torpeur — passagère évidemment, mais qui n'en existait pas moins à ce moment — l'esprit de contradiction de la jeunesse studieuse et plus qu'aucune des autres batailles que livra Vogt, cette véhémente attaque compte pour l'une de ses plus complètes victoires sur l'ignorance et les préjugés...

A l'apparition de cette sortie contre les rétrogrades théories, il se produisit dans le monde intellectuel, en Allemagne d'abord, une égale explosion d'imprécations et de louanges· Les uns vociféraient, les autres jubilaient, quoique pour le perspicace la partie fut jouée d'avance : les dogmes officiels, l'obscurantisme devaient succomber à la longue, le matérialisme ayant vraiment trop beau jeu. Acculés devant un dilemme, les spiritualistes s'efforçant de prouver, par la biologie, la véracité des fables de l'Ancien Testament, avaient non seulement à lutter contre la logique des faits et les évidences qui se multipliaient sans cesse grâce aux découvertes géologiques, paléontologiques, physiques, chimiques et zoologiques, mais ils avaient encore à confondre des adversaires supérieurs, versés dans tous les domaines. Chaque jour, pendant les années qui vont suivre, apportera une nouvelle preuve de l'insuffisance de raisonnement chez les orthodoxes ; l'une des plus décisives et l'une des premières démonstrations fut la merveilleuse découverte de Helmholtz et de Robert Mayer sur la théorie mécanique de la chaleur. Plus tard, l'*Origine des Espèces*, de Darwin, le *Man's place in Nature*, de Thomas Huxley, les *Leçons sur l'homme*, de Carl Vogt, et les ouvrages de Haeckel compléteront enfin l'œuvre de démolition à laquelle le professeur de Genève, suivant dans un autre sens la trace lumineuse de Diderot et des encyclopédistes, avait donné les premiers coups de pioche, de concert avec ses amis Moleschott, David-Fried. Strauss, Feuerbach et Büchner, car la théorie de la descendance de l'homme peut être considérée aussi bien comme une résultante du matérialisme que comme l'une de ses preuves.

La guerre de plume a été longue, âpre. Livres, brochures, pamphlets se publièrent en masse durant des années contre ce matérialisme qui aux yeux de beaucoup paraissait être la seule philosophie acceptable puisqu'il se place au-dessus de toutes les choses de pure convention, ainsi que la seule morale plausible puisqu'il se modifie suivant les conditions et les nécessités de l'existence sociale. On conçoit, du reste, facilement qu'au milieu de ce chaos de doctrines philosophiques, théosophiques, puisées dans la fiction, la fantaisie et un semblant de déductions, il devait nécessairement se trouver des esprits réfléchis qui, après avoir examiné toutes les révélations, venaient à les rejeter toutes et à n'écouter que la raison pure basée sur les découvertes de la science. Mais ce résultat ne fut pas conquis du jour au lendemain et si vous questionnez les éduqués d'âge mûr, en Allemagne, ils vous répondront qu'elles sont rares les époques où, de part et d'autre, on déploya un acharnement aussi prolongé dans l'attaque et dans la défense. Cette querelle scientifique remua toute la nation et chacun y prit part, suivant qu'il croyait nécessaire de faire intervenir la volonté de Dieu dans les laboratoires et ailleurs, ou qu'il voulait qu'on réfrénât l'ardeur des serviteurs de l'autel. D'un côté, on réclamait la liberté complète ; de l'autre, on tonnait sur la propagation des doctrines irréligieuses et l'on ne cessait de dire qu'il fallait arrêter le torrent de l'impiété qui débordait. Mais ils avaient beau se débattre contre la « scandaleuse licence », les progressistes gagnaient du terrain journellement ; jusqu'aux *mots* des matérialistes qui se répandaient partout, pénétraient, en partant des centres universitaires, jusque dans l'humble école du village, portant avec eux le doute et le besoin de s'affranchir d'une tutelle déprimante (« Der Mensch *ist*, was er *isst* » : « sans phosphore, pas de pensée », etc., etc.) ; et le plus étonnant dans tout ceci, est qu'à ce revirement dans la conception philosophique présidèrent, non pas des philosophes de vocation, mais trois médecins : Carl Vogt, Jacob Moleschott et Louis Büchner. Malgré ses deux beaux livres si personnels et si profonds : *Das Wesen der Religion*, et *Gottheit, Freiheit und Unsterblichkeit vom Standtpunkte der Anthropologie* (1866), Ludw. A. Feuerbach ne peut compter parmi les initiateurs ; ses travaux eurent également un retentissement énorme, mais n'eurent qu'un tort, celui de venir après les *Lettres physiologiques*, *Foi de Charbonnier*, *Circulation de la Vie* et le résumé populaire des recherches des autres qui porte le titre de *Force et Matière* et qui devint la grande œuvre de propagande des schismatiques. Un aide puissant, l'école matérialiste le trouva également dans le Lamennais allemand : David-Fried. Strauss. Strauss qui, comme son maître, secoua ses chaînes en sortant, avec fracas, de l'orthodoxie protestante et du dogme hégélien, pour proclamer avec un chef-d'œuvre : *L'Ancienne et la Nouvelle Foi*, l'absurdité de la légende, et la supériorité du Doute sur la Croyance. Strauss, dont l'église jadis s'était inquiétée par je ne sais quel pressentiment et comme si elle avait prévu les embarras et les afflictions dans lesquels il allait la jeter, dut se résigner à être accablé d'outrages presqu'autant que Carl Vogt, le plus malmené des trois novateurs.

En effet, le professeur de Genève accumulait sur lui le *summum* des haines et le maximum des clabaudantes clameurs. Ses connaissances plus variées, plus étendues que celles de ses collègues, le rendaient aussi plus redoutable, mais ce que l'on ne pouvait lui pardonner avant tout, c'étaient les sarcasmes, l'ironie, ces fleurs, chez lui, de l'intelligence et de la raison. Aussi faut-il entendre ses détracteurs. S'il parle bien, avec feu et élégance, c'est pour mieux tromper son monde ; s'il rit d'un rire large, d'homme heureux, s'il conserve, malgré les misères, sa bonne humeur inaltérée, c'est le rire, la satisfaction du mécréant radieux d'assister à la lente mais sûre décrépitude de la race humaine ; s'il vit simplement, c'est pour mieux cacher ses orgies, ses goûts raffinés, ses besoins de goinfre ; s'il est éclectique dans ses amitiés, s'il correspond avec le prince de Canino, si le prince Jérôme Napoléon va le voir, c'est qu'il est vendu à l'Empire ; s'il prend la défense de Bakounine, de Mazzini, c'est un dangereux communiste ; s'il préconise, dans son *Köhlerglauben*, le mot : *Auf groben Klotz, ein grober Keil* ; s'il ne mâche pas ses mots en présence des fourbes et s'il ne cache pas ses colères ou son ressentiment, s'il lance à ceux qui essaient de le circonvenir — et dont il ne devine souvent le jeu qu'après, tant il est crédule — des coups d'œil et des apostrophes qui estomaquent, s'il a horreur de l'équivoque, c'est le matérialiste grossier, malséant, sans idéal et sans amour, le rustre se plaisant à maltraiter le faible, etc.

Et celui qui lui adresse ces aménités, c'est Rudolph Wagner, le père d'Adolph Wagner, le directeur du *Vorwaertz*, de Berlin, l'organe de M. Liebknecht; c'est le professeur de philosophie à Münich, Frohschammer, qui fulmine durant 200 pages dans sa *Streitschrift gegen Prof. Carl Vogt in Genf*; ce sont enfin, à côté des roquets que l'ancien régime a attachés devant les portes universitaires, les anonymes qui l'accablent sous le poids de leur mépris dans les revues, journaux, etc. Mais celui qui, décidément, les dépasse tous de cent coudées, c'est le noble Freiherr de Reichenbach, docteur en philosophie. Ce gentilhomme croyant, ce chevalier de l'adoration perpétuelle, très couru aux alentours des sacristies, mais totalement inconnu du monde savant publie, en 1855, chez Braumüller, à Vienne, libraire de la cour impériale et royale, une diatribe contre l'auteur de *Foi de Charbonnier et Science*. Notre chevalier intitule cela : *Köhlerglaube und Afterweisheit* (Foi de charbonnier et sagesse d'anus). D'après le titre seul on devine ce que cela peut contenir. Carl Vogt dédaigna d'abord de répondre ; puis ayant lu un passage dans lequel le noble Reichenbach se targuait d'avoir été, dans sa jeunesse, en Amérique, il rappela dans la quatrième édition de *Köhler-glauben* deux vers qu'il dédia au chevalier voyageur :

Es flog ein Gänsrich über'm Rhein,
Kam als Gagak wieder heim.

Il est indéniable que le mouvement à la tête duquel se trouva Carl Vogt, grâces en soient rendues au *Hofrath* Rudolph Wagner, eut au point de vue universitaire des résultats considérables, et dont tout le monde a profité. Cet élan, bientôt unanime, vers le raisonnement qui se base sur les faits et non plus sur des convictions religieuses, divergentes dans chaque auditoire et suivant qui l'on entendait, introduisit dans les enseignements, même les plus rebelles, une part de bonne méthode, affranchie de toute barrière. Il ne resta bientôt plus autour de ces chaires, où l'on ne contenait plus l'esprit impatient des jeunes gens que des souvenirs épars et effacés de cette *Speculativ-Philosophie*, laquelle depuis la *Critique de la raison pure* (1781) pesait comme un poids sur le cœur et le cerveau de l'Allemagne. Fréd. Albert Lange, dans son *Histoire du Matérialisme* (2 vol.), Haeckel, dans la plupart de ses écrits, d'autres auteurs, n'ont certes pas surfait la portée de ce réveil de la philosophie matérialiste, en lui accordant, par exemple, sur le seul développement des sciences naturelles une influence capitale et en lui reconnaissant une place prédominante parmi les causes déterminantes de l'évolution des idées dans la seconde moitié du XIX° siècle.

A quoi bon, du reste, épiloguer ?

Pour quiconque croit au progrès, le matérialisme reste la philosophie de l'avenir, malgré les éclipses momentanées, parce qu'il se base sur le libre arbitre et sur la science et non sur la crainte d'une puissance fictive, imaginaire, escortée de contes à dormir debout. A ceux qui se lamentent devant cet horizon, qui s'imaginent que la question sociale, issue d'après eux du matérialisme, emportera l'humanité et qui présentent Dieu comme l'unique moyen de sauver les capitalistes, on pourra rappeler la réponse d'un maître qui se demandait s'il est vrai que nous respirions, pensions et agissions uniquement pour éviter au capital des déboires. A dire vrai, ce qui maintiendra la société, si elle est en péril, ce n'est pas l'argent, mais l'amour du travail pour le travail, et cet amour est lié non pas à la religion, mais à une certaine culture générale de l'esprit et du cœur que les matérialistes de tout âge se sont efforcés à faire pénétrer dans toutes les couches de la société.

Cette installation à Genève qui, dans l'imagination du « prolétaire scientifique » devait inaugurer une ère de repos et de calme n'apporta, comme on le voit, aucune trêve ; au contraire, les choses allaient en empirant et quand, par hasard, ses ennemis lui laissaient un moment de répit, ses amis l'assaillaient de demandes et de prières, sachant qu'il est de bon conseil et d'un dévouement absolu. La situation d'un pauvre diable était-elle compromise? Herzen, Klapka, Carl Mayer, Lœwe l'envoyaient à Vogt pour intercéder auprès des autorités ; un révolutionnaire allemand, russe, hongrois, italien ou autrichien éprouvait-il quelque gêne, quelqu'ennui? On allait sonner à la porte de la maison de Plainpalais ; un chef ou un simple soldat s'était-il, par imprévoyance ou folie généreuse, laissé choir en un abîme, bien vite on appelait Vogt au secours. On courait chez lui, en tremblant, quand on avait négligé de suivre son conseil, ce qui arrivait dix fois sur douze à ces têtes brûlées, mais on y courait quand même, puisque dans la peine et les tristesses, le confident de Robert Blum n'abandonnait personne. Et voilà expliqués toutes les marques de reconnaissance et d'affliction, tous les témoignages d'estime et de sympathie douloureuse, venus de toutes les parties du monde, lorsque le 5 mai 1895, ce cœur généreux cessa de battre, car elles sont monceaux les lettres de remerciement à propos d'une recommandation, d'un aide, de l'envoi d'un livre, d'autographes, de timbres et que sais-je encore. Les demandes les plus cocasses lui sont faites parfois, l'un lui demandant un remède contre les punaises, l'autre, un négociant, le suppliant de lui faire rendre sa femme, que l'un de ses anciens élèves, établi à Varsovie, a enlevée — toujours consciencieux, toujours homme du devoir, Carl Vogt répond et soulage, autant que faire se peut, la peine. Toutefois, l'impatience le gagne quelquefois et en marge de la supplique du Georges Dandin nous lisons la phrase suivante : « Répondu qu'il en prenne une autre et qu'il me fiche la paix ! »

Sa correspondance, extraordinairement étendue, suffirait, à elle seule, à occuper l'existence d'un homme ordinaire. Les quelques extraits de lettres qui suivent montreront non seulement au lecteur combien Carl Vogt possédait à un haut degré la confiance de ses collègues, dont la plupart sont des illustrations de leur pays, mais lui donneront aussi une pâle idée de la diversité et de la multiplicité des préoccupations et des labeurs de ce batailleur, que ses amis retrouvaient toujours gai, souriant. (1)

Monsieur,

Vous êtes au premier rang des penseurs qui cherchent à chasser de la Science l'hypothèse métaphysique. C'est assurément un des services les plus considérables à rendre à l'esprit humain que de le détourner de vaines directions où il n'a que trop longtemps rencontré l'incertitude. Ce qui importe, c'est de vivre, d'agir ; la vie, l'action, ont besoin de s'appuyer sur d'autres données que les *postulata* des méthodes *à priori*.

Je ne suis pour ma part ni spiritualiste, ni matérialiste ; c'est-à-dire que ma raison ne me démontre pas plus l'existence que l'inexistence de Dieu et de l'âme.

_____

(1) Carl Vogt ne savait pas refuser ; c'est ainsi qu'il a donné sa correspondance avec François Arago, Agassiz, Darwin, Renan, Lyell, Pasteur, Tyndall, Garibaldi, etc., à de voraces amateurs d'autographes qui l'assiégeaient de demandes.
Une connaissance venait et lui demandait pour lui ou pour son fils, sa fille, son cousin, sa tante ou quelqu'autre une lettre d'un homme célèbre, Vogt, avec sa générosité habituelle, ouvrait un tiroir et lui disait :
— Tenez, voici les lettres de l'année, cherchez vous-même ; quand vous aurez fait votre choix, vous me le montrerez et excepté les choses d'un caractère trop personnel, vous pourrez emporter ce qui vous plaira !

Je conçois cependant que par forme de polémique et pour réagir contre les rêveries spiritualistes qui nous ont fait tant de mal, on se proclame matérialiste et athée.

Il faut d'ailleurs qu'on finisse par bien se pénétrer de cette vérité que la morale ne dépend pas de telle ou telle conception du premier principe.

C'est sous l'empire de ces idées que j'ai convié la démocratie française à s'occuper de la refonte de nos lois et notamment de celles qui concernent la famille et la propriété.

J'ai eu la satisfaction de voir un certain nombre d'hommes autorisés répondre à mon appel et se grouper pour constituer un comité d'étude. . . . . . .

EMILE ACCOLAS.

Paris, 29 octobre 1866.

AMBASSADE DE LA RÉPUBLIQUE FRANÇAISE
EN SUISSE

Berne, lundi soir, 23 avril 1894.

Cher ami,

. . . .
Oui, je souffre — et je ne m'en cache pas — du coup inattendu qui me frappe ; j'emporterai de Suisse cette consolation que je laisse dans votre cher pays des amis très nombreux.

Parmi ceux-là, mon cher Vogt, vous êtes au premier rang — depuis longtemps vous le savez —. Pendant quatorze ans je m'étais efforcé d'être un trait d'union entre nos deux Républiques. J'ai cru souvent y avoir réussi, mais les impatients de chez moi, les *jeunes*, pensent que j'ai trop duré, ce qui ne m'empêche pas de souhaiter que l'on ne détruise pas le bien que j'ai pu faire.

Au revoir, mon vieil ami, soit à Paris, soit à Genève et croyez-moi toujours

Tout à vous,
EMM. ARAGO.

24 juillet.

Mon cher Vogt,

Je sais — on me l'a écrit — que vous vous montrez favorable à une demande de naturalisation présentée au Grand Conseil de Genève par mon compatriote et ami, le professeur M..., ex-membre de la Législative en France. Je vous en remercie et je vous prie de ne pas oublier quand son affaire sera en délibération, qu'il s'agit d'un homme très honorable, qui s'est montré courageux avant, pendant et après le coup d'Etat, auquel il doit un exil qu'il sait porter avec dignité. En faisant réussir la demande de M. M..., vous acquerrez des droits aux remerciements de ses nombreux amis.

Où en est l'affaire Laya. . . . . .

ETIENNE ARAGO.

Saint Petersburg, 10/22 Oct. 1868.

Hochgeehrter Herr Professor,

Obgleich, wie Sie wissen, Schriften die man nach dem 60ten Jahre schreibt, nicht viel zu taugen pflegen, so lässt man sich doch zuweilen verleiten. So habe ich denn auch eine etwas zu breit gerathene Expectoration nicht zurückhalten mögen, welche die Aufgabe sich stellt das Wunder des Generationswechsels etwas in seine natürlichen Schranken zu stellen. Die Versuchung war gross, da es darauf ankam zu zeigen, dass auch aus Russland Gutes kommen kann. — Die Schrift ist aber so gerathen, dass es rathsam ist sie von hinten nach vorn zu lesen, d. h. mit dem Schlusse anzufangen.

Mit ausgezeichneter Hochachtung ganz ergebenst
K. E. VON BAER.

Paris, 22 avril 1885.

Cher ami,

Je vois que l'on cherche à vous engager dans le tourbillon marseillais. Il y a peu d'agrément à se mêler de tout cela et je ne le ferais certes pas, si ce n'était mon devoir. En ce qui touche M. Marion, j'ai une très haute estime pour ses travaux et son zèle scientifique ; je lui suis venu en aide déjà plusieurs fois, même à son insu et j'ai encore, cette semaine, appuyé la proposition de l'aider par une subvention à poursuivre ses belles publications. Mais la station de zoologie maritime est construite aux dépens de la municipalité de Marseille et non à ceux de l'Etat : c'est là la difficulté . . . . . Le métier de conciliateur est fort ingrat, vous le savez.

Quant aux questions générales, les seules qui importent après tout, il y a intérêt pour la science, à mon avis, à ce que M. Dieulafait puisse poursuivre aussi ses expériences sur la formation marine des roches, du minerai métallique et autres. Il y a, à cet égard, des expériences et des observations très curieuses, qu'il exagère peut-être, mais qui méritent attention, car elles rouvrent le vieux débat des Neptuniens et des Plutoniens sur des points où il semblait vidé.

Nos stations de zoologie maritime, pour en revenir à la question générale, ne perdraient rien à servir à d'autres séries d'expériences botaniques, chimiques ou minéralogiques. Peut-être moins concentrées que la station de M. Dohrn à Naples, elles n'offrent peut-être pas moins de ressources aux travailleurs. . . . . Je crois que la dépense totale au budget n'est pas moindre et que le nombre des travailleurs est au moins aussi considérable et plus autonome peut-être. Contre l'habitude française nous n'avons pas abusé de la centralisation. . . . .

BERTHELOT.

Villa Edouard, Cannes, 19 avril.

Monsieur le Professeur,

Mon éminent ami, M. le professeur Charles Martins, de Montpellier, étant venu passer ses vacances de Pâques ici pour étudier les essais d'acclimatation botanique récemment tentés, eut occasion d'examiner un jeune microcéphale de douze ans qui lui fut présenté par le docteur de Valcourt. Cet enfant (d'origine italienne, bien constitué, de parents sains et ayant une sœur aînée d'intelligence parfaitement normale) *n'est ni un idiot ni un crétin* ; il marche la moitié de la journée et joue le reste du temps, à ce qu'il paraît, avec les enfants de son âge.

M. Martins, qui a été « émerveillé du cas » a bien recommandé au docteur de Valcourt de faire mouler le crâne et de donner de ce jeune garçon une description anatomique très précise ; d'un autre côté, connaissant mes travaux antérieurs sur la philologie, il a vivement insisté pour que je me charge de questionner cet enfant et de réunir les éléments d'une étude psychologique purement descriptive sur ce cas d'atavisme.

Avant de nous mettre à l'œuvre, Valcourt et moi, nous aurions été très heureux que vous vouliez bien nous rendre à notre inexpérience deux services : le premier celui de nous envoyer, à titre de prêt, votre mémoire sur les microcéphales, Genève 1867, introuvable aujourd'hui ; le second, de nous tracer, à l'un et à l'autre, quelques règles d'observation nous indiquant, au double point de vue anatomique et psychologique, quels points la science actuelle doit spécialement chercher à mettre en lumière. . . . . .

Professeur AUG. BRACHET,
Ancien examinateur de l'Ecole polytechnique de Paris.

Paris, 26 février 1876.

Mon cher Collègue,

. . . . . Excepté Prévost, je ne connais personne à Genève.

J'ai grand besoin de savoir nombre de choses à l'égard d'un logement. Je suis dans un grand embarras : mes meubles sont en Amérique et je n'ai pas l'intention de les faire venir ; mes livres sont ici et constituent une bibliothèque si considérable qu'il faut beaucoup de place pour les *loger*. Si Genève était comme l'Angleterre, il me serait facile d'y trouver une maison meublée . . . . En est-il ainsi ? Et dans le cas où il faudrait mettre de côté l'idée d'avoir une maison meublée, pourrai-je aisément trouver soit pour le mois d'avril, soit pour le mois d'octobre, une maison convenable (surtout pour ces malheureux livres) avec un jardin et dans un endroit voisin de Genève. . . . . . .

J'ai encore à vous demander votre assistance pour une faveur très grande pour l'obtention de laquelle je crains bien d'avoir à solliciter avant longtemps le ministre de l'instruction publique. Il est possible que je sois obligé en septembre prochain d'aller aux Etats-Unis pour y passer environ trois semaines. . . . . . .

C.-E. BROWN-SÉQUARD.

Marburg, 2 janvier 1848.

Lieber Freund,

Meinen besten Neujahrswunsch nebst freundlichstem Danke für Ihren köstlichen Brief. Wer vermöchte wie Sie den Nagel so auf den Kopf zu treffen! Unser Mensch ist ein kreuzbraver, herzensguter Kerl, aber voll schwärmerischer Selbstverkennung, die ihm in der engen Grenze seines eigenen Wesens zugleich den Horizont aller Wissenschaft erblicken lässt. Ich habe innerlich über die *airs* lachen müssen, mit denen er durch allerhand angehängte Affenschwänzchen meinen Untersuchungen, von denen er auch nicht ein Wort versteht, die Weihe ertheilt, und ihnen dann wieder durch eine rhetorische Phrase vom Schreibtische aus den Stab bricht, Alles wirklich in der naivsten kindlichsten Unschuld. Er schwärmt in einem Briefe, mit dem er mir seine Skizze überschickte so sehr in seinem glücklichen Selbst, dass er auch nicht die leichtste Ahndung von den Ungeheuerlichkeiten hat, die seine Schrift enthält. Ich habe ihn nun ganz sanft aus seinen Himmeln wieder auf die Erde setzen wollen, die eigentlichen Bomben aber natürlich noch *in petto* behalten. Da ich ihm geschrieben, dass es lediglich von ihm abhängen soll, was noch folgen würde, so kann ich, ohne unritterlich gegen ihn zu handeln nicht eher wieder etwas mit ihm vornehmen, bis er etwa auf den Gedanken kommen sollte, mir statt seines gebläuten Popos ein zorniges Gesicht zuzukehren. . . . .

Man braucht nur wenig von den Isländischen Gletschererscheinungen gesehen zu haben, um sich zu überzeugen, dass es nichts abenteuerlicheres gibt als die Erklärung ihres Ursprungs durch Freibeis. . . . .

Von Herzen Ihr,
ROB. BUNSEN.

Genève, 26 novembre 1881.

Mon cher collègue,

Je suis très occupé depuis un an de l'origine des plantes cultivées et naturellement je consulte souvent les mémoires de Heer et de Unger sur les restes de plantes des lacustres suisses et des anciens Egyptiens. J'ai aussi des mémoires de Périer sur la Savoie, de Sordelli sur l'Italie, etc., mais je ne connais pas ce qu'on a pu trouver en Hongrie et en Allemagne en fait de plantes cultivées préhistoriques.

Si vous possédez, par hasard :

Oscar Fraas, Vortrag über die Pfahlbauten,

Vierteljahrs-Revue der Gœa, VI, I. Urgeschichte et si ces volumes contiennent des végétaux, vous me feriez bien plaisir en me les prêtant. Vous avez probablement d'autres opuscules à me signaler contenant des faits sur les végétaux ? . . . . . .

ALPH. DE CANDOLLE.

Lundi 16 août.

Cher Monsieur et ami,

Nous comptions, ma femme et moi, vous aller voir hier dans l'après-midi. Comme nous nous mettions en chemin, la pluie nous a arrêtés et mal nous en a pris ; une visite est survenue et nous n'avons pu retrouver notre liberté jusqu'au soir. Nous partons ce matin pour aller faire notre visite de deuil à nos pauvres amis Buloz qui nous attendent et nous passerons quelques jours auprès d'eux à Bonjour. Dès que je serai de retour, j'irai vous voir. Il me tarde bien de causer avec vous de mon voyage en Allemagne, de vous dire combien les cartes que vous aviez eu l'obligeance de me donner m'ont été utiles et toutes les amitiés dont on m'a chargé pour vous. Les plus fraiches en date sont celles de MM. Liebig, Siebold, Carrière, Carl Mayer, Berthold Auerbach, Haussmann, Tafel et d'autres encore dont j'ai eu grand plaisir à faire la connaissance et avec qui j'ai longuement causé de vous. A Stuttgart, on m'a demandé si vous alliez à Copenhagen. . . . . .

VICTOR CHERBULIEZ.

Genève, 1er février.

Mon cher Vogt,

Pardon de vous troubler au milieu de votre marche triomphale à travers l'Allemagne, mais c'est pour vous demander un service et j'ai fait l'expérience que vous êtes toujours disposé à obliger vos amis. J'ai besoin, pour une séance que je me propose de faire au milieu de février, d'une ou deux figures de Siphonophores et je crois me souvenir que vous en avez fait exécuter sur une grande échelle. . . . . .

Veuillez me répondre deux mots à ce sujet le plus tôt que vous pourrez afin qu'il me soit possible de faire copier en grand une ou deux planches de votre ouvrage dans le cas où vos tableaux me feraient défaut.

Votre bien affectionné,

ED. CLAPARÈDE.

Je vois avec plaisir que les Anglais commencent à s'émanciper du joug de leur étroite orthodoxie et que les savants de Londres en sont déjà beaucoup plus libres que ceux de Genève. Ceux d'Ecosse ne sont pas encore aussi avancés bien que j'aie trouvé Goodsir se délectant infiniment à la lecture de votre *Neues und Altes*. . . . . . .

Down, Bromley, Kent, Aug. 7.

Dear Sir,

I thank you very sincerely for your Kind present of your *Mémoire sur les Microcéphales* which I had intended ordering for I had received from M. de Quatrefages his report. I have not had time as yet to read the work, but I could not resist carefully reading the Chapter on Genèse, and it has interested me extremely. It is really curious how closely we have considered the same classes of facts, and have come to similian conclusions about atavism, etc. The proofs of my Chapter on this subject are corrected ; and this I regret fort your admirable illustration of the Appis had not occurred to me, and I should have much liked to have quoted it from you. I am sure I shall feel deep interesh in the whole work. . . . . .

CHARLES DARWIN.

Mulhouse, 23 novembre 1857.

Monsieur,

Nefftzer, ex-rédacteur en chef de la *Presse*, s'est entendu avec moi pour la fondation d'une *Revue germanique*, destinée à faire connaître à la France les travaux actuels de l'Allemagne, dans les divers ordres de la pensée, *la politique exceptée*.

Ce recueil, qui paraîtra mensuellement, dès le 31 janvier prochain, ne saurait se passer de correspondants. Nous avons pensé, Monsieur, que vous ne lui refuseriez pas le concours si précieux de votre talent et de votre connaissance parfaite de l'Allemagne, de ses tendances et de ses travaux actuels. L'entreprise est sérieuse ; elle comptera au nombre de ses collaborateurs français : Renan, Littré, Laboulaye, Daniel Stern, etc.

Vous êtes, Monsieur, grâce à votre esprit si éminemment français par la souplesse, la rapidité et la clarté de l'expression, l'un des hommes que nous devons le plus rechercher pour mettre notre entreprise à la hauteur de nos projets. Vous pensez avec la profondeur de l'Allemagne et vous écrivez avec l'esprit et la lucidité françaises. Ce serait manquer tout à la fois à l'Allemagne et à la France que de ne point chercher à vous attirer dans la rédaction de notre revue. Je sais que vous possédez la langue française aussi bien que votre idiome maternel, et ce ne sera point pour nos lecteurs un médiocre plaisir que cette heureuse alliance en vous des deux nationalités.

Nous vous laisserions, cela va sans dire, parfaitement libre. . . . .

Le papa Dollfus-Ausset (mon oncle et beau-père tout à la fois) vous serre bien cordialement la main. Souvent il me parle de vous et nous ne désespérons pas de vous voir, ici. . . . . .

CHARLES DOLLFUS.

Monsieur le Professeur,

Notre ami Marc Monnier m'autorise à vous demander la poésie sur la *Puce* que vous avez si admirablement dite à une de vos leçons. J'avais le bonheur de vous entendre et je tâcherai d'imiter le modèle que j'ai eu, sans espérance toutefois de l'égaler dans sa spirituelle diction.

Je serai très honorée, M. le Professeur, si vous vouliez assister demain à ma matinée et juger. . . . .

                                                            AMÉLIE ERNST.

                                                    Turin, 21 décembre 1859.

Mon cher confrère et ami,

Je viens vous tourmenter encore pour la pisciculture. Soyez résigné, d'autant plus que l'*Allgemeine Zeitung*, qui pourtant ne fond pas de tendresse pour vous, vous fait l'inventeur de cette industrie.

Serait-il possible d'avoir de Genève quelques boites d'œufs de *féra ?* Je viens d'en recevoir de Hüningue une quantité transformée en une masse de glace à cause du retard en route par un temps affreux en Savoie. Je tiens beaucoup à introduire les *coregonus* de ce côté des Alpes, c'est un service comme un autre à rendre à son pays et vous nous aimez assez pour m'aider.

En même temps donnez-moi de vos nouvelles. Les miennes sont bien tristes, ainsi que vous pouvez le voir aux bords de cette feuille de papier. . . . .

                                                            PH. DE FILIPPI.

                                                    Villefranche, ce 24 février 1879.

Cher confrère et maitre,

Mille remerciements pour vos deux lettres et surtout pour l'obligeance que vous avez eue de m'envoyer immédiatement des renseignements sur les projets de la commission du budget. Leur décision me frappe par sa haute stupidité, puisque l'économie que l'on réaliserait par la suppression d'un traitement presque nominal n'équivaudrait pas au discrédit ; l'on risquerait fort de dégoûter les personnes qui peuvent avoir le désir de se vouer à l'enseignement supérieur. Je suis surtout étonné de voir des gens qui se piquent, sans doute, d'honnêteté et qui cherchent à forcer l'Etat à manquer à ses engagements. . . . .

Je vous remercie de vos renseignements relatifs à l'appareil d'insufflation pour aquariums. J'ai construit une de ces pompes à air d'après les données que vous m'avez transmises. Il a bien marché. . . . .

Malgré le mauvais temps qui persiste, j'ai dragué de superbes gorgonides, du corail rouge, des holothuria regia, spatangus, comatula, etc.

                                                    Votre bien dévoué,
                                                    HERMANN FOL.

                                                    London, 2 septembre 1864.

Lieber Freund,

Ihr Brief vom vorigen Sonntag hat mich in nicht geringer Aufregung versetzt. Ich konnte Ihnen unmöglich *sofort* definitiv darauf erwidern und telegraphirte Ihnen also einstweilen Vorgestern wie folgt : « Impossible de vous donner tout de suite décision oui ou non. Attendez lettre ».

Seitdem habe ich nun die Sache reiflich und allseitig erwogen, und glaube nach redlicher Berücksictigung aller Verhältnisse, Ihnen keinen anderen Entschluss melden zu sollen als einen *ablehnender*.

Die Uebersiedlung nach Genf hat allerdings ihr Verlockendes, auf der anderen Seite aber auch ihr Abschreckendes undBeschwerliches. Ich lebe jetzt fast 14 Jahre in England und bin, Gott sei es geklagt ! nachgerade in ein Alter getreten, wo eine gewisse Schwerfälligkeit sich geltend zu machen anfängt. Ein plötzliches Losreissen hier und wiederanknüpfen dort macht sich nicht mehr zo leicht

wie früher. Meine Kinder sind fast Engländer geworden, u. würden fürchte ich, durch eine neue
Verpflanzung . . . .

Haben aber Sie und mit Ihnen Ihre Freunde, den allerherzlichsten Dank. Ich fühle mich geehrt
und erfreut dadurch, mehr als ich Ihnen sagen kann.

Gruss und Handschlag.

Der Ihrige
F. FREILIGRATH.

Wien 17 Aug. 1877.

Verehrter Herr,

Sie waren vor einigen Iahren schon einmal so freundlich, mir eine Gefälligkeit zu erweisen. Es
war zur Zeit, als wir Beide für die hiesige *Tagespresse*, freisinnige Artikel schrieben und Sie auf
meiner Bitte eine Verbindung zwischen mir und der *Frankfurter Zeitung* zu ermitteln suchten,
wofür ich Ihnen nachträglich meinen besten Dank ausspreche.

Heute handelt es sich um einen Rath. Ein Freund von mir, confessionslos, hat einen Sohn von
etwa 10 Iahren, welchen er, da sich in Oesterreich keine confessionslose Erziehungsanstalt
befindet. . . . .

CARLOS FREIHERR VON GAGERN.

Bien cher Maître,

J'ai lu de vos *Lettres* que nos journaux français ont publié. Je vous en fais mon sincère
compliment. Puisse la paix se faire entre nos deux nations et soyez sûr que quelle que soit la tournure
que prennent les choses vous aurez toujours parmi vos amis français des hommes qui ne se sépareront
pas de vous et auxquels votre amitié sera toujours précieuse. Comme vous, adepte de la République,
la seule belle institution gouvernementale pour ceux auxquels la science ouvre un peu les idées, je
travaille à la faire prospérer dans le département de l'Ariège. . . . .

Un de mes cousins a été fait prisonnier sur le champ de bataille et se trouve interné en ce
moment à Mayence. J'ai pensé que vous seriez peut-être en pays de connaissance et j'ai écrit à mon
cousin de vous donner son adresse, me proposant de vous prier, de mon côté, de le recommander à
un ami. Mon parent est capitaine d'artillerie, officier de mérite, et d'une éducation irréprochable.
A ces titres, j'ose compter sur vous pour améliorer son sort. Ce sera un service personnel que je
n'oublierai jamais. . . . .

Depuis un mois je suis seul médecin à soigner une population effrayée par les ravages d'une
affreuse épidémie de variole. . . . .

Dᵣ F. GARRIGOU.

Tarascon (Ariège), 11 novembre 1870.

Paris, 27 décembre 1877.

Monsieur et cher confrère,

C'est pour moi un grand encouragement d'avoir l'approbation d'un maître éminent comme vous,
si versé dans l'étude des secrets de la nature. . . . . .

Jusqu'à présent je ne m'occupe pas de faire traduire mon ouvrage; mon libraire, M. Savy,
prétend qu'il est tellement technique que sa vente sera forcément restreinte. La plupart des gravures
ont été faites d'après nature ; lors même que j'ai représenté des pièces figurées avant moi, j'ai été
toujours obligé de les faire dessiner de nouveau, parce que pour comparer leurs homologies il a fallu
les mettre exactement dans la même position ; en outre, pour faire ressortir les dégradations
insensibles des êtres fossiles, j'ai eu besoin que les moindres nuances fussent rendues avec précision.
Il en est résulté que mes gravures seules m'ont coûté dix mille francs. . . . . .

Veuillez, Monsieur et cher maître, recevoir mes remerciements pour votre réponse qui m'est si
précieuse et agréer l'expression de mon respectueux attachement.

ALBERT GAUDRY.

Paris, 14 juin 1885.

Mon cher maître,

Permettez-moi de vous présenter et de vous recommander un collègue de la Société d'Anthropologie qui passe par Genève pour vous entretenir d'une affaire qui lui est personnelle et à la solution
favorable de laquelle il attache beaucoup d'importance. . . . . .

Il s'est beaucoup occupé d'économie politique et d'ethnographie. Il a accompagné Flatters dans
sa première mission dans le Sahara et a rapporté de ce voyage un volume très intéressant et des
collections fort curieuses.

Accueillez-le bien, mon cher maître ; vous obligerez tout particulièrement

Votre tout dévoué et respectueux,

HAMY.

Putney, 9 avril 1857.

Enfin, très cher Vogt, un mot de vous ; j'allais vous écrire et vous demander quelle mouche vous
a piqué la mémoire et j'attendais, diable sait pourquoi, la fin de l'affaire de Neuchâtel. La cause de
votre silence n'est pas bonne.

Vous vous êtes admirablement conduit dans l'affaire de N. J'ai reçu, il y a une semaine, une lettre
d'Amérique où on parle avec beaucoup de sympathie de vous. Mais que voulez-vous faire avec ces
« castraty ». Enfin y êtes-vous, à la fin, dans l'agonie du Vieux Monde. Sans doute, l'Angleterre avec
toutes les bêtises du féodalisme et du torysme est le seul pays habitable. . . . .

Vous ne pouvez vous imaginer quelles proportions prend notre propagande de Londres. Mes
livres se vendent admirablement, les frais sont couverts. Exemple : le troisième volume de l'*Etoile
polaire* va paraître le 15. Il y a déjà de commandé : 300 exemplaires, et je peux compter sur 200
encore pour le 1er mai. Je n'aurais jamais cru du temps de ce brave Nicolas à de pareilles choses. . .

Et encore une prière. Si G... ou une autre personne aussi sûre veut bien se charger de m'apporter
un paquet de papiers qu'il vous faut aller chercher chez Madame T..., de ma part, vous m'obligeriez
infiniment. . . . .

Il me faut de nouveau votre coup d'épaule. Voilà la position de mes affaires. Mon capital est
partagé. Une partie en Amérique, une autre en Piémont. Mes biens sont séquestrés en Russie. En
outre, j'ai pour 8.000 fr. de bons de Canada. . . . . . .

Bakounine a donné un démenti complet au bruit qu'on a fait courir qu'il était devenu piétiste.
Mais quelle stupide atrocité de ne pas le libérer ; qu'a-t-il fait contre le gouvernement russe ?

Adieu,

AL. HERZEN.

9 mai, 7, quai du Mont-Blanc.

Cher Gönner,

Vous devenez de plus en plus mon directeur de conscience et je m'adresse à vous dans des
questions de procès, de pédagogie, de maladie, etc. Hier, un jeune homme m'a dit qu'il a reçu des
nouvelles de Pétersbourg et qu'on lui dit entre autres que le gouvernement voudrait bien tenter
quelques démarches auprès du gouvernement fédéral pour demander des expulsions, même des extra-
ditions, toujours sous le prétexte de ce coup de pistolet tiré par un fou. Il faut vous dire qu'ils inculpent
tout le monde.

Votre nom est cité dans les dénonciations de Katkoff. Il affirme que c'est par vos ouvrages que
l'on traduisait *ad hoc* et par les livres de Moleschott que l'on déprave la jeune génération.

Or, on peut s'attendre à toute bêtise de la part de ce choléra de police. Mais je ne sais trop à quoi
on pourrait s'attendre de Berne. Y a-t-il là des personnes auxquelles on pourrait s'adresser ? Moi je
ne demande pas mieux que d'y aller.

Enfin dites-moi ce que vous pensez de tout cela.

Votre tout dévoué,

A. HERZEN.

15

Toulouse, 14 mars 1871.

Monsieur et très honoré collègue,

Vous nous avez prouvé depuis longtemps par vos paroles et par vos œuvres que le patriotisme le plus pur s'allie chez vous à une science profonde et de très bon aloi. Permettez-moi donc de vous faire parvenir l'*Adresse* que l'Association républicaine m'a chargé de rédiger dans le but de l'envoyer à la République helvétique. Vous méritez, Monsieur, votre bonne part dans notre commune reconnaissance pour tout le bien que vous et vos dignes compatriotes avez fait à nos malheureux soldats, à nos blessés plus malheureux encore. Aussi je saisis avec empressement cette occasion qui m'est offerte de vous en témoigner *ma gratitude particulière* et de vous dire que je serais aussi heureux que flatté d'entrer en relations de science avec un patriote et un savant tel que vous.

Salut et fraternité,

N. JOLY,
Professeur à la Faculté des Sciences.

Néris-les-Bains, 3 de juillet 1877.

Mon cher Vogt,

Votre lettre m'a remis en mémoire vos plaisanteries quand, à Roscoff, je m'excusais de refuser vos plantureux dîners et que je luttais quand j'ai passé un mois si agréable en tête à tête avec vous.

— Mangez, me disiez-vous, le lait ne vous vaut rien ! et je vous disais : — Je palpiterai ! Cependant j'ai encore souvenir qu'un soir, en arrivant chez vous pour prendre du thé, que Madame Vogt me reprochait si amicalement et avec toute son affectueuse affabilité de ne pas venir prendre assez souvent, je vous dis après avoir gravi le petit escalier Jack : — Tâtez mon pouls ! Vous le fîtes. Vous aviez compris et aujourd'hui où vous vous faites mon médecin (en oubliant que c'est de mon côté qu'est l'honneur de vous avoir pour conseiller médical), vous me donnez très exactement la formule hygiénique qu'il fallait suivre, formule que Potain m'a absolument recommandée et imposée. . . . . . .

Les *Archives* et Roscoff ont usé ma santé et ma bourse. Je le vois un peu tard . . . .

Bien à vous,

H. DE LACAZE-DUTHIERS.

Paris, 29 novembre 1877.

Monsieur,

J'ai l'honneur de vous adresser une épreuve du prospectus d'une revue scientifique internationale que je fonde en ce moment. M. de Mortillet, l'un de nos collaborateurs, en me recommandant auprès de vous de son nom, m'a fait espérer que vous voudriez bien m'autoriser à inscrire votre nom sur la liste de nos auteurs. Sa présence ne pourra qu'être fort utile au succès de notre revue, qui sera un champion des idées que vous professez. Je pense donc que vous voudrez bien me donner cette autorisation et que de temps à autre vous nous donnerez quelque article scientifique.

Si vous avez parmi vos élèves quelques jeunes gens qui soient disposés à faire des traductions de mémoires étrangers, je me mettrais volontiers en rapport avec eux. Mon intention étant de donner une grande quantité d'analyses très détaillées ou même de traductions d'ouvrages étrangers. . . . .

DE LANESSAN.

Seissan (Gers), 25 septembre 1866.

Cher Monsieur et Maître en toutes choses,

. . . .

Merci de votre obligeante intervention auprès du prince Napoléon. Ce n'est pas la première fois que, sans le savoir, il me sera venu en aide. Déjà, il y a quelques années, Isidore Geoffroy-Saint-Hilaire lui demanda, à ma prière, de nous faire venir une tête du petit *hippopotame de Libéria* ; le prince, qui ne fait pas les choses à demi, nous procura deux têtes et un squelette à peu près complet. Ce squelette, le seul, je pense, qui existe dans les musées de l'Europe, a été remonté et est resté constamment, depuis lors, dans une des pièces du laboratoire d'anatomie comparée, inabordable pour le public et aussi pour toute personne qui aurait intérêt à le consulter, sauf le bon plaisir du pacha-professeur. . . . .

Il me tarde fort de voir vos *hommes singes*, dussé-je, comme bon chrétien et catholique plus ou moins fervent, être scandalisé de tels ancêtres. Au fait, il y a du bon chez quelques *singes*, chez les gibbons, par exemple, et j'aimerais autant être apparenté avec eux qu'avec Messieurs tels et tels de notre science officielle qui s'imaginent être le dernier mot de la création. . . . .

Votre bien obligé et dévoué confrère,
ED. LARTET.

Berlin, 14 mai 1885.

Verehrtester Herr,

Besten Dank für Ihren Beitrag zum hundersten Heft. . . . . .

Bei der Gelegenheit bemerke ich übrigens dass es sich nicht darum handeln würde, unsere Bekanntschaft zu machen, sondern zu erneuern. Ich war 1869, als Sie Ihre Vorlesungen in Deutschland hielten, Redactor der « *Elberfelder Zeitung* » und bin damals ziemlich viel mit Rittershaus, dem Maler Richard Seel, der den Gladbacher Affenmenschen verewigt hat, Ludwig von Lilienthal, u. s. w. in Ihrer Gesellschaft gewesen.

Mit herzlichen Grüssen.
Ihr
Verehrungsvollst Ergebenst
PAUL LINDAU.

Lyon, 18 décembre 1882.

FACULTÉ DE MÉDECINE
DE LYON
CABINET DU DOYEN

Bien cher Monsieur,

Je viens aujourd'hui en solliciteur, persuadé que vous pourrez m'aider sur les deux points suivants :

1° Pour l'étude de mes Siluridées de Syrie et de Cochinchine, j'aurais besoin de Silures vivants ou du moins frais. Je crois qu'il y en a dans les lacs de Morat et de Neuchâtel. A qui dois-je m'adresser ? Je n'y connais plus personne, aujourd'hui.

2° Auriez-vous à placer un jeune docteur, ami de la zoologie, un de vos élèves de préférence. Il pourrait entrer dans mon service comme chef des travaux pratiques avec 2.000 francs . . . . .

Je n'ai personne sous la main cette année et suis seul dans un splendide laboratoire. . . . .

LORTET.

London, 23 Ian. 1877.

My dear Vogt,

My eldert son now about 18 years of age, after leaving Eton harbeen for about six moultn studys at Wurzburg principally with a view of improving his German.

I am now anxious that he should have asimilar opportunity of improving himsell in French, and I thought that it might be desirable that eithur after Easter or Midsummer he should go to Geneva for a fur montly with that view.

At Wurzburg he hav been attending lectures on Chemistry, Zoology and Physics . . . . . .

Jam dear Prof. Vogt
from most sincerly
JOHN LUBBOCK.

Paris, 19 juin 1874.

Monsieur et cher compatriote,

J'ai l'honneur de vous faire hommage du *Traité de l'Expression musicale* que je viens de publier. Les travaux auxquels vous vous livrez et que je suis depuis vingt ans me donnent la certitude que vous serez à même d'apprécier, mieux que personne, la *portée philosophique* de mon ouvrage. Daignez donc, illustre Professeur, consacrer quelques instants à son examen.

Son but ne vous échappera pas : il tend à démolir une des barrières qui parquètent l'humanité en castes, non en abaissant les natures d'élite, mais en fournissant aux personnes moins bien douées les moyens de s'élever à leur niveau . . . . . .

LUSSY.

53, Harley Street, London, 12 Juli 1855.

Mein lieber Herr,

Ich habe zweimal Herrn Vieweg geschrieben um Sie zu bitten, mir zu sagen ob Sie mein Handbuch übersetzen, damit ich genau wisse, wenn das der Fall ist, wie weit Sie in Ihrer Aufgabe gekommen und ob es schon zu spät ist diese oder jene Verbesserung oder Auslassung zu machen. . .

Ich hoffe dass H. Vieweg Ihnen den Einschluss zugesandt hat.

Ich habe dem Baron Humboldt versprochen, in einer Stelle, in welcher ich ihn anführe, eine Verbesserung zu machen.

. . . . , ...

CHARLES LYELL.

Odessa, 1 Februar 1888.

Hochverehrter Herr Professor,

Ich erlaube mir Ihnen meinen ehemaligen Schüler, Herrn Chavkin, welcher sich nach Genf begiebt, bestens zu empfehlen und ergreife diese Gelegenheit um Ihnen meine tiefe Hochachtung und Verehrung auszusprechen.

ELIAS METSCHNIKOFF.

PALAIS DE MONACO   11 mai 1892.

Mon cher Professeur,

Nous avons beaucoup regretté, la Princesse et moi, que vous ne soyez pas venu à Nice cet hiver, car c'était devenu une agréable habitude de vous avoir chez nous de temps en temps.

Quant au projet de station zoologique, il est, comme vous le supposez, tombé dans l'eau, pour le moment du moins. C'est à cause des chiffres élevés qui sont apparus lorsque l'on a voulu entrer dans la voie d'exécution.

Mon bateau se présente sous un jour plus souriant . . . . .

Avec la meilleure volonté du monde, il serait difficile de rien faire, en ce moment, pour satisfaire votre protégé italien. Nous avons dû, il y a quelques années, fixer une limite au nombre des médecins étrangers qui exercent dans la principauté. . . . .

Nous quittons Monaco dans une dizaine de jours et en attendant qu'un hasard heureux nous fasse nous rencontrer, je vous adresse, mon cher Professeur, ainsi qu'à madame Vogt, et aussi de la part de la Princesse, mes meilleurs souvenirs.

ALBERT, PRINCE DE MONACO.

Paris, 25 sept. 1892.

Cher Monsieur Vogt,

Cette lettre vous sera remise par un de mes élèves, M. Eisenmann, agrégé d'histoire, collaborateur à la *Revue historique*, qui se rend en Allemagne pour y connaître la vie universitaire et se préparer aux travaux qu'il veut entreprendre sur l'histoire allemande contemporaine. Son but prochain est une étude sur le Parlement de Francfort. Il passe par Genève pour vous voir car personne pourrait mieux que vous le diriger dans cette étude et lui donner quelques vues d'ensemble sur le mouvement libéral et unitaire de 1848. Je vous serai très reconnaissant de lui faire bon accueil, c'est un jeune homme de beaucoup de mérite.

Croyez, je vous prie, à mes sentiments très respectueux et dévoués.

GABRIEL MONOD.

Vevey, Hôtel du Lac, 21 déc. 77.

Monsieur,

Je me permets de vous écrire sans avoir l'honneur de vous connaître autrement que par vos œuvres ; je suis écrivain, mais je m'adresse à vous d'homme à homme, à titre purement gratuit, au sujet d'un très grand peintre, M. Courbet, qui est très malade à La Tour-de-Peilz. Il est atteint d'hydropisie ; on lui a fait une ponction, on lui en fait aujourd'hui une deuxième mais fort maladroitement et sans l'astreindre à aucun régime. Ne pourriez vous porter sur lui, Monsieur, votre grand talent ? Vous serait-il loisible de le venir voir ? Enfin n'y aurait-il pas un endroit à Genève où M. Courbet pourrait aller et où il serait environné de soins savants ?

. . . .

EDGAR MONTEIL.

St-Sauveur (Hautes-Pyrénées), 1 Septembre 1873.

Monsieur,

Vous êtes un des trop rares Allemands qui n'ont cessé, pendant la guerre et depuis, d'être justes envers la France et de faire équitablement la part des deux pays. Nous avons eu plus d'une fois, sous diverses formes, l'occasion de nous en souvenir et pour ma part je n'ai jamais rien négligé pour rappeler l'attention sur vos courageuses et spirituelles *Lettres politiques*. Elles ont été, comme il convenait, mentionnées dans les *Bulletins* de notre *Société des Amis de la paix,* dont quelques-uns, nous l'espérons, seront parvenus jusqu'à vous.

Aujourd'hui nous prenons la liberté de nous prévaloir de cette conformité déjà ancienne et malheureusement trop éprouvée de sentiments et de vœux pour vous faire adresser, avec prière d'en vouloir bien être le distributeur et au besoin l'expéditeur, un certain nombre d'exemplaires du dernier de ces *Bulletins,* le neuvième, dont l'importance ne vous échappera pas. . . . . . .

Il nous semble que dans ces termes la question de l'arbitrage peut être partout examinée, sans froisser les sentiments nationaux et nous voudrions qu'elle pût l'être en Allemagne comme ailleurs. Mais nous avons, malheureusement, jusqu'à ce jour, trop peu d'accès auprès de vos compatriotes et nous ne sommes pas, malgré nos efforts, suffisamment renseignés sur les journaux et surtout sur les journalistes, publicistes ou autres, auxquels il serait le plus à propos de faire parvenir nos envois. Bien que vous soyez peut-être un peu vous-même, ainsi que me l'écrivait votre ami Simon (de Trèves) il y a deux ans, pour l'Allemagne un homme du dehors, vous avez certainement conservé, ne fût-ce que par votre grande situation scientifique, des relations que nous ne pouvons avoir et vous savez au moins quelles portes auxquelles frapper de préférence. Nous venons vous demander, Monsieur, au nom de ce véritable patriotisme qui nous est commun et qui ne se sépare ni de l'amour de la liberté, ni de l'amour de l'humanité, ni du respect de la justice pour tous et chez tous, de mettre à notre service. . . . . . .

FRÉDÉRIC PASSY.

Genève, le 16 mars 1871.

Très cher collègue,

Je viens de recevoir une lettre tout à fait inattendue de Claparède. Notre pauvre ami, tout en désirant la mort, *craint* (c'est son expression) que le répit qui s'est manifesté dans la marche de l'hydropisie ne lui permette de revenir à Genève. Il admet même l'idée de pouvoir donner une partie de son cours.

D'autres renseignements que nous avons de Naples nous font croire que c'est une pure illusion de sa part ; mais je ne voudrais pas le décourager plus que cela est nécessaire. M'autorisez-vous à lui dire que le cas échéant vous vous feriez un plaisir de lui céder la place et que si vous aviez, par exemple, fini la névrologie, il pourrait, s'il est en état de le faire, traiter des organes des sens dans la deuxième moitié du semestre ?

Vous avez fait preuve d'une grande complaisance en prenant son cours. Je crois que pour une fantaisie de malade votre esprit large et libéral se prêterait à une combinaison de ce genre, mais j'ai besoin de votre autorisation pour le lui dire.

Votre très dévoué,
F. PICTET DE LA RIVE.

Le Caire, 28 avril 1872.

Cher Monsieur,

Je prends la liberté de remettre ces quelques lignes à M. Monillard, négociant du Caire, qui va passer par Genève ; il s'est occupé des questions géologiques de l'Egypte, ainsi que de la faune de ce pays, spécialement des reptiles.

Il pourrait, je crois, sous votre bienveillante direction, établir la liste des animaux manquant dans la collection de notre musée. . . . . .

M. Reil a également mis la main sur des échantillons de charbon extrait de couches carbonifères de la Haute Egypte. On se demande ici, si la présence d'une mine importante de charbon serait en accord avec les hypothèses admissibles sur la formation de l'Egypte. . . . .

Vous remerciant d'avance, je vous prie de bien vouloir croire à l'entier dévouement de votre ancien élève

RAOUL PICTET.

P.-S. — J'ai appris par le journal votre nomination en remplacement de mon cousin Pictet ; j'en suis entièrement heureux, car ainsi cette grande perte que nous avons tous faite en lui, sera compensée par le savoir et le dévouement de son collègue.

Paris, 12 janvier 1891.

Mon cher Vogt,

Où ira vous trouver cette lettre ? Etes-vous sur les bords de votre lac glacé ou bien êtes-vous allé chercher un climat plus doux sur les rives de la Méditerranée ? Où que vous soyez, je suis certain que vous travaillez à votre livre que je vois grandir avec plaisir. Je suis de plus en plus convaincu qu'il sera fort utile, non seulement aux élèves, mais encore à plus d'un maitre. . . . . Pour moi, je n'ai pu me remettre un peu au travail que depuis quelques jours. Les congrès, réceptions, discours, etc., ont dévoré mon temps. Le congrès des Américanistes, dont j'avais été nommé président à une séance du comité où j'étais absent, m'a fort occupé et préoccupé et m'a laissé une queue qui finira je ne sais quand. Mais en somme il a bien réussi à tous les points de vue et cela me console.

Maintenant, je vais reprendre mes études sur les théories transformistes. J'en suis à celle de M. Thury, votre compatriote genevois. Mais j'aime bien à savoir quelque chose des gens dont je parle. Or je ne sais rien de M. Thury et je compte sur vous pour me renseigner. Qui est-il ? Qu'est-il ? Quand je rends compte de l'ouvrage d'un autre, surtout quand je ne partage pas les idées de l'auteur, je crains toujours de ne pas m'être pénétré suffisamment de sa pensée et de lui adresser des critiques imméritées malgré tout le soin que j'apporte à cette étude. Aussi suis-je trop heureux, lorsque j'apprends par lui-même que j'ai réussi. C'est ainsi que ce m'a été une vraie joie que de recevoir de Darwin le témoignage que j'avais fidèlement exposé sa doctrine et de voir son fils répéter en public les paroles de son père, attestant ainsi que sa lettre n'était pas de sa part un pur acte de courtoisie.

J'ai naturellement agi de même en m'occupant de Hæckel, de vous et des autres. Vous qui avez dans le temps jadis, chez Decaisne — et que ce temps est loin ! — traduit pour moi l'*Amphioxus* de Müller, vous savez qu'à mon grand dommage, je ne lis pas l'allemand. Ah ! combien je sens de plus en plus que cette langue me manque. . . . .

A 81 ans on ne doit pas être exigeant ; et si ma main tremble si bien que j'ai parfois beaucoup de peine à écrire, si mes oreilles s'endurcissent et si ma diplopie grandit, je me reprocherais de me plaindre en voyant où en sont tant de braves gens plus jeunes que moi. Sur ce, je vous serre bien cordialement les deux mains.

A. DE QUATREFAGES.

Königsberg 8. Jan. 1857.

Hochgeehrtester Herr College,

Schon vor längeren Zeit haben Sie die Güte gehabt, mir Ihre höchst gehaltvollen und lehrreichen *Zoologische Briefe*, wie auch Ihr treffliches und klassisches Werk über die *Siphonophoren* zum Geschenk zu machen. Für diese mir sehr werthen Geschenke, so wie für die Gewogenheit und Freundlickeit die Sie mir durch deren Zusendung erwiesen haben, verfehle ich nicht Ihnen meinen innigsten Dank zu sagen. Zugleich aber ersuche ich Sie ergebenst, als ein äusseres Zeichen meines Dankes, so wie der Hochachtung, die ich für Sie bereits seit dem Erscheinen Ihrer Entwickelungs-Geschichte der Geburtshelferkröte im hohen Grade hege, freundlich eine Sendung von etlichen meiner Schriften aufnehmen zu wollen. . . . .

HEINR. RATHKE.

Paris, 19 mars 1893.

Cher Monsieur,

Me sera-t-il permis de vous demander un renseignement ? (c'est pour un travail). Vous avez voici bien des années, signalé la présence de différents insectes dans les glaciers des Alpes (*Desoria*, etc.). Ces insectes habitent-ils le glacier de façon *permanente ?* l'espèce se reproduit-elle dans la glace ou la neige ? Et dans ce cas, quelle peut être la température la plus élevée à laquelle les animaux sont exposés ? L'espèce continuerait-elle, selon vous, dans des glaciers où la température de l'eau fondante à la surface ne dépasserait jamais 3 ou 4 degrés c. (au-dessus de zéro). . . . .

Veuillez excuser la liberté que je prends : mais vous savez sans doute que c'est aux sages qu'on demande des oracles et que par profession, ils sont exposés à de nombreuses importunités. C'est l'histoire de tous les Dieux : mais les requêtes adressées aux hommes, si sages soient-ils, ont du moins l'avantage de pouvoir être exaucées. Et c'est ce qui me rassure. . . . .

H. DE VARIGNY.

En réalité c'est la faute de Schmarda, si je vous dérange. Il parle de votre travail, sans donner l'indication bibliographique.

Berlin, 24 jan. 1886.

Sehr geehrter Herr College,

. . . .

Was nun die andere Angelegenheit, die der Genfer Universität betrifft, bin ich vollständig Ihrer Meinung ; was für Zürich, Bern und Basel gilt, sollte auch für Genf zu Recht bestehen. Ich weiss es zwar nicht, aber denke mir das in meinem nicht sehr geschulten, politischen Verstande, dass vielleicht Genf desshalb perhorrescirt wird, weil die Anarchisten es zu ihrem Hauptsitze erkoren haben. Aber völlig einleuchten will mir das auch nicht, insofern ja in Zürich das gleiche Verhältniss vorliegt. Iedenfalls werde ich bei nächster Gelegenheit mit einer der massgebenden Persönlichkeiten über diese Dinge zu sprechen suchen und meine Meinung conform der Ihrigen, die ich völlig theile, äussern. . . . . .

Ihr sehr Ergebener,

WALDEYER.

Croirait-on que Carl Vogt n'est pas resté à l'abri de la propagande protestante et qu'il y eut des personnes assez simples pour essayer de le convertir ? Voici un extrait d'une longue lettre de la comtesse de Gasparin, jouissant d'une grande influence dans le monde protestant, très brave femme au demeurant, mais qui, paraît-il, était piquée de cette tarentule propagandiste agaçante, si commune chez ses coréligionnaires :

Monsieur le Professeur,

Des lieux profonds où je suis, *torturée* par la séparation d'avec celui qui est mon cœur et mon âme, je vous envoie son dernier livre : *La Conscience*, et j'y joins *La Famille*.

Ne vous fâchez pas, ne vous moquez pas ; je vous dis que très souvent avec mon bien-aimé nous avons prié de *tout notre cœur* pour vous, pour les vôtres. Dans ma détresse *bien souvent* je prie pour vous. Ah! Monsieur, je sais ce que c'est que les attaques du doute, je vous en réponds, et je *sais* ce que c'est que les griffes du *désespoir* ; mais je sais qu'il y a une arrivée, une *retrouvée* ; si cela n'était pas, il n'y aurait qu'un maître : Satan ; mais il y en a un autre, Dieu merci, car ce n'est pas Satan qui a *fait l'amour*. . . . . Pourquoi vous envoyé-je toutes ces pensées, jetées sans ordre sur le papier ; c'est parce que je désire ardemment que vous et ceux que vous aimez, vous ayez la *vie éternelle*, c'est parce que sans l'assurance de votre salut, la terre ne me semble pas tenable un seul instant. . . . .

Vous avez trop de jugement, l'esprit trop éclairé, pour ne pas voir le mal qui est en vous ; quand je dis en vous, comprenez bien qu'il y en a mille fois plus *en moi ;* j'ai eu des secours qui vous ont manqué. . . . .

Pardonnez l'absolue incohérence de cette lettre, et sa misère sans nom au point de vue philosophique et logique. Dans mon bonheur je l'aurais écrite peut-être avec quelque chose de ce qui lui manque complètement, mais rien aurait-il valu cette voix amie, qui du milieu de la fournaise vous dit : je vous en prie, tournez-vous vers Dieu, ayez pitié de vous, de votre cœur, de vos tendresses ! Ne les laissez pas sombrer — cela aurait-il valu cette main qui se tend vers la vôtre et qui par son étreinte voudrait vous tirer du côté du bonheur éternel ! Je ne vous connais pas, je ne vous ai jamais vu, peut-être, mais nous avons lu, avec mon bien-aimé, en les admirant beaucoup, vos réponses à Madame Stern — qui donc *nous* a mis, m'a maintenue dans le cœur cette affection, ce *besoin* que vous et les vôtres soyez des *rachetés*, auquel j'obéis en vous envoyant ces volumes et en vous écrivant ? Qui ? Sinon Celui. . . . .

Je me signe du plus intègre de mon âme et la plus *chétive créature*, le plus misérable *ver de terre coupé en morceaux* qui existe sous les cieux — mais il y a une éternité !

Comtesse AGÉNOR DE GASPARIN.

Le Rivage, ce 12 novembre 1873.

Madame,

Hier, en rentrant de mon laboratoire, j'ai trouvé les volumes et la lettre que vous m'avez adressés ; je vous en remercie. C'était pour moi, je l'avoue, une surprise des plus inattendues. Je vous obéirai en tant que je ne me moquerai, ni ne me fâcherai, mais je ne pourrais rester sans répondre à votre lettre avec une franchise complète.

Vous me parlez, Madame, dans un langage absolument incompréhensible pour moi et je serai forcé de vous répondre, de mon côté, dans un langage probablement incompréhensible pour vous. J'en suis désolé, mais l'idiome de la recherche scientifique est différent de celui de la foi aveugle. . . . .

Vous trouverez, Madame, dans ce livre qui vient de paraître, de D. Strauss, un exposé clair et succinct des vues générales auxquelles l'auteur est arrivé par des études partant d'un point tout à fait différent des miennes et qui l'ont cependant conduit aux mêmes conclusions. . . . .

Vous me dites encore, Madame, que vous avez prié, avec votre mari, de tout votre cœur pour moi et que vous continuez bien souvent dans votre tristesse ce même exercice. Je vous remercie d'une preuve de sympathie que je ne crois pas avoir méritée. Je comprends votre douleur. C'est un sentiment tout naturel et même pas exclusivement humain et qui inspirera toujours le respect. Mais permettez-moi de vous avouer que je ne comprends en aucune façon le bien qui doit résulter de la prière en faveur d'une tierce personne — les lois qui régissent le monde qui nous entoure ne se laissant fléchir ni par le cri de la détresse, ni par le désir éveillé par le besoin, ni pour celui qui prie, ni pour celui pour lequel on prie.

Vous voyez, Madame, qu'il n'y a aucune entente possible entre vous et moi. Cependant, je désire ajouter un mot. Je considère comme une maladie ce désir ardent qui anime des catégories entières de personnes pieuses de vouloir faire du prosélytisme à tout prix ; de vouloir « sauver » comme on dit en langage ésotérique des gens qui ne se sentent en aucun danger ; de vouloir leur implanter de toutes forces des croyances, dont ils n'ont que faire ; de vouloir s'introduire dans leur for intérieur pour le remuer à leur guise. Permettez-moi de repousser catégoriquement de pareils agissements, et de rester ainsi, Madame,

Votre dévoué serviteur,
C. VOGT.

A M. Nemesio Uranga, à Saint-Sébastien, il répondait en date du 10 mars 1880 :

Monsieur,

J'ai bien reçu votre livre et vous en remercie.

Vous me demandez mon opinion.

Eh bien ! la chute du christianisme serait pour moi un véritable triomphe, car je le considère, comme toutes les autres religions, comme un sabot attaché au progrès de l'intelligence humaine.

Vous avez peur que le christianisme soit entraîné dans la chute du catholicisme — moi je m'en réjouirais.

Je suis donc très indifférent à toutes ces luttes de confessions, cultes, sectes, etc., qui s'engagent sur la base du christianisme, sur celle des Testaments ancien et nouveau, entre rationalisme et supernaturalisme, sur Jésus et son triple Dieu, son Satan et ses esprits malins et tentateurs, la grâce et la damnation, l'immortalité de l'âme en soi ou pour soi, le sacrifice et *tutti quanti*. Le christianisme « dans sa pureté primitive », comme vous vous exprimez, me paraît tout aussi impur que tout autre attentat à la raison. . . . .

Vous dites que vous recherchez la vérité. C'est très bien. Mais chacun la cherche à sa manière et le chemin sur lequel vous la poursuivez n'est pas le mien. . . . .

Vous cherchez dans les livres ou plutôt uniquement dans un seul livre — moi, je cherche dans la nature et votre livre est pour moi un fatras de stupidités et de non-sens. Ce que vous regardez comme une question des plus graves, me paraît tout aussi peu important que la question de savoir si l'empereur Guillaume est sur le trône ou si c'est son fils. Je n'en tourne pas la main.

Je ne voudrais pas vous décourager par ces paroles, au contraire. Bataillez sur votre Jésus, sur le christianisme primitif ou altéré, tant que cela vous fera plaisir ; mais, permettez-moi de m'occuper d'autre chose qui m'intéresse davantage. Je vous assure très véridiquement que j'attache à la découverte d'un exemplaire complet d'*Archæopterix*, bien plus d'intérêt qu'à tout ce que peuvent avoir dit et fait le fils du charpentier de Nazareth avec son cortège de savetiers et de pêcheurs d'eau douce. . . . .

Agréez, Monsieur, l'assurance de ma considération très distinguée.

C. VOGT.

16

Une grosse déception l'attendait dans le courant de 1856.

Jadis, à Nice, au moment de l'envahissement du territoire de Florestan Ier, de cette fameuse campagne de Monaco, Vogt avait rencontré, à la table du restaurant où il mangeait avec l'abbé, un Polonais des plus aimables qui, ayant francisé son nom de Choïecki, l'avait transformé en celui de Charles-Edmond. Celui-ci, devenu un familier du prince Jérôme Napoléon, s'était souvent entretenu de l'auteur des *Siphonophores* avec l'héritier incontestable et si cultivé du : *Petit Caporal* ; aussi, lorsque le « César déclassé » eut pris le parti de quitter pour six mois l'entourage de son cousin en allant promener son indépendance voltairienne dans les mers du Nord, demanda-t-il, tout naturellement par l'entremise de Charles-Edmond, au professeur de Genève de bien vouloir se joindre à cette expédition scientifique.

Carl Vogt a toujours beaucoup aimé le prince Jérôme. Cette nature emportée, d'une vivacité d'intelligence hors pair, qui jetait le trouble chez les porteurs de soutane et les officiers de boudoir devait concorder avec celle de l'ironiste des *Bilder aus dem Thierleben*. Même avant de l'avoir approché, car ils ne se connurent, en réalité, que vers 1863, le savant se sentait porté vers cet ami des sciences, des arts et des lettres, vers ce Napoléon évoquant tout un passé de gloire et d'humiliations, que les courtisans de la pieuse Eugénie comparaient volontiers à Nabuchodonosor transformé en pourceau, quand ils ne l'accusaient pas de couardise, alors qu'il vécut en brave et qu'il mourut en stoïque.

Carl Vogt accepta, avec joie, l'invitation. N'était-ce pas là le rêve caressé depuis longtemps? Contempler, scruter, toucher du doigt ces régions arctiques, parcourir ces eaux et ces plaines, cette mer que traversent dans un terrible silence les fantastiques *icebergs* ; fouler aux pieds cette terre classique des mornes solitudes et des énigmes muettes, quelle joie, quelle extase ! Et jouir de cette félicité en compagnie d'un enthousiaste tel que Charles-Edmond, dans l'intimité d'hommes tels que le prince, les géologues de Chancourtois, Ferri-Pisani, le vice-amiral La Roncière, les docteurs Bellebon et Guérault, c'était doubler l'intérêt et le plaisir. Rendez-vous au Hâvre, le 14 juin. Le lendemain, la *Reine Hortense* devait appareiller.

Vingt-quatre heures avant de quitter Plainpalais, Carl Vogt est obligé de se coucher. Frissons, vomissements, fièvre et tout le cortège des symptômes d'un typhus.

Le prince, dépité, crut à une maladie de commande, inventée à la suite d'une conversation avec un Herzen ou un Mazzini et garda longtemps rancune à Vogt de ce qu'il croyait être un manque de parole, tandis que de son côté, le professeur, justement blessé de cette supposition, resta froissé et ne voulut tenter aucune démarche de justification ultérieure. Plus tard, le propos en l'air d'un médecin expliqua au prince son erreur et un déjeuner à Prangins cimenta la réconciliation.

Le hasard lui permit d'entrer en relations avec le ministre de l'Instruction publique d'Autriche. Ce dernier, que les questions de science préoccupaient — fait assez rare pour être signalé — venait de lire un article sur Miramar, dans lequel le naturaliste genevois s'étendait sur les avantages qu'offrirait cette perle de l'Adriatique au point de vue zoologique.

« L'Autriche, écrivait-il, en 1857, se ferait pardonner plus d'un méfait, si elle créait en ce coin de terre béni, un laboratoire maritime, une station internationale qui permit aux zoologues de poursuivre à l'abri des difficultés et de l'insuffisance même des conditions matérielles de travail, leurs recherches sur l'animal vivant. »

Partant de là, l'auteur expliquait en ses détails l'institut qu'il entendait sous ces mots de *station maritime* et terminait en enflant le service rendu à la science par le bienfaiteur qui attacherait son nom à la création d'un laboratoire type à Miramar.

Le ministre s'aboucha avec Vogt, entretint durant plusieurs mois une correspondance suivie avec lui, le questionnant, le priant d'établir les plans, les devis, et tout semblait conclu, arrêté définitivement, lorsqu'un beau matin il prit fantaisie au prince Maximilien, le futur fusillé de Queretaro, d'habiter Miramar et de le transformer en château de plaisance.

Adieu, veau, vache, cochon, couvée...

Mais Carl Vogt, qui ne songeait qu'à l'intérêt supérieur de la science, ne s'est jamais laissé rebuter par les malencontreux événements et dès qu'il pourra de nouveau placer un mot en faveur de son projet favori, il le fera. Trois ans plus tard, à propos d'une consultation sur la création d'une nouvelle faculté des Sciences en France, il préconisa le littoral, et avant tout Nice, dans un long rapport adressé au ministre de l'instruction publique, rapport qui partagea probablement le sort de beaucoup de ses confrères en ce qu'il alla les rejoindre dans le panier à papiers de Son Excellence. (1) Là aussi, il insista sur l'importance des laboratoires de zoologie maritime et sur le rôle prépondérant qu'ils seraient appelés à jouer dans les progrès de cette science, car il faut se rappeler qu'à cette époque il n'existait pas un seul établissement dans lequel le naturaliste aurait pu s'installer pour étudier l'histoire naturelle des animaux marins ; les laboratoires étaient tous situés à l'intérieur des terres ; les recherches étaient sacrifiées à l'enseignement et les observatoires en place à l'endroit où les observations devaient être faites manquaient.

Cette idée d'une station maritime qui lui était déjà venue en 1850, alors qu'il se trouvait à Villefranche, travaillant aux *Siphonophores*, il la poursuivra donc jusqu'au bout avec ténacité et il nous semble inutile de conter par le menu les déboires et les mécomptes qu'il eut de ce côté là. Il tâtera le terrain auprès de tous ses amis haut placés en France, en Espagne, au Brésil, en Autriche, en Allemagne et en Italie, et n'épargnera ni zèle, ni perte de temps pour rendre à tous son plan compréhensible, lumineux. (2) Enfin, il pourra se donner

(1) « En cas d'annexion du comté de Nice, écrivait le professeur, le gouvernement français sera sans doute disposé à rendre aux Niçois leur nouvelle patrie aussi attrayante que possible. Il songera à développer, à cet effet, les ressources naturelles du pays, en créant des établissements publics propres à augmenter le bien-être et à propager davantage encore, la civilisation et la culture françaises. . . . . .
Je crois qu'une création des plus utiles serait celle d'une *Faculté des sciences*, largement organisée. . . . . . .
La France ne possède encore aucun établissement scientifique supérieur, au bord même de la mer ; en créant une faculté à Nice, elle remplirait ainsi une lacune. Il serait, du reste, impossible de trouver une ville plus favorablement située pour une création pareille.
Un observatoire *astronomique* y trouverait sur le château un emplacement admirable, dominant plus des trois quarts de l'horizon réel, une atmosphère extrêmement pure, un ciel presque toujours serein, une position géographique merveilleuse.
Le voisinage immédiat de la mer donnerait un attrait tout particulier aux études sur la *Physique du globe*.
Les études d'histoire naturelle, de botanique, de géologie, etc., ne pourraient se fixer mieux, etc., etc. »
Et il recommandait, en terminant sa longue communication, en qualité de professeurs, MM. Lacaze-Duthiers, alors professeur à Lille, et Blanchard, aide-naturaliste aux Jardins des Plantes à Paris.

(2) MINISTÈRO   Turin, 17 septembre.
della
ISTRUZIONE PUBBLICA
IL MINISTRO   Mon cher ami,

J'ignore où est Schiff dans ce moment et je vous prie de lui faire savoir que je n'ai pas réussi à lui trouver une chaire de physiologie ; je voudrais bien pouvoir tuer quatre ou cinq de mes physiologistes, mais ils ne se laisseraient

ce témoignage que ce fut sur ses instances et sur son instigation que le docteur Dohrn, lors du congrès des naturalistes à Inspruck, en 1868, se décida à risquer l'aventure en fondant avec ses propres deniers cette magnifique station de Naples, modèle du genre, cette *Villa Reale* d'où sont sortis de si beaux travaux zoologiques et où il était reçu avec la joie avec laquelle on reçoit une autorité et un ami sur le concours duquel on peut compter dans les moments difficiles.

Connaissant presque toutes les stations qui existent sur le continent européen, le professeur genevois était consulté souvent en vue de nouvelles créations, dont il dressait aussitôt les programmes et les plans, heureux de pouvoir ainsi rendre un nouveau service à la science. Nul plus que lui n'a applaudi à l'initiative désintéressée et à la persistance du directeur du laboratoire de Roscoff, M. de Lacaze-Duthiers ; il se rendit même en Bretagne, malgré la distance, à plusieurs reprises, avec sa famille et en rapporta ses : *Recherches côtières*. Mais, comme dans cette question les personnalités et les visées à une sorte de suprématie devaient à son point de vue disparaître entièrement devant l'intérêt de la science, il seconda également selon ses moyens et son influence, les louables tentatives des professeurs Sabatier à Cette, Giard à Wimereux, Marion à Marseille, érigeant en principe que plus on établirait de laboratoires, mieux cela vaudrait, les établissements, à cause de la variété des faunes, ne pouvant faire double emploi mais, au contraire, se complétant les uns les autres.

Le dernier rapport que Carl Vogt ait rédigé sur les laboratoires maritimes s'adressait, sous forme de lettre en date du 17 janvier 1894, au président de l'*Institut égyptien*, Yacoub Artin Pacha. Son premier exposé sur la question remonte à 1855. (1)

---

pas faire. Au lieu de la physiologie, je lui offre, aux mêmes conditions économiques faites à Moleschott, la chaire d'anatomie comparée à l'Université de Pavie ou dans l'Institut de Florence. . . . .
    Vous pouvez être sûr que rien ne me sourit plus que l'idée de votre institut zoologique, à la condition que vous veniez vous mettre à sa tête. Mais vous connaissez toutes les difficultés qu'a devant lui un ministre constitutionnel et je ne veux rien promettre que je ne puisse tenir. Vous n'êtes pas pressé et vous me donnerez le temps nécessaire pour faire les choses bien. Mon idée, à moi, serait de fonder à Florence, dans le musée, une École supérieure des Sciences physiques et naturelles et qui serait plutôt un établissement de recherches et de progrès pour la science, une grande école normale pour les jeunes naturalistes et physiciens qu'un enseignement universitaire. C'est là que je voudrais vous avoir. . . . . .
Votre
C. MATTEUCCI.

(1) Carl Vogt s'est multiplié aussi pour les laboratoires en Allemagne et en Autriche, malgré son échec de Miramar Il finit, pour ainsi dire, par forcer la main au gouvernement autrichien en recueillant une foule de témoignages favorables à la création d'un établissement maritime :   Iena 1 März 1878.
Hochverehrter Herr College,
    Mit wahrer Befriedigung habe ich von Ihrem vortrefflichen Projekte Kenntniss erhalten, die œsterreichische Regierung um Errichtung eines zoologischen Observatoriums und Laboratoriums am Meeresufer zu ersuchen. Gewiss jeder Zoologe der längere Zeit am Meere gearbeitet hat, und besonders Ieder der (wie wir Beide) jahrelang mit grossen persönlichen Opfern, ohne alle öffentliche Unterstützung, die Untersuchung lebender Seethiere an der Meeresküste betrieben hat, wird die Errichtung derartiger öffentlichen Unterrichts-Anstalten als ein höchst dringendes Bedürfniss anerkannt haben.
    Die heutige Zoologie hat sich unter den Naturwissenschaften eine der ersten Rangstufen errungen und sie verdankt dies zum grössten Theile den höchst wichtigen und folgenreichen Entdeckungen, welche ihr das eingehende Studium der niederen Seethiere eingetragen hat. Die bedeutendsten Erkenntnisse für die allgemeine Biologie sind gerade aus der Beobachtung jener niedersten Organismen hervorgegangen, welche nur in den Tiefen des Meeres ihr Wesen treiben. Daher muss jetzt Ieder der wirklich mit Verständniss Zoologie treiben und lehren will, längere Zeit hindurch an der Meeresküste gearbeitet und anhaltend das mühsame Studium der niederen Seethiere betrieben haben.
    In England und Nordamerika, wo das Interesse der intelligenten Küstenbevölkerung durch die unmittelbare Nachbarschaft der See und ihrer manichfaltigen Bewohner unmittelbar anweckt und lebendig erhalten wird, sind schon längt, theils aus Staats-mitteln, theils auf Kosten wohlhabender Privatleute, zoologische Observatorien mit Aquarien, Fischerei-Einrichtungen u. s. w. am Meerestrande in grossartigem Maasstabe angelegt worden. Bei uns in Deutschland ist davon noch keine Rede, trotzdem doch gerade die deutschen Zoologen, meist mit schweren persönlichen Opfern an Mitteln und Kräften mehr als alle anderen dazu beigetragen haben, eine gründliche und hauptbringende Kenntniss von den Bewohnern des Meeres zu gewinnen.
    Die œsterreichische Regierung scheint vor Allen dazu berufen zu sein, diesem dringenden Bedürfnisse abzuhelfen. Da die nördlichen Küsten Deutschlands ausnehmend arm an Seethiere sind, das Adriatische Meer dagegen sehr reich, so ist Oesterreich's Küstenland die einzige deutsche Küste, an welcher überhaupt die marine Zoologie mit Erfolg betrieben werden kann. Sollte daher die œsterr. Regierung auf Ihren Vorschlag eingehen, so würde sie sich wirklich ein unschätzbares Verdienst um die Förderung deutscher Wissenschaft erwerben.
    Mit dem herzlichen Wunsche, dass Ihr Plan in Erfüllung gehe, hochachtungsvoll.
Ihr ganz ergebener,
Professeur ERNST HAECKEL.

1859

La guerre de la France et de l'Italie contre l'Autriche ne pouvait laisser l'ex-régent de l'empire allemand indifférent.

Les épouvantables répressions militaires exercées, avec des raffinements de persécution, par les Autrichiens en Italie; les bastonnades en pleine place publique appliquées à des Hongroises dans les villes de la Hongrie; les actes de cruauté des Croates, que n'auraient imaginés des bourreaux de la Rome païenne; les atrocités de Mantoue et d'ailleurs; la décadence de la maison impériale des Habsbourg; l'abrutissement du peuple, soigneusement entretenu par l'armée toute puissante des prêtres, des moines et des jésuites; le souvenir sanglant attaché aux Jellachich, Metternich, Windischgrätz; son amitié pour Garibaldi, Klapka, Telecki, Türr; la logique, le bon sens, son amour de la liberté de conscience et de travail entraînèrent Carl Vogt à se jeter de nouveau dans la bataille ardente et à rompre une lance en faveur de l'unité italienne.

Les journaux libéraux de l'Allemagne publient d'abord la *Lettre ouverte* de Vogt au général Klapka, dans laquelle, trois mois avant la déclaration de la guerre, il déclare cette dernière inévitable :

« Nous ne pouvons plus avoir de doute : une guerre avec l'Autriche est imminente et le premier but apparent de cette guerre sera évidemment l'affranchissement de l'Italie et l'expulsion des Autrichiens du sol italien, dont les conséquences seront la réunion, dans un avenir plus ou moins éloigné, soit fédérative soit plus étroite, des divers Etats composant l'Italie, la confédération des peuples d'origine latine sous l'hégémonie, morale tout au moins, de la France, et le commencement d'un démembrement du vaste empire d'Autriche.

Pour moi, le Piémont formera l'avant-garde ; la France, liée, au moins moralement, s'il n'y a pas d'autres liens plus forts et plus intimes ne peut abandonner son allié ; elle doit suivre ou même devancer son impulsion. . . . . . »

Enfin, quelques jours avant l'entrée en campagne, Carl Vogt, plus fier de l'approbation de sa conscience que des hommages de la foule, publie : *Studien zur gegenwärtigen Lage Europas*, une forte brochure qui eut un retentissement énorme en Allemagne, d'autant plus qu'elle fut suivie de près par une mordante satire contre l'Autriche et le clergé allemand-autrichien, intitulée : *Iuchhe nach Italien!* Comme ce pamphlet non signé, mais qui en réalité était de Louis Bamberger, avait paru à Genève et à Berne, avec sur la couverture : *Vogt's Selbstverlag*, on l'attribua généralement à l'auteur des *Studien*.

Or, à ce moment là, l'Allemagne entière paraissait être favorable à l'Autriche ; les communistes et le clergé, chacun de leur côté, prêchant contre la France et l'Italie, le parti libéral s'était prudemment tenu sur la réserve, n'osant pas passer pour anti-patriote et une effervescence générale, dont les causes étaient diverses, s'était emparée du pays, lorsque la brochure de Carl Vogt parut. A lire les journaux de presque toutes les nuances, du rouge au noir, on aurait cru que le Lombardo-Vénitien faisait partie intégrante de la Confédération germanique et que cette dernière, si elle ne voulait pas manquer à ses devoirs les plus sacrés, devait sacrifier son dernier homme et son dernier écu pour maintenir en Italie la domination exécrée.

Les causes de ce sentiment révoltant étaient multiples, avons-nous dit. La première de toutes était le souvenir historique. Chaque invocation de Napoléon III à un passé glorieux devenait pour le peuple allemand un rappel amer aux temps d'épreuves et d'humiliations. Le vieux parti des *Franzosenfresser* se réveilla tout à coup et fraternisa avec les communistes de Londres et les jésuites des provinces rhénanes. Puis venait un sentiment de répulsion contre le gouvernement impérial, centralisateur à outrance dans toutes les sphères possibles, tendances qui, alors, étaient insupportables à la race germanique, individualiste avant tout. Une troisième cause était à rechercher dans l'impulsion, la propagande du parti catholique, car il s'agissait, pour lui, de soutenir, en premier lieu, l'Autriche catholique, l'empereur François-Joseph et le Concordat, un souverain français, surtout un Bonaparte, n'offrant pas à l'Eglise autant de garanties qu'un Habsbourg. Aussi, les députés des contrées catholiques sonnent-ils les premiers du clairon en proposant des motions interdisant la vente de chevaux à la France, etc. La Bavière, la Souabe supérieure, la Forêt Noire, les bords du Rhin depuis Coblence, la Westphalie unissent leurs clameurs à celles des communistes et des chauvins, qui veulent également empêcher l'indépendance de l'Italie.

Paraît la brochure de Vogt avec sa triple demande : affranchissement de l'Italie et de la Hongrie, neutralité de la Confédération germanique, unité de l'Allemagne.

« Un grand parti existe en Allemagne, écrit-il, un seul dont la voix n'a pas encore été entendue et qui pourtant — j'en suis sûr par les adhésions et les témoignages reçus — applaudit au but de la guerre -- c'est le parti libéral, le seul vraiment national.

Ce parti a toujours regardé l'Autriche, réactionnaire et cléricale, comme la plaie ouverte et infectieuse de l'Europe et surtout de l'Allemagne ; il saluera le démembrement de cet empire comme un gage de l'avenir, comme une délivrance du présent parce qu'il veut l'Allemagne aux Allemands, l'Italie aux Italiens et la Hongrie aux Hongrois. Ce parti, en désirant une Allemagne confédérée, grande, forte et libre, fait des vœux pour l'affranchissement de toutes les nationalités, pour la délivrance de tous les peuples. Il hait la domination et l'agression — en voulant l'indépendance de la patrie, il veut aussi celle des autres nations. . . . .

Seul ce parti peut se mettre en travers du courant actuel de l'opinion publique en Allemagne... »

Le parti dont parle Vogt existait, puisque c'est lui qui a empêché l'alliance avec l'Autriche, mais il n'avait pas encore parlé. Du reste, déclarer en termes crus, en 1859, que l'Autriche, entrant pour une partie de ses provinces seulement dans la Confédération germanique, il fallait, à tout prix, l'en extirper, et la laisser isolée dans sa lutte contre l'alliance sardo-française, afin de faciliter les nationalités qu'elle opprimait, dans leur œuvre de libération, conseiller cela, disons-nous, était un véritable acte de courage ; outre les représailles d'acharnés adversaires, on pouvait craindre de n'être pas suivi par ses troupes. Heureusement que l'hésitation, créée par la lettre ouverte à Klapka, la brochure, avec son style nerveux et sa logique de fer, venait de la transformer en un véritable mouvement populaire, irrésistible, renversant tout. Le parti libéral se ressaisit ; la presse libre reproduisit de longs passages de la brochure et le *doctor jur.* von Schweitzer, comme tous ceux qui répondirent à Vogt — ils furent légion! — durent abandonner leurs plus chères espérances. L'influence de Carl Vogt, dans cette question de la neutralité, a été prépondérante. (1)

_____

(1) Dans sa : *Widerlegung von Carl Vogt's Studien*, Schweitzer soupire ceci : . . . . . allein obschon ich sogleich während des Lesens vermuthete, dass dieses Werk vermöge des glänzenden rhetorischen Gewandes, in welches

Cependant, il est un autre point que Vogt touche dans sa brochure, point capital sur lequel il reviendra en l'expliquant tout au long, plus tard, dans un second écrit publié en 1864 : *Studien zur gegenwärtigen Lage*, c'est celui de l'unité allemande : une Confédération germanique avec la Prusse et son armée disciplinée à la tête, un grand état fédératif, chaque pays, avec son autonomie, formant un tout, si la guerre venait à éclater. Il déteste, comme Henri Heine, le boule-dogue prussien, mais il sait que la Prusse est supérieure à l'Autriche bigarrée et à sa cour gangrenée et ensoutanée et cette unité, il la préfère, fondée d'un commun accord, où chacun garde sa personnalité que fondée « par le fer et par le sang », cimentée par la guerre, couronnée par la spoliation. Qu'elle se fasse pacifiquement et elle épargnera mainte heure d'angoisse ! Pour lui, cela est indubitable, une Allemagne unie avec une Constitution, semblable à celle de la Suisse, tendant la main à la Hollande et à la Scandinavie d'un côté, et de l'autre à la Suisse et à l'Italie, une union fédérative qui n'opprimerait aucun peuple, n'accepterait dans son sein aucune puissance régnant sur des territoires non allemands, assurerait certainement la paix en Europe par sa seule force tranquille et son développement intellectuel, et il ajoute que l'extension de la Prusse sur territoire allemand est inévitable, comme la guerre avec l'Autriche ou la France.

Sept ans plus tard, c'est Sadowa ; onze ans après c'est Sedan !

Voici les dernières lignes des *Studien* (1859) :

« Kein Vertrag, kein Buchstabe kann ein Volk hindern, sich innerlich nach seinem Gefallen zu konstituiren. Belgien hat es gethan, die Schweiz hat es gethan, Frankreich hat es gethan — sollen die Deutschen allein es nicht thun dürfen, nicht thun können ?

So ertöne denn aus allen Organen der Presse, aus allen Kammern, aus allem Volke der Ruf nach neuer Gestaltung des deutschen Bundes. Keine ausser deutschen Provinzen mehr im Bunde ! Keine Garantie für ausserdeutsche Besitzungen der Herrscher ! Eine deutsche Volksvertretung ! Ein politische Ganzes dem Auslande gegenüber ! Ein Volk ! Eine Macht ! Ein Heer !

Haben wir das — dann lasst tönnen die Unkenrufe am Rhein und am Niemen ! Sie stören uns dann nicht. Geschlossen in uns, brauchen wir keine Furcht zu hegen. Was man jetzt predigt, ist die Politik der Furcht, der bleichen Angst. Ohne Oestreich's Hülfe geht Euch der Rhein verloren, ruft man uns zu. Helft am Po, damit Oestreich Euch am Rhein helfe ! Wir aber sagen : Einig, Mann an Mann, Deutscher am Deutschen, fürchten wir eine Welt in Waffen nicht — gesprengt mit dem Czechen, dem Polen, dem Ungarn, dem Croaten, dem Italiener an der Seite, werden wir jedem Feinde unterliegen.

Nur der im inneren Marke gesunde Stamm widersteht dem Sturme. »

Hardiment, Carl Vogt reconnaissait donc une sorte de direction spirituelle à la Prusse, quoiqu'il détestât la dynastie du « Junker ». Il la jugeait forcée, imposée par les évènements ; si l'unité ne se faisait pas, on risquait une guerre et peut-être un nouveau démembrement.

Les publicistes à gages de Vienne et de Berlin, les sévères historiens, les chauvins de Königsberg, pleins de dépit et de colère, répondirent que l'hypothèse d'une Allemagne unie, sous l'hégémonie de la Prusse tombait sous le ridicule, la Prusse ne pouvant aspirer à ce rôle, vu la multiplicité des intérêts qui la séparaient du sud de l'Allemagne ! ! !

Il serait amusant, n'est-ce pas ? de réimprimer ces explications aujourd'hui. . . . .

die unhaltbaren Behauptungen, die Verdrehungen und Entstellungen eingekleidet sind, sowie vermöge vielfach schlauer Sophistik die Auffassung mancher Leser verwirren werde, so stand mir doch der Gedanken fern eine Widerlegung desselben zu versuchen. Der Entschluss hiezu reifte in mir erst vor Kurzem und zwar aus dem Grunde, weil ich an vielfachen Beispielen die traurige Erfahrung machte, dass meine oben erwähnte Vermuthung sich bewahrheitet habe. Ich musste zu meinem Bedauern sehen, dass Leute von Bildung und Verstand, welche *vor* der Lesung des Vogt'ischen Werkes den *nationalen Gesichtspunkt* bei der schwebenden europäischen Frage festhielten, nach der Lesung des Werkes wenn auch nicht ihre Auffassung gänzlich änderten, so doch wenigstens ihr ihrer Parteinahme für Oesterreich nachliessen. . . . .

La colère contre Vogt, un instant assoupie, redoubla; le parti ultramontain jeta feu et flammes et accabla, n'écoutant plus que son orgueil froissé et son ambition déçue, l'hérétique de ses malédictions. Mais cela était de bonne guerre et l'on pardonne à la rigueur à un ennemi vaincu ses exagérations et son dévergondage de langage s'il ne se sert pas, dans cette besogne, d'arguments déshonnêtes et d'alliés suspects. Or, c'est ce qui arriva et Vogt, pour clore la bouche aux uns et aux autres dut intenter à la très cléricale *Augsburger Allgemeine Zeitung*, organe du Freiherr von Cotta et du gouvernement ultramontain, un périlleux procès qui ne dura pas moins d'un an et qui compta parmi les procès politiques célèbres de l'époque. Voici ce dont il retournait :

Ainsi que nous l'avons fait pressentir, la « bande soufrée » guettait Carl Vogt depuis longtemps et ses insinuations de 1849 contre le « *Reichsregent* » n'étaient, au fond, que projectiles d'avant-poste. On attendait une occasion pour livrer la vraie bataille.

Qu'entendait-on exactement sous le nom de *Schwefelbande ?* A l'aube de la Révolution de 1848, un journal se disant républicain très avancé : la *Rheinische Zeitung*, paraissant à Mayence, publia des articles incendiaires qui consternèrent les bons bourgeois. Son mot d'ordre était : Dictature du prolétariat et sa conception se résumait en ceci : le monde, tant dans l'ordre politique que social, étant fait d'injustices, il fallait le renverser, faire table rase par tous les moyens et mettre à la place de ce qui doit être détruit : la volonté du peuple ! On voit d'ici combien cette doctrine du tout ou rien, cette perspective de ruines souillées par la flamme et le sang, attirait d'adeptes à la cause libérale. Cependant les rédacteurs de cette feuille, malgré leur inconsciente et brutale frénésie des provocations inutiles, ne s'engagèrent pas immédiatement, quoique la plume leur démangeât, dans une polémique avec les membres de la gauche radicale ; ils patientèrent et se firent violence, se réservant pour plus tard, d'autant plus que tout en les regardant d'un mauvais œil, ils savaient que les Blum, les Simon, les Vogt et leurs amis, étaient parfois très utiles à leurs partisans et que c'eut été risquer gros jeu que de les injurier. Pour le moment, ils s'en tinrent donc aux sous-entendus, trop heureux qu'on ne les poussât pas trop loin par des questions gênantes. Evidemment, quelque chose d'obscur demandait à être éclairci : la *Rheinische Zeitung*, ne manquant pas de capitaux, se rencontrait partout, était envoyée gratis dans toutes les directions, et agents de police et réactionnaires brillaient au premier rang de ses propagateurs ; cela seul devait suffire à donner l'éveil. Plus tard, on constatera aussi que toutes les fois que les Blind, les Liebknecht et d'autres jeunes énergumènes provoquent du scandale, entreprennent des coups de main hasardeux, la police qui survient, pleine d'attentions pour les promoteurs, les laisse s'évader, tandis qu'elle enferme brutalement les quelques braves ouvriers qui les avaient suivis. Le coup de filet de Morat, en 1850, qui est un des plus curieux épisodes de la vie politique de Liebknecht, est un bel exemple des faveurs exceptionnelles et de l'impunité bien étrange, à la vérité, dont jouissaient alors ces incorruptibles communistes qui grouillaient à Londres autour de Karl Marx. (1)

Après la débâcle, en 1849, la « bande soufrée » ne se rendit pas à l'évidence ; elle feignit de ne pas trouver dans la masse des exilés et des bannis, cette aspiration au calme réparateur, à une existence de repos et de travail dont avait parlé Vogt dans sa brochure de Berne ; au contraire, elle continua son œuvre négative en excitant les républicains allemands les uns

_____

(1) Liebknecht, au printemps de 1850, avait convoqué dans le plus profond mystère et le plus grand secret les « têtes » du prolétariat à Morat. Il s'agissait d'organiser la « Schilderhebung ». Les malheureux vinrent au rendez-vous, sans défiance aucune, les uns par bateau, les autres à pied ou en voiture. A leur arrivée, ils furent simplement « cueillis » par des agents qui savaient qui ils étaient, d'où ils venaient, ce qu'ils voulaient, etc. A l'exception de M. Liebknecht et de trois ou quatre de ses amis qui, après avoir été particulièrement bien traités par la police, purent s'embarquer pour l'Angleterre, les prolétaires ahuris furent jetés dans les cachots de Fribourg.

contre les autres et en semant la zizanie parmi les chefs et les troupes. Dès que paraissait l'un de ces « épurateurs », au teint jaune, à l'haleine empestée et à l'œil injecté, dans un groupe d'émigrés qui jusque-là avaient vécu et travaillé en parfaite harmonie, le poison de la discorde s'insinuait dans les rangs de la compagnie. Par des correspondances, de vagues propos, des assertions à double entente, les travailleurs étaient « chauffés à blanc » jusqu'à ce qu'une rixe sanglante, un duel mortel ou l'expulsion générale du territoire eussent couronné de succès la sale besogne du personnage, qui restait prudemment dans la coulisse quand les choses commençaient à se gâter.

Un autre moyen d'arriver à ses fins, en jetant le trouble dans les esprits par la terreur, consistait à s'opposer aux efforts individuels tentés par les affamés dans le but d'assurer leur existence et celle de leur famille. Quiconque se permettait de se retourner, d'accepter une place, de chercher une situation, de quémander de la besogne, de solliciter quelque emploi ou de s'établir était, immédiatement et sans autre, avec des grossissements d'épithètes, déclaré traître à la Révolution qui avait besoin de tous ses défenseurs, car à en croire ces phraseurs, l'Allemagne allait s'insurger d'un moment à l'autre. Tout était prêt, les nouvelles étaient certaines, les renseignements indiscutables ; Berlin, Varsovie, Vienne allaient se soulever de nouveau et venger le sang versé en 1849. C'est avec de semblables billevesées qu'elle savait mensongères, que la « bande soufrée » forma une troupe de fainéants, « forts en gueule », qui, sacrifiant sans cesse sur l'autel de la patrie, repoussaient, avec un dégoût patriotique, toute occupation et passaient leur temps dans les bouges et les cafés à déblatérer sur les « transfuges » et les « corrompus ».

En examinant de près les choses, tous ces vertueux piliers de la démocratie, avec leur rhétorique révolutionnaire aux redondances déclamatoires, appliquaient leur intelligence à dépouiller les gogos, se laissant abuser avec une aveugle persistance, et à vivre aux dépens des caisses de secours des travailleurs. On jouait de la crédulité de l'ouvrier, en le flattant, de la façon la plus grotesque, avec des cajoleries de dupeur et des extases de croyant ; aussi advint-il que plus d'un niais se crut, à la suite de ces platitudes, le Messie désigné, le grand génie qui devait apporter à l'humanité son salut avec la fameuse *Dictature du Prolétariat*. Il est compréhensible qu'avec des instruments pareils entre les mains, la camarilla de Londres pouvait tout oser et osant tout, elle alla jusqu'au *chantage*, ce dernier piment de toute campagne déshonnête. Pas une, mais des centaines de lettres pénétrèrent dans les familles en Allemagne, lettres menaçant de dévoiler aux autorités la participation du père, du frère ou d'un parent, à tel ou tel acte politique compromettant. On donnait sa parole d'honneur de se taire contre une somme d'argent désignée, livrable à telle adresse à Londres, dans un espace de temps plus ou moins court. Ces messieurs appelaient cela galamment : organisation du parti et même : organisation *militaire* du parti, en vue de la Révolution imminente.....

Paraît la brochure : *Studien zur gegenwärtigen Lage Europa's*. L'occasion de se venger semble unique à la « bande soufrée » : enfin on le tenait, ce railleur, ce dangereux ennemi qui n'avait jamais caché son dédain pour certains meneurs et n'éprouvait aucun effroi en leur présence. Pensez donc ! Carl Vogt, commensal de Plonplon, engageait ses amis à intervenir en faveur de la neutralité de la Confédération germanique, *ergo*, Carl Vogt était vendu à Napoléon III.

— Eh quoi ! s'écriaient Karl Marx, Karl Blind, Liebknecht, ne court-il pas les aventures en compagnie de James Fazy et de Klapka, à Genève ? N'est-il pas en correspondance avec le traître Kossuth ? etc., etc.

Or, il faut savoir que le plus important journal réactionnaire de l'Allemagne : l'*Allgemeine Augsburger Zeitung* publiait depuis nombre d'années des correspondances anonymes de Londres, saupoudrées d'allusions plus ou moins claires contre les plus nobles natures de la

17

Révolution de 1848. Cela avait même dégénéré en une continuelle invective à mots couverts. Qui donc était ce correspondant du journal attitré de l'ultramontanisme bavarois et de la réaction ? Il importait de le savoir.

Vogt se doutait que c'était Liebknecht, mais il voulut en avoir le cœur net et arracher son masque à ce prolétaire à l'œil fuyant, au dos voûté et aux mines de renard pris au piège. Evidemment, ces saletés sortaient de la même fosse ; il s'agissait seulement de le prouver et de contraindre l'austère *Allgemeine* à dénoncer elle-même les noms.

Aussi, lorsque Karl Marx eut lancé sa brochure qu'il eut au moins le courage de signer : *Der Reichsregent Karl Vogt* ; que Karl Blind eut fait paraître à Londres le journal : *Das Volk*, dans lequel il accusait Carl Vogt de s'être vendu à Napoléon III ; que cet ignominieux outrage eut été répété par Liebknecht et un docteur Orges dans les colonnes de la feuille policière d'Augsbourg, et que ces écrivains eussent déclaré qu'ils avaient les preuves de la trahison en mains, le professeur de Genève n'hésita pas à traduire devant la justice le journal du Freiherr de Cotta et à dévoiler les liens secrets unissant la « bande soufrée » avec l'organe des associations catholiques. Et toujours adversaire correct, généreux et noble, au risque d'être battu, il ne voulut pas porter son procès en Suisse et profiter de certains avantages de juridiction ; au contraire, il s'adressa aux juges d'Augsbourg, le foyer de la pire réaction, laissant la plus entière liberté à ses détracteurs :

« Es kam mir nicht auf irgend eine Bestrafung an, écrit-il dans son livre : *Mein Prozess,* — *es kam mir lediglich darauf an, die* ALLGEMEINE ZEITUNG *zu zwingen, vor aller Welt ihre Bundesgenossen zu prostituiren und damit sich selbst elend zu machen.* Es kam mir darauf an, dieses Institut der Pressheuchelei zum Zweikampfe auf einer Mensur zu fordern, wo man mit Thatsachen fechten, mit authentischen Dokumenten sich vertheidigen, mit gerichtlich zu erhärtenden Zeugnissen sich decken musste. . . . .

Es unterliegt wohl keinem Zweifel dass vor einem bairischen Gerichte, von Richtern eines Landes, dessen Richtung in der Neuzeit der meinigen diametral entgegen stand, dass von Richtern eines solchen Landes die Allg. Zeitung mit Glanz *freigesprochen wäre, wenn sie nur den Schatten eines Beweises hätte vorbringen können.* Mit Absicht habe ich mich demnach auf das für mich ungünstigste juristische Terrain gestellt, in dem ich in einem Lande klagte, dessen Bevölkerung grossentheils der von mir empfohlenen politischen Richtung ungünstig gestimmt warr. Mit Absicht habe ich dem Gegner jedes Vertheidigungsmittel, jede Einrede der Wahrheit offen gelassen, damit derselbe den ausgiebigsten Gebrauch davon machen könne, weil ich eben wusste, dass er keine Beweise haben konnte. . . . . . »

Elles sont vraiment à méditer les pages indignées et sanglantes, comme des coups de cravache, de ce livre (*Mein Prozess gegen die Allgemeine Zeitung* Stenographischer Bericht, Documente und Erläuterungen) dans lesquelles Carl Vogt flétrit les impostures de ces sinistres parasites, dont l'unique arme est la calomnie et l'unique tendance la division, et dans lesquelles, avec un mépris sec, cassant, injurieux, il démontre l'inanité des outrages de ces malfaiteurs, dont l'éternel moyen est d'expectorer leurs vilenies à distance du pied, à l'ombre de l'anonymat.

Devant les juges, ainsi que l'on s'y attendait, chacun jeta la faute sur l'autre ; tous eurent une contenance piteuse et le Freiherr de Cotta s'écria dans un moment de désespoir :

— Je donnerais volontiers 25.000 gulden que ce procès n'ait pas eu lieu !

De ce coup là, le divorce disjoignit ce mariage d'amour et de raison conclu entre les communistes de Londres et les ultramontains d'Augsbourg. Le duo si tendre périclita, hélas ! dans les récriminations sans tact et sans tenue. Le désagrément de sortir amoindris, confondus, les membres rompus de ce prétoire pourtant à leur dévotion ; l'appréhension de l'effet sur le public apprenant ce gros échec moral ; le blâme général qu'encoureraient les meneurs de la part de leurs troupes auxquelles la promiscuité honteuse ne pouvait plus être cachée ; la rage et l'obligation de tout rejeter sur le comparse maladroit, dictèrent à leur aigreur méchante des mots malheureux, des divulgations pénibles.

Carl Vogt, félicité de toutes parts, se fit une pinte de bon sang en assistant à cette guerre au couteau en qualité de premier témoin — car par un revirement des plus suggestifs, Loyola et Robespierre, chacun de son côté, invoquaient maintenant son témoignage.

Ils se brouillèrent aussi entre eux. Karl Marx, plus hargneux que jamais, furieux de s'être compromis en cette galère, se remit à son beau livre le *Capital* ; Liebknecht, le redresseur de torts, le terrible sans-culotte, ne pouvant plus passer à la caisse de l'*Allgemeine*, qui le congédia, attendit des jours meilleurs — ces jours meilleurs qui lui permettront d'acheter Borsdorf, près Leipzig, et de coquets immeubles à Berlin ; Karl Blind disparut dans les bibliothèques, assista de loin, plus tard, à la tentative d'assassinat de son beau-fils sur Bismarck (7 mai 1866) et reparut pour la dernière fois sur la scène politique en saluant en termes laudatifs et patriotiques l'annexion de l'Alsace-Lorraine. (1)

La « bande soufrée » gisait disloquée, frappée à mort.

Au lendemain de la mort de Carl Vogt, alors que la presse des deux mondes, unanime, s'inclinait devant le savant désintéressé que l'on portait en terre, seul parmi tant, le *Vorwœrtz*, l'organe de M. Liebknecht répéta, en l'atténuant, l'accusation de jadis. Carl Vogt n'aurait pas été précisément corrompu en 1859 par l'or de Kossuth, qui le tenait de Napoléon III, mais il avait été ébloui par le faste impérial. Dès lors, les vrais républicains ne pouvaient plus compter sur lui ! ! !

Cette imputation atteindrait l'infamie si l'on ne savait pas que le gérant responsable — celui qui fait les mois de prison — du *Vorwœrtz*, journal socialiste, est le propre fils dégénéré et irresponsable de ce Rudolph Wagner, le physiologiste réactionnaire et chrétien que Vogt étrilla si fort dans son *Köhlerglauben*. C'est cet Adolphe Wagner que Liebknecht chargea de la nécrologie de Carl Vogt !

Décidément, l'ancien collaborateur anonyme à l'ultramontaine et royaliste gazette d'Augsbourg a la rancune longue et l'inimitié bien peu chevaleresque, car cela est vraiment double malheur que d'être « esquissé » par un Adolphe Wagner.

---

(1) H. Dameth, le jurisconsulte, lui écrivait à ce propos :

4 novembre 1859.

Mon cher Vogt,

J'ai lu ces jours, dans la *Revue*, un résumé des débats de votre procès contre la *Gazette d'Augsbourg* et je ne veux pas rester longtemps sans vous dire tout le plaisir que m'a fait cette lecture. Il est bien entendu que les débats juridiques n'ont absolument rien ajouté à ma façon de penser sur l'affaire en elle-même ; mais comme je n'ai pas généralement grande confiance dans l'indépendance de la justice en matière politique, j'ai été charmé de voir que, cette fois du moins, la cause du vrai triomphait de celle du faux.

Ce Blind n'est pas pour moi tout à fait un inconnu. En 1849 il était venu à Paris avec une mission de la République badoise. Nous nous rencontrâmes en prison, au 13 juin, mais je me liai peu avec lui, parce qu'il me faisait l'effet d'un sournois. Il professait un socialisme d'énergumène à froid. Au reste, quand nos gros buveurs de bière se mettent en train d'exagération et de fiel, ils n'y vont pas de main morte. Témoin encore ce Marx, dont on parle dans la *Revue* et aux yeux duquel Proudhon n'est qu'un conservateur. . . . .

J'ai deux renseignements à vous demander :

1° Il paraît que votre père ou votre frère a fait une étude sur les eaux de Pfeffers. . . . .

2° Un soir nous échangeâmes quelques paroles au sujet des nouvelles banques populaires d'Allemagne pour faire des prêts aux ouvriers. Vous pouvez m'indiquer où je trouverai des renseignements précis sur ces institutions . . . . .

H. DAMETH.

Même Jacob Venedey, l'ennemi personnel de Carl Vogt, dans son opuscule contre le professeur de Genève, intitulé pompeusement : *Pro domo und Pro Patria* est obligé de reconnaître, bien malgré lui, la déroute de Liebknecht, Orges et consorts :

« ..... Diese Schrift Vogt's über seinen Prozess hat ganz das Ansehen eines Siegeszuges. Und in der That hat Karl Vogt, freilich ohne dadurch selbst gerechtfertigter zu erscheinen, die *Augsburger Allgemeine* und auch die « Londoner Schwefelbande » gehörig zerzaust nach Hause geschickt. Aber desswegen soll er doch nicht ungestraft versuchen, einen Mann, den er stets und auch in diesem Falle auf ganz anderem Boden gefunden, an der Seite jener Besiegten im Triumphe mit herum zu schleppen. . . . . . »

En cette même année 1859 parut également — outre plusieurs mémoires scientifiques, parmi lesquels il convient de retenir plus spécialement les *Recherches sur l'anatomie comp. des organes de la génération chez les animaux vertébrés*, travail important publié dans les *Annales des Sciences naturelles* — un livre attrayant *Altes und Neues aus Thier und Menschenleben*, deux volumes réunissant divers sujets traités antécédemment dans *Ocean und Mittelmeer* et les *Thierstaaten*, et les présentant sous un jour nouveau.

Une après-midi d'été, qu'il se promenait avec Helmholtz et Kopp aux environs d'Heidelberg, le hasard les fit s'arrêter sur la hauteur du *Wolfsbrunnen*, où se trouvent une auberge et un vivier également réputés. Les trois professeurs, tout en dégustant une bouteille de vin du Rhin, se mirent à causer pisciculture avec le gardien, qui ne leur cacha pas son jugement d'éleveur pratique. Au fond, pour lui, tous ces manuels traitant de l'élevage artificiel ne valaient pas une chope de mauvaise bière. Les uns étaient obscurs, les autres faux, d'aucuns incomplets, bref l'on s'apercevait immédiatement que tout cela était écrit par des savants de cabinet qui n'avaient, de leur vie, su prendre un goujon !

Helmholtz et Kopp, regardant Vogt, riaient à se tordre.

Heureux de son succès, l'impitoyable contempteur s'arrêta un moment, ne comprenant pas, puis il continua :

— Pourtant, Messieurs, vous me permettrez de faire une exception : j'ai là-haut, dans 'ma chambre, un traité de pisciculture, paru à Leipzig, chez Brockhaus, avec gravures dans le texte, qui vaut les plus volumineux manuels. Celui-là est d'un connaisseur, d'un savant qui a vu par ses yeux et a expérimenté les méthodes lui-même, l'on s'en aperçoit immédiatement. Et puisque vous vous intéressez à mes truites, je vais aller vous chercher mon livre, afin que vous puissiez juger par vous-mêmes.

Le bonhomme monta chez lui et en revint avec le volume.

— Tenez ! le voilà, il vient de paraître. Cela s'appelle : *Die künstliche Fischzucht* von Carl Vogt, Professor in Genf !

Ce fut le tour de Vogt de regarder Helmholtz et Kopp en éclatant de rire.

————————➤◄————————

1860

Un livre incomparable, la base des sciences naturelles dans la seconde moitié du XIXᵉ siècle ; une œuvre qui exerça sur le mouvement des idées une telle influence que tout pâlit à côté : l'*Origine des Espèces*, par Charles Darwin, dont la première édition fut enlevée en quelques jours à Londres, en novembre 1859, ne pénétra en réalité sur le continent qu'en mars 1860.

Ce chef-d'œuvre ne fut pas bien accueilli dans les sphères officielles et les « princes de la science » en France notamment, s'obstinèrent à se cramponner à l'immobilité dans la nature, tandis que peu à peu un irrésistible courant entraînait l'immense majorité des naturalistes, surtout en Allemagne, vers le principe proclamé, en même temps, par Darwin et par Wallace, d'une évolution incessante et continue du monde vivant. Vraiment, on s'étonne à bon droit de l'accueil qui fut réservé, dans les milieux officiels et autres, à ce livre qui expliquait tous les phénomènes indéchiffrables jusque-là par le transformisme et l'une de ses causes : la sélection, à laquelle personne n'avait songé, si ce n'est Wallace. (1)

En juillet 1860, Louis Agassiz écrivait :

« Les arguments présentés par Darwin n'ont pas produit la moindre impression sur mon esprit. Jusqu'à l'époque où l'on aura démontré que les faits dans la nature ont été méconnus par ceux qui les ont recueillis et qu'ils ont une signification différente de celle qu'on leur assigne généralement, en ce moment, je considérerai, par cela même, la théorie de la mutabilité comme une erreur scientifique, fausse dans ses faits, non scientifique dans sa méthode et nuisible dans ses tendances. »

Agassiz ne comprit pas ou ne voulut pas comprendre et à la séance du 22 novembre 1871 de l'Académie des Sciences de Cambridge, l'auteur du *Système glaciaire* maintenait avec entêtement son opposition en affirmant que les transformistes n'avaient formulé que des théories sans fondement dans les faits d'observation ; il concluait que n'ayant prouvé ni l'évolution, ni la force d'évolution dans le présent, ils n'étaient pas en droit d'en faire l'application dans le passé. Pour Louis Agassiz, toute la doctrine se réduisait à un tissu de pures assertions en l'air, d'affirmations sans aucun fondement. Inutile d'ajouter qu'en 1871, Agassiz était quasi seul à professer ce mépris parmi les savants du Nouveau-Monde qui s'étaient convertis des premiers aux conclusions de Darwin.

---

(1) Cette rencontre, on le sait, est curieuse :
Alfred Russel Wallace étudiait depuis bientôt huit ans la flore et la faune de l'Archipel malais et d'une partie de la Nouvelle-Guinée ; sans connaître les travaux auxquels se livrait Charles Darwin, il fit publier à Londres un mémoire précurseur dans lequel il définissait nettement la *sélection* comme l'un des principes de la théorie de l'évolution que huit ans de recherches venaient de lui faire découvrir. Ce mémoire, contenant les bases du transformisme, était intitulé : *On the tendencies of varieties to depart indefinitely from the original type.* Trois semaines auparavant, en juillet 1858, Charles Darwin avait lu devant les membres de la *Linnéan Society* le résumé des faits capitaux énoncés dans le livre qu'il préparait, mémoire qu'il intitulait : *On the tendency of species to form varieties and on the perpetuation of species and varieties by means of natural selection.*

Voilà pour l'Amérique, voyons l'Angleterre.

L'opposition du clergé et de la *gentry* devint ridicule d'animosité et d'exagération. Darwin repose aujourd'hui, malgré les protestations de la noblesse catholique et protestante, sous les dalles de Westminster ; l'Angleterre, si féconde en hommes immortels, salue en lui, presqu'unanime à cette heure, l'un de ses plus nobles et de ses plus glorieux enfants et pourtant que d'outrages jetés, comme à pleines mains, contre son œuvre admirable, durant vingt années ! Huxley s'enrôla le premier, Lyell, Lubbock et Tyndall le suivirent : ces quatre noms valaient une armée.

En Allemagne, la science officielle qui est heureusement loin d'avoir l'influence de sa sœur en France, se tint également sur la réserve pendant quelque temps ; connaissant, par ses travaux antérieurs, le consciencieux savant qu'était le naturaliste du *Beagle*, on se borna à réclamer des preuves plus nombreuses, tandis que de futurs adeptes, encore dans l'indécision, se contentaient de timides louanges en s'excusant, eux aussi, de prendre le temps de la réflexion. Quant à Carl Vogt, avec ses *Leçons sur l'homme*, il devint le Huxley de l'Allemagne et de la Suisse ; acclamé par la jeunesse, suivie bientôt de tous les hommes de science, il proclama le premier les vérités de la théorie nouvelle.

La patrie de Lamarck, de Bory de Saint-Vincent, de Geoffroy Saint-Hilaire, se montra réfractaire, et à l'exception de quelques « énergumènes » : Charles Martins, Letourneau, André Lefèvre, Hovelacque, etc., durant des années, les officiels traitèrent avec dédain Darwin et ses émules, jusqu'à ce que, révolté contre l'iniquité dont avait été victime le grand Anglais et emporté par son besoin de réparation, le monde entier le sacra maître. C'était justice. Ce nom de Darwin, si longtemps ignoré, puis honni dans l'étroite salle de l'Académie parisienne, est dès lors glorieux, se révélant de plus en plus grand dans son apothéose triomphale.

Il serait puéril de le nier, la science française officielle d'alors, grâce à la centralisation, à l'ignorance des langues, à une superfétation de soi-même, n'était pas à l'abri du reproche de tenir en mince estime ce qui pouvait venir du dehors ; l'Académie des Sciences de Paris — vous l'avouerez — ne pouvait admettre qu'un simple habitant des environs de Londres, un tout petit naturaliste, sans décoration aucune, s'en vint bousculer et violenter les mânes de M. de Cuvier, Grand cordon de la Légion d'honneur, membre de l'Institut. Et c'est cette absurde conception du principe d'autorité, basé sur le chauvinisme, la routine, l'ignorance et les plus sottes convenances qui fit que le corps académique par excellence faillit en 1870 — dix ans après l'apparition de l'*Origine des Espèces*, à la veille de la déclaration de la guerre ! — couvrir la France scientifique de ridicule aux yeux des éduqués de tous les pays. Oui, en 1870, alors que l'écrasante majorité des savants du monde entier s'incline devant le génie de Darwin, l'Académie des Sciences de Paris, se prélassant dans ses attitudes de coquette dévote et hargneuse, continue à faire la moue et discute avec une solennelle aigreur les *titres* de Charles Darwin comme membre correspondant ! Et, sans les efforts de Quatrefages, Darwin échouait, Darwin était *retoqué !* Lequel des deux, de l'auteur des *Vers de terre* ou du cénacle des *immortels,* eut supporté par la suite le cuisant de cet ostracisme ?

Dans cette séance mémorable, Elie de Beaumont concède que Darwin est l'auteur de bons travaux, « qu'il a malheureusement gâtés par des idées dangereuses et sans fondement ; il faut attendre pour l'élire qu'il ait renoncé à ces idées ».

M. Emile Blanchard, le porte-parole des gens de sens rassis qui ont l'horreur instinctive des aventures lointaines, croit devoir se montrer très sévère pour sauvegarder la dignité de l'auguste assemblée. L'auteur de la *Vie des êtres animés* ne peut voir en Darwin qu'un « amateur intelligent » (textuel), mais pas un savant et ce serait « *un malheur pour la science que de lui ouvrir les portes de l'Académie !* ».

L'orateur proclame ensuite dans ce discours, qui dura plus d'une heure et qui ne manqua pas d'être souligné par de nombreuses marques d'approbation, que les recherches (ces recherches tant admirées!) sur les races des Pigeons, prouvaient que Darwin manquait du véritable esprit scientifique!!! Du reste, M. Blanchard l'affirme, Darwin resta incapable de dresser la nomenclature zoologique des échantillons qu'il avait recueillis pendant l'expédition du *Beagle*; en outre, ce travail si vanté sur les Cirripèdes ne contient guère que des faits connus; sa monographie des Planaires ne renferme presque rien d'important et en dernier lieu, pour en terminer avec ce candidat, l'orateur avise l'assemblée que la doctrine qui a fait la fortune de son nom n'est pas seulement fausse, elle ne lui appartient même pas : Lamarck a exposé longtemps avant Darwin le système de la transmutation des espèces!

— C'est de la science mousseuse! s'écrie, tout heureux d'avoir trouvé un mot de plaisantin, Elie de Beaumont, en donnant le signal des applaudissements qui accueillirent la péroraison de M. Blanchard.

Heureusement pour le renom de la France, moralement engagée, que Quatrefages demanda la parole; quoique adversaire du transformisme, son esprit de justice, son impartialité, ce qu'il savait des travaux de l'étranger, tous peu ou prou inspirés de Darwin, l'obligèrent à soutenir la candidature, et dans une réfutation très modérée mais très habile, il désarma quelques-uns des plus irrités et convainquit les hésitants; il reconnut, il blâma, il expliqua, il atténua, il louvoya tant et si bien qu'il finit par l'emporter.

Cette opposition systématique à tout ce qui ne rentre pas dans le cadre restreint de Paris, cette routine et cet esprit conservateur dans les hautes régions ont causé des dommages sur lesquels il serait oiseux d'insister; rappelons seulement que des séances de ce genre servaient de principal argument à ceux des critiques qui signalaient la distance alarmante, séparant, au point de vue des connaissances générales, la France des autres nations, tout en comblant les vœux des haineux qui trompetaient, en 1870 et après, la décadence générale de la science française.

Pour en revenir à l'effet produit par l'apparition de l'*Origine des Espèces* en dehors des pays déjà cités, nous remarquerons que les savants de Genève, par exemple, d'abord hostiles ou pour mieux dire hésitants, à l'exception de Carl Vogt et de Claparède, se rallièrent vite. Le botaniste de Candolle, on le sait, compta parmi les darwinistes de la première heure et Pictet de la Rive, s'il n'acquiesça pas complètement, ne put s'empêcher, dès 1861, de constater le bien fondé de la théorie et les services qu'elle pouvait rendre :

« Je ne vois pas d'objections sérieuses, écrit-il, à admettre la formation de variétés par sélection naturelle dans le monde existant, et dans la mesure où il s'agit des premières époques, on peut admettre que cette loi explique l'origine d'espèces intimement alliées, en supposant pour cela une période de temps très longue. En ce qui concerne les simples variétés et les espèces intimement alliées, je crois que la théorie de M. Darwin peut expliquer bien des choses et jeter une vive lumière sur beaucoup de questions. »

Pour Carl Vogt, plus que pour tout autre, l'*Origine des Espèces*, arrivant indirectement à la rescousse du matérialisme en lui conférant par son ascendant heureux plus d'autorité morale, peut-être, qu'il n'en avait exercé par ses victoires, pour Carl Vogt, disons-nous, ce livre fut une révélation. Conquis immédiatement, aussitôt après la première lecture, non seulement par l'extraordinaire lucidité, l'esprit de déduction de Darwin, mais aussi par son affranchissement universitaire, il s'avisa aussi que la nouvelle théorie de l'évolution, considérée en tant que doctrine philosophique, se rapprochait du matérialisme puisqu'elle ne gardait aucun point de contact avec le spiritualisme.

Jusqu'à l'apparition de ce livre exceptionnel, on avait cherché, sans pouvoir la trouver, une hypothèse sur l'origine des formes organiques connues, hypothèse qui ne supposât l'intervention d'aucune cause autre que celles dont on pouvait prouver l'action présente. Ce que les esprits scientifiques objectifs désiraient, c'était non de rattacher leur foi, leur croyance à telle ou telle inexplicable intervention d'un Dieu, mais de contrôler une doctrine basée sur des conceptions et des observations claires, définies et incontestables. Or, le transformisme répondait péremptoirement au dilemne embarrassant, avant 1860, posé par la critique : « Si vous refusez l'hypothèse de la création, que pouvez-vous supposer qui puisse être accepté par quiconque veut raisonner avec prudence et méthode? ».

En substituant à l'idée toute théologique de l'immuabilité des mondes, l'idée rationnelle d'évolution, de perfectionnement graduel, d'adaptation, de progrès, Darwin renversait tout l'échafaudage des croyants et fournissait aux perplexes une explication de la création des plus plausibles.

Et quel essor donné à l'étude dans tous les domaines! Ecoutez l'un des zoologues de France, que Carl Vogt estimait et aimait entre tous, M. Edmond Perrier, membre de l'Institut :

« Charles Darwin est l'un des hommes dont l'influence se sera le plus vivement fait sentir non seulement sur toutes les branches des sciences naturelles mais encore sur la philosophie générale et peut-être même la politique. On lui doit, en effet, d'avoir pour la première fois fait resplendir la lumière de la science dans un domaine qui semblait devoir lui demeurer à jamais fermé, d'avoir montré à l'homme qu'il avait entre les mains, sur sa propre histoire, des documents qu'il n'avait pas su déchiffrer, d'avoir substitué partout à l'idée de l'immuabilité des mondes l'idée rationnelle d'évolution...

Jusque dans ces vingt dernières années, les êtres vivants étaient presque toujours étudiés indépendamment du milieu dans lequel ils vivent, indépendamment des rapports réciproques qu'ils contractent entre eux. Chacun d'eux paraissait être une entité distincte, ne devant rien qu'à elle-même, capable de se soustraire à toute action modificatrice de la part des agents extérieurs, créée une fois pour toutes en vue de certaines conditions d'existence, merveilleusement adaptée à ces conditions, mais ne pouvant s'y soustraire qu'à la condition de périr, en équilibre parfait avec un milieu supposé immuable, mais destinée à disparaître dès que cet équilibre était rompu. »

Cette fausse conception de l'être vivant causa l'échec de tous les essais de philosophie des sciences naturelles qui avaient été tentés jusque-là.

A la mort de Darwin, Carl Vogt écrira :

« Ce géant a imprimé à notre époque le sceau impérissable de son génie, et son impulsion puissante s'est fait sentir dans tous les domaines de l'activité humaine. Les futurs historiens de la science appelleront cette seconde moitié du dix-neuvième siècle : l'époque de Darwin, et ils ne se tromperont pas lorsqu'ils dateront une ère nouvelle : l'ère de l'évolution, depuis le moment où le travail prodigieux de ce savant est entré en lice sur l'arène pacifique ouverte à toutes les nations pour leurs aspirations vers la découverte des lois qui régissent le monde ».   . . . . .

Depuis Lamarck, ce génial précurseur qui, devenu aveugle, fut délaissé par le gouvernement de Charles X, occupé à distribuer ses faveurs ailleurs — depuis cette *Philosophie zoologique*, la question était dans l'air et le siècle la cherchait comme à tâtons.

Huxley raconte que lorsqu'il lui arriva, pour la première fois, à Londres, de saisir la pensée centrale de l'*Origine des Espèces* et d'en entrevoir la portée, il ne put s'empêcher de s'écrier avec colère : « Combien j'ai été stupide de ne pas songer à cela! ».

Karl-Ernst von Baer exprimant son assentiment, ajoute simplement : « J'ai énoncé les mêmes idées que M. Charles Darwin ».

Lyell, opposé aussi bien à la définition de Lamarck qu'au quasi progressionnisme d'Agassiz était très disposé, avant Darwin, à mettre sur le compte des causes naturelles la génération de toutes les espèces passées et présentes des êtres vivants.

« Mais tandis que j'enseignais, écrit-il en 1868, qu'aussi souvent que certaines formes d'animaux et de plantes disparaissaient, pour des raisons qui nous étaient parfaitement inintelligibles, d'autres prenaient leur place en vertu de causes en dehors de notre compréhension, il appartenait à Darwin d'accumuler les preuves de l'absence d'interruption entre les espèces naissantes et celles qui disparaissent; les preuves qu'elles sont l'œuvre de l'évolution et non d'une création spéciale. . . .
J'avais certainement préparé les voies dans notre pays dans les six éditions de mon ouvrage (*Principles of Geology*) avant que les *Vestiges of Creation* n'eussent fait leur apparition en 1842 pour la réception de l'évolution graduelle et insensible des espèces selon Darwin. »

En 1837, l'illustre géologue écrivait à Whewell :

« A l'égard des modifications d'une série d'espèces animales ou végétales à une autre vous vous rappelez de ce que dit Herschel dans sa lettre. Si j'avais formulé aussi complètement qu'il l'a fait lui-même la possibilité de l'introduction ou de la génération d'espèces nouvelles, comme étant un processus naturel, par opposition à un processus miraculeux, j'aurais ameuté contre moi une légion de préjugés qui se dressent malheureusement à chaque pas de tout philosophe qui essaye de parler au public de ces faits mystérieux. »

Chez Carl Vogt, ce n'est pas la crainte d'effaroucher les sentiments religieux d'autrui, mais la tradition académique, la robe de Nessus universitaire, le dogme de la subordination quand un maître a parlé, voilà ce qui l'a retenu, car le traducteur des *Vestiges of Creation* a côtoyé et effleuré le sujet en maint passage. Ainsi, en 1842, dans l'*Embryologie des Salmones*, il écrit textuellement :

« On pourra donc dire à l'avenir, en restant rigoureusement dans les limites de l'observation, qu'à certains égards les espèces fossiles d'une classe parcourent dans une succession historique des métamorphoses semblables à celles que subissent les embryons en se développant ou vice-versa que les embryons de notre époque passent dans les différentes époques de leur développement par des états analogues à ceux que présentent les espèces fossiles dans leur succession ; ou en d'autres termes enfin, que le développement d'une classe dans l'histoire de la terre offre à divers égards la plus grande analogie avec le développement d'un individu aux différentes époques de sa vie. »

En 1849, dans ses *Zoologische Briefe*, il s'exprime en ces termes :

« L'espèce est la réunion de tous les individus qui tirent leur origine des mêmes parents et qui redeviennent par eux-mêmes ou par leurs descendants semblables à leurs premiers ancêtres. »

Dans ses *Leçons sur l'homme*, parues d'abord en deux volumes, en 1863, et qui ne sont que la répétition de ses cours publics durant l'hiver de 1862, il proclamera sans ambages :

« Nous reconnaissons un type à caractères déterminés que nous nommons *Espèce* et que nous pourrions définir en disant que nous rapportons à une même espèce tous les individus que leurs caractères communs signalent comme descendants réels ou possibles d'une souche commune. »

Huxley avec son *Man's place in Nature* et le professeur de Genève, après lui, avec ses *Leçons sur l'homme* tirèrent les premiers des données transformistes la conséquence que l'homme devait se rattacher par des liens généalogiques aux mammifères supérieurs. Voici quelques passages d'une lettre à Huxley :

« . . . . Merci pour votre beau livre, petit de format, gros de valeur : *Man's place* qui m'a procuré d'autant plus de joie que je me trouve moi-même au plus fort de l'impression d'un ouvrage, destiné au public éclairé et traitant le même sujet. J'y joins les résultats des nouvelles recherches de Lyell sur l'antiquité de l'homme. Dans la première partie dont la rédaction est entièrement achevée, je traite des méthodes employées en anthropologie, des résultats obtenus jusqu'à présent quant à l'histoire naturelle de l'homme et des rapports de celui-ci avec les autres animaux et notamment les singes. J'appuie surtout fortement sur la microcéphalie, résultant d'arrêt de développement et je montre contrairement à MM. Gratiolet et Wagner que la microcéphalie est un pas en arrière vers le singe et que les principaux caractères dans le développement du crâne et du cerveau, dans les proportions des membres, etc., sont ceux des singes, tandis que les caractères secondaires, donc moins importants, appartiennent à l'homme.

Votre discussion avec M. Owen y tient aussi une large place et il va sans dire que je me prononce entièrement en votre faveur.

Le tome II, auquel je travaille en ce moment, traitera de l'antiquité de l'homme et résumera peut-être d'une manière complète les trouvailles faites dans les cavernes, les couches diluviennes, les pilotis, etc. Je possède, en effet, quelques crânes découverts dans les cavernes de L'Hombrive (département de l'Ariège), dont le propriétaire, M. Garrigou, m'a apporté les originaux. Je joins aux feuilles du tome I une réduction au tiers de deux crânes complets pour vous donner une idée . . . .

J'arrive à la conclusion, peu surprenante du reste, que des races et des races très différentes ont existé déjà à l'âge de pierre et que leur nombre a été augmenté par l'immigration de l'homme de bronze. Mais pour étayer davantage cette démonstration, il me manque des matériaux plus complets sur les crânes danois. Vous avez donné, ainsi que Lyell, le profil d'un crâne de Boresby. . . . .

La théorie de Darwin fait enfin de grands progrès en Allemagne. Une foule de jeunes savants se présentent. M. Virchow ouvre le feu dans un journal politico-littéraire de Berlin : *Deutsche Iahrbücher für Politik und Literatur*, dirigé par M. Oppenheim, avec un article sur l'hérédité qui est très explicite dans ce sens. Il est à prévoir que nous aurons de plus en plus à soutenir le combat contre la vieille école qui n'en est pas encore à ses derniers soubresauts, car avec la formule, poussée jusqu'à ses dernières conséquences, le Créateur disparaît lui, sa volonté personnelle et tout ce qui s'ensuit. C'est grave, mon cher Monsieur ! Il faudra peut-être ajouter au fameux quatrain :

> S'il a inondé la terre
> C'est la faute à Voltaire,
> S'il a lâché beaucoup d'eau
> C'est la faute à Rousseau.

deux vers de consolation :

> S'il a créé tout en vain
> C'est la faute à Darwin.

Veuillez remercier M. Busk de ma part et agréer, etc.

C. VOGT.

Genève, mars 1863.

Retenu par le *cant* anglais — autre tyrannie — Darwin se garda bien de tirer la moindre conclusion hérétique de sa théorie ; comme Cuvier qui niait l'homme fossile pour ne pas déplaire en haut lieu ; comme Agassiz tremblant devant le blâme des cousins de Cudrefin ou celui des souscripteurs ; enfin, comme ce grand oseur de Claude Bernard, lui-même, quoique l'esprit le plus libre et le plus avancé mais observant une analogue réserve par crainte de l'*Académie des Sciences*, Charles Darwin, de nature timide et bienveillante, éprouvait un malaise à affronter les anathèmes pieux de tous ceux qui écoutent bouche bée les prédicants des chaires méthodistes, presbytériennes, anglicanes ou réformistes. Par crainte du scandale, il préféra envelopper d'un voile son opinion, ses tendances, et ne s'expliqua jamais clairement sur ce titre : *Origine des Espèces*. Une phrase, une formule qui eut couru de bouche en bouche, un de ces mots sonores que les foules se jettent à la tête, sans en comprendre toute la signification, comme par exemple : « La propriété, c'est le vol », pour n'en citer que le plus célèbre, eut eu, cela se conçoit, étant donné la bigoterie anglaise, les plus graves conséquences pour l'auteur; il pensa qu'un livre de science démolissant, si l'on en exprime l'essence, la légende biblique, il est vrai, mais qui ne s'adressait qu'à un public d'élite ne pouvait — il se l'imaginait, du moins ! — lui susciter de trop accablantes misères. Darwin sacrifia ainsi à sa tranquillité, se laissant même aller à quelques concessions théologiques dans les interviews, afin de pouvoir continuer à travailler paisiblement. Il se trompa en partie, témoin l'opposition acharnée du clergé anglais et des *gentlemans readers*, à l'occasion de la translation de ses cendres à Westminster...

Nulle préoccupation de ce genre n'entravait, on le pense bien, la pétulance de Carl Vogt. Il était habitué aux attaques, blasé sur les accusations ordurières et c'est sans aucune gêne, libre d'allures, qu'il commença et continua jusqu'à la fin de sa vie à batailler pour la féconde idée. Mais il était un darwiniste réfléchi, sinon hérétique et dissident, car sur plus d'un point important, ainsi que le démontre Quatrefages dans son ouvrage : *Les Emules de Darwin*, il se sépare du maître en disciple indépendant ; si l'illustre Anglais, établissant, le premier, le lent développement des êtres de formes simples à l'encontre de l'affirmation biblique de la création ne voulut jamais établir clairement l'opposition entre sa théorie et celle de la Genèse, ses disciples, il faut l'avouer, ne se gênèrent pas, et parmi eux Carl Vogt avec Huxley et Haeckel se trouveront en bonne posture...

Avant le professeur d'Iéna, l'auteur des *Leçons sur l'homme* a été le propagateur populaire par excellence de la doctrine transformiste en Allemagne ; il en a été le propagateur par la plume et par la parole, l'adepte le plus fervent et le plus passionné. Cependant, il ne saurait admettre les généralisations à outrance et le premier feu passé, plus il méditera, plus il se séparera de Darwin et surtout de Haeckel, dont il ne veut ni ne peut accepter, yeux clos, en disant *amen*, la géniale exubérance. Il suffit pour Vogt qu'il s'agisse de zoologie ou des branches connexes, pour que la qualité de jadis : l'exactitude méticuleuse prenne le dessus, s'accentue jusqu'à étouffer les autres. Il ne veut plus entendre parler d'une probabilité et oublie qu'à ce taux là il n'eut pas écrit ses *Microcéphales* et que l'observation sèche, sans quelque envolée dans le domaine de l'imagination ne crée pas un courant d'idées qui exalte l'espérance et qui fait jaillir, un matin, la vérité du front d'un Galilée, d'un Newton ou d'un Darwin.

Les divergences de vues entre Vogt et l'école transformiste proprement dite sont établies dans sa belle étude sur l'*Archæopterix*, ainsi que dans une série d'articles scientifiques, publiés par les revues et journaux allemands ou français et qui furent lancés en partie dans la circulation par l'éditeur Schottlænder. Les plus connus sont : *Geologische Theorien, Quelques hérésies darwinistes*, les *Dogmes de la Science, Pape et anti-pape* (article qu'on ne saurait omettre et qui parut dans la *Frankfurter Zeitung* au lendemain de la querelle Virchow-Haeckel); parmi les écrits purement scientifiques, citons : *Sur un nouveau genre de Médusaire sessile, Parasitisme animal*, ses introductions aux *Mammifères* et à l'*Anatomie comparée*, etc.

« Savoir et non pas croire » disait Vogt à ses élèves en les stimulant à s'affranchir du dogme d'autorité, ce qui, du reste, ne l'empêchait nullement de se fâcher tout rouge quand l'un d'eux soutenait une thèse contraire à la sienne, ou bien une hypothèse d'origine haeckelienne. Pourtant son opposition n'alla jamais jusqu'au parti-pris ; il ne demandait même pas mieux que de croire, mais pour ce, il fallait que ce fut prouvé par des preuves irréfutables, sans réplique possible et que tous les faits concordassent ensemble.

Ainsi, pour rappeler l'exemple que cite de Quatrefages : si l'on en croit Darwin, dans le combat pour la vie, la victoire appartient constamment aux plus forts, aux plus doués, aux plus beaux. Un perfectionnement très lent, mais continu et incessant, est à ses yeux la conséquence forcée de la sélection naturelle et sexuelle. Envisagé à ce point de vue, le darwinisme, on le sait, a été proclamé la *doctrine du progrès*. On admettait bien, il est vrai, quelques transformations *régressives*, quelques cas de *recul organique*, mais on ne voyait là que de très rares exceptions n'infirmant en rien la règle générale.

Or, l'influence que Vogt reconnaît aux actions du milieu le conduit à des conclusions différentes. Pour lui, cette influence a essentiellement pour résultat d'adapter les êtres organisés à leurs conditions d'existence. Néanmoins, les résultats de cette adaptation peuvent être fort différents, et déjà, dans ses *Leçons sur l'homme*, il disait : « Il peut y avoir progrès sous plusieurs rapports ; dans d'autres cas, arrêt ou recul ». Il ne songe nullement à nier les perfectionnements acquis par l'ensemble des êtres organisés depuis les temps paléozoïques, mais il fait observer que, s'il y a eu des types progressifs, il en a existé de stationnaires et de rétrogades ; si bien que la somme du progrès « se constitue d'une multitude de facteurs dont la valeur, tantôt positive, tantôt négative, est *extrêmement variable* » et dans une *Note* présentée au congrès de l'Association française il faisait comprendre comment et pourquoi les conditions d'existence imposées aux *animaux fixés* et aux *animaux parasites* ont pour résultat la simplification des organismes et leur rétrogradation dans l'échelle des êtres...

Mais qu'est-ce que les suppositions de Darwin à côté des exigences et des affirmations de Haeckel ? Si Vogt combat, avec modération, une hypothèse qui ne concorde pas entièrement avec les données scientifiques, il sursaute quand avec Iéna avec sa folle du logis, toujours en ébullition, vient planter là, au milieu du champ, son arbre généalogique. Que de fois s'est-il emporté contre « l'enfant terrible » du darwinisme, en causant avec Ed. Claparède, ce zoologue genevois de si haute valeur ou avec H. Foll, cet autre genevois, l'égal du premier, que d'imbéciles commérages et papotages universitaires, ainsi que certains travers de son caractère assombri, éloignèrent de son pays ; que de fois, en lisant telle ou telle « Mittheilung » de Haeckel, s'il-il levé et dans un moment de vraie indignation qui n'en était pas moins comique, s'est-il écrié, comme jadis les bons bourgeois de Giessen, en le lisant, lui : « Das ist ja haarsträubend ! Der Mensch wird verrückt ! ».

Amicus Plato... Carl Vogt a toujours beaucoup aimé et admiré Haeckel, mais il ne peut accepter le « roman » dans sa science favorite, la zoologie. Il admet pleinement la hardiesse des vues à condition qu'elle soit tempérée par une sage réserve. Dans ces conditions, il n'accorde aucune créance aux théories de ce poète audacieux qui prétend dessiner d'un seul trait l'arbre généalogique du règne animal entier et qui dans sa hâte de construire se contente quelquefois à trop peu de frais. Il s'insurge donc contre l'auteur de l'*Anthropogénie*, lorsque celui-ci, très tranquillement, en gouaillant même, confesse qu'il détient une imagination ardente et que ma foi ! il en use ; il houspille la grande école d'Iéna, lorsqu'il la surprend tournant, retournant, contournant, polissant, déplaçant, arrangeant les faits négatifs, non sans une pincée de cabotinage, jusqu'à ce qu'enfin les documents, complétement défigurés à la suite de cette manipulation, finissent par concorder avec l'axiome émis, car s'il en est au monde qui soient parvenus à faire passer, en science, un chameau par le trou d'une aiguille, ce sont bien Haeckel et ses fervents.

Carl Vogt réussit à démolir quelques-unes des assertions par trop aventurées de son ami, qui se montra plus sensible aux « pointes » lancées qu'à la critique sérieuse. Le demi-dieu d'Iéna — grattez l'allemand, vous y trouverez toujours un professeur susceptible ! — fut froissé et un froid très accentué se mit en place de la cordialité des relations d'antan.

Pourquoi ces deux hommes faits pour se comprendre ne se sont-ils pas remis ? *Chi lo sa ?* Qui donc mieux que Vogt pouvait analyser la nature de Haeckel, jumelle de la sienne par sa hardiesse, sa franchise, son besoin de luttes et d'affranchissement de toute tutelle ? Vraiment ! telles phases de la vie scientifique de l'un ne vous apparaissent-elles pas comme un décalque de tels incidents de la vie de l'autre ? Et combien de traits communs dans le caractère ! Là révolte de Haeckel contre les arrêts tyranniques de Virchow, son impétuosité, ses combats contre le cléricalisme, son dédain pour la pondération bourgeoise, l'absence, chez ce savant, franc du collier et bienveillant, de toute pose professorale, son esprit fin, son style magique, ses ripostes et ses saillies, tout cela n'est-ce pas aussi Carl Vogt?

Toutefois, le principe d'autoritarisme universitaire entache les meilleurs et la glace entre les deux amis ne devait pas se rompre. Et pourtant dès qu'un élève, un étranger s'en venant de Iéna, rendait visite à Plainpalais, la première question concernait Haeckel. Que faisait-il? Que pensait-il? Que disait-il? Cela était peut-être demandé d'un ton bourru, mais l'animosité disparaissait vite et l'on sentait que Vogt regrettait le malentendu. Malheur! il avait écrit que le fameux arbre généalogique ressemblait à la cavale de Roland, qui n'avait qu'un défaut, celui de manquer de vie et il avait conseillé à tous ceux qui désiraient s'aventurer dans la forêt que défrichait Haeckel à coups de néologismes, de n'y pénétrer qu'armés de gros dictionnaires grecs et latins — ces plaisanteries ne se pardonnent guère surtout quand elles sont à l'adresse d'un prophète. (1)

---

(1) Iéna 18 October 1864.

Verehrtester Freund!
Beifolgend erhalten Sie die versprochene Photographie, die wenigstens nicht ganz so einem Candidaten der Theologie gleicht, wie die in Genf zurückgelassene. Es scheint aber immer ein preussischer officiös verschnigelter Charakter in das Bild zu kommen wenn man in Berlin sich von der Sonne porträtiren lässt.
Sie werden inzwischen aus der schwülen deutschen Heimath wieder in die freie Schweizer Luft zurückgekehrt sein, froh der Giessener Naturforschersimpelung ledig zu sein. . . . .
Unsere deutsche Zukunft sieht einmal wieder recht miserabel aus und Michel hat die Nachtmütze tief über die Ohren herabgezogen. In Berlin, wo ich jetzt 3 Wochen war, taumelt Alles in Schleswigholsteinischen Sieges-Iubel und preist den edlen Bismark als Regenerator der Königl. preuss. « Grossmagd ». . . . .
Inzwischen arbeiten wir hier stark für Darwin. Ein grössere Arbeit darüber hoffe ich bis nächsten Ostern zu beendigen.
Mit den herzlichsten Danke für die freundliche Aufnahme in Ihrem Hause, etc.

E. HAECKEL.

Iena 10. Juli 1865.

Lieber Freund!
Mit Freude höre ich dass Sie nun auch einmal das herrliche Süd-Italien kennen lernen wollen. Natur und Kunst, Thiere und Menschen, Landschaft und Meer werden Ihnen reichen Stoff zu interessanten Betrachtungen und gewürzigen Mittheilungen liefern, auf die ich mich im Voraus freue. Ich wünschte nur ich könnte Sie begleiten. Ich hatte die Absicht Herbst und ganzen kommenden Winter in Italien grösstentheils wieder in Messina zuzubringen; da ich aber inzwischen einen Ruf als Prof. der Zool. nach Würzburg abgelehnt habe und statt dessen hier zum Ordinarius gemacht worden bin, so kann ich leider nicht fort. Dagegen werden Sie wahrscheinlich meinen trefflichen Freund Gegenbaur in Messina antreffen der dort (im September und Oktober) Fische zu untersuchen und zu sammeln gedenkt. Er beschäftigt sich jetzt ausschliesslich mit Wirbelthieren.
Für Ihre schöne Reise würde ich Ihnen aus eigener Erfahrung folgende Vorschläge machen. . . . .
In treuer Ergebenheit

Ihr
HAECKEL.

La guerre de 1859 terminée, de graves complications surgirent. Le plan des libéraux en Suisse : Stämpfli, Schenk, Fazy, etc., était d'annexer au canton de Genève le nord de la Savoie qui s'offrait à la Suisse et si n'avaient été l'incapacité indolente du Conseil Fédéral d'alors guidé par Frei-Herosé ainsi que l'apeurée indignation des conservateurs genevois, refusant le superbe cadeau par crainte de l'élément catholique, Genève serait aujourd'hui la capitale du plus beau et du plus influent canton de la Suisse.

Carl Vogt ne compta pas parmi les derniers à s'employer dans le sens de la prospérité de son pays, et sa correspondance avec Tourte, devenu ambassadeur suisse à Turin, est des plus intéressantes mais malheureusement trop étendue pour trouver place dans ce livre :

Mon cher Vogt,

Je partage complètement votre manière de voir. J'ai demandé à Berne, sur le conseil de Cavour, une dépêche officielle à lire à Cavour, demandant pour nous le nord de la Savoie. Il faut sortir des conversations et arriver à quelque chose d'assuré.

Mais ils paraissent hésiter à Berne et le temps passe.

Fazy m'a écrit deux fois de Paris, il donne de grands éloges à la conduite de Kern.

Cela concorde peu avec les rapports parvenus à ce sujet à la légation anglaise de Turin.

Il faut être prêt à agir, si nous voulons nous sauver et ne nous fier à la bienveillance de personne.

Vaillant a en poche l'ordre de partir.

L'annexion est parfaitement assurée. Cavour ira de l'avant et se prépare ferme à la guerre.

Votre affectionné,

TOURTE.

Milan, 20 Février 1860.

Cher Vogt,

J'avoue que la conduite du Conseil Fédéral me paraît pour le moins très drôle. En effet, il m'annonce la démarche officieuse du ministre de France, mais sous le sceau du secret le plus absolu et me lie ainsi les mains, tandis qu'il ne se gêne pas pour la raconter à d'autres.

Et maintenant, comme vous le dites, ne nous endormons pas dans une fausse sécurité. Tant que nous n'aurons que des paroles secrètes, nous ne sommes sûrs de rien et la modération de l'Empereur dépendra de celle du Piémont qui sent l'appétit de Grandgousier pour les tripes.

Cavour m'a affirmé qu'il avait reçu de Paris des assurances favorables à la Savoie :

« Mais, a-t-il ajouté, ne dites pas que cela vient de moi. La France est si excessivement jalouse que tout ce qui ne passe pas par ses mains lui semble un vol à son préjudice. On a, à Paris, les nerfs agacés à votre sujet, mais cela passera.

Vous allez bien un peu fort à Genève. »

Le fait est que Cavour est très content de nous. Il se prépare en Italie des complications qui remettront bien vite la question de la Savoie au premier plan.

On a plein le dos des Français dans ce pays-ci ; moi aussi.

TOURTE.

Turin, 5 Déc. 1860.

Mon cher Vogt,

J'ai montré à Cavour votre lettre. Il partage votre avis sur beaucoup de points. Il déclare que jamais l'Italie ne se mettra contre le peuple allemand avec la France.

Il m'a dit : « Vous pouvez répéter que je préférerais attendre encore vingt ans la Vénétie plutôt que de la devoir au concours d'une armée française. Pour rien au monde, je consentirai à diminuer l'indépendance de l'Italie. . . . . ».

Du reste, Cavour croit que l'Autriche sera forcée de céder par le seul fait qu'elle ne peut pas ad œternum maintenir trois cent mille hommes en Vénétie.

Les allures ambiguës de l'Empereur inquiètent beaucoup ici.

Que veut-il faire ? Nul ne le sait. On parle vaguement d'une garnison française à Gaëte. Empêcher le bombardement depuis la mer est un véritable acte d'hostilité. Du côté de la terre les difficultés sont presque insurmontables. . . . .

Cavour vous remercie beaucoup.

Votre affectionné,
A. TOURTE.

Turin, 19 Févr.

Mon pauvre ami, vous êtes bien le meilleur cœur d'homme que je connaisse, contrairement à l'avis des imbéciles qui vous tiennent pour moins bon que vous n'êtes. Si vous n'avez pas réussi à modifier le Conseil fédéral, vous avez au moins donné un fameux coup de fouet.

Je suis très mécontent de la dernière note de Cavour concernant les évêchés lombards. . . .

J'ai fait comme vous m'aviez conseillé et j'ai écrit aussi à Stämpfli pour le prier de donner à Fazy une mission. Seulement, vous savez combien nos gouvernants sont timorés et combien ils se défient de Fazy.

Je vois déjà qu'ils ont peur que je ne fasse trop bien leurs affaires. Ils voudraient se mettre à plat ventre devant les belles promesses secrètes de l'Empereur après avoir été très Autrichiens l'été dernier. Ils n'osent pas agir auprès de l'Angleterre qui seule peut nous appuyer utilement.

Enfin, ils ont peur de vos manifestations genevoises.

Quoiqu'il en soit, j'ai suivi les instructions à la lettre et les paroles de Russell sont identiquement celles que j'ai suivi sir James Hudson lui écrivait à son instigation. Tous les autres ministres ont écrit à leurs gouvernements en faveur de Genève. La Russie plus mollement que les autres.

A Paris on se range peu à peu à l'idée de laisser le Piémont traiter avec la Suisse. Mais nos prétentions, le tapage que nous faisons rendent très nerveux.

Cavour voudrait ne rien céder et résister jusqu'au bout au sujet de Nice. Seulement la grandeur de l'enjeu est telle qu'il ne faut pas compter sur sa constance. Cependant rien ne se fera sans une votation libre des populations. Cavour est craint de la cour, détesté du clergé, attaqué par les ultra-démocrates. Il est indispensable, mais seul. Il peut donc tomber ; je crois qu'il faut profiter de sa présence aux affaires.

Il est très bien disposé pour la Suisse et affecte beaucoup de me traiter familièrement et de paraître avec moi en public. . . . .

Votre affectionné,
A. TOURTE.

Le prince Jérôme, auprès duquel, sur la demande de Stämpfli, il avait protesté, lui faisait répondre en date du 1er décembre 1861 :

« . . . . Les dissentiments qui se sont élevés entre la France et la Suisse sont très fâcheux ; mais il faut reconnaître que la conduite pleine de malveillance de la Suisse n'a été justifiée par aucun acte de provocation de la part du gouvernement de l'Empereur, qui, en toutes circonstances, a manifesté le désir d'avoir de bons rapports avec la Suisse et en a donné des preuves non équivoques.

Vous dites que l'opinion publique, très favorable à la France au moment de la campagne d'Italie, s'est retournée contre elle parce que les espérances conçues ne se sont pas réalisées et qu'on a vu : « le pouvoir temporel protégé par les baïonnettes françaises, l'affranchissement de l'Italie rendu « impossible par cette occupation, et l'Autriche, à peine affaiblie, prête à étouffer de nouveau dans le « sang les peuples qu'elle tient sous son joug ».

Je pourrais répondre que l'occupation de Rome ne date pas d'hier et que si la France y protège le pouvoir temporel, la Suisse l'a protégé aussi, depuis plus longtemps et d'une manière plus brutale, en fournissant des soldats au pape.

Quant à la question de la Savoie, elle ne peut être jugée par vous comme par nous, à Genève comme en France ; il a plu aux Suisses de voir une menace pour leur pays dans l'annexion de cette province, mais vous reconnaîtrez certainement que rien dans la conduite de la France n'a autorisé cette crainte. . . . . »

1861

———*———

Un matin de février 1861, les journaux de la ville fédérale paraissaient tous, sans distinction d'opinions, avec un large cadre endeuillé et les habitants de Berne et du canton, douloureusement frappés, apprenaient que le professeur Wilhelm Vogt, en pleine force, en pleine sève huit jours auparavant, était mort dans la nuit, d'une pneumonie contractée, à coup sûr, à l'hôpital. Passionné pour ce métier de médecin, s'en faisant une haute idée, il en avait le légitime orgueil : fatalement, il devait en mourir.

Le Conseil d'Etat et la ville de Berne marquèrent spontanément qu'ils ne pouvaient oublier ce bienfaiteur dans ce qui pouvait être le plus consolant hommage à sa mémoire et, accordant à ce philosophe, qui voulait être porté à l'amphithéâtre d'anatomie afin de servir aux étudiants en médecine qui manquaient de cadavres, un terrain à perpétuité dans le cimetière, ils lui firent des funérailles imposantes. Ce fut un deuil général, le deuil du pays, et sa mémoire resta chère et entourée d'un affectueux respect pour ceux qui avaient vu de près cet homme rare et cet excellent homme, dévoué jusqu'à l'insouciance de lui-même.

Il a couru sur la mort du clinicien des légendes tragiques, plus ou moins dénuées de fondement et peut-être, l'une d'elles, en lisant un journal, vous est-elle tombée une fois sous les yeux. Contons donc la moins effrayante pour pouvoir rétablir la vérité ensuite :

« Un des plus admirables traits d'héroïsme médical que nous connaissions, disait une de ces feuilles, est celui d'un docteur suisse, M. Vogt.

Il appartenait, d'ailleurs, à une famille où le culte de la science est de tradition : il était le frère de l'illustre Carl Vogt, dont la réputation est européenne.

M. Vogt, qui professait à Zurich, fut un jour, au chevet d'un malade, atteint de la diphtérie. Avec son expérience, il comprit, dès les premiers symptômes, qu'il était condamné. Ce jour là, il faisait précisément sa leçon aux étudiants.

Ce fut ce sujet de la diphtérie qu'il aborda : il le traita longuement, décrivant minutieusement les phases de l'impitoyable mal, insistant sur tous les détails, avec une haute sérénité d'esprit.

On remarquait, dans la salle, qu'il était visiblement fatigué, que ses traits s'altéraient de plus en plus, que ses forces le trahissaient.

Cependant, il continua son cours jusqu'au bout.

Quand il eut fini, s'appuyant, avec une énergie inouïe sur sa chaire, pour ne pas tomber, il ajouta seulement :

— Je vous avais promis, messieurs, que je vous ferais la leçon sur le « sujet »... Le sujet, c'est moi... Demain, je serai mort ; je vous fais mes adieux !

Epuisé, il perdit alors connaissance, et, le lendemain, en effet, il avait cessé de vivre ! »

En réalité, cela se passa ainsi : Le clinicien avait coutume de présenter à ses élèves un malade et donnait une conférence à son sujet. Une après-midi, cependant, il parut sans patient et annonça qu'il allait parler sur les prodromes de la pneumonie chez les vieillards et insista sur le peu d'illusions que devait donner au médecin la prestance d'un vieillard encore debout et qui ne se croyait pas gravement atteint. A la fin de la leçon il dit simplement à ses auditeurs :

— Je ne vous ai pas présenté de malade aujourd'hui, Messieurs, parce que je suis moi-même le sujet de cette leçon. Peut-être en réchapperai-je, car je suis vigoureux. En tous cas, je tenais à vous faire mes adieux...

Il y eut un grand trouble parmi les étudiants qui venaient, les yeux pleins de larmes serrer la main de leur professeur.

Tranquillement, il se coucha et avertit sa femme et ses enfants de sa mort prochaine ; il céda aux supplications des femmes en ce qui concernait le transfert de son corps à l'anatomie.

Un soir, il déclare qu'il se sent mieux, que les enfants et l'épouse, tombant de fatigue, harassés par les nuits et les jours sans repos doivent aller se reposer : Adolphe et trois de ses amis, les élèves favoris du maître, veilleront. Ainsi fut fait. Vers neuf heures, le professeur demande à être mis sur son séant, le dos appuyé contre des coussins, la tête levée. Il veut parler.

Alors avec une lucidité parfaite, malgré les prières de l'entourage, il décrit les étapes du mal, et arrivé à la fin, un peu haletant, la voix affaiblie :

— ... La vue se trouble alors... le cerveau... le cœur s'arrête... le pouls ne bat plus... c'est fini...

Il dit. Sa belle tête s'inclina.

Le professeur Vogt n'était plus.

L'année d'avant, un jour de septembre 1860, que Carl Vogt, absorbé, l'œil fixé sur son microscope, travaillait tranquillement dans le silence de sa retraite, un élégant inconnu, à la mine ouverte, intelligente, se présenta dans le cabinet d'étude :

— Pardon, cher maître, est-ce que je vous dérange peut-être ?...

— Ah ! ça, mille tonnerres, tonna Vogt, vous imaginez-vous que je reste là planté devant mon travail, les bras croisés à attendre qu'un étranger me tombe du ciel... pour me demander quelque autographe ou mon opinion sur l'avenir de la république de San-Marino... Certaine-ment, vous me dérangez, monsieur...

A ce moment, la porte donnant sur le jardin s'ouvrit et un être barbu, poilu, portant, outre des lunettes et un herbier plein de cailloux, qui faisaient un bruit désagréable, un vêtement impossible à décrire, entra sans frapper :

— Bonjour Carl ! Est-ce qu'on te dérange ?

Vogt et l'étranger éclatèrent de rire.

— Tiens ! c'est toi, bon Gressly... Je te présente un monsieur que je ne connais pas, mais qui va peut-être nous dire qui il est et ce qu'il désire...

— Professeur, répondit l'inconnu en continuant à rire, je suis le docteur Berna, de Francfort-sur-Main ; j'adore vos livres et comme je suis riche et que je m'intéresse aux sciences naturelles et que par passe-temps j'étudie la géologie, je désirerais entreprendre en votre compagnie une expédition dans les régions arctiques, aller jusqu'au cap Nord et pousser jusqu'en Islande en essayant de mouiller à Jan Mayen...

— Voilà qui est parfait, jeune homme, répondit Carl Vogt ; nous prendrions Gressly avec nous, j'abandonnerai pendant six mois ma femme, mes enfants et mes étudiants pour aller courir les mers avec vous, sans m'occuper de la nourriture matérielle des uns et de l'intellectuelle des autres... Vous êtes fou, ma parole d'honneur...

Le 29 mai 1861, le brick *Joachim-Hinrich*, pourvu de tout le matériel nécessaire pour un voyage dans les mers boréales, levait l'ancre et se faisait touer par un bateau à vapeur de Hambourg jusqu'à Glueckstadt ; de là il descendit lentement le cours de l'Elbe et passa la nuit à Cuxhaven, à l'embouchure du fleuve, dans la mer du Nord. A bord se trouvaient, outre l'équipage (8 hommes), le capitaine, le chasseur et le cuisinier : Gressly, le bon Gressly, dont les travaux ont tant contribué aux progrès de la géologie stratigraphique et que nous connaissons d'ancienne date ; le peintre Hasselhorst, de Francfort-sur-Main qui, outre le talent, a plus d'un point de ressemblance avec Rahl ; Alexandro Herzen, fils de l'intime ami de Vogt, et qui vient de terminer ses examens de médecine, aujourd'hui un physiologiste distingué, le docteur Berna, enthousiaste, aimable et savant ; enfin, Carl Vogt.

Le lendemain, on gagna le large et de loin on reconnut l'île crayeuse de Heligoland, cette île, maintenant allemande, et qui est destinée à disparaître totalement de la surface des flots, sa structure géologique, d'après Gressly et Vogt, ne pouvant résister indéfiniment à l'action destructive de la vague...

Les côtes de Norwège s'allongent vers l'extrême nord sur une ligne capricieusement découpée de près de trois mille kilomètres de développement. Le premier arrêt sera donc Bergen, la capitale du pays, la ville natale du naturaliste Sars, alors à Christiania, mais où Vogt est sûr de trouver les docteurs Danielssen et Koren, les auteurs célèbres d'un traité sur la lèpre et dont les connaissances spéciales aussi bien en médecine qu'en histoire naturelle ne peuvent qu'être d'un grand secours à l'expédition projetée.

A Bergen — comme partout du reste — les voyageurs sont accueillis avec la plus franche cordialité, d'une façon somptueuse et délicate à la fois ; on s'empresse autour d'eux et chacun veut les fêter à son tour et surpasser le voisin.

A côté des curiosités — richesses seraient mieux en place — minéralogiques, zoologiques, ethnographiques et géologiques, réunies au musée de la ville et qui témoignent de la sollicitude avec laquelle le négociant norwégien se livre, à ses heures de loisir, à des préoccupations qui dépassent les intérêts matériels, le pays en présente d'autres également intéressantes. Aussi, après avoir parcouru les environs de la ville et admiré la variété et la splendeur des sites, vraies journées de fêtes pour les regards des peintres, des géologues et des botanistes, on visite l'hôpital, sous la conduite de Danielssen, où quelques lépreux et une dizaine d'ophtalmies retiennent longtemps Berna, Al. Herzen et Vogt. Le soir, représentation théâtrale : un drame norwégien d'un jeune inconnu du terroir qui porte le nom d'Enrick Ibsen.

Mais une étude intéresse entre toutes les voyageurs : la pêche aux harengs et à la morue ; ils savent que ces deux poissons occupent exclusivement une véritable flotte de bateaux échelonnés depuis le sud de la Norwège jusqu'au cap Nord. Ils ont appris que durant le long hiver et les premiers mois de l'année, alors qu'au dehors l'ouragan hurle et que le soleil ne dépasse que timidement la ligne de l'horizon, que la nuit touche la nuit, on travaille sous le toit du pêcheur ; quand souffleront les vents favorables, des milliers d'embarcations s'élanceront, pareilles à un vol de mouettes, des havres les plus lointains, des baies les plus obscures, emportant les bras valides du pays dans les parages dangereux, autour des îles

Loffoden et Jan Mayen. L'issue dramatique parfois — un bateau est si vite retourné par la lame ou par le vent! — de ces pêches excite l'imagination, et la fable n'épargne même pas le modeste hareng que d'imaginatifs pêcheurs représentent habitant les profondeurs des mers polaires, d'où il émigrerait à certaines époques fixes. Longeant d'abord la côte du Groënland, la masse immense se diviserait en deux armées à la hauteur de l'Islande : la première s'avançant vers l'ouest, se répandrait le long des côtes de l'Amérique septentrionale, de l'Ecosse, de l'Angleterre, de l'Irlande et du continent européen ; l'autre se dirigerait droit vers le cap Nord, descendrait le long des côtes de la Norwège pour s'engager ensuite par le Cattegat dans la mer Baltique. L'œuvre de la reproduction accomplie, les harengs retourneraient dans l'Océan glacial après avoir payé le tribut d'un sur dix individus à ceux de toutes les nations qui les guettent sur leur passage.

C'est là le roman, voici la vérité :

Le hareng n'habite pas les mers polaires ; il se tient dans les mers circonscrites par les rivages où il fraie. On le pêche toute l'année avec des lignes de fond dans le *Mold-Fiord* par exemple, et en juillet il est très gras et ne contient ni laitance ni œufs. L'hiver est la saison de la ponte. Tantôt les poissons nagent si près de la surface et en bancs si serrés qu'on voit la mer sur de grands espaces scintiller du reflet de leurs écailles ; d'autres fois, ils se tiennent à une certaine profondeur, mais sur l'eau flotte une substance huileuse, c'est la bile des milliers de poissons déchirés par des espèces voraces qui les poursuivent sans relâche, sans compter dauphins, marsouins et phoques qui en font un carnage épouvantable. Cependant leur plus dangereux ennemi est la petite baleine, dont les pêcheurs saluent l'apparition avec joie parce qu'elle pousse les bancs de harengs dans les *fiords* et s'oppose à leur sortie jusqu'à ce que le dernier soit pris ou dévoré. Il est assez singulier, remarque Charles Martins, qui fit un voyage au Spitzberg, que les pêcheurs Norwégiens considèrent comme un auxiliaire l'immense cétacé qui engloutit chaque jour des milliers de ces poissons.

Mais l'été si court des régions boréales nécessite un trop prompt départ et l'expédition se remet en mer pour visiter le *fiord* de Molde qui passe pour l'un des plus pittoresques. Devant Naës, le brick laisse tomber ses ancres ; on touche aux hauts plateaux de la Norwège :

« . . . . Une presqu'île basse, écrit Vogt dans sa *Nordfahrt*, masse d'où s'élevait un groupe de collines herbeuses qui nous dérobaient la vue des montagnes, dominées par le double sommet du gigantesque *Romdalshorn*. Vers l'est, l'œil plongeait dans une baie tranquille, l'*Isis-Fiord*, au fond duquel les montagnes se rapprochaient pour former une gorge parcourue par une petite rivière sinueuse dont la source était au pied des glaciers, qui descendaient jusque dans la vallée... Nous atteignons la grande route qui passe sur des monticules, séparés par des fonds bourbeux où végètent des bouleaux nains, tandis que les collines elles-mêmes sont couvertes de prairies. Le trèfle d'eau fleurit dans les eaux stagnantes, tandis que le myosotis et d'autres fleurs nous rappellent la patrie. Le *Romsdal-Elf* (la rivière de Romsdal), contrarié par la marée montante, coule à peine, et des mouettes, des corbeaux et des oiseaux de rivage animent ses bords sablonneux. . . . .

« Mais d'autres phénomènes attirent notre attention. Quelques rochers nus s'avancent vers le fleuve : ce sont les plus belles surfaces polies et striées par d'anciens glaciers qu'on puisse imaginer. La roche est un gneiss grisâtre à feuillets très contournés, entre lesquels se montrent des nids d'amphibole et de mica. Les surfaces sont usées, arrondies, avec des stries rectilignes, perpendiculaires aux feuillets du gneiss et dirigés en ligne droite vers le *Romdalshorn* et la gorge qui s'ouvre à sa base. Nous remarquons aussi ces cannelures en forme de coups de gouge qu'on observe souvent dans les Alpes : elles sont parallèles aux stries et perpendiculaires à la ligne de plus grande pente. On ne saurait donc les attribuer à l'action des eaux pluviales. Pour la première fois nous reconnûmes en Norwège ces traces incontestables de l'ancienne extension des glaciers, qui sont si évidentes dans les Alpes, les Pyrénées et les Vosges. Semblable à un rabot gigantesque, le glacier du *Romdalshorn* s'est avancé dans cette vallée usant, polissant le sens de la stratification ou la dureté des matériaux, et l'amphibole et le mica qui se laissent entamer avec un canif, étaient usés au même niveau que les bandes de quartz et de feldspath qui les entouraient. . . . . »

Observation curieuse. A la surface du *fiord* l'eau était parfaitement douce, tandis qu'à une certaine profondeur (1ᵐ50 environ) c'était de l'eau salée. L'eau douce, plus légère, amenée par la rivière, se maintenait à la surface de l'eau salée, comme l'huile se maintient à la surface de l'eau. Aussi, la drague ramenait du fond, des oursins, des coquilles marines et des poissons de mer.

Afin d'avoir une idée des hauts plateaux de la Norwège, les voyageurs résolurent de traverser le *Dovrefield* (la montagne du Dovre) et de gagner ainsi Drontheim, tandis que le brick viendrait les rejoindre par mer.

C'est au pied du *Sneehœtten*, couvert d'une neige éblouissante, qu'ils chassent le renne :

« . . . Tout à coup Erick, le Norwégien, se blottit derrière un bloc de pierre et nous fait signe de l'imiter : il avait aperçu un petit troupeau de rennes et nous désignait de la main la direction dans laquelle ils se trouvaient ; mais les yeux d'un Norwégien pouvaient seuls les apercevoir. Le pelage des rennes est gris, comment les distinguer des blocs gris au milieu desquels ils étaient cachés ? . . .

La manœuvre fut bien exécutée et nous vîmes réunis cinq rennes, un mâle, la tête ornée de son bois majestueux, deux femelles et deux petits. Pendant deux heures les chasseurs Erick et Berna ne bougèrent pas, espérant voir arriver les animaux à portée de fusil ; patience inutile ! les rennes avaient flairé subitement l'ennemi et le mâle s'enfuit vers un petit lac gelé. La glace se rompt sous lui et il plonge dans l'eau ; malgré les efforts de ses sabots de devant, avec lesquels il se cramponne, il ne peut sortir. Immobile, tremblante, les yeux anxieux, sa petite troupe s'arrête et attend en tournant de temps à autre la tête vers les chasseurs, qui s'avancent à la course sur la neige et qui s'approchent. La pauvre bête, affolée par la peur, se débat ; enfin, d'un effort irrésistible, elle remonte sur la glace et disparaît, suivie des siens, en une course tumultueuse le long des falaises ou en traversant, d'un bond prodigieux, les ravins les plus escarpés. . . . . . »

Le retour d'Erick et de Berna est celui de tous les chasseurs qui reviennent bredouille. Ils sont accueillis par des reproches joyeux, car on sent que l'issue heureuse pour le renne comble Vogt de joie.

Quel superbe animal que le renne, l'unique fortune du Lapon et qui fournit à toutes ses nécessités ! Il est, n'exigeant presqu'aucun soin, de tous les animaux domestiques, le moins à charge et en même temps le plus utile ; il se nourrit et se soigne lui-même ; en été, il broute des feuilles, de l'herbe qu'il trouve dans les hauteurs ; en hiver, l'instinct le pousse à déterrer avec son sabot, plus large que celui du cerf, une espèce de mousse qui croît sous la neige. Lorsqu'un renne a couru toute la journée, on le laisse en liberté, ou bien on l'attache à un arbre et on lui porte deux poignées de mousse ; il tient lieu au Lapon de champs, de prés, de chevaux et de vache. Sa chair et son lait sont sa principale nourriture ; sa peau lui fait un vêtement d'hiver et l'été, il la vend ou l'échange pour une tente qui lui tient lieu de maison. Son poil lui sert de fil ; il taille des meubles et des outils de ses os et de ses cornes ; il fait aussi son lit de sa peau, et, de son lait gras, il fabrique de bons fromages. Enfin, le renne attelé à un traineau ne court pas, il vole.

Voici nos voyageurs à Drontheim, où ils retrouvent le *Joachim-Hinrich* les attendant.

Le surlendemain, ils quittent l'ancienne capitale de la Norwège et après être sortis de son *fiord*, ils contournent l'archipel de Loffoden.

Les journées passent avec une rapidité vertigineuse ; à bord comme à terre la vie intellectuelle et matérielle est si attrayante ! Sur le pont comme durant les haltes, Vogt examine à la loupe, au microscope, le butin zoologique ; il casse des pierres ou étudie les couches avec Gressly, lorsque celui-ci ne trinque pas avec un matelot ; il peint aux côtés de Hasselhorst ou cause médecine, physiologie, littérature et politique avec Herzen et Berna.

Le 5 juillet — jour anniversaire de la naissance de l'enfant de Giessen — ils passent, loin des côtes, le cercle arctique, à 8 heures précises, par un ciel resplendissant. Ils entrent dans le royaume du jour éternel, en oubliant par l'organisation de la cérémonie sacramentelle, de se concilier la sympathie des dieux tutélaires, car le passage du cercle polaire jouit des mêmes droits que celui de la Ligne. Pendant des jours, pendant des semaines, ils ne verront plus l'astre du jour se coucher et la nuit, la bienfaisante nuit qui repose les yeux et le corps n'existera plus pour eux ; seuls l'indiqueront mystérieusement la fraîcheur de l'air, le calme grandissant de l'espace, le retour des oiseaux vers le nid. Le ciel restera pur, la lumière sera aussi claire que durant le jour.

C'est sur l'une des îles Loffoden, situées à l'extrémité de la province du Nordland et dans les détroits desquelles la mer court avec la rapidité des fleuves les plus impétueux que les voyageurs assistèrent au spectacle inoubliable du soleil de minuit.

Le moment est solennel.

A neuf heures du soir l'astre est si près de l'horizon que dans nos latitudes moyennes il serait couché en moins d'une demi-heure ; mais au lieu de plonger dans l'Océan, il semble glisser à sa surface que son disque effleure à minuit pour se relever peu à peu à mesure que l'aiguille marque sur le cadran les heures du matin. Pendant que l'astre rase ainsi avec lenteur l'horizon, le ciel se teint des couleurs les plus vives et les plus variées surtout quand il est nuageux.

La description du soleil de minuit et de ses splendeurs est une des plus belles pages du beau livre de Vogt.

A Tromsoë, nos touristes sont chez les Lapons nomades. Des troupeaux de rennes gardés par des chiens dressés qui se paient jusqu'à 250 francs paissent paisiblement au pied du *Tromdalstind*. La visite à l'île Loppen, rocher isolé, non loin de la côte norwégienne donnera au lecteur l'idée d'un de ces îlots où les oiseaux marins : huîtriers, lummes, mouettes, guillemots, cormorans, pingouins, macareux, hirondelles de mer, eiders, etc., viennent en masse pondre l'été. Devant les rochers où les femelles sont accroupies sur leurs œufs, la tête tournée vers la mer, les mâles forment un nuage d'oiseaux volants et plongeant pour chercher les petits crustacés qui sont la principale nourriture des couveuses. Décrire le bruit, l'agitation, les cris, le tourbillonnement de ces milliers d'oiseaux de taille, de couleurs, d'allures, de voix si diverses est complètement impossible.

Ils passent devant Havnaës, Skjaervö et, malgré la brume, ils arrivent sans encombres à Hammerfest, la dernière ville de l'Europe, le point central de tout le commerce du district de Westfinmarken, la capitale, en été, si occupée et si vivante, la bourgade, en hiver, la plus désolée au monde, avec ses nuits sans fin, son ciel noir et son sol glacé. Située sous le 70°30' de latitude, au fond de sa baie magnifique où toutes les flottes de l'Europe pourraient tenir à l'aise, Hammerfest est le centre du commerce de la Norwége avec la Russie.

Une trentaine de lieues séparent Hammerfest du cap Nord de la Laponie, mais la mer, parsemée d'îlots arides, n'est jamais calme ; la côte est hérissée de brisants et même lorsque le vent se tait, les énormes vagues de l'Océan glacial venant se briser avec leur rugissement sinistre contre les rochers, rendent la traversée périlleuse...

De loin, le cap Nord avec sa masse noire, imposante et escarpée, leur paraît inaccessible. Après une montée pénible de trois heures, ils atteignent le sommet. Le temps est superbe. Ils ont suivi les pentes roides en contournant la base du promontoire et se sont arrêtés à deux pas du sommet, dans une prairie aux rares plantes souffreteuses. Ils se trouvent à 943 pieds au-dessus de ces lames si menaçantes. Joyeusement, l'estomac dans les talons, on s'assied autour des mets et des bouteilles ; on chante, on rit, on fait mille folies, lorsque tout à coup, là-bas, au loin, au nord et au sud, les nuages pesant comme du plomb sur l'Océan, sans bornes et sans fin, s'amoncellent traîtreusement. Il faut redescendre au plus vite, mais avec précaution, car la mousse est glissante.

A 10 heures du soir, ils rejoignent les canots.

Le *Joachim-Hinrich* part. Une centaine de mètres plus loin, un bruit épouvantable dirige tous les regards vers le cap. Une avalanche d'énormes rochers roule dans la mer qui bouillonne. La nature assoupie se réveille et les oiseaux qui ne sont pas entraînés dans le cataclysme s'envolent à tire d'ailes en jetant dans les airs le sifflet d'angoisse. Dix minutes de retard et le brick du docteur Berna était englouti corps et biens dans les profondeurs de la mer polaire...

Perdue en plein Océan glacial, à 300 milles au nord de l'Islande, s'élève une île solitaire, défendue par de formidables barrières de glaces et presque toujours enveloppée de brumes épaisses. C'est l'île Jan Mayen, découverte en 1612.

Son abord est dangereux : pas un port, pas une baie où pouvoir jeter l'ancre en sûreté. Jusque là, à part Scoresby, l'intrépide et sagace baleinier écossais qui n'y put tenir en 1817 et lord Dufferin, qui n'y resta pas même une heure, aucun voyageur n'y avait abordé ; seuls, des baleiniers, lancés à la poursuite de ces pauvres phoques, qu'un seul coup de bâton sur le museau tue, s'étaient risqués à y séjourner. Quels regrets s'il arrivait au docteur Berna le même malheur qu'au prince Napoléon, en 1856 ! Ce dernier dut passer à distance et ne put que suivre de ses vœux lord Dufferin qui, se détachant avec son yacht du sillage de la *Reine Hortense*, au risque de se briser contre la banquise groënlaise, aurait péri, s'il ne s'était éloigné à temps, dans ce Sahara des glaces, au pied de ce volcan assoupi, étouffé sous des amas de neiges éternelles.

Après avoir résisté à l'assaut des lames puissantes du large soulevées par de furieux ouragans ; après avoir, dans la plus triste des solitudes, au milieu des glaces flottantes, sous un ciel lourd, morne, gris, opposé aux angoisses, aux appréhensions lancinantes, une gaieté inaltérable; après avoir erré dans les brumes opaques, suivis souvent par les squales, rencontrant quelque baleine solitaire, des narvals-licornes ou des rorquals, ils constatent enfin l'approche des côtes. L'eau est devenue plus froide et Hasselhorst vient de tuer un macareux, oiseau qui ne s'éloigne pas beaucoup de la terre.

Le 19 août, à quatre heures de l'après-midi, pendant que tout le monde était à table, le capitaine, resté sur le pont, crie : Jan Mayen ! Jan Mayen ! Montez vite !

On se précipite et on aperçoit à travers une éclaircie du brouillard une coupole de neige ; un instant après, on distingue une arête neigeuse interrompue par quelques pointes de rochers, puis tout s'évanouit dans la brume. Enfin le rideau se lève et un immense massif apparaît aux yeux des voyageurs ; il leur semblait revoir le groupe majestueux de la *Jungfrau*, tel qu'on l'embrasse du haut de la *Wengern-Alp* quand ses blanches cimes s'élèvent, resplendissantes de clarté, au-dessus des brouillards de la vallée.

« Le lendemain, écrit Carl Vogt, à deux heures et demie du matin, le capitaine nous réveilla. La vue était magnifique. La pleine lune se couchait dans le sud-ouest et au nord-est l'aurore annonçait le lever du soleil. Entre les deux astres, l'immense montagne, parfaitement claire, s'élevait dans un ciel sans nuages. Le brouillard avait disparu, sauf quelques petits flocons qui se dissipaient à vue d'œil. L'aspect du Beerenberg est celui de l'Etna, mais plus grandiose, parce que sa base est moins large et ses pentes latérales plus rapides. Ce que nous prenions hier pour des points isolés, ce sont les bords du cratère chargés de masses de neige énormes et découpés en dentelures, entre lesquels sont de profonds ravins. Il est probable que le cratère lui-même est rempli de neige. . . . .

Nous étions tous le crayon ou le pinceau à la main lorsque le soleil se leva et illumina tout le côté oriental de la montagne. Au bout de quelques heures, nous essayâmes d'aborder. On arma le grand canot. Après deux heures, nous touchons la côte. Devant nous se dressent des murailles, composées de couches compactes de lave grise semblables aux marches d'un gigantesque escalier ; entre elles des magma de roches brisées, décomposées, tantôt rouges comme du cinabre, tantôt noires ou de couleur terreuse. D'innombrables oiseaux sont alignés sur ces gradins naturels . . . . »

Toucher la côte et aborder, même en canot, cela fait deux. Ils longent les rochers perpendiculaires sans rien trouver : la journée s'avance et le brouillard commence à tomber. Les imaginatifs Gressly et Herzen ont aperçu dans le lointain un ours blanc guettant le poisson. Le nombre des oiseaux est incroyable et leur insolence sans égale. Furieux, le capitaine jette son fusil et armé d'une gaffe se met à frapper de droite et de gauche comme Roland sur les moutons.

Enfin, le lendemain, par une belle matinée, on débarque. Des débris d'un navire américain flottent parmi les bois de toutes sortes dans cette baie ; des stercoraires, vrais forbans des mers, volent à l'entour. On aperçoit des traces de renard bleu. D'abord le sable, puis la lave du volcan.

Les voilà donc sur la terre ferme, sur cette île inconnue et pourtant si célèbre de Jan Mayen, dans cette nature chaotique, objet de leur convoitise scientifique, au pied de ce pic de 2.545 mètres, la *Montagne des ours blancs*, ce cratère éteint, le plus septentrional du monde !

Eteint ? Pas encore, s'il vous plaît, car en 1882, vingt et un ans après le séjour de Berna, la mission austro-hongroise, chargée d'exécuter les observations internationales de magnétisme sur cette terre déserte, observera plus d'une manifestation volcanique inquiétante.

Que savait-on, en 1861, sur l'île de Jan Mayen ? A peu près rien. Scoresby, qui avait visité un côté de l'île hâtivement — le danger menaçant — en avait signalé l'importance scientifique dans une courte biographie forcément incomplète. Après lui était venu lord Dufferin qui, comme nous l'avons dit, s'était fait remorquer à bord de sa goëlette le *Foam*, par la *Reine Hortense* jusque dans les eaux de cette île de dix lieues de longueur sur trois de largeur. Il avait cru trouver un mouillage à l'abri des tempêtes. Une heure ne s'était pas écoulée que le noble anglais et ses compagnons s'enfuirent de cette terre maudite, sans jeter un coup d'œil en arrière. Ils ont vu les glaces flottantes survenir, menaçant de les séparer pour toujours du reste de l'équipage.

C'est en songeant à cette déconvenue ainsi qu'aux regrets du prince Napoléon, que Carl Vogt, chassé à son tour par les brumes, confiera en riant à ses amis :

— N'empêche, Messieurs ! Nous avons le droit d'être fiers et en même temps, remarquez ce qu'il en est de la supériorité des puissants sur cette terre : ce que n'ont pu atteindre ni l'impérialiste Plonplon et sa suite, ni le royaliste constitutionnel Dufferin, cinq républicains l'ont atteint !...

Cependant les matelots sont dépités. Pas un ours blanc, pas un morse. Pendant qu'ils ramassent des coquillages et défendent à coups de fusil les provisions contre les renards et que les patrons s'adonnent au plaisir des ascensions, étudiant, examinant, dessinant, cassant, tuant ou observant, le chasseur Hubert est resté sur le pont. Un coup de feu et un superbe phoque mâle (phoca barbata) est amené, blessé à mort, sur le pont du *Joachim-Hinrich*. Tuerie inutile ! La peau tombera à la mer durant un ouragan et le regard douloureux, d'une incomparable douceur de la victime, semblant implorer la pitié au moment du dernier coup de couteau, a impressionné péniblement jusqu'aux hommes de l'équipage...

Maintenant que Jan Mayen est visité, examiné dans presque tous ses recoins intéressants, en route pour l'Islande, l'*Ultima Thule* des Anciens ! En route, à travers rafales et bourrasques, succédant au beau temps, pour cette autre grande île volcanique, située sur les confins de la mer glaciale, mi-partie en Europe, mi-partie en Amérique, et où les deux éléments contraires, la glace et le feu, sont perpétuellement en lutte !

Mais avant d'aborder, le *Joachim-Hinrich* essuyera une tempête terrible en repassant le cercle arctique le 27 août. Il lui faudra éviter aussi, poussé par le vent furieux, la rencontre des *icebergs*, détachés de l'immense glacier de l'*Inlandsis*, placé dans ce Groënland, terre de glace, théâtre effrayant des phénomènes glaciaires les plus grandioses.

Et le brick va de l'avant...

Un après-midi, la mer, si agitée la veille, est calme. Mais un bruit, comme celui d'un coup de canon dans le lointain, frappe les oreilles des voyageurs. On approche avec prudence et on aperçoit une baleine colossale qui se livrait à des exercices gymnastiques. De cinq en cinq minutes environ, la nageoire caudale, dont la largeur, suivant le capitaine, n'était pas moindre de dix à douze mètres, s'élevait lentement au-dessus de l'eau, devenait verticale, se balançait de droite à gauche pour se donner de l'élan, puis frappait un tel coup sur la surface de l'eau que celle-ci jaillissait en l'air et produisait en retombant de grandes ondulations concentriques et circulaires qui s'étendaient au loin. A peine la queue avait-elle disparu que la tête se montrait à une certaine distance. Etait-ce un jeu ? se demande Vogt, car les combats ne sont pas rares et Danielssen a eu la chance d'assister à la lutte de deux espadons contre une baleine. Celle-ci succomba, percée de coups...

En route donc pour la patrie des *eiders*, dont le duvet fournit l'édredon, un fin duvet arraché par la mère à son propre corps pour garnir le fond du nid, canards étranges quand même et dont le mâle est plus dévoué que la femelle à la propagation de la race à moins que le mobile qui l'oblige à ramener immédiatement sa compagne lorsqu'elle manifeste l'intention de quitter ses œufs ne soit que simple jalousie.

En route pour la terre élective des aurores boréales variant jusqu'à l'infini ! En route pour la terre des tourbières, des cratères fumants ou éteints, des crevasses d'où s'échappent des nuages de vapeur d'eau ou d'acide sulfurique ! En route pour Reykiawik, pour la vallée de Thingwalla, pour Laugarvatn, Hruni, Reykir, contrées aux phénomènes imposants, contrées riantes ou barbares que l'on traverse en joyeuses cavalcades, sur ces fidèles et infatigables chevaux, de petite taille, de si frêle apparence ! En route, pour ces *geysers*, petits ou grands, derniers vestiges d'une activité volcanique en voie d'extinction et qui, toujours dans le voisinage d'un lac ou d'une rivière, élèvent leurs gerbes d'eau bouillante à la coloration bleue si pure !

Reykiawik, capitale de l'Islande, a orné ses maisons de feuillage et de drapeaux en l'honneur des voyageurs...

On a parcouru l'île, on a visité les points importants. La mauvaise saison s'annonce ; les pluies poussent au retour et le 15 septembre, accompagnés de la population, on quitte le port.

Encore une terrible tempête en route et le *Joachim-Hinrich* arrive sain et sauf à Greenock, en Ecosse, vers la mi-octobre.

Un mois plus tard, Carl Vogt était de retour à Plainpalais, non sans avoir serré la main en passant à ses collègues de Londres.

Le voyage au pôle Nord, qui compta bien des journées utiles à la science, était terminé.

Le 1er octobre 1862 paraissait chez Carl Jügel, à Francfort-sur-Main : *Nord-Fahrt entlang der Norwegischen Küste nach dem Nordkap, den Inseln Ian Mayen und Island*. Erzählt von Carl Vogt.

La description de ce voyage, dont tous les incidents laissèrent en lui comme en tous ses compagnons de route, un heureux et durable souvenir, est un des livres les plus spirituels et les plus intéressants, sortis de la verve et de la science du naturaliste genevois. Et pourtant il

20

ne fut guère mis en circulation, ce gros volume avec son appendice scientifique, ses cartes et ses gravures coloriées, exécutées d'après les croquis de Hasselhorst. Quoique les explorateurs l'eussent cité et recommandé dans les termes les plus élogieux, Vogt refusa, malgré l'insistance de l'éditeur, d'en laisser paraître une seconde édition, sous prétexte que la *Nord-Fahrt* avait été écrite exclusivement pour ses compagnons de voyage et leur famille.

Ceux qui le possèdent encore aujourd'hui le gardent soigneusement, certains qu'ils sont, s'ils venaient à le perdre, de ne le retrouver que difficilement chez le bouquiniste où l'aurait jeté le hasard d'une vente après décès.

1862-1863

Vers la fin de novembre 1861, le professeur Vogt ouvrant, un matin, son courrier, faillit tomber à la renverse de surprise en décachetant une lettre de San-Francisco :

« Lieber,

« Sain et sauf! C'est l'*Amour* qui m'a sauvé! A bientôt! ».

Ces quelques mots étaient signés : Bakounine!

Comment, Bakounine, Michel Bakounine, que l'on croyait mort, tué à coups de knout, enterré en Sibérie depuis longtemps, se promenait dans les rues de San-Francisco! Cela touchait au domaine des Mille et une nuits. Et pourtant rien de plus exact : ce bonjour inattendu était le premier signe de vie, après plus de quatorze ans de séparation, que le professeur recevait directement de son camarade de l'hôtel du Jardin du Roi et la première nouvelle qui lui parvenait de la fabuleuse évasion, qui fit, à l'époque, tant parler d'elle...

Sur le dos d'une photographie :

A mon cher Charles Vogt, naturaliste célèbre et Reichsverweser. M. Bakounine. 18 28/10 62. Londres.

Mein lieber Karl — alter Freund — mit einem Grusse von mir nehmen Sie dieses Bild an — damit Sie sehen wie die Zeit an mir gewühlt hat — und schicken Sie mir Ihr Bild um mir zu zeigen wie ein Mann in der Freiheit gedeiht.

Michel Bakounine, arrêté à Chemnitz, en 1849, avait été condamné à mort pour cause de participation aux journées de Mars. Par un raffinement de cruauté, sa peine avait été commuée en celle de la prison perpétuelle. Puis, avec un élan de charité fervente, on l'avait jeté dans les bras de l'Autriche qui, en mai 1851, lui apprenait qu'il serait pendu haut et court; mais se ravisant, à leur tour, les autorités judiciaires viennoises suspendirent d'abord la peine, la transformèrent ensuite en celle du cachot méphitique à perpétuité et finalement livrèrent le terrible insurgé à la Russie, non sans l'avoir préalablement torturé pendant près d'un an en le rivant par la taille au mur, avec un carcan, les mains et les pieds enchaînés. Cette fois, c'est la fin... Le czar commence par faire jeter Bakounine dans les *in-pace* de Schlüsselbourg, où les rats l'attaquent et où le scorbut lui pourrit dents et gencives. Enfin, comme couronnement, on le déplace et on l'expédie en Sibérie, dans les mines. Grâce à des protections, à un gouverneur Korsakoff, qui est son parent éloigné, Bakounine reçoit la permission de séjourner sur le territoire de l'Amour, où les malheureux trouvent un bien-être relatif comparé à la vie insupportable d'avant.

Il s'échappe miraculeusement en descendant le gigantesque fleuve d'Asie. Il traverse le Japon, l'Océan Pacifique, la Californie, Panama, et le voilà enfin à New-York, où un enthousiasme délirant, les ovations sans fin l'attendent. Il est le héros du jour et les boutiquiers refusent son argent, en lui livrant ce dont il a besoin. Jamais évadé n'a été fêté de façon plus splendide...

La brouille entre Michel Bakounine et Carl Vogt date de 1868. Les opinions politiques étaient vraiment trop dissemblables entre le bouillant communiste-anarchiste et le républicain modéré de Genève. On ne se revit plus, on ne s'écrivit plus, surtout après l'épigramme de Vogt qui, rendant compte d'une harangue du grand agitateur à ses compatriotes, la résumait en ces six vers :

> Wir wollen uns in Schnaps berauschen,
> Wir wollen uns' re Weiber tauschen
> Und aufgelöst sei Mein und Dein ;
> Wir wollen uns mit Talg beschmieren
> Und nackt im Sonnenschein spazieren,
> Wir wollen freie Russen sein !

Vorlesungen über den Menschen, Lectures of Man, Lettere sull' uomo, Lettras sobre el ombre, Leçons sur l'homme, ce livre capital a été également traduit en russe, en polonais et en hongrois.

D'une écriture facile, élégante, émaillée, comme toujours, de traits d'esprit mordant, l'œuvre compte encore aujourd'hui, malgré son âge ; elle n'a pas seulement une valeur historique en ce qu'elle concrète, pour la première fois, en un seul corps de science, les données fondamentales de l'anthropologie, elle peut aussi être consultée avec fruit parce qu'elle aborde diverses questions toujours à l'ordre du jour ; ainsi, l'auteur, après avoir considéré l'homme tel qu'il vit actuellement dans ses diverses formes, comme l'expression la plus parfaite et le type supérieur de la série zoologique, étend ses recherches dans le passé jusqu'à l'homme antéhistorique, l'homme fossile, et traite cette partie du sujet avec des développements si lucides, si probants et si méthodiques, qu'ils prêtent encore, à cette heure où la question est loin d'être épuisée, de l'intérêt au livre.

Entrant de plain-pied dans le domaine de l'anatomie comparée, Carl Vogt rappelle d'abord les différentes mensurations qui ont été mises en usage pour établir et exprimer, non seulement la forme de la tête, mais aussi les rapports de ses différentes parties et leur situation réciproque. La mesure extérieure de la tête, le rapport du crâne à la face, l'angle facial, les principaux angles crâniens, tels sont les éléments dont il faut tenir compte pour comparer entre elles les diverses races d'hommes et pour rapprocher les races inférieures des espèces de singes qui lui ressemblent le plus. Quant au cerveau, à sa masse et à son poids, Vogt donne en un seul tableau les résultats obtenus par divers observateurs en renom, Broca, Welcker de Halle, etc. ; cela conduit à une vérification intéressante et qui s'applique au genre humain aussi bien qu'aux autres mammifères et notamment à la plupart des espèces de singes : la différence que présente la conformation du crâne suivant les sexes : les formes de la tête féminine sont moins accusées, plus arrondies, et manifestent une tendance à se rapprocher du crâne de l'enfant, et encore plus de celui des races inférieures. En outre, cette distance entre les deux sexes, relativement à la capacité crânienne, augmente avec la perfection de la race, de telle sorte que l'Européen s'élève plus au-dessus de l'Européenne que le Nègre au-dessus de la Négresse.

Vogt passe ensuite à l'anatomie du cerveau et insiste sur les parties qu'il importe de connaître pour l'intelligence des débats au sujet des rapports entre l'homme et les singes, puis viennent les autres parties du corps auxquelles il faut accorder de l'importance dans la comparaison entre les différents types humains.

Enfin, la thèse avouée, l'idée philosophique qui ressort de ce livre établissant les relations qui enchaînent d'une manière indissoluble l'homme au règne animal, dont il n'est que l'expression dernière et la forme la plus hautement développée, se rattachait directement au matérialisme de *Köhlerglauben* et donnait à la génération d'alors un aperçu général et précis des assises fixes et inébranlables de l'édifice que les descendants des grands naturalistes indépendants auront pour mission d'élever.

Carl Vogt prétend que plus on approfondit les rapports de l'homme avec les animaux qui se rapprochent le plus de lui, les singes, plus on demeure convaincu qu'il n'existe entre eux aucune ligne de démarcation anatomique plus profonde que celle qui sépare les différents animaux eux-mêmes. L'auteur passe forcément en revue les arguments des orthodoxes. A propos de la stature droite que les singes ne prennent qu'en passant et qui dépend chez nous de certaines particularités de conformation, Carl Vogt rappelle que cette position n'est pourtant pas exclusivement spéciale à l'homme lorsqu'on envisage l'ensemble du règne animal : ainsi les *plongeons*, dans les régions arctiques, se tiennent toujours droit et même, ajoute-t-il, à voir un rassemblement de ces oiseaux se disputant entre eux, avec leur poitrine blanche et leurs ailes taillées en pans d'habit, perchés sur la falaise aride et dénudée, on croirait volontiers assister de loin à une réunion de pasteurs évangéliques dans l'une de leurs églises.

Pour Vogt les différences qui existent sont secondaires, insuffisantes, dans tous les cas, pour établir une barrière infranchissable. La conformation du bassin, les proportions des diverses parties du corps, les rapports du crâne à la face, ceux des angles du crâne, le développement des mâchoires, fournissent successivement un sujet de comparaison.

Le cerveau, on s'en doute, est étudié d'une façon toute spéciale, car là était aussi la grande arme des orthodoxes. Or, il est impossible de découvrir entre le cerveau des singes et celui de l'homme une différence essentielle quelconque dans le plan fondamental, la disposition des parties les unes par rapport aux autres. Tout se réduit à de simples différences relatives ou quantitatives sans que jamais apparaissent une qualité de plus, un élément inconnu ailleurs. Ici Vogt s'empare de l'aveu même de deux anatomistes, l'un Allemand, l'autre Français, Wagner et Gratiolet, d'autant moins suspects en cette matière, qu'ils s'étaient faits chacun, comme on le sait, les champions du spiritualisme et les prosélytes d'une conciliation impossible entre des croyances chimériques et les vérités de la science. « Si on examine comparativement, disait Gratiolet, la série des cerveaux humains et simiens, on peut aisément observer les analogies remarquables que présentent les formes cérébrales de tous ces êtres, etc. » Et Wagner se déclarant d'accord avec Gratiolet, écrivait : « Le plan fondamental de la conformation des lobes, la division en cerveau et cervelet, la forme, les délimitations réciproques des lobes cérébraux en lobes centraux, pariétaux, temporaux et occipitaux sont disposés d'après un seul plan chez les quadrumanes et l'homme ; de même les sillons principaux ou scissures... etc. » Toutefois, Gratiolet, malgré ses déclarations, s'acharna à la poursuite d'un caractère distinctif dans le cerveau humain et il présenta comme tel des particularités aussi insignifiantes que l'absence chez l'homme d'un opercule du lobe occipital, opercule déjà incomplet chez l'orang, ainsi que l'état superficiel et découvert d'un certain pli de passage qui, d'après un éminent observateur, Dareste, peut varier selon les individus et quelquefois même dans les deux moitiés cérébrales d'un même individu. Gratiolet était d'ailleurs amené, et cela dans le cours de la même étude, à s'infliger à lui-même le plus complet démenti : il reconnaissait que chez une espèce de singe l'*Ateles Béelzébuth*, l'opercule manquait aussi et que le pli de passage s'y trouvait aussi superficiel. Il en était presque ainsi chez une autre espèce : le *Capucin*.

> « Voilà, écrit Vogt à ce propos, voilà donc notre caractère *humain* à tous les diables ! Point d'opercule ! Point de plis de passage recouverts ! Maudit Belzébuth ! La nature nous montre ici du doigt combien le diable se rapproche de l'homme et le capucin du diable. »

C'est en parlant de l'insistance opiniâtre, désespérée que mirent Gratiolet et Wagner à se défendre, ainsi que Richard Owen, ce dernier contre Huxley à propos de la corne postérieure du ventricule et de l'ergot de Morand, toutes particularités insignifiantes, que Vogt s'écriera :

> « Il y a des gens qui ne renoncent pas. Il faut, coûte que coûte, trouver des caractères distinctifs, car autrement une position exceptionnelle pour l'homme et sa séparation du reste du règne animal serait-elle possible ? Si l'homme a et doit avoir dans ses propriétés intellectuelles, dans les facultés de son cerveau, non seulement quelque chose *de plus*, ce que personne ne nie, mais quelque chose de *tout nouveau* qui n'existe pas dans le reste du règne animal, si d'ailleurs il doit être croyant et religieux, donc immortel et susceptible de salut dans la vie éternelle, il faut trouver pour cela quelque chose dans le cerveau, ne fût-ce qu'un organe de foi !... »

Vient ensuite la comparaison entre les types de la race humaine, d'abord le Nègre et le Germain, qu'il fera suivre de l'étude de deux espèces différentes de singes, ce qui l'amènera à cette conclusion que la notion d'*espèce* est essentiellement indécise et flottante.

Un savant critique écrit à ce propos :

> « Où donc commence l'espèce ? où s'arrête-t-elle ? quels caractères la constituent ? et quelles limites la séparent des simples *races* ou *variétés* ?... Y a-t-il là une notion fixe, absolue, radicale et infranchissable, comme on l'a cru longtemps, comme on le soutient encore aujourd'hui pour concilier la science avec des dogmes décrépits ? La difficulté que les naturalistes ont éprouvée toutes les fois qu'il s'est agi de définir l'*espèce*, l'incohérence de leurs idées sur ce point, les démentis que les faits et l'expérience ne manquent jamais de leur infliger à chaque pas, nous conduisent à admettre pleinement avec Vogt, « que, si l'on examine de près les définitions de *race* et d'*espèce*, ainsi que les différences que l'usage a, pour ainsi dire, jusqu'à présent sanctionnées, on voit qu'elles se réduisent essentiellement à un fait historique. On dit *races*, lorsqu'on connaît ou qu'on croit connaître une origine commune ; on dit *espèces*, lorsque l'origine se perd dans la nuit des temps ». Ce n'est pas ici le lieu d'opposer aux récits enfantins de la Bible, à la légende qui fait créer chaque espèce par un prestidigitateur divin, au couple primitif de chacune précieusement sauvé du déluge par Noé, les grands résultats pleinement concordants auxquels la géologie, la paléontologie, l'embryogénie, l'anatomie comparée et la zoologie ont abouti de nos jours en poursuivant chacune la série de ses travaux. Nous aurons ailleurs l'occasion d'esquisser la théorie de la transformation graduelle des espèces, pressentie par Linnée lui-même à la fin de sa carrière, affirmée et déjà si fortement établie par Lamarck, entrevue par Gœthe et par Geoffroy Saint-Hilaire, et mise en pleine lumière par Darwin. L'auteur du livre que nous analysons, Carl Vogt, a donné au monde savant, sur cette question, un exemple qui sera peu suivi et que l'on tient d'autant plus à signaler : après avoir combattu à outrance pour la fixité des espèces et contre toutes les idées de permutation dans le monde organique, il n'a pas reculé devant le scandale d'une conversion, et s'est déclaré vaincu par la multiplicité et l'évidence des preuves.

> Toutes les régions sont solidaires dans le vaste domaine de la science : quand l'observation et l'expérience ont chassé le divin de tel ou tel département, c'est à la fois un jeu puéril et un outrage à la raison de le laisser se réfugier dans quelques recoins obscurs imparfaitement explorés. L'astronomie nous fait aujourd'hui assister, sans scrupules de conscience, à la condensation progressive de la matière cosmique, à la formation dans l'espace de mondes nouveaux, à l'extinction d'anciens systèmes solaires ; — la géologie, prenant notre planète, au début, à l'état de globe incandescent... ».

Carl Vogt n'admet pas non plus les caractères spéciaux et absolus signalés chez l'homme par les spiritualistes et que de Quatrefages désignait sous les mots de *moralité* et de *religiosité*. La *moralité*, c'est la faculté qui donne à l'homme la notion abstraite du bien et du mal et la *religiosité* : « cette croyance à un monde autre que celui qui nous entoure, à certains êtres mystérieux d'une nature supérieure qu'on doit redouter ou vénérer, à une existence future qui attend une partie de notre être après la destruction du corps ».

Ces deux facultés *moralité* et *religiosité*, essentielles et caractéristiques de l'humanité n'appartiendraient donc qu'à l'homme. Mais alors, demande Vogt, comment se fait-il que des peuplades entières et nombreuses en Afrique, en Océanie, soient absolument dépourvues de toute idée morale, les penchants égoïstes, les instincts de rapine et de férocité étant seuls développés chez eux. Les récits des voyageurs fournissent d'amples exemples à ce sujet. Dans la Nouvelle-Zélande les mères, semblables aux femelles des animaux, ne s'occupent de leurs enfants que dans les premiers temps ; une complète promiscuité règne entre les sexes. Burton décrit les nègres de l'Est de l'Afrique comme pratiquant journellement le vol, le mensonge et l'assassinat ; le fils est l'ennemi naturel du père et l'on ne connaît ni pitié, ni probité, ni prévoyance, ni pudeur, ni amour de famille. Vogt mentionne Waitz racontant qu'un sauvage doué, interrogé sur la différence entre le bien et le mal, avouait d'abord sa totale ignorance, puis, comme on le pressait, il finit par répondre :

— Bien est quand nous enlevons les femmes aux autres, et mal quand les autres nous enlèvent les nôtres !

Les idées morales, telles que nous les concevons dans un état de civilisation avancée, ne sont que le résultat d'un plus grand développement social. Chez les animaux et chez les races humaines inférieurs, les besoins étant peu étendus et ne se rapportant en général qu'à la satisfaction immédiate des plus grossiers appétits, il s'en suit que l'on ne peut constater chez eux d'autre discernement que celui du bien-être ou du mal-être physiques. Herbivores comme le singe, nous sommes les descendants des hommes primitifs qui, ne connaissant pas le feu, vivaient de racines et des fruits de la terre et n'avaient d'autres instruments que des éclats de pierre grossièrement taillés.

Quant à la *religiosité*, comme nouvelle faculté mentale de l'homme, elle ne résiste pas non plus à la critique :

« Le chien, dit Vogt, a aussi évidemment peur des fantômes qu'un Breton ou un Basque ; tout phénomène frappant, dont son nez ne lui donne aucune connaissance précise, détermine chez le chien le plus brave, les manifestations de la terreur la plus insensée. La crainte du surnaturel, de l'inconnu, est le germe de toutes les idées religieuses, et cette crainte se trouve développée à un haut degré chez nos animaux domestiques intelligents, chez le chien et le cheval... Si on devait regarder la foi au surnaturel comme une propriété intellectuelle, fondamentale de l'homme, on devrait en faire autant des mathématiques. Aucun animal ne connaît les mathématiques, la géométrie, etc., mais il y a des animaux qui peuvent incontestablement compter, quand ce ne serait que jusqu'à peu de chiffres, et là se trouve le germe de ce grand et superbe édifice que l'homme a construit et au moyen duquel il a pu mesurer la terre et les espaces célestes. Aucun animal n'a donc la foi (dans le sens systématique attaché à ce mot), mais il a la crainte de l'inconnu, et n'est-ce point de la crainte de l'inconnu, de la crainte de Dieu (expressions synonymes), que l'homme a développé les religions !... »

Vogt admet, quant à la question de la descendance, l'hypothèse d'une souche mère, d'où procéderaient à la fois les différentes races humaines et les quadrumanes les plus avancés.

L'argumentation de ce livre est trop solide, sa discussion est trop nette, trop acerbe et trop vigoureuse pour ne pas éveiller les cris de réprobation des dignes arrière-petits-fils de

156 LA VIE D'UN HOMME

ceux qui condamnèrent le mouvement de la terre parce qu'ils y trouvaient un attentat contre les textes sacrés. Les orthodoxes de 1863 se montrèrent pourtant plus habiles que leurs devanciers et ne s'attachèrent généralement, au lieu d'attaquer tout en bloc, qu'à une seule démonstration de l'œuvre en laissant les autres de côté. C'est à propos de la théorie de la souche commune à l'homme et au singe que sénilement s'entêtèrent les routiniers, ne se doutant nullement que si cette déduction est aujourd'hui acceptée comme l'hypothèse la plus plausible de notre origine, ils contribuèrent à sa propagation à cause de la virulence de leurs protestations. Il faudra, *nolens volens*, en tenir compte dorénavant, de cette fameuse théorie, et nul ne pourra l'éluder, philosophe ou savant, et la réponse de Laplace, vraie en ce qui concerne une volonté supérieure, ne saurait être de mise à ce propos.

— Votre *Mécanique céleste* est un traité merveilleux, dit une fois Napoléon 1er à l'astronome, mais je n'y vois nulle part le nom de Dieu?

— Sire, répondit tranquillement Laplace, excusez-moi, mais je n'ai pas eu besoin de cette hypothèse...

Non, dorénavant les chercheurs auront besoin de l'hypothèse de l'homme descendant du singe pour expliquer nos origines et prouver la vérité de ces idées nouvelles qui ont bouleversé toute la science moderne et personne n'osera, ainsi qu'il en advint de l'autre avec Laplace, l'envisager comme étant sans importance ou superflue.

Durant plus de dix ans, la guerre de plume continue, rarement courtoise contre cet homme-singe que Huxley, le premier, avait défini, en 1862, dans ses conclusions de : *Man's place in Nature*, Thomas Huxley, le savant qui eut une affinité si grande avec Carl Vogt et auquel volontiers on le compare, tant les deux lutteurs possédaient de traits communs dans les idées et la manière de les imposer et de les défendre.

Peu d'arguments nouveaux dans les réfutations innombrables, en dehors de ceux déjà mentionnés : de longues tirades, de belles phrases religieuses, des exclamations furibondes, un verbiage désossé de protestant larmoyant ou des hoquets de perruche avinée quand viennent à tempêter les vieilles filles pieuses et contristées, directrices de revues ou de pensionnats.

Citons quelques lignes des moins agités, afin de présenter un ou deux arguments essentiels. Voici d'abord — pour nous en tenir aux critiques spiritualistes français — un M. Paul Rosselot, éducateur de la jeunesse :

« . . . . . Quant au corps, elle (la philosophie) vous accordera tout ce que vous voudrez, s'abstenant même d'insister sur les différences établies plus haut et que vous êtes forcé de reconnaître ; mais des indices, si légers qu'ils soient, de cette nature morale qui est la marque caractéristique de l'être humain, la parole, la conscience, les notions générales, les idées du juste et de l'injuste, le sentiment de la divinité, voilà ce qu'elle exigera, et à bon droit, que vous lui montriez dans le singe. *Natura non facit saltus*, c'est votre axiome : appliquez-le donc, et produisez des faits. Une boutade n'est pas une raison, un geste de dédain n'est pas une preuve ; des faits, s'il vous plait, des faits. Pour obtenir le résultat cherché, il faut que le parallélisme soit complet, que l'homme trouve dans le singe les éléments de sa nature morale, comme ceux de sa nature physique ; sinon, on reconnaîtra bien que le singe est de toutes les brutes celle qui, par son organisme, se rapproche le plus de l'homme, qu'il est physiquement le plus parfait de tous les êtres non doués de raison, mais rien de plus. Une affirmation plus large veut être garantie par des faits. On comprend qu'il y ait progrès possible du nègre à l'homme, la nature humaine est puissante et avec le temps le germe le plus grossier peut devenir un beau fruit : il y a loin d'une Hottentote à George Sand, mais ce n'est qu'une affaire de temps. Du singe à l'homme, il n'en est pas de même. . . . .

Le singe est intelligent, dit-on ; je le veux bien. L'est-il plus que le chien, que l'éléphant (dont le cerveau, soit dit en passant, s'éloigne beaucoup de celui de l'homme)? Il a une grande puissance d'imitation, un grand talent mimique, mais voilà tout. La domestication est sans contredit un signe d'intelligence chez les animaux : combien à ce titre ne sont-ils pas supérieurs au singe ! Son intelligence est surtout de la malice, et souvent de la méchanceté. Est-ce par là qu'il se rapproche de nous ? « Quand Dieu forma le cœur de l'homme il y mit premièrement la bonté. » Ce mot de Bossuet, je l'avais depuis un moment au bout de la plume, il en est tombé, je ne le retire pas. M. Vogt rirait bien, s'il le lisait, de ce mouvement de sensibilité : il n'y a que des philosophes et des spiritualistes pour aller citer Bossuet à propos de chimpanzés. Toutefois, qu'il fasse jaillir, s'il le peut, une étincelle de cette vertu humaine d'un crâne simien, anthropomorphe ou non. . . . .

Natura non facit saltus. Il faut donc qu'il existe dans le moindre caillou ce qui existe dans l'homme, à quelque état rudimentaire qu'on réduise d'ailleurs le germe où fermente l'humanité. Proposition insoutenable, car aucune existence organique n'émane de la nature inorganique, ce qui prouve l'impossibilité d'une échelle non interrompue de progrès dans toute la nature. . . . . »

Passons par-dessus Strom et sa question courroucée : *L'homme est-il donc un animal ?* laissons de côté les ripostes des sacristains et arrêtons-nous à l'opinion d'un naturaliste, Fr. de Rougemont, qui rompit l'un des premiers quelques lances en réponse aux lectures du manuscrit des *Leçons sur l'homme* faites par leur auteur, déjà en 1862, dans plusieurs villes suisses sous le patronage des sociétés libérales :

. . . . Au nom de la liberté, dit-il et écrit-il, dont M. le professeur Vogt a usé en cherchant à vous démontrer que l'homme était issu du singe, je viens vous rappeler que l'homme est une créature de Dieu et que Dieu l'a fait à son image. Je viens tenter d'opposer à la fausse science, la vraie science qui est en un parfait accord avec notre foi et nos saintes Écritures.

Un nom propre reviendra souvent sur mes lèvres, malgré le proverbe latin : *Les noms propres sont odieux.* Ce nom est en quelque sorte celui d'un être double : d'un des naturalistes les plus savants et les plus célèbres de nos temps, et du chef le plus fameux de l'école matérialiste qui a surgi en Allemagne il y a bientôt vingt ans. C'est avec ce dernier seulement que j'ai maille à partir, et je me sens d'autant plus libre de vous entretenir de lui que son nom, dans le domaine de la philosophie matérialiste, n'est pour moi qu'une abstraction, une école, une personne morale, qui pourrait tout aussi bien s'appeler Feuerbach, Moleschott ou Buchner.

Personne terrible, qui s'est dépeinte elle-même par la plume de M. Vogt en ces termes :

« Nous sommes les pionniers de la civilisation progressante, et, comme nos modèles à l'œil hardi, « au poing vigoureux, nous ne nous inquièterons pas si quelque peau-rouge décoré, quelque « légitimiste, qui auparavant chassait seul dans la contrée, tombe à tort ou à raison sous nos coups. « La civilisation croîtra peut-être sur son cadavre, et si le drôle n'a servi à rien de son vivant, il « engraissera du moins le sol dans lequel nous l'aurons enfoui. » Vous voyez, messieurs, qu'à se placer sur le chemin des Vogt, on court grand risque d'être assommé (à coups de plume cela va sans dire), et je sais plus d'un écrivain allemand qui pourrait nous dire la vigueur de leurs poings. . .

La science de M. Vogt, ce n'est pas la métaphysique, la religion naturelle, la théologie chrétienne ; ce n'est pas la psychologie, la morale, la logique, la politique, l'économie sociale, l'histoire. Ce n'est en un mot ni la science de Dieu ni celle de l'homme, mais uniquement celle de la nature. De quel droit prend-on pour l'arbre entier de la science les branches inférieures que seules on connaît et étudie ? c'est ce que je ne saurais vous dire.

Les matérialistes n'emploient dans la *science* et hors d'elle qu'une seule et unique méthode : l'observation des faits extérieurs ; comme aussi ils n'admettent pas pour l'homme une autre source de connaissance que les perceptions de la vue, de l'ouïe, du toucher, du goût et de l'odorat. Nous, nous croyons avec Platon et Aristote, avec Descartes et Bacon, avec tout le genre humain, que nous possédons, outre nos sens, une raison, un esprit qui nous enseigne entre autres choses les principes éternels du bon, du vrai, du beau et l'existence de Dieu. Mais cette source des connaissances immatérielles, les matérialistes en nient la réalité par l'excellente raison que s'ils l'admettaient, ils ne pourraient plus être matérialistes.

Je ne puis suivre l'auteur des *Leçons sur l'homme* sur le terrain de la géologie et sur celui de l'archéologie, il serait le premier à rire de moi si je prenais au sérieux ses mauvaises plaisanteries sur l'astronomie biblique, sur la voûte solide du ciel, sur la terre quadrangulaire, etc. Je dirai seulement que nul homme qui croit du cœur en Jésus-Christ, ne *subira des tortures ineffables* pour avoir été amené par ses études à rejeter la chronologie biblique, et que cette chronologie, qui passe aujourd'hui par le creuset de l'épreuve scientifique, en sortira aussi intacte qu'en sont déjà sorties l'astronomie biblique et la géologie biblique. M. Vogt le sait aussi bien que nous : ce qu'on redoute de lui, ce ne sont pas les zéros qu'il ajoute *aux fameux 6000 ans, dont nous a dotés la légende des anciens Juifs,* ce n'est pas même son homme-singe, c'est la violence avec laquelle il attaque la révélation, c'est surtout son matérialisme qui conclut de l'homme-singe à la nature toute animale de l'homme. . . . .

On peut s'indigner de doctrines aussi révoltantes, aussi impies, aussi immorales, aussi nauséabondes; on peut s'en épouvanter à la pensée de l'attrait qu'elles peuvent avoir, à certains moments donnés, sur ces hommes radicalement corrompus qui se meuvent dans les bas-fonds de la société ; mais on peut aussi sourire de toutes ces folies et passer outre. Il y a dans le blasphème et l'immoralité un degré où ils cessent d'agir, tels que le poison pris à fortes doses. D'ailleurs ces matérialistes sont, à ce qu'on me dit, dans leur vie privée les plus honnêtes gens du monde ; aussi, je ne puis me les représenter autrement que ne prenant pas au grand sérieux leurs propres doctrines et s'amusant de nos frayeurs. Ils font plus de bruit qu'ils ne sont méchants. . . . .

Voici deux fois qu'en une centaine d'années le matérialisme paraît et se démène sur le théâtre de l'histoire. Il était au siècle passé en France, plus philosophique que scientifique ; il est dans notre siècle, en Allemagne, plus scientifique que philosophique ; mais sous sa seconde forme il n'est ni plus puissant ni plus réellement dangereux que sous sa première. Deux générations s'étaient à peine succédées que personne ne lisait plus l'*Homme plante* ou l'*Homme machine* de la Mettrie, le *Système de la nature*, du baron d'Holbach, l'*Esprit*, d'Helvétius, la *Nature*, de Robinet. Dans deux générations nul ne lira non plus les écrits des Vogt, des Moleschott, des Buchner, ni même ceux de ce grand Feuerbach dont on veut faire le vrai sauveur du genre humain, et tous ces matérialistes dormiront paisiblement dans l'histoire de la philosophie, qui est l'ossuaire de toutes les grandes aberrations de l'esprit humain, comme elle est la brillante galerie des génies qui ont aimé d'un cœur droit et poursuivi la vérité. Tandis que les vents contraires, qui soufflent sans relâche sur l'océan de la pensée humaine avec un grand bruit de tempête, précipitent les uns après les autres les livres des hommes dans le gouffre sans fond de l'oubli, la parole de Dieu repose inaccessible à leurs tourmentes sur le rocher des siècles. . . . .

Ils eurent beau faire, le mouvement en avant s'était rapidement généralisé, avait contaminé depuis longtemps tous les degrés de la société. Voici un passage d'une lettre à Carl Vogt de Charles Martins, de Montpellier, celui-là même que Haeckel tient en si haute estime et duquel il dira que c'est un esprit judicieux, sage, dont la France doit être fière.

Montpellier, 20 octobre 1865.

Mon cher ami,

Me voici de retour d'un voyage de deux mois en Angleterre, Ecosse et Irlande. Nous avons d'abord assisté à la réunion de la *British Association* à Dundee, puis visité Edimbourg, Glasgow, Belfast, la Chaussée des Géants, Dublin, le pays de Galles, Chester et Londres. Philosophiquement et scientifiquement les Anglais marchent très bien. On m'a reçu d'une société fondée par Edward Forbes, Huxley, Tyndall, etc. ; on dine et on porte des toasts qui feraient dresser les cheveux sur la tête à nos protestants rationalistes. Cette société s'appelle la société des *Red Lions...* Lord Nives, le ministre de la justice en Ecosse, nous a lu des vers où chaque animal se plaint qu'on le fasse descendre d'un animal inférieur à lui. Le couplet de l'écrevisse exaspérée qu'on ose lui donner pour ancêtre le cloporte était charmant. Sir John Lubbock présidait ; nous étions 150.

Tyndall a fait une *Leçon* devant 2.500 ouvriers de Dundee, à laquelle j'ai assisté ; il a terminé en disant : Un physicien ne peut être que matérialiste ; il est absurde de prier pour avoir de la pluie ou du beau temps et de ne pas voyager le dimanche en chemin de fer, etc., etc.

Quadruple salve d'applaudissements.

Je répéterai tout cela, mon cher Vogt, dans la *Revue des Deux-Mondes*, comme un narrateur naïf qui n'a pas la conscience du poison terrible qu'il propage.

J'ai eu de vos nouvelles par Collomb ; il paraît que les séances préhistoriques ont été très suivies et qu'on a bu à la République et aux Etats-Unis d'Europe à la barbe de M. Piétri. Nous servons mieux cette cause avec notre plume que les romantiques Garibaldiens avec leurs sabres ; les voilà encore battus et par des soldats du Pape ! Le Pape se défend lui-même et les descendants des Gracques ne bougent pas ! La force ne fonde rien et c'est la science qui changera la face du monde.

Avez-vous continué à recevoir les épreuves de Pœtz?

Mes hommages à madame Vogt. Amitiés à Claparède et Pictet.

Tout à vous,
CH. MARTINS.

Cependant, on se l'imagine sans peine, témoignages de satisfaction et de joie à l'apparition des *Vorlesungen über den Menschen* furent plus nombreux encore que les critiques et les injures ; qu'il nous suffise de reproduire deux lettres intéressantes, à cause des observations qui y sont formulées, dont l'une est de Boucher de Perthes et l'autre d'Edouard Lartet :

Abbeville, 31 mars.

. . . . Je viens de lire, avec le plus vif intérêt, vos *Leçons sur l'homme* et je vous remercie de la bienveillance avec laquelle vous parlez de moi. Toutefois, vous vous êtes trompé, page 368, en écrivant ces lignes :

« Il faut bien avouer qu'une grande partie de la défaveur qui accueillit cette découverte (celle des hachettes dans le *diluvium*) doit être mise sur le compte des exagérations de l'auteur, qui va jusqu'à voir dans certains de ces silex évidemment taillés par l'homme, de grossières images représentant des têtes et dans d'autres des armes ou des instruments pour couper les cheveux et les ongles. Il est permis de douter que même dans son origine la plus reculée, l'art honorable du coiffeur, de beaucoup plus honoré en France qu'en Allemagne, doive remonter ainsi jusqu'aux plus anciens temps de l'humanité. »

Il y a ici une erreur toute matérielle. Dans les trois volumes de mon livre des antiquités celtiques et antédiluviennes, dans tout ce que j'ai écrit sur ce sujet, je n'ai jamais parlé d'instruments à couper les ongles et les cheveux et je ne m'imagine même pas comment pourraient être faits en pierres de tels outils.

Quant aux autres instruments, il vous sera facile de vous convaincre qu'ils existent ; j'en ai donné plusieurs centaines à la galerie que l'on forme à Saint-Germain-en-Laye. Ces silex ont été examinés par nos professeurs les plus célèbres de géologie et d'archéologie, tous membres de l'Académie des Sciences et pas un n'a mis en doute ni le travail ni l'intention. Ce sont bien les types primitifs de tous nos principaux outils usuels.

La collection des figures et symboles est encore chez moi et si quelque jour vous m'honoriez de votre visite, je ne demande pas plus d'un quart d'heure pour vous convaincre. J'ai trouvé aussi de ces figures par centaines, mais je n'en aurais pas rencontré une seule ni un seul outil que je dirais encore : *il en existe,* parce que si les peuples antédiluviens ont su se faire des haches en pierre, le bon sens nous dit qu'ils ont pu faire autre chose et que la hache ne pouvant servir comme scie, couteau, gouge, vrille, racloir, polissoir, il a bien fallu qu'ils en fabriquent.

Il en est de même des figures et images. On n'a pas encore découvert des peuplades sauvages, quelqu'arriérées qu'elles fussent, qui n'aient les leurs. Nulle part, en France comme en Allemagne, comme partout, vous ne pouvez réunir une troupe d'enfants sans que quelques-uns d'entre eux n'aient l'idée, s'ils ont sous la main de la terre glaise. . . . .

Ah ! vous avez raison, que les préjugés sont difficiles à vaincre ! Il n'y a pas encore trente ans que tout le monde me riait au nez quand je proclamais la vieillesse de notre espèce ; bientôt, c'est au nez de ceux qui n'y voudront pas croire qu'on rira. Eh bien ! on rira aussi quand on mettra en avant que ces premiers hommes ont fait des haches et qu'ils n'ont fait que cela.

Pardonnez-moi, mon cher et savant professeur, si je m'étends sur l'homme primitif, il y a quelque quarante ans que je me bats pour lui. Je n'en suis pas le père, mais bien le parrain, car dans cette guerre mes prédécesseurs ou ceux qui avaient découvert cet homme dans les cavernes ne me soutinrent pas. En vain je les invoquai, — vous en trouverez la preuve dans les notes de mon premier volume, publié en 1840 — pas un ne voulut que l'homme des cavernes fût antédiluvien. Peut-être ne l'était-il pas, mais ce n'était pas une raison pour repousser celui du *diluvium*.

Ne croyez d'ailleurs pas que je me sois brouillé avec qui que ce soit. M. Elie de Beaumont, contre qui je guerroie depuis 25 ans, est un de mes meilleurs amis. . . . .

J. BOUCHER DE PERTHES,
A Abbeville (Somme).

Paris, 8 avril 1865, 15, rue Lacépède.

. . . . Peut-être devrais-je m'interdire de lire vos *Leçons sur l'homme*, car c'est du fruit défendu pour nous autres gens de science bien disciplinée et vous avez des allures diablement ou diaboliquement (je ne sais quel est le plus correct) entraînantes. Je remarque cependant avec plaisir que votre traducteur français — hélas ! je ne sais pas l'allemand ! — a plus d'orthodoxie que celui de nos mécréants voisins d'Albion. Ce dernier, l'anglais, à la fin de la douzième leçon, vous fait instituer un *Saint*, sans nulle autorisation ni intervention de notre Saint-Père et ce qui est du plus mauvais exemple, votre mode de canonisation ne coûte rien. . . . .

ED. LARTET.

Carl Vogt avait un péché mignon : celui de Monselet. Il aimait la bonne chère, les vins de derrière les fagots, étant gourmet par intelligence et atavisme. Son palais délicat ne le rendait pourtant pas difficile, quinteux, mais sa joie était de s'asseoir à une table bien apprêtée, de goûter, en connaisseur, aux mets bien préparés, et son contentement se trouvait décuplé quand la fête se passait chez lui, à Plainpalais, qu'il recevait ses amis ou ceux de ses fils et qu'il découpait lui-même les poulardes en contant les histoires du passé. Après le déjeuner, on buvait le café dans le jardin ou dans son cabinet de travail et les hôtes ne se retiraient que très tard dans l'enchantement d'une après-midi gaiement passée. Celui qui a assisté à l'un de ces repas chez *le père Vogt*, ne l'oubliera pas facilement, j'imagine, car le maître de la maison, sans affectation aucune, ni montre de science pédantesque, toute contrainte étant immédiatement bannie, discutait d'égal à égal, avec le plus négligeable, le moins expérimenté de ses convives, les mettant tous à l'aise par sa simplicité, son entrain et ce manque absolu de *self-gobness* et d'autorité professorale qui le caractérisait.

Il fallait aussi entendre, dans ces causeries si variées, ce narrateur, qui assista à tant d'évènements, s'entretenant avec la liberté d'un homme de loisir, avec la facilité d'un esprit qui sait beaucoup, et jusqu'à la fin, — j'en appelle à ceux qui déjeunèrent avec lui quelques semaines avant sa mort ! — il gardera le feu et le prestige de la gaieté et dispersera son originale interprétation des choses en boutades braves.

Or, que de fois, en ces brusques sautes de critique, s'était-il emporté à propos des lacunes, des gouffres de la cuisine allemande, s'il est permis d'appliquer ce mot cuisine — mot bien français, celui-là ! — à cette variété peu alléchante de mets outre-rhénaux, outrageusement défigurés par les cuissons ou les baignades dans des sauces problématiques plus sucrées qu'une page de Gustave Freitag. Les cheveux se dressaient sur sa tête quand il narrait de gigots impossibles, de filets à la compote, du manque de pain ou de ratatouilles abominables. Volontiers il répétait l'axiome de Brillat-Savarin : « L'homme de bien, mange bien ».

Un soir que pour un motif ou pour un autre il ne pouvait recevoir à Plainpalais, il emmena son éditeur, Fr. Vieweg, dîner au cercle de la *Rôdeuse* où, tous les huit jours, de joyeux gourmets se réunissaient autour de James Fazy.

L'étranger s'extasia. Jamais il n'avait goûté si succulente chair. Huîtres, poisson, gibier exquis et des fruits superbes ; quant aux artichauts, pour la première fois qu'il y goûtait, le célèbre libraire les trouvait délicieux...

— Bah! s'exclama Vogt en riant, vous êtes encore des barbares, là-bas, en Allemagne! Vous mangez mal, c'est pourquoi vous êtes pessimistes. Croyez-moi, mon cher Vieweg, le peuple allemand ferait bien de brûler Schopenhauer et de se mettre à la lecture de Brillat-Savarin!

— Brillat-Savarin?

— Eh oui, morbleu! Brillat-Savarin! Le génie le plus français de France, alerte, vif, aimant la galanterie un peu libertine, les petits vers et les dîners joyeux. Avec cela, un érudit, un savant... Tenez! les vacances approchent, j'ai besoin de repos, je vous fais une proposition. Je vous traduis en allemand ce camarade de chevet, si souvent feuilleté, cette *Physiologie du Goût;* ce chef-d'œuvre d'entre les chefs-d'œuvre dégrossira, je l'espère, mes compatriotes...

Le contrat fut signé le lendemain et voilà le grave professeur de géologie traduisant et commentant *ad usum Delphini* les savoureuses pages sous le titre : *Die Physiologie des Geschmacks.*

La dernière édition date de deux ans ; elle est la sixième.

A-t-on profité de cette lecture en Allemagne? Vogt le croyait, car il prétendait que Vieweg et lui venaient de rendre un inestimable service à la patrie.

— Du reste, ajoutait-il gaiement, c'est là ma meilleure œuvre. C'est lui, de tous mes bouquins, qui a été le plus goûté, c'est lui qui s'est vendu le mieux et me fut le mieux payé. En outre, il ne souleva aucune protestation, ne m'attira aucune avanie et me fit nommer président d'honneur de la *Société des Cuisiniers* de Münich!

Les incessantes découvertes tant en France qu'en Allemagne et dans le Nord ; les descriptions des recherches et des fouilles dirigées par les Thomsen, Nilsson, Steentrup, Forchhammer, etc.; l'audacieuse assurance d'Aymard prouvant, malgré le *non* péremptoire de Cuvier, l'existence de l'homme fossile par les ossements humains trouvés dans une couche de laves boueuses d'un volcan du département de la Haute-Loire ; l'œuvre de Boucher de Perthes, toujours plus confiant et démontrant, sans conteste, l'apparition sur terre de l'homme à l'époque quaternaire ; les belles études et découvertes de Ferd. Keller en Suisse ; les démonstrations d'Ecker, de Virchow et d'autres allemands ; la série des innovations scientifiques à Aurignac d'Edouard Lartet, qui, avec un caractère d'une extrême timidité, avait une très grande hardiesse de pensée ; le fameux livre de Lyell : *The geological evidences of the antiquity of Man;* les trouvailles de Capellini, Gozzadini, etc., en Italie ; enfin cette belle *Revue préhistorique* fondée par Gabriel de Mortillet, continuée par son fils et Cartailhac ; les travaux de Saporta et d'Albert Gaudry, et d'autres écrits, trop nombreux pour être énumérés, attirèrent tout particulièrement, durant cette période de 1861 à 1869, l'attention des écrivains de savoir varié sur la *Paléoethnologie,* une science de récente date, placée entre l'histoire et la géologie. Au nom de la religion et des saines doctrines, le clergé, comme on pouvait s'y attendre, tenta bien d'étouffer, dès son apparition, cette nouvelle venue qui a dû, pour une grande part, son extraordinaire prospérité à la vogue des livres de Darwin et de son école, mais il ne réussit point dans sa téméraire entreprise et finit par se tenir coi.

Français et Italiens, entraînés par l'énergique intervention de Mortillet, fondèrent, en 1865, lors de la réunion internationale de la Spezzia un *Congrès international d'archéologie préhistorique* qui n'a fait que progresser depuis lors. Le succès fut tel que de toutes les parties du monde les adhésions affluaient et le premier effet de cette heureuse émulation se trouva dans une augmentation notable des découvertes de restes humains.

Avec sa passion de l'inexploré et de l'inédit, Carl Vogt, persuadé que l'on rencontrerait dans les résultats de cette science nouvelle qu'il fallait populariser à tout prix, les preuves concluantes des théories nouvelles, se jeta dans la mêlée et combattit au premier rang contre les moroses attardés, auxquels cette récente grêle de pierres tombée dans le jardin spiritualiste ne disait rien qui vaille.

Le professeur de Genève était, du reste, expert en la matière, et se trouvait en pays de connaissance, car depuis longtemps ce vaste sujet, sur lequel Ferd. Keller avait jadis fixé son attention, le passionnait. Il avait rencontré pour la première fois le savant suisse à la réunion des naturalistes, à Zürich, en 1840. De la ville des bords de la Limmath, Agassiz, Desor et Vogt s'étaient rendus par le Gothard et la Furca au glacier de l'Aar qui devint, ainsi que nous l'avons vu, le centre des explorations. Cependant, on s'était bientôt trouvé en face de certains problèmes de physique pour la solution desquels les connaissances de la société réunie sous le toit de l'*Hôtel des Neuchâtelois* ne suffisaient pas :

— Il nous faut un physicien, s'écria un soir Escher de la Linth, sans cela nous ne pourrons continuer ; il nous faut Ferdinand Keller...

— Invitons-le à venir sans tarder, dit Agassiz.

— Oh ! répondit Escher, vous ne connaissez pas le bonhomme. J'ai besoin d'un an pour décider cette nature sédentaire à se déplacer, et encore me faudra-t-il, peut-être, l'enlever de vive force.

Keller vint, en effet, l'été suivant et donna de précieux renseignements, entr'autres sur un phénomène particulier qui pouvait servir de boussole d'orientation en cas de brouillard : le sable en s'échauffant par les rayons du soleil produit des enfoncements dans la glace dont la conformation réfléchit l'arc que trace la course du soleil. On peut ainsi trouver exactement la ligne du méridien en enfonçant le bâton au point le plus profond de la circonférence de ces trous montrant la figure d'un fer à cheval. On ne parla pendant quelque temps que des « *Kellerlöcher* » et on peut penser que les plaisanteries ne manquèrent pas, le mot ayant un double-sens en allemand.

Or, pendant l'hiver de 1853-54, le lac de Zürich baissa considérablement. Ferd. Keller se promenait sur ses bords. Près de Meilen, il avise des ouvriers occupés à des travaux de terrassement, remuant un terreau noir, contenant des morceaux de charbon, des tessons de poterie, des ossements, des pierres cassées et taillées. Le savant s'approche, examine et emporte chez lui les débris :

Une nouvelle branche de la science, celle des Palafittes ou des pilotis lacustres venait de naître !

Carl Vogt et Desor furent des premiers avertis de la découverte et ils se rendirent, sur le champ, auprès de leur ami...

Les articles et les mémoires concernant les sciences préhistoriques en général, dus à la plume de l'auteur des *Leçons sur l'homme* contribuèrent, d'après Virchow et Fraas — deux autorités dans ce domaine — également à la diffusion des idées dans la classe éduquée, car Vogt était un écrivain scientifique très lu, et c'est ainsi que maint ossement ou ustensile que l'on eut jadis jeté avec dédain et qui eut été perdu pour la science, pût être examiné par les compétents et conservé s'il en était jugé digne.

Les mémoires : *Ueber die fossilen Menschenschädel der Diluvialbildung in Deutschland und Italien*, — *Le crâne humain de Greng*, — *La mâchoire humaine de la Naulette*, — *Le crâne du val d'Arno*, — *Crânes étrusques et romains*, etc., comptent parmi les principaux travaux de Carl Vogt dans cette branche vers laquelle il se sentait attiré de façon particulière. Il n'écrivit toutefois pas le livre rêvé, le temps lui ayant fait défaut, car là plus que partout ailleurs le chercheur ne peut se fier qu'à ses yeux et quoique Vogt n'épargnât ni les déplacements, ni les stations prolongées souvent en des endroits inhospitaliers, il ne parvint pas à achever l'œuvre commencée ; trop d'occupations et de devoirs le tiraillaient en tous sens pour qu'il pût s'adonner entièrement à cette étude, qui exige, en premier lieu, une liberté complète et qui offre un champ d'études si vaste qu'il faut, pour le parcourir, la réunion de plusieurs sciences à la fois. En effet, l'archéologie préhistorique réclame des comparaisons minutieuses, le concours d'hommes spéciaux et livrés aux études les plus diverses pour donner des bases solides aux inductions tirées des faits. A tout bout de champ le chroniqueur scientifique revenait sur ce sujet inépuisable et son avant-dernier article dans la *Frankfurter-Zeitung*, écrit deux mois avant sa mort, en mars 1895, traite précisément de la découverte préhistorique, si connue depuis, du docteur Dubois, à Java. Ce médecin militaire hollandais — cela est connu pour ainsi dire de tous en France, depuis la publication d'un remarquable article de M. L. Manouvrier dans la *Revue scientifique* du 7 mars 1896 — venait de trouver dans une couche tertiaire, près de Trinil, des ossements qui semblent avoir appartenu à un être intermédiaire entre l'homme et les anthropoïdes. Ce *Pithecanthropus erectus* serait un précurseur et peut-être l'anneau jusqu'alors manquant de la chaîne qui doit unir sans interruption, selon la théorie transformiste, l'*Homo sapiens* au reste du règne animal et M. Manouvrier conclut aujourd'hui qu'il est permis de considérer avec une grande vraisemblance cette race humaine possédant la marche bipède, vivant à Java, à l'époque pliocène, non seulement comme une race précurseur pour l'espèce humaine, mais encore comme une race ancestrale, comme le commencement de l'humanité.

M. Eug. Dubois, aux laborieuses et intelligentes fouilles duquel le monde instruit doit cette découverte, apprit d'abord de Virchow, de Waldeyer, de Kollmann de Bâle, bref de toute l'école anthropologique allemande que son *Pithecanthropus* ne pouvait pas être un homme ; d'autre part Cunningham à Dublin, sir W. Turner à Edimbourg, Rudolph Martin à Zürich se chargèrent de l'informer que l'ensemble des caractères du crâne de Trinil condamnait l'hypothèse du singe, ce qui fait dire à M. Manouvrier qu'une telle divergence des appréciations émises par des anatomistes aussi compétents suffirait presque à démontrer l'état réellement intermédiaire du crâne de Java, et en effet, pour donner lieu à des appréciations si opposées, il a fallu que le crâne de Java présentât d'importants caractères humains et d'importants caractères simiens.

Quoiqu'il en soit, Carl Vogt s'empressa, dès qu'il eut connaissance de la découverte, c'est-à-dire quelques semaines avant sa mort, d'en parler longuement à ses lecteurs habituels, et il ajoutait ironiquement :

« Oh ! nous pouvons nous y attendre. Ils vont encore nous dénoncer le crâne de Trinil comme étant le résultat d'une déformation pathologique. Lui, comme les autres et comme ceux qui vont suivre, n'échapperont pas à la loi.

Mais quelle mystérieuse et vraiment touchante volonté que celle qui veut que toutes ces vieilles boîtes crâniennes, déterrées de nos jours, aient toutes, sans exception, appartenu à des têtes déformées. »

Nous le savons déjà, Carl Vogt s'était fait bénévolement l'intermédiaire chaleureux entre les autorités et les réfugiés; les solliciteurs ne manquaient donc pas, car on savait qu'il n'oubliait jamais une amitié, même la plus humble. Or, après Aspromonte, Garibaldi et ses généraux sont jetés en prison; les patriotes italiens sont traqués, maltraités. Des parents de prisonniers se rendent chez le professeur; il doit connaître quelque personnage influent qui l'écoutera peut-être. Certainement, Matteucci, son ami, l'auteur des *Lezioni di fisica* est ministre de l'Instruction publique en Italie; il a reçu de lui une lettre dernièrement le consultant sur la réorganisation des études supérieures, il lui écrira immédiatement : Matteucci est un libéral, son avis est d'un grand poids dans le cabinet Rattazzi et il intercédera forcément. Les réponses du ministre sont intéressantes :

MINISTERO   21 Septembre.
   della
ISTRUZIONE PUBBLICA   Cher ami,

Je vous remercie beaucoup de votre rapport sur l'enseignement universitaire qui signale comme plaies principales : l'insuffisance de l'enseignement secondaire, le nombre trop considérable de petites universités et le relâchement des études, autant par le laisser-aller des professeurs que par le défaut d'esprit scientifique chez l'étudiant. . . . .

. Vous me parlez de politique et ce n'est pas, par conséquence, ma faute si, en vous répondant, je vous dis que vous en avez une détestable. Je vous connais, je vous aime et je vous estime depuis très longtemps. Comme Allemand, c'est-à-dire gens à théories, vous pouvez avoir une politique impossible et être malgré cela de très braves gens. Nous connaissons nos poulets et nous avons la ferme conviction de faire notre devoir comme italiens et comme libéraux à résister à la canaille et aux insensés. Le jour viendra où l'on trouvera que ce ministère qui vous paraît si méprisable a eu le courage de faire son devoir et s'il ne dépendait que de moi, je vous assure qu'on irait jusqu'au bout, certainement sans passion, sans aveuglement, mais avec la sévérité nécessaire. Ceux qui ont appliqué vos théories en Allemagne et en France n'ont fait que reculer la liberté et nous tâcherons que cela n'arrive pas chez nous. Vous croyez au magnétisme animal ou à quelque chose de semblable, mais moi malheureusement je n'ai pas cette heureuse faiblesse : j'aime beaucoup, j'adore les grandes qualités d'esprit et d'âme, mais je ne me forme pas des idoles avec l'imagination. Des esprits sauvages qui ne respectent pas les lois, qui ne savent pas ce que c'est qu'une Constitution et qui ne croient qu'à la force brutale, laquelle, d'ailleurs, ne résiste pas à 800 *bersaglieri* ne sont pas de mes idoles; et le peuple italien a assez de bon sens pour être de mon avis. Croyez-moi, ce n'est pas par cela qu'on peut régénérer le monde.

Je n'oublierai pas l'Institut zoologique où j'espère que nous travaillerons un jour ensemble.

Tout à vous,
MATTEUCCI.

Vogt intercède de nouveau :

1er octobre 1868.

Mon cher Vogt,

Je vous remercie beaucoup de m'avoir fait connaître M. Hillebrand qui m'a offert un très bel ouvrage.

L'affaire Schiff est arrangée; j'espère donc qu'un jour nous travaillerons tous ensemble dans le musée de Florence. . . . .

J'ai reçu les suppliques, mais je ne les appuierai pas, car de votre politique, je n'en veux pas; nous avons en Italie un proverbe que je tiens pour bon : Val pire un matto in casa sua che un savio in casa degli altri.

Je veux bien marcher avec la révolution, mais à la condition de la mener et en détestant les révolutionnaires de métier et les manipulations révolutionnaires. Vous autres Allemands, vous êtes avant tout de bons diables, toujours philosophes et battant la campagne. Laissez-nous faire et tout ce que vous dites contre le ministère, quoique répété par la blague des journaux, n'a pas un atome de vrai. Nous donnerons l'amnistie, nous la donnerons bientôt, mais cela n'empêche pas que Garibaldi soit un animal et Mazzini quelque chose de plus pire.

Je ne veux pas dire avec cela que le moment n'arrivera jamais où vos idées et vos hommes ne dominent, mais vous n'aurez pas par là ni la justice ni la raison pour vous. Du reste, les discussions sur la Monarchie représentative et sur la République sont bonnes pour les Académies :

Nous disons Monarchie, parce que nous voulons dire : Italie, tandis que République veut dire cent républiques et puis l'Autriche et avec toutes vos fanfaronades, vous avez toujours l'Autrichien qui vous opprime. Tirez-vous de là, et laissez-nous faire, mon vieil ami.

Tout à vous,
C. MATTEUCCI.

Ces années représentent peut-être la période la plus laborieuse, la plus active dans la vie étonnamment productive de Carl Vogt. C'est à cette époque qu'il s'occupe de la construction d'une Académie nouvelle à Genève; il étudie, suivant son habitude, avec une consciencieuse attention, les chances et les probabilités, et adresse rapports sur rapports au gouvernement. Il critique les plans :

« . . . . . Je termine ce long exposé en déclarant qu'à mon avis les plans qui nous ont été soumis sont inadmissibles et bons tout au plus à titre de renseignement sur les défauts à éviter dans une construction pareille. »

C'est également entre 1863 et 1865 qu'il collabora avec le célèbre chimiste Pettenkofer, de Münich.

Le gouvernement bavarois, frappé de l'altération de plusieurs tableaux dans les galeries de Schleissheim et de la capitale, avait porté la question devant une commission, composée de Kaulbach, Piloty, Maurice Carrière, Schleich, Pettenkofer, Radlkofer, etc. Ce dernier, en qualité de botaniste, se convainquit vite que les altérations telles que le moisi, etc., attribuées à des champignons microscopiques, ne provenaient nullement du développement d'organismes végétaux infiniment petits. Quant à Pettenkofer, il crut d'abord à une *transformation chimique* des vernis, des couleurs, etc.; mais après des expériences faites en commun avec Vogt, il reconnut que cette altération chimique n'existait presque nulle part, que les vernis, les huiles et les couleurs étaient restés intacts et que « les dépréciations reposaient uniquement sur un état moléculaire différent de ces substances, motivé par l'action de l'atmosphère humide ».

Donc les altérations telles que le ternissement, l'opacité, le grisonnement, le moisi et les craquelures provenaient, d'après les deux professeurs, des alternances de température, des fluctuations de la quantité de vapeur d'eau de l'air et de la qualité hygroscopique des substances employées.

La cause générale étant connue, ils cherchèrent le remède. Ils en trouvèrent un simple, applicable partout et peu coûteux. Il consistait « dans l'application à la température ordinaire de vapeurs neutres mais ayant une action liquéfiante sur les vernis et les huiles, telles que les vapeurs d'alcool ». A Londres, où l'atmosphère est chargée de fumée, Carl Vogt dans ses expériences substitua aux vapeurs d'alcool les vapeurs ammoniacales. Voici comment ils expliquaient l'action du procédé :

« L'air engagé dans les interstices microscopiques des vernis et des huiles et qui, par sa réfraction différente de la lumière les rend opaques, en est chassé, — les vernis et les huiles sont ramollis au point que leurs molécules se rapprochent; la cohésion, la surface unie se rétablissent et par cela même réapparaissent la transparence et l'éclat primitif des couleurs. »

22

La commission, après deux ans d'essais, déclara que le procédé devait être pris comme base rationnelle de toute restauration des tableaux de l'Etat...

Homme de progrès d'abord, esprit largement ouvert à toutes les innovations, il poursuit, toujours avec le même désintéressement et malgré une forcenée opposition, l'établissement dans Genève et dans d'autres villes suisses, de chemins de fer à traction de cheval dits « tramways américains » et cela, il le fait au nom de la *célérité*, du *confortable*, de la *régularité*, de la *sécurité*, de la *politesse* et de *l'honnêteté*. Il s'inquiète aussi grandement des réformes à introduire dans le domaine de l'Instruction publique, encore l'une de ses constantes préoccupations et ces travaux, il les mène de front avec les cours, la politique et ses recherches purement scientifiques. Il donne à Moleschott pour ses *Untersuchungen zur Naturlehre des Menschen und der Thiere*, un travail : *Untersuchungen über die Absonderung des Harnstoffs*; sur la demande de l'auteur, il traduit en allemand les belles conférences de Huxley qui paraissent chez Vieweg sous le titre de : *Ursachen der Erscheinungen in der organischen Natur* ; il se détermine à entreprendre l'étude circonstanciée de la microcéphalie, travail de longue haleine, coûteux, et qu'il n'a fait qu'effleurer dans ses *Leçons sur l'homme*. Enfin, le voilà lancé à fond de train dans cette entreprise du tunnel du Saint-Gothard qui ne lui a pas rapporté un centime, mais qui, par contre, lui coûta un temps considérable. Le 17 mai 1862 il écrivait la lettre suivante :

Au haut Conseil d'Etat du Tessin.

Monsieur le Président et Messieurs,

Lors de la session de janvier du Grand Conseil j'avais l'honneur de vous annoncer qu'il était à ma connaissance qu'une société anglaise était en voie de formation pour la construction et l'exploitation d'un chemin de fer par le Saint-Gothard.

Les tractations à ce sujet ont demandé du temps. Les plans que les constructeurs anglais ont eu à examiner sérieusement n'ont pu être déposés à Londres qu'au mois d'avril.

Ces plans, faits sous la surveillance et par les soins du comité du Saint-Gothard, vous ont été soumis depuis par leur auteur, M. l'ingénieur Wetli.

Voulant établir l'entreprise qui seule nous paraît réunir tous les intérêts combinés de la Suisse, de l'Italie et des autres pays avoisinants sur de fortes bases ; voulant présenter une demande en concession sérieuse et non illusoire, nous avons réussi à former une Société internationale dans laquelle sont représentés les intérêts suisses, italiens et anglais.

Dans quelques jours une demande en concession formelle vous sera soumise au nom de MM. F.-R. Crampton et sir Morton Peto, à Londres, frères Fabbricotti, à Livourne, et consorts, demande portant sur une ligne continue à travers la montagne, aboutissant d'un côté au réseau suisse, de l'autre au réseau italien.

En vous adressant cette lettre je n'ai d'autre but que de vous annoncer la formation de la dite société et de vous prier de différer, si cela est possible, les discussions engagées auprès de l'autorité législative du canton jusqu'à la présentation de la demande en concession qui vous sera remise avant la fin du mois.

Agréez, Monsieur le Président et Messieurs, l'assurance de ma considération très distinguée.

C. VOGT.

1864-1866

La guerre si peu glorieuse de la Prusse et de l'Autriche contre l'héroïque Danemark, en 1864, tira de son repos le polémiste politique.

Vogt ne se livre pas aux furieuses philippiques des écrivains allemands; il trouve cette campagne inutile et néfaste, ce qui lui vaut immédiatement l'habituelle décharge des épithètes : sans-patrie, prolétaire de la science, etc. Non ! Carl Vogt a beau se raisonner, il ne ressent aucune haine contre le Danois; il pousse l'aberration jusqu'à croire que tout « homme libre » préférera la domination danoise au joug prussien et autrichien. Déjà, en 1848, lors du traité de Malmö, le sort des frères abandonnés du Schleswig-Holstein le laissait froid; il n'entrevoyait pas la raison pour laquelle on allait se faire rompre les os pour assurer un bien-être relatif à quelques hobereaux réactionnaires et imposer le servage prussien à une population jusque là libre et satisfaite de son sort :

. . . Ich konnte weder den übertriebenen Hass gegen die Dänen, noch die überschwängliche Liebe zu dem verlassenen Bruderstamm theilen; mich weder von der Gerechtigkeit und Staatsweisheit des Londoner Vertrags, noch von der fleckenlosen Reinheit der Augustenburgischen Sache überzeugen; auch gelang es mir nicht, weder von dem augenscheinlichen Walten der Forschung beim plötzlichen Tode des Dänenkönigs, noch von dem sichtbaren Eingreifen Gottes in die Weltregierung durch die Propheten des Gottesgnadenthums in Berlin und Wien eine klare Vorstellung zu erhalten ; ich konnte weder in der Mehrheit des Bundestages den Felsen entdecken auf dem Deutschlands Hoffnung ruht, noch auch bei den Kammern und dem Volke die nachhaltige Kraft erblicken, welche zum endlichen Siege führt. . . . .

Eine grosse Gefahr scheint über Europa herein brechen zu wollen. Von allen Seiten wälzen sich die Massen heran, um die relativ freieren, kleineren Staaten in grosse Militärmächte umzuschmelzen, in denen kein anderes Recht mehr gilt, als das jenige des Eisens, keine andere Freiheit, als diejenige des Säbels.

Oesterreich existirt nur noch in seiner Armee ; Preussen möchte nur durch seine Armee existiren; Frankreich existirt nur für seine Armee.

Es ist eine Zeit der Barbarei ohne Gleichen. Man lässt Tausende abschlachten, nicht um einer Idee oder selbst eines Wahnes willen, sondern aus schnöder Lust am Morde, aus Abenteuersucht; nur um zu erproben, was man leisten könne und wie stark man sei. Man renommirt mit Gefallenen, mit Verwundeten, mit Erfrorenen und Verkommenen, mit gezogenen Kanonen und gepanzerten Fregatten. . . . .

Die Schleswig-Holsteinische Frage ist keine Frage der Freiheit.

Die dänische Constitution ist eine der freiesten, welche existirt. Sie geht bis an die Grenzen der Möglichkeit, innerhalb welcher die Monarchie überhaupt bestehen kann. Das dänische Volk ist eines der civilisirtesten und gebildesten Völker, welches auf der Erde sich finden mag. In Beziehung auf innere Thätigkeit und äussere Cultur, in Hinsicht auf allgemeine Verbreitung nützlicher

Kenntnisse, auf Selbstregierung, Freiheit der Presse, des Handels und Verkehrs, in Beziehung auf Mannhaftigkeit zur See und auf dem Lande ist das kleine rührige Dänenvolk seinen Nachbarn im Norden, ja sämmtlichen deutschen Volkstämmen nicht nur ebenbürtig, sondern meistens sogar weit überlegen. . . . .

Die Schleswig-Holsteinische Frage ist von dem faulen Boden der feudalen Zustände durch die Ritterschaft und ihre historischen Vertreter wie Dahlmann und Beselor aufgeführt, durch die bürgerlichen Repräsentanten der adligen Iunkerpartei wie Stahl und Wagener fortgeführt, an dem jämmerlichen Herzogshute der Borsig'schen Augustenburgerei angelangt. . . . .

Als einzelnes Individuum, als Weltbürger, als jeder Nationalität entkleideter Mann würde Ieder die dänische Herrschaft der deutschen angestammten vorziehen müssen. . . . .

Die Handvoll Schleswiger mehr oder weniger wird Deutschland weder reich noch arm, weder mächtig noch schwach machen. Unsere inneren Zustände werfen alljährlich mehr brave Deutsche über den Ocean nach Amerika, als in ganz Schleswig hausen. . . . .

Die Macht und Grösse Deutschlands liegt nicht ausser unseren heutigen Grenzen, sie liegt im Inneren unserer eigensten Zustände. So lange wir Baiern, Würtemberger, Badenser, drei Hessen und x Sachsen sind, wird kein Gott uns in dieser Beziehung helfen können. Lasst aber die heute zerstreuten Glieder, die nur ein elendes Lotterband zusammenhält, enge zusammen geschweizt sein in einen einzigen Körper, lasst die Wildschossen abgehauen sein die man uns in Gestalt ausserbündischer Länder aufgepfropft und als Galerensklavenkette angeschmiedet hat; lasst wie in der Schweiz, ein Heer, ein Volk geworden sein mit aller Verschiedenheit der einzelnen ursprünglichen Bestandtheile — und dann frägt wieder nach, wo die Macht und Grösse Deutschlands liegen ! *Dann trägt Ieder das lebendige Gefühl von der Macht und Grösse seines Vaterlandes in der eigenen Brust und wehe dem, der daran rühren sollte ! Einer für Alle und Alle für Einen !* . . . .

Guter Himmel ! Haben sie wieder einmal in den Pergamenten gewühlt die Staatsrechts-Professoren, Heraldiker und Wappenknauser, die steifen Waize und die eingewickelten Zöpfe und haben sie uns mit Mannstamm und Weiberlinie, mit Ebenbürtigkeit und Unebenbürtigkeit, mit Holstein-Glücksburg-Sonderburg, Holstein-Augustenburg-Sonderbug, Holstein-Gottors und ähnlichem Wuste die Ohren gefüllt . . . . .

Lasst einen Bund sich bilden aus den drei süddeutschen Staaten, der sich in dem bevorstehenden Conflikte neutral erklärt. . . . .

Als die Schweizer ihren alten Bund zertrümmerten, um den neuen im Herbste 1847 zu errichten, gährte die ganze Welt gewaltig, wie heute. Der alte Bund war von allen Mächten garantirt, wie jetzt der deutsche Bund.

Von allen Seiten drohten Gefahren. Die alte Spinne Radowitz fuhr zwischen Paris, Berlin und Wien herum, ein Netz zu spinnen gegen die schweizerische Eidgenossenschaft. Guizot wollte um jeden Preis interveniren, Preussens romantischer König um jeden Preis sein Fürstenthum Neuenburg wieder haben, Metternich seine kleinen Iesuitenkantone um jeden Preis wieder einrichten.

Man hatte sich zur Tripel-Intervention für das Frühjahr 1848 verständigt.

Radowitz selbst hat es mir in Frankfurt gesagt; Radowitz selbst mir erklärt, dass er an dem gemeinschaftlichen Operations-Plane gearbeitet habe.

Da brach im Februar 1848 die Welt zusammen und der Schweizerbund, fest in sich geeinigt, stand wie ein einsamer Fels ruhig in dem bewegten Völkermeer. . . . .

Cette forte brochure : *Andeutungen zur gegenwärtigen Lage* eut le privilège de ne contenter, au début, qu'un petit nombre de lecteurs attirés par l'heureuse forme, le scepticisme gouailleur, la dégagée franchise et l'indépendante allure de l'écrit. Les autres, en graves Allemands qu'ils étaient, maugréèrent ou se turent, contenant leur écœurement. Quelle audace aussi que de railler ces frères abandonnés du Schleswig ! Quelle ébouriffante affirmation que de déclarer le Danois un peuple honnête, brave et libre ! Il fallait être un pamphlétaire sans vergogne, un transfuge, un halluciné, pour oser tenir par des quolibets l'éclat des victoires diplomatiques et autres de la cour de Berlin alliée à celle de Vienne ! Ce beau zèle finit pourtant par diminuer d'intensité. Vogt, en somme, ne renversait rien, ne bouleversait rien, ne brisait rien ; il voulait tout simplement qu'on s'en tînt à la logique et à l'honnêteté ; il craignait que, pour une poignée de paysans hostiles, du reste, dans le

Sündewitt et dans le nord du Schleswig, on ne s'aliénât pour longtemps une nation valeureuse. Au fond, cela n'était pas si mal raisonné. De combien s'en est-il fallu qu'en 1870 le Danemark ne tendît la main à la France ?

« Quand on examine de près, sans parti-pris, cette courageuse brochure, écrit un critique, on est tout d'abord frappé par la logique des conclusions. On a beau être d'une opinion diamétralement opposée, on est obligé de reconnaître que Carl Vogt est un déductif de première force et pas plus tard qu'hier j'entendais un de nos personnages politiques les plus en vue soutenir la thèse révoltante de l'ancien régent de l'Empire, écrivant à propos de la conquête du Schleswig :

Wer hat Recht ? Keiner.

Wer hat Unrecht ? Ieder. »

Les autorités genevoises ont coutume, dans un but louable mais médiocrement atteint, d'inviter certains professeurs à donner au public sur un sujet à leur convenance une série de conférences. Ce système permet au conférencier d'embrasser le thème choisi dans son entier et d'étudier dans les détails tel chapitre en compagnie des auditeurs sérieux.

Durant l'hiver 1860-61, Carl Vogt parla des bêtes calomniées. Il publia d'abord ces leçons dans la *Gartenlaube*, puis, sur la demande pressante de l'éditeur Brockhaus, il les réunit en un volume, orné de figures, sous le titre de *Vorlesungen über schädliche und nützliche Thiere*. G. Bayvet le traduisit en français.

Se plaçant exclusivement au point de vue des intérêts de l'homme, l'auteur ne touche pas à la question du bien et du mal dans la nature. Il appelle nuisible tout animal qui gêne nos travaux ou nos plaisirs et utile celui qui, directement ou indirectement, est susceptible de nous porter secours. L'une des parties attrayantes des *Leçons sur les animaux nuisibles et utiles* est celle où il passe en revue quelques oiseaux. On y trouve, en effet, le ton plaisant et ironique qui convient si bien à l'esprit de Carl Vogt et à la nature de la cause en instance. Les fables, les superstitions, les absurdes légendes auxquelles les oiseaux ont donné lieu foisonnent dans les récits des paysans et ce n'est pas une petite entreprise que celle qui a pour but de déraciner des préjugés, qui, plus ils sont stupides, plus ils trouvent de partisans. Aussi, ce que souvent ni le raisonnement ni le bon sens n'ont pu obtenir, l'ironie l'obtient.

Les six dernières leçons sont entièrement consacrées aux insectes. C'est parmi eux que l'on trouve les ennemis les plus redoutables de l'agriculture et l'on a affirmé, depuis, avec l'auteur, que dans la nature l'influence des animaux est en général d'autant plus grande que l'espèce est plus petite.

Ce livre eut une portée directe en Allemagne, en Autriche et en France. Dans un remarquable article, Jean Frollo, du *Petit Parisien*, rappelle le signalé service que Vogt a rendu aux populations agricoles :

« La science a perdu, ces jours-ci, en la personne de l'illustre Carl Vogt, le grand naturaliste, un des hommes qui l'ont le plus honorée. Ce glorieux savant, qui, après avoir été un des champions de la Révolution allemande de 1848, était devenu citoyen suisse, exerça une influence aussi considérable que celle de l'anglais Darwin.

La France le compta toujours parmi ses amis les plus fidèles, et on ne saurait oublier que, aux jours d'épreuve, en 1871, il écrivit une lettre éloquente, qui s'adressait à tous les représentants de la science, pour protester contre le démembrement de notre patrie.

Il est un souvenir qu'il est curieux de rappeler aujourd'hui.

Dans toutes nos écoles, il y a, depuis quelques années, un tableau qui contient l'indication des animaux qu'il faut respecter comme de précieux auxiliaires de l'homme dans la chasse contre les insectes malfaisants, et de ceux au contraire qui constituent des sortes de fléaux pour l'agriculture.

Il n'est plus d'enfant à présent à qui on n'apprenne ces notions indispensables qui vont souvent contre de vieux préjugés.

Or, l'instigateur de cette croisade en faveur des oiseaux que l'on n'épargnait pas assez jadis, et des bêtes « calomniées » ne fut autre, il y a longtemps déjà, que ce savant qui ne dédaignait pas, quelles que fussent habituellement ses hautes spéculations, de tracer le plan d'un enseignement populaire rationnel.

Ces divisions entre bêtes utiles et nuisibles semblent toutes simples, maintenant. Mais ce mouvement, qui a été suivi partout, il fallait le provoquer. Ce fut là l'œuvre de Carl Vogt, dans l'ordre de ses leçons pratiques et mises à la portée de tous.

C'est à lui que durent leur « réhabilitation » bien des animaux disgraciés qu'il remettait à leur vraie place, en montrant quels services, tout laids qu'ils fussent, ils rendaient. Le crapaud notamment, le hideux crapaud, contre lequel on avait tant de répulsion, fut ainsi remis par lui au rang de « policier » précieux de nos champs. On sait que le crapaud, auquel l'ignorance imputait tant de méfaits, est devenu, depuis quelques années, un « article d'exportation » et que les Anglais en font venir de France des tonneaux. Un crapaud de bonne grosseur se paye jusqu'à un shilling (un franc vingt-cinq centimes). Cette valeur marchande lui a donné tout de suite une sorte de « considération ». . . . .

Carl Vogt « réhabilita » aussi la taupe, qui fait un véritable carnage des souris fouilleuses qui, dans nos champs, dévorent les racines. La taupe leur a déclaré la guerre. Elle ne commet point de méfaits ; elle les punit, elle est quelque chose comme un redoutable gendarme. Le savant prouva que, avec ses dents aiguës, propres seulement à déchirer, elle ne pouvait broyer les fibres des plantes. Qu'on disséquât des centaines de taupes, on ne trouverait jamais dans l'estomac de l'une d'elles un fragment végétal. . . . .

. . . . Les chauves-souris étaient aussi, naguère, fort maltraitées. Dans les temps de superstition, on les tenait pour des animaux impurs et maudits. Sans aller jusque là, on les redoutait encore souvent. Ce sont bien, en effet, des sortes de monstres, avec leur vol étrange, leurs affreux ongles, cette peau lisse et noirâtre qui est tendue entre leurs doigts allongés ; mais ce sont des monstres qui font, gratis, une bonne besogne en dévorant larves, insectes, hannetons, scarabées, papillons, qui, eux, font tant de ravages. « Elles chassent, disait Carl Vogt, tandis que nous pouvons, dans un doux sommeil, rêver aux pommes et aux poires qu'elles défendent pour nous. » Une centaine de mouches ne sont pas trop pour le repas d'une chauve-souris.

L'orvet, ce petit serpent, ou, plutôt, ce lézard sans pattes, qui inspire généralement quelque répulsion, fut aussi amnistié par Carl Vogt de toute méchante intention. Il insista, au contraire, pour qu'on le protégeât, cet innocent et misérable animal, qui, sans qu'on lui en sache gré, poursuit cependant opiniâtrement le limaçon des champs, travaille fort, sans avoir l'air de rien, à la destruction des ennemis de nos cultures.

Mais quoi ! il est victime de notre instinctive horreur pour toutes les bêtes qui rampent. La récompense de ces services, le plus souvent, est d'être assommé d'un coup de canne !

Carl Vogt, dans ce plaidoyer, appuyé sur de bonnes raisons, en faveur des animaux calomniés, défendit encore le hérisson, capable, avec sa belle indifférence du venin, de purger un coin de terre de toutes les vipères qui s'y trouvent. Il défendit aussi le hibou, cet oiseau de mauvais présage qu'on cloue volontiers, dans nos campagnes, sur la porte des granges. Il montra que les hibous étaient, au contraire, les animaux les plus utiles. Ils rendent, dans les champs, les mêmes services que les chats dans les endroits clos. . . . .

Il demandait aussi quelque amitié pour les engoulevents et les coucous si décriés, qui, cependant, détruisent avec ardeur les chenilles venimeuses des futaies.

Il ne plaida pas avec de moins bons arguments la cause des petits oiseaux : le roitelet, la mésange, les rouges-gorges, les fauvettes, les grimpereaux, qui tous enlèvent avec adresse les larves sur les arbres et les arbustes et souvent même les font sortir à coups de bec de dessous l'écorce, et même les grives des vignes, accusées à tort d'être friandes de raisin, alors qu'elles ne cherchent que des vers et les limaces...

Ainsi l'illustre naturaliste ne croyait-il pas au-dessous de lui, après avoir abordé les questions les plus élevées et les plus complexes, d'apprendre aux cultivateurs quels étaient leurs ennemis et leurs amis.

Il est vrai que, suivant une méthode rigoureuse, il lui arriva (ce dont on alla jusqu'à lui garder rancune !) de renverser d'autres légendes. Ainsi bouleversa-t-il toutes les idées admises sur la cigogne poétisée en Allemagne, et aussi en Orient. . . . . . »

Habent sua fata libelli ! La Société protectrice des animaux, à Paris, décerna à Carl Vogt, auteur des *Leçons sur les animaux utiles et nuisibles*, et à G. Bayvet, traducteur, une médaille d'argent, accompagnée d'une lettre très élogieuse. Or, une semaine ne s'était pas écoulée, lorsqu'un jour, cinq ou six membres de la section suisse, en quête d'horreurs physiologiques, frappèrent à la porte du laboratoire où jamais un chien n'a été immolé. Ils firent *toc toc* non sans trouble, ces doucereux protecteurs, car les colères du « père Vogt » n'étaient pas précisément agréables à affronter ; mais il fallait avant tout songer à la bonne cause et mener à bien ce rapport sur la vivisection autour de laquelle se livrait alors un rude combat. Ils s'en allèrent donc chez le professeur, avec l'insolent flegme apparent des sectaires doublés d'ignorants tirant les sonnettes, interrogeant, regardant, épiant et notant.

Quelle chance ! Ils trouvèrent le « père Vogt » de bonne humeur.

Mais le visage du tortionnaire — car Vogt devait évidemment martyriser les bêtes ! — se rembrunit quand il eut appris le but de la visite. Cependant il ne dit pas un mot, n'interrompit pas et n'ajouta aucune observation, mais lorsqu'ils eurent terminé leurs doléances, il se leva et tira un tiroir ; puis, gardant toujours ce silence inquiétant, il leur montra la lettre de Paris, la médaille et,.. la porte.

Ils se retirèrent en se bousculant et coururent chez le physiologiste Schiff, lequel, en rusé compère, avait eu soin de couper le laryngien inférieur à deux ou trois caniches étalés, le ventre ouvert, sur les tables de dissection.

Le savant reçut la visite annoncée le sourire aux lèvres :

— Vous le voyez, Messieurs, ces chiens ne souffrent pas, puisqu'ils n'aboient pas ! Ils dorment les yeux ouverts !

Les pèlerins passionnés rentrèrent chez eux abasourdis, mais ils n'en rédigèrent pas moins un long rapport d'après lequel les chiens du professeur Schiff, odieusement calomnié, ne souffraient pas, l'opérateur ayant soin préalablement de les rendre insensibles. Ils énoncèrent également dans ce grimoire l'opinion que la Société protectrice de Paris distribuait à tort et à travers les récompenses et qu'un peu plus de circonspection dans la distribution des médailles d'argent et des lettres élogieuses était indispensable.

Dans son célèbre *Mémoire sur les microcéphales ou Hommes-singes*, Carl Vogt traita d'abord de certains cas d'idiotisme, assez rares, produits par l'insuffisance congénitale du système cérébral. D'après lui, il convenait de les distinguer des autres cas engendrés par les maladies diverses, après la naissance.

Cette question si complexe de la microcéphalie, que Vogt soulève et qui pose une des énigmes les plus captivantes de la science anthropologique, passa par des phases diverses. Elle fut d'abord accueillie avec transport en Allemagne et en France ; puis, Rud. Virchow ayant parlé, on s'inclina sur le territoire de la Confédération germanique et ailleurs ; de temps à autre un auteur, citant le professeur de Genève, rappelait cet *essai malheureux* et les discussions qu'il avait engendrées à l'époque ; mais c'était fini par là, et on aurait pu croire la question enterrée, lorsqu'au mois de février 1895, le *Journal des Débats* signala les recherches de J.-V. Laborde, de l'Ecole d'anthropologie de Paris, qui étudiait depuis un certain temps trois microcéphales. Or, ce savant, loin d'admettre les conclusions de Virchow et de Lannelongue, reprenait la théorie de la régression atavique et publiait — six jours après la mort du professeur de Genève ! — un article précurseur dans la *Revue scientifique*. Le problème a pris depuis lors un regain d'actualité, et l'on peut, d'ores et déjà, sans trop s'aventurer, prédire que la lumière ne tardera pas à se faire.

Revenons à Carl Vogt. Ce travail, peu volumineux en somme, lui demanda pourtant un temps énorme et l'obligea à des recherches peut-être aussi longues et aussi ardues que celles nécessitées par son bel ouvrage : *Les Poissons de l'Europe centrale*, sa dernière grande œuvre à laquelle il manque une cinquantaine de pages. Il n'épargna rien pour arriver à ses fins et pendant deux ans, de 1864 à 1866, il réunit les documents, examina les cas, courut par monts et par vaux durant les vacances, sans se lasser, heureux de se dépenser, sans compter, pour les idées qui lui étaient chères. (1)

Vogt débute en déclarant qu'il ne traitera que des cas d'idiotisme produits par l'insuffisance congénitale du système cérébral et qu'il exclut les autres cas d'idiotisme engendrés par les maladies, après la naissance, ainsi que les monstres nés non viables, les monstres acéphales, anencéphales, etc. Il ne s'occupe que des cas de *microcéphalie proprement dite* où par suite d'un arrêt de développement survenu pendant la vie fœtale, l'enfant naît avec un cerveau amoindri considérablement quant au volume et modifié profondément dans ses formes essentielles ; il se borne aux *produits humains nés viables et ayant vécu*, chez lesquels on observe, dès leur naissance, un cerveau trop petit et une boîte crânienne trop exiguë, moulée sur ce cerveau défectueux.

Cependant, l'auteur, lâchant cette fois, la bride, semble-t-il, à cette *folle du logis*, cette fantasque *imagination* qu'il critiquera si fort, plus tard, chez Haeckel, présentait la microcéphalie comme une forme atavique partielle, qui se produirait dans les parties voûtées du

---

(1) Une première conférence faite après l'apparition des *Leçons sur l'homme* et dans laquelle il parla des microcéphales, avait été houleuse. Quelques étudiants de *bonne famille* avaient protesté contre la théorie en sortant de la salle avec bruit. L'incident, relaté dans les journaux, provoqua, comme d'habitude, adresses de félicitations et lettres affectueuses. Voici la plus curieuse ; elle est signée d'un nom qui a sa place marquée dans la science.

Paris, 28 novembre 1864.

Monsieur et honoré professeur,

Je vous envoie ci-joint deux exemplaires d'une brochure qui a paru il y a quelques jours. Vous y verrez que les étudiants de Paris sont loin de partager les opinions des étudiants de Genève, — et qu'ils ont saisi la première occasion qui leur a été offerte pour témoigner hautement de leur admiration pour vos travaux scientifiques et philosophiques. Il est honteux sans doute, qu'un tel exemple soit donné par un pays, d'où la liberté et la vérité sont bannies, à une nation qui se dit libre et tolérante.

Puisse, Monsieur et honoré Professeur, ce faible hommage vous prouver que vous avez encore plus d'amis inconnus que d'ennemis et que la jeunesse est avec vous. . . . .

E. Onimus, 7, *rue Bréa*.

cerveau ; elle entraînerait comme conséquence, un développement embryonnaire dévié, lequel ramène, par ses caractères essentiels, vers la souche depuis laquelle le genre humain s'est élevé.

Les recherches en 1865-1866 ne sont pas aisées et surtout peu fructueuses ; à cause de leur rareté, les crânes et les cerveaux de microcéphales comptent parmi les pièces les plus précieuses dans les collections pathologiques ; en outre, la littérature, elle-même, est pauvre : quelques notices touchant une quarantaine de cas parmi lesquels plusieurs faisaient double emploi ou rentraient dans la catégorie des idiots par maladie, et c'est tout. Vogt dut donc traiter directement avec les directeurs des musées, ce qui lui permit de réunir neuf crânes de microcéphales caractérisés et qui formaient à eux neuf l'inventaire complet de l'Allemagne. Henle à Göttingue, Reichert et Virchow à Berlin, Luschka à Tubingue, Welcker à Halle, Kœlliker et Recklinghausen à Würzbourg, Siebold à Münich, Grœser à Eltville, Krauss à Stuttgart, Ecker à Fribourg en Brisgau, Frey à Zürich, Theile à Weimar, Capellini à Bologne, Canestrini à Modène, Klebs à Berne, Schœrer, le médecin de la Waldau près Berne, de la Harpe à Lausanne, etc., lui fournissent des pièces de comparaison ou des renseignements utiles. Quant à la France, il est impossible d'en tirer quelque chose ; aucune des pièces sur lesquelles Cruveilhier, Baillarger et Gratiolet ont étudié n'a pu être retrouvée ; fait d'autant plus regrettable qu'il existait, parmi ces objets, le seul crâne connu d'un microcéphale appartenant à la race nègre.

Les amis de Paris, de Lyon, de Bordeaux, ont beau chercher, ils ne trouvent rien et Broca, après des mois d'attente, écrit ces lignes :

Mon cher ami,

J'ai fait pour votre affaire de microcéphales plusieurs visites également à Baillarger. Il a une collection à la Salpêtrière, une autre à Tory ; il paraît qu'elles ne sont pas dans le plus grand ordre, car il n'a pu retrouver jusqu'ici que quatre plâtres moulés sur le vivant, et encore n'a-t-il pas retrouvé les renseignements qui s'y rattachent. Il avait cru voir quelque part des crânes et des cerveaux de microcéphales, mais il ne les trouve pas et je commence à croire qu'il ne les trouvera pas. Il vous écrira.

Que dois-je faire maintenant ?

Les quatre plâtres — dont l'un reproduit en entier le buste de la petite microcéphale qui fut promenée il y a quelques années par des charlatans américains et qui fut même présentée à l'Académie de médecine, sous le nom fallacieux d'Aztèque — les quatre plâtres, dis-je, sont maintenant sur ma cheminée. Pourront-ils vous servir? Dois-je vous les envoyer?

Recherches tout à fait infructueuses chez Cruveilhier et chez feu Gratiolet. C'est incroyable qu'on laisse perdre des pièces aussi importantes !. . . . .

Tout à vous,
P. BROCA.

20 Juin 1866, Paris.

Le quatrième chapitre de ce mémoire contenant les conséquences qui découlent de la microcéphalie pour la science en général et la théorie de Darwin en particulier souleva de nombreuses et amères objections. Tenons-nous-en à la critique sérieuse. (1) La réponse capitale

(1) Paris, ce 21 juin 1867.

Mon cher monsieur Vogt,

J'ai lu votre bon et magnifique travail sur les microcéphales, qui a été si justement couronné par notre Société d'anthropologie. Bien qu'habituellement souffrant et très affaibli dans ce moment, je l'ai étudié et même relu dans certains passages où votre logique est diablement entraînante à l'encontre de mes vieilles traditions d'orthodoxie classique. Oui, je serais entraîné à croire comme vous le dites que si nos espèces actuelles descendent par filiation d'autres espèces fossiles non absolument semblables, l'adaptation à des milieux différents et l'acquisition de nouveaux caractères ont dû se produire par modification à travers la génération et par la progéniture plutôt que par impression

23

vint de Virchow qui réfuta, en savant arrivé à d'autres résultats, les conclusions hardies de son collègue genevois. Seulement Virchow, en véritable anatomo-pathologiste, resta confiné dans son cadre étroit de prosecteur ; il ne put donc, lui qui déclarait la microcéphalie un simple état morbide réductible à la symptomatologie d'une lésion cranio-cérébrale, tomber d'accord avec Vogt et accepter sans autre sa synthèse transformiste : *Corpore homo, intellectu simia.* Or, à cette époque, alors que ni Haeckel ni Behring, l'inventeur du serum diphtérique, n'avaient encore entamé l'idole, quand Rudolph Virchow ouvrait la bouche, l'Allemagne scientifique s'agenouillait, saisie d'un immense respect à l'ouïe de la sainte parole. Le père de la pathologie cellulaire ayant dit que Carl Vogt se trompait, presque tous les universitaires répétèrent à l'envi que Carl Vogt se trompait. Depuis lors, les résultats de Lannelongue vinrent encore renforcer l'opinion que la microcéphalie était d'origine pathologique et non ataviste. Mais voici venir le docteur Laborde qui remet tout en question ! Revenant sur la théorie de Vogt, il en démontre la probabilité et conclut que le microcéphale proprement dit est un type chez lequel le caractère humain ou hominal a subi la régression atavique, l'anomalie réversive vers le type ancestral qui serait évidemment le type simiesque.

Il n'a malheureusement pas été donné à Carl Vogt de lire le travail original de son collègue parisien, la mort étant venue avant sa publication ; toutefois, il en connaissait les principales conclusions par le *Journal des Débats* et c'est même cette chronique anthropologique qui lui fournit matière à son dernier article dans la *Frankfurter Zeitung.*

Dans son étude, qui ne fait que précéder un travail plus important, M. Laborde nous apprend qu'il a eu la chance de pouvoir minutieusement examiner, sans gêne aucune, trois enfants microcéphales vivants, nés en Grèce, dans l'île de Xéraphos (Cyclades). Outre cela, le hasard le favorisant, parallèlement il lui était donné d'étudier de près un jeune chimpanzé femelle, du nom de Juliette, et de comparer ainsi avec le microcéphale le type ancestral, le type simiesque fondamental, chez lequel s'opère et s'est déjà opérée l'évolution vers les caractères humains ou supérieurs, grâce au milieu et aux conditions dans lesquels se trouve placé le sujet.

Après avoir décrit l'habitus physique et l'état biologique de Marguerite, Nicolas et Antoine (douze, dix et huit ans), M. Laborde déclare qu'il ne s'agit nullement d'un état *pathologique* issu d'une ou plusieurs lésions accidentelles, *banales* de la substance cérébrale ou crânienne, mais bien d'une *anomalie* congénitale de l'espèce provenant à la fois d'un arrêt de développement et d'une déviation régressive de ce même développement ayant

---

directe sur les progéniteurs. Vous remarquez à juste titre que l'influence des changements de milieu affecte d'abord les organes de la génération puisqu'il en résulte la stérilité immédiate chez certaines espèces transplantées et chez d'autres (l'oie d'Egypte) changement graduel dans l'époque de la ponte.

Quant aux arguments que vous empruntez aux observations de MM. Gaudry et Rutimeyer, dont j'honore les grands travaux, je dois cependant, *entre nous,* vous avouer que, autant que j'ai pu comprendre ces savants et particulièrement l'un d'eux (je ne sais pas malheureusement l'allemand) ma conscience de paléontologiste n'est pas complètement rassurée à l'endroit de la rectitude de leurs appréciations ni de la valeur absolue de leurs conclusions. La paléontologie stratigraphique nous démontre, du moins jusqu'à ce jour, qu'il y a des Équidés *monodactyles,* aussi chevaux que possible, tout aussitôt que sont apparus les *hipparions,* témoins les chevaux et ânes des dépôts miocènes des monts Sivaliky qui sont là associés aux hipparions et à d'autres types fossiles également contemporains de ces derniers dans les gisements européens acceptés comme étant du même âge que ceux des monts S. Pour ce qui est de la reproduction embryonnaire dans nos chevaux actuels, de la deutition adulte de l'*equus fossilis,* j'avoue que je n'ai jamais pu ou su vérifier le fait et je crois qu'une démonstration de même valeur au moins pourrait s'en faire au moyen de rapprochements entre les dentitions de plusieurs de nos espèces actuelles de chevaux. Agassiz avait lui aussi, je crois, pensé que les mastodontes étaient les embryons des éléphants. Mais on a trouvé depuis lors des éléphants d'aussi haute ancienneté géologique que les mastodontes et d'autre part des mastodontes qui ont vécu côte à côte avec certains éléphants les plus récemment éteints.

On fait toujours chez nous de nouvelles découvertes en fait d'art préhistorique. Avant le départ de M. Stahl pour Caen, j'ai fait mouler à votre intention deux pièces. Ce sont : un renne admirablement sculpté sur ivoire de mammouth (El. primigenius) et un mammouth. . . . .

ED. LARTET.

amené le retour vers le type ancestral de l'espèce, en sorte que l'on se trouverait, ainsi que l'observa Carl Vogt, en présence de véritables produits de l'atavisme ou de l'anomalie de génération dite réversion.

M. Laborde définit le microcéphale *vrai* :

« Un produit anormal, régressif ou réversif, c'est-à-dire atavique, dont l'origine ou le point de départ est à la fois dans un arrêt et une déviation du développement embryonnaire de l'appareil cranio-cérébral qui caractérise l'état primitif de la souche ancestrale de l'homme et y ramène. »

Le problème n'est donc pas encore résolu ainsi qu'ont pu se l'imaginer, à tort, Rud. Virchow et son école, car, jusqu'à M. Laborde, aucun anthropologiste n'avait été assez heureux d'étudier d'aussi près trois parfaits exemplaires de microcéphales indéniables.

On le sait, l'illustre maître berlinois est souvent revenu sur cette question de la microcéphalie. On croirait qu'il est hanté par un remords, par la conscience que, lui aussi, le pondéré entre tous, a exagéré, s'est *emballé* en opposant à la vision de Carl Vogt son veto despotique, et au congrès des naturalistes allemands à Kiel il se laissera aller à l'aveu suivant :

« Bien que je reste convaincu que la microcéphalie est un fait pathologique, je n'en ai pas la confirmation complète. Cette confirmation nous serait fournie seulement si nous pouvions déterminer le centre du trouble et le mécanisme au moyen duquel il s'effectue. »

Etrange ironie des choses !

Ne serait-il pas curieux de voir la théorie de l'homme-singe — *corpore homo, intellectu simia* — prévaloir sur celle de Virchow, être démontrée, dans un avenir prochain, de façon irréfutable, par le livre que nous promet M. Laborde et finalement l'ancienne hypothèse de Carl Vogt, qu'il devait aussi bien à ses patientes recherches qu'à l'imagination, éclipser toutes les autres et servir de preuve majeure à la démonstration de l'origine des espèces ?

1867-1869

Il faut avoir vécu en Allemagne, en Autriche et en Belgique, durant ces deux années, pour se faire une idée des transports qui accueillirent le matérialiste Carl Vogt dans ce que Claparède appelait la marche triomphale d'un savant à travers les peuples germains. Le clergé, épuisant toutes les formules de malédiction, travailla, comme d'habitude, au succès de l'adversaire en le rendant très cher aux indépendants et l'auteur des *Microcéphales ou Hommes-singes* se transforma ainsi en une protestation vivante contre les prêtres, ce qui fit que chacun, voulant goûter au fruit défendu, courut à ses conférences.

Vogt estimait que ce n'était nullement ravaler la profession ni déroger, que de promener une assemblée curieuse des choses de la science dans le parc verdoyant que Darwin venait de découvrir ; bien plus, il croyait que c'était rendre un grand service au progrès que de former ainsi, par l'éducation de l'esprit, par l'attrait des révélations inattendues, un courant populaire en faveur de la liberté d'examen et qu'Alexandre de Humboldt touchait juste, lorsqu'à l'encontre de la réaction académique il poussait à l'extension du savoir en déplorant qu'il restât ainsi confiné dans les salles universitaires.

Vogt se mit donc en route pour donner des conférences sur l'homme et sur la théorie de Darwin et dès la première séance le succès dépassa les espérances. Les corporations ouvrières, les associations libérales, les municipalités, les bourgmestres, les cercles, les médecins allaient au devant de lui, lui écrivaient, le priant de se rendre dans leur localité, et le souvenir de ces conférences est resté si vivace qu'au lendemain de sa mort — vingt-cinq ans après — il n'est pas un journal d'un endroit où il était jadis venu porter la bonne parole qui ne rappelle l'extraordinaire engouement du public applaudissant à tout rompre le « prophète du matérialisme ». Mais dans cette évocation de 1895, d'un passé disparu, il se glisse comme un sentiment de stupeur, un ébahissement non simulé. *Quantum mutatus ab illis!* Est-ce bien le même peuple ? Sont-ce là les mêmes gens et les fils de ces gens, jadis entraînés vers l'irreligion, qui applaudissaient si fort et qui, aujourd'hui, se prosternent devant la couronne, la cuirasse et l'autel ? Et voilà pourquoi les journalistes n'ont pu cacher, en 1895, leur étonnement lorsqu'ils ont rappelé l'accueil fait, en 1867-1869, sur toute l'étendue du territoire de la Confédération germanique à ce passant, à cet ex-insurgé, à ce matérialiste, à ce républicain, à ce professeur en Suisse.

Des vues neuves et hardies inspirées par la pénétration de l'esprit et mûries par la raison ; de la science, mais de la science épicée de verve, de mordant et de fantaisie, voilà les conférences de Carl Vogt, dont la parole entra profond dans l'esprit des auditeurs, car s'adressant aux foules par des qualités de claire exposition et une vulgarisation précise des connaissances supérieures, ses doctrines plaisaient également aux philosophes et aux scientifiques purs, qui y trouvaient des agréments intellectuels. Quant à Carl Vogt lui-même, il jubilait. De toutes parts, la noble rénovation de l'esprit affranchi éclatait, les professeurs eux-mêmes déployaient maintenant un autre ordre de talents, une supériorité meilleure et sans s'exagérer son importance, l'auteur des *Lettres Physiologiques* et de *Foi de Charbonnier et Science* pouvait revendiquer pour soi une bonne part des causes de cette floraison nouvelle.

Dans toutes les villes, à Bruxelles comme à Anvers, à Elberfeld comme à Leipzig, à Hambourg comme à Berlin, à Vienne comme à Buda-Pesth, le public est si nombreux que deux salles ne sont pas en état de le contenir et qu'il faut user de la bienveillance des municipalités offrant des halls plus vastes, jusque là consacrés aux concerts et aux élections. Dans tous les journaux, on ne lit que des articles élogieux ou dénigreurs, des comptes rendus sténographiés de ces conférences. A Aix-la-Chapelle, à Cologne, à Munich, il faut requérir la troupe pour faire évacuer la place ainsi que les rues aboutissant au local, les agents de police n'ayant pu réussir, même le sabre nu à la main, à disperser les attroupements. Le *Volksblatt*, de Berlin, relate les troubles qui eurent lieu dans l'un des centres catholiques :

« . . . . A la suite de la violente agitation provoquée du haut de la chaire des églises catholiques en même temps que par la presse locale ultramontaine contre les séances de Carl Vogt et de l'irritation fanatique ainsi fomentée dans les classes inférieures de la population, on n'était pas sans inquiétude au sujet de ce qui allait se passer.

En effet, ce soir là, à peine le conférencier avait-il prononcé quelques mots d'introduction sur les plus récentes investigations dans le domaine de la géologie, que des pierres lancées du dehors viennent briser les carreaux des fenêtres. Carl Vogt, sans perdre son sang-froid, saisit cette manifestation au vol pour montrer à ses auditeurs à quels moyens on avait recours pour fermer à la jeune science le chemin déjà assez difficile qu'elle a à parcourir ; puis, comme un gros caillou venait de tomber sur son pupitre, il le prit, le montra à l'assemblée trépidante d'enthousiasme :

— Je vous parlais hier, dit-il avec à-propos, des sauvages ancêtres de l'âge de la pierre ; vous vous rendrez facilement compte, en ce moment, que cet âge là n'est pas encore tout à fait terminé !

Pendant ce temps, la police intervenait contre une foule composée de plusieurs milliers d'individus qui stationnaient sur la place, donnant carrière à leur indignation par force clameurs et sifflets et se préparant sans doute à passer à d'autres violences. La troupe seule parvint à déblayer la place. . . »

Quand Carl Vogt venait à traverser la rue, les enfants, le reconnaissant à la ressemblance des photographies exposées chez les libraires libéraux, le suivaient en criant : *Affenvogt! Affenvogt!* et le surnom, qui l'amusait plus qu'il ne l'offensait, lui resta. Sa présence, du reste, était immédiatement signalée, et les pavés pleuvaient parfois contre sa voiture depuis la gare jusqu'à l'hôtel, aussi nombreux que les invitations à dîner. On comprend que les incidents souvent comiques ne manquèrent pas durant ces voyages :

Aux environs d'Eger, dans un couvent de moines soigneusement gardé, devait se trouver un microcéphale. Carl Vogt brûlait de l'examiner ; il s'en ouvre au général de Gablentz, le vainqueur de la première bataille de Trautenau, en 1866, qui se trouvait alors en visite chez le gouverneur de la ville. Rien n'est plus facile que de contenter ce désir. Le comte ira visiter le couvent le surlendemain avec quelques hauts personnages de la province et leurs amis ; le professeur se joindra à eux et passera inaperçu. En effet, le frère portier reçoit en se courbant en deux tout ce beau monde qui tombe du ciel ; il excuse l'absence du directeur, du sous-directeur, et se confond en gentillesses. Le couvent est à la disposition des *Herrschaften*. Une collation est offerte ; on s'assied, on cause, on rit, lorsque le brave moine, s'adressant au général, lui dit :

—Je veux présenter à Votre Excellence, malgré la défense, la plus grande curiosité du couvent.

— Qu'est-ce donc ?

— Un vrai singe. Vous l'allez voir.

Et le frère portier s'éloigna.

Bientôt après, il rentrait avec le microcéphale. Le professeur put l'examiner longuement et pendant qu'il lui mesurait le fronto-nasal, le moine s'écriait, tout en buvant :

— Un vrai homme-singe, n'est-ce pas ? Croyez-vous que si ce damné, ce monstre de Carl Vogt pouvait le voir, il serait heureux ! Je ne suis pas méchant, mais s'il a le malheur d'approcher d'une lieue à la ronde, il est perdu !

Cependant, si l'attaque à main armée venait du clergé, la critique grave sortait de la bouche universitaire. Les vieilles perruques s'agitaient ; les pontifes rigides murmuraient et les bonzes commis à la garde du bon renom universitaire taillaient avec rage leur plume d'oie. Aussi quelle indignité ! N'était-ce pas déconsidérer, dégrader l'*Alma mater* que de professer — quand on avait eu l'honneur d'appartenir à la caste en 1847 — devant un public mélangé, devant des êtres parmi lesquels il s'en trouvait qui n'avaient jamais été s'asseoir sur les bancs universitaires ! Quand on pouvait revendiquer le titre d'élève de Justus von Liebig, *Geheimer Rath erster Klasse ;* quand on avait enseigné — fut-ce même durant quelques mois seulement ! — en qualité d'*ordinarius* dans une université allemande, on devrait réfléchir à deux fois avant d'aller ainsi jeter aux quatre vents son savoir et prostituer dans des conférences populaires l'immaculée toge académique !

Ces reproches paraissent bizarres, incompréhensibles à cette heure, où tout le monde, même le *rector magnificus* le plus collet-monté d'Allemagne, conférencie à tour de bras. Et pourtant cela est exact et nullement exagéré : Carl Vogt encourut les blâmes les plus sévères, car il fut l'un des premiers qui osa se mettre au-dessus de la règle en comprenant l'enseignement comme un sacerdoce.

Pamphlets et écrits furibonds le suivirent également un peu partout. Le plus drôlatique et en même temps le plus échevelé de ces libelles est sans contredit un fort volume du juge **Fr.-Jos. Rottels** intitulé :

Herr Prof. Dr C. Vogt als Lehrer der Urgeschichte auf Reisen und die Mission des Materialismus.

Comme sous titre, cette dédicace :

Allen Freunden der lebendigen « Kraft » und Verächtern des todten « Stoffs » zur Erwärmung wie zur Besänftigung.

Les élucubrations de ce magistrat dépassent l'autorisé et l'on croit plutôt à quelque manifestation d'un fou échappé d'Illenau qu'à l'expression de la pensée d'un homme sain d'esprit. Il y a là un chapitre sur : « la paix de Dieu et les inquiétudes du ver qui ne meurt pas ! » (1) qui est d'une saveur toute particulière et qui fit souvent rire Vogt et ses amis jusqu'aux larmes.

Rottels exhalait, dans les premières pages, sa colère contre la noblesse, les municipalités, la bourgeoisie, le peuple :

« . . . . Dass aber auf Ankündigung der Vorlesungen in den rheinischen Provinzialstädten sofort die Spitzen der nobeln Gesellschaft sich aus eigenem Antriebe zu *comités* vereinigt hätten, Subscriptionslisten in Umlauf gesetzt worden, die dann in den ersten Tagen mit hunderten von

---

(1) II. *Daheim.* Der Frieden Gottes und die Unruhe des Wurms der nicht stirbt.

Namen sich füllten, dass die grossen Erholungsgesellschaften die Einräumung ihrer Säle für die Vorlesungen beschlossen, oder endlich Stadträthe durch einstimmigen Beschluss ihre nur für grosse Festivitäten oder öffentlichen Angelegenheiten bestimmten Prachtsäle zu demselben Zwecke eröffnet hättendavon ist noch nichts dagewesen. . . . . . »

Nous ne nous attarderons pas plus longtemps sur la protestation du *Herr Landgerichts-Rath* Rottels, d'autant plus que toute cette littérature de combat spiritualiste semble copiée sur un même modèle. Ce sont toujours les mêmes anathèmes, les mêmes insultes contre la propagande révolutionnaire, impie, et les détestables doctrines ; c'est toujours le même appel à une conjuration énergique, à un concert unanime de tous les gens de bien, de tous ceux qui sont résolus à ne point se laisser ravir ces richesses primordiales qu'on appelle : la vie, la sécurité, l'honneur, la foi. Ce qui est plus curieux à établir et à faire ressortir c'est qu'en 1867 et même de nos jours, les « intérêts spirituels des âmes » ont trouvé dans le sein des associations savantes de chauds partisans :

Paris, 24 mai 1867.

Mon cher Vogt,

Cette lettre est toute confidentielle. Vous avez le prix Godard, mais la lutte a été vive. Deux membres de la Commission sur cinq, considérant que vous souteniez une doctrine inacceptable, voulaient écarter votre mémoire par la *question préalable*. Les trois autres membres ayant tenu bon, les premiers ont refusé de continuer à prendre part aux travaux. Aujourd'hui, le rapport très remarquable de Letourneau a été lu devant le Comité central. Mais plusieurs membres avaient été endoctrinés à l'avance ; je sais, par exemple, que l'on a agi sur quelques amis de Gratiolet, dont vous aviez, affirmait-on, maltraité la mémoire ! Aussi la discussion a-t-elle été longue, mais d'ailleurs pleine d'urbanité et aussi pleine d'intérêt. Après les arguments scientifiques est venue la question de la responsabilité que prenait la société en couronnant un mémoire évidemment darwinien. Les darwiniens — il y en a peu parmi nous — ne s'en effrayaient pas, mais les autres ont beaucoup insisté sur cette question. Moi qui ne suis pas darwinien, et qui suis au contraire connu pour être polygéniste, j'ai fait remarquer qu'une société savante n'était pas un tribunal dogmatique, qu'elle n'était nullement solidaire des opinions des mémoires qu'elle couronnait, qu'elle récompensait les travaux utiles, renfermant des faits originaux et importants, qu'elle pesait en d'autres termes le mérite de l'auteur sans se mettre dans sa peau, et qu'elle avait même le droit de dire dans son rapport : « telle ou telle opinion de l'auteur nous a paru contestable, telle conclusion nous a paru problématique, telle interprétation nous a paru erronée mais l'ouvrage, dans son ensemble, nous a paru digne du prix. » Enfin on en est allé aux voix et quoique le dernier orateur eût argumenté vivement contre la seconde partie de votre titre : *ou hommes-singes*, onze voix contre sept vous ont décerné le prix et vous l'ont décerné *sans condition*. Une belle victoire. Le vote a eu lieu au scrutin secret ; vous l'avez donc remporté sans aucune pression.

Maintenant, mon cher ami, je viens vous demander dans l'intérêt de la concorde, et même, jusqu'à un certain point, dans l'intérêt de la société, qui est en but à bien des attaques, si vous tenez absolument à votre sous-titre : hommes-singes. Il n'ajoute rien à votre mémoire, si ce n'est une étiquette qui donnera prise aux récriminations de ceux qui ne l'auront pas lu, qui même empêchera beaucoup de gens de le lire. Je ne vous ai pas demandé ce petit sacrifice avant la session de ce jour : c'eut été une faiblesse qu'on aurait pu prendre pour une capitulation inspirée par l'intérêt personnel. Mais maintenant la situation est changée et ce serait librement, gracieusement, que vous donneriez satisfaction à une fraction très considérable, j'ajoute même à la majorité des membres de la société. Notez qu'il ne s'agit de modifier ni d'atténuer, ni de déguiser aucune de vos opinions, l'*homme-singe* restera dans votre texte avec tout ce que vous en avez dit. Ceux qui liront la publication l'y trouveront et l'arrangeront à leur guise. Mais il semblerait préférable que dans la note qui sera communiquée aux journaux politiques sur la séance solennelle où sera décerné le prix Godard on pût se borner à dire que le prix a été décerné au mémoire de Carl Vogt : *Sur les microcéphales*.

Je vous ai dit en commençant que cette lettre était confidentielle. C'est qu'en effet, je n'ai point. . . . .

Somme toute, la Société, quoiqu'en ait dit Mlle Royer, dans sa dernière préface, ne compte parmi ses membres que fort peu de darwiniens. Voilà ce que je puis vous dire, moi que Pruner-bey a appelé l'*avocat de Darwin*, dans une occasion où je voulais l'empêcher de confisquer la mâchoire de la Naulette.

Ne le verrons-nous pas à Paris, m'a demandé Robin ? Il me semble que vous ne pouvez manquer de venir pour le congrès d'anthropologie. . . . .

P. Broca.

P. S. — Je vous remercie bien de votre livre sur les bêtes nuisibles. Je suis en train de le lire. Vogt, il y a bien des bêtes dans ce monde, et des plus nuisibles, dont vous n'avez pas parlé.

On comprend à la rigueur cet excès de pudeur chez l'illustre médecin : on est sous l'Empire ; les tendances progressistes ne se fraient, dans tous les domaines, qu'avec une peine infinie leur chemin ; il s'agit de ne pas brusquer les choses en froissant le tout-puissant esprit réactionnaire qui souffle sur toutes les institutions officielles ou semi-officielles, etc., mais ce qui est scandaleux, ce qui est incroyable, c'est que ce même souffle réactionnaire persiste à empester les régions universitaires, en pleine République, sous les ministères d'un Jules Simon, d'un Duvaux, et Carl Vogt ne respira librement que lorsqu'il vit Jules Ferry, l'homme politique de France qu'il admirait le plus, prendre en mains les rênes du pouvoir !

Quand il parlait des « républicains à l'eau de rose bénite » à la façon Jules Simon, le professeur de Genève se fâchait et ne tarissait pas en anecdotes sur leurs méfaits. A aucune époque de sa vie, il n'avait trouvé, disait-il, l'instruction en France aussi bâillonnée, aussi courbée sous l'influence du prêtre que sous le ministère de l'auteur de : *La liberté de conscience*. La maison était pleine. Du haut en bas, du sous-sol au grenier, à l'office, dans les salons, dans les recoins les plus intimes, grouillait la masse noire des curés et l'on ne rencontrait plus, en rue, le philosophe qu'escorté de trois ou quatre évêques solennels. Eh bien ! le respect des convenances lui échappait devant cette fantaisie d'une originalité douteuse, devant cette énormité anti-libérale, et il préférait passer pour manquant d'égards et rester un républicain de bon sens que d'approuver pareilles palinodies. D'aucuns certainement se souviendront de ses haut-le-corps, de ses colères quand il venait à parler de cette triste époque et des tracasseries dont avaient été l'objet les savants tels que les Rouget, les Jousset de Bellesme, les Mathias Duval, etc. (1) Ils se rappelleront avec quel emportement il parlait des procédés odieux que

---

(1) Le professeur Rouget « tristement connu pour ses doctrines matérialistes et athées », étant venu, en novembre 1875, dans son cours de physiologie, à parler de la théorie de Darwin, de l'origine simiesque et de la « loi du progrès qui régit l'homme et qui fait sa vraie noblesse », de stridents sifflets avaient répondu aux applaudissements. Tumulte épouvantable. Ayant pu enfin reprendre la parole, l'éminent zoologue, s'adressant aux étudiants républicains, leur avait dit :

— Messieurs, je suis habitué à toutes ces insultes, je les méprise (applaudissements et sifflets); mais je vous prie, messieurs, de ne point faire de bruit, car la nouvelle loi sur l'enseignement supérieur pourrait bien faire suspendre mon cours pour cause de désordre.

C'était là, du reste, l'unique but des cercles catholiques de Montpellier et ils l'attirèrent sous un régime républicain ! La *Semaine Religieuse* du diocèse, commentant l'incident, concluait ainsi :

« Nous ne nous étendrons pas davantage sur ce scandale. Disons-le cependant : de pareilles doctrines, qui suent, pour ainsi dire, l'absurdité par tous les pores, auraient beau se montrer parées des oripeaux de la *science* ; loin d'être applaudies, elles mourraient étouffées sous le ridicule, si elles ne s'adressaient qu'à des auditeurs apportant du collège les principes bien affermis d'une philosophie saine et chrétienne. »

Mgr de Cabrières écrivit à l'*Univers* de Paris, une lettre dont voici trois passages, dont l'un surtout est significatif :

« Montpellier, 26 novembre.

« Monsieur le rédacteur en chef,

« Vous avez voulu servir la cause de l'Eglise et protéger la liberté des âmes, l'indépendance véritable des consciences, en publiant la lettre qui vous avait été adressée, relativement à deux ou trois leçons du cours de M. le professeur Rouget. Je vois, sans étonnement mais avec peine, que des journaux, d'ailleurs bien intentionnés, craignent que votre bonne foi n'ait été surprise et que votre correspondant n'ait été trompé ou trompeur.

« On a peine, en effet, à concevoir qu'un homme, investi d'un mandat officiel, oublie à ce point ce qu'il doit à l'Etat, aux familles et à lui-même. . . . .

« M. le ministre de l'instruction publique et des cultes est d'ailleurs saisi de l'affaire. Je me suis fait un devoir de lui adresser la plainte qui m'avait été portée. Son Excellence ne manquera pas de prescrire une enquête, et nous serons

24

l'Eglise employait au lit de mort des représentants élevés de la pensée philosophique. Il lui convenait alors de rappeler qu'au dix-huitième siècle, ni Diderot, le génial entre tous, ni d'Alembert, Helvétius, Holbach, Condorcet, etc., ni aucun des grands révolutionnaires qui constituèrent l'époque moderne, étaient morts en croyants ; depuis, en restant en France, le prêtre, disait-il, n'avait pu mettre la main sur Laplace, Paul-Louis Courier, Lamennais, Fourier, Proud'hon, Michelet, Hugo, Gambetta, Ferry, etc., et il aimait à citer, à ce propos, la page célèbre de Renan dans laquelle il se préservait contre les défaillances de la fin :

« Je proteste d'avance contre les faiblesses qu'un cerveau ramolli pourrait me faire dire ou signer. C'est Renan, sain d'esprit et de cœur, comme je le suis aujourd'hui, ce n'est pas Renan à moitié détruit par la mort et n'étant plus lui-même, comme je le serai si je me décompose lentement, que je veux qu'on croie et qu'on écoute. . . . . »

Le testament de Carl Vogt est simple. Il énumère ses dettes et son avoir et termine ainsi :

« Telle est ma situation.

Ce qui me tient surtout à cœur, c'est d'assurer à ma veuve une position convenable et indépendante. Mon vœu formel est donc que tout ce qui pourrait être tiré de la vente de ma bibliothèque et des autres objets soit capitalisé et que les intérêts des capitaux réunis soient servis intégralement à ma femme sa vie durant.

Je regrette de ne pouvoir faire davantage pour elle, qui a fait le bonheur de ma vie. Les enfants ne pourront jamais assez la récompenser de l'amour qu'elle leur porte.

Plainpalais, ce 20 juin 1890,

C. VOGT. »

---

tous fixés, soit sur les propos que M. Rouget reconnaîtra avoir tenus, soit sur le sens que ses croyances ou son incrédulité lui permettaient d'y attacher.
« Veuillez, etc.
                                                      « † FR. M. ANATOLE,
                                                      « évêque de Montpellier.

« On me signale ce fait, glorieux pour mon avant-dernier prédécesseur, que, dans la mesure où cela lui fut possible, il combattit au conseil académique la candidature de M. Rouget. Mgr Thibault prévoyait ce qui devait arriver, et il ne voulait pas concourir à introniser, parmi nos professeurs spiritualistes, un homme qui ne partageait pas leurs doctrines et dont l'enseignement pouvait être mortel à bien des âmes. »

Charles Martins tenait Vogt au courant :

« . . . . . L'affaire Rouget est terminée. On a envoyé de Paris un inspecteur, M. Quet, ancien professeur de physique, qui a traité la chose en camarade. Rouget, sans rien désavouer de ses convictions, a promis de ne plus blesser les sentiments religieux de quelques-uns de ses auditeurs par des allusions trop directes. Le ministre lui a écrit en le priant de ne pas compromettre l'Université. Mais dans l'autre parti, ils nous appellent tous les jours ignobles matérialistes, etc., et le ministre ne réclame pas, au contraire. On prétend à Paris que sans les élections sénatoriales, Rouget aurait eu du désagrément. Milne Edwards était très monté, prétendant qu'il ne fallait pas enseigner des hypothèses. Tyndall, à qui j'avais envoyé la lettre de l'évêque, a mis un article dans le Times, où il dit que l'école ou la religion doivent périr. Il a raison.

Les ministres protestants des Cévennes ont écrit, à leur tour, une Lettre où ils disent qu'ils ne reconnaissent pas la suprématie de l'évêque, mais ils fulminent contre le matérialisme autant que lui, et s'il dressait des bûchers, je crois qu'ils y mettraient le feu. . . . . »

Quant au docteur Jousset de Bellesme, l'élève de prédilection, avec ses collègues les docteurs d'Arsonval et Moreau, de Claude Bernard, il ne put prononcer un discours aussi remarquable par la forme que par le fond, en l'honneur du maître, à la séance de rentrée de l'Ecole de médecine de Nantes. Le ministre de l'instruction publique Duvaux, en octobre 1882, le lui interdit parce que Jousset de Bellesme, loin d'atténuer le libéralisme et les opinions avancées du grand physiologiste, commettait le crime de les faire ressortir. Ce ministre républicain se hâta donc de soutenir dans leur protestation la majorité des professeurs de l'Ecole, obstinément attachés aux superstitions et à la routine et dont l'esprit ne représentait certes pas ni celui des institutions républicaines ni le sentiment presque universel de la nation française.

Ainsi que nous l'avons déjà relaté à propos des fouilles de Boucher de Perthes, Lartet et autres, un congrès préhistorique avait été fondé à la Spezzia en 1865 sur l'initiative de Gabriel de Mortillet. Les premières assises en furent tenues, sur l'invitation d'Emile Desor, à Neuchâtel, sur les bords de ce lac dont les eaux recouvrent tant de reliques des habitations lacustres. En 1867, l'année de l'Exposition universelle, Paris fut choisi comme lieu de réunion. Le président est Lartet et les vice-présidents se nomment : Franks, Longpérier, Nilsson, Squier, Carl Vogt, etc. La troisième session se tint à Londres, sous la présidence de sir John Lubbock. Les vice-présidents étaient : Paul Broca, Huxley, Lyell, Nilsson, Tylor et Carl Vogt.

L'année d'après, trois cent trente-sept congressistes se rencontrent à Copenhague, l'Athènes du Nord. Les Français à eux seuls — empressement exceptionnel qui mérite d'être signalé — représentaient près du quart des arrivants. L'on décida que toutes les communications devaient se présenter en français, la langue universelle.

Comme durant les précédentes sessions, Carl Vogt prend une large part aux discussions suscitées par les travaux présentés. Une communication due à Villanova conduit le congrès sur le terrain des origines de l'homme. Le professeur de Madrid a annoncé qu'il présenterait des photographies d'une microcéphale, âgée de 55 ans, vivant à Valence, et l'on s'attend à une *prise de bec* entre l'école transformiste et l'école spiritualiste.

La salle est pleine de monde.

Villanova reconnaît, après être entré dans les détails, que son sujet possède des allures et une physionomie simiennes des plus frappantes ; toutefois, certaines observations le confondent et il prie son collègue de Genève de les lui expliquer. Là-dessus, Carl Vogt développe sa thèse favorite, qui consiste, on le sait, à envisager la microcéphalie comme un cas d'atavisme, en d'autres termes comme un retour à un type primitif, sorte d'être intermédiaire entre les grands singes et l'homme, qui aurait vécu à l'époque tertiaire et dont les microcéphales seraient en quelque sorte les représentants attardés.

Le microcéphale est frappé d'arrêt dans le développement normal et local ; il reproduit par atavisme et exceptionnellement une disposition autrefois régulière et générale. Au moment de leur naissance, le nègre et le blanc sont difficiles à distinguer l'un de l'autre ; les différences vont croissant avec l'âge. Il y a donc chez l'homme un développement divergent et qui accuse dans un passé plus ou moins lointain un point de départ commun. Comparez l'homme en général aux singes, et surtout aux singes anthropomorphes, au chimpanzé par exemple, et vous constaterez des faits analogues. L'animal adulte diffère de l'homme fait beaucoup plus que le jeune ne diffère de l'enfant. De là aussi on peut conclure que l'homme et le singe se sont séparés jadis par suite d'un développement divergent, qu'ils ont eu un point de départ commun, qu'ils comptent parmi leurs ancêtres un être très inférieur à tous deux qui n'était ni homme ni singe et dont ils descendent également : c'est cet ancêtre dont le cerveau seul reparaît par atavisme chez les microcéphales, tandis que le reste du corps atteint le développement anatomique et morphologique auquel l'espèce humaine est aujourd'hui parvenue.

M. de Quatrefages releva le gant.

Le célèbre auteur des *Souvenirs d'un naturaliste* envisageait l'homme comme tout à fait différent des autres mammifères, y compris les singes anthropomorphes et formant à lui seul un règne à part (le règne humain). Il ne voyait, dès lors, dans la microcéphalie, qu'une monstruosité, un simple phénomène de tératologie.

Le public se partagea en deux camps. Mais quoique la discussion entre les deux champions eut été des plus vives et que de part et d'autre on eût fort à cœur de faire triompher son opinion, l'auditoire, qui ne se composait pas uniquement, vu la circonstance, de membres du congrès, sut rendre hommage à la liberté d'investigation et de répartie.

A la suite de cette remarquable séance, quelques étudiants en théologie seuls, tentèrent, le soir même, une vague protestation qui échoua piteusement. Du reste, ainsi que le constatera de Quatrefages dans la *Revue des Deux-Mondes*, la cour elle-même, toute orthodoxe qu'elle fût, ne tint nullement rigueur à Carl Vogt, car tous remarquèrent — certains même avec dépit — qu'il était le lendemain l'objet des attentions spéciales de la famille royale.

C'est à Copenhague que le professeur jette, de concert avec Virchow, Fraas, Ecker, etc., les premières bases de la *Société anthropologique allemande*. Il est chargé par ses collègues d'en lancer l'idée et, deux mois plus tard, à Innspruck, à l'occasion de la réunion des médecins et naturalistes dans cette ville, il prouve, une fois de plus, son entier dévouement à toute œuvre de sérieuse vulgarisation scientifique. Il marche droit au but et parvient, par l'action et la parole, à décider l'Assemblée à créer, en principe, l'Association qui ne fut définitivement établie que l'année suivante, à Mayence.

L'*Archiv für Anthropologie*, une des revues scientifiques les plus florissantes d'Allemagne aujourd'hui, contient dans son premier volume un travail de Carl Vogt sur les temps primitifs : *Ein Blick auf die Urzeiten des Menschengeschlechts*.

Lors du vingt-cinquième anniversaire de leur fondation, les sociétés anthropologiques de Berlin, Münich, Vienne, etc., envoyèrent au professeur de Genève l'expression de leur profonde reconnaissance pour les services qu'il n'avait cessé de rendre à cette science.

1870

1870 éclate.

L'enthousiasme, en Allemagne, est indescriptible, et les acclamations universelles s'élèvent sur le passage de celui qui personnifiait la défense du sol germain, sur les pas de ce roi de Prusse, exécré jadis, de ce Guillaume Iᵉʳ, dont le cœur, en cette fin de journée de juillet, est profondément troublé de la responsabilité que son chancelier le force de prendre.

Partout, en Allemagne, la haine se réveille, la haine héréditaire contre le Français ; et dans les nuits étoilées qui précèdent les boucheries horribles, le vent de Dennewitz se met à siffler. Le tocsin, précurseur des sanglantes représailles, sonne et les débris d'une gloire mal éteinte, les reliques délaissées des victoires de la guerre sacrée, brillent au jour d'un éclat nouveau. Dans les maisons ne restent plus que les femmes, les enfants et les vieillards, vieux guerriers mutilés, aux mains débiles et tremblantes ; les plaines et les champs fertiles, sur lesquels tombe bientôt un morne silence, sont délaissés ; les chevaux hennissent, les canons roulent avec fracas sur le pavé des rues : à l'appel de cette voix mâle du chancelier de fer qui formulait crânement des aspirations latentes, un long cri de guerre s'est élevé. Sonnez trompettes ! battez tambours ! flottez dans les airs, autour de l'aigle prussien, drapeaux bavarois, saxons et badois, votre cause, jusqu'à Sedan, est une cause sainte !

Napoléon III, le fataliste résigné, est renversé par ce coup de foudre qui gronde depuis 1860 sur sa tête et l'impératrice, cette arrogante espagnole, qui ne fut jamais ni au niveau de ses grandeurs non plus que de ses misères, a quitté, chassée et fugitive tout comme Marie-Louise, tressaillant de peur à chaque pas comme elle, ces Tuileries, sans une larme, sans leur donner un regret, un coup d'œil, un adieu.

Et pourtant, là-bas, de l'autre côté du Rhin, on continue à prêcher avec emportement la haine brutale de la France !

Loin de trouver dans la diversité des races un motif de s'entre-détruire, condamnant la guerre parce qu'elle est la guerre, Carl Vogt ne se laisse pas duper. Ayant voué à la France un attachement profond ; gardant dans son cœur intelligent, pour cette nation écrasée par le nombre et résistant avec une admirable énergie, un sentiment de commisération, de reconnaissance et de respect, il raisonne des évènements en s'efforçant de rester impartial. S'il trouve absurdes les énormités publiées par les folliculaires des bords de la Seine contre les Allemands, il ne peut s'empêcher de condamner sévèrement les insanités allemandes et prussiennes. Il connaissait, en outre, le caractère et les procédés de Bismarck : il savait que le cœur de ce conquérant était glacé, pensait qu'il fallait une dose peu commune de naïveté pour voir en la personnification du *Junker* prussien un patriote allemand et avait toujours affirmé très haut qu'il manquait à ces descendants des *Raubritter* borusses ce qui fait la grâce et l'esprit de la force : la générosité. S'il ne peut se résoudre à trouver en chaque prussien un chien, ainsi que le voulait certain anthropologiste parisien, il admettra encore bien moins le caractère de guignol, le tempérament frivole, la corruption et la pourriture morale et physique que tel *Geheimer Rath* berlinois démontrait chez tout Français.

Aussi, sans prendre souci, en apparence, des protestations véhémentes et des emportements qu'il allait susciter contre sa personne chez de vieux camarades aimés, Vogt, en apôtre du droit contre la force, témoigne bravement de sa fidèle amitié à la France.

Certes, il ne se faisait aucune illusion sur les capacités de Napoléon III, commandant en chef, et de quelques-uns de ses généraux de boudoir ou d'Afrique et partageait l'opinion du prince Jérôme, lequel recevant, à Tromsoë, la dépêche lui annonçant la déclaration de guerre, la tendit à Charles Martins et à Renan en disant : « Nous sommes foutus ! ».

L'empereur ? Carl Vogt ne l'a jamais approché, mais d'après ce que lui en avaient dit James Fazy, Kern, l'ambassadeur de Suisse en France et d'autres, il se le représentait doux, bon, reconnaissant, généreux, mais très faible de caractère ; certes, il n'excusait pas l'attentat de décembre et les déportations scélérates, mais il ne l'en rendait pas seul responsable, soupçonnant que s'il eut été réellement le maître, il eut bien souvent transformé les arrêts. Il le traitait de rêveur ignorant, et à ce propos il racontait l'anecdote suivante :

C'était quelques années avant la chute. Un congrès scientifique se tenait à Paris, et l'empereur recevait tour à tour les savants et, paraissant très au courant des travaux de chacun, adressait à l'un et l'autre quelque parole aimable sur ses recherches ou ses découvertes. Claude Bernard, à qui il avait parlé du sucre dans les glandes sus-hépatiques venait de se retirer, lorsque le botaniste de Montpellier fut introduit.

— Sire, dit Duruy, j'ai l'honneur de présenter à Votre Majesté Monsieur le professeur Charles Martins...

— Comment ! Charles Martins ? Charmé, Monsieur... tout à fait charmé... Vous êtes bien le Martins du *Voyage au Spitzberg*... cette belle relation que j'ai lue avec un si vif intérêt ?...

— Sire, vous me voyez confondu...

— Parbleu ! Vous vous imaginiez peut-être que je ne connaissais pas les savants de mon pays... Détrompez-vous...

Puis, brusquement, avec une naïveté délicieuse, il demanda à brûle-pourpoint :

— Et combien de temps êtes-vous resté sur ce *rocher* ?

Martins regarda son souverain les yeux écarquillés, tandis que Duruy se hâtait de bredouiller, avec un rire forcé :

— Rocher... Ah ! oui... charmant le mot... exquis... tout à fait typique... appeler rocher cette sentinelle avancée de notre continent vers le nord...

Le *truc* était enfantin. Avant d'introduire le savant, Duruy donnait à Napoléon III un rapide aperçu de ses travaux et de cette façon, le souverain passait pour être très versé dans tous les domaines et flattait son monde.

En 1870, Charles Martins, qui avait de la mémoire, écrivait à Vogt :

« . . . . Malheur à nous, voilà cet animal qui prend le Spitzberg pour un rocher à la tête de nos troupes. . . . . »

Dans une lettre, souvent reproduite par la presse, adressée à E. Arago à Berne, il met en garde ses amis de France contre les décisions irréfléchies et leur rappelle qu'on ne gagne rien en dépréciant un ennemi. Puis viennent, au jour le jour, dans la *Tages-Presse*, l'organe des libéraux autrichiens, les célèbres *Politische Briefe* qui, malgré l'attraction des évènements du théâtre de la guerre, furent commentés par tous les journaux d'opinions avancées du monde entier.

Ces *Lettres politiques*, dédiées à la mémoire du docteur Küss, le dernier maire français de Strasbourg et adressées à Lorenz Dieffenbach, l'auteur d'une histoire des civilisations que Vogt prisait fort, ces Lettres, disons-nous, ont été insérées en français dans le *Temps*, puis réunies ensuite par le traducteur en un volume, publié chez Fischbacher, le libraire protestant.

Alors que les Liebknecht et autres braillards du socialisme — quoiqu'ils en eussent prétendu, dans les congrès internationaux, plus tard — baissaient pavillon et se taisaient prudemment attendant la cessation des hostilités, le retour et la fin de la griserie pour soumettre à la nation décimée de timides observations, Johann Jacoby, Carl Vogt et quelques rares libertaires de 1848 élevèrent seuls, durant le combat, leurs voix contre les exactions du vainqueur et l'annexion des provinces françaises. Au contraire, Liebknecht, afin de se faire agréer par le gouvernement prussien et montrer qu'il exécrait tous ceux qui soutenaient les vaincus, réédita, pour la dernière fois, dans son *Volkstaat*, les accusations de jadis contre Carl Vogt, ce qui ne l'empêchera pas, plus tard, quand il se trouvera avec Jules Guesde et ses amis, de protester pour son amour de la France. Il n'y a qu'à reprendre le *Volkstaat* et les articles du même Liebknecht, ex-correspondant de la *Gazette d'Augsbourg*, ex-communiste à Londres et en 1870 : « *patriote allemand avant tout* », pour se faire une idée de ses *hosannahs* poussés en l'honneur du comte de Bismarck, tandis que le nom seul de Gambetta, Chanzy, Jules Ferry et des autres républicains de la Défense nationale, éveillait chez lui certaines susceptibilités, sans doute légitimes...

Mais laissons là l'habile arlequin et revenons aux *Lettres Politiques*...

Si quelqu'un pouvait douter encore de cette extraordinaire perspicacité, de cette seconde vue en quelque sorte chez Carl Vogt dans le domaine de la politique, il n'aurait qu'à reprendre ce petit livre et il serait convaincu sur l'heure. Cela tient de l'invraisemblable et Charles Martins, avec lequel il a pu correspondre durant presque toute la durée de la guerre et qui ne cessait d'avoir des illusions, lui écrivait le 3 février 1871 :

« *Finis Galliæ et libertatis !* Maintenant, mon cher ami, c'est fini et bien fini. Toutes vos prévisions se sont réalisées, mais l'honneur est sauf ! Depuis la chute de Metz je ne me faisais plus la moindre illusion. Paris n'a été vaincu que par la faim et sans armées, la France a tenu en échec pendant cinq mois celles de Guillaume. Une quatrième invasion sera, je pense, considérée désormais comme difficile. Nous n'avons pas voulu nous rendre comme la Prusse en 1806 et l'Autriche en 1866. Il faut que l'étranger s'aperçoive que la France n'est pas vaincue même quand ses armées le sont, c'est d'un bon effet pour l'avenir, sans cela les Prussiens nous envahiraient chaque fois qu'ils auraient envie de boire du vin de Champagne ; mais ils ne rentreront ni si nombreux, ni si joyeux dans leur pays de sable, car les 201 coups de canon que leur caporal couronné a fait tirer en réjouissance de la prise de Metz ne ressusciteront pas leurs morts et ne guériront pas leurs blessés. Est-il un hypocrite avec sa Providence qui n'est autre que celle des gros bataillons.   .   .   .   .

Ah ! vos lettres, je les lis et les relis ; combien vous avez vu juste, dès le début ! On me signale un article de Claretie et un d'Hérold sur vos *Lettres* publiées dans le *Temps* et les journaux de province. A part celle sur l'annexion, je ne les connais pas.   .   .   .   .

Et vous, qu'allez-vous faire ? J'ai compris par les réponses embarrassées du jeune Chossat, qui est venu ici, que vos pieux conservateurs sont toujours prussiens. Que d'actions de grâce à Dieu, qui a accordé au caporal mystique la faveur d'affamer les Parisiens !

La *Gazette de Mayence* demande qu'on vous pende !

O triomphe de la bêtise et de la férocité, voilà où nous a mené la civilisation et la *Hohe Cultur des germanischen Stammes*, Kant, Fichte, Hegel, Schopenhauer, etc., etc. !

L'hiver a tué toutes les plantes exotiques que j'avais en pleine terre depuis 18 ans, même les lauriers et les oliviers ; en d'autre temps, c'eut été un chagrin, maintenant cela m'est égal. Je ne puis rien faire ; un seul travail me tenterait, ce serait un gros mémoire allemand à réfuter. Je pousserai Rouget à entreprendre l'absurde théorie cellulaire de Virchow. . . . .

CH. MARTINS.

P.-S. — Devinez quel a été le plus fort pointeur des forts de Paris... Berthelot, le chimiste.

La *Revue politique et littéraire* signala, l'une des premières, la traduction des *Lettres* :

« Plusieurs personnes ont pu lire les belles lettres politiques de l'illustre professeur Vogt, publiées dans les journaux allemands pendant la durée de la guerre. M. Alfred Marchand, l'un des rédacteurs du *Temps*, a eu l'heureuse idée de traduire ces lettres et d'en faire une brochure, que tout Français devrait se faire un devoir de lire et de méditer. Dans le but d'être utile à ceux qui ne possèdent pas cet écrit, et voulant rendre hommage à l'homme éminent, au savant, à l'ami qui a jugé si impartialement les causes de nos malheurs, je vais essayer de donner un aperçu des déductions logiques qu'il tire de nos démêlés avec la Prusse, et de leurs conséquences au point de vue humanitaire. Je dois rappeler d'abord que M. Vogt est Allemand par sa naissance.

Installé à Genève, il y enseigne la géologie et l'anthropologie avec une érudition et une élévation de sentiments qui l'ont fait classer parmi les savants les plus remarquables de notre époque. Les études scientifiques ne l'empêchent pas de décocher ses traits sardoniques contre le despotisme et la politique antilibérale du premier conseiller de Guillaume.

On le voit, l'auteur des *Lettres politiques* n'est pas seulement un érudit ; mais, comme devraient l'être tous les savants, il est le défenseur de la liberté des peuples.

Ainsi que le dit M. Alfred Marchand dans sa préface, M. Vogt « examine toutes les questions qui se rattachent à la dernière guerre, son origine, ses suites probables, les dangers surtout que recèlent les conditions exorbitantes imposées par le vainqueur.

« Il s'élève, avec une force qu'il est impossible de dépasser, et à laquelle n'atteint rien de ce qui a été écrit en France, contre cette conquête brutale ; il pulvérise toutes les raisons ; il réfute avec une ironie mordante, avec une impitoyable habileté, tous les sophismes de la passion et de la violence.

« Il arrache le masque de l'hypocrisie, et met à nu les âpres convoitises auxquelles de prétendues nécessités politiques ne sont qu'un vain prétexte. »

D'après M. Vogt, la guerre de 1870 fut la conséquence nécessaire, inévitable de celle de 1866 ; M. Thiers pense comme lui, ainsi que le prouve un de ses derniers discours. . . . . »

Carl Vogt commençait par ces mots en date du 10 octobre 1870 :

« Cher ami,

« Tu as exprimé le désir de connaître mes vues sur les questions du jour. Peut-être est-il bon que le petit nombre de ceux qui ne se sont pas laissés gagner par la défection générale des esprits et l'universel vertige de la pensée, s'ouvrent l'un à l'autre et cherchent à s'entendre. Toutefois, le résultat de cette union ne sera pas très considérable. Tout ce que nous pourrons faire, ce sera de donner quelques avertissements auxquels on ne répondra dans la tempête déchaînée vers l'ouest, que par le cri de : A Lœtzen ! tout comme la presse officieuse de la France répondait autrefois à toutes les critiques : A Lambessa ! à Cayenne ! . . . .

. . . . Je suis néanmoins de ceux que la déclaration de guerre a surpris. Je me trouvais, à cette époque, à la Engstlenalp, le site le plus pittoresque que je connaisse dans les Alpes centrales. J'étais convaincu que tout le bruit soulevé par le gouvernement français ne devait servir qu'à cacher par des armements fictifs le terrible gaspillage dont l'empire s'était rendu coupable. Sous Louis-Philippe, les vers rongeurs étaient chargés de cette besogne ; on mettait au compte des achats en bois de la marine toutes les dépenses secrètes de l'Etat ; sous l'empire, tous les vers rongeurs du monde n'auraient pas suffi pour expliquer les déficits. On fera, me disais-je, un grand cliquetis de sabres, on se fera adjuger une indemnité, et l'on recommencera la fête. Ma première supposition s'est vérifiée ; la conclusion s'est trouvée fausse, la guerre a été déclarée.

Il était évident, après cette frivole et indigne déclaration de guerre, que l'Allemagne entière se lèverait, que personne, même dans l'Allemagne du Sud, ne pourrait garder la neutralité. Le sentiment national et l'enthousiasme national s'éveillaient à juste titre ; ils ont fait de grandes choses ; il s'agit de savoir maintenant s'ils ne dépasseront pas leur but. La défense était imposée par les circonstances ; on peut se demander si la défense poussée trop loin n'est pas une injustice plus criante qu'une attaque injustifiable.

L'ennemi est terrassé. Cette guerre est un crime contre la civilisation européenne. Celui qui l'a commencée a dans le crime une part aussi grande que celui qui la continue inutilement. Mais que l'on poursuive la guerre «jusqu'à l'épuisement complet des Français », comme le comte de Bismarck l'a dit naguère, ou qu'on y mette plutôt un terme, il faut que la paix soit faite tôt ou tard, et c'est sur les conditions de cette paix que s'échauffent les esprits. . . . . »

Carl Vogt, à propos de l'annexion de l'Alsace et de la Lorraine, explique que cette conquête empêchera pour longtemps toute réconciliation possible entre les deux nations :

« . . . . Aux raisons stratégiques viennent s'ajouter les raisons historiques, et les plumes de tous les professeurs d'histoire se sont mises en branle pour nous démontrer que les habitants de l'Alsace sont Allemands, que l'Allemagne a possédé autrefois le pays, et qu'il lui a été arraché de la façon la plus lâche. Tout cela peut être vrai ; mais quand on parle de justice historique, la première condition, c'est de la pratiquer soi-même et envers soi-même. Les Français nous ont pris des territoires dans l'ouest, nous en avons conquis dans l'est. Nous allons même jusqu'à retenir, en dépit de serments solennels, les districts du Schleswig du Nord dans la Confédération de l'Allemagne du Nord ; nous les retenons, contrairement à notre propre parole, contrairement à la volonté de la population, qui proteste chaque année par l'organe de ses députés ; et nous osons parler de justice historique ! Je consens à excuser la violence, quand elle est imposée par la nécessité ; mais quand elle se couvre du manteau de l'hypocrisie et qu'elle veut faire accroire au monde qu'elle obéit à une loi morale, je m'en détourne avec dégoût.

Je suis contre l'annexion, parce qu'elle ne peut se défendre par aucun motif raisonnable, parce que je ne reconnais aucun droit de conquête, c'est-à-dire de brigandage, et que tous les motifs de prudence et de prévoyance s'opposent à l'exercice de ce droit. . . . .

En dehors de ce motif pris des droits qu'a toujours un peuple de s'appartenir, droit que je regarde comme le principe suprême du droit international, auquel tous les autres doivent être subordonnés, je repousse l'annexion comme une mesure funeste à l'Allemagne, imprudente, impolitique, insensée. Nous nous mettons sur les bras un million d'hommes rebelles. Nous nous affaiblissons, car nous sommes obligés de monter, là, sans cesse, la garde.

Alsace et Lorraine, dit-on, sont des pays riches. Voilà le mot de l'énigme ! C'est du butin que l'on convoite. Toutes les autres raisons que l'on met en avant ne servent qu'à masquer des appétits dévorants, la cupidité, le désir du brigandage, que la guerre éveille non seulement chez les maîtres, mais encore dans la population. . . . .

Un de mes amis qui entretenait et entretient encore des relations assez étroites avec Bismarck et le quartier général, s'est échappé à dire dans la conversation, qu'on avait reçu peut-être déjà mille pétitions de fonctionnaires prussiens demandant des emplois dans le pays annexé. Représente-toi tout cet essaim d'hommes qui, avec leurs blondes femmes, avec leurs filles, avec leurs parents, avec leurs subordonnés, peuvent monter en grade et améliorer leur position par le changement d'un collègue ou d'un supérieur ; représente-toi toute cette armée de fonctionnaires à qui l'on tient à fournir par l'annexion d'un pays riche et d'une population rebelle, un nouvel et gras pâturage, et une occasion de faire du zèle ; représente-toi tout cela, et tu ne t'étonneras pas que j'y trouve un puissant levier pour l'annexion. Autrefois, la nomination à un poste dans les provinces du Rhin était aux yeux de tout employé prussien le plus grand bonheur qu'il pût rêver ; j'ai connu personnellement des administrateurs qui, transportés de la Prusse dans le duché de Nassau récemment annexé, croyaient déjà jouir d'un avant-goût de la félicité éternelle, et voilà qu'à ces convoitises s'ouvre une nouvelle province sur le Rhin, un pays qui s'étend jusqu'aux limites de l'Allemagne du Sud, un Eden d'une ravissante beauté, habité par une population intelligente, mais rebelle et hostile aux Prussiens ! Cet élément de la question ne doit pas être négligé plus que les autres, car il est dans la nature du fonctionnarisme prussien de n'être pas sympathique à la population, et la plus sûre garantie pour l'avancement, c'est un certain frottement dur et criard sur tous les points de contact,

25

par lesquels le fonctionnaire touche à ses subordonnés. Que d'occasions de se signaler par « une discipline inflexible », par une répression « mesurée, mais énergique » de la résistance !

Dans sa huitième *Lettre*, datée du 21 octobre 1870, il s'occupe des changements que la cessation des hostilités amènera nécessairement dans la constitution politique de toute l'Allemagne. (1)

« . . . . Il est donc facile de tracer à l'avance les lignes fondamentales de la nouvelle constitution allemande, telle qu'elle sortira des négociations du quartier général et des mains des gouvernements. Concentration entre les mains du roi de Prusse de la direction absolue de l'armée et de la flotte, du droit souverain de questions de paix et de guerre ; établissement du gouvernement militaire, fixation définitive des trois années de service ! Ni la diète de l'Empire, ni les diètes des Etats particuliers n'exerceront un droit de critique ou d'allégement de ce budget sacré ; une augmentation seule pourra être votée par la diète de l'empire, sur la proposition du gouvernement de la Confédération. Unité du code pénal dans les affaires civiles et militaires, car on ne peut se passer de peines, et il faut que la discipline la plus sévère règne sur les Allemands du Sud, comme sur les Allemands du Nord. Unité du code douanier, des postes, des télégraphes et de la représentation diplomatique auprès des grandes puissances. Tout le reste, l'impôt sur la bière, les blasons, les cocardes, les drapeaux, etc., c'est une marchandise à vil prix, et sur ce point le comte de Bismarck se montrera de bon compte, généreux, magnanime. Mais des soldats et de l'argent, voilà ce qu'il lui faut, voilà ce qu'il aura. »

Une des conséquences des succès prussiens le frappe et l'inquiète vivement. C'est la résurrection du protestantisme orthodoxe dans ce qu'il a de plus étroit, de plus intolérant, de plus aveugle.

« Cette maladie, écrit-il, avec sa décision habituelle, va augmenter en intensité, maintenant que, par la victoire, le dieu des armées confessionnel est devenu le dieu national par la volonté duquel, selon une très haute parole, le germanisme a arraché au romanisme la domination sur le monde civilisé ! Celui qui ne reconnaîtrait pas ce dieu national des armées et de la victoire, celui-là commettrait presque un crime de haute trahison. . . . . »

___

(1) Il recevait des nouvelles navrantes :

. . . .
« Mais laissons les Prussiens ! Je les ai en horreur !

A la douloureuse perte du père Lartet, il faut joindre celle de Penguilly L'Haridon. Il était souffrant depuis longtemps. Le chagrin de voir la France envahie l'a achevé. Une autre victime indirecte de la guerre que vous connaissiez est Morel-Fatio, conservateur du musée de marine au Louvre. Le jour où les Prussiens sont allés visiter les collections, Morel, très exalté, est monté dans les combles pour ne pas les rencontrer. Au bout de deux ou trois heures, ne le voyant pas descendre, on est allé le chercher. On l'a trouvé accroupi dans un coin : il avait cessé de vivre. Léon Guillard, notre agent de la Société d'anthropologie est tombé au combat de Buzenval. Le docteur Parrot, qui a fait des fouilles dans les cavernes des Pyrénées, a été mortellement frappé par les balles prussiennes au moment où il pansait un blessé. Collomb, exposé aux bombes dans le quartier du Luxembourg, est allé se réfugier près de la Bourse. Hébert, Verneuil, Gaudry, Milne-Edwards, se portent bien. . . .

Le Jardin des Plantes n'a pas mal souffert. Le père Chevreul a reçu un obus chez lui, sur son fauteuil, au moment où il venait de le quitter ; Milne-Edwards a eu sa maison ravagée, transpercée; Quatrefages a couru de gros risques. . . .

                                                                    Votre
                                                    G. DE MORTILLET. »
E. Collomb, le géologue, donna la note gaie :

. . . .
« . . . . Ces farceurs de Prussiens ont cru intimider la population, mais je vous déclare la main sur la conscience que je n'ai pas aperçu le moindre signe de découragement, pas l'ombre de panique ; les gens couraient après les obus pour en récolter des fragments, les gamins les vendaient fort cher aux amateurs — petite industrie qui s'est établie, tout de suite, avec succès. La question des vivres préoccupait bien autrement le public que la pluie d'obus. Cela commençait à devenir un peu roide : 300 grammes de pain et 30 grammes de cheval par jour, le pain fabriqué avec un peu de farine, beaucoup d'avoine, de riz et pas mal de paille. . . . .

J'ai vu vendre, rue Rougemont, chez un marchand, 1 kilog. de fromage de gruyère 36 francs, un jambon de Bayonne de 5 à 6 kilos 150 francs et ainsi de suite. Ces féroces épiciers ont fait des fortunes ; il est vrai que de temps en temps on pillait leurs boutiques de fond en comble, les gardes nationaux de piquet ne faisaient pas semblant de s'en apercevoir ; ils avaient leur part de butin.

Adieu, *mein lieber Vogt* ; voici l'armistice. . . . .

                                                    E. COLLOMB. »

Je m'attends à une période de réaction cléricale confessionnelle en Prusse et par cela même en Allemagne, écrit-il le 24 octobre 1870. Le froment du protestantisme orthodoxe fleurira durant de trop longues années, mais l'avoine du catholicisme ultramontain n'aura garde de se changer en folle avoine. . . . . »

On dirait qu'il prévoit l'*Umsturz-Gesetz* :

« La science libre sera peut-être bannie du territoire prussien-allemand et contrainte de chercher ailleurs un refuge ! »

Il parle également des fameuses actions de grâce adressées au ciel sur le champ fumant de la bataille ou à l'intérieur des églises et à ce propos il écrit :

« Si la guerre, disais-je, est un agent destructeur que l'on doit maudire pour ses désastres matériels, elle est plus condamnable encore, lorsqu'on considère ses ravages dans le domaine spirituel et moral. Ce que des années, des siècles ont lentement et péniblement édifié, elle le renverse en un jour, et rejette peuples et rois, gouvernés et gouvernants, dans la nuit de l'antique barbarie. La guerre est, à bien prendre, le meilleur fauteur de la patiente sujétion à une puissance supérieure qui tient dans ses mains et distribue, selon son caprice, la victoire et la défaite, la vie et la mort. . . . .

C'est un spectacle insupportable que de surprendre des deux côtés prêtres et laïques, catholiques et protestants, Français et Prussiens, monter à l'assaut du ciel avec des messes, des cantiques, des sermons, des prières, des vœux et des cierges.

Nous avons été inondés de télégrammes et de lettres qui deviendront historiques et dans lesquelles le vieux dieu de la guerre a joué exactement le même rôle que la vierge Marie dans l'histoire de l'Espagne. On se souvient, peut-être, qu'elle a été nommée un jour généralissime, de sorte que les batailles se gagnèrent sous sa conduite ou par sa divine influence (je ne sais pas encore, à l'heure qu'il est, laquelle des deux versions est la version officielle). Comme si Béranger n'avait jamais vécu et fait le bon Dieu s'exclamer :

Si jamais j'ai conduit une cohorte
Je veux bien que le diable m'emporte !

Pendant des semaines on n'a pu lire certains journaux sans y trouver, comme fin obligatoire de tous les articles de fond, cette phrase : « Jusqu'ici Dieu a été avec nous ! » ou « Tout cela se fait conformément à un décret de Dieu ! ». C'était le ton général et quand on s'avisait de se récrier, on vous répondait : « C'est insipide, nous en convenons, mais cela fait bonne impression sur l'armée et le peuple ! »

C'est en cela que réside le malheur, que la corruption morale et l'abêtissement, produits par la guerre, ne sont pas un phénomène passager, mais impriment un caractère particulier au moins à la moitié d'une génération. En France, où la maladie de la superstition a pris un caractère aigu et exerce en ce moment encore ses ravages avec une extrême violence, elle n'en prendra pas moins une fin plus rapide, car en France le Dieu de la guerre catholique romain est vaincu lui et ses saints belliqueux, et le 1er novembre, jour fixé par une nonne de Lyon pour l'extermination de tous les Prussiens hérétiques, se passera probablement aussi paisiblement que le jour de l'Assomption ou de la naissance de la Vierge.

Mais en Prusse ? Pourquoi abandonnerait-on un système qui a porté des fruits si excellents ? « Prier, obéir, payer des impôts », n'est-ce pas la traduction fidèle de la devise : « Dieu, roi, patrie », qui a conduit la Prusse à la victoire et qui est inscrite sur toutes les croix de fer offertes à tous les principicules qui ont traîné dans les quartiers généraux et qui ont été menacés tout au plus par des obus historiques ? »

Et à la même date, trois mois avant la fin :

« Si le siège, le bombardement et la prise de Paris (car je ne doute pas de ces évènements) avaient cette seule conséquence de briser la centralisation et de la ramener dans ses vraies limites, je crois que ce serait un service immense rendu à la France et au peuple français. Les armées allemandes le leur rendront peut-être sans le vouloir. Alors la République serait sauvée et les Français ramenés à une plus grande indépendance dans l'administration des communes et des provinces.

Que l'on comprenne bien ma pensée.

J'aime Paris ; j'y ai passé les plus belles, quoique les plus dures et les plus laborieuses années de ma vie ; sous la couche légère qui surnage dans toute grande ville, j'ai appris à connaître le noyau sain qui manque tout aussi peu en France que dans tout autre peuple. Je ne prêche pas la destruction de la Babel moderne et je ne crois pas davantage, comme Victor Hugo et d'autres héros de la phrase, que le monde doive périr, si un obus éclate au quartier Latin ; je ne pense pas que le mensonge et l'hypocrisie ne se rencontrent que dans Paris, comme le prétendent les uns, ni que le cœur magnanime de l'Europe ne batte qu'à Paris, comme le proclament les autres ; je n'estime pas que Paris soit ville absolument sainte et sacrée, mais je crois encore moins que la vie de chaque butor de la Poméranie soit plus précieuse que la conservation de la madone de Murillo. Je pousse même l'hérésie jusqu'à prétendre que la seule Vénus de Milo me paraît plus précieuse que la vie de dix professeurs d'esthétique, dût même le petit Vischer (1) se trouver du nombre. »

En des lignes prophétiques, il dépeint notre époque hésitante, les temps de malaise et d'angoisses, occasionnés par les armements à outrance et que l'on eut évité, si le vainqueur s'était uniquement contenté d'argent et si les conditions de paix eussent été moins humiliantes. Vogt jette ensuite un dernier regard sur l'Allemagne prussiannisée :

« . . . Nous allons donc au-devant d'une triste période pour l'Allemagne. L'abrutissement des esprits, la confusion de tous les principes du droit dureront bien au delà de la guerre. Nous ne sommes pas des barbares, comme le prétendent les Français, mais nous sommes en train de le devenir, si cette guerre se prolonge longtemps encore ; dans tous les cas, nous avons déjà perdu une partie des libertés que nous possédions avant la guerre, et si l'on se décide à amoindrir encore ce qui nous reste, nous ne nous y opposerons point. Nous sommes en train d'emprunter aux vaincus les défauts, les misères, pour lesquels nous les avons méprisés le plus : leur centralisation, leur amour de la gloire, leur suffisance, leur dédain pour les autres peuples, leur prépondérance à l'extérieur, leur esclavage à l'intérieur. Notre gloire pèsera sur notre développement, comme leur gloriole a enrayé le leur ; nous remporterons, selon une expression aussi frappante que spirituelle d'un de nos savants, nous ferons la conquête... de notre esclavage. Voilà la malédiction qui pèse sur cette guerre aussi nécessaire que juste, et cet héritage que nous lègue le César vaincu est à mes yeux le plus grand crime qu'il ait commis contre la civilisation et l'humanité.

Le 2 Décembre, je pourrais, à la rigueur, le lui pardonner ; la réaction allemande, jamais ! »

La dixième et dernière *Lettre* se termine par ces mots :

« . . . Je préfère terminer ici par une citation du grand maître, que l'on reconnaît même dans le camp opposé où l'humanité ne commence qu'avec les barons, parce qu'il s'appelle Son Excellence M. de Gœthe :

« Le triste sort de la France, que les grands le méditent, mais, au nom du ciel, que les petits le méditent encore davantage. »

Les lettres, les cartes, toutes d'une platitude écœurante dans l'insulte et qui portaient en elles-mêmes leur propre condamnation, affluèrent dans la demeure de Plainpalais ; la mesure d'esprit et le ton de ces anonymes et aimables envois du pays vainqueur sont admirablement condensés en la protestation de celui qui renvoie à Carl Vogt sa propre photographie, sur laquelle il a écrit en travers ces mots vengeurs :

_____

(1) Le « petit Vischer », auteur d'un docte traité sur la Science du Beau, était professeur d'esthétique à Stuttgart. En 1870, il publia en l'honneur de la Prusse et de Bismarck un poème héroïque : *La guerre franco-allemande.*

« Als schändlicher Verläumder unwürdig in einem deutschen Album zu figuriren ! Pfui ! über den Renegaten ! Vaterlandslose und Lügner, so heisst es vom gepriesenen Gelehrten !
Ein Deutscher im Namen aller Deutschen ! »

Très tranquillement, Vogt ajouta au bas :

« Von Coburg erhalten 19 Dez. 1870 ! »

Quant aux Français, ils se montrèrent profondément émus et reconnaissants. Non seulement ses amis — et ils étaient nombreux — lui écrivirent pour le féliciter, mais des patriotes, des fonctionnaires qu'il ne connaissait pas lui adressaient avec leur témoignage de gratitude profonde, des demandes, des prières. Dans un moment de décisive épreuve, ils allaient à lui, comme vers un conseiller supérieur :

AMBASSADE DE FRANCE
A
VIENNE

Vienne, le 26 octobre 1870.

Monsieur le Docteur,

Chargé par le Gouvernement de la République Française d'une mission spéciale, dans le but de combattre en Europe le droit de conquête, si insolemment remis en vigueur par la Prusse, je crois de mon devoir de vous remercier des remarquables articles que vous publiez en ce moment dans la *Tages-Presse* de Vienne pour remettre en lumière la justice et la raison obscurcies en Allemagne par l'enivrement des succès militaires. Des travaux de cette nature font justice de tous les sophismes accumulés par les adorateurs de la force brutale. Il faut des hommes comme vous, Monsieur le Docteur, pour tirer l'esprit humain d'égarements funestes et pour lui faire retrouver sa voie.

Les conseils d'un homme tel que vous, conseils dictés par une sympathie désintéressée et par une raison supérieure seront, je n'en doute pas, pris en sérieuse considération. Et c'est déjà, j'ose le dire, un progrès en même temps qu'un symptôme de régénération pour notre pauvre pays de se voir assisté dans ses malheurs par des esprits aussi éminents que le vôtre. J'attache, du reste, un si grand prix à vos articles que je les ai fait traduire *in extenso* et expédier par mon courrier spécial à M. Gambetta. . . . .

La France sera fière, je n'en doute pas, de vous compter parmi ses défenseurs, et le patronage de votre nom illustre sera, dans sa détresse, une consolation. . . . . .

A. LEFAIVRE.
Consul de France à Vienne.

Chaque courrier d'Allemagne lui apportait aussi l'annonce d'une nouvelle défection de l'un de ses anciens camarades de luttes. C'est Berthold Auerbach, c'est Freiligrath, qui en des chansons populaires exalte le génie et la bonté de Bismarck ; c'est David-Fréd. Strauss, c'est Adolph Stahr et tant d'autres — et des meilleurs ! — qui mettent leur talent et leur plume au service de celui que jadis ils haïssaient si fort. L'un de ses meilleurs amis, qui avait tourné également, entraîné avec les autres dans ce changement de front, lui télégraphie de Lausanne le 30 novembre 1870 :

« Suis ici, hôtel Richemont, pour quelques jours, que proposez-vous pour se voir ? »

Vogt répondit :

« Relations impossibles avec tueurs de république et commissaires volontaires de la presse bismarckienne. »

Mais sa colère contre la fantastique adoration des républicains de 1848 pour l'empereur et son chancelier, de ces républicains qu'il avait connus, jadis, si farouches et si intraitables, ne s'exhala pas seulement sous cette forme irritée, il s'en moqua aussi en des vers délicieux de méchanceté mordante. Sous le titre : *Im Krieg und Sieg* et sous le pseudonyme de Christoph Veitel (C. V.), il laisse libre carrière, trois fois par semaine, dans un obscur journal suisse, à son ironique verve poétique, qui dévoile les mobiles cachés, les cupidités, en même temps qu'elle dépeint le gauche maintien des transfuges et de beaucoup de convertis. A côté de cela il parle aussi des évènements de la guerre. Ainsi, il parodie un télégramme du roi à la reine Augusta :

Aus dem Tagebuch von Christoph Veitel (C. V.)

24. Aug.

Offizielle Telegramme

Ach ! Liebe Frau !
Was hab'ich heute gelitten !
Fünf Stunden bin ich geritten !
Ach ! Liebe Frau !...

Ach ! Liebe Frau !
Wie sind mir steif die Waden !
Gott führ'uns aus Granaten !
Ach ! Liebe Frau !...

Ach ! Liebe Frau !
Es schmerzt mich sehr den Hintern
Doch kann das den Sieg nicht mindern !
Ach ! Liebe Frau !...

Ach ! Liebe Frau !
Gott wird uns ferner lieben —
Ich habe Befehle geschrieben.
Ach ! Liebe Frau !...

Ach ! Liebe Frau !
Der Moltke hat sie dictiret —
Gott hat uns gut geführet !
Ach ! Liebe Frau !...
. . . .

Voici un passage d'une lettre à la reine :

Heisa ! Iuchheisa ! Dudeldumdei !
Unser *Fritz*, der war auch dabei ! (1)
Gestern, wie Moltke sich vorgenommen,
Sind vor Paris wir angekommen,
Und nachdem wir gehörig dinirt
Haben wir auf dein Wohl toastirt.

Heisa ! Iuchheisa ! Dudeldumdei !
Unser *Fritz*, der war auch dabei !
Ich habe dem Roon die Ehre erwiesen
Und ihn als Schwertesschleifer gepriesen,
Den Moltke, weil er das Schwert geführt,
Den Bismarck, weil er gut politisirt.

. . . .

(1) Phrase détachée d'une lettre du roi datée du 16 septembre 1870.

Heisa ! Iuchheisa ! Dudeldumdei !
Unser Fritz der war auch dabei !
Indessen will ich den Brief jetzt schliessen.
Meine Berliner lass ich grüssen.
Heute in Fersalch, (2) doch ganz gewiss
Ist meine nächste Adresse Paris !

On sait que le général Vogel de Falkenstein avait été chargé, avec le *Landsturm*, de défendre les côtes allemandes contre un débarquement possible de la flotte française. Or, à peine le vieux guerrier s'était-il installé dans les places fortes avec ses vétérans, qu'il reçut d'une demoiselle Minna Hänsel, la demande d'aller le rejoindre à la tête d'un corps d'amazones. Vogt raconte, sous forme de ballade, cette significative manifestation patriotique :

Das war die Minna Hänsel,
Die that sich sehr hervor !
Sie bildet aus frischen Iungfern
Ein Amazonen-Korps.

Sie schrieb dem Falkensteiner :
Herr Vogel ! Hör'mich an.
Wir sind hier dreiundfünfzig,
Hat keine keinen Mann !

.   .   .   .

Wir geh'n bei dieser Hitze
In's Wasser alle gern
Und halten uns die Franzosen
Gewiss vom Leibe fern !

.   .   .   .

Das war Herr Vogel-Falkenstein,
Der sagte ganz verstohlen :
« Wär ich ein junger Leutenant —
Der Deibel soll mir holen !

Die Minna müsste mir herbei
Mit ihren schlanken Schwestern !
Ein Vaterlands-Verräther nur
Könnt über Solches lästern !

Doch jetzt, wo siebzig Iahr und mehr
Mir auf das Haupt gekommen,
Wass soll mir da der Iungfern Schaar
Im Kriegeslager frommen.

.   .   .   .

(2) Versailles — nom qu'il est impossible à un prussien pur-sang de prononcer correctement.

Ein Landwerhmann, ein Ehemann !
Wie würden die Weiber schmälen,
Liess ich der Minna Korps herein !
Dass sollte mir noch fehlen !

Mit Männern wil ich herzlich gern
Mich noch im Alter schlagen,
Doch mit den Landwehrfrauen muss
Ich billig mich vertragen.

. . . . »

Ces satires, reproduites par des journaux autrichiens, le séparèrent définitivement de beaucoup de ses amis allemands, qui ne purent lui pardonner ce qu'ils appelaient ses blasphèmes. Il rompit également, dès le commencement de la guerre, toutes relations avec la *Gazette de Cologne* et la *Nouvelle presse libre* de Vienne, organes qui payaient bien, mais auxquels il reprochait, à tort ou à raison, d'être directement inspirés par le ministre prussien.

Ah ! s'il n'avait écouté, comme tant d'autres, que son intérêt ; s'il s'était rallié, emporté lui aussi par le courant de défaillance universelle, quelle rentrée glorieuse n'aurait-on pas ménagée, en Allemagne, au proscrit de 1848, à l'ex-régent de l'empire allemand ! Carl Vogt préféra l'isolement aux récompenses, et c'est là un des plus beaux actes de la vie de ce noble esprit, qu'une sensibilité ombrageuse, presque farouche, va bientôt gagner à l'égard des Allemands modernes. Cette attitude irritée, il la conservera jusqu'à sa mort, parce qu'il hait l'Allemagne militaire, piétiste, unie sous la botte prussienne ; le *Berliner Tageblatt* en fait l'observation, quand il dit quelque part dans sa nécrologie :

« . . . . . Carl Vogt apparut dès lors, à tout Allemand faisant le pèlerinage à sa maison de campagne aux bords de l'Arve, comme étant un adversaire irréconciliable de la patrie allemande. »

Hâtons-nous d'ajouter que l'exaspération contre l'auteur des *Lettres politiques* et de *Im Krieg und Siegen* ne dura pas, chez nombre de ses compatriotes, ce que dure un feu de paille. Réveillés bientôt d'un rêve qu'ils avaient fait, se dégrisant de leur ivresse passagère, ils s'aperçurent, mais un peu tard, que les prédictions du conspué ne tardaient pas à se réaliser et que la liberté et le génie allemand pourraient bien souffrir du nouveau régime ; alors, ils revinrent à lui, sincèrement, la main tendue, comme avec le poignant regret d'avoir, en un moment de folie, douté de cette nature franche et loyale.

Les républicains français se souvinrent de celui qui s'attesta avec bravoure — car ils étaient rares alors, ceux qui, dans un esprit de sacrifice, se prononçaient en faveur des vaincus ! — et ils répétèrent avec M. Alfred Marchand :

« Son œuvre lui attirera non seulement la reconnaissance de la population sacrifiée, dont il a pris si fièrement, si noblement la défense, elle lui gagnera les sympathies de tous les amis du droit, de la justice et de la liberté. »

1871

　Cette néfaste année : 1870, qui se terminait dans les angoisses et les tristesses des plus sombres pressentiments, avait commencé dans les larmes : le 20 janvier, Vogt recevait la nouvelle de la mort de son vieil ami Alexandre Herzen, le justicier des oppresseurs, l'écrivain de : *De l'autre Rive*, le journaliste de l'*Etoile polaire*, du *Kolokol*, l'auteur admirablement doué de tant d'écrits, machines de guerre redoutables qui, s'attaquant aux abus en Russie, dénonçaient journellement à l'Europe civilisée les iniquités du gouvernement et la barbarie sauvage des lois et des fonctionnaires russes.

　Alexandre Herzen était mort subitement à Paris. Le gouvernement impérial, craignant, non sans quelque raison, des manifestations républicaines dans la rue, fit transporter, malgré les protestations des proches, le cercueil au Père Lachaise dès le matin, alors que l'enterrement avait été fixé pour trois heures de l'après-midi. Il était écrit que, même après le trépas, Alexandre Herzen causerait des soucis au pouvoir tyrannique.

　Julien Schaller — Julien l'apostat, comme l'appelaient les cléricaux de Fribourg — et Carl Vogt avaient été désignés exécuteurs testamentaires par le célèbre agitateur ; devoir sacré mais tâche ingrate, semée de difficultés et d'incidents imprévus, écheveau toujours étrangement embrouillé quand il s'agit d'un Russe et que les ennemis de Herzen, à défaut d'autre vengeance, se chargèrent d'embrouiller davantage.

　Une perte qui lui alla également droit au cœur fut celle de son collègue Claparède, l'observateur attentif, sans prétention ni présomption, des : *Etudes sur les Infusoires et les Rhizopodes*.

　Claparède est mort à Sienne. Il était tuberculeux, mais il résistait courageusement au mal lorsque l'hydropisie vint ajouter des tourments plus affreux à ses nuits d'insomnie. S'imaginant que les boissons lui étaient préjudiciables, il s'astreignit, raconta l'un de ses amis, Marc-Monnier, dans le *Journal des Débats*, à ne plus boire du tout, pas même une goutte d'eau, pendant six longues semaines. Sa dernière lettre à Carl Vogt est datée de Naples : il lui annonce qu'il va se mettre en route pour Genève, mais avant de reprendre son cours il veut revenir en Suisse par voie de terre, à petites journées, en s'arrêtant devant les Pérugin de Pérouse, les Signorelli d'Orvieto, les Sodoma de Sienne et en traversant toute l'Ombrie et la Toscane. Il ne devait pas dépasser la ville des fontaines.

Naples, 2 avril 1871.

Mon cher Vogt,

Je tiens à vous remercier par ces lignes de l'obligeance que vous mettez à me remplacer pour le cours de névrologie du semestre d'été. J'avais songé moi-même à vous en faire la demande, toutefois, sachant combien vos occupations sont multiples, j'y avais renoncé par crainte d'être importun. Merci donc mille fois de votre offre spontanée. Je serai du reste fort heureux de reprendre la seconde partie du cours (organes des sens) si j'arrive à Genève à temps pour cela. Mais je ne sais trop si cela pourra se faire. Les forces ont bien de la peine à revenir et je ne sais jusqu'à quel point mes muscles pourront se refaire pour me porter là-bas. Pour le moment ils paraissent réduits à l'état de ficelles et sont le siège de bien vives douleurs à chaque mouvement. . . . .

Votre affectionné,

ED. CLAPARÈDE.

La guerre stimula l'ardeur au travail des savants français. Plus que jamais ils avaient pu juger les avantages de l'instruction sur l'ignorance et hardiment, sans tarder, ils se mirent à la besogne en élargissant le cadre de leur activité et en rendant accessibles aux uns comme aux autres, par des publications populaires ou purement scientifiques, le résultat de leurs recherches et de leurs entreprises.

Ainsi Broca écrit déjà en date du 25 décembre 1871 :

Mon cher Vogt,

Je regrette que vous ayez été averti par un autre que par moi de la fondation prochaine de la *Revue d'anthropologie* et du vif désir que j'éprouve de pouvoir vous compter au nombre de nos collaborateurs. M. Reinwald, qui m'avait entendu, dès le 1er juin, exprimer le désir, a cru sans doute que je vous avais déjà écrit moi-même et dès lors je ne puis lui en vouloir de m'avoir ôté le plaisir de vous faire la première ouverture. . . . .

Si je ne vous ai pas écrit plus tôt, c'est parce que je voulais attendre le jour qui est à peine venu maintenant, où un groupe de collaborateurs parisiens serait constitué de manière à assurer au point de vue de la rédaction l'existence du journal, car si nos efforts devaient aboutir à un fiasco, il était inutile de vous inviter à y prendre part. Mais aujourd'hui, après deux réunions de quinzaine où les rôles ont été provisoirement distribués, je ne doute pas de la viabilité de notre œuvre, et pour en assurer la bonne exécution, je viens faire appel à votre concours.

Quelques lignes d'abord sur le but de la *Revue*. . . . .

. . . . Pour les travaux originaux je n'ai à vous dire qu'une chose, c'est que votre nom est un de ceux que je tiendrais le plus à voir figurer dans le journal. Et s'il vous était possible de m'envoyer un mémoire quelconque, court ou long, sur un sujet de votre choix, avant le 15 janvier, je serais heureux de l'insérer dans le premier numéro. . . . .

L'été dernier nous avons lu avec beaucoup d'intérêt vos *Lettres politiques*. Vous êtes du petit nombre de ceux qui, au milieu de la perturbation générale du sens moral, conservent encore la notion du juste et de l'injuste. Nous avons admiré la sûreté de votre coup d'œil et la justesse de vos prévisions. . . . .

Votre tout dévoué,

P. BROCA.

Mais ce sentiment de revanche intellectuelle n'était pas le seul qui animait alors les hommes scientifiques en France, un autre, de nature délicate, venait de se faire jour et, dans les réunions savantes les opinions étaient loin de concorder à ce sujet. Cela ne pouvait manquer ! On s'adressa également au professeur de Genève, car ainsi qu'on a dû s'en apercevoir par mainte page qui précède, et ainsi que nous l'avons déjà dit, nombreux et de tous pays étaient ceux qui recouraient aux conseils de Carl Vogt, habitués qu'ils étaient à porter vers lui leurs difficultés et leurs doutes et à ne prendre décision que lorsqu'il avait exprimé son opinion.

Au mois de juillet 1871, il recevait la lettre suivante :

Mon cher Monsieur Vogt,

Dans une de ses lettres, M. Capellini m'a demandé de faire un appel dans les journaux français pour tâcher d'attirer du monde à Bologne. Je viens de faire cet appel et j'en adresse un exemplaire aux savants que j'estime et que j'aime le plus parmi les anthropologistes pour leur demander s'ils l'approuvent, car je touche à une question bien délicate. J'attends leur avis avant de rien envoyer aux journaux. Je compte sur vous pour me donner le vôtre qui sera d'un grand poids et dont je me servirai, le cas échéant, auprès des rébarbatifs. Vous comprendrez qu'en n'approuvant pas les savants français et allemands, Pasteur et les autres qui ont voulu faire entrer la science en ligne d'inimitié de Français à Prussien, je fais vibrer une corde sensible. . . . .

Luchon, 24 juillet.
Dr GARRIGOU.

Evidemment, le docteur Garrigou courait au devant de nombreuses critiques, car égarés par un amour mal entendu de la patrie — toujours excusable chez le vaincu — quelques autorités scientifiques françaises, Pasteur en tête, avaient réclamé la radiation de leur nom des académies allemandes auxquelles ils appartenaient par diplôme d'honneur, s'en déclarant à jamais séparés par leurs sentiments patriotiques, comme si la science internationale, planant au-dessus des querelles impériales et royales, n'avait plus le droit de compter sur tout travailleur, d'où qu'il vienne. Cette protestation, excusable, nous le répétons, chez le vaincu, n'était guère admissible chez le vainqueur, car si l'université de Würzbourg ou celle de Königsberg ne pouvaient pas être rendues responsables des atrocités de Bazeilles, à plus forte raison devait-il être interdit de reprocher à un Broca, à un Robin ou à un Vulpian la plus inepte des déclarations de guerre.

Cependant Vogt avait prévu le cas d'une rupture avant l'appel de Garrigou, Decaisne ayant déjà abordé la question dans une lettre :

. . . . . *Consumatum est.* L'édifice est couronné. J'ai lu les préliminaires de la paix. C'est aussi dur que possible et digne du gouvernement prussien dont toute la conduite ressemble à celle des pires scélérats.

A Montmorency, ils ont volé les collections archéologiques, géologiques et d'autographes de Desnoyers, dont le fils a été tué.

Je romps toute relation avec les savants allemands et j'espère que beaucoup feront de même car tous ont applaudi aux désastres et aux malheurs de la France où ils avaient été reçus avec hospitalité et prônés outre mesure. . . . . Je n'attends rien, mon cher Vogt, de Jules Simon, c'est un idéologue complètement ignorant et il a pour secrétaire et conseil vous savez qui ? Taillandier qui n'en sait pas et n'en veut pas savoir plus long que lui. . . . .

Pourtant, le docteur Garrigou ne restait pas seul de son avis, car un courant favorable à la pacification s'était établi parmi quelques savants français :

« . . . . . Je ne suis pas de l'avis de beaucoup de mes collègues, écrivait Charles Martins, en juin 1871, qui veulent rompre toute relation scientifique avec l'Allemagne, loin de là, on devrait les rendre plus fréquentes et plus complètes, cela n'empêche pas les sentiments. »

En date du 17 août 1871, il revenait en ces termes sur ce sujet :

Mon cher ami,

Haeckel m'envoie, probablement à la recommandation de Gegenbaur, son volume intitulé : *Natürliche Schöpfungsgeschichte* ; je demande à Georg, votre libraire, la *Generelle Morphologie* et suis très tenté d'en faire le sujet d'un article pour la *Revue des Deux-Mondes*, afin de secouer l'inertie des naturalistes français qui ne se doutent pas de la transformation qui s'opère dans les sciences naturelles grâce à Darwin et à ses collaborateurs. Mais avant je voudrais avoir quelques détails biographiques sur Haeckel, qui me paraît un esprit supérieur et très impartial. Est-il jeune ? Est-il prussien ou prussophile ? Partage-t-il nos opinions politiques ? Quelle est la valeur de ses travaux zoologiques, radiolaires, siphonophores ? A-t-il voyagé ? Eclairez-moi sur ce sujet afin que je puisse parler de lui en connaissance de cause. Tout ce que vous me direz me sera précieux. Je voudrais travailler à une réconciliation *intellectuelle*, toute autre est impossible. En arrachant violemment l'Alsace et la Lorraine, Bismarck l'a rendue impossible ; si c'était son but, il a réussi ; la revendication sera éternelle. . . . .

CHARLES MARTINS.

On peut se rendre compte, d'après ces quelques extraits, de l'état des esprits en France, et il était évident que la première rencontre entre savants des deux nations ennemies ne se passerait pas sans anicroche. Or, en septembre 1871, l'Université de Bologne célébrait son huitième centenaire et recevait, en même temps, les membres du Congrès d'archéologie et d'anthropologie préhistorique. Les savants français y vinrent très nombreux, non seulement par amour de la science, mais parce qu'ils considéraient comme un devoir de se montrer dans les réunions internationales et de prouver que la science française, au lendemain des désastres, n'abdiquait pas. De leur côté, les Allemands étaient également venus.

Virchow, le premier jour, apercevant dans un groupe de Français, Mortillet, qu'il n'a pas vu depuis deux ans, va vers lui et lui tend la main en l'invitant à oublier ; l'auteur du *Préhistorique* lui tourne le dos. Les Français font bande à part et l'on se regarde de côté, les uns tenant le parti des Allemands, les autres celui des vaincus, discussions interminables qui compromettaient la réussite de la réunion.

Carl Vogt, en arrivant à Bologne, se vit immédiatement très entouré. Les Français avaient lu les *Lettres politiques* et lui en savaient gré ; les Allemands, revenus un peu de leur première extase, s'accordaient à trouver que certaines pages du livre s'étaient réalisées et qu'on ne pouvait guère garder rancune à Vogt d'avoir dit franchement ce qu'il pensait. Quant aux Italiens, ils le considérèrent comme l'homme influent qui plus qu'aucun autre pourrait, peut-être, apaiser les colères et ramener à de meilleurs sentiments les savants français, car la situation menaçait de devenir gênante en s'éternisant. Les organisateurs des fêtes et les savants : Gozzadini, Capellini, Gastaldi, Pavesi, etc., le prièrent donc d'intervenir, certains d'avance, lui disaient-ils, que sa voix autorisée, écoutée des deux côtés avec respect, pouvait seule rétablir l'ordre et la bienséance un instant menacés.

Le professeur de Genève parvint, en effet, soit par la séduction de son raisonnement, soit à l'aide de quelques véhémentes apostrophes adressées à ses meilleurs amis, à réconcilier, en apparence du moins, sur le terrain élevé de la science, ces frères ennemis qui, quinze mois auparavant s'aimaient et s'estimaient, et que la guerre semblait avoir séparés pour toujours. (1)

---

(1) Cette exagération du sentiment de dignité nationale persista encore longtemps chez quelques naturalistes français, ainsi que le prouve le passage d'une lettre adressée à Carl Vogt par l'un des plus jeunes et des plus éminents zoologistes de Paris :

MUSÉUM   Paris, 8 octobre 1888.
D'HISTOIRE NATURELLE   Mon cher maître,

Pris par l'installation ou plutôt les préliminaires d'installation de notre laboratoire maritime à Saint-Vaast, par l'installation qui avance rapidement de nos nouvelles galeries. . . . .

Voici un autre point sur lequel je suis presque officiellement chargé de vous demander votre assistance et vos conseils : à l'occasion de l'Exposition doit se réunir à Paris un Congrès international de zoologie. Le ministre du commerce a nommé un comité d'organisation qui comprend presque tous les zoologistes officiels de Paris et quelques zoologistes de province pouvant facilement venir à Paris. Ce comité a choisi pour président Alph. Milne-Edwards, pour vice-présidents Vaillant et moi, Filhol est secrétaire, et Certes trésorier. . . . .

Il y a cependant une question qui nous a préoccupés et qui demande à être prise un peu à l'avance. Il a été officieusement convenu que je devais en causer avec vous. C'est la question de la participation des savants allemands à ce congrès.

La grande majorité des zoologistes français et ceux-là même qui, s'étant le plus vaillamment battus en 1870, reprendraient le plus délibérément l'uniforme à l'occasion, sont d'avis que la zoologie n'a que de lointains rapports avec

La réception de la capitale, au centre de l'ancienne Etrurie, fut grandiose, et chaque participant finit, malgré les pénibles scènes des premiers jours, par garder de la réunion un souvenir des plus agréables. Le gouvernement, les municipalités des villes de Bologne, de Ravenne, de Modène et de la terre d'Otrante s'efforcèrent à témoigner de leur vif intérêt pour la science en contribuant pour une large part aux fouilles et aux publications sur les terramares, les palafittes et les cavernes. Les populations des cités et des campagnes pavoisaient leurs maisons, les fanfares locales rivalisaient d'harmonie sur le passage des trains spéciaux, et un seul particulier dépensa royalement cinquante mille francs pour recevoir les membres du Congrès.

Le président du Congrès, le comte Gozzadini, était l'hôte du professeur de Genève, qui ne perdit jamais le souvenir de cette hospitalité large, de cet intérieur si accueillant dans le palais historique des Gozzadini...

C'est au Congrès de Bologne qu'il lut son remarquable travail sur l'*Anthropophagie et les sacrifices humains.*

Les savants, en 1871, n'étaient point encore tous acquis à l'idée que les peuples primitifs de l'Europe eussent été adonnés à l'anthropophagie, quoique quelques trouvailles de récente date eussent prouvé que cette coutume, répandue dans la Polynésie, l'Australie, la Nouvelle-Zélande, les îles de la Sonde, l'Afrique centrale et méridionale (chez les Jaynas la chair humaine figure sur l'étal des bouchers) existait chez l'Européen de l'époque quaternaire. Rappelant entr'autres les découvertes du professeur Marion dans la station de Saint-Marc (âge du renne) près d'Aix en Provence, qui trouva des débris humains mêlés à des restes de foyers et parmi eux des os calcinés, entaillés, de manière à faciliter l'extraction de la moelle, et les comparant avec les recherches de Capellini dans l'île de Palmaria, de Richard Owen en Ecosse, de Spring en Belgique, Carl Vogt, de rapprochements en déductions, déclare qu'il n'y a aucune race, aucun peuple considérable, aucun groupe important de l'humanité, chez lequel n'existaient jadis l'anthropophagie et les sacrifices humains. Hommes noirs, bruns, jaunes ou blancs, tous, sans exception, ont sacrifié et dévoré leurs semblables et les os fendus et rongés parlent clairement là où les documents historiques et écrits manquent. . . . .

Ce à quoi, certes, peu d'auditeurs ne s'attendaient, c'est aux développements religieux contenus dans ce mémoire :

Partant de ce principe que toute religion est née de la peur et de l'ignorance ou bien encore de l'adoration de l'inconnu ; cet inconnu lui-même, c'est-à-dire Dieu, n'étant rien autre chose « qu'un superlatif dont le positif est l'homme », Vogt imagine que la croyance peut inspirer les plus ineptes rites et voit dans l'anthropophagie un fait universel et par suite une phase nécessaire dans le développement de la civilisation, l'indice d'un degré relativement élevé de cette même civilisation.

Inconnu chez nos ancêtres préhistoriques à l'âge du renne et du mammouth, le cannibalisme devient fréquent vers la fin de l'époque néolithique. Dans cette époque on en

---

le traité de Francfort et qu'il est parfaitement puéril de bouder les confrères d'Allemagne parce que M. de Bismarck prétend garder l'Alsace-Lorraine que nous ferons toujours tout ce que nous pourrons — à tort ou à raison — pour reprendre ; je dis à raison parce que le premier bien c'est l'indépendance et la sécurité. . . . .

Laissons donc la question des futures batailles de côté. . . . . Il nous a semblé que nous devions faire tous nos efforts pour assurer nos collègues d'Allemagne que nous n'avons pas envers eux d'autres sentiments que pour ceux des autres nationalités. Nous serons très désireux de voir quelques-uns d'entre eux prendre part à un congrès que l'abstention de la science allemande amoindrirait évidemment et nous avons pensé que vous étiez le meilleur juge de l'accueil qui pourrait être fait à nos invitations, comme aussi l'un de nos plus puissants avocats, s'il y avait lieu de faire quelque propagande. Il y a en France, vous le savez, une école qui est assez exclusiviste à propos de l'Allemagne, mais elle l'est tout autant pour les autres écoles françaises et ne représente, en somme, qu'une minorité assez divisée elle-même. Ce n'est pas à elle à régler nos relations avec l'étranger et il n'y a pas à craindre qu'elle se livre à quelque manifestation intempestive. . . . .   EDMOND PERRIER.

retrouve partout des preuves indubitables ; il en est de même des sacrifices humains, alors au moins aussi communs qu'ils le furent depuis chez les Grecs, Romains, Gaulois et de nos jours même, chez des peuples qui ne sont pas encore sortis de l'état de barbarie.

Quelles sont les causes de ces cruelles coutumes ? se demande le conférencier.

Naturellement frugivore, comme les singes anthropomorphes et même insectivores, comme les quadrumanes inférieurs, l'homme n'est devenu omnivore que dans un état relativement avancé de son évolution ; moins encore était-il primitivement cannibale.

La faim, le désir de la vengeance, la superstition surtout, telles sont les vraies sources de l'anthropophagie.

Le sauvage cannibale s'imagine que l'âme et le corps humain forment un tout inséparable, après comme pendant la vie. Chaque partie du corps de l'homme et même des animaux a des fonctions propres et des qualités spéciales : le cœur est le siège du courage, dans le sang circule la vie, la chair du cerf donne l'agilité, etc.

Ces qualités inhérentes à certaines parties du corps peuvent donc se transmettre à celui qui se nourrit de ces parties. Manger de la chair humaine devient un privilège réservé aux plus vaillants ; or, comme chez les sauvages, les dieux ne sont que les chefs suprêmes, on arrive graduellement et logiquement à offrir à la divinité ce que l'on croit le plus propre à gagner sa faveur.

De là, sacrifices humains, immolation des vierges, etc.

Peu à peu, l'idée religieuse va s'épurant et de réel qu'il était d'abord, le sacrifice devient purement symbolique. Telle est, par exemple, la *Cène* des chrétiens, dont on retrouve l'analogue dans certains sacrifices usités chez les anciens Mexicains. Jésus lui-même n'a-t-il pas proclamé : « Celui qui mange ma chair et boit mon sang demeure en moi, et moi en lui ».

« Ces mots, prétend Carl Vogt, se basent entièrement sur l'idée encore en vigueur chez les Juifs que la vie est dans le sang et qu'en ingérant la chair et le sang on se transmet la vie de l'être ingéré. Il faut donc absolument ingérer la chair et le sang de l'Homme-Dieu, pour que son innocence passe au dévorant et que le péché de celui-ci passe au dévoré. Ce n'est là qu'un côté du sacrement. »

Les déductions théologiques de l'auteur n'obtinrent pas, cela va sans dire, l'assentiment général de l'assemblée ; elles attirèrent même sur sa personne, les foudres du haut clergé, ainsi que nous le verrons plus loin. La « blague parisienne » s'empara également de cet événement, et l'un de ceux auxquels on aurait pu appliquer l'exclamation d'Emile Zola : « Mon Dieu que c'est donc bête, un homme d'esprit ! », M. Emile Villemot, publia un article désobligeant en somme, mais amusant par places, dans le *Figaro* :

Un des plus célèbres représentants de la paléontologie helvétique, M. Carl Vogt, prétend que non seulement l'anthropophagie a existé chez nos aïeux (ce qui est possible, après tout), mais encore qu'elle est « une phase nécessaire dans le développement de la civilisation, et *l'indice relativement élevé de cette même civilisation* ».

Relativement élevé me paraît faible, une fois le paradoxe admis. Pourquoi ce *relativement* vient-il atténuer et affaiblir le caractère original de cette découverte ?... M. Vogt aurait dû dire carrément que, quand les hommes en sont venus à se manger les uns les autres, c'est qu'ils commençaient déjà à s'estimer.

Ce sont là, en effet, les premiers rudiments de la fraternité humaine. Le sentiment de l'amitié a commencé à se faire jour sur la terre par un formidable coup de fourchette. Aujourd'hui nous nous faisons plaisir de recevoir nos amis à table. Autrefois on les mettait dans son garde-manger. On prononçait leur oraison funèbre en dégustant leur filet ou leur gigot rôti.

— Ce cher Dupont, disait-on, je l'aurais cru plus tendre que ça. J'avais pourtant bien recommandé au *chef* de le *relever* un peu. Enfin, j'espère que nous allons nous rattraper sur le râble de ce bon Anatole Béchamel, qui va venir en même temps que la salade. . . . .

Ce compatriote de Guillaume Tell voit l'anthropophagie d'un œil si complaisant qu'il a cru en retrouver la trace jusque dans les symboles les plus respectés. Croirait-on qu'il a découvert l'équivalent des sacrifices humains dans la *Cène* des chrétiens? A ses yeux, le sacrement de l'Eucharistie ne serait qu'une réminiscence de certains holocaustes humains usités chez les antiques Mexicains, à la fête du dieu Huitzilipochili *(atchoum!!!)*. Le divin crucifié ne serait qu'un imitateur du roi de Dahomey.

M. Renan est, comme on le voit, très en retard sur la paléontologie helvétique; il s'est borné à douter de la divinité de Jésus-Christ, mais il n'est pas allé jusqu'à le considérer comme un des propagateurs du cannibalisme.

Voilà à quelles étrangetés les savants en arrivent, lorsqu'ils se mettent à patauger dans la fumisterie paléontologique!

Après cela, comment peut-on ajouter foi à la parole de gens palmés et décorés qui affirment avoir reconnu la trace des molaires humaines sur des ossements enfouis depuis des milliers d'années dans les cavernes antédiluviennes?

Les déductions de certains savants me rappellent toujours la plaisanterie d'un de mes amis sur la « légende du roi de Thulé ».

— Tu verras, me disait-il, que dans quelque mille ans d'ici il se trouvera un bonhomme de l'Institut pour prouver que le tyran de Thulé, sur le point de mourir et pressé par une faim canine, a avalé son bois de lit.

— Comment cela? lui demandais-je.

— Rien de plus simple. En fouillant les ruines de Paris, on déterrera quelque exemplaire rongé aux vers du *Faust* de Gounod, paroles de J. Barbier et de M. Carré, et on y lira, au troisième acte, ce couplet caractéristique :

> Quand il (le roi) sentit venir la mort,
> Étendu sur *sa froide couche*,
> Pour *la porter jusqu'à sa bouche*,
> Sa main fit un suprême effort!...

Les savants s'écrieront aussitôt : « Dans les âges primitifs, les rois les plus illustres avalaient leur literie. Voyez plutôt le roi de Thulé. Le texte de *Faust* est formel. Le roi porta *jusqu'à sa bouche* sa *froide couche*. . . . . (1)

---

(1) On ne se souvient pas assez des combats livrés, au lendemain de la guerre, dans tous les domaines par les libéraux contre les indécis, les conservateurs dotés de l'esprit de routine et les ennemis mal intentionnés du progrès et de la République, qui étalaient alors au grand jour leur turpitude :

A Paris, Quatrefages m'a paru gourmé envers moi à cause de mon article sur Haeckel; aucun ne m'en a parlé; ils résistent, mais le flot les entraîne, et si l'origine de l'homme ne faisait pas partie de la question ils seraient tous convertis. . . . .

Tout le monde, mon cher Vogt, a peur des prêtres et de leur parti.

J'ai assisté à une séance de la Chambre ; vous n'avez pas d'idée de la passion aveugle et stupide de cette Droite. Ils ne voulaient pas laisser parler le colonel Denfert, le héros de Belfort. Et pourquoi? Il est républicain, protestant, et n'a pas capitulé. Trois griefs!

Pendant que j'étais à la Bibliothèque, l'oncle Tom (Paul Gervais) est venu demander vos *Microcéphales*. En vous attaquant, s'il le peut, il pense se créer des titres pour l'Institut, auquel il aspire depuis si longtemps.

Paris est comme s'il n'y avait jamais eu de guerre ; les monuments brûlés font l'effet de ruines romaines comme les arènes. Les marchands sont contents et on commence à croire qu'on peut boire, manger et travailler sans avoir un roi qui le permette.

Que cela dure encore deux ans et la République est fondée.

Bien à vous,
CH. MARTINS.

Montpellier, 24 mars 1872.

Les travaux remarquables de Davaine, de Leuckart, de Küchenmeister, avaient fait ressortir l'importance de l'helminthologie. Or — peut-être l'ignore-t-on en Europe — Genève, outre son horlogerie, possède une seconde spécialité moins enviable : celle du ver solitaire et la graine de courge, l'extrait éthéré de fougère mâle, l'écorce de racine de grenadier, le cousso, etc., sont des articles pharmaceutiques fort prisés dans la ville de Calvin. Carl Vogt, dès qu'il eut terminé ses études sur les *Branchipus* et les *Artemia*, reprit donc ce sujet palpitant auquel il avait déjà travaillé dans les premières années de son séjour à Genève. Une étude préliminaire : *Du bothriocéphale*, parut en 1871, mais ce n'est qu'en 1877, à l'occasion du Congrès international des sciences médicales, dont il fut président, et qui donna lieu, on se le rappelle, à la fameuse discussion entre Koch et Pasteur, qu'il présenta le mémoire définitif : *De la provenance des Entozoaires chez l'homme*. Il poussa également dans cette direction l'un de ses élèves, M. Zschokke, de Bâle, qui publia, par la suite, d'intéressantes études sur les vers intestinaux, études qui se distinguaient par leur précision et leur variété.....

Nous avons dit que le clergé bolonais s'était fâché tout rouge, au sujet des hérésies de Carl Vogt. En effet, il ne tarda pas à être informé de sa disgrâce par les journaux et par ses amis italiens :

Bologne, 3 juin 1872.

Mon cher ami,

Votre manuscrit avait été confié à M. Cartailhac, qui seul parmi les secrétaires, n'a pas encore achevé son travail. Il m'en a bien envoyé la première partie, mais sans votre mémoire et sans m'écrire un mot.

Je lui ai déjà adressé deux lettres pour réclamer ce qui manque et je vous prie de lui écrire aussi à ce propos.

Dans tous les cas, si les dévots, de crainte d'être excommuniés, avaient détruit votre mémoire, j'espère que vous en possédez copie ou tout au moins des notes pour le rédiger à nouveau *sans rien retrancher* de ce qui a fait crier les âmes sensibles.

A propos, j'ai à vous apprendre que Bologne, depuis plusieurs mois, possède un *cardinal*, un de ces loups en robe rouge qui se déguisent en agneaux à l'occasion.

Le cardinal a publié une lettre pastorale dans laquelle il a fait des allusions au Congrès et en particulier au professore Carl Vogt. Les insolences du prélat, publiées par les gazettes cléricales de l'Italie, ne sont pas restées sans réponse et le *Monitore* a lancé un superbe article, le jour de la Fête-Dieu, intitulé : *Corpus Domini*.

Dans cet article que je vous envoie, on donne une bonne leçon au prélat et on lui prouve que vous n'êtes pas citoyen de Bologne pour rire et que vous pouvez compter sur bon nombre de personnes qui vous respectent et vous aiment comme vous le méritez.

Voulez-vous répondre à la lettre du cardinal qui vous fait des menaces et vous excommunie. . .

Votre dévoué,
J. CAPELLINI.

1872-1874

Genève, le 14 juin 1872.

Monsieur le Député,

Vous jugerez peut-être ma démarche bien téméraire ; nous sommes séparés sur les plus graves et les plus importantes questions de la vie, mais j'ai souvent apprécié votre courage public dans nos débats religieux à Genève et j'ai remarqué votre impartialité à défendre les libertés de tous.

Demain, le Grand Conseil va discuter un projet d'arrêté législatif qui supprime nos écoles libres. Elles sont fondées, payées, dirigées par des citoyens genevois qui ont pour sous-maîtres les frères des écoles chrétiennes depuis 1839 et qui ont les sœurs de charité depuis 1811 pour institutrices.

C'est évidemment mettre les catholiques hors du droit commun dont jouissent les protestants, les juifs même étrangers à notre pays.

D'ailleurs cet arrêté législatif est étrange ; il place les associations catholiques en dehors des avantages de la corporation et il supprime pour les individus qui en font partie les droits individuels, de la liberté de domicile et de la liberté d'enseignement.

Pardonnez-moi cette lettre ; mais j'ose recommander à votre esprit d'équité des libertés et des droits méconnus. J'ose espérer en leur faveur l'appui influent de votre vote et de votre parole.

Dans un pays divisé par tant et de si graves idées, ne serait-il pas utile de voir les hommes de cœur qu'anime un même patriotisme se rencontrer sur le terrain de la justice pour tous ?

Agréez, Monsieur, avec mes excuses de cette importunité, l'assurance de ma considération distinguée.

† Gaspard Mermillod, évêque d'Hébron.

Cette lettre, noble de pensée, d'un tact parfait et qui honore aussi bien celui qui l'a écrite que celui qui l'a reçue, nous ramène pour un instant à Genève et à ses querelles locales, car elle aussi — la ville de Calvin — voulut, à cette époque de branle-bas universel, s'offrir le luxe d'un *Culturkampf* en miniature, lancer dans le monde son petit pétard confessionnel et entamer, sous prétexte de tentatives d'usurpation, de complots ténébreux et de coquecigrues analogues, les discussions aussi abrutissantes que néfastes aux vrais intérêts intellectuels et commerciaux du pays. Jusque là et notamment sous le régime de James Fazy, il n'était jamais venu à l'idée d'un *péclotier* genevois de vous demander à quelle religion vous pouviez bien diable appartenir : « *on s'en fichait pas mal* » ; les églises, visitées par de vieilles bigotes que conduisaient au bras de vieux calvinistes endurcis ou des *suffragants* intéressés, étaient délaissées, et pendant que les cloches sonnaient inutilement dans les airs, ouvrier et bourgeois allègrement s'en allaient, en famille, respirer de l'oxigène sur le sommet du mont Salève ou sur les bords fleuris du lac. Aussi, rien qu'à la voir, à cette époque lointaine déjà, par un beau soir de juin dans les dorures du soleil couchant, gracieusement campée sur sa hauteur, on comprenait que cette cité, vous donnant l'impression d'une capitale, serait, sous peu, la première, la plus élégante, la plus charmante ville de la Suisse pourvu qu'on l'entretînt dans ces précieuses dispositions et qu'on la laissât ainsi s'ébattre dans les joyeusetés et les délassements : la vierge souriante allait devenir femme et un sang vermeil éclatait et brillait dans ces regards si hardis, sur ces lèvres si roses, sous cette peau brillante de santé et sous ce sein qui avait déjà fait craquer le corset.

Eh bien! non. *Es hat nicht sollen sein*, comme chante Heine. Au moment de l'épanouissement complet, quelques fanatiques aigris s'emparent de la ville, éveillent dans la population calviniste les préoccupations religieuses assoupies depuis longtemps et engagent une lutte confessionnelle dans laquelle le canton râle encore.

On s'agite d'abord dans les *caucus*; quelques fiévreux patriotes rappellent le passé, la mort de Philibert Berthelier; les maris trompés se plaignent de curés trop galants, de l'évêque aimé des dames de l'aristocratie et méthodiquement on enseigne au peuple souverain la manière de prêter l'oreille aux sots commérages et de ne penser qu'à des calembredaines schismatiques. C'est la fin. Une fois lancée sur cette voie, la population ne s'arrêtera plus. Dès lors, le voisin suspectera le voisin et l'on ne se rencontrera plus sur la Corraterie avec le sourire aux lèvres, mais en se regardant sévèrement dans le blanc des yeux, en se toisant et en se demandant si tel passant n'est peut-être pas un *ultramontain* ou si telle gente fille ne sort pas de confesse.

Enfin, Dieu soit loué! les oies ont sauvé le Capitole. De solennels Prudhommes deviennent alors des hommes de génie, de parfaits niais des personnages influents, des filous retors des conseillers vertueux, des pygmées, élevés avec assez peu de soins, fort indécis entre le bien et le mal, des chefs écoutés, et Genève, la belle Genève de James Fazy, cette aimable enfant qui promettait tant n'est bientôt plus elle. Elle sort de cette fausse couche religieuse, brisée, perdant son sang, ses dents, ses beaux cheveux et ses seins ; puis, affolée, ne sachant à qui se donner, elle se transforme brusquement en une dévote sèche, prétentieuse et hargneuse.

« . . . . . Carl Vogt, écrit le *Journal de Genève*, organe protestant aux tendances réactionnaires, était profondément radical, mais il n'appartenait pas à ce radicalisme étroit, vexatoire, préoccupé de professions de foi et de distinctions religieuses, tel qu'il se transforma, à Genève, sous l'influence de Carteret. De ce radicalisme là, il avait horreur. »

En effet, Vogt qui jusque là avait suivi avec constance et conviction le mouvement radical, quelque part qu'il allât, pourvu qu'il allât en avant, ne se prêta pas aux faciles triomphes d'un *Culturkampf*, d'une guerre peu héroïque dans laquelle, infailliblement, le parti papiste devait succomber.

Avec James Fazy, les docteurs Duchosal et Fontanel, Henri Fazy, l'historien, et quelques autres radicaux, il se sépara avec éclat, dès les premières échauffourées, de la très grande majorité du parti libéral, à laquelle s'était ralliée une importante fraction des conservateurs :

« On vit alors, continue le *Journal de Genève*, ce libre-penseur, faisant profession ouverte de matérialisme, combattre pied à pied, avec une verve et une puissance de logique extraordinaires, tous ces empiètements de la loi, c'est-à-dire de l'Etat sur le domaine de la conscience.

En outre, cet homme formé à l'école de la jeune Allemagne ultra-centraliste, était resté sur le terrain suisse fermement attaché au système fédéraliste, dans lequel il voyait le salut de cette confédération d'Etats, formée de trois races distinctes. Aussi fut-il un des plus ardents adversaires des deux révisions constitutionnelles, de celle de 1872, comme de celle de 1874.

Et tout cela n'était pas d'un radical sectaire, mais d'un libéral, et non d'un libéral qui transige avec la liberté, mais d'un libéral qui va jusqu'au bout de ses principes, ne biaise pas pour satisfaire ses rancunes et professe un respect sincère pour la liberté d'autrui. Tout ce que Vogt a fait et dit, en ce temps là, entrainant à sa suite les quelques radicaux de la jeune République restés fidèles à ce programme est absolument irréprochable. . . . . »

Un des plus éminents journalistes et hommes politiques de la Suisse romande, M. Favon, se reportant à cette époque, écrira, à son tour, dans le journal radical le *Genevois*, ce passage dans la belle notice nécrologique qu'il consacra à son ami :

« . . . . . Ce qu'il fut pour notre petit pays, chacun le sait. Il nous a servis et illustrés.
Vogt ne s'est jamais démenti. Il a pu différer d'opinions avec nous sur certains points, refuser d'accepter des méthodes que la tradition nous imposait, se placer dans nos luttes à un point de vue plus élevé peut-être, mains moins local, moins genevois, il n'en est pas moins resté jusqu'au bout le champion de la liberté d'esprit, le démolisseur des privilèges, l'adversaire sans peur des tyranneaux de ce monde, l'ami à la maison hospitalière et à la main ouverte pour tous les proscrits et tous les persécutés, fort de son seul génie et de sa sincérité. . . . . »

Vogt professait l'opinion que la loi qui n'existe que pour contraindre doit être étrangère à la croyance des hommes qui est hors de toute contrainte ; il osa le dire, fut conspué par son parti et se vit souvent traité de la belle façon par les piliers les plus solides de la République et les idoles que cette passade historique avaient faits surgir de terre. On alla jusqu'à le dénoncer, en plein Grand Conseil, comme *ultramontain !* ce qui ne lui fit perdre ni son sang-froid, ni sa contenance. Ce mot aiguisa même les appétits. Un de ses collègues dans l'assemblée, marchand de boutons en détail, l'une de ces terribles influences vides et bruyantes qui avait d'elle-même une admirable bonne opinion, voulut montrer à ce professeur que l'heure était passée d'aller en solitaire et qu'il fallait se soumettre ou se démettre. Mon gaillard, pour sa première, mûrissait donc le projet d'aplatir d'un coup de poing ce suspect « calotin » et impatiemment il attendait l'occasion de lui chercher noise. Mille tonnerres ! il s'agissait, une fois pour toutes, de montrer qu'il ne le craignait pas — tout savant qu'il fût et que les radicaux bon teint « faisaient ce qu'ils voulaient ».

L'occasion de s'illustrer s'offrit bientôt.

Fr.-J. Pictet, dont le *Traité de Paléontologie* est consulté avec fruit par tous ceux qui s'adonnent à cette science, mourut le 15 mars 1872. Carl Vogt l'ayant souvent remplacé dans son cours à l'Académie, il fut chargé de remplacer le défunt. Or, depuis la mort de Claparède et de Pictet, le professeur enseignait à l'Académie quatre branches principales : la zoologie, l'anatomie comparée, la géologie et la paléontologie, branches qui dans toutes les universités du monde sont réparties pour le moins entre trois professeurs ; de plus, il avait encore la direction et la surveillance des laboratoires et pour tout ce labeur il touchait 6,000 francs par an ! La charge de recteur vint encore ajouter sa part à toutes ces occupations si peu rémunérées et comme Vogt était avant tout un professeur consciencieux, tenant à cœur de se maintenir, dans chaque science, à la hauteur des publications, des recherches les plus récentes, il négligea les articles dans les journaux, et les finances s'en ressentirent. Il demanda alors une augmentation de 2.000 francs au gouvernement, ce qui portait le traitement à 8.000 francs.

C'est là que l'attendait notre boutiquier ! Ah ! tu demandes de l'augmentation, eh bien ! attends mon bonhomme. Et le voilà qu'il se lève dans l'assemblée et pousse sa botte. Vogt, avisé de l'interpellation, change aussitôt sa demande et réclame 12,000 francs, sans même daigner répondre un mot à l'honorable commerçant. Le Grand Conseil dut s'ajourner à huitaine.

Cependant, un journaliste étranger avait conté le burlesque incident sous le titre de : *Départ de Carl Vogt*, et trois jours ne s'étaient pas écoulés qu'il recevait, par télégramme, l'offre, avec un traitement dépassant 16,000 francs, de la chaire de zoologie à

Vienne, illustrée aujourd'hui par Claus. A leur tour, ses amis de Paris l'appelèrent en remplacement de Lartet, au Muséum, et durant près d'un mois il reçut de partout des offres séduisantes. Alors gouvernement et Grand Conseil genevois s'émurent et, pestant contre l'intervention si malencontreuse qui grevait le budget d'une somme que le professeur n'avait primitivement pas exigée, ils se hâtèrent de voter les 12.000 francs afin de conserver à l'Académie ce rare et naïf professeur qui allait jusqu'à mettre à la disposition des élèves ses livres et ses microscopes, au risque de dépareiller des collections.

Il y a de ces imbéciles méchants qui traversent la vie des indépendants et malheureusement ils sont plus fréquents qu'on ne le pense. Ainsi sans vouloir revenir à cette brute avinée anglaise qui empoisonna l'existence de son voisin, un grand médecin de Londres, ni rappeler les démêlés du bon et doux Flaubert avec quelques bourgeois rouennais, nous nous contenterons de raconter l'aventure arrivée, à peu près à la même époque, à Pasteur, dans son village natal, à Arbois, si connu pour son fameux cru.

Le savant venait passer là ses vacances. Un beau jour, le maître d'école du village, qu'il ne connaissait pas, accourut à la tannerie lui demander aide et protection : la main évidemment un peu leste, mais la patience à bout, il avait flanqué une fessée à un incorrigible garnement, lequel malheureusement se trouvait être le fils du maire ou de l'adjoint. Cette correction allait lui coûter sa place. A tort ou à raison, Pasteur intercéda et le ministre, depuis Paris, maintint le pédagogue envers et contre tous, dans son poste du Jura. *Inde iræ*. Il n'en fallut pas plus pour traiter le chimiste de *monarchiste*, etc., et comme Madame Pasteur allait à l'église et que son mari était soupçonné faire ses Pâques, les conseillers municipaux, rouge écarlate, ne le désignèrent plus que par les sobriquets de « *calotin* » et de « *jésuite* » ; puis, comme cela ne suffisait pas, on inventa mille histoires et on lui suscita mille et un ennuis. Tout haut, quand il passait, on parlait de sa sœur, avec laquelle il s'était brouillé pour des questions d'intérêt ; on plaignait, la voix attendrie, les deux neveux dont l'un était gendarme au diable Vauvert et l'autre apprenti tanneur dans la tannerie rivale de celle du père de Pasteur ; bref, on houspillait le guérisseur de la rage si méchamment qu'il n'osa bientôt plus se risquer au dehors. On sentait qu'une goutte suffirait pour faire déborder le vase et contraindre Pasteur à ne plus revenir dans son Jura. La goutte tomba du haut d'un toit.

Une antique et gracieuse coutume d'Arbois veut qu'en automne, au premier dimanche des vendanges, les jeunes filles, parées de leur robe de fête, aillent à la vigne, coupent quelques beaux raisins en compagnie des *gas* et s'en reviennent tous ensemble en chantant des *Kyrie eleison*, à l'église où le curé bénit la récolte. Le soir, l'on danse et l'on s'amuse sans penser à mal.

C'est la fête du *Biou*.

Or, cette année là, une année d'hiver précoce et rude, d'après ce que prophétisait le vieux contrebandier des *Planches,* qui entretenait la tombe de Pichegru, la solennité était rehaussée par un discours de Pasteur à la jeunesse. Le dimanche tant désiré arriva. Quoique le ciel fût bleu, il faisait un froid vif ; mais les jeunes filles et les jeunes gens n'en allèrent pas moins couper les grappes. La cérémonie à l'église terminée et l'allocution prononcée, Pasteur sort entouré d'un essaim de vierges. A peine a-t-il fait vingt pas qu'il tombe sur des pompiers, dirigés par le maire ou l'adjoint, procédant à un simulacre d'incendie. Pasteur hâte le pas, atteint le coin de la rue, lorsqu'un jet, adroitement ou maladroitement dirigé du toit de la maison, l'asperge du haut en bas...

Le soir même Pasteur quittait Arbois et n'y revint pas pendant six ans.

Carl Vogt abandonna le parti radical, dégoûté qu'il était de le voir s'enliser dans l'interprétation oiseuse des règlements d'église et consacrer temps et argent du pays à établir une confession nouvelle, dont le besoin ne se faisait nullement sentir. Il se doutait aussi que cette explosion sectaire contre le catholicisme aboutirait finalement à l'avènement du piétisme calviniste. Quand on se plaît à pousser le peuple, durant des années, à fourrager le guêpier confessionnel, on doit s'attendre à pareille mésaventure. Toutefois, le gouvernement radical ne gêna jamais Carl Vogt, quoiqu'il advînt à ce dernier de s'exprimer souvent avec sévérité sur son compte ; ce ne sera que plus tard qu'il se trouvera l'objet des vexations, lorsque le « *momiérisme* » triomphera et que deux ou trois personnalités, d'une dévotion plutôt officielle que sincère, les dehors couverts d'un large badigeonnage de pruderie et de vertu, cachant en réalité un étrange relâchement moral, seront devenus les maîtres. (1)

Et ce sera là sa gloire, à Carl Vogt, d'avoir toujours, à n'importe quelle époque de sa vie, aristocratiquement dédaigné les triomphes faciles, d'être resté souvent seul et d'avoir préféré cette attitude résolument solitaire, hautaine, périlleuse, afin de conserver, comme un bien précieux, sa liberté, intacte de toute compromission.

Quelle n'eut pas été sa situation, en 1870, par exemple, si, déchirant ses *Lettres politiques*, il avait voulu se mêler à l'armée des flatteurs, mêler sa voix au tonnerre d'acclamations et saluer respectueusement cette gloire d'un Empire nouveau qui montait en triomphe à Charlottenburg ? Quelle chaire n'eut-il pas occupée si, plaçant une sourdine à ses railleries et mettant un peu d'eau dans son vin, il était rentré, l'échine souple, en repentant, après 1848, dans cette Allemagne qu'il aimait à la façon d'Henri Heine ? Quelle n'eut pas été sa situation dans son canton si, se souvenant de la pluie torrentielle d'injures de jadis, il avait, à Genève, en compagnie des énergumènes, crié : Sus à la minorité ? Sus aux catholiques ?

Carl Vogt oubliait facilement, dès que l'intérêt supérieur du pays était en jeu. Aussi, dès l'instant que la création d'une Faculté de médecine qui élevait l'Académie de Genève au rang d'Université fut décidée en principe entre de Candolle, Marignac, Plantamour, Soret et lui, il ne fit aucune difficulté et accepta, avec joie, la lourde tâche de mener l'entreprise à bien. Il en conféra d'abord avec le ministre de l'instruction publique d'alors, Antoine Carteret, magistrat d'intelligence moyenne, d'abords rébarbatifs, qui devait sa haute position non point à ses facultés intellectuelles, mais à sa voix puissante et à l'aversion inexorable qu'il éprouvait devant tout ce qui rappelait de près ou de loin le catholicisme. Cela suffira au peuple genevois de le

---

(1) Le mot *mômier* désigne à Genève deux êtres parfaitement différents. L'un, le *mômier* sincère, qui a sa croyance et en subit, avec stoïcisme, les devoirs et les obligations, peut être désagréable à l'œil, ennuyeux à l'ouïe, mais il est un personnage respectable, car il croit vraiment ce qu'il prêche.

Le malheur est que les conservateurs, une fois au pouvoir, ne peuvent se passer de l'appui de ces calvinistes orthodoxes, qui deviennent ainsi, malgré leur petit nombre, les dispensateurs des places et des honneurs. Il se forme alors tout un groupe d'ambitieux ou d'affamés qui simulent une dévotion bien loin du cœur. Ce sont toujours les mêmes hybrides nageant entre deux eaux. Tant que les radicaux sont au pouvoir, ces *mômiers* ne cachent pas trop leur joie de vivre. Ils fondent « l'*église nationale* » en opposition à *Tabazan*, le sanctuaire des austères et des orthodoxes ; ils aiment à rire, sourient avec bienveillance, en voyant la population frondeuse lâcher le culte pour la promenade et ne se montrent pas trop sévères envers les passionnés de chair ; mais, dès que tourne la girouette gouvernementale, voilà mes caméléons qui changent aussitôt de couleur. Ils affichent un rigorisme absolu, ne courant plus après les plus faciles femelles, la nuit ; se montrent réservés, taciturnes, pudibonds et parlent dans le passé de « l'église nationale » ; pour l'édification des ouailles ou des gamins, ils tonnerent contre les désordres du cœur et dans cette vaine rhétorique, à laquelle leurs actes donnent un perpétuel démenti, ils « imploreront le Tout-Puissant de bénir la récolte, de la protéger contre la grêle » et invoqueront « le sang de Calvin ruisselant des murs de *notre* église de Saint-Pierre... ».

C'est donc là une constante école d'hypocrisie, triste enseignement dont les résultats sont toujours fâcheux ; on sait, à Genève, que pour arriver à ce que l'on désire il faut se faire *mômier* et on se fait *mômier*...

Ces hypocrites, Carl Vogt les détesta du plus profond de son cœur et jusqu'au dernier jour, il leur témoigna son mépris, tandis qu'eux le haïssaient d'instinct.

maintenir durant de longues années au pouvoir et de placer son buste à l'entrée de cette Université pour laquelle il ne fit que signer ce qu'on lui présentait. Le rigide calviniste qui avait, au temps de sa jeunesse, échoué à son examen de théologie et était devenu, à la suite de cet échec, fabuliste et homme politique n'avait, en effet, qu'une idée confuse de ce que pouvait bien être une Université. De sa vie, il ne put comprendre la différence existant entre un laboratoire d'histologie et un laboratoire de physiologie.

Qui donc, à bien prendre, se doutait alors, à Genève, de ce qu'était une Université allemande, le modèle du genre? Personne, à part quelques scientifiques! S'étant toujours occupé des questions d'instruction supérieure, Vogt, que ni les déboires ni les mécomptes ne pouvaient faire dévier, Vogt, préoccupé uniquement des exigences supérieures de la science et de la grandeur intellectuelle du pays, se mit à étudier, à compulser, à rédiger, et l'eut-on laissé agir seul, avec le concours de ceux qu'il avait choisis, et Antoine Carteret n'eut-il pas obéi souvent à des considérations politiques ou autres, l'Université de Genève serait certainement aujourd'hui la première Université de Suisse. Cette constatation, son collègue le physiologiste Schiff l'exprimera, sans détours, lors de la mort du professeur :

« Il a été grand dommage, a-t-il dit, pour la prospérité et l'avenir de notre Faculté de médecine qu'on n'ait pas, en son temps, suivi en tous points les indications de celui qui l'a fondée; si elle n'a pas tenu ce qu'elle promettait, si elle périclite un jour, la faute n'en sera pas à Carl Vogt, mais à ceux qui ne voulurent pas l'écouter ainsi qu'à d'autres qui ne suivent pas le bel exemple de travail, d'abnégation et de sacrifice du maître . . . »

Vogt multiplia ses sources d'informations et la multiplicité des détails ne le rebuta nullement dans cette enquête minutieuse. Il consulta les professeurs les plus compétents d'Allemagne et de France, Arnold, Czerny, Naunyn, Recklinghausen, Robin, Waldeyer, Würtz, etc., et força l'architecte d'aller faire sur place un examen approfondi et impartial des instituts et des laboratoires.

Trois ans avant l'inauguration des bâtiments universitaires, le 29 mai 1873, le président de l'Institut national genevois avait déjà, dans son discours d'ouverture, lancé dans le public l'idée de la création d'une Faculté de médecine et préparé le terrain :

« . . . Si je ne me trompe, disait-il en cette séance générale, tous nos efforts doivent tendre actuellement à mettre la main, sans hésiter, à la création d'une Faculté de médecine, d'une manière large et appropriée aux besoins, non pas seulement de la ville et du canton, mais de la Suisse romande en particulier. Genève est, en effet, dans une situation exceptionnellement favorable pour la création d'une pareille institution. . . . .

Montecuculli prétendait que pour faire la guerre il fallait trois choses : De l'argent, de l'argent encore de l'argent. Je ne me bornerai pas à une triple énumération du même élément, je dirai : Il faut de l'argent, des professeurs excellents et des laboratoires possédant les ressources que réclame la science moderne. . . . .

Le second point, celui du personnel, est le plus important. Pour bien des chaires, il faudra porter nos vues au dehors. Il ne suffit pas qu'on soit médecin expérimenté ou chirurgien habile pour être, en même temps bon professeur, il faut aussi que notre Faculté jouisse, dès son installation, d'un certain lustre, que les jeunes gens soient attirés par la réputation des professeurs nommés et retenus ici par l'excellence de l'instruction qu'ils reçoivent.

Puissent nos autorités se pénétrer toujours davantage de la nécessité de conserver à notre Université ce caractère hautement scientifique qui fonde la réputation d'une institution d'études supérieures et qui rejaillit sur l'avenir. . . . . »

A la tête de toutes les commissions, il dirigeait les discussions avec cette rapidité et cet entrain qui étonnaient si fort ceux qui l'approchaient.

Des médecins qui ne connaissaient que Paris, des ignorants et des niais lui adressèrent le reproche de vouloir trop *germaniser* dans cette réorganisation générale de l'enseignement supérieur. Hélas ! En étudiant derechef les conditions d'installation d'une faculté nouvelle, il comprit qu'en France rien n'avait encore changé : Paul Bert, Mathias Duval, Robin, etc., s'épuisaient en vaines réclamations ; il reconnut, dans cette enquête, l'état véritablement misérable auquel une impardonnable indifférence réduisait, sous le rapport matériel, les plus célèbres facultés de France sans souci de leur gloire, des services rendus et de la situation intellectuelle du pays en les mettant dans l'obligation de compromettre à la fois leur réputation et leur prospérité. Quand dans son esprit Vogt comparait le couloir humide, étroit, sombre qui portait le nom pompeux de : Laboratoire de physiologie du Collège de France — d'où sont sorties, il est vrai, les découvertes de Claude Bernard ! — les coins et les recoins où se blottissaient les autres maîtres français, quand il comparait, disons-nous, ces trous obscurs aux installations luxueuses d'Allemagne, aménagées avec autant de prodigalité que d'intelligence, et dirigées par les Erb, les Kühne, les Ludwig, les Vierordt, les Westphal, etc., il n'hésitait pas une minute à prendre modèle sur l'Allemagne.

Le contraste, on en conviendra, entre les deux pays, était, à cette époque, vraiment affligeant.

Vogt ne voulut donc à aucun prix copier la « Ville Lumière » qui renvoyait chaque année en province, munis de leur diplôme de médecin, des centaines d'élèves, dont la très grande majorité n'avait pas pu ou voulu suivre ni laboratoires ni cliniques, et se contentait des notions superficielles puisées dans quelque répétitoire. Vogt n'entendait que trop les doléances de quelques-uns de ses collègues parisiens et de la province, au courant des choses d'Allemagne, qui déploraient ouvertement cet état d'abaissement de leur patrie et certes, ce faisant, les Paul Bert, les Jousset de Bellesme, les Robin, les Duval, etc., s'inspiraient d'un patriotisme plus éclairé et plus élevé que ces longs braillards hémiplégiques qui, ignorants comme des carpes, ne savent qu'ouvrir démesurément la bouche et faire tourbillonner dans les airs, avec les pans de leur longue redingote, de la poussière aveuglante.

Vogt avait coutume — rappelons-le en passant — lorsqu'un père venait le consulter au sujet de la carrière médicale de son fils, de lui conseiller d'envoyer le rejeton dans une petite université pour commencer. Une fois mûr pour entrer en clinique, il fallait choisir une autre université, également de moindre importance, de préférence en Allemagne, à cause de la chirurgie. Puis, une fois médecin, le père pouvait, avec assurance, l'expédier à Paris, assister aux belles cliniques, claires et nettes, des plus illustres représentants de la science médicale française, car Vogt prétendait que c'était commettre une grosse bévue que d'envoyer un étudiant de première année à Paris et qu'on avait dix chances sur deux de le retrouver inférieur à ses camarades qui auraient passé leur doctorat à Lyon ou dans une université modeste de Suisse ou d'Allemagne. . . . .

Pour en revenir à la création de la faculté de médecine à Genève, les cartes ne commen-cèrent à se brouiller sérieusement que lorsqu'on en arriva à la question délicate du recrutement des professeurs. Pour Carl Vogt, cela ne souffrait pas la moindre objection. Si l'on voulait voir la faculté rendre de vrais services ; si l'on voulait la voir prospérer et non subsister, c'est sous la condition que l'esprit scientifique y restât fort et vivant, que la recherche de l'inconnu y marchât de pair avec la préoccupation du diplôme ; qu'en un mot la nouvelle institution devînt une école dans la signification supérieure du mot. Il réclamait donc pour occuper les chaires capitales, cliniques médicale, chirurgicale et gynécologique, des professeurs connus pour leur enseignement et leurs travaux, célèbres déjà, capables, en un mot, d'attirer les élèves et les malades. Comme compensation, il abandonnait les cours secondaires aux enfants du pays.

Cette combinaison ne sourit guère ni au gouvernement, ni à la population. Pourquoi chercher à l'étranger quand on pouvait si facilement se pourvoir chez soi ? réponse si naturelle qu'aussitôt surgirent les plus saugrenues candidatures. Celui-ci, né à *la Terrassière*, opérait les croups avec dextérité, pourquoi ne pas le nommer à la chaire de chirurgie et à défaut de celle-ci lui en donner une autre, n'importe laquelle ? Tenez ! Voici également un médecin très dévoué, très aimé, un enfant du pays que diable ! il a sauvé dernièrement la belle-sœur de Chose, ce serait injustice criante de lui préférer un Allemand. Ce troisième ne sait, peut-être, pas grand'chose, mais il a une grosse influence politique et il demande à être casé, sinon il se vengera...

Carl Vogt eut beau se récrier, protester, expliquer, ce fut inutile. On lui abandonna, comme fiche de consolation, la nomination aux chaires d'anatomie humaine (professeur Laskowski), d'anatomie pathologique (professeur Zahn), et de physiologie (professeur Schiff). (1)

Qu'arriva-t-il ? Les étudiants qui venaient de Berne, de Zürich, de Strasbourg et d'ailleurs, se concertèrent dès le second semestre, protestant contre l'insuffisance des cliniques chirurgicale et médicale ; ils ne demandaient rien moins que la démission des titulaires en menaçant de quitter l'université *in corpore*. Ce fut Carl Vogt qui les apaisa.

La chair de physiologie lui donna un souci énorme. Ayant appris que le célèbre physiologiste de Berlin, Du Bois-Reymond, irrité des tracasseries qu'on lui suscitait, désirait quitter la Prusse, il s'adressa à lui, en tout premier lieu. Le directeur de l'*Archiv für Physiologie* avait accepté avec joie et on pouvait considérer la nomination comme définitive, lorsqu'au dernier moment Vogt reçut la lettre suivante, qu'il ne communiqua qu'au ministre de l'instruction publique, seul au courant de ses démarches :

Berlin, 30 Januar 1874.

Geehrtester Herr Collège,

Sie haben mir einen höchst wichtigen Dienst geleistet, indem Sie mir den Ruf nach Genf verschafft haben. . . . . Schon ehe ich im Besitz Ihres letzten Schreibens war hatte ich verlauten lassen dass ich mit Ihnen in Unterhandlungen stehe, die einen meinen Wünschen günstigen Verlauf nähmen. Da erst eben Mommsen dem Ministerium über Nacht abhanden gekommen war — beiläufig aus persönlichen Gründen. . . . . fürchtete man etwas Æhnliches an mir zu erleben und daher der Orden und das Nachgeben. Um selben Tag, wo ich Ihren letzten Brief erhielt und ihn sofort dem Minister Falk anzeigte kam, sich damit kreuzend, von ihm die Anzeige dass der Herr Finanzminister seine Einrede zurückgezogen habe und dass man nach meinen Plänen bauen werde.

Damit ist nun für mich der entscheidende Grund gefallen, hier fortzugehen und vielmehr die Pflicht eingetreten, hier zu bleiben, mein Taglöhnerleben *pour le roi de Prusse* fortzuführen und das grossartige Institut zu bauen, was man mich bauen lassen will. Ich muss Ihnen daher jetzt ablehnend antworten, thue dies aber in doppeltem Bezuge schweren Herzens. Erstens weil ich glaube, dass ich für meinen Theil und meine Familie nach Ueberwindung der ersten Mühen der Umsiedelung, in Genf glücklicher gelebt hätten als hier. Zweitens weil ich es auf dem Gewissen habe, Sie und mehrere andere vortreffliche Männer durch diese Angelegenheit in Unruhe versetzt und Ihnen viel Mühe verursacht zu haben, ohne dass nun für Genf dabei etwas herauskommt, als, wie es Manche deuten werden, mir als Mittel zu einem mehr oder minder gut angelegten *manœuvre* gedient zu haben. In

_____

(1) Il n'est pas toujours facile de recruter son personnel enseignant en France, car ceux qui sont fixés à Paris y restent et le plus grand nombre de ceux qui sont en province, nourrissant l'espoir de parvenir tôt ou tard jusqu'à Paris, dédaignent les appels à l'étranger. L'éminent chirurgien des hôpitaux, le Dentu, consulté au sujet de la nomination d'un professeur d'anatomie, répondait ainsi : « . . . . J'ai touché un mot de la question à Farabeuf. Ce serait un excellent professeur d'anatomie descriptive ; son succès comme professeur particulier en est garant. J'ai également parlé à un ancien prosecteur de l'École qui, quoique chirurgien des hôpitaux, se plaint de la rigueur du sort au point de vue de la clientèle. *Tout à fait confidentiellement* c'est û... Je crois que j'aurai plus tard d'autres noms à mettre en avant, mais en France on ne s'expatrie pas très volontiers, lorsqu'on a quelque espoir de réussir chez soi. Il y a un concours d'agrégation en train (section d'anatomie). Peut-être s'y révélera-t-il quelque individualité de valeur à qui l'on pourra faire des propositions. . . . . »

letzter Beziehung tröstet mich jedoch das Bewusstsein, dass ich durchaus ernster Absicht war. Es war mein fester Entschluss wenn der Minister nich nachgab, ihrem Rufe zu folgen, und die beste Bürgschaft dafür ist das Bedauern. . . . . .

Ihnen, hochgeehrter Herr College, drücke ich schliesslich mit herzlichem Dankgefühl recht freundschaftlich die Hand. Leben Sie wohl !

Ihr
E. Du Bois-Reymond.

Carl Vogt jeta alors ses vues sur Paris et s'adressa au professeur Rouget pour lui demander conseil. Ce dernier lui répondit par retour du courrier que son ami Brown-Séquard était en quête d'un avenir assuré et qu'il se sentirait très honoré d'être appelé à Genève.

Tout était arrangé, la nomination signée, l'appartement loué, lorsque Vogt reçut un télégramme de Brown lui annonçant sa démission, suivi, le lendemain, de la lettre suivante :

Paris, 11 mars 1876.

Mon cher collègue,

J'espère que la lecture de cette lettre ne vous inspirera aucun autre sentiment qu'une sympathie profonde pour votre malheureux ami. Je suis au comble du désespoir parce que je ne vois pas d'autre solution possible aux difficultés nouvelles dont je vais vous parler que mon prompt départ pour New-York. . . . .

Je reçois de New-York une lettre qui me présente l'état de mes affaires sous une face nouvelle et inattendue qui ne me permet pas d'hésiter dans la décision à prendre. Il me faut partir aussitôt que possible. Je suis donc contraint d'adresser à M. Carteret ma démission du poste que j'ai récemment accepté.

Je regrette très vivement de perdre une position où j'avais eu l'espoir de trouver au milieu de collègues estimables, la tranquillité dont j'ai tant besoin après une vie beaucoup trop agitée ; mais c'est surtout pour vous que je sens les plus vifs regrets. Je vous ai pris un temps précieux et vous ai fait faire des démarches et des efforts qui, après avoir abouti en apparence, se trouvent maintenant perdus ! Ce sentiment est si fort que s'il ne s'agissait pas pour moi DE PLUS que d'une perte considérable d'argent à New-York, je resterais en Europe, afin de remplir le poste que vous avez obtenu pour moi. Il s'agit malheureusement de mon honneur, de ma réputation d'honnête homme et il me faut conséquemment partir.

Le cœur gros de regrets et plein de reconnaissance pour ce que vous avez bien voulu faire pour moi, je vous envoie ci-incluse une lettre officielle pour M. Carteret, lui exprimant mon chagrin d'être obligé de donner ma démission.

Personne ici ne sait (par moi au moins) à part nos amis communs Balbiani et Rouget, que j'ai été nommé professeur à Genève.

Veuillez agréer, cher monsieur Vogt, avec la nouvelle expression de ma douleur d'avoir à me séparer de vous et de Genève, l'assurance, etc.

C.-E. Brown-Séquard.

Quelques jours plus tard, l'intermédiaire, le professeur Rouget lui écrivait :

Paris, 19 mars 1876.

Mon cher ami,

Je vous remercie de m'épargner les reproches que vous seriez en droit de m'adresser après la conduite de Brown . . . .

Il faut que vous sachiez que l'imprudent avait loué une maison à New-York, dont le loyer est de 25 ou 30.000 francs. Quittant subitement l'Amérique et sa clientèle, après la mort de sa femme qui lui laissait une petite fille qu'elle venait de mettre au monde, Brown vint en France, sous-louant la maison à un locataire insolvable auquel il confiait également son mobilier et ses livres, son unique richesse. . . . . Défaut de payement, poursuites, fuite, et voilà Brown cité devant un tribunal spécial de New-York, la *Marine-Court*, une cour plus expéditive que les autres. . . . .

J'espère qu'il ne vous sera pas impossible de réparer le préjudice que vous cause son départ; Prévost étant attaché à votre faculté, il consentira, peut-être, à permuter sa chaire de thérapeutique pour laquelle vous trouverez plus facilement un remplaçant. . . . . .

Ch. Rouget.

28

Carl Vogt, désolé, expliqua aussi bien que possible à son supérieur hiérarchique le fâcheux contre temps. Ce dernier lui répondit en ces termes :

Berne, le 14 mars 1876.

Monsieur,

C'est en effet un incident très fâcheux ; mais qu'y faire ? Tâcher, comme vous le dites très bien, de parer le coup en s'efforçant de trouver un homme très capable.

Je vous remercie sincèrement pour la manière dont vous prenez cette affaire à cœur et de la peine que vous vous donnez.

Je ne parlerai de la démission à personne jusqu'à ce que vous ayez une réponse, si ce n'est à mes deux collègues du Conseil d'Etat qui sont ici, lesquels, sur ma demande, soyez-en sûrs, ne diront rien.

Agréez, Monsieur, mes salutations distinguées.

ANTOINE CARTERET.

Ainsi, Carl Vogt s'était dépensé, prodigué, sans compter, pour doter Genève du titre de ville universitaire. Il n'avait reculé devant aucun sacrifice, montant sans cesse sur la brèche, n'ayant personne pour le relever. Secondé seulement par quelques hommes négligeant comme lui leur intérêt personnel ; éclairé, aussi, par son expérience, sa connaissance de la question, il n'en était pas moins souvent réduit à reprendre tout un travail de patience et de tactique pour détruire chez l'obstiné chef de l'Etat l'influence des intrigues détestables. Chaque semaine, pendant trois ans, il eut à tenir tête à ces ambitieux déçus, à cette opposition, chez le ministre, opposition inspirée surtout par le manque de compréhension...

Au banquet d'inauguration de la Faculté de médecine — soir de joie, d'allégresse et de transports ! — banquet auquel Carl Vogt ne put assister pour cause de malaise, on se congratula fort de part et d'autre. Les uns louèrent les autres et les autres encensèrent les mérites des uns. Avec une modestie louable, mais aussi avec le réel et justifié sentiment d'avoir bien mérité de la patrie, le grand dispensateur des chaires, l'ex-étudiant en théologie manqué, le président du Conseil des ministres, Antoine Carteret, accepta sans broncher toutes les louanges, toutes les flatteries des discours débordants de reconnaissance...

Etrange constatation ! Le nom de Carl Vogt ne fut pas même prononcé, ce soir là.

Vingt ans plus tard, le 8 mai 1895, lorsque groupés autour du corbillard, ses collègues prononceront son oraison funèbre devant ces bâtiments universitaires, et par une ironie vengeresse devant le buste en bronze de Carteret, mort avant lui, il n'en est pas un, rappelant les services rendus par le professeur à la patrie genevoise, qui ne s'écriera : « Carl Vogt fut le fondateur de l'Université ! ».

1875-1877

———————✦———————

Cependant, dans l'intervalle des séances politiques, après les cours, après le laboratoire, après la besogne journalière et la correspondance, ses heures, ses pensées et ses veilles appartenaient à ses travaux scientifiques. Vers cette époque, il achevait le plus rapidement possible la traduction de l'allemand en français d'un livre feuilleté et étudié par tous les étudiants en médecine sérieux du monde entier, nous voulons parler du *Manuel d'anatomie comparée* de Gegenbaur, professeur à Heidelberg. Scrupuleusement exacte, tout en étant dégagée des enchevêtrements de style chers à l'illustre auteur, cette traduction, hérissée de difficultés, se recommande, ainsi que les autres traductions de Vogt, par des qualités de premier ordre. Cette besogne liquidée, il revint à la question des volcans, avec sa : *Structure microscopique des roches volcaniques* et son travail sur les *Volcans*, dont le texte primitif parut dans les compte-rendus des séances de l'*Association française pour l'avancement des sciences*. (1) En 1875, il fait paraître chez Brockhaus à Leipzig son *Atlas der Zoologie* et il revoit en même temps les traductions des livres de Darwin que Moulinié venait lui présenter.

Ses cours à l'Université lui prenaient aussi beaucoup de temps, car soucieux des intérêts intellectuels de ses étudiants, il préparait soigneusement chaque leçon, dessinant lui-même les planches nécessaires, examinant les préparations ; en un mot, il veillait à tout. Il parlait toujours d'abondance et excellait dans cette vertu professorale qui consiste à rendre les questions ardues tangibles pour tous.

Une fois les vacances d'été venues, il confiait sa maison de Plainpalais à la garde de son fidèle Walloth, un camarade des années d'études à Giessen et s'établissait avec sa famille dans un coin perdu des Alpes ou des bords de la mer, qu'il rendait inhabitable, l'an d'après, à cause des Berlinois venant s'y implanter. Il s'était trouvé bien en cet endroit, il fallait que d'autres en profitassent et alors il le décrivait dans l'une ou l'autre revue, dans l'un ou l'autre journal, qu'il avait à disposition : le *Felz zum Meer*, le *Buch der Welt*, la *Gartenlaube*, les *Westermann's Monatshefte*, le *Nord und Sud* ou la *Frankfurter Zeitung*, etc. On savait qu'on pouvait se fier à lui, en tous points, et qu'on trouverait, à moins de réserves de sa part,

---

(1) La création de cette association à laquelle Carl Vogt porta le plus vif intérêt, non pas seulement parce que beaucoup de ses amis en faisaient partie mais à cause de son but, est une preuve de plus du sérieux désir des savants français de relever le niveau de la science en France au lendemain de la défaite. Cette association se proposait exclusivement de favoriser par tous les moyens en son pouvoir le progrès et la diffusion des sciences au double point de vue du perfectionnement de la théorie pure et du développement des applications pratiques. Le premier président de l'Association fut Claude Bernard et les membres du conseil : Delaunay, Broca, d'Eichthal, de Quatrefages, Würtz, Gariel et Cornu. L'Association « attachant le plus grand prix au concours personnel de Carl Vogt » l'invitait à assister à sa première session, qui eut lieu à Bordeaux, au mois de septembre 1872. Par la suite, le professeur de Genève transmit mainte communication à l'*Association pour l'avancement des Sciences*, parmi lesquelles nous citerons : *Développement des crustacés inférieurs, Détermination de l'âge relatif des couches au moyen des fossiles, Quelques observations sur le parasitisme animal, Embryologie des chauves-souris*, etc.

bonne table, bon gîte et belle vue là où il plantait sa tente. Si donc Saint-Luc, Villefranche, Engstlen-Alp, Lugano, Roscoff, les Voirons, Salvan, Saint-Gingolph, etc., sont, aujourd'hui, des noms connus en Allemagne et, à part deux, des endroits fréquentés, la faute en est un peu à l'exubérance optimiste de la plume de ce bon vivant se plaisant à conter ses joies à ses frères d'Outre-Rhin.

C'est en 1874 que, cédant aux pressantes invitations du zoologue Lacaze-Duthiers, il visita, pour la première fois, Roscoff et son laboratoire. Il en revint enchanté et de l'amabilité du directeur et de celle des habitants. Cette impression était, du reste, réciproque, ainsi que le prouve la correspondance entre Lacaze-Duthiers et Vogt et les témoignages d'affection nombreux venus de la part des autorités et habitants de la petite ville bretonne :

Paris, le 8 décembre 1874.

Mon cher ami,

Comme je suis impardonnable d'être aussi en retard avec vous ! Reinewald (*sic*) m'avait dit que vous étiez à Montpellier pour étudier en congrès l'ennemi commun, car il paraît que vous êtes en Suisse également envahi par le phylloxera. Qui sait si du temps du père Noé ce petit monstre conspirait déjà contre le bonheur de ceux que le jus divin rend si heureux. Il y a là une recherche préhistorique assez poignante. Puisque les raisins venus du Midi infecté arrivent à Paris en chemin de fer couverts du petit être, pourquoi l'arche de Noé n'en aurait-elle pas contenu dans ses arrière-fonds un couple maudit d'où dériverait tout le mal aujourd'hui ?

A vous, mon cher ami, à résoudre la question. J'espère bien qu'en plein été prochain nous discuterons sur cette généalogie en arpentant les grèves de Roscoff où vous viendrez et où je serais bien heureux de vous remercier une fois de plus de ce que vous avez bien voulu inscrire sur le registre de mon laboratoire. Savez-vous ce qui m'a fait le plus grand plaisir ? C'est votre appel à la jeunesse française.

Merci donc mille fois de votre aimable écrit. . . . .

J'ai lu votre appel à notre jeunesse dans ma première leçon à la Sorbonne. . . . .

Une autre demande. N'avez-vous rien à me donner pour mes *Archives de Zoologie expérimentale*. Je tiendrais bien à avoir votre nom. J'ai obtenu quelques frais de publication. Cela aidera et encouragera le père Reinewald (*sic*) qui est toujours charmant et fort agréable éditeur.

A vous de tout cœur, mon cher ami, et ne m'oubliez pas.

DE LACAZE-DUTHIERS.

Carl Vogt passa trois étés à Roscoff, emmenant avec lui sa famille. Il publia dans les *Archives de Zoologie* un travail sur le *Loxosome des Phascolosomes*, bryozoaire très répandu sur cette côte, et dans une étude plus volumineuse, publiée par les *Mémoires de l'Institut genevois*, il décrivit sous le titre de : *Recherches Côtières*, quelques poissons et crustacés parasites de la région. Il fut, ainsi que nous l'avons déjà vu, un des plus chauds défenseurs du laboratoire de Roscoff, comme en général, de tous les laboratoires de zoologie maritime où qu'ils se trouvent et il insista plus que tout autre sur leur nécessité, en traitant de la question dans les journaux et dans les revues spéciaux ou populaires. Ainsi, pour mettre la puce à l'oreille du gouvernement français, il donna à la *Revue Scientifique* plusieurs articles sur la *Villa Reale*.

« . . . . . En entrant dans tous ces détails sur la station zoologique de Naples, je n'ai pas la prétention de la présenter comme un modèle, bon à imiter dans toutes ses parties. Issu d'une noble initiative toute privée et spontanée (le docteur Anton Dohrn y dépensa toute sa fortune), cet établissement a ses conditions d'existence propres que nul autre ne saurait avoir. Mais j'ai cru devoir insister sur quelques faits, parce qu'ils démontrent clairement qu'il reste encore beaucoup à faire pour élever les laboratoires français de zoologie marine à la hauteur de l'établissement international ; qu'il y a des sommes assez rondes à dépenser, pour que ces laboratoires puissent offrir aux naturalistes français les mêmes avantages que ceux dont jouissent les savants des pays qui subventionnent la station de M. Dohrn. La France, dotée de côtes si riches et si propices pour ce genre de recherches, avait pris l'initiative de ces laboratoires ; elle ne saurait plus rester en arrière, lorsqu'il s'agit de leur perfectionnement.

En développant au moins un de ces établissements déjà existant sur les côtes de l'Océan, en en créant un autre sur un point convenable du littoral de la Méditerranée, il sera facile de devancer ou au moins d'égaler les autres nations. Les travailleurs ne manquent pas, les moyens seuls sont insuffisants. . . . . »

En 1874, le *phylloxera vastatrix* faisait sa première apparition dans les vignobles genevois et vaudois.

Carl Vogt s'intéressait vivement à la question. Il savait par ses amis de Montpellier et par Planchon lui-même que ce dernier venait de découvrir un hémiptère voisin des pucerons, se nourrissant comme ses congénères aux dépens des plantes vivantes et tuant la vigne. Cet insecte, disait-on, venant d'Amérique, aurait été introduit dans les cultures françaises par des vignes d'origine américaine.

La découverte de Planchon ayant fait grand bruit, le professeur en avait causé — se trouvant de passage à Paris — avec Balbiani, J.-B. Dumas, Cornu, Drouyn de Lhuys, Duclaux, etc. De retour à Genève il s'en entretint avec des collègues de Candolle, Soret et d'autres, lesquels se convainquirent du danger et en nantirent les autorités ; toutefois, on avait peine encore à croire à une extension rapide de l'ennemi. Les propriétaires haussaient les épaules quand on leur parlait de phylloxera et le gouvernement attendait patiemment les évènements, lorsqu'un matin un cultivateur découvre à Pregny des traces dans la vigne du baron de Rotschild. On comprit alors qu'il n'y avait plus de temps à perdre... Un congrès vinicole a lieu dans l'Hérault, à Montpellier, le canton de Genève n'hésite pas un instant : il s'agit de se bouger à son tour et on décrète qu'on va se mettre en communication avec les Français. Mais ce n'était pas tout de décréter ; il fallait, pour diriger cette enquête, trouver un rapporteur compétent, une autorité sagace qui unit à la science la pratique des hommes et des choses, un nom célèbre qui occupât une assez haute position scientifique en Suisse pour que tout entière, elle put voir en lui un représentant, un homme enfin qui possédât assez d'autorité pour sauvegarder, avec chance de succès, les intérêts de Genève.

Encore une fois on alla sonner à la porte de Plainpalais et on pria Carl Vogt de représenter Genève et de rédiger ensuite un rapport circonstancié sur le terrible fléau et les moyens de l'atténuer, sinon de le détruire. Malgré un besoin de repos absolu, malgré les travaux rémunérateurs qu'il est obligé de laisser inachevés, le professeur part sur le champ et se rend directement chez Balbiani quelques jours avant l'ouverture du congrès afin d'étudier, sous la direction de ce maître, la question à fond. En naturaliste circonspect, celui-ci avait d'abord écrit une monographie complète sur le *phylloxera quercus*, plus facile à étudier à cause de son existence aérienne et n'avait abordé qu'après les recherches de physiologie comparée relatives au phylloxera de la vigne.

Balbiani se trouvait depuis six mois à Montpellier, où il examinait sur place. Voici un court passage du rapport de Carl Vogt :

. . . .

La culture des vignes, dans le Midi de la France, et spécialement dans le département de l'Hérault, est en effet fort différente de celle qui est pratiquée dans nos pays, quoique la manière de tailler soit à peu près la même. Mais on plante à des distances beaucoup plus considérables, et on laisse courir les sarments sur le sol, sans les attacher à des échalas : deux points importants, lorsqu'il s'agit d'appliquer des traitements aux vignes phylloxérées.

On trouve, en outre, la vigne dans toutes les conditions de terrain et d'exposition ; elle occupe tout aussi bien les coteaux que les plaines, et elle descend même jusque dans les terrains bas et marécageux situés aux bords des marais salants. Autrefois, elle n'occupait que les collines ; aujourd'hui, on peut dire que tout le département de l'Hérault n'est qu'un seul vignoble, rarement interrompu par quelques autres cultures. Il en résulte que ce qui, pour nous, ne serait qu'un fléau partiel, quoique important, peut devenir, dans ce pays, la ruine totale.

Des méthodes rationnelles, pour combattre le mal causé par le phylloxera, ne peuvent résulter que d'études approfondies sur cet animal, sur sa manière de vivre, de se nourrir et de se propager. Il m'importait donc de connaître le résultat des recherches de M. Balbiani, que je connais personnellement de longue date, et qui a poussé sa bonté jusqu'à me communiquer même des résultats encore inédits de ses études.

Je ne puis entrer dans les détails, mais j'ai eu le bonheur de voir chez lui tous les états si différents que présentent ces curieux insectes, les individus parthénogéniques (pondant sans accouplement) ailés et non ailés, les individus non ailés mais sexués, mâles et femelles, et les individus de première génération, sortant des œufs fécondés et qui diffèrent quelque peu, tout en étant aptères et parthénogéniques, des générations subséquentes auxquelles ils donnent le jour.

M. Balbiani m'a fait part en outre de ses recherches biologiques sur la manière de vivre de tous ces états différents et dont les résultats sont malheureusement peu encourageants.

Il résulte effectivement de ses recherches, ainsi que de celles d'autres observateurs, trop nombreux pour être cités ici, que les individus parthénogéniques non ailés, surtout ceux de première génération, ainsi que les œufs, sont ce qu'il y a de plus résistant aux influences toxiques, que ces individus peuvent s'accommoder au besoin et par certaines transitions sur les feuilles de la vigne, où ils continuent à vivre et à prospérer *sans produire des galles ;* qu'ils vivent sur des morceaux de racines, détachés et cachés dans le sol, ou seulement placés sur le sol humide, pendant des mois et même des années entières, et qu'ils se propagent avec une telle rapidité, qu'un seul individu échappé suffit pour infester dans le courant d'un été un vignoble tout entier. . . . . .

La conclusion de ce rapport, qui n'exagérait ni ne diminuait le danger, mais tentait de faire sortir de leur fausse sécurité et de leur torpeur propriétaires et gouvernements suisses, poussait à une action collective des cantons. En voici les dernières lignes :

« Si je ne préconise aucun des moyens indiqués contre le mal qui a commencé à nous envahir, c'est que je crois devoir réserver le jugement de la Commission cantonale et surtout celui de la Commission fédérale, laquelle à mon avis, devrait prendre l'affaire en mains.

Le mal a commencé en France, sur un petit point, et a pris des proportions effrayantes ; il me semble qu'il y a à agir de la part de la Confédération, aussi bien que pour les épizooties ; car dans le cas malheureux où le phylloxera s'étendrait en Suisse, comme il s'est étendu en France, on ne saurait calculer les pertes auxquelles la fortune publique serait exposée dans la Suisse toute entière. »

Les mœurs du dangereux hémiptère, les altérations de la vigne, la valeur relative et l'efficacité des remèdes sont désormais connus, mais, à cette époque, en 1874, l'existence même du phylloxera était mise en doute par plus d'un. Ceux que l'ennemi ruinait, se lamentaient; mais les paysans et les propriétaires dont le clos n'était pas ravagé, abondant dans le sens de la bêtise populaire, traitaient les observateurs et les expérimentateurs avec une verdeur de paroles qui réjouissait les badauds. Pour beaucoup, il fallut que le phylloxera ravageât de fond en comble leurs propriétés pour qu'ils y crussent. Les mêmes scènes qu'en France se renouvelèrent par conséquent en Suisse et la Commission internationale dont Vogt était président faillit, une fois, être lapidée dans un vignoble vaudois par des brutes n'écoutant que leur égoïsme natif. Heureusement, les clairvoyants ne se laissèrent point rebuter et finirent, après les tâtonnements du début, à enrayer le mal et à sauver ainsi de la ruine complète l'une des plus importantes branches de la production humaine.

Carl Vogt se servit des journaux et revues de Francfort, Leipzig, Stuttgart, Berlin et Vienne pour rendre la nation allemande attentive sur le danger qui la menaçait également à bref délai. La situation — il ne se le dissimulait pas — était sombre, critique même, mais avant tout, il s'agissait de ne pas désespérer : la pyrale et l'oïdium avaient bien fait craindre pendant des années l'anéantissement des vignes françaises, cette fois-ci c'était le phylloxera. Pourquoi ne serait-il pas aussi heureusement vaincu que les deux autres fléaux ?

Il faut avouer que la tâche de rapporteur ou de membre d'un congrès phylloxérique n'avait rien d'enviable. Plus de cinquante projets étaient soumis à l'assemblée que l'impatience gagnait bientôt, car aux difficultés du travail s'ajoutait la nécessité de faire vite. De plus, les vignerons n'étaient pas les seuls à solliciter ou à récriminer, d'autres aussi mettaient la patience des chercheurs sincères à une rude épreuve ainsi que le prouve cette lettre d'un savant qui fait autorité dans la question :

Rochefort-sur-Mer, 2 mars 1876.

Cher monsieur Vogt,

Impossible de reproduire plus fidèlement que vous ne l'avez fait dans votre rapport sur le congrès interdépartemental, la vraie physionomie des séances du congrès de Bordeaux : « où tant de discussions oiseuses ont été entamées et où mainte personnalité a cherché à se faire valoir et chez laquelle le but était bien moins l'intérêt général que l'intérêt particulier. »

Ce que j'ai éprouvé d'agacement et d'impatience, le premier jour surtout, est vraiment inexprimable ! je m'agitai sur mon fauteuil comme un beau diable dans un bénitier, contraint que j'étais de subir les rabâchages de la plupart de ceux qui ont pris la parole. La seule séance vraiment intéressante, à mon avis, a été celle où M. Beriteau nous a exposé le résultat de ses recherches.

Malgré la grande autorité de mon illustre et vénéré maître Dumas, je n'ai pas de confiance dans les solutions de sulfo-carbonates, ni dans les autres insecticides que l'on cherche à faire pénétrer dans le sol. Ces solutions ne sauraient arriver jusqu'aux cantonnements les plus profonds de l'insecte ; l'*impénétrabilité* et la *capillarité* s'y opposent également. Je m'étonne que M. Dumas ne se le soit pas dit depuis longtemps. Mais j'ai grand espoir dans les résultats des moyens appliqués sur les ceps, soit pour atteindre les œufs — celui d'hiver principalement — dans leur vitalité, soit pour frapper de mort les insectes déjà éclos. Ce qui ne m'empêche pas de persister plus fermement que jamais dans les idées que je soutiens depuis vingt ans : à savoir que nos vignes, propagées exclusivement de bouture depuis des siècles, sont atteintes de *sénilité*, cause de l'invasion des parasites. Ceux-ci sont *effet* bien plus que *cause* de la décadence de nos cépages. Il faut repeupler nos vignobles au moyen de plants de semi, dont le système radiculaire sera complet, tandis que les boutons ne donnent et ne peuvent fournir que des sujets dépourvus de pivot et simplement garnis de chevelu et de racines traçantes qui relativement peu profondément situés au-dessous du sol, offrent aux hordes envahissantes un facile accès et les meilleures conditions de pullulation.

Je vous serre la main bien cordialement, cher M. Vogt, et je vous prie, etc.

Professeur A. JOUVIN.

Un orage se dissipait, il s'en formait un autre. Celui dont nous allons parler avait pris naissance en Angleterre, où orthodoxie protestante et orthodoxie catholique s'allièrent pour tuer l'*infâme*.

Quoique combattues avec énergie par Huxley, Lister, sir Paget, Tyndall et d'autres, les sociétés anti-vivisectionnistes n'en avaient pas moins obtenu des résultats dont le moindre était que le physiologiste devenait, avec le temps, l'opprobre du genre humain, une sorte de lépreux, repoussé de tous et il ne fallut rien moins que l'indomptable énergie de Huxley et de ses amis pour oser, sans trembler, combattre, sur sol anglais, ces princes, ducs, comtes, pairs et autres membres de la *nobility* et de la gentry du Royaume-Uni, acoquinés aux vieilles filles sensibles portant sur leurs genoux des angoras adorés et des King-Charles frisés.

A tous ces cœurs touchés facilement par la grâce, des hystériques mâles dépeignaient sous les couleurs les plus sombres les horreurs que commettent sur de pauvres êtres innocents les physiologistes endurcis ; ils expliquaient, du haut de leur savoir, que jamais ni l'humanité ni la science n'ont tiré le moindre profit de ces expériences barbares et ils se complaisaient à faire blêmir les visages des mères, des oncles et des tantes en leur contant par le menu la dépravation de leurs fils ou neveux qui sortiraient infailliblement des cours de physiologie expérimentale : « démoralisés et farouches, comme une nuée de diables qui se ruent sur le monde ».

Ces justiciers ardents obtinrent gain de cause en Angleterre, les Communes ayant voté des mesures non moins injurieuses pour la dignité personnelle des savants qu'outrageantes pour la science elle-même. Conséquence immédiate : ceux qui avaient la religion du progrès et non celle de la tradition et de la loi étaient dénoncés et condamnés à l'amende et à la prison ! ! ! Le lendemain, une occasion de sévir se présenta : dans une conférence contre l'alcoolisme, le docteur Magnan voulant exposer aux yeux de son auditoire anglais les effets stupéfiants du *whisky* — la liqueur nationale — sur un chien, fut hué de telle façon qu'il dut se demander en fuyant si le public n'avait réellement obéi qu'à un sentiment humanitaire et à son attachement pour la race canine. Quoiqu'il en soit, sa qualité d'étranger put seule sauver le conférencier d'un procès onéreux et d'une condamnation probable...

Cependant la violente agitation ne resta pas confinée en Angleterre, elle passa la Manche et anima, durant deux ans, sur le continent, l'éternelle discussion entre les défenseurs de la réaction et les adeptes du progrès. S'adressant aux profanes dont le jugement ne compte pas en matière scientifique, les excentriques et ceux que des mobiles intéressés poussaient à simuler le détraquement cérébral auraient pu, comme en Angleterre, y compromettre, avec leur fanatisme grossier, l'avenir de la physiologie si les savants s'étaient renfermés dans un silence dédaigneux, ainsi que le leur conseillaient plusieurs écrivains, sous prétexte que les adversaires étaient indignes d'une controverse sérieuse, leur arme principale étant le mensonge. On ne peut, en effet, se faire une idée, même approximative, des abominations pieuses proférées par ces sots ou ces hypocrites. E. de Cyon, le physiologiste éminent de Saint-Pétersbourg, laisse juge le lecteur, dans les quelques lignes qui suivent, de la correction de la propagande de ces personnages à homélies :

    . . . . Tandis que, dans des brochures et des conférences, les physiologistes se contentaient d'exposer honnêtement et simplement quelques vérités banales qui, d'ailleurs, ne faisaient aucun doute pour leurs adversaires eux-mêmes, ceux-ci recouraient à toutes les ressources, faisaient jouer tous les ressorts de l'agitation politique : meetings d'indignation, pamphlets diffamatoires, affiches horripilantes, pétitions en masse. Les réfutations sérieuses, dont les avaient honorés quelques hommes de science, devenaient de nouvelles armes entre les mains de ces gens sans scrupule, grâce à l'aplomb avec lequel ils tronquaient les textes de ces réponses, défiguraient les citations, dénonçaient à l'animadversion publique telles expériences décrites dans des mémoires scientifiques destinés aux spécialistes, dans lesquels, par conséquent, la mention de la narcotisation des animaux est omise comme étant sous-entendue. . . . . (1)

Carl Vogt, qui connaissait son monde et ne savait que trop à qui il avait affaire, ne put se refuser la joie de signaler, par la suite, les ridicules et les grosses impostures de ces redresseurs de tort qui tombèrent à bras raccourcis sur Cyon, Hermann, Kühne, Ludwig, etc.

En 1873, à l'époque de la croisade en Angleterre, il avait écrit :

« . . . . Nous connaissons depuis peu d'années seulement une maladie terrible, causée par de petits vers microscopiques et qui est produite par l'injestion de la chair d'un porc infesté par ces vers que l'on appelle trichines. Méconnue par les anciens médecins, confondue avec d'autres maladies, cette trichinose aurait pu encore tuer de nombreuses victimes, si le microscope appliqué à l'étude des fibres musculaires fraîches, n'avait constaté la présence de ces vermicules enkystés, et si des expériences nombreuses, faites sur des centaines d'innocents cochons de lait et de malheureux lapins n'avaient démontré les voies mystérieuses par lesquelles ces agents destructeurs s'introduisent dans l'organisme, s'y propagent et arrivent à la fin à produire une maladie pernicieuse. . . . .

Oui, cela est parfaitement vrai. On a empoisonné des centaines de ces créatures; on a introduit dans leur corps des milliers et des milliers de ces vers; on a martyrisé les animaux en leur donnant volontairement tous les symptômes que présente le malade, les douleurs aiguës semblables à celles causées par les rhumatismes, les insomnies, les fièvres, les œdèmes du système cellulaire, les diarrhées et les congestions cérébrales mortelles; oui, on a enlevé, jour par jour, aux animaux mis en expérience, des morceaux de leur chair, pris en différents endroits, pour constater les progrès des vermisseaux dans les tissus des animaux vivants; oui, on a cherché à prolonger la vie de ces pauvres bêtes aussi longtemps que possible, soit pour suivre les progrès de leur maladie, soit pour essayer sur elles une quantité de remèdes et de traitements; — dans quel autre but, je vous le demande, sinon dans celui de pouvoir appliquer la connaissance acquise des faits, soit pour expliquer la vie d'autres espèces de vers intestinaux semblables, soit pour arriver à préserver les hommes de ces hôtes néfastes, ou à les guérir des maux engendrés par eux.

Qui donc oserait blâmer ces expériences ?. . . . . .

Et nous répondons : Malheur à celui qui tombe entre les mains d'un homme ayant droit de vie et de mort de par un diplôme, mais qui n'aurait pas vu de ses propres yeux, opéré de ses propres mains !. . . . .

Le monde civilisé se parle aujourd'hui avec la rapidité de l'éclair à travers des distances fabuleuses; à quoi devons-nous cet immense bienfait, sinon aux contractions d'une grenouille écorchée, provoquées par le contact de deux métaux différents? Pendant bien des lustres, ces expériences sont restées dans le pur domaine scientifique, sans application immédiate, jusqu'à ce qu'un jour il en sortait d'un côté la télégraphie électrique et de l'autre toute notre connaissance actuelle sur les fonctions du système nerveux et les aberrations et lésions de ce système. . . . . .

---

(1) Cyon cite quelques exemples frappants de la mauvaise foi des anti-vivisectionnistes :

Il y a quelques années, mes amis d'Angleterre m'adressaient un placard, contenant les prétendus dessins de ma « *Méthodique physiologique* », tels qu'ils avaient paru dans plusieurs journaux illustrés, et qu'ils avaient été affichés par centaines de milliers d'exemplaires dans tous les coins du pays. Le titre était, comme je l'ai dit : « The horrors of vivisection ». Au-dessous des gravures on lisait l'inscription suivante : « These engravings are *reproductions* from Cyon's celebrated work ».

Sur ce placard se trouvaient une dizaine de planches tirées de mon atlas, notamment les planches 1 et 2 qui représentent les instruments ordinaires les plus usités pendant les vivisections, la planche 8, qui indique la position des mains durant l'injection du narcotique dans les veines, et l'introduction des canules dans les vaisseaux. Tout cela n'est ni douloureux, ni horrible. Viennent ensuite les planches 14, 15 et 21 qui seraient vraiment pénibles à voir si elles représentaient des opérations faites sur les vivants, — malheureusement pour les âmes sensibles, elles ne figurent que les dispositions *anatomiques* des glandes salivaires, de leurs nerfs, des nerfs du cœur, etc., chez les chiens, les lapins ou les grenouilles, — tout cela, naturellement, dessiné sur les cadavres des animaux ! Les auteurs de cet affichage ne pouvaient s'y tromper : la description se trouvait dans le livre et d'ailleurs, pour tout homme quelque peu au courant de ces matières, l'aspect seul des dessins indiquait suffisamment qu'il s'agissait de préparations anatomiques.

Chaque planche anatomique était accompagnée d'une légende affectant les apparences d'une citation textuelle, et conçue dans ce goût : « Les animaux doivent beaucoup souffrir pour que les expériences réussissent. » — « Les étudiants sont priés de venir tôt au laboratoire : on cuira des animaux vivants », et autres sottises du même genre. . . . .

Sauf une petite minorité de végétariens, la société humaine est bel et bien persuadée que pour pouvoir vivre, elle doit tuer des animaux. Elle le fait, bien entendu, sans haine et sans regret ; elle cherche à atténuer autant que possible la torture des animaux dont elle veut faire sa pâture; mais elle ne se refuse pas sa nourriture matérielle en épargnant les animaux par une sensiblerie déplacée. Or, la physiologie, la pathologie, la thérapie, la chirurgie, l'hygiène, toutes ces sciences trouvent leur nourriture spirituelle dans l'expérience sur le vivant, dans l'étude des phénomènes sains et morbides que présente le vivant; comment pourrait-on penser un instant à retirer à ces sciences cette nourriture nécessaire, absolument indispensable et qui ne peut se remplacer en aucune manière ?

Tandis qu'en France (1) Hugo, Schœlcher, Clovis Hughes, Rochefort et Aurélien Scholl donnaient le bras à Louise Michel, Maria Deraisme et d'autres baroques jupons rouges, on s'agitait également de l'autre côté du Rhin. Le porte-parole des énergumènes allemands, celui qui devait se distinguer entre tous par la crudité des termes, la violence du langage, celui que la haute situation qu'il occupait rendait redoutable, n'était autre que le célèbre astronome de Leipzig, Fr. Zöllner, lequel issu d'une famille dont tous les membres étaient atteints de folie, n'échappa point au mal héréditaire et mourut fou en 1882.

Zöllner fit suivre une brochure échevelée d'un volumineux acte d'accusation contre les barbaries de la vivisection : *Missbrauch der Vivisection* (1880) dans lequel il prend entr'autres Carl Vogt à partie, le rendant responsable de la pourriture du siècle et des crimes commis : « Ce plébéien, cet ami et protecteur des nihilistes, ce détracteur bestial du christianisme qu'il poursuit de cette haine incompréhensible et qui n'est que le produit d'une éclipse intellectuelle déjà signalée chez Diderot par Frédéric-le-Grand ». Pour l'auteur de : « *Uber die Natur der Kometen* » et de tant d'autres écrits remarquables, Carl Vogt n'est qu'un traître à sa patrie, un ex-professeur allemand devenu un défenseur des communards, un génie du mal, un matérialiste se promenant de par le monde avec des bottes d'égoutier. Il lui reconnaît pourtant deux qualités qui ne sont pas les dernières : la générosité et la haine de l'hypocrisie et à la page 182 de son volume, il se laisse aller à cet aveu :

« . . . . Que Vogt ait dans le passage que je viens de citer tranchement avoué ce qu'il avait ressenti, cela ne peut pas faire l'ombre d'un doute chez ceux qui jugent impartialement des qualités de caractère de cet esprit si richement doué. Car il n'est pas un Tartuffe, mais au contraire, si j'en crois des personnes dignes de foi et de l'aveu même des gens qui l'aiment le moins, il est un ami fidèle et sûr, incapable d'une action qui porterait en elle, même très atténué, le stigmate d'une indélicatesse. Que pour le reste, il puisse se vanter d'être un brutal compagnon *(roher geselle),* etc. »

Profitons de cette citation pour exprimer l'étonnement de beaucoup en lisant sous la plume des apôtres de la douce mansuétude chrétienne, les inévitables adjectifs aussi variés que polis, appliqués à ce mot abhorré de : matérialiste. A entendre ces arbitres de toutes les élégances du style, les affreux douteurs ne seraient autre que des brutes aux appétits de goinfres et aux mœurs de sauvages, des singes méchants ou des corrompus pervers.

_____

(1) Le professeur de Cyon fait, à ce propos, une très curieuse observation : « Si les pays catholiques, écrit-il, sont à l'abri du spiritisme et de l'agitation anti-vivisectionniste, cela tient à plusieurs causes dont je vais indiquer quelques-unes, sans avoir la prétention d'épuiser un sujet si vaste. En premier lieu, le catholicisme ouvre aux vieilles demoiselles exaltées un refuge dans ses couvents. L'adoration extatique du cœur de Jésus ou de la Sainte-Vierge offre un aliment suffisant au mysticisme de ces esprits détraqués. Une piété excessive est ici un dérivatif puissant à l'explosion d'une nervosité morbide. Faute d'une ressource semblable, les vieilles protestantes se rejettent sur les mystères du spiritisme, ou s'adonnent à une charité fantaisiste rarement dirigée vers un but réellement digne d'intérêt. La défense de quelques animaux contre les expériences des savants leur apparaît comme le plus noble emploi de leur existence.
Le culte catholique fournit évidemment une satisfaction très large aux tendances mystiques et superstitieuses innées dans l'homme ; la religion protestante au contraire, par son froid formalisme et l'aridité de ses doctrines, est loin de suffire à ses besoins. Cela est si vrai que, même dans les pays catholiques, on voit des sceptiques et des libres-penseurs qui se croiraient déshonorés si on leur supposait une foi en Dieu, s'adonner aux pratiques du spiritisme. Si jamais l'agitation anti-vivisectionniste fait quelques prosélytes en France, elle ne les trouvera, j'en ai la conviction, que parmi les soi-disant libres-penseurs et parmi les protestants.

Eh bien ! nous en appelons à ceux qui connurent de près les chefs du matérialisme allemand, anglais, français ou italien. Trouverez-vous — fut-ce même dans les rangs des cardinaux, des pétroleuses, des généraux et des propagandistes protestants beaucoup de natures plus fines, plus aimables, plus désintéressées, meilleures, en un mot, et dans leur vie publique et dans leur vie privée ? (1) Allez chercher un idéaliste, de caractère aussi noble, de vie aussi pure que Louis Feuerbach ? Un homme aussi séduisant, aussi doux que Jacob Moleschott ? Non ! Il vous sera difficile de rencontrer médecin plus consciencieux que Louis Büchner et, parmi leurs détracteurs, des natures plus souriantes et plus probes que celles de Littré, de Huxley, de Haeckel ou de Carl Vogt. Une fois de plus, la brutalité des matérialistes n'existe que dans l'imagination bilieuse de certains prêtres et de leurs acolytes, personnages qui soufflent, suivant les circonstances et leur intérêt, le chaud et le froid, et ne sauraient être comparés, même de loin, au point de vue de la droiture et de la loyauté, à ces travailleurs que l'honnêteté de leur labeur a rapprochés et réunis.

Revenons à la vivisection.

En Allemagne, la lutte sans résultat favorable aux obstructionnistes, s'envenima plus qu'ailleurs.

À la suite du professeur Zöllner, une foule d'écrivains inconnus dans les sciences : Ernst von Weber, Hammes, Jatros, Gyzanowsky, G. Voigt, Nagel, etc., se précipitent dans l'arène et courent sus au matérialisme et à la physiologie expérimentale, qu'ils englobent dans un même cri de réprobation. La folie furieuse de ces âmes pieuses, leur rage, n'est dépassée que par leur ignorance.

Richard Wagner, lui-même, signa une de ces brochures malheureuses, dont il avait le secret. Son galimatias littéraire, d'une faiblesse pitoyable comme argumentation, atteint parfois le comble du charabia. Dupe de son imagination, il fait preuve, dans ces pages, d'une ignorance et d'une mauvaise foi — voulue ou non voulue — si insignes que c'est souvent à se demander si l'on se trouve vis-à-vis d'un échappé de Bedlam ou d'un imposteur à gages. Il surenchérit sur Zöllner qui lui, se contente d'écrire :

« Je l'ai prouvé ; ce sont en tout premier lieu des professeurs allemands de la trempe de Carl Vogt qui, malgré leur origine germano-chrétienne, ont inoculé le poison d'un matérialisme éhonté et bestial dans le peuple et ont semé par les moyens les plus efficaces la haine et le mépris contre le christianisme. . . . . . »

Carl Vogt s'empressa de ne pas les laisser trop attendre sur sa réponse et dans une collection d'articles mi-sérieux, mi-plaisants, il les convainquit d'abord de leur erreur, tout en faisant, une fois de plus, la démonstration qu'un matérialiste de sac et de corde était à lui seul plus poli et plus spirituel que tous ces gentilshommes mal embouchés fascinant des bas-bleus, de vieilles douairières et des écuyères, bonnes femmes qui ne peuvent qu'obéir à des impressions et non à un raisonnement quand il s'agit de chats et de chiens.

Ils ne sont pas sincères, dit Vogt dans l'un de ses nombreux plaidoyers et après les développements scientifiques il continue en ces termes : ·

_____

(1) Le premier écrit de Zöllner se terminait par une pétition destinée au Reichstag. La liste des signatures qui se trouvent au bas de ce document, dit de Cyon, est des plus curieuses à parcourir. Ce qui frappe de prime abord c'est le grand nombre de noms appartenant à l'état-major de l'armée prussienne. On n'aurait jamais soupçonné tant de compassion pour les souffrances des lapins et des grenouilles chez ces militaires dont la dureté dans le service est proverbiale, et dont l'inhumanité s'est assez affirmée pendant la guerre de 1870-1871.

Les Blumenthal et autres généraux qui faisaient fusiller les francs-tireurs prisonniers, qui bombardaient les maisons habitées, les hôpitaux et les musées pour hâter la capitulation des villes-fortes, sont les mêmes qui versent des larmes sur le triste sort de quelque toutou arraché trop tôt aux joies de la famille ou de quelque minet dont l'avenir brillant a été cruellement interrompu par un savant sans pitié !

« Le contraste est vraiment saisissant. On veut couper les vivres à la science expérimentale en lui défendant de toucher aux animaux vivants et tout en s'ébrouant contre les physiologistes, on déguste avec volupté des tranches de bœuf, de mouton, de porc, sans songer que tous ces animaux ont été affreusement mutilés par les éleveurs, en vue de leur engraissement.

L'éleveur sait fort bien que personne ne mangerait de la chair d'animaux de boucherie, s'ils n'avaient préalablement été soumis à des opérations cruelles, pour lesquelles ces malheureuses bêtes n'ont certes pas été soumises à l'influence du chloroforme.

Nous voudrions voir ces signataires de pétitions, les archevêques, ducs, pasteurs et comtes en face de rôtis de taureaux, de verrats, de béliers ou d'autres animaux non mutilés... La simple logique devrait cependant leur recommander de s'abstenir pour ne pas favoriser le péché !

Comment ! Vous établissez le principe que l'homme n'a pas le droit de « faire de la peine » aux animaux, que c'est pécher contre les commandements de Dieu et les sentiments d'un cœur charitable que de torturer un être vivant, quand même ces souffrances momentanées seraient rachetées par les progrès de la science et l'augmentation du bien-être des hommes, et vous n'avez pas honte de faire souffrir des animaux, de les mutiler odieusement pour toute leur vie, uniquement parce que leur chair devient plus tendre, plus savoureuse et plus grasse ?

Abolissez d'abord ces ignobles procédés, si vous l'osez. .   .   .   .

Savez-vous que dans l'année 1873 on a mutilé, dans l'empire germanique, 65.000 étalons, 2 millions de boucs et 8 millions de porcs des deux sexes ?

Est-ce dans votre pieuse Angleterre qui a tant en horreur les souffrances infligées aux animaux qu'on pratique moins ces mutilations ? Les bœufs de la Frise et du Holstein, les chapons et les poulardes de la France, pour qui les châtre-t-on, si ce n'est en grande partie pour vous ? N'est-ce pas vous qui avez mis à la mode l'écourtement de la queue des chevaux et des chiens, ainsi que la taille des oreilles de ces mêmes chiens que vous aimez tant et que vous protégez avec tant d'ardeur contre les cruautés du physiologiste ?

Pourquoi ces opérations ?

Pour la mutilation des étalons vous pourriez alléguer la sûreté de votre vie, lorsque vous allez en voiture. Pour celle des animaux de boucherie vous pouvez invoquer au moins l'intérêt matériel de votre digestion, le gain des cultivateurs et des éleveurs de bestiaux, ce qui est pourtant une piètre excuse vis-à-vis des soi-disant commandements de Dieu, dont vous vous glorifiez à chaque page. Mais pour les vivisections des chevaux et des chiens — que vous privez d'appendices utiles qui leur ont été donnés, suivant votre manière de voir, par un Créateur bien intentionné — quelles raisons pouvez-vous invoquer, sinon le caprice de la mode, le motif le plus futile et le plus inacceptable que l'on puisse imaginer ? Et c'est ainsi que « souillés journellement par votre participation au péché de vivisection » (ce sont vos paroles), vous osez jeter la pierre aux expérimentateurs que ne pousse ni l'intérêt de leur gosier, ni le caprice de la mode, mais seulement l'intérêt de l'humanité et de la science, la soif de la vérité ! .   .   .   .

Comment ! Vous osez attaquer une centaine de laboratoires physiologiques, dispersés dans l'Europe entière, et empoisonner le monde moral par leurs pratiques cruelles et vous ne voulez pas voir que chaque village, chaque ferme, est un laboratoire d'opérations vivisectrices mille fois plus sauvages et plus douloureuses que tout ce que pourrait inventer une physiologie barbare et sans cœur ? »

On dirait, à voir les progrès de la science médicale, que le temps, maître de toutes choses, s'est chargé, à son tour, de répondre promptement, depuis lors, à ces néfastes lacrymants en leur prouvant, sans réplique possible, l'insanité de l'œuvre qu'ils poursuivaient avec tant d'acharnement, de fausseté et de haine : les récentes découvertes dans le domaine de la sérothérapie découlent toutes d'expériences sur le vivant.

Aux jours d'épidémie diphtéritique, quand les hôpitaux étaient encombrés d'enfants malades, quand le passant venait porter le germe dans la maison, quand les médecins succombaient, ils auraient dû déjà, messieurs les anti-vivisectionnistes, appeler au chevet des leurs des docteurs recommandés par Richard Wagner ou par Zöllner. Ils se gardèrent bien d'en rien faire. Aujourd'hui, ils sont les premiers à utiliser la plus grande découverte médicale du siècle, celle-là même que dans leur folie ils ont risqué anéantir, car si ces criminels inconscients étaient parvenus à faire fermer, vers 1875, les laboratoires en France et en Allemagne, Behring ne trouvait pas son sérum et, par leur faute, des milliers et des milliers d'enfants, malgré l'admirable dévouement des mères et les prières à Dieu, continueraient à mourir, chaque année, dans d'intolérables souffrances...

« Celui qui ment sera mis au pilori ! » Les anti-vivisectionnistes ont compris ce que, sous sa forme fantaisiste, cette parole contenait d'avertissement.

Ils se sont rendus justice : ils ont disparu.

1878-1880

Hermann de Meyer avait décrit, pour la première fois en 1861, une plume d'un oiseau inconnu jusqu'alors, trouvée, affirmait-il, dans les pierres lithographiques appartenant aux dépôts jurassiques supérieurs de Solenhofen, en Bavière.

Des doutes surgirent. Le monde savant crut d'abord à une mystification, à une falsification habile, l'existence d'oiseaux à l'époque jurassique paraissant aussi invraisemblable que celle des mammifères à l'époque triasique et l'on aurait continué ainsi à ergoter de façon désobligeante pour de Meyer, si Richard Owen n'avait, quelque temps après, attiré l'attention des paléontologues sur une nouvelle plaque, qui montrait nettement l'arrière-train de l'oiseau auquel appartenait la plume en question. Les autres parties du squelette manquaient. Frappé par la longueur de la queue, Richard Owen baptisa cet oiseau problématique du nom d'*Archæopterix macroura*.

Or, vers 1875, un docteur Hæberlein, médecin à Pappenheim, et dont le père avait déjà trouvé l'exemplaire décrit par le savant anglais réussit à dégager un second exemplaire, un squelette presque entier. Après l'avoir vendu une première fois, puis repris, (1) le possesseur l'offrit au professeur Carl Vogt, à Genève, pour une somme de 26.000 marks. Il cédait en plus une collection de pétrifications de Solenhofen, contenant de superbes échantillons, au nombre de 300 au moins, d'algues, d'insectes, de crustacés, céphalopodes, poissons et reptiles.

Vogt, vraiment, jouait de malheur ! Trois mois auparavant il s'était adressé à quelques riches particuliers genevois qui avaient acheté pour le Musée de la ville une très belle collection de fossiles du Mexique; il se sentit gêné et n'osa pas renouveler, à si peu de distance, quoique certain du résultat, une demande d'argent aussi forte. Il refusa donc, mais n'en alla pas moins à Pappenheim, où il examina la trouvaille. Il profita ensuite de la réunion des naturalistes suisses à Saint-Gall, en 1879, pour traiter cette question du plus haut intérêt scientifique.

Dans la description de la plaque il enregistre les opinions divergentes d'Owen et de Huxley et se range, tout en énonçant de nouvelles preuves à l'appui de la théorie, du côté de ce dernier, qui avait déjà auparavant réuni, sous le nom de Sauropsides, les reptiles et les

---

(1) Carl Vogt conte en ces termes les phases de cette vente :

La collection, dont l'Archæopterix était le principal ornement, fut cédée, au prix de 36.000 marks, à M. Volger, directeur du *Freie Deutsche Hochstift*, à Francfort-sur-Main. Le contrat de vente stipulait, outre des délais de payement plusieurs fois renouvelés, la condition expresse qu'aucune reproduction par moulage, photographie, dessin ou tout autre procédé, ne serait permise avant le payement effectué en entier. Après avoir mis les scellés sur la collection, M. Volger emporta la plaque principale à Francfort.

M. Volger se berçait dans l'espérance que S. M. l'empereur Guillaume achèterait la pièce pour la conserver à l'Allemagne. Sa Majesté n'entra pas dans ces vues. Ah ! si au lieu d'un oiseau il s'était agi d'un canon ou d'un fusil pétrifié !

oiseaux, pour en former une seule grande section des vertébrés. Carl Vogt croyait donc que l'*Archæopterix* représente un des jalons les plus importants sur la route qu'a suivie la classe des oiseaux pour se différencier de plus en plus des reptiles, d'où elle tire son origine. Oiseau par le tégument et par les pattes postérieures, l'*Archæopterix* est reptile par tout le reste de son organisation et sa conformation ne peut être comprise qu'en admettant cette évolution des oiseaux par un développement progressif de certains types de reptiles. Vogt ajoute :

« . . . . Il serait parfaitement superflu, d'après ce que nous venons d'exposer, de discuter la question si l'Archæopterix doit être classé parmi les reptiles ou parmi les oiseaux. Il n'est ni l'un ni l'autre ; il constitue un type intermédiaire des plus caractérisés et confirme, d'une manière éclatante, les vues de M. Huxley. »

Du reste, cette conclusion venait à l'appui d'un travail antérieur, publié dans les *Westermanns Monatshefte*, dans lequel Vogt s'était efforcé de démontrer que l'adaptation des vertébrés au vol n'est point nécessairement combinée avec celle à la station debout et que la transformation des membres postérieurs, pour constituer les seuls soutiens du corps dans la marche, est entièrement indépendante de la transformation des membres antérieurs dans le but de former des ailes...

Nous ne pouvons reproduire les développements dans lesquels la preuve à établir de cette évolution progressive et de cette adaptation pour le vol a entraîné les savants anglais, suisses, allemands et français ; nous nous contenterons, par conséquent, de renvoyer le lecteur à la littérature concernant l'oiseau-reptile, tout en remarquant que les recherches de Vogt contribuèrent pour une large part à élucider cette difficile question et le paléontologiste d'aujourd'hui, curieux d'étudier l'*Archæopterix*, ne pourra pas plus se passer des études du professeur de Genève qu'il ne se passera des mémoires, sur le même sujet, d'Owen ou de Huxley...

Après bien des péripéties, le fameux *Archæopterix* finit quand même par échouer à Berlin, où il se pavane derrière une vitrine spéciale du Musée. Une souscription publique, organisée par Helmholtz et Virchow couvrit les frais d'acquisition.

Carl Vogt devait rester sa vie entière l'ennemi acharné de l'intolérance et de la persécution. Aussi, dès qu'eut commencé, en Prusse, vers 1879, cette guerre contre le Juif, qui devait prendre si vite le caractère d'une odieuse croisade, l'auteur des *Lettres politiques* se trouva l'un des premiers au poste de combat pour défendre les opprimés contre les oppresseurs. Là, aussi, sans souci aucun de plaire à la masse, le plus souvent lâche, obéissant seulement à un esprit de justice, à ce besoin inné de protéger le petit contre le fort — eut-on contre soi l'opinion publique presque tout entière — Vogt exprima en termes élevés le sentiment de dégoût qu'il éprouvait en voyant se former la meute. Puis, provoqué, il répondit aux sectaires que vouloir la liberté pour tout le monde, ne pas considérer la liberté de penser comme un privilège pour soi ce n'est pas partager les opinions qu'on se refuse à persécuter car, en y réfléchissant, il n'avait comme tout esprit supérieur dégagé des influences religieuses, comme tout libre-penseur conséquent envers ses principes, aucun intérêt pour aimer plus l'israélite que le catholique ou le protestant et aucun motif ne l'écartait davantage du *youtre* que du *jésuite* ou du *mômier*. Il comptait parmi les israélites d'excellents et fidèles amis, comme il en avait parmi les chrétiens et s'il pestait contre l'ignorance catholique et l'hypocrisie calviniste il ne se privait pas non plus de raconter les anecdotes courant sur les « Moscheles » et de dauber sur le sale parvenu juif, servile devant les puissants, arrogant et insolent vis-à-vis des faibles, celui-là même qui veut pénétrer quand même, avec ses grosses bagues et ses massives chaînes d'or, dans une société fermée. Le *youtre* qui jouit lorsqu'il humilie et celui qui affecte d'admirer Stöcker et Drumont le dégoûtaient également...

En face de lui, dans cette querelle de race, d'hommes, de fortune et de profession, en rangs serrés se sentant les coudes : toujours ces mêmes individus, toujours ces mêmes prétentieux, les uns à l'œil rusé, les autres à l'air commun et trivial ; toujours ces mêmes évangélistes, toujours ces mêmes *Rittergutsbesitzer !* Evidemment, tout ce joli monde ayant lâché, et pour cause, l'anti-vivisection arborait maintenant l'antisémitisme, car on retrouvait dans les outrages, dans les insultes lancées contre les israélites la marque de fabrique, le poinçon qui ne trompe pas : ce qui indignait le plus Vogt était le côté cauteleux des procédés du clergé protestant, l'attitude sournoise de la noblesse prussienne, et il établissait une différence entre la manière employée par un Drumont et celle mise en pratique par Stöcker pour exciter les populations contre le juif : tandis que Stöcker rampe comme un serpent, a un œil et une oreille aux aguets pour saisir les mouvements, les bruits d'opinion et s'insinuer, Drumont se campe carrément, bouscule tout le monde et frappe sur tous, qu'ils soient juifs, républicains, francs-maçons, peu lui importe. Lui est un monomane aussi, mais c'est un généreux. Il ment, mais il ment inconsciemment et de la meilleure foi du monde il affirme l'absurde ; il part en guerre, ouvertement, en publiciste tapageur entraînant à sa suite des chrétiens véreux, — aussi véreux que le plus véreux des juifs ! — des coulissiers endettés, des imbéciles qui ne raisonnent jamais, des commis-voyageurs hâbleurs et parfois par affinité intime de tempérament, de tendances et de croyances, de qualités et de défauts de bons esprits, des talentueux qui, très sincèrement, en qualité d'aryens, s'imaginent que les fils d'Israël constituent un formidable danger pour les nations. Or, si vous le voulez bien, comparez cette campagne contre le Juif en France — cette campagne qui fait sourire parfois, tant elle est enfantine — à la guerre pleine d'embûches, systématique qu'on leur fait en Allemagne et que le pasteur Stöcker mène, en priant le Dieu de Sedan ou de Bazeilles de le guider, et vous vous convaincrez facilement de la différence. Or Vogt aimait, par dessus tout, à éclabousser d'encre la face soigneusement rasée de ces porteurs de cravates blanches, de ces allumeurs d'incendies, qui fomentaient avec des paroles graves et des gestes bénisseurs une guerre lâche. (1)

---

(1) Qu'on nous permette, à propos de cette question, de reproduire quelques passages d'un remarquable discours prononcé par M. Alfred Naquet, le savant chimiste, à la Chambre des députés :

« . . . . Un juif ne pouvait ni prendre place à la table d'un païen, ni recevoir un païen à sa table, sous peine de la souiller. De plus, comme à ses yeux, la loi civile était distincte de la loi religieuse, quand il se transportait chez un autre peuple, sous forme de colonie, il était obligé d'emporter sa patrie avec lui ; il ne reconnaissait pas la loi du pays où il allait vivre ; il y vivait au moyen de privilèges ; il y était régi par son statut personnel, avec ses tribunaux, ses juges, son organisation propre. Les juifs formaient donc là un véritable Etat dans l'Etat.

« De là naquit un fait tout naturel : l'isolement absolu ; et, vous le savez comme moi, surtout dans les peuples inférieurs, — et nous pouvons, même quand ils sont grands comme les Grecs, considérer les peuples anciens comme inférieurs relativement au monde moderne, — chez les peuples primitifs, lorsqu'une classe d'hommes, séparée du reste des humains, pratique des rites cachés, en silence, en secret, cela suffit à donner naissance à toutes les calomnies, à toutes les attaques, à toutes les suppositions.

« De nos jours encore, ne voyons-nous pas à Madagascar, en Chine, des superstitions semblables se faire jour contre les Français ? N'avons-nous pas vu, dernièrement, des Malgaches aller chez des Français résidant dans l'île leur proposer des petites filles malgaches en pâture parce qu'on avait répandu la légende que les Français mangeaient les petits

30

Quant aux historiens antisémites qui remontaient aux antiquités du monde pour prouver que le juif appartenait à une race inférieure, parce qu'elle ne s'adonnait qu'au commerce, il leur répondait que la faute en était à la persécution dont les juifs furent l'objet constant de la part des autres races. Evidemment, Tyr et Carthage, villes phéniciennes, étaient supérieures à Jérusalem, où prêchait le Christ. Evidemment, Archimède, dont le principe est la base de notre physique et Aristote, le païen, dont l'œuvre constitue un ensemble scientifique, esthétique, politique et moral qui dépasse de beaucoup la Bible en profondeur n'étaient pas juifs, mais qu'est-ce que cela prouvait ? Si les penseurs comme Spinoza, les poètes comme Henri Heine, les musiciens comme Mendelsohn, ne sont pas plus fréquents, c'est que les sémites furent durant des siècles les victimes d'une législation barbare impitoyable. Au nom du Dieu de tolérance, les chrétiens les ont parqués et traqués. Livrés à eux-mêmes dans leur aride désert, ils n'avaient pu produire ; refoulés ensuite dans le ghetto, jusqu'en 1789, jusqu'à l'acte solennel du 27 septembre, ils n'ont pu, à la lueur des bûchers et dans le sang des massacres, réaliser de notables progrès, mais ce n'est pas une raison, ainsi que l'ont fait observer certains historiens impartiaux, pour que, mélangés à l'état d'infime minorité aux civilisations occidentales, ils ne leur puissent être puissamment utiles par leur féconde et

---

enfants malgaches ? C'est absolument l'histoire du crime rituel dans l'antiquité et au moyen âge. Même, chez nous, nous avons vu se produire des légendes presque aussi ridicules par rapport à la franc-maçonnerie.

« L'usure dans le monde n'est pas d'invention juive : elle a été la plaie de toutes les nations dans l'antiquité. La république romaine l'a connu ; dans toutes les secousses populaires on inscrivait sur le drapeau l'abolition des dettes. Mais enfin, si jamais époque a été favorable au développement de l'usure, c'est évidemment le moyen âge.

« Dans tous les temps, quand il y a insécurité pour le capital, le taux de l'intérêt est très élevé ; de nos jours encore, les entreprises aléatoires rapportent des intérêts plus considérables que celles qui sont de tout repos. Or, au moyen âge, tout était aléatoire. L'usure était donc fatale, et elle était exercée non seulement par les juifs, mais encore par les chrétiens. Les Lombards, qui avaient obtenu, comme les juifs, l'autorisation de prêter à gros intérêts, étaient détestés et vilipendés comme les juifs, et, tout chrétiens qu'ils étaient, on leur refusait la sépulture en terre chrétienne. . . .

« Seulement, j'ai le regret de dire que les juifs ne méritent ni cet excès d'honneur ni cette indignité. Ils n'ont pas joué, à beaucoup près, dans l'éclosion de la société capitaliste, le rôle que l'on croit. En Allemagne, en France, en Autriche, ils ont joué un rôle considérable ; mais il y a deux grands pays où le capitalisme s'est développé bien autrement et avec une bien autre puissance que chez nous : c'est l'Angleterre et les Etats-Unis.

« Eh bien, en Angleterre, les juifs ne jouent qu'un rôle infime dans la ploutocratie, et, en Amérique, ils jouent un rôle absolument nul.

« Ainsi, par exemple, en Amérique, est-ce que les Vanderbilt, les Jay Gould, les Astor, les Mackay, les Sage, les Pullmann, les Carnegie, les Griffith sont juifs ? Ils sont tous protestants ou catholiques ; il n'y en a pas un seul qui soit juif.

« En Angleterre, les juifs jouent un rôle tout à fait secondaire dans la ploutocratie. Vous voyez donc que la ploutocratie n'est pas l'œuvre absolue des juifs.

« Et en France, y a-t-il beaucoup de capitalistes juifs ? Peut-être, si on voulait se placer non pas à un point de vue absolu, mais à un point de vue relatif, en faisant la proportion du nombre des juifs et du capital juif d'un côté, et la proportion du nombre de chrétiens et du capital chrétien de l'autre, peut-être pourrait-on trouver que le capital juif est relativement supérieur au capital chrétien, et encore je n'en sais rien ; on pourrait peut-être le prouver également pour le capital protestant par rapport au capital catholique. C'est possible ; mais, au point de vue absolu, c'est complètement faux. . . .

« Les juifs se sont toujours beaucoup mêlés de politique. Les uns ont fait de la politique conservatrice : ce sont en général les hommes de bourse ; les autres se sont lancés avec ardeur dans la révolution et cela dans tous les pays.

« En France, vous avez eu en 1848 Crémieux et Goudchaux, et en 1871 Gaston Crémieux, fusillé à Marseille à propos des évènements de la Commune.

« En Italie, Manin a défendu pendant seize mois Venise républicaine contre les canons autrichiens.

« En Allemagne, vous voyez Lasker qui, au nom de la liberté, a tenu pendant quinze ans Bismarck en échec.

« Il y a eu beaucoup de républicains juifs dans tous les pays d'Europe.

« Les créateurs du socialisme en Allemagne, Karl Marx et Lassalle, étaient juifs. A l'heure actuelle au Reichstag, Liebknecht, Würm, Singer. . . .

« Mais, s'il y a dans l'administration plus de juifs et de protestants que de catholiques — relativement, bien entendu, car d'une manière absolue il y a infiniment plus de catholiques — cela ne peut tenir qu'à deux causes : ou bien à la supériorité de ces juifs ou de ces protestants, ou bien à des causes accidentelles. (Interruptions.)

« Si le fait était dû à une supériorité, vous n'auriez pas à vous en plaindre ; mais comme je ne suis pas de ceux qui croient appartenir à la plus grande aristocratie du monde, je ne pense pas que ce soit à leur supériorité, je crois que c'est à une cause occasionnelle que cela est dû.

« Cette cause occasionnelle, dernièrement mon ami M. Jaurès me la signalait, et son explication me paraît profondément juste : c'est que, pendant vingt ans, la bourgeoisie française, en majeure partie, a été cléricale, qu'une lutte violente à cette époque était engagée entre la monarchie et le catholicisme d'un côté, et la République de l'autre ; que le Gouvernement était obligé de choisir ses fonctionnaires parmi ceux qui n'étaient nullement suspects de cléricalisme et de monarchisme ; que les protestants et les juifs, d'une part, ne pouvaient pas être suspects de cléricalisme et que, d'autre part, pendant toute la période de l'Empire, la majeure partie d'entre eux, tous ceux qui n'étaient pas dans la

active intelligence. Le Paris scientifique et industriel en est un exemple frappant. Affirmer aujourd'hui qu'un juif distingué n'est pas aussi distingué qu'un chrétien distingué est une simple calomnie.

M'est avis, entre nous, que les très juifs de Rothschild n'eussent pas réclamé à la France, en 1871, les quarante millions que les très chrétiens princes d'Orléans se hâtèrent de soustraire à leur patrie agonisante...

Carl Vogt ne pouvait admettre le danger sémitique, l'image du Judas triomphant des vieilles races latines ou autres et devenu l'omnipotent banquier des indolents Aryas l'amusait plus qu'elle ne le chagrinait et il n'avait, pour Paris seul, qu'à songer à quelques noms illustres contemporains dans les arts, dans les sciences et dans tous les domaines de l'activité humaine (Michel Bréal, Félix Hément, Oppert, Lippmann, Naquet, Franck, Hayem, Darmesteter, Halphen, Rosa Bonheur, Strauss, Gouguenheim, Sichel, Salomon Reinach, Salomon, Lambert, Hinstin, etc., etc.) pour se dire que de tels hommes sont un honneur pour la ville qui les possède.

L'antisémitisme, en l'an de grâce 1893, devait également pénétrer en Suisse sous forme de projet de loi contre l'abatage israélite... (1)

---

finance, avaient été résolument républicains, avaient payé de leur argent et de leur personne dans la lutte contre l'Empire, et qu'alors il était naturel qu'ayant été au combat, à la peine, ils fussent aux honneurs. C'est cette situation particulière qui leur a donné un avantage pendant vingt ans, mais le moment vient où l'apaisement se fait. . . . .

« L'affranchissement qui eut lieu en 1791 fut combattu ; il y avait des antisémites à l'Assemblée constituante. Duport, Regnault de Saint-Jean d'Angély, l'abbé Grégoire, Mirabeau, tenaient pour l'affranchissement ; mais Rewbel, en antisémite résolu, lutta contre cet acte aussi longtemps qu'il le put.

« Voyons ce que disaient alors les antisémites et ce que disaient les philosémites, et voyons ensuite à qui l'histoire a donné raison.

« Sont-ce les prévisions des antisémites qui se sont réalisées ? Sont-ce celles des philosémites ? Ne serait-ce ni les unes, ni les autres ? Et se serait-il produit, depuis, des faits entièrement nouveaux qui auraient donné raison, soit aux uns, soit aux autres ? C'est là ce qu'il nous appartient d'examiner.

« Savez-vous quelles raisons faisaient valoir les antisémites ? Ces raisons sont curieuses. Ils disaient : « Vous allez affranchir les juifs ; mais les juifs ne se livreront jamais au grand commerce, ni à la grande industrie ; ils en sont incapables ; ils resteront parqués dans l'usure et dans le commerce de brocantage, qui seul est approprié à leur état mental. »

« Poussant plus loin le raisonnement, ils ajoutaient : « Jamais les juifs ne consentiront à servir leur pays dans les fonctions publiques parce que les fonctions publiques sont mal rétribuées et que les juifs sont avant tout des hommes d'argent ».

« Après quoi, ils continuaient : « Jamais les juifs ne consentiront à servir dans l'armée, parce que leur religion s'y oppose ; il leur faut respecter le jour du sabbat et ils ne peuvent manger la même nourriture que les autres soldats ». Et cette objection paraissait à ce point fondée que Mirabeau, qui plaidait en faveur de l'affranchissement des juifs, la considérait comme valable. . . . .

« Remarquez qu'à l'heure actuelle, quand on abandonne une religion, ce qui est mon cas, on ne l'abandonne pas pour en accepter une autre, mais pour aller aux extrêmes limites de la libre-pensée. On n'est pas responsable de la religion qu'on a reçue de ses pères, mais on serait comptable devant la société de l'acte d'hypocrisie qu'on commettrait en adoptant une religion à laquelle on ne croirait pas. Et comme vous ne pouvez pas demander aux juifs de se convertir au catholicisme, parce que ceux qui croient encore à leur dogme commettraient une apostasie, et que ceux qui n'y croient pas commettraient une hypocrisie, les juifs ne peuvent donc se mêler aux chrétiens par la conversion religieuse ; ils ne peuvent se mêler aux chrétiens que par la voie du mariage. Or, l'Eglise ne marie pas les juifs et les chrétiens, la synagogue ne marie pas les chrétiens et les juifs ; il en résulte qu'un juif et une catholique ne peuvent se mêler qu'à la condition de le faire par le mariage civil. Et malheureusement, à mon sens, et heureusement peut-être au vôtre (l'orateur désigne la droite), le mariage civil n'a pas encore poussé des racines tellement profondes dans notre société que nous devions nous étonner du petit nombre de mariages mixtes qui se produisent entre juifs et chrétiens. »

(1) Comme de juste, les cartes postales anonymes ne manquèrent pas :

Frage : Ist es nicht eine unaustilgbare Schmach, ja ! ein Verbrechen an dem Volke, in der freien Schweiz einen Carl Vogt zu dulden ?

Anti Schächtern aus Zürich, ächte Schweizer und Keine importirte Thierquäler.

Un autre écrivait :

Herr Professor, die Juden werden Ihnen nächster Tage das Schächtmesser zusenden. Sie können dann den « Schandfleck » aus der Bundesverfassung aus radieren.

Un ironiste de la Suisse romande lui demande :

« Si les juifs et les Allemands sont faits pour s'entendre, pourquoi donc avez-vous quitté votre pays ? »

Et cet extraordinaire logicien termine sa diatribe par ces lignes :

« Agréez, Monsieur, l'expression de mes sincères regrets de vous avoir dit toutes ces vérités, rendues indispensables par la publicité de vos articles sur la question juive ; je n'en reste pas moins, en science, votre dévoué admirateur. »

Un des cœurs les plus généreux, un des esprits les plus cultivés du monde politique suisse, le conseiller fédéral Ruchonnet, en cette pénible circonstance, demanda à Carl Vogt son appui qui ne lui manqua pas, et dans le dernier grand discours qu'il devait prononcer, avant sa mort, dans le sein du Conseil national, à Berne, le célèbre législateur vaudois lut aux députés un long mémoire que lui adressait le professeur de Genève.

Les Chambres fédérales votèrent contre la loi d'intolérance; le peuple suisse l'adopta tandis que — il sied de le rappeler — le canton de Genève la repoussa à une très forte majorité.

En 1880, Carl Vogt publia, en réponse à une brochure du docteur Erlenmeyer, une étude dans : *Nord und Sud* intitulée *Zur Physiologie der Schrift* que la *Revue philosophique*, dirigée par Th. Ribot, analysait comme suit :

Comment expliquer les directions de l'écriture? Quelle est dans l'écriture l'action du cerveau? Tels sont les deux problèmes auxquels s'est appliqué à la suite d'un travail du docteur Erlenmeyer, le savant physiologiste de Genève.

Dans la plupart des écritures, on distingue trois âges : 1° celui de la représentation figurée des objets et des idées; 2° celui de la représentation altérée et conventionnelle ; 3° l'âge de l'expression phonétique pure, des articulations de la voix. D'abord hiéroglyphique, l'écriture égyptienne par exemple s'est associée de plus en plus des éléments phonétiques pour devenir enfin purement alphabétique. Au contraire, l'écriture chinoise attend (et elle l'attendra longtemps encore, malgré les progrès de l'influence européenne) la dernière phase.

On sait également que de la représentation figurée des objets se sont développés dans l'ancien monde trois grands systèmes : l'écriture indo-germanique, l'écriture chinoise-japonaise, l'écriture sémitique. Ici, M. Vogt fait une réduction utile au point de vue physiologique. Dans l'écriture indo-germanique, les caractères se dirigent de gauche à droite, excepté dans le cas très spécial de l'écriture *boustrophédon,* dont les lignes sont dirigées tour à tour de gauche à droite et de droite à gauche; dans l'écriture sémitique, les caractères se rangent de droite à gauche ; l'écriture chinoise procède par colonnes peintes de haut en bas et rangées de droite à gauche. Le sens de l'écriture sémitique et le sens de l'écriture chinoise-japonaise étant essentiellement centripètes, tandis que la direction de l'écriture indo-germanique est essentiellement centrifuge, on peut donc distinguer deux grandes classes d'écriture : les écritures centripètes et les écritures centrifuges.

D'où vient cette différence? Elle ne préexistait évidemment pas dans les hiéroglyphes, puisque l'écriture hiéroglyphique court dans tous les sens (le plus souvent cependant de droite à gauche). A-t-elle pour les peuples modernes une raison physiologique? M. Vogt répond par la négative.

Afin d'expliquer la direction verticale de l'écriture chinoise-japonaise, il remarque que les Chinois et les Japonais n'écrivent pas mais peignent; il insiste sur la direction verticale des poteaux couverts d'écriture, sur cette particularité que les peintres peignent toujours de haut en bas, sur l'espace laissé libre par le déroulement du papier, etc., etc. : toutes choses qui, par malheur, comme l'auteur l'a remarqué le premier, n'expliquent pas le tracé des colonnes de droite à gauche . . . .

La seconde partie est surtout expérimentale, c'est-à-dire beaucoup plus certaine et beaucoup moins favorable à la critique. On a pu localiser le langage dans la troisième circonvolution frontale gauche; existe-t-il pareil centre pour l'écriture? Tous les peuples connus écrivent avec la main droite ; le centre de l'écriture est donc situé dans l'hémisphère gauche. Nul doute qu'il n'y ait une connexion intime entre les deux centres, puisque les altérations du langage sont en général corrélatives des altérations de l'écriture ; nul doute cependant qu'il soit impossible de préciser le point d'union à cause de l'extrême complexité des fonctions. M. Vogt recherche ensuite quelle est l'action de l'hémisphère cérébral droit ; il prouve par des expériences et des faits pathologiques que nous contrôlons avec nos yeux, c'est-à-dire avec les deux hémisphères, les distances et les directions de l'écriture, mais à peine la forme des caractères ; enfin il trouve, dans l'organisation des yeux, des hémisphères cérébraux et des extrémités antérieures, les principales conditions de l'écriture du gaucher.

Espérons que les tentatives de MM. Erlenmeyer et Vogt seront poursuivies avec succès. Les matériaux ne manquent point à la physiologie de l'écriture. Pour ne rien dire de ces documents qu'on appelle communément des autographes, la paléographie, cet autographe de l'humanité, d'abord pesant et carré comme les premières lettres de l'enfant, puis courbe et preste, enfin immobile dans ses allures composites, ne doit-elle pas offrir d'utiles contre-épreuves aux données de l'expérience ?

L'auteur terminait son travail par ces mots :

. . . . Des recherches ultérieures qui trouveront un champ vaste démontreront ce que je n'ai pu qu'affirmer dans beaucoup de cas. Il y a, sans doute, beaucoup d'erreurs dans mon travail. Mais je ne crois pas avoir été trop à côté de la vérité en soutenant que la direction des lignes, l'arrangement réciproque des lettres ne dépendent point d'une nécessité physiologique, mais seulement de conditions extérieures ; que le Sémite et l'Indo-Chinois ne violent pas plus les lois de la nature par leur écriture que l'Européen ; qu'il n'y a jamais eu un peuple écrivant avec la main gauche ; que l'écriture renversée exécutée par la main gauche est une conséquence forcée de l'organisation de nos membres, de nos yeux et de notre cerveau, et que par l'exercice soutenu, la conscience du mouvement musculaire remplace à la fin toutes les autres impressions sensitives auxquelles on avait recours au commencement, lorsqu'il s'agissait d'apprendre l'écriture.

Plus il allait, plus il travaillait et on trouve chez Carl Vogt la passion de l'étude aussi ardente dans les dernières années de sa vieillesse qu'au début de sa carrière. A peine venait-il de sortir des luttes âpres et ardentes qui caractérisèrent pendant plusieurs années les débats sur l'antisémitisme ; à peine avait-il terminé ses laborieuses recherches sur l'écriture qu'il se tournait vers la paléontologie végétale et demandait au marquis de Saporta l'autorisation de traduire en allemand son magnifique ouvrage : *Le monde des Plantes avant l'apparition de l'homme.* (1)

Carl Vogt était loin d'être un botaniste, mais ce sujet l'attirait énormément, non pas seulement à cause de l'intérêt général qu'offre une pareille étude, mais parce que les végétaux fossiles, plus peut-être que le règne animal, font le mieux ressortir la valeur de la théorie de l'évolution. La comparaison entre la flore éteinte et la flore vivante montre, en effet, la filiation unissant les types actuels à leurs ancêtres les plus éloignés et le mode d'évolution de ces types. Grâce au nombre prodigieux des faits que cette science, encore à ses débuts, a

---

(1) Aix, 21 décembre 1879.
Cher Monsieur,
. . . . De mon côté je vous prie de m'obtenir un droit d'auteur que vous fixerez amiablement avec M. Vieweg, d'après les usages allemands, déclarant par avance m'en tenir à ce que vous me direz convenable et acceptable.
Voici quelques observations et réflexions à vous soumettre. Avez-vous quelque addition ou changement à proposer qui distingue l'édition allemande, soit dans le texte, soit dans les figures ? Voulez-vous une préface spéciale et vous, traducteur, comptez-vous en écrire une. Pour tout cela et pour le reste nous nous entendrons facilement et je suivrai vos conseils. . . . .
Oui, je suis transformiste dans toute l'acception du mot et avec toutes les conséquences qu'entraîne cette doctrine ; mais, philosophiquement parlant, j'ai gardé une mesure spiritualiste en rapport avec les tendances de ma façon de penser. Il vous sera facile de constater ces tendances et d'en sauvegarder l'expression ; je sais combien vous êtes large et libéral et comme moi vous admettez ces divergences salutaires qui font de la pensée humaine comme une sorte de végétation touffue et luxuriante. La critique vient à son heure et élague le superflu, fait disparaître l'inutile ; elle met dans tout son jour ce qui a le cachet du définitif et l'on avance ainsi vers la vérité que l'on découvre peu à peu.
Je vous quitte donc en vous disant au revoir et je vous renouvelle l'expression de mes plus affectueux et dévoués sentiments.
                                                                                                Mᵗⁱ DE SAPORTA.

déjà recueillis, on pourra bientôt, peut-être, déterminer sûrement les lignes ancestrales de la plupart de nos plantes. Mais le livre de Saporta n'avait pas seulement pour résultat de faire suivre au lecteur l'évolution des plantes depuis l'ancêtre le plus ancien connu jusqu'au descendant actuel, il jetait aussi une vive lumière sur le mystérieux passé de la Terre et notamment sur les conditions climatériques qui ont régné à sa surface et au milieu desquelles se sont accomplies les lentes révolutions de la vie organique...

Carl Vogt se mit donc à l'œuvre avec ardeur et éprouva le plaisir de satisfaire entièrement, par sa traduction claire et élégante de style, l'auteur, l'éditeur et le lecteur.

Aix, le 18 janvier 1881.

Cher Monsieur,

J'ai reçu hier le ballot de Braunschweig contenant les exemplaires de la traduction allemande de mon ouvrage (Die Pflanzenwelt vor dem Erscheinen des Menschen) que vous avez bien voulu entreprendre et mener à bien. Je tiens à vous remercier de nouveau et de la pensée que vous avez eue et du soin consciencieux que vous avez apporté à cette traduction à la fois si exacte et si heureuse, autant que je puis en juger, car ma connaissance de la langue allemande est trop faible, à mon grand regret, pour me permettre de lire couramment.

J'ai vu que vous n'aviez ajouté presque aucune note, mais j'ai été attiré, justement à cause de leur rareté, sur celle qui termine le chapitre des anciens climats et que j'ai traduite incontinent. J'ai été souvent frappé comme vous et autant que vous de l'anomalie au moins apparente qui résulte du fait de l'extension glaciaire et surtout des conséquences que l'on a voulu en tirer. Il y a là des difficultés non résolues et pourtant je crois que si l'on voulait soumettre à une analyse raisonnée le phénomène glaciaire on trouverait sans trop d'efforts cette solution. Je n'ai pas le temps ni de traiter ni d'aborder cette question en vous écrivant ces quelques lignes, mais j'attirerai votre attention sur les vues que j'expose. . . . .

Nous en causerons quand nous nous reverrons. Vous y verrez le germe de ma pensée, c'est-à-dire l'importance extrême et jusqu'à présent négligée du phénomène qui a dû nécessairement se produire lors de l'apparition des premières glaces polaires permanentes. Il y a là une date inévitable qui contient en principe toutes les conséquences dont l'époque glaciaire a été la dernière et la plus forte expression. La formation des glaces opérée pour la première fois et ne cessant de se produire à partir de ce premier début a dû engendrer la précipitation aqueuse, à la fois effet et cause de l'extension des glaces — mais la conséquence dernière de ces précipitations aqueuses a dû être en fin de compte une notable diminution de l'humidité atmosphérique et de la quantité d'eau existant à l'état de vapeur. De là, au bout d'un temps donné, la cause du retrait des glaciers et ce retrait continuant, il est possible qu'à la longue les glaciers européens disparaissent totalement.

Je veux seulement vous annoncer la prochaine apparition dans la Bibliothèque internationale du livre de M. Marion et de moi, intitulé : L'évolution du règne végétal. — Cryptogames. C'est le premier essai d'explication du développement des divers groupes de plantes, d'après des notions techniques et en se plaçant au point de vue franchement évolutioniste. Je vous recommande donc ce livre. . . . .

Mis DE SAPORTA.

Une question plus compliquée et plus sérieuse qu'on ne se l'imaginerait au premier moment parce que, mal résolue, elle entraîne fatalement à d'innombrables récriminations et procès préoccupait, en ce temps là, les hautes sphères fédérales et tout particulièrement le ministère ou département de l'agriculture. Il s'agissait d'établir un règlement de pêche dans les eaux italo-suisses ; un règlement définitif, inattaquable comme forme et comme fond, facile à interpréter, basé aussi bien sur les mœurs et les coutumes des riverains que sur la connaissance scientifique de la vie des poissons et qui coupât court, une fois pour toutes, à la paperasserie que des conflits journaliers provoquaient. Le ministre, M. Numa Droz, le même qui plus tard répondra si crânement au chancelier de fer, songea, dans son embarras et après avoir pris conseil auprès de deux de ses collègues : Schenk et Welti, au professeur de Genève qui accepta la mission. Profitant des vacances universitaires de l'automne 1880, Vogt se rendit sur les bords des lacs italiens où il avait donné rendez-vous aux délégués de S. M. le roi Humbert parmi lesquels se trouvait un de ses amis, le professeur Pavesi. La commission pria l'envoyé suisse de conduire, en qualité de président, les travaux dont il avait la routine, ayant souvent déjà dirigé les débats, en pareille matière. (1)

Le traité, rédigé par Carl Vogt avec toute l'assurance d'un diplomate consommé, brille par sa limpidité et sa simplicité et le Conseil fédéral ne lui marchanda pas ses remerciements pour la façon habile et ingénieuse dont il s'était acquitté de sa mission délicate, non exempte d'embûches.

M. Numa Droz, alors président de la Confédération suisse, échangea de nouveau avec lui une correspondance active, à l'époque de l'affaire Wohlgemuth qui menaça, à certain moment donné, de tourner au tragique, vu l'arrogance outrecuidante du ministre prussien qui s'imaginait que la Suisse allait s'humilier devant lui.

Berne, 26 juin 1889.

Cher Monsieur et Ami,

Merci pour vos précieuses indications ! J'en prends bonne note et vous pouvez être certain qu'elles resteront entre nous, ainsi que celles que vous pourrez me transmettre. Comme vous le dites, l'affaire Wohlgemuth et ce qui s'en est suivi n'a évidemment d'autre importance qu'au point de vue de la situation générale. Notre ligne de conduite est parfaitement nette. Nous voulons rester indépendants de toute influence et défendre notre neutralité contre n'importe quel agresseur. Après cela, nous verrons ce que l'avenir nous réserve . . . .

Et quelques mois plus tard :

. . . . . J'ai aussi lu avec infiniment de plaisir le spirituel récit de votre entrevue avec Dom Pedro. . . . .

. . . . En tous cas, ce que je n'ai pas oublié, ce sont ces belles journées de Lausanne, où j'ai appris plus particulièrement à vous connaître et à vous apprécier. C'est depuis lors que j'ai osé me dire votre ami, comme j'étais déjà votre admirateur et je continuerai à être l'un et l'autre si vous voulez bien me le permettre.

Votre dévoué,

DROZ.

Vers la fin de 1880, un gros livre, in-quarto, suintant l'érudition de cabinet, rendit les géologues allemands extrêmement perplexes ; cet ouvrage, paraissant très documenté et qui piqua si fort la curiosité des investigateurs en les étonnant par ses déductions inattendues, était dû à la plume et à la science de M. le docteur Hahn et s'intitulait : *Les Météorites (Chondrites) et leurs organismes.*

L'auteur se flattait de n'avoir rien moins trouvé que la preuve incontestable d'un phénomène ignoré jusqu'ici, à savoir que les chondrites ne seraient pas autre chose que des

---

(1) En 1859, les gouvernements des Etats riverains du lac Léman et de ses affluents firent élaborer une réglementation uniforme des dispositions sur la pêche, de nature à prévenir dans ces eaux la diminution du poisson et à éviter les contestations entre les états de Sardaigne, du Valais, de Vaud et de Genève.
Carl Vogt défendait les intérêts genevois.

restes d'animaux ayant vécu dans l'eau et que la météorite entière ne serait formée que par des restes de spongiaires, de coraux, de crinoïdes, métamorphosés par pétrification en enstatite.

Et avec la certitude d'un Galilée, l'aplomb d'un Mangin, ce cher docteur énonçait ainsi ses affirmations :

« Les Chondrites, roches composées de Feldspath-Olivine (Enstatite) sont constituées par un monde animal; elles ne sont ni stratifiées, ni conglomérées, mais forment un feutre d'animaux, un tissu dont les mailles étaient jadis des êtres vivants, des animaux, des types les plus inférieurs, des commencements d'une création. . . . .

Qu'on regarde les planches de mon ouvrage et l'on aura immédiatement la certitude qu'il ne s'agit pas de formes minérales, mais de formes organiques ; que nous avons devant nous des figures d'animaux du type le plus inférieur, appartenant à une création spéciale et qui pour la plus grande partie, trouvent leurs parents les plus proches sur notre terre, etc. »

On comprend facilement le bouleversement que provoqua cette découverte, ornée de trente-deux planches avec cent quarante-deux figures photographiées ; l'on vanta avec d'autant plus d'ardeur la sagacité du docteur, qu'il était bien en cour, ayant dédié sa première œuvre capitale : *La Cellule primitive*, à Sa Majesté l'empereur Guillaume II...

Le livre *Les Météorites* parvient à Carl Vogt. Il est tout d'abord interloqué, comme les autres, puis il lui vient quelque défiance et enfin il se met au travail et dans un mémoire : *Les prétendus organismes des Météorites*, également orné de planches, il démolit la fallacieuse argumentation du zélé serviteur de la science et du roi de Prusse. Soumettant toutes les assertions du docteur Hahn à l'épreuve d'expériences personnelles ou d'autres qui lui sont fournies par son vieil ami Daubrée, l'illustre professeur de Paris ou par Stanislas Meunier, il déchira brusquement la gaze légère mais trompeuse qui recouvrait la méprise de son collègue allemand.

Carl Vogt prouve de façon péremptoire que toutes les conclusions auxquelles est arrivé le docteur Hahn reposent sur des appréciations erronées, engendrées par des recherches incomplètes, faites sans contrôle, sans comparaison sérieuse et sans critique : les organismes des météorites n'existent que dans l'imagination de l'auteur de la *Cellule primitive* et ce que l'on a décrit comme tel est engendré par des conformations cristallines absolument inorganiques. « Toute cette prétendue création animale, écrit-il, contenue dans les chondres des météorites doit être, par conséquent, reléguée dans le domaine des erreurs involontaires, dont pullule l'histoire de la science. »

Un second mémoire, publié en collaboration avec son collègue Denis Monnier, professeur de chimie à Genève, dans le *Journal de l'anatomie* de Robin et intitulé : *Sur la fabrication artificielle des formes des éléments organiques*, déboulonna complètement l'édifice du docteur Hahn. Ce fut le coup de grâce.

Carl Vogt et Denis Monnier, auquel il emprunta son laboratoire de chimie et son expérience, car depuis près de cinquante ans Vogt n'avait touché à une éprouvette — les deux collaborateurs, disons-nous, prouvèrent par des expériences concluantes et sans réplique possible que l'on peut produire à volonté les formes organiques essentielles, telles que tubes, tubes à cloisons, cellules à canaux poriques, etc., en employant pour cette fabrication de formes déterminées, rien que des substances absolument inorganiques, telles que sels métalliques, silicates, etc. Ils démontrèrent qu'il n'existe aucun caractère général de forme, qui puisse être invoqué comme distinctif entre les produits organiques et inorganiques.

A partir de ce moment, personne n'entendit plus parler du docteur Hahn, l'auteur pourtant célèbre de la *Cellule primitive*, dédiée à sa toute-puissante Majesté Guillaume II.

1881-1884

Les distinctions honorifiques, les titres et les décorations ne tinrent jamais qu'une place minime dans les préoccupations de Carl Vogt. Durant l'empire, au prince Napoléon, à Charles Edmond qui voulaient à toute force attacher le ruban rouge à sa boutonnière, il avait répondu par un catégorique : non. Après la guerre, nouveau refus à Arago, ambassadeur à Berne, et ce n'est qu'en 1881 qu'Armand Leleux, le peintre, et Marion, le professeur à Marseille, purent vaincre sa résistance au moyen d'un raisonnement qui ne manquait pas d'une certaine justesse. Libre-échangiste convaincu, Vogt ne pouvait passer une gare frontière sans entrer dans une colère bruyante contre ces malheureux douaniers qui lui culbutaient ses valises ; or, ses deux amis lui expliquèrent que les gens décorés jouissaient de quelques passe-droits, qu'on usait de tolérance vis à vis d'eux et qu'on ne les obligeait pas à déballer et à emballer dans les courants d'air mortels des halls du chemin de fer. Il s'inclina.

La nomination de Carl Vogt au grade de Chevalier de la Légion d'honneur, datée du 23 janvier 1882, est la dernière que Gambetta signa. Quelques heures plus tard, le grand orateur tombait du pouvoir...

Jamais Vogt ne voulut accepter de décorations autrichiennes, espagnoles, danoises ou italiennes, mais volontiers il employait son influence à faire décorer les autres, excusant cette faiblesse humaine. Toutefois, il ne fallait pas y mettre trop d'insistance, car facilement il devenait mordant, ainsi qu'en témoigne l'anecdote suivante :

Un soir qu'il dînait en compagnie titrée et riche à Berlin, les maîtres de la maison montrèrent, par vanité de parvenus, aux invités dont la poitrine étincelait d'ordres et de croix, les distinctions honorifiques de l'amphitryon, philanthrope millionnaire, retiré des affaires.

Tous s'extasiaient. Alors se tournant vers Carl Vogt, elle, avec une petite moue dégagée :

— Et vous, mon cher professeur, vous devez en posséder beaucoup, j'imagine, de ces « colifichets » ?

— Moi ? répliqua le professeur, mais non ! je vous assure. Je ne possède que la croix de Chevalier de la Légion d'honneur que voulut bien m'accorder Gambetta ; hormis celle-là, à laquelle je tiens, je n'ai rien...

Cette réponse jetant un certain froid, il reprit aussitôt après en riant :

— Hé ! je me trompe ! je porte également le ruban bleu et blanc des gourmets de Münich, distinction dont je suis très fier, car ces braves gastronomes me l'offrirent, spontanément, après ma traduction de Brillat-Savarin...

31

L'Association française pour l'avancement des Sciences ouvrait, sous la présidence de Chauveau, le 14 avril 1881, sa dixième session dans la ville d'Alger, venant ainsi prendre à son tour possession de cette terre d'Afrique, arrachée à la barbarie par les armes françaises cinquante ans auparavant.

Carl Vogt cède à son envie de visiter ce pays encore inconnu pour lui ; il cède à l'aimable insistance du docteur Landowski, aux exhortations des professeurs Edmond Perrier, de Quatrefages, Sabatier, et il part en compagnie du docteur Vulliet, le gynécologue de Genève.

Chez le docteur Landowski, à Alger, où il jouit avec Lister et Quatrefages, des avantages et des agréments d'une hospitalité princière, il rencontre le plus agréable des vieillards, le violoniste Vieuxtemps, et les voilà tous réunis se racontant mutuellement les beaux instants et les chers égarements de leur jeunesse, parlant des hommes d'autrefois et aussi des femmes. Dans cet oasis de Mustapha supérieur, dans ce beau jardin d'où l'on jouit d'une des vues les plus larges qu'on puisse imaginer, dans ce domaine rempli de tranquillité et de calme qu'on dirait fait exprès pour abriter la vieillesse d'un sage, les heures passèrent rapidement... Mais il faut quitter l'exquise compagnie, s'il veut encore pénétrer dans l'intérieur des terres, s'il veut aller plus loin, visiter El Kantara, Biskra ; le temps presse et l'on se dit au revoir...

Depuis Biskra, il envoie au laboratoire de Genève des animaux, car sa joie était de donner et lui qui recevait de partout des choses curieuses, s'en séparait, n'admettant pas, en son intransigeante probité, qu'un professeur, directeur de musée possédât, à côté, une collection particulière. (1)

Depuis longtemps il suivait, avec tristesse, l'envahissement du militarisme, cause de tous les maux dont souffre l'Europe actuellement. Au nom de la liberté individuelle et de l'avenir des nations, il demandait la suppression des armées permanentes, quoique convaincu que ce desideratum social ne verrait sa réalisation que bien longtemps après sa mort, soit par un cataclysme épouvantable, soit par les nouvelles générations grandies et muries dans et par le travail intellectuel. Il écrivit, à cette époque, sur ce fatal engouement, quelques pages qui mériteraient d'être consignées ici même dans leur intégralité. En voici des fragments :

« . . . . . Nous avons la guerre permanente, à l'état latent, mais pas moins dévastatrice. Ce que l'agriculture, l'industrie, ce que toutes les activités humaines créatrices produisent, s'engloutit dans les armements poussés à l'excès. Il semble que l'Europe continentale entière ne travaille que pour entretenir des millions d'hommes dans la force de l'âge, lesquels n'ont d'autre besogne que de détruire les valeurs créées par les travailleurs. C'est pour la minorité armée que s'échine la majorité travailleuse. Les sacrifices, excusés par le prétexte spécieux de leur nécessité pour la conservation de la paix, augmentent d'année en année. Qui peut entrevoir la limite où s'arrêteront ces armements insensés et ruineux ?

Un puissant homme d'Etat que l'on célèbre encore aujourd'hui à outrance, mais qui nous aura laissé, comme son héritage le plus incontestable, cet état d'armements progressifs à perte de vue, a prétendu que les Etats et les nations n'étaient respectés qu'en raison de la force armée qu'ils pouvaient mettre en ligne. Il parait que ce mot est devenu l'Evangile des Etats de l'Europe; chacun cherche à surpasser le voisin et les petits Etats s'épuisent également pour ne pas rester en arrière.

_____

(1) Les impressions de son voyage en Afrique se trouvent éparpillées dans plusieurs revues allemandes, entre autres dans la *Natur*, le journal scientifique rédigé par Karl Müller et Rœdel.

Je me suis quelquefois demandé ce qui pouvait être plus désastreux pour un peuple, d'une guerre malheureuse ou d'un état de paix armée permanent. La guerre de sécession en Amérique s'est continuée pendant plusieurs années ; sa durée a été plus longue, si je ne me trompe, que celle des guerres européennes de 1866 et 1870 ensemble. Les Européens avaient leurs armées permanentes, équipées et instruites d'avance ; l'Amérique a été obligée de créer tout pendant la guerre même, pour laquelle elle n'était préparée en aucune façon. Nos guerres ont englouti des milliards ainsi que des millions d'hommes ; la création d'une armée, sa mise en campagne et en action n'ont anéanti, aux Etats-Unis, pas moins de vies humaines, ni coûte moins d'argent. Nous avons comme conséquences des deux guerres, des armements prodigieux et progressifs qui ont continué et qui continuent en sourdine l'œuvre des guerres en créant des dettes écrasantes qui augmentent sans cesse et dont il faut payer les intérêts. Qu'a-t-on fait au-delà de l'Océan ? Les Etats-Unis, sortis de leur guerre avec une dette non moins forte, ont congédié leur armée, cessé leurs armements et, en appelant la jeunesse au travail et non au service militaire, ils ont passé par une période de paix non armée féconde et payé leurs créanciers.

Nous ne savons que faire de nos dettes, eux ne savent que faire de leur argent. . . . .

. . . . . On dit bien : Plaie d'argent n'est pas mortelle ! La question change de face, lorsqu'on considère qu'une plaie est un accident temporaire, mais qu'une phtisie est un état permanent. Elle change encore lorsqu'on réfléchit que nous ne sommes pas seuls sur terre et que notre civilisation a non seulement entamé mais envahi les autres continents. L'Australie, les Indes, suivront bientôt les Etats-Unis et entreront en lice pour toutes les branches de l'activité humaine. Ces pays ne connaissent pas la paix armée et n'ont aucun souci d'en faire la connaissance. Leur population entière peut produire sans interruption. Notre paix armée frappe de stérilité une partie importante de la population active et productrice des richesses, pendant l'époque de la meilleure validité. Croyez-vous que des pertes pareilles, durant le cours des années, ne finissent pas par devenir éminemment sensibles ?

. . . . Un dernier point que je ne ferai qu'effleurer. L'armée est fondée sur l'obéissance passive et sans réflexion. Peut-on croire que cet état, par lequel chaque homme valide doit passer, dans les grands Etats, pendant plusieurs années de sa vie, n'exercera pas son influence sur les facultés intellectuelles ? On s'évertue pendant des années à étouffer chaque individualité, pour la réduire à ne plus être qu'un instrument passif, sans volonté, doué seulement d'obéissance soumise sans réflexion et on voudrait que ce traitement laisse intacts la volonté, la réflexion, l'essor individuel !

. . . .

Et l'on voudrait nous persuader que ces ressorts, pliés à outrance, cassés même, pourront se redresser plus tard et engendrer des descendants doués d'une élasticité individuelle ? . . . .

En matière scolaire, on ne pouvait également se méprendre sur ses véritables sentiments. Il combattit sans ménagements la monomanie des cuistres qui imposent, au nom du progrès, des programmes surchargés à la jeunesse. Il écrivit articles sur articles contre le surmenage et ce qui s'en suit. A côté des mesures relevant particulièrement de l'hygiène et des exercices corporels, Carl Vogt réclamait un système d'éducation rationnel, afin de combattre la céphalalgie scolaire, la myopie, les déformations du tronc, les prédispositions morbides dues à la station assise prolongée, à la respiration d'un air impur, à l'éclairage insuffisant, le nervosisme et les déviations mentales que provoque une tension d'esprit parfois trop grande.

Ce qui a toujours soulevé son cœur, c'est l'étude du grec et du latin :

. . . .

. . . . . C'est donc un fait généralement reconnu, que l'instruction gymnasiale classique, au lieu d'être une gymnastique fortifiante pour l'intelligence, tue la faculté d'observation, de perception des réalités existantes et tend par cela même à rendre impropres les jeunes gens à l'étude des sciences et de la médecine, basées sur l'observation.

Mais les autres Facultés, me dit-on. Que feraient les théologiens sans hébreu et grec, les juris-consultes sans latin, les lettres sans le classicisme en général?

On fait abus de tout cela. Je pose en fait que, sur cent théologiens, il ne s'en trouve pas un qui, un an après avoir fait son examen, sache lire l'Ancien Testament dans sa langue originale, et pas cinq qui sachent se débrouiller avec le baragouin linguistique du Nouveau Testament. Le jurisconsulte qu'a-t-il à faire avec le grec? Combien y en a-t-il qui ouvrent les pandectes après être entrés dans la carrière d'avocat ou de juge? On nous parle, à nous autres hommes de science, des termes techniques empruntés au grec et au latin. Quant aux premiers, nous affirmons, sans crainte d'être démentis, qu'une infime minorité seulement des étudiants qui passent par nos examens, savent les expliquer; ils les apprennent par cœur, tout comme des millions d'individus apprennent les mots électricité ou télégraphe sans se douter qu'ils dérivent du grec.

Tout cela est, comme disait un de mes amis, de la blague profonde, de même que ces phrases sonores et absolument creuses de gymnastique de l'intelligence, d'élévation de la pensée, d'affinement des sentiments du beau et du vrai. Comprend-on mieux la beauté de la Vénus de Milo en sachant que le verbe grec a un aoriste, qui manque à nos verbes, et la majesté du Colysée en sachant combiner correctement l'accusatif avec l'infinitif?

Qu'on laisse donc le grec aux spécialistes, aux philologues, aux théologiens, si l'on veut, tout comme on laisse aux spécialistes le sanscrit ou l'arabe, qui peuvent présenter pourtant des monuments littéraires remarquables.

Il est impossible de rayer entièrement le latin de nos programmes, malgré la pénurie de sa littérature, que l'on jetterait pour les trois quarts au feu, si elle n'avait pas deux mille ans d'existence. Mais on peut le réduire au strict nécessaire; on doit le commencer bien plus tard qu'on ne fait maintenant. . . . .

On a demandé dernièrement, dans une société de notre ville, par quoi on remplacerait le latin, et on a répondu qu'on ne le savait pas. Et si vous ne le remplaciez que par des exercices corporels et de dessin, vous auriez rendu à notre jeunesse un plus grand service que par la lecture d'un plat imitateur, comme Virgile, ou d'un rhéteur à phrases ciselées comme Cicéron.

Mais nous voulons remplacer les langues mortes par les langues vivantes. Nous ne voyons pas que les anciens, que vous vénérez tant, aient fait leur gymnastique d'esprit sur les langues mortes; ils la faisaient sur leur langue, sur leur pays, sur leur peuple. Et pour bien des choses, et surtout pour celles que vous avez en vue, leur gymnastique valait bien la nôtre! Nous ne voyons aucune raison pourquoi l'étude approfondie de l'allemand et de l'anglais n'offrirait pas la même gymnastique que l'étude des langues dites classiques; pourquoi la connaissance parfaite de la langue maternelle ne serait-elle pas mille fois plus fortifiante et plus utile en même temps que celle d'une langue morte depuis un millier d'années? Et quant aux trésors de la littérature, nous ne dédaignons ni Homère ni Horace, mais nous prétendons que Shakespeare et Gœthe, à eux seuls, pour ne parler que de l'anglais et de l'allemand, élèvent tout aussi bien le cœur et l'esprit que les classiques.

Il faut être aveugle pour ne pas voir que la culture générale de notre monde civilisé a changé de base et que l'instruction publique sera forcée, par l'indignation de la grande majorité, de se placer résolument sur cette base nouvelle. . . . .

En 1882, Edouard Desor meurt à Nice. Aucun de ses amis ne s'attendait à ce coup imprévu, d'autant plus que celui qui se trouvait près de lui, à son chevet, écartait soigneusement tout visiteur et par lettre rassurait intentionnellement Reinwald, Carl et Adolphe Vogt (son médecin), ses trois amis, que l'agonisant demandait à voir avant de mourir...

La liaison entre Desor et Carl Vogt n'a pas été exempte d'orages. Les amitiés les plus intimes sont aussi les plus délicates et Desor, millionnaire, de caractère un peu morose, ne put pas toujours se défendre d'un sentiment de jalousie en voyant son ancien compagnon de *dèche noire*, chez lequel la fortune n'était pas tombée du ciel, être plus entouré, plus aimé que lui. L'insouciance gouailleuse de son cadet, qui recevait un courrier quatre fois plus volumineux que le sien, froissait, sans qu'il y parût pourtant, le seigneur de Combe-Varin, qui n'éclatait que lorsque Vogt, avec sa rude franchise, lui disait les quatre vérités sur ses faiblesses : son entêtement, sa susceptibilité ou son égoïsme, trop candide cependant pour pouvoir blesser les autres. Ainsi, un soir que Desor se plaignait amèrement, Carl Vogt lui déclara que la cause de ses tristesses était dans son insipide ambition politique et il lui donnait comme unique conseil de partir pour le Midi avant les élections au Grand Conseil neuchâtelois. Desor s'étant toujours cru maître ès-politique, se fâcha tout rouge et le sycophante qui depuis quelque temps ne le lâchait pas d'une semelle et essayait de lui rendre antipathiques ses véritables amis, quitta aussitôt la salle en faisant de grands gestes éplorés...

Edouard Desor, Lebensbild eines Naturforschers (Schottlœnder à Breslau), est, si nous nous en rapportons à Rud. Virchow, une des plus exquises biographies qu'il ait signées, et elles se comptent par centaines, ces biographies, car ainsi que le rappelle l'illustre maître berlinois, Carl Vogt ne laissait pas disparaître l'un de ses compagnons, l'un de ses camarades d'études sans lui adresser un dernier adieu ; page toujours intéressante, écrite dans une complète ignorance de la phraséologie banale, ravissante d'écriture et de psychologie intime. Et Virchow citait comme des modèles : la brochure sur Edouard Desor, ce récit si captivant d'une vie accidentée et la nécrologie de Moritz Carrière, le philosophe, contemporain et *pays* de Carl Vogt.

Durant cette période qui ne fut pas sans d'amères tristesses, les rangs de ses vieux amis s'éclaircissant, ainsi qu'il l'écrit à un intime, G. Loppé, le paysagiste, Carl Vogt s'acharna au labeur malgré le mauvais état de sa santé. Il publia dans la revue allemande : *Auf der Höhe*, un travail sur l'*Epoque glaciaire* et de nombreuses études purement scientifiques dans d'autres organes, parmi lesquelles nous citerons : *Vie des animaux dans le Sahara, Météorites, Stand und Aufgaben der heutigen Paläontologie, Enstehung der Landthiere*, etc., etc. Il se fatigua si inconsidérément, qu'il dut demander un congé de six mois et gagner un climat plus clément que celui de Genève. Il se rend à Naples avec sa femme et sa fille et prend ses quartiers au *Grand Hôtel* que dirige avec tant de compétence M. Hauser, parent éloigné de Madame Vogt. Chez le docteur Dohrn, il rencontre, travaillant au laboratoire, jeune et studieuse compagnie : son futur gendre le professeur Chun ; Petersen, le génial déclassé, type bizarre, mélange composite de timidité et de hardiesse, cœur d'or avec un courage de lion, et d'autres zoologues, dont les noms sont aujourd'hui connus dans la science : Arnold Lang, Eisig, Brandt, Mayer, Uljanin, Andres et les deux Hertwig, les éminents naturalistes de Iéna et de Bonn qui défrayaient alors, sous le nom des deux Ajax, les conversations, en tout bien tout honneur, bien entendu.

Carl Vogt a conté les différents épisodes de ce beau séjour à Naples dans un poème satirique écrit à la façon d'Homère ; n'ayant été donné qu'aux intimes, nous en détacherons quelques passages, ne serait-ce que pour montrer la facilité de l'auteur à manier le vers. C'est intitulé : *Ajaceis von Christoph Veitel* (C. V.) *Parthenope*, April 1884. La *Colère des deux Ajax* débute par l'invocation classique et obligatoire :

> Singe mir, Muse, den Zorn, den verderblichen, welcher die hehren
> Ajax neulich verzehrt', als beide, blutenden Herzens,
> Nach Camaldoli eilten, um dort der Göttin Athene
> Opfer zu bringen und dann, nach alt germanischer Sitte,
> Ueber die heimlichen Schmerzen des innerlich wunden Gemüthes
> Offene Briefe zu schreiben, damit die gelehrten Genossen
> Ihren Qualen die Thräne des Mitleid's nimmer versagen
> Und die Würde des Standes vor allem Volke gewahrt sei.

Siehe, es waren der Fürsten und Völker viele versammelt
In Alkinoos' weissem Palast, der stolz sich erhebet
An Parthenope's Strand, wo die Phäaken jetzt wohnen
Und von Früchten des Meer's sich und die Wissenschaft nähren.
Hier herrscht heiterer Sinn bei stets erneuerter Arbeit !
Ihre Schiffe kommen und geh'n, durchfurchend die Wellen
Und in Becken sammeln sich an die Schätze der Tiefe.
Jener fischt mit feinerem Netz auf spiegelnder Fläche,
Dieser kratzet den Boden mit schwer hinschleppender Dretsche,
Noch ein Anderer taucht, um reiche Beute zu haschen.
In dem weiten Palast herrscht stete Rührigkeit ; Jener
Hobelt den ganzen Tag mit haarscharf schneidendem Messer,
Während ein Anderer dort gekrümmten Rückens die Lupe,
Handhabt oder die Augen am Mikroskope ermüdet.
Dieser führet den Pinsel und herrliche Bilder entstehen,
Angestaunt von den Menschen, ja selbst von seligen Göttern.
Ueberall rieseln und rinnen die salzigen Fluthen, es pumpet
Sie die Maschine empor — Hephaistos baute sie selber.

Wenn nach drängender Mühe der Tag sich neiget, vergnügen
Sich die Jünglinge gerne, sie werfen die hölzerne Kugel
Weithin rollend zum Ziel, an kühlem Weine sich labend.
Oder es tönet die Fidel zum Tanz, sie schwingen die Beine
Hurtig im Takt beim Klappern der Castagnetten, der harten,
Oder des Tamburin's und Frau Arete, die Gattin
Des beherrschenden Fürsten, sie führet selber den Reigen.
Tarantella heisset der Tanz ; es ragen als erste
Frau Arete, Graziella, mit Eduard oder Aniello.
Zärtliche Töne entlocket der Mandoline Held Longus,
Doch den Brummbass streichet mit Macht der Meister Albertus.
Aber wenn sie verschnaufend vom schnellen Tanze sich ausruh'n,
Singet zur Harfe Held Ignis, Apollo'n selber vergleichbar.

Heute waren befreundete Fürsten in Menge gekommen,

. . . .

Finster schritten die Beiden dahin ; die drohenden Fäuste
Ballten sie, rückwärts gewandt, und fluchend eilten sie weiter.
Als sie die Höhe gewonnen auf steinig holprigen Wegen,
Wo ein altes Gemäuer noch keck aufraget zum Himmel,
Zündeten Opfer sie an, entbrennend theure Minghetti's.
Flehend hub nun die Hände der Telamonier Ajax,
Während Oïleus Sohn den Rauch des Tabaks entfachte.

« Höre mich, Göttin Athene, Du Aegisschwingerin, huldvoll !
« Haben wir jemals Dir mit frommem Muthe gedienet,
« Radiolarien geopfert, Medusen künstlich zerschnitten,
« Selbst Actinien gehobelt, sowie Coelome gehöhlet,
« Hoch die Fahne geschwungen, die der Prophete von Jena
« Aufgepflanzt in dem Leibe des würdigen Ahnen Amphioxus,
« So sei gnädig mit uns ! Erfülle gerne die Bitte !
« Halte die schreckliche Aegis entgegen der finsteren Rotte,
« Die im weissen Palast Alkinoos um sich versammelt,
« Wandle ihn selber zu Stein, der uns so tödtlich beleidigt,
« Der Professor sich nennt, obgleich er niemals gelehret,
« Und uns selber gehöhnt, obgleich wir doch Professoren ! »

Sieh ! In dem wüsten Geklüfte des altersgrauen Gemäuers,
Oeffnet sich krachend ein Spalt, aus dem die Eule hervortritt.
Drohend rollt sie die Augen und heult entsetzliche Töne.
Und ihr folget Athene mit hochgehobener Lanze.
Furchtbar wallet vom Helme der Busch, es tönet die Stimme
Dumpf, wie rollender Donner und Blitze senden die Augen.
« Ha ! Unseliger, ruft sie, welch' Wort entfloh Deinen Lippen !
« Hat Dir der Dünkel des Amts, des Professorengewerbes,
« So die Augen verblendet, dass Du nichts Anderes achtest ?
« Glaubst Du, weil Du nun täglich aus wohlgemessenen Fläschlein
« Stundenweise verzapfest die Wissenschaft, und Dir dagegen
« Klingende Münze erwirbst, das Höchste sei nun geleistet ? »

. . . .

Und Athene erhub die wuchtige Lanze zum Himmel.
Schrecklich donnert' Kronion und Aeolus trieb den Sirocco
Dunkele Wolken zu rollen und Wassergüsse zu senden.
Ach, die Armen, sie flohen, verfolgt von strömenden Fluthen !
Patschend im Schlamm und feuchten Geröll und triefend wie Pudel,
Ganz durchnässt auf die Haut, so kamen sie mühsam nach Hause.

Aber die Andern indessen, mit Trank und Speise gesättigt,
Waren fröhlichen Muth's und ihre jubelnden Herzen
Dürsteten jetzt nach der Flöten Getön und dem Stampfen der Füsse.
Siehe, es kam die Musik, es kamen die Frauen und Mädchen.
Auf der weiten Terasse des längst zerfall'nen Palastes,
Den einst Räuber zerstört, als Faustrecht herrschte im Lande,
Drehten sich wirbelnd die Paare im Takt, zur Freude der Alten,
Des Gerenischen Nestor, des Speerkampfsiegers von Kreta
Und des Herrschers Alkinoos selbst, die sitzend zur Seite
Auf der steinernen Brüstung mit kühlem Weine sich labten.
Weise Gespräche führten sie dort, doch schielten zuweilen
Zierlich drehenden Füsschen und zart verschlungenen Händchen
Nach die Greise, der Jugend gedenkend, wo sie die Ersten
Stets gewesen in Kampfesgewühl und fröhlichem Spiele.

Doch nicht endet der Zorn der beiden Ajax und Eris
Schüttelt noch immer die Locken und Fama stürmt durch die Gauen
Schreckliche Mähren verkündend und grimmige Zwiste entfachend.

Il quitta Naples pour se rendre en Bohême dans la station minérale de Franzensbad, où la municipalité lui prépare un accueil charmant. De là, il va à Carlsbad, où il termine sa cure. Il employa les heures de liberté à étudier les bains sous divers aspects, et Charles Richet, le directeur de la *Revue scientifique*, reproduisit entre autres une de ses conférences médicales concernant Carlsbad. Les études géologiques et autres parurent dans la *Frankfurter Zeitung* et dans la *Neue Freie Presse*, de Vienne, avec laquelle il finit par se réconcilier.

Vers le commencement de 1884 paraissait chez Bruckmann, à Münich, un ouvrage de luxe qui, traduit en français par l'auteur, figurait aux approches du nouvel an à la devanture des libraires détaillants de Paris et de la province. C'était : *Les Mammifères*, par Carl Vogt, un gros volume in-folio avec 40 planches hors texte et 265 figures, dues au crayon de Fr. Specht, le maître animalier de Münich. Ces gravures étaient bien venues et pittoresques ; en représentant les principaux types, l'artiste avait imaginé une série de petits drames qui donnaient de la vie aux figures ; ce n'étaient pas des animaux empaillés qu'il montrait, mais des mammifères vivants, transportés dans leur milieu naturel, jouant, cherchant, guettant ou dévorant.

Dans ce livre, écrit d'un style agréable, *bon enfant*, différent en tous points des tirades pompeuses de Buffon, le naturaliste genevois ne s'appesantit pas sur l'anatomie et la morphologie ; tout en ne négligeant pas les données essentielles sur la dentition et la conformation générale, il a surtout essayé de donner une idée fidèle des mœurs et de la répartition géographique des mammifères.

Comme le rappelle un savant dans sa critique du nouveau livre de Carl Vogt, la science zoologique a fait depuis un demi-siècle d'énormes progrès. Des continents nouveaux, dont on ne connaissait qu'à peine le littoral, ont été méthodiquement explorés. Les voyageurs, les chasseurs, les physiologistes, les anatomistes ont pénétré dans l'organisation et les coutumes des animaux. Si l'exploration des grandes profondeurs nous réserve des surprises merveilleuses, relativement aux crustacés, aux mollusques et aux zoophytes, nous n'aurons, selon toute vraisemblance, que bien peu de traits à ajouter à l'histoire des mammifères. La conclusion de ces réflexions est que le livre : *Les Mammifères*, de Carl Vogt et F. Specht, reste presque définitif ; certes, bien des points de détail seront à modifier, à compléter, « mais dans son ensemble l'histoire des mammifères est faite et nous pouvons ajouter : bien faite, puisque Carl Vogt a écrit ce livre ! ».

La préface des *Mammifères*, introduction d'un ton plus élevé, plus sévère que le reste de l'ouvrage et dans laquelle l'auteur se montre résolument transformiste, mais, comme toujours, transformiste objectif, est un manifeste qui a son importance scientifique. (1)

A propos de la description des principales particularités anatomiques des animaux compris sous le nom de mammifères, c'est-à-dire de « vertébrés pourvus de poils et de glandes lactaires pour la première nutrition des petits », Carl Vogt établit deux conclusions principales qui n'eurent pas l'heur de plaire aux « enfants terribles du darwinisme » apportant alors plus que jamais une intolérance de déistes dans leurs prétentions.

La première de ces conclusions repousse l'idée de « ramener les mammifères à une seule source initiale, hypothèse entièrement gratuite, sans aucune base sérieuse » ; la seconde énonce l'opinion que « ces souches multiples se développent suivant les pays dans lesquels elles sont confinées, d'une manière indépendante, et souvent de telle sorte que les formes finales auxquelles elles arrivent sont plus rapprochées entre elles que les types dont elles sont parties ».

REVUE D'ANTHROPOLOGIE   (1) Paris, 1ᵉʳ avril.
     DIRECTEUR

              Mon cher Maître,

Je puis vous prodiguer ce nom, car j'ai vécu de vos idées tout cet hiver, ainsi que vous le verrez par une leçon qui paraîtra dans la *Revue d'anthropologie* le 15 mai.

Votre ouvrage, publié chez Masson, quoique vous le considériez vous-même comme une œuvre modeste, est à mes yeux admirable. Vous y résumez merveilleusement l'état de la science et ouvrez bien des horizons. Je me suis permis quelques critiques sur votre négation présente de notre descendance directe du singe, mais je n'en suis pas moins votre disciple plus que de tout autre. Vous exposez le pour et le contre et savez rester dans la limite nécessaire du doute. . . .

                                                               Dʳ P. TOPINARD.

A ce propos, il s'était déjà expliqué, comme on le sait, à diverses reprises. Lors du débat passionné entre Haeckel et Quatrefages, il avait résumé dans deux articles intitulés : *Origine sur l'homme*, le point de vue auquel il se plaçait :

. . . .

« Je n'ai pas besoin de déclarer que je suis franchement darwiniste en ce sens que je crois ne pouvoir expliquer autrement les relations existantes entre les êtres organisés qu'au moyen d'une filiation directe, d'une parenté plus ou moins éloignée suivant les degrés de cette affinité. Mais en admettant pleinement ces vues, qui seules à mon avis peuvent nous rendre compte de l'enchaînement qui relie entre eux les représentants éteints et actuels du monde organisé, en admettant aussi l'hérédité d'un côté et l'adaptation de l'autre, comme les deux mobiles les plus puissants dont l'être organique est la résultante, je suis loin de concéder à M. de Quatrefages que le darwinisme est, comme il semble l'admettre, un corps de doctrine dont les dogmes ou articles de loi sont définitivement établis. Je ne serais certes pas darwiniste si on devait envisager de cette façon les conclusions auxquelles on est arrivé. . . . .

Nous pouvons et nous devons faire des hypothèses pour nous expliquer l'enchaînement des faits, des causes et des effets ; nous devons aller, dans toutes les sciences, vers des conceptions toujours plus générales, et embrassant un nombre toujours plus considérable de phénomènes ; mais toutes ces conceptions ne sauraient avoir d'autre signification que celles de jalons plantés provisoirement sur une route à tracer. Ces jalons resteront ce qu'ils sont et rien de plus, aussi longtemps qu'ils ne seront pas vérifiés par l'observation et l'expérimentation. . . . .

Sa correspondance allemande et française concernant le darwinisme est surtout, dans ces années, des plus intéressantes. Nous extrayons ce passage d'une lettre datée du 23 janvier 1883 :

. . . .

Sommes-nous vraiment en discussion ?

Oui, sans doute sur certains points. Mais il me semble que la distance diminue.

Et d'abord laissons de côté la question religieuse.

Vous savez d'une part — et j'espère depuis longtemps — que pour moi la science est — je ne dirai pas ni au-dessus ni au-dessous — mais absolument en dehors de ce que vous appellerez mes rêveries. Si le transformisme se prêtait à un accord avec la physiologie, comme il le fait avec la morphologie, je serais peut-être de votre bord — comme le sont Gaudry et Saporta, deux catholiques fervents — mais. . . . (voir mon livre).

Quant à ma façon d'apprécier ce qui vous sépare de Darwin, peut-être m'est-il permis d'avoir quelque confiance dans mon jugement. Darwin m'a eu écrit qu'il n'avait trouvé nulle part un exposé aussi fidèle de ses idées. Eh bien ! le fond de ses idées, c'est la *monophylie*, si je puis employer ce mot ; c'est le point de départ unique, sinon pour tous les êtres vivants, tout au moins pour tous les animaux. De là sa poétique image, reproduction de celle de Naudin — cet arbre qui a ses racines dans le passé du globe, qui couvre la terre entière de ses ramures et d'où se sont détachées des branches, restes fossiles des espèces perdues. Cette conception n'est pas seulement pittoresque, c'est à elle que se rattachent presque toutes les conséquences qui paraîtront vraiment bien séduisantes les doctrines du savant anglais.

Mais du moment que vous remplacez cet arbre unique par un bosquet, toutes ces conséquences disparaissent ; le problème des origines premières reprend toute sa complication, l'interprétation des analogies toutes ses difficultés et l'*affinité* reparaît, là où Darwin ne trouvait plus que de la *parenté*.

C'est en ce sens que j'ai dit, peut-être avec un peu d'exagération, que vous êtes anti-darwiniste. Il est curieux du reste de voir que Gaudry arrive lui aussi à des résultats fort analogues aux vôtres. Il faut bien que les faits soient pressants pour que le catholique et le mécréant en arrivent à la même conclusion, après avoir eu le même point de départ — *scientifique*.

Si pour être darwiniste il suffit d'admettre la lutte, la sélection, l'adaptation, l'hérédité, etc., je le suis et depuis longtemps. Mais avec tout cela vous aboutissez à des *races* et non à des *espèces* PHYSIOLOGIQUES. Voilà ce qui nous sépare, mais je n'en suis peut-être qu'avec plus d'intérêt l'évolution par laquelle vous passez et qui me semble devoir conduire à des résultats très intéressants. Il est certain que ce point de vue darwiniste est une révélation. Il y a là une grande part de mirage, selon moi, mais il doit y avoir aussi des réalités à mettre en lumière et ce ne sont pas les exagérés, les Haeckel et Cⁱᵉ, qui peuvent faire le triage. Je compte au contraire fort sur vous parce que je sais que la doctrine ne vous cachera pas le fait. Quoiqu'il en soit, dès à présent, je comprends fort bien votre critique de la façon ordinaire de comprendre l'évolution à propos des méduses. Si j'étais transformiste je serais absolument de votre avis. N'ayant pas cet avantage, je n'en suis pas moins parti de votre opinion sur les formes sessiles ou même *rampantes* et suis d'emblée tombé sur une façon de roman. Que font les mammifères et l'homme lui-même? Leur marche n'est, en somme qu'une raptation à deux ou à quatre pattes. Leur forme ancestrale libre devait avoir des ailes. De là vient la notion des anges, souvenir vague et embelli de notre passé, etc.

Tout cela n'est pas d'ailleurs très clair dans ma cervelle, comme vous le pouvez bien penser. Mais il me semble qu'un Haeckel ou un Mortillet pourrait en tirer parti. Un ornitanthropomorphe vaudrait bien, à tout prendre, un anthropopithèque.

Revenons à nos moutons. Milne-Edwards va mieux . . . .

Bien à vous,
DE QUATREFAGES.

Les *Mammifères*, malgré le prix élevé, furent traduits, sans autorisation de l'auteur, en italien et en russe.

1885-1895

Les coutumes barbares, les mœurs sauvages n'ont jamais eu, à travers les âges, d'aussi intrépides soutiens que les âmes profondément religieuses, esprits rebelles qui ne savent ou ne veulent rien comprendre et pour lesquels le progrès est un blasphème, c'est-à-dire la plus triste souillure! Hélas! bien long temps se passera encore avant que l'influence malsaine des dangereuses croyances soit complètement bannie de la loi et bien long temps se passera avant que l'homme puisse trouver, avec une philosophie plus douce et plus sereine, l'atténuation possible aux maux qui l'accablent. Toujours et partout nous retrouvons les vestiges des temps incultes. Ainsi, l'un des plus dégoûtants usages qui nous aient été imposés par la foi en l'âme immortelle est l'ensevelissement des cadavres, tel qu'il se pratique de nos jours et il faut toute la force de l'habitude pour rendre supportable aux yeux le grotesque hideux d'un enterrement et de la pompe qui l'environne.

Quoi de plus facile? Quoi de plus rare cependant que l'établissement d'un four crématoire et d'une nécropole? Partisan convaincu du feu, Carl Vogt seconda vigoureusement les efforts non encore couronnés de succès, d'un archéologue genevois, M. Reber, qui était parvenu à créer une société dans ce but. Vogt tenait le mode d'ensevelissement moderne pour très dangereux. Les liquides organiques provenant de cadavres, les germes infectieux, morbides, entraînés dans les égouts et dans les puits, la pollution de l'air même, tous ces risques dont nous ne connaissons pas encore suffisamment la puissance destructive condamnaient dans sa pensée, comme dans celle de tous les hommes réfléchis, l'ancien système et cet esprit, au-dessus des préjugés, ne comprenait pas que l'on pût balancer, un instant, entre les deux procédés.

Les objections morales que les spiritualistes opposaient l'indignaient plutôt qu'elles ne le rendaient hésitant, le spécieux de leur casuistique ne pouvant lui faire oublier la monstrueuse horreur de la lente décomposition du cadavre et le ridicule écœurant s'attachant à cette foule qui comme un long serpent se déroule derrière le corbillard et trépigne à travers les tombes pour se rapprocher du trou béant, d'où monte le bruit des mottes de terre glaise jaune et des pierres heurtant le chêne. Avec Frédéric Passy, qui a patronné l'établissement de fours crématoires en France, il rappelait aux âmes chrétiennes l'effrayante décomposition des chairs, les milliers et les milliers d'animalcules qui détruisent, souillent en leur tenace travail d'abjecte mutilation, ce que nous aimons, ce que nous vénérons. Que devient le corps le mieux fait, le plus aimé, après un court séjour sous terre dans un cercueil? Tandis qu'autrement, une heure après: quelques restes d'ossements calcinés, des débris, de la poussière et même un peu de fumée qui monte, ainsi que le fait observer Fr. Passy, en encens vers le ciel... Halte-là! L'église, le prêtre s'y opposent. Alors, au lieu et place des maximes bibliques inscrites en lettres d'or sur les portes et les pierres tombales de nos cimetières modernes, que ne rappelle-t-on au passant les vers de l'immortel poète?

Les mouches bourdonnaient sur ce ventre putride,
d'où sortaient de noirs bataillons
de larves, qui coulaient comme un épais liquide
le long de ces vivants haillons.

Tout cela descendait, montait comme une vague,
ou s'élançait en pétillant ;
on eut dit que le corps, enflé d'un souffle vague,
vivait en se multipliant.

Et ce monde rendait une étrange musique
comme l'eau courante et le vent,
ou le grain qu'un vanneur d'un mouvement rhytmique
agite et tourne dans son van...

S'il est un reproche qui ne peut s'adresser à Carl Vogt, alors que nombre d'esprits supérieurs l'encourent — témoin Louis Agassiz — c'est celui d'accaparer et de faire passer pour sien le travail des assistants ou des élèves. Bien au contraire, probe, juste comme il l'était, dès que l'un de ces jeunes naturalistes qui si souvent s'adressaient à lui, réussissait et arrivait à un résultat, Vogt proclamait le nom du travailleur, le félicitait, et trop oublieux souvent de la part prise par lui dans la direction donnée et les recherches exécutées, il lui attribuait tout l'honneur du succès. Comme l'un de ses collègues en médecine s'étonnait, une fois, de cet excès de modestie, il prit une mine très grave :

— Vous vous trompez, mon cher, lui répondit-il, après un moment, ce n'est pas modestie, mais astuce de ma part. Si le livre est bon on me l'attribuera quand même, sachant qu'il sort de mon laboratoire ; s'il est mauvais, on n'aura garde de me mettre en cause et l'on me plaindra en répétant que c'est un téméraire oisillon qui aura voulu voler de ses propres ailes.

Puis, comme le clinicien le regardait d'un air hébété, ne sachant trop s'il se moquait, Vogt éclata de rire, de ce bon rire joyeux, bruyant comme une sonnerie de fanfares et que l'auteur de la *Fisiologia d'Amore*, Mantegazza, quelque peu tarasconnais, caractérisait dans la phrase suivante :

« Carl Vogt, qui possède deux énormes poumons et au-dessous un ventre énorme, rit continuellement et à gorge déployée ; il rit à faire trembler la maison et à en compromettre la solidité ; il rappelle par là Balzac, qui comme lui avait un gros ventre et dont le rire puissant faisait sonner les vitres. »

A père avare, fils prodigue. Evidemment, l'auteur de l'*Embryologie des Salmones* avait jadis trop souffert de la manie d'accaparement de son maître Agassiz pour en user de même avec ses élèves. Publier sous votre nom, parce que vous êtes patron, le travail de l'inconnu, parce qu'il est l'apprenti, lui parut toujours être un acte déloyal et par compréhensible aversion, il tombait dans l'excès contraire, ainsi qu'en pourraient témoigner ses élèves : Arnold Lang, Yung, Zschokke, Bedot, Weber, Bujor, Jaquet, etc. C'est donc à ce sentiment qu'il obéissait en faisant ressortir, dans l'introduction, l'apport de son préparateur assistant M. le professeur Yung et celui de M. le docteur Jaquet à l'*Anatomie comparée pratique* et en rehaussant plus qu'un autre ne l'eut fait, leur mérite au lieu de le mentionner en une phrase banale suivant la coutume de certains « princes de la science ».

Cette publication qui demanda huit années de travail assidu, entreprise d'abord par Carl Vogt seul, puis continuée avec M. Yung, parut simultanément en allemand et en français sous le titre de : *Traité d'anatomie comparée pratique* par Carl Vogt et Emile Yung. Ce travail, répéterons-nous après un critique connu, se trouve être non point un manuel d'une compilation intelligente, mais une superbe collection de monographies originales bien choisies et bien illustrées qui rendirent et rendent encore aux chercheurs les plus grands services. Cette œuvre comptera parmi les beaux travaux zoologiques et fait également honneur aux éditeurs Fr. Vieweg à Braunschweig et C. Reinwald à Paris.

Dans la préface, Carl Vogt explique la genèse et le but de ce livre, dont le premier tome paraissait en 1888 et le second en 1894 et au sujet duquel il reçut, durant la publication, un nombre énorme de lettres de tous les laboratoires du monde, le pressant d'en hâter l'apparition, les éditeurs mettant en vente chaque monographie séparément, à mesure qu'elle était terminée.

« C'est en automne 1835, explique-t-il, qu'étant étudiant en médecine à Berne, j'ai commencé mes études d'anatomie comparée sous la direction de mon vénéré maitre G. Valentin. Plus tard, en 1839, L. Agassiz, alors professeur à Neuchâtel, voulut bien m'appeler auprès de lui, pour l'aider dans la préparation d'un grand ouvrage sur les poissons d'eau douce de l'Europe centrale. Agassiz devait se charger de la partie zoologique ; à moi incombaient les monographies embryogéniques et anatomiques. Cet ouvrage est resté inachevé. Il n'a paru de la partie zoologique qu'un fascicule de planches sans texte concernant les salmonides ; l'embryogénie de la Palée *(coregonus palea)* et l'anatomie de la truite, élaborées par moi et qui devaient en faire partie, ont dû être publiées à part. Le départ d'Agassiz pour l'Amérique, en 1844, coupait court à toute continuation de l'ouvrage projeté, lequel en resta là.

Si je m'entionne ici ces dates, c'est pour dire qu'à cette époque déjà je sentais la difficulté de dresser une monographie anatomique d'un type quelconque, fut-il des plus connus. On ne trouvait, dans toute la littérature, que des notions incomplètes, dispersées dans les traités systématiques ou dans des mémoires spéciaux ; des monographies, telles que l'on en possédait une dans les traités d'anatomie humaine et auxquelles on aurait pu avoir recours, faisaient presque entièrement défaut.

J'avoue que cette lacune m'a obsédé pendant tout le cours de mes travaux ultérieurs. On étudie, me disais-je, sur des types donnés, mais on n'a pas de guide pour l'étude de ces types pris isolément. On est, par rapport aux études d'anatomie comparée, dans la nécessité d'extraire des généralités les faits particuliers, au lieu de procéder en sens inverse.

A différentes reprises, je discutais par devers moi, le plan d'un ouvrage, résumant les différents types auxquels on s'adresse nécessairement pour apprendre à connaitre pratiquement l'anatomie comparée.

Je ne pus mettre la main à l'exécution de mon plan que lorsque je me trouvai beaucoup plus tard, à la tête d'un laboratoire bien installé. Je fus confirmé dans mes appréciations en voyant les étudiants travaillant chez moi, chercher péniblement dans les traités systématiques illustrés, des figures et des indications sur les animaux qu'ils disséquaient. Je résolus de mettre, comme on dit, la main à la pâte. L'ouvrage que je projetais devait donner des monographies anatomiques des animaux dont on se sert ordinairement dans les laboratoires ; ces monographies devaient être complétées par des monographies d'autres types, appartenant à toutes les classes, de manière que l'ouvrage présentât un ensemble embrassant tout le règne animal. . . . . . »

On s'imagine difficilement la difficulté de la tâche et le travail dépensé, d'autant plus que les préparations, les dessins et les descriptions devant être appropriés au but, les recherches des devanciers ne pouvaient servir que dans des limites assez restreintes.

Le *Traité d'Anatomie comparée*, qui comme presque la totalité des œuvres scientifiques de Vogt a été — toujours sans autorisation — traduit en d'autres langues, est conçu à un point de vue essentiellement pratique et se trouve être aux manuels d'anatomie comparée usités jusqu'ici, ce que les manuels d'analyse chimique sont aux traités de chimie générale. Il indique les méthodes à suivre pour acquérir la science et non pas seulement la science acquise.

Le 19 mai 1889, le professeur Carl Vogt, ex-prolétaire scientifique, fêtait le cinquantième anniversaire de son doctorat en médecine de l'Université de Berne.

La simplicité de ses manières, sa brusquerie même, son entrain, sa belle humeur, la constance de ses amitiés, la sûreté de ses relations, sa bienveillance qui ne distinguait pas, cette belle vie en un mot, généreuse et probe, attirait vers lui et le faisait aimer par les hommes les plus opposés d'idées. Fleurs, télégrammes, cadeaux, affluèrent donc à Plainpalais, ce jour là. Les souvenirs venus de Berne, de Giessen, de Francfort et de Paris, souvenirs d'amis qui fêtaient tout ensemble dans la personnalité de l'auteur de tant d'écrits, un passé exceptionnel de dévouement aux généreuses idées et de fidélité à la science, ainsi qu'un présent qui semblait, malgré l'âge, encore riche d'avenir, l'émurent à l'égal de l'adresse qui lui avait été présentée par Henri Fazy au nom de l'*Institut national genevois*, et dont voici la teneur :

A Monsieur Charles Vogt,

Depuis plus de trente ans, Monsieur, l'Institut genevois est heureux et fier de vous avoir à sa tête. C'est en 1857 que vous avez succédé à James Fazy dans la présidence.

Ce qu'a voulu l'homme d'Etat qui a créé les institutions fondamentales de la nouvelle Genève, ce qu'ont voulu les hommes d'élite qui se sont réunis à son appel pour former l'Institut genevois, c'était de fonder dans notre ville une société savante qui fut en même temps un corps démocratique, un centre où toutes les conditions sociales, toutes les origines, toutes les idées trouvassent un égal accueil. Ce programme, l'Institut y est demeuré fidèle ; pour le remplir, nous avons travaillé dans la mesure de nos forces, et nul plus que vous, cher et honoré président, ne nous a donné l'exemple du travail.

Votre vie a été pleine et comme débordante de recherches et d'idées, votre labeur incessant et continu s'est poursuivi pendant cinquante ans, tantôt au pied des glaciers, tantôt au bord des mers, tantôt au milieu des élèves réunis dans le laboratoire, tantôt dans la chambre solitaire. Vous avez montré l'amour désintéressé du vrai, la sagacité, le coup d'œil, la fécondité, la fermeté, — et pour le faire court, nous dirons avec le fabuliste :

> Avec cent qualités trop longues à déduire,
> Une humeur franche et libre, un talent pour conduire
> Et les affaires et les gens,

voilà les dons que vous avez reçus ; vous en avez fait un noble usage, vous avez répandu à pleines mains les enseignements, les encouragements, les conseils judicieux. Elève de la science allemande, vous êtes venu dans notre pays romand et vous vous êtes joint à ce groupe de savants naturalistes qui se perpétue et se renouvelle à Genève de génération en génération, depuis la jeunesse de Charles Bonnet, depuis le siècle qui vit naître les de Saussure et les de Candolle.

Vous possédez depuis longtemps une juste autorité, bien due à celui qui a fait tant de découvertes, écrit tant d'ouvrages remarquables. Cette réputation qui vous appartient, l'Institut genevois en a joui aussi : vous avez jeté sur lui l'éclatant reflet de votre renommée.

Dans ce jour de fête où se célèbre votre pacifique triomphe, dans ces moments où affluent chez vous les fleurs et les vœux, nous avons voulu, nous aussi, saluer notre chef et joindre nos acclamations à toutes les voix qui s'élèvent unanimes ; nous sommes venus, cher et illustre président, vous apporter le cordial serrement de main de vos collègues et de vos amis.

Mais on a beau être taillé dans le roc, l'âge ne vient jamais sans amener beaucoup de tristesse et le poids des dernières années est lourd, quoi qu'on fasse, surtout après une vie orageuse.

Carl Vogt passa par une phase critique. Le malaise était général, l'épuisement de plus en plus grand et le travail était devenu presque impossible. Il consulta, et son fils, médecin à Paris, lui conseilla d'essayer des injections du liquide de Brown-Séquard. Vogt se souvenait que quelques mois auparavant ce dernier, devenu très alerte, l'avait mené à son laboratoire du Collège de France, où tous deux avaient rencontré le docteur d'Arsonval injectant des cobayes et des chiens. Malgré les expériences, Vogt doutait ; il souriait quand on lui parlait d'un élixir de longue vie et pourtant l'effet fut miraculeux. Cette cure ayant été racontée tout au long par Vogt lui-même dans la *Frankfurter Zeitung*, ainsi que par Emile Gautier dans le *Figaro*, Henri de Parville dans les *Débats*, et finalement par les journaux du monde entier, il est inutile d'insister.

Le fait est qu'il recouvrit momentanément toute sa santé et son énergie et Edouard Rod, qui le vit à cette époque, en a tracé le portrait suivant, qui est celui d'un robuste vieillard blanchi plutôt par les travaux que par les années :

Il y a quelques mois, je passai l'été dans le même village alpestre que Charles Vogt, mon collègue à l'Université de Genève. Il avait réuni, autour de lui, toute sa famille, venue, pour l'entourer, de plusieurs villes suisses, de Paris et du fond de l'Allemagne. Au milieu de ses fils, de ses frères, de ses neveux, il semblait un patriarche du vieux temps, plein de bonhomie à la fois et de majesté, avec sa forte tête de Jupiter à la crinière léonine, au front puissant, aux épais sourcils impérieux. Il imposait fort aux bonnes gens du village, qui l'observaient avec une nuance d'effroi, et disaient de lui :

« C'est le Monsieur qui a été empereur pendant trois jours. . . . . . »

Ceux qui ont connu Carl Vogt et ceux qui ont lu ses livres et ses écrits savent qu'il n'était pas un adulateur et qu'il n'était guère habitué à composer le dithyrambe ; au contraire la satire était sa joie et il avait fait de l'ironie sa dixième muse.

Pour se délasser des charges d'une vie extraordinairement occupée, au sortir de la maladie et pendant qu'il écrivait les premiers feuillets de ses *Poissons de l'Europe centrale*, il s'était amusé à publier des critiques sur la littérature de la Suisse romande qui blessèrent profondément quelques-uns de ses concitoyens, trop intéressés dans la question pour être considérés comme des juges impartiaux. L'une de ces études, parue après sa mort dans *Nord und Süd* déplut fort. Elle était intitulée : *Harmlose Plaudereien über romanische Literatur*.

« . . . . Ce sont en effet des causeries, écrit la *Gazette de Lausanne*, mais point innocentes, et le vieux savant a dû sourire dans sa barbe, en intitulant ainsi une mordante et souvent méchante satire de notre vie littéraire et des milieux dans lesquels elle vit et se développe. Les Romands et surtout les Genevois y sont fort maltraités.

Pour M. Charles Vogt, toutes les productions de l'esprit romand laissent un arrière-goût, malaisé à définir au premier abord, mais qui persiste et qui finit par lui donner des nausées. Il le compare au dégoût que produit à la longue chez les voyageurs de profession ou chez les habitués des hôtels-pensions la sauce qui entre dans la composition de tous les mets. La sauce littéraire chez les

Romands est une certaine infusion de littérature biblique et hébraïque dont leurs premiers maîtres, les réformateurs du xvIᵉ siècle ont additionné la langue de cette époque et que leurs descendants jusqu'à nos jours ont continué et continuent encore à mêler à leurs productions. « Or, dit Charles « Vogt, on ne peut pas trouver d'opposition plus tranchée que celle qui existe entre la langue et la « littérature hébraïques et la langue et la littérature françaises. » Même dans la prose, la première a le vague d'un brouillard qui enveloppe tout et ne permet de saisir aucun détail, tandis que le génie de la seconde est fait surtout de lumière, de clarté et permet de saisir et de décrire tous les détails avec la précision la plus nette.

A ce propos, Vogt rappelle ses entretiens avec Renan, un enthousiaste de la poésie des Hébreux, un fanatique des Psaumes dont la grandeur et l'élévation le transportaient, un passionné de l'immensité des horizons du désert, mais qui se désolait de ne pouvoir rendre ces splendeurs en langue française. Sollicité plusieurs fois de traduire l'Ancien Testament dans notre langue, il disait avoir dû y renoncer, après avoir sondé l'immensité du gouffre qui sépare les deux idiomes. « Ce gouffre ne sera jamais comblé tant que l'hébreu sera l'hébreu et le français le français, et il est heureux qu'il en soit ainsi. Dans le combat de ces deux langues, l'hébreu ne peut pas succomber, car il est déjà mort et bien mort... tandis que le français vit. Mais prenons garde que « le mort ne saisisse le vif ».

Comparant l'influence littéraire de la Bible sur le catholique et sur le protestant, M. Ch. Vogt commence par constater que le premier ne lui doit rien ou presque rien; c'est à peine s'il la connaît, et les quelques sentences et notions d'histoire biblique qu'il a apprises, il les a puisées dans une traduction française de la Vulgate latine. Le caractère spécifique du livre hébreu s'est complètement perdu par ce double transfert. D'un autre côté, les prières, les hymnes, les chants des catholiques sont des compositions latines originales qui n'ont pas pu avoir sur la langue du fidèle une plus grande influence que les quelques sentences bibliques qui lui sont parvenues par la Vulgate.

Il en est autrement chez les protestants. L'influence biblique s'y retrouve partout, même là où nous ne la soupçonnons guère. Si les plus croyants des protestants ne laissent pas passer un jour sans lire au moins un chapitre de la Bible, celle-ci, même pour les moins orthodoxes, est encore, à leur insu sans doute, à la base de tout enseignement. Tous les manuels de l'école protestante sont uniformément teintés de couleur biblique, et cela non seulement pour le fond, mais dans la forme. Le style, la langue, la formation des mots, la tournure des phrases, tout découle de la Bible et de la littérature hébraïque. Ici, Vogt ne fait pas le procès des tendances confessionnelles comparatives des manuels catholiques et protestants ; il concède que les premiers sont à cet égard plus accentués que les seconds : mais ce qu'il veut établir, c'est que les sources de la culture confessionnelle catholique sont latines, tandis que celles de la culture protestante découlent de la traduction la plus fidèle possible de la Bible hébraïque.

L'influence de la Bible est donc directe sur la langue de tous les peuples protestants, mais le résultat en a été bien différent chez les Allemands et chez les Français protestants.

La langue allemande moderne a pour fondement la traduction de la Bible de Luther. Lors de la Réformation, la langue écrite était en voie de formation ; elle a pu s'assimiler tout naturellement les figures, les tournures de phrases hébraïques, qui dès lors lui ont appartenu et ont fait corps avec elle. De là vient aussi que l'Allemand comprend le génie hébraïque bien mieux que le Français, dont la langue se refuse à traduire l'hébreu.

En France, par contre, la Réformation trouva une langue écrite, ayant un passé de plusieurs siècles, complètement formée et assise. Les réformateurs français, non seulement ne purent exercer aucune influence sur elle, mais, bientôt chassés de leur pays, ils furent contraints de transporter leur culture hébraïque dans les pays de la Réforme. Entre la fin des guerres de religion et la révocation de l'édit de Nantes, le protestant français, resté en France ne tarda pas à se voir exclu de toute participation à la vie publique et par conséquent à la vie littéraire. Il dut se rabattre sur les professions lucratives, le commerce, l'industrie ; ses facultés, dirigées uniquement de ce côté, ne tardèrent pas à s'affiner et, par la force des choses, il devint l'homme riche et le capitaliste intelligent d'un pays où il était à peine toléré. De vie littéraire protestante, il n'était pas question en France.

Le divorce a dès lors été complet entre le français catholique de France, fils du latin, et le français protestant de la Suisse romande, mâtiné d'hébreu, profondément détérioré par le contact avec la langue hébraïque.

Telle est la thèse centrale du docteur Charles Vogt.

. . . .

Tout a le goût de cette malheureuse sauce d'hôtel.

Les seuls genevois qui trouvent grâce devant cette critique sont les de Saussure, de la Rive, de Candolle, de Marignac, Pictet, Plantamour, Soret et autres, qui ont formé et forment encore ce groupe de chercheurs et de savants dont Genève s'honore. M. Vogt consent à leur pardonner leurs particules, leurs millions, et leur conservatisme parce qu'il leur reconnaît les qualités de travailleurs infatigables, intelligents et consciencieux.

Quant au vulgaire troupeau des auteurs romands, M. Vogt ne leur fait même pas l'honneur de les nommer. En vrai géologue, il en compare la foule aux lignes monotones de certaines chaînes de montagnes dont la désespérante uniformité décourage et éloigne l'amateur du pittoresque. Tel, le Jura, ou encore l'Oberland grison, tandis que les chaînes bernoises et valaisannes fournissent l'image de la littérature française. Ici, chaque pic, comme chaque auteur, est vigoureusement et hardiment charpenté ; il a son caractère bien tranché qui en grave l'aspect dans la mémoire.

« Qu'on prenne, dit-il, les auteurs de la Suisse romande ; même ceux que la coterie a portés aux nues et dont elle a démesurément enflé la réputation. Voici un poète qui réunit les qualités de V. Hugo, de Shakespeare et Gœthe ; voilà un prosateur dont Daudet, Zola ou Flaubert sont indignes de dénouer les souliers ; un philosophe enfin, auprès duquel Kant, Hegel ou Schopenhauer ne sont que des gamins ! — On lit, on feuillette, on relit et... l'on est tout étonné de se trouver au milieu des montagnes grisonnes, dans un dédale de monts tous pareils, dominés par quelques modestes pics d'aspect si uniforme que vous n'arrivez pas à les distinguer.

« Le défunt conseiller fédéral Ruchonnet, esprit aussi délié que fin connaisseur des littératures des quatre langues principales de l'Europe, me disait un jour : « Alors que j'étudiais à l'Académie de Lausanne, je suivais les leçons d'un professeur qui, pendant le cours de mes études, échangea la chaire de littérature française contre celle de droit public. Lorsque, plus tard, je feuilletais mes cahiers, je devais en regarder le titre pour savoir s'il s'agissait de littérature ou de droit public. »

« Il peut en arriver autant au lecteur de la littérature romande contemporaine (il va sans dire que je parle de la bonne littérature et non pas des productions de quelques jeunes enthousiastes exaltés qui ont arboré le drapeau de la décadence) ; il pourra arriver, dis-je, que le lecteur se demandera s'il lit une utopie philosophique, une histoire villageoise, une élégie ou un cantique. — Bien que dus à des auteurs différents, tous ces ouvrages exhalent le même parfum et paraissent écrits de la même plume. . . . . »

Mais ce n'étaient là que boutades d'humoriste, satires innocentes de sceptique voulant houspiller quelques-uns de ses contemporains et non des moins drôles ; cependant, il pense bientôt à autre chose : aux temps passés, aux ridicules de jadis. Cette fois, il a pris son temps, ramassé ses forces et dans ce genre du récit humoristique, où les plus « entraînés » deviennent souvent fastidieux, lui, égaie du coup le plus morose. Pour Vogt, cela devient la vraie œuvre de délassement et de loisir et c'est avec cette humeur ouverte, avec ce caractère de particularisme national, avec ce sel, cet esprit tout de fantaisie et d'indépendance, que le célèbre professeur que la morgue ou la dignité d'emprunt n'ont jamais travesti, commence, à soixante et dix ans passés, une existence d'écrivain nouvelle : celle de conteur. Les *Westermann's Monatshefte* publient : *Geschichte einer Krabbe*. Dans un charmant volume : *Pfiffig und Genossen*, le gouailleur tourne en dérision les solennels pontifes, la culture moderne, scholastique, religieuse, pédante, qui ferme l'esprit à ce qui est primesautier, libre d'ailleurs et de pensée. Ce livre sera prochainement traduit en français.

A mentionner également comme appartenant à cette même époque et au même genre : *Der Priester von Posetano*, une bluette ravissante que le maître écrivain de *Der Kampf um Rom* citait, comme un modèle du genre, aux conteurs de son pays.

Avec cette volonté tenace qui chez lui doublait l'inspiration et lui faisait oublier son âge, il ne recula pas devant la lourde peine d'entreprendre de toutes nouvelles études ; avec la confiance de mener à sa fin ce livre capital, il reprit l'étude de l'ichthyologie et, au fait, trois, quatre mois de plus et les *Poissons de l'Europe centrale*, comportant les développements larges, la sûreté des informations, un contingent d'observations inattendues était terminé.

Ces quelques semaines n'ont malheureusement pas été données à Carl Vogt...

Vers 1892, un rentier de Barmen, M. Grote, ichthyologiste distingué, tourmenté du désir de voir paraître un grand ouvrage sur la science qu'il préférait s'était mis en relations avec le professeur de Genève et lui avait proposé, en lui soumettant des conditions qui témoignaient de sa libéralité, d'écrire cet ouvrage. Vogt avait accepté en répondant plaisamment qu'ayant commencé sa carrière scientifique avec le poisson, il était heureux de la terminer de même.

En lisant ces feuilles manuscrites ou imprimées, en contemplant ces superbes planches coloriées qui sortent des ateliers de Werner et Winter à Francfort-sur-Main (ce dernier un des amis les plus dévoués de Carl Vogt), on se surprend, *nolens, volens*, à prendre goût à une étude qui vous était absolument étrangère auparavant. L'écriture — toujours simple, claire chez l'auteur, sans cesser d'être scientifique, ce qui constitue, on nous l'accordera, un véritable tour de force, quand il s'agit de la langue allemande — l'écriture de ce livre, disons-nous, les descriptions accessibles à tous, les détails pleins d'attraits donnés sur les mœurs, le mode de reproduction et le développement du poisson, les gravures reproduisant d'une manière vivante et précise les types diaprés de ces habitants des lacs et du ruisseau, des fleuves et du marais, bref, toutes les qualités de Carl Vogt écrivain et savant s'épanouissent, en pleine clarté et pour la dernière fois, dans ce volume. Jusqu'en février 1895, il put observer d'après nature, put se déplacer, ne se contentant pas d'examiner les spécimens desséchés ou conservés dans l'alcool...

Ses amis intimes Loppé, le peintre, Thudichum, le directeur d'un pensionnat de jeunes gens, le professeur Zahn, les autres d'Allemagne, de Suisse et d'ailleurs le pressaient depuis longtemps d'écrire ses Mémoires :

— Oui ! oui ! leur répondait-il en riant, je m'y mettrai. La seule chose qui m'arrête, c'est ce satané 1848! Je n'ai pas de documents sur cette époque endiablée et pour l'écrire il en faut... J'y songerai pourtant !...

Il y songea, en effet, et vers la fin de juin 1894, par une matinée de superbe soleil, il prit une page blanche et écrivit :

Aus meinem Leben
Erinnerungen und Rückblicke
VON
CARL VOGT

Ces Mémoires inachevés n'ont été publiés qu'après sa mort, à Stuttgart, chez Erwin Nägele, éditeur.

Que faut-il en dire, sinon répéter textuellement ce qu'en a dit un des écrivains les plus remarquables, un des esprits les plus distingués de notre temps : Th. de Wyzewa :

Au moment où la mort l'a surpris, le 5 mai dernier, le célèbre naturaliste Carl Vogt avait commencé la rédaction de ses *Souvenirs* et l'on ne saurait trop regretter qu'il ait été empêché de l'achever, car peu d'hommes ont eu une existence plus mouvementée et pouvant fournir matière à des récits plus variés. Mais la mort, hélas ! ne s'inquiète guère des beaux récits dont elle nous prive. Elle a interrompu ceux de Carl Vogt au point même où ils promettaient de devenir intéressants, et lorsque l'auteur s'apprêtait à nous raconter enfin son entrée dans la vie active, après avoir épuisé la longue série de ses souvenirs de jeunesse.

Il nous y fait cependant le tableau le plus coloré et le plus vivant de la petite ville hessoise où il est né. Tout le chapitre qu'il lui a consacré mériterait d'être traduit, depuis sa description de la pittoresque vallée de la Lahn et des collines boisées qui entourent Giessen, jusqu'aux portraits du boucher Mœhl, du maître à danser Bartholmée et du « fou Vogel », le porteur de journaux . . . .

Voici d'abord le doyen de la Faculté de théologie, le surintendant Palmer « un petit homme tout rond, avec des cheveux poudrés, une culotte courte, de gros mollets serrés dans des bas noirs, et des pieds d'une grandeur invraisemblable ». Il occupait à Giessen la plus haute dignité ecclésiastique et était en même temps inspecteur principal des écoles de la province ; mais tout le monde affirmait, en ville, que cette carrière si brillante était le premier résultat d'une erreur de prénom, que le ministre, jadis, avait voulu nommer un de ses cousins s'appelant du même nom que lui et que toujours depuis lors, Palmer avait profité de cette confusion. . . .

Ses questions aux examens étaient également proverbiales :

— Qui sourit sur la Grèce ? Et il fallait répondre : — Un ciel toujours serein ! — Que font les princes de Reuss ? — Ils se divisent en trois branches. — Quand le Christ est-il né ? — A l'instant précis où l'a voulu son père dans les Cieux.

Pour ses leçons, Palmer employait invariablement le même cahier. Çà et là il y avait en marge : « Ici j'ai l'habitude de faire une plaisanterie ». Aussi les plaisanteries étaient-elles légendaires parmi les étudiants, et lorsqu'on savait qu'à la leçon suivante il devait en venir à une des plus mémorables, la salle se remplissait d'étudiants de toutes les facultés ; au moment précis où la plaisanterie allait sortir l'assistance entière éclatait d'un formidable éclat de rire. Et Palmer, tranquillement, d'un signe de la tête et de la main, calmait l'agitation : « Attendez donc, messieurs, je n'ai pas encore fait ma plaisanterie ».

Une autre gloire de la Faculté de théologie était le professeur Kuenœl, un parfait sceptique, comme d'ailleurs la plupart de ses collègues, Palmer étant de ces théologiens, le seul, au dire de Carl Vogt, qui eût réellement confiance dans la vérité de ce qu'il enseignait. On citait en particulier une leçon de Kuenœl sur la résurrection : « Nous avons vu maintenant, disait le professeur, ce que pensent les diverses autorités touchant cette grave, cette importante question, et cela depuis les auteurs apocryphes des évangiles jusqu'à l'anglais Lightfoot. Il nous reste maintenant à conclure. Eh bien, messieurs, la conclusion de tout cela — ici Kuenœl faisait une longue pause — la conclusion est que sur ce point nous ne savons absolument rien et n'arriverons jamais à rien savoir ».

Mais la figure la plus populaire de la Faculté était le professeur Engel, qui était en même temps le pasteur de Giessen, et qu'on appelait familièrement le « petit ange ». C'était un enfant du pays, incomparable pour parler le dialecte hessois et d'ailleurs plein de malice et de bonhomie. Il avait la charge d'assister les condamnés à mort le jour de l'exécution : rôle délicat où il excellait :

« Un matin on allait décapiter un de ces malheureux, un certain Hess, et le « petit ange » était malade dans son lit, de sorte qu'on l'avait fait remplacer par un autre pasteur. Or le condamné, au dernier moment, se montrait insoumis, refusait de se laisser lier les mains et de s'asseoir sur le siège des exécutions. Mais voici que tout à coup le « petit ange » surgit devant lui : — Hess, lui crie-t-il, allons vite, laisse-toi couper le cou ! Comment peux-tu te montrer si grossier ? Et voudrais-tu donc que le bourreau Hofmann, que l'on a expressément fait venir de Francfort et à qui l'on doit donner 100 florins pour son travail, voudrais-tu qu'il s'en retournât à Francfort sans avoir fait sa besogne ? Allons Hess, je t'en prie, laisse-toi couper le cou. Fais cela pour moi ». Et Hess, devenu sage comme un mouton, s'assit sur la sellette, disant : — Oui, oui, Monsieur le pasteur. »

Engel a raconté, par la suite, que ce Hess avait voulu faire ajourner son exécution jusqu'à l'après-midi, pour permettre aux gens de son village de venir y assister.

Le 4 mai 1895, vers le soir, le professeur docteur Prévost faisait au pauvre malade, qui ne dormait plus depuis des semaines, la première injection de morphine.

Il s'endormit aussitôt comme un enfant, ne se réveilla plus, et le dimanche 5 mai, à cinq heures de l'après-midi, son cœur cessait de battre.

FIN

TABLE DES NOMS D'AUTEURS

34

THONON — IMPRIMERIE MASSON FRÈRES

www.ingramcontent.com/pod-product-compliance
Lightning Source LLC
Chambersburg PA
CBHW071811020726
47502CB00004B/1072

* 9 7 8 2 0 1 9 5 3 2 4 0 6 *